Edward (Ned)
George   des f...
Richard (Dick)

Mme Latham - cuisinière   2020
Polly - servante   TB
Alice - veuve et secrétaire
Cecily - mère d'Edward, George et Richard
Richard - mari de Cecily
Edmund - enfant de Cecily
Meg (Margaret)
M. Pennington - professeur
Perdita Willis - gouvernante pour Meg
Lillian Jernesen - ami de Meg
Anne
Eliza 1 fille de Cecily
Rick frère de Cecily (mort dans incendie)
Thomas - neveu de Cecily (lui aussi)
Philip Watkins - père de Cecily
Henry Grant - cousin de Richard peu
Margot - épouse de Henry
Jessop - majordome
Neville Watkins - fils aîné de Rick
Aubrey Masters - Travaille pour Cie Deravenel, végéta-
→ Margo   - femme de Henry Grant   rien
Will Hasling - étudiant et ami d'Edward
Swinton - majordome
Lily Overton - veuve
Alice - secrétaire de Ravenscar
Tabitha - maîtresse de Edward

Vicky Forth - sœur de Will Hasling
M. Alfredo Oliveri - Employé de Deravenel en Italie
Amos Finnister - détective
John Summer - employé de la Cie qui veut être patron

LA DYNASTIE RAVENSCAR

DU MÊME AUTEUR
CHEZ LE MÊME ÉDITEUR

Les Femmes de sa vie
L'amour est ailleurs
Le Secret de Katie Byrne
Trois Semaines à Paris
L'Espace d'une vie
Le Secret d'Emma Harte
Les Héritières d'Emma Harte
La Succession d'Emma Harte

Barbara Taylor Bradford

LA DYNASTIE RAVENSCAR

Roman

Traduit de l'anglais (Etats-Unis)
par Frank-Régis Collange

Titre original : *The Ravenscar Dynasty*

Le Code de la propriété intellectuelle n'autorisant, aux termes de l'article L. 122-5, 2ᵉ et 3ᵉ a), d'une part, que les « copies ou reproductions strictement réservées à l'usage privé du copiste et non destinées à une utilisation collective » et, d'autre part, que les analyses et les courtes citations dans un but d'exemple et d'illustration, « toute représentation ou reproduction intégrale ou partielle faite sans le consentement de l'auteur ou de ses ayants droit ou ayants cause est illicite » (art L. 122-4).
Cette représentation ou reproduction, par quelque procédé que ce soit, constituerait donc une contrefaçon, sanctionnée par les articles L. 335-2 et suivants du Code de la propriété intellectuelle.

Publié pour la première fois en anglais par HarperCollins Publishers Ltd sous le titre *The Ravenscar Dynasty* par Barbara Taylor Bradford

© Barbara Taylor Bradford, 2006
© Presses de la Cité, un département de place des éditeurs, 2007 pour la traduction française
ISBN 978-2-258-07100-1

A mon mari, Robert Bradford, qui a vécu pendant vingt-six ans avec ces personnages et n'a jamais perdu patience, ni avec eux, ni avec moi – avec tout mon amour.

PREMIÈRE PARTIE

De Puissants Alliés

Edward & Neville

« L'apparence d'un prince, le corps vigoureux, d'une étoffe solide et propre. »

Sir Thomas More

« Il y avait pourtant en lui de la grandeur d'âme et, sans qu'on puisse le qualifier de personnage tragique, il n'en demeure pas moins un être humain mémorable. Il se refusait à admettre l'existence de défauts qu'il fût incapable de surmonter, de défaites irrémédiables, et il avait le courage, et la vanité, de pousser ses pions jusqu'au bout. »

Paul Murray Kendall

« Leurs relations, comme leur partage de l'autorité, étaient amicales et vagues. »

Paul Murray Kendall

1
Yorkshire, 1904

Edward Deravenel galopait en tête à vive allure, laissant ses frères loin à la traîne, gagnant rapidement du terrain. Il pressa son étalon blanc, ignorant le froid mordant et le vent glacé qui lui fouettait le visage.

A demi retourné sur sa selle, il jeta un coup d'œil en arrière et lâcha un rire tonitruant, son hilarité remplissant l'air tandis qu'il agitait le bras à l'intention de ses frères – George, essayant de le rattraper, le visage crispé par la détermination, Richard, luttant encore plus loin derrière, mais riant, lui aussi, et répondant à son salut. C'était le benjamin, le petit dernier de la famille, et le favori d'Edward.

Un court instant, Edward songea à ralentir pour laisser Richard gagner la course, qui avait démarré spontanément peu de temps auparavant. Mais, presque aussitôt, il se ravisa. George s'arrangerait inévitablement pour terminer premier en poussant Richard hors de son chemin tant son désir était grand de remporter la compétition. Il agissait toujours ainsi lorsqu'il en avait l'opportunité, quelles que soient les circonstances. Et, cela, Edward ne pouvait le tolérer. Aussi faisait-il de son mieux pour veiller à ce que Richard ne soit jamais humilié, jamais diminué par George, son aîné de trois ans.

Il poursuivit plus tranquillement son allure sur l'étroit chemin côtier tout en lançant un regard sur sa gauche. Les falaises plongeaient à pic vers les rochers et la plage. A moins de deux cents mètres plus bas, la mer du Nord, pareille à de l'acier poli dans la lumière froide du soleil hivernal, grondait sous les bourrasques rageuses du vent.

Les vagues bouillonnaient et moussaient contre les formations rocheuses acérées tandis que, au-dessus, des mouettes gracieuses et légères poussaient des cris perçants tout en tournant et retournant contre le ciel pâle. Des centaines de ces splendides mouettes blanches aux ailes tachetées de noir avaient élu domicile sur les saillies de la falaise. Déjà, enfant, Edward aimait les observer à la jumelle en train de nicher.

Il frissonna malgré lui en se rappelant une tragédie lointaine. Un employé de son père avait trouvé la mort à cet endroit précis alors qu'il observait les oiseaux. Instinctivement, il tourna bride pour quitter le sol précaire de ces falaises et s'achemina vers la route poussiéreuse qui traversait la lande, une route nettement plus sûre.

Ce matin, la lande, parsemée çà et là de plaques de neige gelée, avait pris une teinte d'un brun grisâtre. Pas de doute, Edward préférait nettement venir chevaucher ici à des périodes plus chaudes.

Mentalement, il se reprocha d'avoir entraîné ses frères dehors en cette glaciale journée de janvier. Il s'était aperçu un peu tard qu'il faisait beaucoup trop froid, particulièrement pour Richard, si prompt à s'enrhumer. Il n'osait pas penser à la fureur de sa mère si le jeune garçon tombait malade à cause de cette balade étourdie sur les falaises.

Edward tourna la tête et vit que les garçons avaient une nouvelle fois ralenti l'allure, manifestement épuisés par cette longue chevauchée. Il fallait qu'il les éperonne et les encourage à avancer pour retrouver au plus vite la chaleur de leur maison.

Il leur fit signe et cria : « Allez, les gars ! Dépêchons-nous ! » avant de lancer sa monture dans un vif galop, espérant qu'ils lui emboîteraient le pas.

Une ou deux fois, il se retourna pour les observer, heureux de constater qu'ils l'avaient pris au mot et galopaient sur ses talons. En quelques minutes, à son grand soulagement, leur demeure ancestrale se profila droit devant ; il mourait d'impatience d'en retrouver la chaleureuse atmosphère.

Ravenscar, le splendide vieux manoir où les Deravenel avaient vécu pendant des siècles, se dressait sur une hauteur, un peu en retrait de la côte, dominant tout le paysage alentour. De vieux arbres vert sombre, grands et imposants, l'encerclaient sur trois côtés, eux-mêmes cernés par de hauts murs de pierre. Le quatrième mur – naturel celui-là – était formé par la mer du Nord, qui s'étendait à l'infini en contrebas des jardins en espalier et des pelouses en pente achevant leur course au bord des falaises vertigineuses.

Tandis qu'Edward approchait, il put plus aisément distinguer la ligne crénelée des toits, la fumée qui s'échappait des hautes cheminées et les fenêtres à meneaux brillant au soleil. Menant sa monture au petit trot, il franchit les grilles de fer noir et remonta la longue allée circulaire bordée d'arbres. Elle s'achevait un peu abruptement en une petite cour ronde recouverte de gravier et ornée d'un cadran solaire en son centre.

La maison était bâtie en pierre pâle, des pierres de la région dont la teinte, adoucie par les siècles, tournait au beige doré. C'était une typique demeure élisabéthaine, d'architecture Tudor, avec ses encorbellements, ses fenêtres en saillie, ses pignons, ses remparts crénelés et ses fenêtres de tailles différentes. Ravenscar était de ces grandes demeures du passé au charme absolument unique, sa plaisante symétrie lui prêtant en outre une harmonie bien à elle. Aux yeux d'Edward, il émanait de cette demeure intemporelle, de cette façade aux lignes fluides, une sérénité et une paix remarquables. Il comprenait pourquoi ses ancêtres avaient toujours chéri et protégé pareil trésor.

Depuis 1578, année où sa construction avait été achevée, ce beau manoir dominant la mer abritait la famille Deravenel. Auparavant, et pendant de nombreux siècles, la famille avait occupé le château fortifié qui se dressait au pied des jardins, sur le bord de la falaise. C'était une ruine, à présent, mais encore solidement ancrée sur ses bases. Cette place forte avait été bâtie en 1070 par le père fondateur de la dynastie, un certain Guy de Ravenel, jeune chevalier de Falaise, *liegeman* du duc Guillaume de Normandie.

En 1066, alléguant son droit à la couronne par son cousin, le défunt roi Edouard le Confesseur, qui lui avait promis le trône à sa mort, Guillaume avait envahi l'Angleterre. Par stratégie politique, Edouard avait en effet trahi sa promesse et rejeté Guillaume en faveur de son beau-frère Harold, brièvement couronné sous le nom de Harold II.

Se jugeant dans son bon droit, Guillaume avait traversé la Manche avec six preux chevaliers – qui étaient aussi ses meilleurs amis d'enfance – et une armée de taille. Il vainquit Harold II à la bataille de Hastings, se fit proclamer Guillaume le Conquérant et couronner le jour de Noël 1066.

Un peu plus tard, il manda Guy Deravenel dans les contrées du Nord et l'y nomma gouverneur. Basé dans le Yorkshire, Guy, obéissant aux ordres de Guillaume, maintint la paix, par la force si nécessaire, construisit des défenses et des forts et assura la loyauté des régions du Nord à son ami le roi normand. Guillaume le récompensa de sa fidélité et de son dévouement par de grandes richesses.

Depuis lors, c'est-à-dire depuis plus de huit cents ans, les descendants de Guy de Ravenel avaient vécu sur cette longue bande côtière du nord du pays. Tout près de là se trouvaient un port maritime et la station thermale de Scarborough. Un peu plus loin sur la côte se nichait un pittoresque village de pêcheurs portant le nom insolite de Robin Hood's Bay[1]. Tous deux dataient de l'époque romaine.

Edward traversa la cour et contourna la demeure pour se diriger vers les écuries. Les sabots de sa monture claquèrent sur les pavés tandis que ses frères le suivaient de près. Il sauta à bas de son cheval avec son agilité et son énergie coutumières et salua gaiement l'employé aux écuries. Puis il rejoignit son jeune frère Richard, âgé de huit ans, et s'exclama :

— Laisse-moi t'aider, Dick !

Ce dernier secoua vigoureusement la tête.

— Je peux me débrouiller tout seul, Ned, ne t'en fais pas, lança-t-il en coulant un regard furtif en direction de George.

Il savait pertinemment que celui-ci se moquerait sans pitié de lui si Ned l'aidait à descendre de cheval.

Mais Edward, faisant fi des protestations de Richard, l'entoura de ses bras puissants pour le soulever de selle. Ravalant un nouveau flot d'objections, Richard soupira en comprenant qu'il n'avait pas le choix et fit glisser ses bottes hors des étriers. A contrecœur, il se laissa porter par les bras solides de son frère aîné.

Un court instant, Edward serra affectueusement Richard contre lui avant de le déposer sur les pavés. Au passage, il remarqua l'extrême pâleur de son petit visage pincé par le froid. C'est ma faute, songea-t-il, désolé, regrettant plus que jamais son insouciant projet de promenade.

Richard leva vers son aîné ses beaux yeux gris ardoise.

— Merci, Ned.

D'une stature puissante, athlétique, Edward mesurait déjà un mètre quatre-vingt-deux. Ses yeux brillants étaient aussi bleus que les véroniques qui, l'été, coloraient joliment les champs. Son épaisse chevelure d'une étonnante teinte cuivre foncé lui prêtait un charme unique. Pour Richard, comme pour toutes les femmes qui croisaient sa route, Edward Deravenel était l'homme le plus magnifique qui puisse exister. Il possédait par ailleurs une personnalité chaleureuse, expansive, qui le rendait encore plus attachant.

---

1. « La Baie de Robin des Bois ». (*N.d.T.*)

Affable, remarquablement amical et doté d'une grâce naturelle, il captivait tout le monde. Richard, qui l'aimait plus que tous les autres membres de la famille, lui était totalement dévoué.

— Cours à la maison aussi vite que tu le peux ! ordonna Edward en le poussant gentiment vers la porte d'entrée. Et toi aussi, George. Pas question de traînasser ce matin.

Les deux garçons obéirent et, tout en leur emboîtant le pas, Edward appela un des lads.

— Les chevaux ont été rudement mis à contribution ce matin, Ernie. Ils ont besoin d'un vigoureux étrillage et d'une bonne couverture de laine avant qu'on ne leur distribue à manger et à boire.

— Compris, monsieur Edward ! cria Ernie en réponse.

Aidé d'un autre lad, il conduisit les trois chevaux à travers la cour vers le bâtiment abritant les écuries ainsi que la sellerie.

Dès le sas servant d'entrée, Edward et ses frères furent réconfortés par la chaleur de la maison. Ils se libérèrent de leurs chapeaux à carreaux noirs et blancs et de leurs épaisses capes en laine d'Inverness et les accrochèrent aux patères avant de nettoyer la poussière et la boue qui recouvraient leurs bottes. Un instant plus tard, ils s'engageaient dans un couloir courant à l'arrière du bâtiment et menant au grand hall qui constituait le cœur de la maison.

— Je vais demander à la cuisinière de nous préparer une petite collation et du thé bien chaud, dit Edward, un bras sur les épaules de chacun de ses frères. Peut-être même qu'elle pourra nous concocter une de ces délicieuses pâtisseries de Cornouailles dont elle a le secret.

— Ooooh, ce serait merveilleux ! s'exclama George. Et aussi des roulés à la saucisse, j'ai tellement faim !

— Et toi ? demanda Edward en regardant Richard. Que souhaites-tu commander ?

— J'apprécierais un peu de thé chaud, répondit le jeune garçon en souriant à son frère. Mais je n'ai pas tellement faim, Ned.

— Nous verrons cela lorsque tu renifleras les bonnes odeurs qui s'échappent des petits pâtés de la cuisinière. Tu sais combien ils nous font saliver, ajouta-t-il en poussant doucement les enfants vers le petit salon.

Les garçons se précipitèrent vers le grand feu qui grondait dans l'âtre et tendirent leurs mains, heureux de pouvoir enfin se réchauffer. Edward les imita quelques instants avant de les quitter.

— Je dois parler à la cuisinière. Attendez-moi ici. Je serai de retour dans quelques minutes.

Mme Latham, la cuisinière de Ravenscar, leva un regard perplexe vers la porte en entendant celle-ci s'ouvrir. A peine reconnut-elle le nouvel arrivant que son bon visage se fendit d'un large sourire.

— Quelle bonne surprise, monsieur Edward ! Bonjour à vous !

Edward lui rendit bien volontiers son sourire.

— Bonjour, madame Latham, répondit-il avec sa politesse coutumière. Je viens vous demander une faveur. Je sais combien vous êtes occupée le mardi, mais vous serait-il néanmoins possible de nous préparer du thé et quelque chose à manger ? Les garçons sont affamés après leur chevauchée sur les falaises.

— Nom d'un petit bonhomme, je veux bien parier qu'ils le sont !

Elle essuya ses grandes mains si efficaces sur une serviette à thé et se dirigea vers la longue table de chêne qui trônait au milieu de l'immense cuisine.

— Je viens juste de cuire quelques petits pâtés, ajouta-t-elle en désignant son travail du matin. Des tourtes à la viande de porc, des pains de poisson, des pâtés de Cornouailles, des roulés à la saucisse et des tartes salées.

— Splendide, madame Latham ! s'exclama Edward en lui souriant. Un véritable festin. Mais n'est-il pas vrai que vous êtes la meilleure de toutes les cuisinières du monde ? Aucune autre ne possède de don aussi remarquable.

— Oh, quel flatteur vous faites, monsieur Edward, répondit-elle, sans pourtant dissimuler sa fierté devant pareil compliment.

Elle se redressa en ajoutant :

— Je sais que vous aimez tous mes petits pâtés de Cornouailles et que M. George raffole de mes roulés à la saucisse. Je vous ferai porter un plateau par la jeune Polly, une fois que le thé sera prêt. Est-ce que cela vous convient, monsieur Edward ?

— On ne peut faire mieux, madame Latham. Je meurs d'impatience de goûter à vos délicieuses petites bouchées. Merci ! Sachez que j'apprécie.

— Tout le plaisir est pour moi, répondit la brave femme en le regardant gagner la porte.

Il tourna la tête, sourit et lui adressa un dernier salut avant de disparaître. La cuisinière fixa la porte un moment, les yeux encore remplis d'admiration pour son jeune maître. Edward Deravenel était béni des dieux pour avoir reçu un caractère aussi plaisant en même temps que ce physique si avantageux. Elle ne pouvait s'empêcher de se demander combien de cœurs il briserait dans sa vie. Des légions, sans aucun doute. A dix-huit ans, il avait déjà toutes les femmes à ses pieds. Elles le gâteront, c'est sûr, pensa la brave femme en gloussant sous cape avant de reprendre le chemin de ses fourneaux. Pour sûr, elles le gâteront jusqu'à le pourrir, lui donneront tout ce qu'il voudra, et ce n'est pas toujours la meilleure des choses pour un homme. Oh, non ! J'ai vu plus d'un jeune rupin comme lui ruiné par les femmes, hélas.

Elle fit volte-face en entendant la porte s'ouvrir et lança :

— Ah, te voilà, jeune Polly. Je me demandais justement si tu...

Elle s'interrompit et se mit à rire de nouveau.

— Je vois que tu as croisé le chemin de notre maître Edward, pas vrai, ma fille ?

La servante acquiesça en rougissant.

— Il est toujours si bon avec moi, dame Latham.

Mme Latham hocha la tête et soupira sans insister sur le sujet.

— Allons, apporte un grand plateau, je te prie, Polly. Je prépare une collation pour maître Edward et ses jeunes frères. Tu la porteras au petit salon.

— Bien, dame Latham.

Edward traversa le grand hall pour retrouver ses frères. Perdu dans ses pensées, il songeait à son prochain retour à l'université. On était mardi 5 janvier et, le surlendemain, il rejoindrait Londres, avant de regagner Oxford le week-end suivant. Il était impatient d'y retrouver Will Hasling, son ami de toujours, qui, comme lui, préparait la licence.

Son attention fut soudain attirée par un bruissement au bout du couloir. Il vit apparaître brièvement une jupe et une veste noires, un bouillonnement de dentelle blanche et une tête blonde bien coiffée. Après quoi, il entendit le cliquetis d'une porte que l'on referme.

Il se hâta dans le couloir, passa devant le petit salon sans s'arrêter et atteignit le bout du corridor avant de s'immobiliser devant la porte fermée pour écouter en silence. Il ne percevait aucun écho de voix de l'autre côté du battant, rien qu'un bruissement de tissu, des pas sourds allant et venant dans la chambre et un froissement de papiers. Il frappa légèrement à la porte puis, sans attendre de réponse, entra.

La femme qui se tenait dans la pièce le dévisagea avec stupeur.

Edward referma la porte.
— Bonjour, Alice.
Elle prit une longue inspiration et ne répondit pas, les yeux toujours fixés sur lui.
Voyant qu'elle s'apprêtait à contourner le bureau comme pour mettre un obstacle entre eux, il s'avança et la prit par le bras.
— Alice, ma chère, vous n'êtes pas venue me voir la nuit dernière. Savez-vous combien j'en ai été affecté ?
— Je vous en prie, monsieur Edward, laissez-moi. Votre mère peut entrer d'un instant à l'autre. S'il vous plaît.
— Voyons, ne m'appelez pas ainsi. N'étais-je pas votre Ned, cette nuit, lorsque vous murmuriez mon nom dans le noir ?
Elle contempla son beau visage, fascinée par ce regard d'un bleu intense. Puis elle ferma les yeux.
Inquiet, Edward s'exclama :
— Que se passe-t-il, Alice ? Vous n'êtes pas malade, au moins ?
Elle rouvrit les yeux, secoua la tête.
— Non. Mais nous ne pourrons plus continuer à nous voir. J'ai peur de... de ce qui arriverait si nous devions poursuivre notre... notre relation.
— Oh, Alice, ma chérie, ne craignez rien...
— N'oubliez pas votre mère, coupa la jeune femme d'un ton péremptoire, en jetant un regard inquiet en direction de la porte. Elle serait furieuse si jamais elle découvrait notre liaison et vous savez qu'elle me renverrait sur-le-champ. J'ai besoin de cette situation, conclut-elle en avalant péniblement sa salive. Cela aussi, vous le savez.
Edward contempla ce joli visage et vit des larmes briller dans ces yeux noisette agrandis par la peur. Au bout d'un instant, il hocha la tête et lâcha :
— Je crois que vous avez raison, Alice.
Si la jeune femme avait fait partie d'une classe subalterne ou, même, si elle avait été de son propre rang, il aurait insisté, certain que leur histoire n'aurait entraîné aucune répercussion sérieuse. Mais elle appartenait à la classe moyenne et était, par conséquent, très vulnérable. A cause de cela, il savait qu'il lui devait de la considération. Veuve d'un médecin de la région, elle élevait seule leur enfant. Secrétaire à Ravenscar pour le compte de la mère d'Edward, elle avait besoin de cette situation pour survivre. Aussi, parce qu'il était un jeune homme plein de compréhension et de bienveillance, il lâcha son bras et recula de quelques pas.

Un sourire plein de regret se dessina sur ses lèvres tandis qu'il laissait échapper un petit soupir.

— Je ne vous importunerai plus désormais, Alice, murmura-t-il. Vous êtes dans le vrai, il serait inconvenant de ma part de vous nuire en quoi que ce soit.

Elle se pencha pour faire courir un doigt le long de sa joue puis, d'un pas rapide, regagna sa place derrière le bureau.

— Merci, dit-elle à voix basse. Merci de vous montrer un gentleman.

Il quitta la pièce sans la regarder et, tandis qu'il refermait la porte, n'entendit pas ses dernières paroles :

— Ce n'est pas parce que je ne veux plus de vous, au contraire. Mais vous êtes le genre d'homme qui ne peut faire autrement que de briser le cœur d'une femme.

2

Cecily Deravenel savait qu'Edward avait suivi Alice dans son bureau. Elle avançait le long de la galerie qui surplombait le grand hall lorsqu'elle avait vu les deux jeunes gens entrer successivement dans la pièce.

Ni Alice ni Edward ne l'avaient remarquée et elle avait poursuivi son chemin, s'engageant dans le grand escalier en boucle qui menait au rez-de-chaussée. Tandis qu'elle descendait, elle vit Edward resurgir et arpenter le couloir d'un pas rapide avant d'entrer précipitamment dans le petit salon, fermant brutalement la porte derrière lui.

A nouveau, la présence de Cecily n'avait pas été remarquée et cela lui convenait. Elle n'avait aucune envie d'affronter son fils aîné et d'évoquer avec lui son intérêt pour la jeune veuve qu'elle employait comme secrétaire.

Cecily Deravenel s'était toujours montrée bon juge quant au caractère des gens et elle pensait connaître Alice Morgan plutôt bien. Elle savait que celle-ci saurait gérer la situation avec réalisme, en respectant les convenances et la plus grande discrétion, car c'était une jeune femme de bonne éducation, issue d'une famille des plus correctes. Cecily savait aussi qu'il s'agissait probablement d'une simple toquade de la part d'Edward.

De toute façon, songea-t-elle avec soulagement, il partirait pour Oxford à la fin de la semaine. Elle savait qu'Edward aimait l'université et que ses études l'absorberaient complètement comme elles l'avaient toujours fait. Son absence permettrait aussi à Alice de mettre un terme à cette histoire, si celle-ci n'était pas encore morte de sa belle mort. A moins qu'elle n'ait précisément pris fin quelques minutes plus tôt. Même s'il n'existait aucun lien suspect entre eux, elle était heureuse qu'il parte. A Oxford, au moins, il serait en sécurité.

Cecily retint un soupir. Edward pouvait se montrer parfois si impulsif, si téméraire même. Il devrait apprendre à prendre le temps de réfléchir. Surtout lorsqu'on voulait bien se rappeler combien les femmes – toutes générations confondues – le trouvaient irrésistible.

Voilà longtemps que Cecily avait compris que la tentation se trouverait toujours sur le chemin de son fils. Bien plus que la moyenne des hommes, le pauvre Edward y serait exposé tout au long de son existence. Il faudrait être un saint pour résister à tout ce qui lui était jeté à la figure, songea-t-elle tout en traversant le vaste hall.

C'était une femme grande, au port altier, dans la quarantaine. Très élégante et gracieuse, elle était toujours vêtue à la dernière mode. Même ici, à Ravenscar, la résidence de province de la famille.

Ce matin, elle portait un tailleur de laine bleu marine dont la longue jupe lui effleurait les chevilles et, sous la veste assortie, un chemisier de batiste à haut col et jabot. La veste courte soulignait sa taille mince et reflétait la mode du moment avec ses manches bouffantes aux épaules et étroites sur les avant-bras.

La masse brillante de ses cheveux noisette avait toujours été la fierté de Cecily. Coiffés en un chignon lâche, ils venaient mourir en petites boucles à la lisière de son front haut et pur. C'était la dernière coiffure à la mode depuis que toutes les femmes d'Angleterre, quel que soit leur âge, adoptaient en tout point les caprices vestimentaires de la reine Alexandra. A présent que le fils de Victoria, Edouard Albert, était monté sur le trône sous le nom d'Edouard VII, la reine était devenue l'arbitre de toutes les modes, de tous les styles et de toutes les tendances. Princesse danoise par la naissance, Alexandra, l'épouse d'Edouard, était très admirée de son peuple à tous les échelons de la société.

Lorsque Cecily vivait à Ravenscar, elle ne portait que peu ou pas du tout de bijoux, sauf si elle recevait ou lorsque, accompagnée par son mari, elle se rendait aux réceptions de la petite noblesse locale. Aujourd'hui étant un jour comme les autres, elle n'arborait donc que des boucles d'oreilles en perle, son alliance en or et une montre bijou épinglée au revers de sa veste de tailleur.

Elle en consulta le cadran et sourit. La petite aiguille venait juste de rejoindre les onze heures. Son mari la taquinait toujours en disant qu'il pouvait régler sa propre montre de poche sur la sienne tant la ponctualité de sa femme était légendaire. Chaque matin, à précisément onze heures, Cecily entamait son tour, passant en revue les pièces qui se trouvaient au rez-de-chaussée.

Ce qui n'était qu'une initiative datant de l'époque où elle n'était encore qu'une toute jeune épouse s'était transformé, au fil des années, en un rituel quotidien. Elle avait besoin de s'assurer que toutes les pièces de cette immense demeure étaient chaudes et confortables et que tout y était en ordre. Elle se montrait exigeante sur ce point comme sur beaucoup d'autres.

Plus de vingt-six ans plus tôt, lorsqu'elle était arrivée à Ravenscar en tant que toute fraîche épouse de Richard Deravenel et nouvelle maîtresse de maison du manoir, elle avait été d'abord stupéfaite et terriblement attristée de trouver ce splendide joyau d'architecture Tudor délaissé et si inhospitalier. Désorientée, elle avait eu un mouvement de recul avant de se décider bravement à intervenir.

De belles proportions, les pièces étaient dotées de nombreuses fenêtres laissant filtrer cette merveilleuse lumière cristalline si caractéristique des régions du Nord. Malheureusement il y régnait aussi un froid glacial et il était impossible d'y rester longtemps sans y être gelé. Même l'été, le froid pénétrait les épais murs de pierre et la proximité de la mer du Nord ajoutait encore à l'humidité, surtout lorsqu'il pleuvait.

Richard lui avait expliqué que la maison avait souffert de négligence, mais que sa structure était excellente. Sa mère, une veuve, était devenue plutôt regardante avec l'âge. Elle avait fait fermer la plus grande partie de la demeure depuis que ses enfants vivaient à Londres et occupait une suite de pièces plus faciles et moins chères à chauffer. Le reste du manoir avait été totalement ignoré pendant plusieurs années.

En y pénétrant pour la première fois, il y a longtemps de cela, Cecily avait rapidement découvert que la place la plus chaude était l'immense cuisine ainsi que les petites pièces attenantes. C'était là que la cuisinière et son personnel avaient élu domicile, profitant de la chaleur distillée par l'immense cheminée et par les fourneaux. Toutes les autres pièces étaient pleines de poussière et fermées au monde.

Faisant confiance à Cecily et à son intuition, Richard l'avait laissée faire ce qu'elle voulait. En une semaine, elle avait déjà opéré dans la maison des changements décisifs. Chaque pièce, chaque fenêtre avait été nettoyée, les murs avaient été repeints, les parquets encaustiqués. Pour que le feu brûle dans toutes les cheminées, toute l'année, si nécessaire, une grande quantité de bois avait été coupée et les bûches avaient été entreposées dans les remises.

A Londres, Cecily fit l'acquisition de somptueux tapis persans chez les marchands les plus renommés, ainsi que de splendides velours, brocarts et autres luxueux tissus dans les couleurs les plus précieuses. Les tapis furent déroulés sur les parquets, les tissus coupés et cousus en de jolis rideaux garnissant toutes les fenêtres. Les meubles furent cirés et, si nécessaire, réparés. Grâce à son goût exquis et à ses soins attentifs, Ravenscar fut totalement transformé en quelques mois pour devenir une demeure vibrante de vie et de couleurs.

En un certain sens, rien de tout cela n'était arrivé par hasard. Héritière d'un géant de l'industrie qui avait bâti son immense fortune grâce à la révolution industrielle de l'époque victorienne, Cecily Watkins Deravenel avait toujours vécu dans les plus somptueuses demeures. Elle avait grandi dans un monde de beauté, au milieu d'objets de prix, de trésors artistiques inestimables, de toiles de maîtres et de meubles rares. Habituée à vivre dans un décor d'un luxe inouï, Cecily avait cherché à retrouver à Ravenscar l'harmonie et la beauté qu'elle connaissait depuis l'enfance. Elle n'avait compté ni son temps ni ses efforts pour rassembler les plus beaux objets d'art et, après plus de vingt-cinq ans d'un travail assidu, elle avait enfin accompli ce qu'elle avait planifié depuis si longtemps.

Une des dernières innovations de Cecily avait été l'introduction de l'électricité au manoir, sept ans plus tôt. Les lampes à gaz avaient cédé la place à des lustres étincelants et à des appliques de bronze qui baignaient les pièces d'une lumière éclatante, de jour comme de nuit.

Alors qu'elle traversait le grand hall en regardant autour d'elle, Cecily remarqua les taches d'humidité le long des fenêtres ouvrant sur la mer et nota mentalement d'en parler à l'homme de main afin que ce problème soit réglé rapidement.

Elle pénétra dans le couloir de l'autre côté du hall et, l'une après l'autre, poussa chaque porte pour vérifier les feux, l'état des meubles et l'agencement général des objets. Parfois elle entrait pour de bon, redressait une fleur ou corrigeait le tombé d'un rideau. Car son œil, toujours perçant, ne manquait jamais d'enregistrer la moindre imperfection.

Une demi-heure plus tard, Cecily se tenait sur le seuil du petit salon, hésitant sur la conduite à tenir. Devait-elle entrer ou non ? Elle se décida enfin et tourna le bouton de la porte.

Trois têtes se tournèrent dans sa direction... Trois de ses quatre fils... et de ses sept enfants. Elle avait mis au monde douze enfants, mais sept seulement avaient survécu.

A onze ans, George était souvent incontrôlable et incapable de dissimuler ses sentiments. En apercevant sa mère, il lui sourit. On pouvait lire à livre ouvert dans ce petit visage expressif. Il venait la voir constamment... Pour se confier – même lorsqu'il lui fallait admettre ses fautes –, mais aussi pour raconter toutes sortes d'histoires. Bien des fois, Cecily avait pensé qu'il avait une tendance à la jalousie et peut-être même au mensonge. Mais, ce matin, il semblait vraiment angélique. Avec ses cheveux couleur d'avoine, il était le plus blond de tous ses enfants.

Il y avait tant de contraste entre lui et son frère Richard ! Assis à côté de son Ned adoré, le visage toujours si grave, ce dernier accueillit sa mère d'un sourire solennel, un sourire bien triste pour un petit garçon de huit ans. Comme son regard bleu-gris était calme ! songea Cecily. C'était un enfant si sérieux, si sincèrement engagé dans tout ce qu'il faisait. *Son* Richard... Pendant une seconde, elle eut envie d'ébouriffer sa tignasse noire, mais elle savait qu'il n'apprécierait guère, soucieux de ne pas être rabaissé au rang de bébé. C'était lui qui avait les cheveux les plus sombres de tous ses enfants, aussi sombres que les siens. Il avait d'ailleurs hérité d'elle d'autres traits de caractère, comme son stoïcisme et, aussi, une certaine tendance à l'entêtement.

Les yeux de Cecily s'arrêtèrent enfin sur son fils aîné. Toujours aimable, Edward posait sur elle des yeux si intensément bleus que chaque fois elle en demeurait saisie. Sa splendide chevelure cuivrée, héritée de ses ancêtres normands, formait comme un casque brillant au-dessus de son visage et, tandis qu'il lui souriait, ses dents blanches brillèrent. Cecily pensa à toutes les femmes qui, déjà, s'éprenaient de lui. Il était encore si jeune, un adolescent... pas même dix-neuf ans...

Longtemps, elle avait cru que son impulsivité naturelle ne porterait pas ombrage à ses autres qualités, en particulier cette aptitude à exceller dans tant de domaines. Il était si doué. Jamais elle ne l'avait sous-estimé, même s'il arrivait que son père, lui, ne mesure pas toujours ses capacités. Et, même alors, il demeurait conscient, tout comme elle, de l'extraordinaire attachement filial qui l'habitait, ancré au plus profond de lui. Pour Ned, la famille passait avant tout le reste. Cecily savait qu'il en serait toujours ainsi et elle avait une confiance inébranlable en son fils aîné.

Ses pensées l'emportèrent alors vers Edmund, parti pour l'Italie une semaine plus tôt après avoir supplié son père de l'emmener en voyage avec lui. Agé de dix-sept ans, c'était le plus responsable de ses fils. Doté d'un esprit pratique, les pieds fermement ancrés dans la réalité, il avait su très tôt se montrer autonome. Edmund ressemblait surtout à ses deux sœurs aînées, au moins dans les couleurs... des cheveux châtain clair, que Meg, sa fille de quinze ans, qualifiait plutôt méchamment de "gris souris". Meg, elle, était blonde, mais pas autant que George.

— Je vous en prie, mère, venez vous joindre à nous, s'exclama Edward. Nous partageons une petite collation. Accepteriez-vous une tasse de thé ? Voulez-vous que je sonne Polly ?

— Non, je te remercie, Ned, répondit Cecily en se dirigeant vers le canapé.

A peine venait-elle de s'asseoir que George, sautant sur ses pieds, se précipita pour se laisser tomber sur les coussins à ses côtés en se serrant contre elle d'un geste possessif. Sa mère glissa un bras protecteur autour de lui. Des années plus tard, elle se souviendrait de cette impulsivité enfantine et de ce besoin qu'elle éprouvait de le protéger constamment. Avait-elle déjà le pressentiment du terrible besoin qu'il aurait d'elle un jour ?

— J'aimerais bien savoir, mère, quand nous regagnerons la ville, interrogea Edward.

— D'ici à une semaine. J'ai dit à votre père que nous serions tous de retour dans notre résidence de Mayfair lorsqu'il reviendra d'Italie. Bien sûr, à ce moment-là, tu seras à Oxford.

Elle jeta un regard à George blotti contre elle, puis à Richard, avant de poursuivre :

— M. Pennington nous y rejoindra à la fin du mois. Il s'occupera de l'éducation de tes plus jeunes frères comme il l'a fait l'année dernière à Londres. Et Perdita Willis a été engagée comme gouvernante pour veiller sur Meg. Au fait, où est-elle ? L'avez-vous vue depuis le petit déjeuner ?

Ned et Richard secouèrent la tête, mais George avait quelque chose à dire.

— Je l'ai aperçue en train de se diriger vers le grenier, murmura-t-il.

— Ah oui ? Et quand cela ?

— Je ne me souviens pas de l'heure exacte, mère.

— Fais un effort, insista sèchement Cecily.

— Eh bien, disons... il y a une heure, environ.

Cecily fronça les sourcils.

— Je me demande pourquoi elle avait besoin d'aller là-bas.

— Je crois en deviner la raison, mère, s'exclama Edward. Elle m'a dit que son amie Lillian Jameson donnerait un bal ce printemps pour son seizième anniversaire. Meg a aussitôt dit qu'elle voulait explorer les malles rangées là-haut et...

Edward s'interrompit et jeta un regard rapide en direction de la porte qui venait de s'ouvrir, livrant passage à sa sœur.

— Ah, te voilà, ma chérie ! s'exclama Cecily en se levant pour aller à sa rencontre. Je me demandais justement où tu te trouvais. Ned m'a expliqué que tu avais souhaité explorer les malles du grenier.

— C'est vrai, mère, répondit Meg en se glissant dans la pièce.

Elle était aussi gracieuse que Cecily ; elle était vraiment ravissante, ce matin, dans sa robe de laine rouge, ses bas et ses chaussures noirs.

Margaret était en train de se transformer en la plus exquise des jeunes filles, songea Cecily. Elle lui sourit tendrement.

— Tu ne m'avais pas dit que lady Jameson donnait un bal de printemps pour l'anniversaire de Lillian.

— Rien n'est encore décidé, mère, et les invitations n'ont pas été envoyées. A mon avis, cela ne se fera pas avant des semaines et des semaines... si jamais cela arrive. En réalité, Lillian *espère* l'organisation de ce bal, et moi aussi, tu t'en doutes. Ce serait tellement amusant. Malheureusement, sa mère n'a pas encore donné son accord.

— Les garçons seront invités, tu crois ? s'enquit George, assis très droit, les yeux intensément braqués sur sa sœur.

Meg se mit à rire.

— Tu es vraiment incorrigible. Imaginer seulement que, *toi*, tu pourrais être invité.

Le petit garçon se renfrogna.

— Et pourquoi pas ? Ne suis-je pas un Deravenel ? Tout le monde nous invite partout.

— C'est papa et maman que l'on invite, pas toi, corrigea Meg avec autorité. Tu es bien trop jeune pour les cotillons, les danses et toutes ces sortes de choses.

— Ce n'est pas vrai, n'est-ce pas, mère ? répliqua George en lançant à cette dernière un regard implorant.

— Ma foi, disons que c'est vrai pour l'instant. Lorsque le printemps viendra, tu seras un peu plus âgé et alors nous y réfléchirons, répondit calmement Cecily, soucieuse de ne pas le blesser.
— Là, tu vois, Margaret ! Mère sait ce qu'elle dit et, au printemps, je pourrai venir, moi aussi. Du moins si j'y consens. J'y songerai et j'accorderai à ce projet une réflexion approfondie – comme dit toujours papa.
Edward se mit à rire.
— J'espère que, moi aussi, je recevrai une invitation, Meg, lança-t-il en adressant un clin d'œil entendu à sa sœur.
Elle rit à son tour et hocha la tête.
— Bien sûr. Mais prépare-toi, si tu viens, à rendre tous les autres hommes jaloux.
Il lui jeta un regard surpris.
— Pourquoi ?
— Parce que toutes les jeunes femmes du coin vont tomber à tes pieds, voilà pourquoi, répondit George. Tout le monde dit que tu es un bourreau des cœurs.
— Allons, il suffit, George, coupa Cecily d'une voix douce mais ferme. Je n'admettrai pas ce genre de familiarité ici.
Se tournant vers Meg, elle ajouta :
— As-tu trouvé quelque chose d'intéressant dans ces malles ?
— Oh oui, mère. Des robes splendides, toutes magnifiquement enveloppées dans des housses de coton. On les croirait neuves. Veux-tu venir avec moi pour les voir ?
— Avec plaisir, répondit Cecily en se levant.
Et, en riant, toutes deux quittèrent la pièce bras dessus bras dessous.

Les vastes greniers de Ravenscar occupaient toute la longueur de la maison sous les combles. Comme elle se montrait toujours très pointilleuse en matière de propreté et de rangement, Cecily les faisait nettoyer et dépoussiérer une fois par mois. Grâce à cela, il était aisé d'y retrouver ce que l'on cherchait et d'accéder sans difficulté aux paniers, valises, boîtes et malles entreposés là-haut.
Un peu plus tôt, Meg avait sorti de leurs rangements plusieurs jupes et les avait étendues sur un canapé recouvert d'un drap le protégeant de la poussière. Les robes étaient en soie, une soie légère comme une plume car destinée à être portée sur des jupons bouffants ou à encorbellement, très à la mode à l'époque victorienne.

Meg courut vers le canapé, choisit une robe d'une belle soie vert pâle et la tint contre elle.

— Je trouve que cette couleur me va très bien. Qu'en pensez-vous, mère ?

Cecily l'observa en silence un instant puis hocha la tête.

— Je suis d'accord avec toi, cette couleur est parfaite pour toi. Je suis certaine que nous pourrons retoucher certains de ces modèles pour les mettre à ta taille. Mme Henrietta est une excellente couturière. Elle peut se montrer très créative et saura transformer ces trésors en robes à la mode d'aujourd'hui.

Cecily s'empara d'une autre robe et la tendit à Margaret.

— Voyons comment te va celle-ci. Ce bleu est vraiment ravissant, on dirait des myosotis.

— Ou bien les yeux de Ned, murmura Meg en drapant étroitement le vêtement contre sa poitrine.

— Ma foi, tu as raison, reconnut Cecily. Les yeux de Ned sont de cette couleur.

Très proches, Edward et Margaret n'avaient que quelques années d'écart. Tout comme le petit Richard, Meg adorait son frère aîné et le jugeait infaillible. Quant à Edward, il se montrait protecteur envers sa sœur depuis sa plus tendre enfance. Meg, elle, se sentait responsable de ses frères cadets, veillant sur eux lorsque Cecily était au loin et leur servant de guide dans de nombreux domaines.

— Ce bleu est enchanteur ! s'exclama Cecily, appréciant la façon dont la couleur seyait aux yeux gris de Meg. Nous emporterons donc les robes verte et bleue à Londres la semaine prochaine pour les faire retoucher. Avant de partir, nous pourrons encore examiner le reste des malles. Peut-être y dénicherons-nous d'autres jolies tenues.

— Oh, merci, maman, comme c'est gentil de votre part ! s'écria Margaret en étreignant sa mère dans un brusque élan d'affection.

Cecily – qui n'était pas du genre expansif – se mit à rire.

— Tout le plaisir est pour moi, chérie, mais si tu continues ainsi tu vas finir par froisser ma robe.

Meg la libéra aussitôt et secoua son jupon.

— Je ne crois pas avoir abîmé grand-chose, murmura-t-elle en scrutant le tissu avec intensité.

La tête légèrement penchée de côté, Cecily étudia l'adolescente quelques secondes, consciente de son extrême beauté. Elle était vraiment ravissante avec ses longs cheveux clairs et ses grands yeux gris. Les pensées de Cecily se tournèrent aussitôt vers l'avenir de sa fille et ses perspectives de mariage. Meg allait bientôt se transformer en la plus séduisante des jeunes femmes et ferait probablement un aussi bon mariage que ses deux sœurs aînées, Anne et Eliza.

— Je m'entretiendrai avec lady Jameson la semaine prochaine lorsque nous retournerons à Londres, Meg. J'en apprendrai un peu plus sur ses intentions. Il m'est soudain apparu que ton père verrait sans doute d'un œil favorable l'idée de donner un petit thé dansant cette année pour célébrer ton quinzième anniversaire.

— Oh, maman, ce serait merveilleux ! s'exclama Meg, ravie d'une telle aubaine.

Cecily s'étonnait elle-même. D'ordinaire, elle ne se montrait pas si impulsive et il fallait normalement des jours de négociation pour décider de choses aussi importantes que celle-là. Elle se demanda si elle n'avait pas agi à la légère en évoquant ce projet, mais, désormais, il était impossible de reculer sans risquer de décevoir profondément sa fille. Elle en toucherait un mot la semaine suivante à Richard, son mari, certaine qu'il n'opposerait aucune objection. Il avait toujours été heureux de confier ce genre de responsabilité à son épouse : l'éducation des enfants ; la gestion des maisons... tout cela incombait à Cecily.

Richard. Comme il était bon. Dévoué au-delà de toute mesure à sa famille et un père merveilleux. Le meilleur mari dont une femme pouvait rêver. Elle était impatiente de le voir enfin regagner la maison. Ses journées lui paraissaient vides et solitaires lorsqu'il ne se trouvait pas à ses côtés.

Elle ne s'était pas montrée particulièrement enthousiaste à l'idée de le voir partir pour l'Italie, mais il lui avait expliqué qu'il était obligé de faire ce voyage. De nombreux problèmes devaient être réglés dans les marbreries de Carrare et, en tant que directeur adjoint de la compagnie Deravenel, il avait accepté l'idée de Henry Grant, le président, d'aller enquêter sur cette affaire. Il avait emmené avec lui le jeune Edmund qui, ne connaissant pas encore l'Italie, avait insisté avec ardeur pour l'accompagner.

Le frère de Cecily, Rick, et son neveu Thomas étaient aussi du voyage. Richard et Rick étaient les meilleurs amis du monde depuis des années, chacun appréciant la compagnie de l'autre. Rick espérait acquérir à Florence quelques toiles de maître ainsi que des sculptures pour redécorer sa maison de Londres. Seuls les plus beaux objets d'art lui paraissaient dignes de figurer sous son toit. C'était un véritable connaisseur et son remarquable sens critique faisait l'admiration de tous. Quinze jours plus tôt, il avait confié à Cecily qu'il pensait trouver ce qu'il cherchait dans la capitale florentine.

Depuis l'enfance, Cecily et Rick avaient toujours été très proches et, après la mort de leur père, c'était Rick qui avait repris la gestion des affaires familiales. Si leur père, Philip Watkins, avait été l'un des plus puissants magnats de l'industrie, Rick l'avait surpassé mille fois. Il comptait désormais parmi les hommes les plus riches du pays et son intelligence des affaires avait encore accru sa fortune. En tant qu'héritière, Cecily ne pouvait que s'en réjouir, car son mari, constamment opposé aux autres membres de la famille Deravenel – de la branche des Lancashire –, était tenu à l'écart de l'empire familial, empire qui lui revenait pourtant de droit. C'était lui, en effet, qui aurait dû diriger la compagnie Deravenel, et non son cousin Henry Grant. Comme tous ceux du clan des Lancashire, Henry était totalement incompétent en matière de gestion financière. Quant à Margot, son épouse française, poussée par une ambition et une cupidité dévorantes, elle manipulait son époux comme un pantin et cherchait à s'immiscer elle-même dans la direction des affaires.

— Ne croyez-vous pas que nous devrions emporter les robes en bas ? demanda Meg en interrompant le cours de ses pensées.

— Oui, oui, tu as raison, ma chérie.

Cecily jeta un coup d'œil à sa montre de gousset et s'exclama :

— Seigneur, il est bientôt l'heure du déjeuner ! Il est temps de rejoindre les autres.

Tandis que mère et fille descendaient l'escalier, les pensées de Cecily s'envolèrent à nouveau vers les Grant. Ils n'occupaient que trop souvent son esprit, d'ailleurs. Usant des pires stratagèmes, le père de Henry avait tout fait pour écarter Richard, porté par une haine ancestrale qui avait encore grandi avec les années. Et voilà qu'à présent Margot Grant prenait le relais, rendant les choses encore plus intolérables. Il y aurait sûrement encore bien des conflits entre Richard et Henry, Cecily en était convaincue.

3

— On dirait qu'une tempête arrive, annonça Richard en pivotant sur la banquette placée près de la fenêtre de la chambre d'Edward. Je ne vois aucun bateau de pêche dehors, il y a trop de brouillard.

— La tempête apparaît généralement lorsque les vents froids montent de la mer pour balayer les terres plus chaudes. L'été, surtout, mais parfois aussi l'hiver, expliqua Edward en levant les yeux du carton dans lequel il était en train de ranger ses livres d'étudiant. Il ne devrait y avoir aucun pêcheur dehors cet après-midi, tu sais. Ce soir, peut-être, si le brouillard se lève, petit écureuil.

Richard sourit. Il aimait ce surnom qu'Edward lui avait donné des années plus tôt. Cela lui faisait se sentir un être à part, plus important que les autres.

— Je serai heureux de rentrer à Londres la semaine prochaine, dit-il, changeant de sujet. Même si cela voudra dire travailler dur parce que M. Pennington reviendra à la maison pour être notre tuteur.

Edward perçut de l'inquiétude dans la voix de son jeune frère. Fronçant les sourcils, il enveloppa son cadet d'un regard pénétrant.

— N'apprécies-tu pas de séjourner ici ? Est-ce que tu trouves qu'il y fait trop froid l'hiver ? Ce n'est que trop vrai, malheureusement. Pourtant, lorsque j'avais ton âge, j'aimais demeurer l'hiver à Ravenscar. Il y a toujours tant de choses à faire !

— Mais j'aime aussi cette maison, Ned. Simplement je préfère Londres parce qu'alors, quand tu étudies à Oxford, je te sens moins loin de moi. Tu viens me voir plus souvent à Londres.

Emu par cet aveu et heureux d'entendre son petit frère l'exprimer avec tant de spontanéité, Edward reposa le livre relié de cuir qu'il avait dans les mains et traversa la pièce pour venir s'asseoir sur la banquette à côté de Richard. Il entoura son épaule d'un bras protecteur et lui donna une petite bourrade affectueuse.

— Moi aussi tu me manques, petit écureuil, dit-il doucement. Tu as raison, Oxford est bien plus près de Londres que du Yorkshire. J'essaierai de revenir aussi souvent que possible à Londres et nous pourrons passer beaucoup de temps ensemble.

Le visage de Richard s'éclaira.

— Tu me le promets, Ned ?

— Oui, Dick, je te le promets.

Visiblement réconforté, le petit garçon se détendit et se laissa aller contre le bras de son frère aîné, abandonné, confiant, comme il en avait toujours été avec lui depuis sa plus tendre enfance.

— Les choses ne sont pas du tout pareilles quand tu n'es pas à la maison, murmura le petit. Tu me manques tellement, Ned.

— Je sais ce que tu ressens. Toi aussi, tu me manques, petit écureuil. Mais je ne serai pas si loin, tu sais. Et puis, je t'écrirai.

— C'est vrai, Ned, tu le feras ? C'est tellement merveilleux de recevoir une vraie lettre de toi chaque semaine.

Edward se mit à rire.

— Je n'ai pas dit *chaque semaine*. Et puis, Dick, ce n'est pas comme si tu te retrouvais tout seul quand je m'en vais. Meg est là, et George aussi.

— Oui, évidemment, répondit Richard d'une voix hésitante. J'aime bien Edmund, mais j'ai le sentiment de toujours le déranger. Avec moi, il se montre parfois si impatient.

— Je sais qu'il est toujours très occupé, en effet, dit Edward en riant. Puis il ajouta : pour faire quoi, je l'ignore... Mais George est gentil avec toi, n'est-ce pas ?

— Oh, oui !

Edward lui jeta un coup d'œil inquisiteur et demanda :

— Est-ce qu'il t'ennuie ? Dis-moi la vérité, je ne veux pas que tu me mentes.

Richard lut de la méfiance dans les yeux de son frère et s'exclama :

— Je ne mens pas et je ne te raconterai jamais d'histoires, Ned. Si je te dis que George ne m'ennuie pas, c'est que c'est la vérité.

— Tant mieux. Car je trouve qu'il se montre parfois un peu trop... zélé, disons. En tout cas dans certains domaines.

— De toute façon, je sais me défendre, lança l'enfant en redressant fièrement sa jolie tête brune.

— Je sais. Après tout, c'est moi qui te l'ai appris, pas vrai ?

Edward lui administra une tendre petite bourrade et se leva. Puis, après avoir regardé par la fenêtre, il constata que la brume montant de la mer voilait à présent presque tout le paysage. Même les murs crénelés, en contrebas des jardins, étaient masqués par le brouillard.

Ned traversa la pièce, retourna à la table où il avait posé le grand carton rempli de livres et reprit la vérification de sa liste.

Richard, qui l'observait depuis la fenêtre, demanda soudain :

— Est-ce qu'Edmund ira à Oxford lui aussi ?

— Je l'espère bien. Et George aussi, tout comme toi, Dickie, mon garçon. Quand tu en auras l'âge. C'est ce que papa souhaite, car il veut que nous recevions tous la meilleure des éducations oxfordiennes. Est-ce que cela te dit d'y aller et d'y préparer ta licence ?

— Oh oui, j'aimerais beaucoup. Au fait, pourquoi tout le monde appelle-t-il cet endroit la « ville des flèches » ?

— Parce qu'on y trouve un grand nombre d'églises et de bâtiments aux toits pointus qui se dressent dans le ciel. C'est très beau à voir.

— Les maisons y sont très anciennes, n'est-ce pas ? C'est Meg qui me l'a dit.

— En effet. La plupart datent du douzième siècle.

— Est-ce que je pourrai venir un jour voir la ville, Ned ? *S'il te plaît*. Je voudrais tant découvrir Oxford. Est-ce que tu m'emmèneras la visiter ?

— Bien sûr, vieille branche. Je te conduirai tout particulièrement à la Bodleian, c'est mon endroit préféré.

— Qu'est-ce que c'est ?

— Une bibliothèque, très vieille et très charmante.

— Oh, comme j'aimerais la voir ! Meg m'a dit que, pendant la guerre civile, Oxford était la capitale du mouvement royaliste et qu'elle a été assiégée par les hommes de Cromwell, mais qu'elle s'en est sortie sans dommage.

— C'est exact.

On frappa à la porte.

— Entrez ! lança Edward.

Jessup, le majordome, pénétra dans la pièce. Il inclina courtoisement la tête.

— Pardonnez cette intrusion, monsieur Edward.

— Oui, Jessup ?

— Votre mère souhaite vous parler. Elle vous attend dans la bibliothèque.

— Merci, Jessup. Dites-lui que je la rejoindrai dans quelques minutes.

— Mme Deravenel m'a demandé de vous dire qu'il s'agit d'une affaire des plus urgentes, monsieur Edward.

— Fort bien. Dans ce cas, je vous suis de ce pas.

La pièce semblait différente. Il y régnait une atmosphère bizarre, un calme inhabituel.

Edward se tint sur le seuil, hésitant sur la conduite à tenir.

Il y faisait trop sombre, bien plus sombre qu'à l'ordinaire, et ce n'était pas normal. Cela ne ressemblait pas à sa mère de ne pas allumer les lampes. Elle adorait la lumière et c'était pour cela qu'elle avait fait installer l'électricité à Ravenscar dès son arrivée.

Seules deux petites lampes étaient allumées dans l'immense salle, malgré cette fin d'après-midi si sombre et brumeuse. L'obscurité remplissait l'espace et Edward jugea cela étrange. Quelque chose n'allait pas. Il se sentit soudain mal à l'aise en percevant dans la pièce quelque chose qui évoquait la désolation, un présage de malheur.

Poussant plus avant la porte, il se décida à entrer et scruta la pénombre. Il parvint à distinguer la silhouette de sa mère debout près d'une bergère à haut dossier à l'autre bout de la bibliothèque. Devant elle, enveloppée par l'obscurité, une autre silhouette était tournée vers la fenêtre, mais Edward ne réussit pas à l'identifier.

Il s'approcha lentement, l'esprit en déroute, chacun de ses sens en alerte. La peur, décida-t-il, c'était la peur qui flottait ici. Aussitôt, il sentit les poils se dresser sur sa nuque à cette pensée.

Prenant une profonde inspiration, il s'avança encore de quelques pas et demanda :

— Vous vouliez me voir, mère ?

Elle ne répondit pas.

Edward s'approcha de la cheminée et alluma une lampe posée sur une petite table avant de se tourner vers sa mère. Il fut frappé de voir que ses yeux sombres et immenses étaient remplis de frayeur.

Inquiet, il la dévisagea intensément et attendit. Il constatait à présent que son visage dénué d'expression était pâle comme de la craie.

— Que se passe-t-il ? lança-t-il d'une voix tendue.

Il la vit frissonner et s'agripper au dossier du fauteuil pour ne pas trébucher. Les jointures de sa main jetaient un éclat blême sous la pâle lueur de la lampe.

La peur qui se déversait d'elle vint frapper le jeune homme de plein fouet.

— *Qu'est-il arrivé ?* demanda-t-il une nouvelle fois.

Et, soudain, Cecily se mit à parler. D'une voix basse, tendue, elle expliqua :

— C'est ton père, Edward. Il y a eu... un accident. Ou, plutôt, un incendie. Ton père... Edmund... ils sont...

Elle s'interrompit, submergée par le désespoir avant de réussir à articuler :

— ... ils sont morts, Edward.

Sa voix se brisa, mais, fidèle à elle-même, elle se battait pour garder le contrôle de ses émotions. La voix tremblante, elle reprit :

— Mon frère Rick – ton oncle – et son fils Thomas... ils sont morts, eux aussi, dans cet incendie.

Abasourdi, incrédule, Edward la fixa sans comprendre. Comment croire une telle monstruosité ? Ces mots n'avaient aucun sens. Il se sentit brusquement gelé jusqu'à la moelle des os, incapable de bouger ou de parler.

La silhouette près de la fenêtre se retourna pour s'approcher d'eux. Edward reconnut aussitôt son cousin Neville Watkins, fils aîné de Rick et frère du jeune Thomas.

— C'est moi qui ai appris à ta mère cette terrible nouvelle, Ned, annonça Neville, tremblant d'émotion.

Les deux cousins s'étreignirent les mains, puis Neville s'exclama :

— Oui, c'est moi qui ai appris leur mort à ta pauvre mère et qui l'ai plongée dans le désespoir !

Edward secoua la tête énergiquement.

— Non ! C'est impossible ! Pas mon père, pas Edmund ! Pas oncle Rick, ni Tom ! Ça ne peut pas être, pas toute notre famille frappée ainsi en même temps !

Le cœur de Cecily se serra en voyant la pâleur de son visage déformé par le chagrin et les larmes qui montaient à ses yeux. Son désespoir était si palpable qu'elle avait envie de le délester de cet effroyable poids. Malgré sa propre peine et son incompréhension devant pareille tragédie, elle ne pensait qu'à son fils. Impuissante, elle secoua la tête, tandis que les larmes roulaient sur ses joues.

— Oh, Ned. Je voudrais tant pouvoir te réconforter.

Edward ne répondit pas. Terrassé par le choc, il ne pouvait plus articuler un seul mot.

Il entendit alors sa mère prononcer une phrase qui resterait à jamais gravée dans sa mémoire.

— Oh, Ned, Ned, personne ne t'a donc appris que la vie pouvait être tragique ?

Un long moment, il resta pétrifié, les yeux fixés sur elle, puis, tournant vivement les talons, il courut hors de la bibliothèque. Tout ce qu'il voulait, c'était fuir cet endroit où rôdait la mort. Il éprouvait le besoin désespéré de se retrouver seul avec son terrible chagrin.

A demi hébété, il traversa le grand hall et se dirigea d'une démarche trébuchante vers les doubles portes ouvrant sur les jardins. Une fois dehors, il courut le long de l'allée et, laissant derrière lui les pelouses, alla s'échouer, haletant, près des ruines fortifiées de l'ancienne place forte qui dominait les falaises.

La brume s'était levée et il commençait à neiger. Les minuscules flocons lui collaient au visage et se mêlaient à ses cheveux d'or sombre. Mais, enfermé dans son angoisse, il ne s'en apercevait même pas.

Il se tenait dans le petit espace arrondi qui, autrefois, avait été la base d'une tour se dressant au-dessus de la mer du Nord. Pressant son visage contre les pierres froides, l'esprit en déroute, il tournait et retournait dans sa tête mille questions sans réponse. Comment son père, son frère, son oncle et son cousin pouvaient-ils être morts en même temps ? C'était tout bonnement impossible. Cela n'avait aucun sens. Où se trouvaient-ils quand ce malheur les avait frappés ? Quand était-ce arrivé ?

Papa est mort. Et Edmund aussi. Mon frère adoré, qui n'avait que dix-sept ans... si unique, si plein de promesses pour le futur. Et Tom, son cher cousin Tom, avec qui il avait grandi. Et l'oncle Rick, le seul membre âgé de leur petit clan familial, celui sur lequel ils comptaient tant. Tous si fidèles et loyaux les uns envers les autres.

Papa et Edmund. Oh, Seigneur, non ! La gorge nouée, il sentit un flot de larmes lui jaillir des yeux tandis que le désespoir l'engloutissait.

Quelques instants plus tard, il entendit des pas résonner sur le sol dallé de pierres. Une main chaude vint se poser sur la sienne et un bras se glissa autour de ses épaules.

— Pleure, Ned, pleure tout ton soûl, murmura Neville Watkins au creux de son oreille. Il faut laisser ce chagrin sortir de toi. Comme je l'ai fait, moi aussi, hier soir.

Quelques instants plus tard, les deux cousins regagnèrent la maison et purent enfin s'entretenir des derniers événements.

— Quand as-tu appris la nouvelle ? demanda Edward. Et qui t'a prévenu ?

— Aubrey Masters, de la compagnie Deravenel. Il m'a téléphoné hier soir après avoir été lui-même alerté sur ce qui s'était passé à Carrare. Il a pensé qu'il valait mieux que tante Cecily, toi et tes frères soyez informés par mon intermédiaire plutôt que par un coup de fil ou un télégramme. J'étais d'accord, bien entendu.

Pâle, les traits tendus, Neville poursuivit :

— Il a fallu d'abord que je me remette moi-même de cette terrible nouvelle et que je réconforte ma mère. Après quoi, dès que je l'ai pu, j'ai quitté Ripon cet après-midi pour gagner Ravenscar en voiture. J'espère que tu ne m'en veux pas pour ce court retard.

— Bien sûr que non, Neville ! Toi aussi tu as été frappé par ce terrible malheur ! Toi aussi tu as perdu un père et un frère !

— Il faut nous rendre à Florence dès que possible, reprit Neville. De là, nous irons à Carrare afin de ramener les dépouilles des nôtres et de les enterrer dignement ici, dans le Yorkshire. Il faudra aussi mener notre propre enquête.

Edward demeura silencieux quelques minutes puis, levant les yeux vers son cousin, il demanda lentement :

— Apparemment, tu ne crois pas à la thèse de l'accident, n'est-ce pas ?

— Je suis à peu près certain que cette tragédie a été programmée, Ned. Mais je ne sais pas encore par qui ni comment.

— Suggérerais-tu quelque complot ?

— Parfaitement, cousin.

— Et mon père en était la cible, n'est-ce pas ?

— En effet.

Edward se replongea quelques instants dans ses pensées, digérant l'information.

— Où l'incendie s'est-il déclaré ? demanda-t-il brusquement.

— Dans un hôtel où ton père, le mien et nos frères avaient élu domicile. Il y a eu d'autres victimes, d'ailleurs.

— Mon Dieu, c'est véritablement affreux. Crois-tu qu'Henry Grant est derrière tout cela ?

Neville réfléchit.

— Pas Grant lui-même. Il est bien trop gâteux. Mais sa femme, cette Française, est du genre à jouer double jeu. Tout comme ses sbires, d'ailleurs. Il y a là un noyau très dangereux, capable du pire.

— Mais de quel genre de complot s'agirait-il, selon toi ?
— Je pense que ton père a été réduit au silence parce qu'il se montrait de plus en plus insistant depuis quelque temps, revendiquant à juste titre sa place légitime au sein de l'exécutif. Il ne cessait de rappeler qu'il aurait dû être aux commandes et que le clan des Deravenel Grant n'était que des usurpateurs. Sans en avoir le droit, ceux-ci ont occupé les plus hautes fonctions au sein de la hiérarchie, prenant le contrôle de toutes les opérations. Personne – et surtout pas eux – n'aime être constamment rappelé à l'ordre et confronté à des vérités difficiles à entendre. Ils ont donc décidé de supprimer ton père, voilà ce dont je suis convaincu. Nous devrons venger sa mort, Ned, ainsi que celle de nos frères. Voilà pourquoi je te propose mon aide. Je t'épaulerai tout le long de ta route et je te protégerai.

Edward hocha la tête.

— Merci, Neville. Merci du fond du cœur. Nous mettrons au point notre stratégie plus tard. A présent, je dois retrouver ma mère pour la réconforter et l'accompagner lorsqu'il lui faudra annoncer cette effroyable nouvelle aux autres enfants.

4

Cecily Deravenel était connue pour son stoïcisme et son sang-froid. Deux qualités qui venaient de s'envoler, balayées par la violence de son désespoir. Edward s'en aperçut lorsqu'il trouva sa mère dans ses appartements privés au premier étage.

Après avoir frappé à la porte, il était entré sans attendre son assentiment, sachant instinctivement qu'elle avait besoin du réconfort de sa présence.

Il la trouva assise sur une causeuse, près de la cheminée du petit boudoir attenant à sa chambre à coucher, les yeux perdus dans les flammes. Elle tourna la tête à son arrivée et lui lança un regard pénétrant. Il vit alors les ravages du chagrin sur son visage, ses yeux rouges et gonflés, et cette aura de désespoir qui l'enveloppait comme un châle. Son chagrin était si patent, si fort, qu'il en oublia le sien pour se précipiter vers elle.

Il s'installa à ses côtés et l'entoura de ses bras pour la serrer contre lui. Peu portée sur ce genre d'effusions, Cecily résista quelques secondes puis, vaincue, se laissa aller contre lui en pleurant à chaudes larmes, comme si son cœur venait de se briser.

Ce qui était bel et bien le cas, Edward le savait.

Il n'avait jamais eu de difficulté à comprendre cette femme altière et élégante qui semblait si distante et guindée à tant d'autres. Dès son plus jeune âge, il avait eu accès à sa véritable nature et savait quel cœur doux et affectueux était le sien, combien était profond son amour pour son époux et ses enfants. Elle s'était montrée la plus compréhensive des mères et des épouses, attentive aux désirs de chacun, alliée constante et d'une inébranlable fidélité de tous les membres de sa famille. C'était aussi une femme dotée d'une grande compassion pour autrui, prête à tendre la main à qui en avait besoin, particulièrement parmi le personnel employé au domaine, qui lui vouait une totale adoration et la considérait comme un ange tombé du ciel.

Des liens très forts l'unissaient également à son frère Rick, qui dirigeait ses affaires financières ainsi que la fortune léguée par leur père, Philip Watkins.

Et voilà qu'aujourd'hui les deux hommes les plus importants de sa vie – son mari et son frère – venaient de disparaître en un instant, avec une terrible et effrayante soudaineté. Le cours de son existence venait de changer si abruptement que ce drame baignait encore dans une atmosphère d'irréalité. Leurs vies à tous avaient soudain basculé et rien ne serait plus jamais pareil, non seulement pour sa mère, mais aussi pour lui, pour ses frères et pour son cousin Neville.

Neville Watkins avait pris la direction des affaires familiales. Tout comme Edward, qui, désormais, se retrouvait lui-même à la tête du clan Deravenel, branche Yorkshire. Un constat qui le troublait profondément. Car cela signifiait la prise en charge des intérêts de sa famille, et de toutes les affaires gérées par son père, sans oublier les lourds enjeux au sein de l'empire Deravenel. Edward n'était pas sûr de parvenir à jongler avec toutes ces tâches en continuant l'université, d'autant qu'il se sentait encore peu familier avec le fonctionnement de la compagnie.

A trente-deux ans, marié et père de deux petites filles, Neville était un homme du monde, un homme d'affaires brillant, tenu en haute estime par ses pairs. Alors qu'Edward n'avait pas encore dix-neuf ans et que la plupart des gens le considéraient toujours comme un gamin. Il ne possédait pas l'expérience de son cousin, et certainement pas non plus sa maturité. En tout cas pas encore.

Il lui faudrait pourtant rassembler avec Neville les pièces du puzzle et prendre en charge sa famille en s'efforçant de ramener la vie de tous à la normale le plus vite possible. Ned avait pleinement conscience que cela prendrait du temps. Après la période de deuil, maints ajustements devraient être décidés. Il lui faudrait beaucoup apprendre, et rapidement, s'il voulait agir correctement pour le bien de tous. Un équilibre difficile à obtenir, songea Edward. L'équilibre d'un funambule sur une corde raide.

Et, c'était implicite, il devrait aussi garder la tête froide à chaque moment. Il n'y aurait dorénavant qu'une seule personne en qui il pourrait placer sa confiance, à part sa mère. Et cette personne était Neville Watkins. Son cousin et lui se retrouvaient plus liés que jamais, il aurait besoin de Neville, de ses conseils et de son soutien pour réussir.

La voix de sa mère le tira de ses pensées.

— Je suis tellement désolée, Ned, de te faire partager ainsi mon chagrin. Malheureusement, je crois bien qu'il m'est impossible d'agir autrement. Pardonne-moi.

— Mère, vous n'avez rien à vous faire pardonner ! s'exclama Edward vivement en contemplant les larmes qui maculaient le visage de Cecily.

A l'aide d'un mouchoir, il lui tamponna doucement les joues et, d'une voix douce, murmura :

— Il est impératif d'exprimer sa peine si l'on veut parvenir à s'en libérer, vous le savez, mère. Ceux qui enfouissent leur chagrin sans rien laisser paraître finissent par tomber malades.

— Tu as raison, répondit Cecily. Des temps difficiles nous attendent, mais nous devons trouver le moyen de les traverser, de vivre aussi normalement que possible. Je dois penser aux enfants, à leur bien-être. Ils vont avoir besoin de moi, Ned, tout comme ils auront besoin de toi, même si je sais que tu seras bientôt occupé par de bien plus écrasantes responsabilités.

Edward hocha la tête et se leva.

— Il faut aller les voir si tu te sens un peu mieux. Il vaudrait mieux qu'ils n'apprennent pas la nouvelle au hasard d'une conversation de domestiques.

Cecily plongea son regard dans les yeux bleus de son fils.

— Ils savent déjà, Ned. Je leur ai parlé. Bien entendu, ils sont bouleversés, comme je m'y attendais. Je suis venue me réfugier ici il y a quelques instants pour tenter de retrouver un peu de calme intérieur. Mais, tu as raison, il faut aller les réconforter, leur répéter que tout va bien se passer.

— Etes-vous certaine de vous sentir suffisamment forte ? s'inquiéta Edward en la dévisageant.

La voix de Cecily fléchit imperceptiblement lorsqu'elle répondit :

— Je le pense, Ned. Il *faut* que j'aille avec toi, c'est essentiel pour eux.

Il lui tendit la main et elle s'appuya sur lui. Ils quittèrent ainsi la pièce et gravirent lentement l'escalier menant à l'étage de la nursery, que les plus jeunes des enfants occupaient encore.

A peine venait-il d'apercevoir sa mère que le jeune George bondit de sa chaise pour courir à sa rencontre et se serrer si fort contre elle que Cecily faillit presque en perdre l'équilibre. Il l'entoura de ses bras, avide de recevoir sa protection, son approbation, son amour.

— Oh, maman, pourquoi cela est-il arrivé ? Pourquoi, pourquoi ? gémit-il, ses beaux yeux gris baignés de larmes. Pourquoi ? répéta-t-il, en criant, cette fois, son jeune visage crispé par la colère et le chagrin. Je veux savoir pourquoi papa et Edmund ne rentreront pas. *S'il te plaît, maman, dis-le-moi.*

— Si je le savais, je le ferais, George, répondit doucement Cecily en tenant l'enfant étroitement serré contre elle, le cœur débordant de tendresse. Aucun d'entre nous ne comprend encore ce qui est arrivé. Ned va chercher à découvrir la vérité et, ensuite, il nous en informera.

George se tourna vers son frère et demanda d'une petite voix plaintive :

— Tu le feras, n'est-ce pas, Ned ?

— Je te le promets... Dès que je saurai ce qui s'est réellement passé.

Edward s'approcha de sa mère et de son frère et les entoura tous deux d'un bras protecteur en les serrant fort contre lui un long moment. Meg, en larmes, se tenait près de la fenêtre. La volubilité du jeune George et les sanglots de Meg lui firent soudain prendre conscience du silence et de l'immobilité absolue de Richard. Recroquevillé sur une chaise à l'autre bout de la chambre, le visage blême, ses yeux gris presque noirs dans la lumière déclinante de cette fin d'après-midi, le jeune garçon semblait si accablé que le cœur d'Edward saigna.

Il laissa sa mère serrant toujours George dans ses bras et se hâta de rejoindre l'enfant. En s'approchant, il vit combien la souffrance avait creusé son petit visage épuisé.

— N'aie pas peur, Dick, murmura doucement Edward en se penchant vers lui. Je veillerai sur toi.

Richard hocha la tête et, levant les yeux vers son Ned adoré, chuchota :

— Moi aussi, je veux savoir, comme George. Je veux savoir pourquoi papa et Edmund...

Les larmes lui montèrent aux yeux et, la voix tremblante, presque inaudible, il s'écria :

— Oh, Ned, j'ai dit qu'Edmund pouvait se montrer impatient avec moi. Comme j'aimerais n'avoir jamais dit cela !

— Je comprends, Dickie, mais ce n'est pas grave, je t'assure.

Edward serra l'enfant contre lui et ébouriffa tendrement ses boucles brunes.

— Je veillerai sur toi, toujours.

— Tu promets ?

— Oui, je te le promets. Tu dois essayer de te montrer courageux pour aider maman.

— Je le ferai, Ned, je te le promets, moi aussi.

Après une courte hésitation, il demanda brusquement :

— Est-ce que tu pars pour l'Italie ?

— Oui, il le faut. Cousin Neville m'accompagnera. Nous tirerons tout cela au clair et je te raconterai tout.

— Tu reviendras, n'est-ce pas ? demanda Richard, la voix encore mal assurée, les yeux brillants de larmes.

— Bien sûr que je reviendrai... Ravenscar est ma maison et tu y habites, toi aussi, n'est-ce pas ? Je reviendrai toujours auprès de toi, mon petit écureuil.

Richard acquiesça silencieusement et jeta un coup d'œil en direction de Meg.

— Cela fait longtemps qu'elle pleure...

Une minute plus tard, Edward serrait sa sœur dans ses bras.

Meg sanglota contre son épaule un long moment puis, après plusieurs profondes respirations, réussit à reprendre le contrôle d'elle-même. Peu à peu, ses épaules se décrispèrent et les pleurs se ralentirent. Elle leva les mains vers son visage pour en essuyer les larmes, les yeux élargis par une terrible angoisse. Toute la famille venait d'être plongée dans le plus complet chaos après cette effroyable nouvelle apportée par Neville, songea Edward. Il leur faudrait à tous beaucoup de temps pour s'en remettre, si tant est que cela fût possible.

Doucement, en choisissant ses mots, il s'efforça d'apaiser sa sœur.

— Mère a besoin de nous, Meggie chérie. Tu dois te montrer forte pour elle, pour George, et pour le petit Richard aussi, qui souffre en silence.

Elle hocha la tête, incapable de prononcer un seul mot. Elle avait toujours été très proche de son père et d'Edmund et la nouvelle de leur tragique disparition venait de marquer son cœur au fer rouge. Elle les pleurerait le reste de sa vie et plus jamais ne redeviendrait l'insouciante jeune fille qu'elle était encore quelques instants plus tôt. Elle avait le sentiment d'être devenue vieille en quelques minutes.

Après un long moment, elle respira une nouvelle fois profondément et demanda :

— Combien de temps resteras-tu absent ?

— Je ne peux pas te le dire pour l'instant. Une semaine ou deux, probablement.

Il s'interrompit brusquement, car il s'apprêtait à penser à voix haute – combien de temps cela prendrait-il pour ramener les corps à Ravenscar ? Puis il comprit alors qu'il aurait été bien incapable de prononcer un seul de ces terribles mots.

Edward ne parvenait pas à dormir. Les pensées les plus confuses tournaient dans son esprit, chacune plus sinistre que l'autre, l'empêchant de se concentrer et d'élaborer une réflexion un tant soit peu cohérente.

En se couchant, une heure plus tôt, il avait espéré que le calme de sa chambre lui procurerait suffisamment de sérénité pour remettre un peu d'ordre dans son esprit. Malheureusement il n'en avait rien été. Le sommeil le fuyait et son cerveau continuait de fonctionner à plein régime.

Il soupira, repoussa les draps dans un geste d'exaspération et finit par se lever. Après avoir enfilé une épaisse robe de chambre de laine, il se dirigea vers la cheminée, jeta deux bûches dans l'âtre et contempla les flammes qui, instantanément, se mirent à crépiter, hautes et claires. Surpris, il lut au cadran de la pendule posée sur la cheminée qu'il était déjà une heure et demie.

Il chaussa ses pantoufles, approcha un fauteuil du feu et s'y installa, les pensées toujours en déroute. Il venait de vivre le jour le plus effroyable de son existence, un jour qu'il n'oublierait jamais. Accablés de chagrin, sa mère et ses frères s'étaient attablés avec Neville dans la salle à manger, incapables de toucher à la moindre nourriture. Personne ne put même échanger un seul mot.

Finalement, Cecily avait emmené les enfants se coucher puis, à son retour quelques instants plus tard, elle avait prié Neville et Edward de la suivre dans le salon de l'autre côté du grand hall. Ils avaient obéi docilement en échangeant un regard interrogateur, ignorant ce qu'elle allait leur dire.

Jessup, le majordome, leur avait apporté un plateau chargé de verres ballon et d'un flacon de cognac, qu'il avait posé sur une desserte avant de se retirer discrètement. Edward et Neville avaient été les seuls à se servir.

Une fois installée devant la cheminée, Cecily avait paru s'abîmer dans ses pensées durant de longues minutes. Levant les yeux vers Edward, elle avait dit, enfin :

« Je sais que tu dois partir pour l'Italie avec Neville... »

Elle avait observé une courte pause, semblé hésiter, puis repris :

« Je vous demande à tous deux de vous montrer extrêmement prudents. Ne laissez rien au hasard. »

Ils lui avaient promis de rester sur leurs gardes et de veiller l'un sur l'autre.

Cecily avait hoché la tête.

« Des forces sont à l'œuvre, dont nous ignorons encore tout. Je vous le répète, soyez vigilants et très, très prudents. »

Edward s'était raidi.

« Que voulez-vous dire, mère ? avait-il demandé, les sourcils froncés.

— Je ne peux vous donner de plus amples explications. Il s'agit simplement d'un pressentiment. Je sens... le *danger* rôder autour de vous.

— Il ne faut jamais sous-estimer les intuitions féminines, avait observé Neville. Elles sont souvent infaillibles.

— Quant à toi, Ned, il te faudra travailler à la compagnie Deravenel, reprit Cecily. Et cela, dès ton retour. »

Saisi, il l'avait dévisagée sans comprendre.

« Mais... et mes études à Oxford ?

— Tu ne peux les poursuivre. Ton père est mort et tu connais les règles de notre clan. En tant qu'héritier direct, c'est à toi de reprendre le flambeau des Deravenel. C'est ainsi que vont les choses dans notre famille. Lorsque l'héritier atteint ses seize ans, il doit prendre la place de son père défunt. Comme il n'a évidemment pas les compétences pour remplir les fonctions de directeur adjoint, il se voit confier un poste inférieur dans la hiérarchie. Mais il doit être présent au sein de la compagnie. Il en a toujours été ainsi.

— Je comprends. Je me souviens à présent avoir entendu père m'expliquer cette règle il y a des années de cela.

— N'oublie pas ce que je t'ai dit aussi, Ned. Je serai toujours à tes côtés et je t'aiderai du mieux que je le pourrai. »

Cecily s'était tournée vers son neveu.

« Quand comptez-vous quitter Ravenscar ?

— Demain matin. Ma voiture nous conduira à York. De là, nous prendrons le train de l'après-midi pour Londres. »

Il s'était interrompu pour avaler une gorgée de cognac et avait repris :

« Une fois là-bas, je prendrai les mesures nécessaires pour que nous quittions le pays vendredi ou samedi en direction de l'Italie.

— J'apprécierais, Neville, que tu me tiennes au courant de ce qui se passe. Même chose pour toi, Edward. »

Ils lui avaient promis tous deux de l'informer des événements.

Cecily s'était levée et les deux jeunes gens l'avaient imitée aussitôt. Elle s'était dirigée vers la porte. Parvenue sur le seuil, elle s'était retournée et avait dit lentement :

« Cette journée a été la plus épouvantable que nous ayons endurée. Il me faut aller voir comment vont les enfants et m'assurer qu'ils se reposent. Il y a eu bien trop de larmes versées aujourd'hui, bien trop de cœurs brisés. »

Demeurés seuls au salon, les deux cousins s'étaient entretenus encore un long moment, échafaudant leurs plans de voyage avant de se retirer pour la nuit.

Seul dans sa chambre, Edward fixait les flammes en pensant à la fin tragique de son père.

Vengeance. Ce mot tournait et retournait dans sa tête. Pas une seule seconde, Neville n'avait cru à la thèse de l'accident. Les tensions qui, constamment, déchiraient les deux clans Deravenel avaient conduit l'une des factions à se débarrasser de Richard Deravenel. Pour l'instant, Edward le savait, Neville n'avait aucune preuve concrète d'un possible complot et ses conclusions relevaient encore de la pure spéculation. Mais son instinct lui soufflait que son cousin avait raison.

Edward savait pertinemment que son père se plaignait souvent de la façon dont la compagnie était dirigée. Au fil des années, ses protestations s'étaient renforcées, devenant chaque jour plus véhémentes. La principale cible de son courroux était Henry Grant, cousin de Richard et héritier de la branche Deravenel du Lancashire. C'était lui qui, désormais, gouvernait l'empire familial. « Un président de paille », aimait à répéter le père d'Edward avec mépris. Et ce n'était là qu'un des surnoms désobligeants dont il l'affublait.

Pouvait-on cependant concevoir que des hommes à la solde de Henry en soient venus à éliminer aussi radicalement leur rival ? N'auraient-ils pu se contenter de limiter son influence au sein de la compagnie ? Ou, même, de le condamner purement et simplement à une retraite forcée ?

Adossé à son fauteuil, les yeux fermés, Edward réfléchit longuement à ce problème. Mais aucune réponse ne se dessina dans son esprit. Bien au contraire, d'autres questions, encore plus lancinantes, vinrent le tourmenter, toutes aussi insolubles les unes que les autres. L'une d'entre elles, en particulier, le hantait : *pourquoi* son père était-il parti pour l'Italie pour régler des problèmes relatifs aux carrières de marbre de Carrare ? C'était là le rôle d'Aubrey

Masters, responsable du département minier de l'entreprise. Et pourquoi Edmund, oncle Rick et Thomas avaient-ils aussi été tués ? Aucune de ces questions n'avait de réponse et elles continueraient de le harceler jusqu'à ce qu'il se rende lui-même sur place pour mener sa propre enquête, interroger les autorités locales ainsi que le responsable des carrières. Alors, peut-être, commencerait-il à y voir un peu plus clair, à comprendre comment l'incendie s'était déclaré, coûtant la vie aux siens.

Les yeux toujours perdus dans la contemplation des flammes, Edward songea alors qu'il n'avait pas encore exploré le bureau de son père. Il voulait le faire un peu plus tôt dans la journée, mais le chagrin des enfants et la nécessité de les réconforter l'avaient détourné de cette tâche. Sautant sur ses pieds, il se hâta hors de la chambre et parcourut le couloir menant au grand escalier.

Quelques secondes plus tard, il actionna l'interrupteur pour éclairer le vaste bureau de son père et se dirigea sans attendre vers la table de travail près de la fenêtre. Il savait exactement où était cachée la clé qui en ouvrait les tiroirs, son père le lui ayant expliqué lui-même, « au cas où je ne serais plus là », avait-il ajouté.

Il s'agenouilla devant le splendide bureau d'acajou et glissa la tête et les épaules dans l'espace séparant le jeu de tiroirs. Sa main se faufila sous le plateau et trouva le petit renfoncement où la clé était accrochée.

Lentement, avec un soin extrême, il explora chaque tiroir. D'un tempérament méticuleux, son père tenait ses papiers dans le plus grand ordre. Mais, après une première exploration, Edward constata qu'aucun ne paraissait réellement important. Il ne trouva ni notes, ni dossiers, ni rapports indiquant avec précision les activités de Richard Deravenel au sein de la compagnie. Il s'agissait de documents des plus anodins, sans aucun caractère personnel.

Frustré, Edward se laissa tomber sur la chaise devant le bureau et parcourut la pièce élégante du regard, en songeant à son père et au plaisir qu'il avait à s'y tenir. Il aimait tout particulièrement cet endroit meublé avec raffinement par ses soins. On y trouvait une collection de monnaies anciennes, des photographies de toute la famille dans des cadres en argent et, surtout, une bibliothèque qu'il chérissait. Les ouvrages reliés en maroquin s'alignaient soigneusement sur des étagères basses le long d'un des grands murs.

Et puis il y avait les tableaux... les portraits des membres de la famille Deravenel depuis les temps les plus reculés jusqu'aux jours présents. Guy de Ravenel, le fondateur de la dynastie, dont la peinture commençait à se faner avec les années et, sur l'autre mur, un portrait de Richard Deravenel commandé par Cecily et accroché là quelques semaines plus tôt. Alors qu'il fixait le visage de son père immortalisé par l'artiste, Edward sentit sa gorge se nouer. Il avala péniblement sa salive, refoulant à grand-peine les larmes qui lui montaient aux yeux. Comme il allait lui manquer !

Son regard se promena sur le reste de la pièce, repérant deux portraits – les Turner Deravenel de la branche galloise –, ainsi que ceux du clan des Grant, de la branche Lancashire. Les Grant pouvaient engendrer bien des problèmes alors que les Turner se montraient plutôt dociles. Cette ramification de la famille s'était quasiment évanouie, à l'exception d'un ou deux survivants, songea Edward. Du moins était-ce ainsi que son père lui avait présenté les choses...

Il perçut soudain une sorte de bruissement au fond de la pièce, presque aussitôt suivi d'une toux. Son regard se porta vers la porte et, stupéfait, il aperçut son jeune frère Richard debout sur le seuil, emmitouflé dans sa robe de chambre de laine.

— Pour l'amour du ciel, que fais-tu debout à cette heure ? On est au milieu de la nuit !

Sautant sur ses pieds, Edward traversa rapidement le bureau pour aller à la rencontre de l'enfant. Il le prit dans ses bras et alla s'asseoir devant la cheminée, le petit garçon serré contre lui.

— Il est bien tard pour se promener ainsi à travers la maison, petit écureuil.

— Je n'arrivais pas à dormir, alors je suis allé te voir dans ta chambre. Comme tu n'y étais pas, je suis venu ici.

Fronçant les sourcils, il fixa son frère aîné d'un regard pénétrant.

— Tu reviendras, n'est-ce pas ?

— Bien sûr. Ne te l'ai-je pas promis ?

— Je sais, mais, tu vois, je ne crois pas que George soit assez mûr pour veiller sur mère et sur Meg. Toi, tu l'es. Alors il *faut* que tu rentres à la maison.

— Je comprends ton inquiétude. Crois-moi, je ferai aussi vite que je le pourrai, ne te fais pas de souci. Une fois nos affaires réglées en Italie, je reviendrai sans tarder. Tu sais, Dick, j'ai le sentiment que, tous les deux, George et toi, vous pourriez garder un œil sur ce qui se passe ici pendant mon absence. Peux-tu me le promettre ? Ou, plutôt, devrais-je dire *quatre* yeux ?

L'enfant eut un pauvre sourire, ses grands yeux gris-bleu lourds de mélancolie.

— Oui, je crois qu'on y arrivera.

Comme ces yeux pouvaient être changeants, songea Edward. Parfois, ils prenaient la couleur de l'ardoise mouillée, d'autres fois, ils pouvaient presque virer au noir tant ils reflétaient fidèlement les sentiments du petit.

— Allons, vieille branche, et si nous retournions nous coucher ? Je crois bien que toi et moi avons besoin d'une bonne nuit de repos, tu ne crois pas ?

Richard hocha la tête. Il glissa sa main dans celle de son aîné et se laissa conduire hors du bureau puis, une fois traversé le grand hall, vers le grand escalier. Ce ne fut que lorsqu'ils atteignirent le premier étage que l'enfant consentit à lâcher la main d'Edward.

— Est-ce que je pourrais dormir avec toi cette nuit, Ned ? Comme je le faisais quand j'étais vraiment vraiment petit et que j'avais peur du noir ?

— C'est avec le plus grand plaisir que je partagerai avec toi mon lit, répondit Edward en regardant tendrement le petit garçon de huit ans, devinant combien il avait besoin de réconfort cette nuit.

Il y avait eu tant de larmes versées aujourd'hui !

Mais Edward reçut soudain un sourire large et chaleureux de son jeune frère, un sourire qui lui alla droit au cœur.

5

Londres

Will Hasling attendait à la barrière de la gare de King's Cross, tapant des pieds pour se réchauffer, recroquevillé dans son long pardessus d'hiver en laine de mérinos grise, ponctué par un col en raton laveur. D'une coupe élégante, le vêtement faisait paraître ce jeune homme de vingt-deux ans plus grand que son mètre soixante-dix et lui prêtait un petit quelque chose de prospère.

C'était un jeune homme d'apparence agréable, au sourire chaud et expansif, aux cheveux châtain clair. Will appartenait à une famille de notables, issue de la petite noblesse terrienne du Leicestershire. Son père était un propriétaire d'une influence considérable et son imposant domaine couvrait des centaines d'hectares. Ce châtelain bon vivant, écuyer de la reine, administrait aussi les affaires de justice locales. Son fils avait hérité de son amour de la vie, appréciant la bonne chère et les vins fins, mais, contrairement à son géniteur, il n'appréciait guère les charmes du monde rural. Chasser, pêcher et manier des armes à feu ne présentait aucun intérêt à ses yeux.

Après avoir décroché ses diplômes à Oxford, il entendait profiter pleinement des plaisirs de la vie londonienne, espérant pouvoir travailler à la City, par exemple en tant que courtier en Bourse pour la London Stock Exchange. Il adorait Londres, particulièrement en ce moment, était sensible à la sophistication raffinée de cette ville si scintillante et si chic. C'était vraiment l'endroit où il voulait vivre.

Durant ses trois années de règne, Edouard VII était devenu plus populaire encore que le prince de Galles. Tous ses sujets l'adoraient, qu'ils soient aristocrates, ouvriers ou entre les deux.

Comme le restant de la nation, Will pleurait la disparition de la reine Victoria, mais il ressentait aussi un mélange d'excitation et de soulagement à présent qu'Edouard VII était sur le trône.

Les gens se réjouissaient de voir la monarchie revenir à Londres. Le roi avait rallumé les lumières et ouvert en grand les portes de Buckingham Palace, donnant toutes sortes de réceptions pour y honorer ses amis. Pour Will et ses proches, une nouvelle ère venait de commencer après de longues années de contraintes et de répressions en tout genre. Voici venu le temps des réjouissances, de la gaieté et de la liberté d'expression, aimait-il à se répéter. Il avait hâte de goûter à tous ces plaisirs dès sa sortie de l'université.

Il remua à nouveau les pieds et trépigna pour lutter contre la morsure du froid. En cette soirée de mercredi, le brouillard était tombé sur la ville, un brouillard dont Will espérait qu'il ne se transformerait pas en une détestable purée de pois. Il y avait eu récemment quelques-uns de ces *fogs* légendaires pesant sur Londres comme un fléau et plongeant les rues dans une obscurité si dense qu'il devenait impossible de se déplacer, que ce soit à pied ou en fiacre.

Will regarda autour de lui, étonné de voir la gare si peuplée. Il se souvint alors que la plupart des trains de la LNER – la London and North Eastern Railway – provenant des régions du nord et du nord-est du pays aboutissaient dans cette gare, surtout en début de soirée. Il était donc logique que l'endroit grouille de monde à pareille heure.

Une grande variété de Londoniens attendaient ici ce soir, près du portillon d'accès aux quais. Des femmes accompagnées d'une amie ou d'un homme contre lequel elles se serraient, certaines vêtues de longs manteaux sombres et de chapeaux-cloches, à l'allure morne, manifestement issues de la classe moyenne. Will repéra dans la mêlée plusieurs chapeaux melon et quelques chapeaux mous, mais aucune casquette... Curieux comment on pouvait déterminer la classe sociale de quelqu'un rien que par son couvre-chef. On ne voyait guère de gens très fortunés ni d'ouvriers au sein de cette foule bigarrée.

Il ajusta plus étroitement son écharpe de soie autour de son cou et recommença à faire les cent pas, ses pensées retournant vers Edward Deravenel, son plus proche ami. Il se faisait beaucoup de souci à son sujet depuis qu'il était allé à la résidence Deravenel de Charles Street, à Mayfair.

Il ignorait encore quand, exactement, Edward comptait arriver du Yorkshire, espérant programmer un voyage en sa compagnie à Oxford dès la fin de la semaine.

Lorsque Will avait frappé à la porte de Charles Street, un peu plus tôt dans l'après-midi, Swinton, le majordome, avait ouvert et, aussitôt, Will avait deviné que quelque chose d'horrible venait de se passer. Le visage sombre du domestique et l'atmosphère oppressante de la maison suggéraient un drame. Et, en effet, quelques instants plus tard, Swinton l'informait de la catastrophe qui venait de frapper toute la famille.

Will en fut si choqué que Swinton lui proposa un verre de brandy. Il refusa et, recouvrant son sang-froid, bombarda le majordome de questions dans l'espoir d'obtenir plus de détails. Malheureusement, Swinton ne savait pas grand-chose, sinon que M. Edward avait téléphoné ce matin-là pour annoncer son arrivée à Mayfair en début de soirée. Accompagné de son cousin Neville Watkins, il prendrait le train de l'après-midi en provenance d'York. Après quoi M. Edward lui avait appris la terrible nouvelle.

Lorsque Will voulut savoir comment M. Deravenel senior et M. Edmund avaient péri, le majordome répondit : « Dans un incendie, en Italie. M. Watkins senior et son fils Thomas voyageaient avec eux. Ils furent également tués. C'est une tragédie épouvantable pour les deux familles, sir », avait conclu le majordome, la voix tremblante, au bord des larmes.

Horrifié, Will avait présenté ses condoléances à Swinton, qui avait servi les Deravenel depuis l'enfance et qui était lui-même fils d'un domestique ayant servi dans la famille. Swinton l'avait remercié et ils avaient conversé quelques instants avant que Will ne se décide à prendre congé après avoir déposé sa carte sur le plateau d'argent de la table d'entrée. Bouleversé et inquiet, il avait repris la direction de son hôtel, titubant presque tandis qu'il traversait Sheperd's Market et Berkeley Square pour s'engager dans Piccadilly, où se dressait l'hôtel Albany.

Tout en cheminant, il avait décidé de se rendre à King's Cross pour attendre le train d'York et accueillir Edward au cas où ce dernier aurait besoin de lui. Ce qui serait certainement le cas, conclut-il. Perdre un père, un frère, un oncle et un cousin en un seul jour laisserait n'importe quel homme hébété. Tout semblait si incompréhensible. Si pareille catastrophe était survenue dans sa propre existence, Will savait qu'il aurait eu besoin de son meilleur ami à ses côtés.

Le reste de la journée s'était écoulé misérablement. Il avait arpenté son appartement de l'Albany, laissé son repas intact, incapable de se concentrer sur quoi que ce soit. Pendant des heures, il avait contemplé fixement le feu, le cœur rempli de tristesse pour son ami, se demandant s'il trouverait les mots pour le réconforter dans une telle épreuve.

En entendant une locomotive siffler au loin, il se demanda s'il s'agissait bien du train qu'il attendait. En tout cas, il l'espérait. Se rapprochant du portillon, il regarda en direction des quais et fut soulagé d'entendre un homme tout près de lui dire à son compagnon : « Voici le train d'York. »

Sifflements et halètements de la locomotive. Fumées et vapeur se mêlant au brouillard. Portes qui claquent. Vacarme, cris et agitation. Porteurs occupés à pousser des chariots débordant de bagages. Flot des voyageurs se pressant le long du quai.

Tant d'activité, tant de gens, pensa Will en balayant la foule du regard, à la recherche d'Edward et de Neville. En quelques minutes, la nuée se dispersa et Will repéra les deux hommes marchant sur le quai, suivis d'un porteur. Il décida de les attendre là où Edward le repérerait immédiatement.

Même au cœur de l'affluence, il aurait été difficile de rater Edward Deravenel, si séduisant, si grand qu'il dominait tout le monde. A ses côtés, Will reconnut son cousin Neville.

Toujours élégamment vêtu, attentif à suivre la pointe de la mode en toute occasion, ce dernier avait la réputation d'être un parfait dandy et certains parlaient même de lui comme d'un nouveau Brummel.

Ce soir-là, avec l'apparente désinvolture si prisée par le roi Edouard, Neville arborait un feutre noir et un pardessus à col d'astrakan dont la coupe parfaite signalait à l'évidence l'œuvre d'un des meilleurs tailleurs de Saville Row.

Un peu plus petit que son cousin, Neville n'en avait pas moins une allure remarquable et un port royal. Il marchait avec l'assurance d'un homme qui tient le monde à ses pieds.

Ce qui, en un sens, était probablement le cas à présent que son père venait de décéder. Il hériterait des multiples compagnies léguées par son grand-père à Rick Watkins, lequel les avait dirigées avec succès pendant de nombreuses années. Mais Neville avait aussi acquis par lui-même une immense fortune, à laquelle s'ajoutaient encore les biens reçus en dot par son épouse Anne. A ce jour, Neville comptait parmi les plus puissants magnats d'Angleterre.

Will leur fit signe et, dès qu'Edward se fut approché, serra chaleureusement la main de son ami.

Neville le salua de la tête ; ces échanges terminés, les trois hommes se dirigèrent vers la sortie.

— Merci d'être venu, Will, dit brièvement Edward. Je suppose que Swinton t'a informé ?

Will acquiesça.

— Je me suis rendu à Mayfair aujourd'hui pour savoir quand tu comptais rentrer du Yorkshire. Swinton m'a appris l'horrible nouvelle. Je suis tellement, tellement désolé, Ned. C'est une telle tragédie !

— Je sais, fit Edward, laconique.

Will se tourna vers Neville.

— Acceptez également mes condoléances, Neville. Je sais que vous avez le cœur brisé tout autant que Ned.

— Merci, répondit Neville d'un ton un peu brusque.

Il s'éclaircit la gorge.

— Vous êtes venu en fiacre ?

— Oui. Il nous attend.

— Inutile, ma voiture est dehors. Verriez-vous un inconvénient à voyager avec nous ou préférez-vous vous déplacer par vos propres moyens ?

— Je vous accompagne, bien entendu, répondit Will. Je vais payer le conducteur pour sa course, il trouvera sans difficulté un nouveau client à la gare.

Entre-temps, ils avaient gagné la sortie, devant laquelle attendaient plusieurs voitures privées, ainsi que quelques fiacres. Will repéra celui qui l'avait amené, alla payer le cocher, pendant que Neville et Edward montraient au porteur où déposer les bagages.

Quelques minutes plus tard, confortablement installés dans l'élégante voiture de Neville, les trois hommes faisaient route pour Mayfair et le petit hôtel particulier de Charles Street où résidaient les Deravenel lorsqu'ils séjournaient à Londres.

Après une courte conversation de circonstance, les trois passagers demeurèrent silencieux. Assis en face d'Edward et de Neville, Will constata bientôt que tous deux s'étaient abîmés dans leurs pensées.

Comment aurait-il pu en être autrement, d'ailleurs, songea-t-il, après tout ce qui venait d'arriver ? A plusieurs reprises, il fut sur le point de dire quelque chose, mais se ravisa, soucieux de ne pas troubler la tranquillité dont ils avaient apparemment tant besoin. Soucieux, aussi, de ne pas interférer dans le terrible chagrin qui les accablait. Les traits sombres, ils paraissaient si abattus, même Edward, d'ordinaire toujours enjoué et communicatif. Le visage de Neville était fermé, inexpressif, et ses yeux bleus et froids avaient la pâleur de la glace.

Will se laissa aller contre le siège capitonné et se plongea à son tour dans ses pensées. Il vit à travers la vitre que le brouillard, encore léger tout à l'heure, s'était épaissi, mais pas au point que le cocher ne puisse trouver sa route. Les yeux fermés, il se laissa bercer par le roulement de la voiture et le claquement des sabots sur les pavés.

Un peu plus tard, rouvrant les yeux, il vit le regard d'Edward posé sur lui.

— J'espère, Will, que tu seras des nôtres pour le dîner. Toi aussi, Neville ?

Avant que Will n'ait eu le temps de répondre, Neville secoua la tête.

— Je te remercie, Edward, mais je dois regagner Chelsea pour préparer notre voyage.

Edward reporta son attention sur Will.

— Et toi ?

— C'est avec plaisir que j'accepte ton invitation, Ned. Je ferai tout ce qui est en mon possible pour te venir en aide.

6

Un verre de cognac à la main, Edward et Will s'installèrent devant la cheminée dans le petit salon de la résidence de Mayfair. Edward relata à son ami tout ce qu'il savait de l'incendie et de la mort tragique de ses proches.

— Neville pense qu'ils ont été délibérément supprimés. Il est convaincu qu'il s'agit de meurtres, conclut-il.

Will, qui avait jusque-là écouté attentivement les explications d'Edward, sursauta violemment. Il demeura sans voix pendant un bon moment avant de s'exclamer :

— Ned, voyons, c'est parfaitement grotesque !

Il s'interrompit brusquement, se pencha en avant et dévisagea son ami avant de reprendre plus calmement :

— Peut-être que ce n'est pas si stupide, au fond. Voilà des années et des années que ton père et son cousin Henry Grant se déchirent. Je suppose que c'est à cela que Neville fait allusion, n'est-ce pas ? Pense-t-il réellement que Grant se serait débarrassé de ton père parce qu'il le redoutait ? Et parce qu'il ne voulait pas le voir reprendre la main sur les affaires Deravenel ?

Edward hocha la tête.

— C'est l'idée, en effet. Naturellement, Neville n'accuse pas Henry nommément, mais plutôt ses subordonnés. Il n'existe pas l'ombre d'une preuve pour le moment. Disons qu'il s'agit plutôt d'une intuition. Tu sais comme moi combien Neville est puissant dans le monde des affaires et combien son talent est grand. Il a un flair imparable.

Edward soupira.

— Il est convaincu que cette hypothèse est la bonne et je crois bien être disposé à me rallier à son point de vue. Nous essaierons de mener notre enquête en Italie et de comprendre ce qui s'est vraiment passé. Peut-être trouverons-nous une explication, peut-être pas. Une fois que nous aurons analysé le moindre détail de ce drame, nous ramènerons les corps en Angleterre pour les funérailles. Nous serons à Florence vendredi prochain après avoir fait halte à Paris.

— C'est donc à Florence que cet incendie a eu lieu ? Où cela ? interrogea Will, surpris de n'avoir rien lu à ce sujet dans la dernière édition du *Times*.

Après tout, Florence était l'une des plus importantes cités italiennes. Un événement de ce genre aurait très probablement été commenté dans l'actualité.

— Pas à Florence, mais à Carrare, dans leur hôtel. Mon père s'y était rendu pour régler un problème dans nos carrières de marbre. Edmund l'avait supplié de l'emmener car il ne connaissait pas encore l'Italie. Quant à Rick et Thomas, ils voulaient les accompagner car mon oncle était impatient d'acquérir des sculptures et des œuvres d'art pour sa demeure. Florence, comme tu te l'imagines, était toute désignée pour ce genre de quête.

— Je comprends.

Will hésita un instant, les yeux perdus dans la contemplation du liquide ambré dans son verre. Après une courte pause, il demanda :

— Pourrais-je venir avec toi, Ned ? Je pourrais t'être de quelque utilité. Et, si tu n'en vois aucune, au moins t'offrirai-je mon soutien moral. Je suis très bon pour ça, tu sais.

Un pâle sourire, bien vite évanoui, effleura les lèvres d'Edward. Il jeta un bref regard en direction de Will.

— Et tes études à Oxford ? N'étions-nous pas supposés nous y rendre à la fin de la semaine ?

— Je sais. Mais la situation est des plus exceptionnelles, conviens-en. Nous pourrions être de retour dans quelques semaines au plus tard, lorsque tu auras résolu ton problème.

— Je ne retournerai pas à l'université, Will. Les études, c'est fini pour moi. Ma mère m'a informé hier que je devais remplacer mon père à la compagnie. C'est la règle de notre clan.

Will prit un air abattu.

— Alors tu ne reviendras pas ? Jamais ?

— Crois-moi, je le regrette autant que toi. Mais je n'y peux rien. Cela se passe ainsi dans notre famille depuis des siècles. N'oublie pas que c'est mon ancêtre Guy de Ravenel qui a fondé l'empire familial après s'être installé dans le Yorkshire à la fin de la conquête normande. A l'époque, il avait commencé à importer du vin et à exporter de la laine vierge ainsi que des produits tissés.

Will hocha la tête.

— C'est fascinant. Huit cents ans de commerce... Peu de compagnies peuvent s'enorgueillir d'une telle longévité.

— Tu as raison. Mais elle n'a réellement atteint son plein régime qu'au XVe siècle, lorsque les Deravenel ont commencé à commercer avec le monde entier, important et exportant toutes sortes de marchandises... tout ce qui pouvait pousser sous le soleil, en vérité. Et nous continuons. Je pense que notre compagnie compte aujourd'hui parmi les plus importantes au monde. Et je sais que mon père pensait en avoir tout le mérite.

— Je n'ai jamais très bien compris l'origine de cette méchante querelle qui divise ta famille depuis si longtemps. Qu'en est-il exactement ?

— Oh, c'est plutôt simple à expliquer. Il y a soixante ans, le grand-père d'Henry Grant destitua l'un de nos cousins, salissant sa réputation, répandant mille calomnies sur son compte, et même sur sa vie privée, et le faisant passer pour un incapable. Ce cousin n'ayant pas de descendants directs, c'était un autre membre de la famille, Roger Morton Deravenel, qui devait lui succéder. Malheureusement il mourut de bonne heure, laissant un fils, Edmund, âgé de sept ans. Comme il était évident que ce dernier ne pouvait encore reprendre les rênes de l'empire familial, le grand-père d'Henry décida de s'en octroyer le commandement.

— Et tout cela parce qu'un de tes ancêtres était trop faible pour lutter contre lui, parce qu'un autre était mort et que le troisième était trop jeune ? s'étonna Will. Tu parles d'une opportunité pour ce Grant aux dents longues !

— Exact. Voilà pourquoi, du jour au lendemain, la branche Grant des Deravenel, celle du Lancashire, écarta du pouvoir les Yorkshire, en d'autres termes, *nous*. Peu de temps après ce coup de main, notre jeune cousin mourut dans des circonstances mystérieuses. Il n'existait plus aucun obstacle à l'ambition de Grant. C'était un homme dur, puissant, sans scrupule, et c'est la raison pour laquelle ma famille s'est retrouvée à la traîne durant toutes ces années. En réalité nous aurions dû continuer à gouverner la compagnie ainsi qu'il en allait de notre droit.

— Cousins contre cousins, murmura Will.

— Ce conflit dure depuis fort longtemps, mais nous nous efforçons de respecter un minimum de courtoisie dans nos relations. En tout cas, c'est ainsi que mon père s'est comporté. Je ne sais pas ce que, *moi*, je ferai.

Will esquissa un sourire.

— Alors, vieux frère, que penses-tu de mon idée ? Est-ce que je peux vous accompagner à Florence ?
— Si tel est ton désir, pourquoi pas ? Je suis certain que Neville appréciera ta présence tout autant que moi.

Lorsque Will Hasling eut regagné ses appartements, Edward se hâta vers le bureau de son père au premier étage. Il entra, tourna le bouton de l'interrupteur et, presque aussitôt, eut un mouvement de recul. Il flottait encore dans la pièce une légère odeur de cigare – ces fameux cigares que son père appréciait tant –, mêlée aux effluves de son after-shave agréablement parfumé au *bay rum.*

Edward eut l'impression d'apercevoir sa silhouette assise comme à l'accoutumée devant le vaste bureau géorgien à l'autre bout de la pièce. Il crut même le voir lui sourire et une boule se forma au creux de sa gorge tandis qu'une émotion poignante le submergeait. Il avait tant aimé cet homme, l'admirant en toute occasion, fier d'être son fils. Comme il allait lui manquer et comme il allait manquer à ses frères et à sa sœur.

Il songea un instant à quitter la pièce pour gagner sa chambre puis se ravisa. Il lui faudrait tant bien que mal s'habituer à ces brusques accès de désespoir, à ce retour en force de souvenirs lancinants, et, au lieu de les fuir, les affronter bravement. Son père, tout comme Edmund, avait quitté ce monde et rien ni personne ne pourrait les ramener à la vie. Ils continueraient de vivre en lui à jamais, tout au fond de son cœur, plus forts que la mort – un mot qu'Edward avait rayé à jamais de son vocabulaire. Aussi longtemps qu'il était en vie, ils vivraient aussi.

Il se dirigea vers le bureau, en contourna le large plateau et s'installa dans le confortable fauteuil de cuir noir. Un simple regard aux clés glissées dans les serrures des tiroirs lui apprit qu'il ne trouverait là aucun papier important.

Rien à cacher, rien à dénicher, pensa-t-il en ouvrant distraitement le grand tiroir central. Pas plus que dans les autres, il n'y repéra d'objet ou de documents de valeur.

Le jeune homme se carra dans le fauteuil et poussa un soupir. Comment savoir ce qu'il fallait chercher ? Pendant un temps, il avait nourri l'illusion de découvrir une preuve des agissements de Grant, de ses sbires et de sa redoutable épouse.

Balayant la pièce du regard, Ned vit ce décor sous un jour nouveau et plus réaliste. Il avait toujours apprécié l'atmosphère chaleureuse apportée par les murs tapissés de rouge, le vaste canapé de velours assorti, les fauteuils recouverts de cuir noir usé, et ces rangées d'ouvrages reliés qui habillaient tout un pan de la pièce. Malgré la tendance prévalant dans la plupart des maisons victoriennes à surcharger exagérément l'espace, le bureau n'offrait qu'un ameublement minimal, son père – pas plus que Cecily, d'ailleurs – n'ayant jamais apprécié de vivre au milieu d'un bric-à-brac, comme c'était la mode, alors. Tout comme dans le bureau de Ravenscar, on y trouvait de nombreuses photographies dans des cadres d'argent – de Richard lui-même, de sa femme, de ses enfants. C'était à peu près tout, hormis un étui à cigarettes en argent sur une table basse et un humidificateur pour les cigares en provenance de Cuba, les favoris de son père.

Aujourd'hui, s'il voulait réellement y travailler, ce bureau devenait *son* bureau. Du moins, tant que sa mère le lui concéderait, cet hôtel particulier appartenant à Cecily, qui l'avait reçu en héritage de son père, un riche industriel. Avant la mort de celui-ci, toute la famille avait vécu à Chelsea dans une maison beaucoup plus petite, un legs de l'autre grand-père d'Edward, Richard Deravenel. Une propriété charmante et plutôt confortable, mais extrêmement modeste comparée à celle-ci.

C'était encore grâce à l'héritage maternel que la famille pouvait conserver son standing et subvenir à l'entretien de Ravenscar. Edward ne savait pas exactement pourquoi son père avait toujours vécu sur la corde raide, humilié de n'avoir personnellement que de précaires revenus à offrir à sa famille.

Dans le train qui les ramenait à Londres, Neville avait suggéré de se rendre dès le lendemain à la compagnie pour interroger Aubrey Masters sur les récents événements, et plus généralement pour tenter de comprendre ce qui se tramait dans les bureaux de l'entreprise. « Cela nous sera utile, avait expliqué Neville. Et quoi de plus logique d'y aller ensemble puisque, tous deux, nous avons perdu notre père et notre frère dans ce tragique incendie. »

Jugeant cette idée des plus pertinentes, Ned avait acquiescé sans difficulté. Il fut convenu que Neville passerait le prendre en voiture le lendemain à dix heures pour se rendre dans les imposants bureaux que la compagnie possédait sur le Strand. « Ce sera là, un jour, que tu occuperas à ton tour le poste de commandement, avait souligné Neville. Et cela toute ta vie durant. »

Edward connaissait les brillantes aptitudes de stratège de son cousin, homme d'affaires incomparable à la tête d'une immense fortune. Quels que soient les obstacles qu'il leur faudrait affronter, son cousin, ami et mentor se trouverait toujours à ses côtés. Lui, et lui seul, saurait découvrir ce qui s'était réellement passé en Italie. En attendant, Edward n'avait aucune idée de la façon dont Neville s'y prendrait pour le placer à la tête de la compagnie.

Pas plus que les précédentes nuits, il ne put trouver le sommeil. Vers les onze heures, il quitta son lit et, gagnant la salle de bains, s'aspergea la figure d'eau froide. Il demeura un instant face au miroir, étudiant son visage dans la glace, remarquant ses traits fatigués et les cernes qui lui creusaient les yeux. Mais, à part ces quelques signes d'épuisement, comment deviner le désespoir qui le rongeait ? Il ressemblait à ce qu'il avait toujours été : un homme jeune et séduisant, dans tout l'éclat de sa jeunesse, plus grand que la moyenne, athlétique et mince.

De retour dans sa chambre, il revêtit une chemise propre et un costume sombre avant de glisser dans ses poches quelques pièces de monnaie, ses clés, un portefeuille et la montre en or léguée à sa mort par son grand-père Philip Watkins.

Dix minutes plus tard, emmitouflé dans un pardessus noir et une large écharpe, il quitta la chambre pour trouver Swinton à l'office.

— Je crains d'avoir à sortir pour une course de dernière heure, Swinton. Ne m'attendez pas, ce n'est nullement nécessaire.

— Comme il vous plaira, sir, répondit Swinton, le visage indéchiffrable.

Edward inclina poliment la tête et regagna le hall d'entrée. Quelques secondes plus tard, il hélait un fiacre qui passait justement dans Charles Street.

— B'soir, mon prince, lança le cocher. Où est-ce que je vous emmène ?

Edward lui donna une adresse à Belsize Park et expliqua à l'homme qu'il lui faudrait attendre. Après quoi, calé contre la banquette pendant que la voiture s'ébranlait, il se demanda pourquoi il éprouvait un tel désir de voir Lily Overton, cette nuit plus que toute autre. Il venait à peine d'apprendre la mort de son père et de son frère ainsi que celle de ses proches parents – quatre membres de sa famille anéantis par une terrible tragédie. Et voilà qu'il rendait visite en pleine nuit à une femme auprès de laquelle il espérait puiser un peu de soulagement. Pas de plaisir sexuel, non, mais un véritable réconfort. Il avait besoin d'être rassuré, apaisé, et seule Lily saurait lui venir en aide, le guérir de cette terrible migraine qui le torturait. Elle serait seule, il en était certain, car il ne s'agissait pas d'une prostituée, mais d'une veuve récemment rencontrée, une femme plus âgée qu'Alice, la secrétaire de Ravenscar, et jouissant d'une solide fortune héritée de feu son mari, un avocat réputé de la City.

Depuis longtemps il se sentait attiré par des femmes plus mûres, après avoir connu sa première expérience amoureuse à l'âge de treize ans avec l'épouse du chef de chœur de l'église de Scarborough. Cette jolie blonde aux yeux gris de vingt-cinq ans lui avait enseigné l'art de l'amour sur la plage de Ravenscar, à l'abri d'une petite crique, sous les ruines de la place forte bâtie par les ancêtres de la dynastie Deravenel.

A trente-deux ans, Lily Overton était aussi séduisante que la belle Tabitha, blonde, elle aussi, et dotée d'un charme dévastateur qui l'avait aussitôt conquis. Les yeux fermés, il se laissa porter par le souvenir plaisant de ces deux ravissantes maîtresses et, très vite, sentit son corps s'éveiller au désir.

Il sursauta lorsque, quelques instants plus tard, la voiture s'arrêta brusquement, le tirant de sa rêverie. Un coup d'œil à la fenêtre lui apprit qu'ils étaient arrivés devant la résidence de Lily Overton.

Sautant à bas du fiacre, il répéta au cocher l'ordre de l'attendre et se hâta vers la maison. Elle semblait plongée dans l'obscurité, mais Edward aperçut à la fenêtre du premier étage la lueur vacillante d'une bougie. Soulevant le marteau de cuivre, il frappa à la porte. Voyant que Lily ne se manifestait pas, il s'apprêtait à frapper de nouveau lorsqu'une voix inquiète s'éleva de l'autre côté du battant.

— Qui est là ?

Usant d'un code qu'ils avaient mis au point ensemble, Edward répondit :

— C'est Ned, Lily, votre beau-frère. Je suis venu rendre visite à mon frère. Est-il chez vous ?

— Montrez-vous à la fenêtre, répondit la voix, afin que je m'assure de votre identité. Ce n'est pas une heure pour déranger les gens.

Edward se plaça bien en évidence devant la fenêtre pour laisser le temps à la jeune femme de l'observer à travers les rideaux de dentelle. Après quoi, il retourna sur le seuil de la maison et attendit. Quelques secondes plus tard, la porte s'ouvrit. Avant de pénétrer à l'intérieur, Edward se retourna pour lancer à son cocher :

— Attendez-moi. Je ne serai pas long.

— A vos ordres, mon prince, répliqua ce dernier avec un petit rire entendu.

Lily verrouilla la porte d'entrée avant de se tourner vers Edward pour le dévisager, ses lumineux yeux verts remplis d'interrogations silencieuses.

Autrefois, lorsqu'il souhaitait la voir, il lui faisait parvenir via un messager un petit mot auquel elle répondait par retour, déclinant ou acceptant sa proposition – cette réponse l'emportant généralement sur la première. Se présenter ainsi à sa porte sans s'être annoncé n'était pas dans les habitudes d'Edward et ce fut avec un étonnement légitime qu'elle l'accueillit.

— Pardonne mon intrusion à une heure aussi tardive, Lily. J'espère que je ne te dérange pas.

— Pas le moins du monde. Sans doute ai-je mal interprété la lettre que tu m'as fait parvenir du Yorkshire ? Je t'attendais vendredi, avant que tu ne retournes à Oxford.

— Cela faisait partie de mes projets, en effet. Mais j'ai dû regagner Londres plus tôt que prévu, ce soir, pour être exact. J'avais tant le désir de te voir, même un court instant, que je n'ai pu résister.

Il parlait lentement, d'une voix douce, mais elle lisait sur son visage une gravité inhabituelle. Quelque chose venait d'arriver, devina-t-elle, quelque chose de sérieux. Loin d'être une femme stupide, Lily Overton détectait chez lui une étrange tristesse.

Dès leur première rencontre l'année précédente, elle l'avait trouvé irrésistible. Bien qu'il soit si jeune, bien trop jeune pour elle, elle avait une profonde affection pour lui. Comprenant instinctivement qu'il avait besoin de réconfort, elle posa une main sur son bras et lui dit gentiment :

— Ote ton manteau et ton écharpe et allons nous installer dans le salon là-haut, où nous pourrons parler un peu. J'y lisais quand tu es arrivé, au coin du feu. C'est confortable.

Edward hocha la tête et suspendit son manteau dans le vestiaire avant de suivre la jeune femme en haut de l'escalier jusque dans ses appartements privés. Il aimait cette petite pièce.

— Puis-je baisser les lampes ? s'enquit-il. Il y a un peu trop de lumière, ici.

— Bien entendu, acquiesça Lily. Remets donc un peu de bois dans le feu pendant que je sers un verre de cognac.

Il lui sourit, jeta quelques bûches dans l'âtre et baissa les lampes à gaz de chaque côté du haut miroir surmontant la cheminée.

Le salon fut instantanément plongé dans une demi-obscurité appelant à l'intimité et au repos.

Puis il alla s'asseoir sur le canapé et s'adossa contre les coussins en tapisserie, espérant parvenir enfin à se détendre en compagnie de Lily. Il avait les nerfs à vif et une migraine tenace continuait de lui marteler les tempes. Mais Lily savait se montrer si calme, si chaleureuse, qu'elle exerçait sur lui un effet merveilleusement apaisant. Elle lui tendit un verre de cognac et vint s'asseoir à côté de lui sur le sofa.

— Je sais que quelque chose est arrivé, dit-elle enfin, ses beaux yeux verts posés sur lui. Tu es troublé, je le sens.

Voyant qu'il demeurait silencieux, elle demanda :

— Voudrais-tu m'informer de ce qui s'est passé, Edward ?

Il demeura silencieux quelques instants avant de répondre d'une voix contenue :

— Une terrible tragédie vient de frapper notre famille, Lily. Nous sommes bouleversés...

Il s'interrompit, secoua la tête comme s'il doutait lui-même d'une si insoutenable vérité. Puis, lentement, de cette même voix sourde et monocorde, il lui raconta comment son père, ses frère, oncle et cousin avaient trouvé une mort aussi soudaine qu'affreuse à Carrare.

Frappée de stupeur, Lily ne put articuler un seul mot pendant quelques minutes. Comment arriver à croire pareille chose ? Comment comprendre que quatre membres proches d'une même famille avaient été anéantis dans de si inimaginables circonstances ? Ses yeux pleins de larmes fixés sur Ned, elle dut se faire violence pour réussir enfin à recouvrer un peu de calme et à trouver les mots justes.

— Oh, Ned, Ned, mon pauvre chéri, quel épouvantable drame pour toi et pour toute ta famille. Les mots sont bien peu de chose en de pareilles circonstances. Ils sont si inutiles.

Refoulant ses larmes, elle poursuivit d'une voix tremblante :

— Que puis-je faire pour toi ? Comment t'aider ? Y a-t-il un moyen, pour moi, de t'apporter un peu de réconfort ?

Ned soupira et secoua la tête.

— Pas vraiment ! Mais t'avoir à mes côtés est déjà suffisant. Tu as toujours été si aimante, si attentionnée à mon égard.

Il but une gorgée de cognac avant de reposer le verre sur la petite table basse. Levant les yeux vers Lily, il l'enveloppa d'un regard intense.

— Merci d'être... eh bien... d'être ici, à mes côtés. De te montrer si compatissante, si compréhensive.

Lily lui prit la main pour la porter à ses lèvres avant de se rapprocher de lui. Après un long silence, elle murmura :

— Veux-tu rester avec moi cette nuit ?

— Impossible, malheureusement, répondit-il en fronçant les sourcils. Je dois retrouver mon cousin tôt demain matin, aussi me faut-il te quitter de bonne heure. Et puis, je n'ai pas beaucoup dormi depuis l'arrivée de cette terrible nouvelle.

— Je comprends.

Elle se tut un instant, parut hésiter puis, en se blottissant contre lui, elle observa :

— Tu es à bout de nerfs, Ned, je le sens. Laisse-moi au moins te masser un peu pour te relaxer avant que tu ne rentres chez toi. Tu sais combien cela t'aide à te détendre, à te sentir mieux.

Cette fois, ce fut à son tour d'hésiter. Après un instant de réflexion, il répondit enfin :

— Je resterai une heure, Lily, si cela te convient.

— Tout ce que tu voudras, mon chéri.

7

A trente-deux ans, Lily Overton était une femme avisée. Mariée et veuve à deux reprises, elle avait acquis au fil des années l'expérience du monde et une bonne dose de sophistication. Son premier mari avait été chirurgien, et le second, un avocat réputé, possédait son propre cabinet. Tous deux lui avaient laissé une fortune considérable.

Durant son mariage avec l'avocat Oscar Overton, elle avait connu toutes sortes de gens et tiré de ces rencontres une précieuse science des relations humaines et de la vie en général. C'était précisément cette maturité et cette vive intelligence qui avaient rapidement conquis le jeune Deravenel dès leur toute première rencontre.

Et ce soir, justement, tandis que, dans le salon du premier étage, elle attendait le retour d'Edward – parti demander au cocher de l'attendre –, Lily Overton se remémorait chaque minute de ce fameux jour où il avait posé les yeux sur elle pour la première fois.

Cet événement s'était produit un an plus tôt, en janvier, alors qu'elle se trouvait à un dîner offert à Kensington par son excellente amie Vicky Forth, la sœur de Will Hasling, ce dernier étant arrivé accompagné d'Edward Deravenel, un proche camarade d'études. Dès que le jeune Edward avait posé son regard sur Lily, il était vite devenu évident qu'il était irrésistiblement attiré par elle. Il l'avait dévorée des yeux pendant un bon moment avant de se décider à la rejoindre de l'autre côté de la vaste salle de réception. Après quoi il était resté à ses côtés jusqu'au moment de passer à table, si captivé par sa beauté que plus rien ne semblait avoir d'importance.

A la grande surprise de Lily, elle n'était pas restée insensible non plus au charme du jeune amoureux transi. Aussi éprouvat-elle une vive déception en se retrouvant assise à la table du dîner entre Will et un banquier entre deux âges affublé d'une moustache de morse et d'un cheveu sur la langue. Heureusement, quelques minutes plus tard, elle retrouvait son sourire en constatant, ravie, qu'Edward occupait la chaise en face d'elle.

Ses yeux d'un bleu éclatant ne la quittèrent pratiquement jamais tout le temps que dura le dîner. Il en oublia même de toucher à son assiette. Son intérêt pour les autres invitées féminines n'avait été que strictement protocolaire. Il n'avait d'yeux que pour elle et, en femme expérimentée qu'elle était, Lily comprit *exactement* ce qu'il attendait d'elle. Elle pouvait lire dans son regard d'azur une fièvre si explicite qu'elle ne laissait guère place à l'imagination.

Après le repas, les femmes passèrent au salon pendant que les hommes savouraient un porto et des cigares. Agitée, impatiente, Lily avait attendu sur des charbons ardents son retour. A son vif soulagement, il réapparut une demi-heure plus tard sur le seuil du salon et s'avança vers elle, la retenant prisonnière de ses yeux magnifiques, insoucieux de ce que les autres invités pouvaient en penser. Lily avait été surprise de se sentir à son tour si excitée par sa présence et si anxieuse de l'avoir auprès d'elle.

Il se planta devant elle et déclara tout de go :
« Je dois vous parler en tête à tête, madame Overton. »
Elle acquiesça d'un bref hochement de tête tandis qu'il glissait une main sous son bras pour la conduire doucement mais fermement dans un angle reculé de la pièce.

« Je dois vous revoir, et cela aussitôt que possible, murmura-t-il dès qu'ils furent éloignés des oreilles indiscrètes. Et quelque chose me dit que *vous* le souhaitez autant que moi. »

Tout en parlant il avait encore augmenté la pression de sa main sur son bras tout en s'approchant de plus en plus. Lily lut un tel désir dans ses yeux qu'elle sentit sa bouche devenir soudain très sèche.

En transe, elle soutint son regard, totalement sous le charme.
« S'il vous plaît », supplia-t-il.
Les joues de la jeune femme s'empourprèrent tandis qu'une vague de chaleur lui balayait le corps.
« Demain, murmura-t-il d'une voix rauque, ou, mieux encore, ce soir. Dites oui, je vous en prie. »
Recouvrant enfin l'usage de la parole, Lily murmura :
« Demain après-midi. A quatre heures.
— Puis-je venir chez vous ou souhaitez-vous...

— Chez moi », coupa-t-elle, affolée à l'idée de le retrouver à l'hôtel.

Un rendez-vous à l'extérieur aurait été inconvenant et même désastreux pour sa réputation. Aussi lui donna-t-elle rapidement son adresse.

Le lendemain, elle était toujours hantée par des questions sans réponse. Comment, par exemple, avait-elle pu se montrer aussi soudainement attirée par cet étudiant beaucoup plus jeune qu'elle ? *Coup de foudre. Désir incontrôlable.* C'était peut-être cela l'explication. Pour tous les deux. Elle demanda à la gouvernante de partir à deux heures ce jour-là, et, un quart d'heure plus tard, renvoya la servante de la même façon.

Une fois seule, elle avait pris un bain, s'était parfumée, avait brossé et coiffé ses magnifiques cheveux d'or en un chignon féminin et souple, enfilé de ravissants dessous blancs et choisi une robe de cocktail vert pâle en dentelle et mousseline de soie. La coupe, simple et joliment flottante, soulignait la taille grâce à une large ceinture en ruban de la même couleur. Alors qu'il faisait plutôt froid dehors, elle avait opté pour une tenue gaie et légère, peut-être aussi pour qu'il se sente plus à l'aise avec elle. Elle savait déjà instinctivement ce qui se passerait dès qu'il poserait un pied dans la maison. Son désir d'elle avait été si flagrant la veille qu'il chercherait sûrement à la séduire dès la première demi-heure.

Elle fut prête avec une heure d'avance et passa le reste du temps à arpenter la maison, vérifiant le moindre détail, et découvrant au passage qu'elle avait bien du mal à garder son sang-froid. Tremblante d'excitation, elle se comportait comme une toute jeune fille à son premier rendez-vous et ce constat la remplit de surprise, car, au fil du temps et des expériences, elle était devenue experte dans l'art de l'amour.

Edward arriva pour le thé à quatre heures moins cinq. Elle le servit elle-même en sentant son regard peser constamment sur elle. L'absence du personnel de maison et son visage empourpré laissaient clairement entendre que ses intentions étaient à l'unisson de celles d'Edward Deravenel. Mais sans doute le savait-il déjà avant même d'avoir sonné à sa porte.

Il but une gorgée de thé et elle l'imita. Il lui parla un peu d'Oxford, de son amitié pour Will et de son estime pour Vicky Forth, l'amie de Lily.

Elle l'avait écouté attentivement, appréciant le timbre de sa voix, profondément virile mais aussi mélodieuse et cultivée.

Après quoi, Edward la surprit en s'interrompant brusquement, et en quittant son siège pour venir à elle.

« Ne voulez-vous pas venir vous asseoir à mes côtés sur le sofa ? demanda-t-il doucement. Vous êtes si loin de moi. »

Avant même de lui laisser le temps de répondre, il lui prit la main pour l'obliger à se lever et à le suivre sur le canapé installé devant la cheminée.

« Vous tremblez, madame Overton, observa le jeune homme d'un ton presque surpris. Vous allez bien ?

— Parfaitement bien, réussit-elle à articuler.

— Je n'en dirais pas autant de moi, murmura-t-il en se rapprochant encore d'elle. J'ai été extrêmement agité toute la nuit, incapable de vous sortir de mes pensées. »

Voyant qu'elle ne répondait pas, il insista :

« Puis-je espérer que vous m'avez, vous aussi, gardé dans votre souvenir ? »

Voyant qu'elle hochait la tête, il se pencha pour enlacer ses épaules de son bras. Elle ne bougea pas d'un cil lorsque ses lèvres lui caressèrent la joue puis, s'enhardissant, vinrent effleurer sa bouche. Au contraire, elle lui retourna son baiser. Pourquoi jouer le jeu de la vertu, pensa-t-elle, alors qu'il sait que je le désire autant qu'il me désire ? Une minute plus tard, il glissait une main dans le creux tiède de ses seins et l'attirait à lui, la serrant étroitement dans ses bras tout en dégrafant de ses doigts experts la ceinture de sa robe. Comme elle n'opposait aucune résistance, il s'aventura plus loin sous le flot bouillonnant de ses jupons et remonta le long de sa cuisse jusqu'à son entrejambe. Elle l'arrêta alors d'un geste en murmurant :

« Assez, monsieur Deravenel. Voilà une attitude qui me paraît des plus inconvenantes. »

Il s'écarta pour la regarder, une lueur d'amusement dans ses yeux clairs, laissant échapper un petit rire entendu.

« Allons, madame Overton, pensez-vous réellement ce que vous dites ? »

Il rit de nouveau et, cette fois, elle l'imita.

« Peut-être pourrions-nous monter dans votre chambre, madame Overton ? Il me semble qu'il devient urgent pour vous comme pour moi de trouver un lit et de nous y étendre...

— Seulement si vous cessez de m'appeler madame Overton, Edward. Pour vous, je préfère être Lily.

— Dans ce cas, appelez-moi Ned. »

Main dans la main, ils grimpèrent l'escalier pour gagner la chambre à coucher de la jeune femme. Parvenue sur le seuil, elle s'arrêta, hésitante, et tourna vers lui un regard perplexe. Pour toute réponse, il la souleva de terre en la tenant étroitement serrée contre lui. Comme elle s'était sentie fragile et vulnérable, alors, dans les bras de ce jeune homme si grand et si puissant, l'homme le plus viril qu'il lui ait été donné de rencontrer.

Un peu plus tard, alors qu'il l'étreignait avec passion, elle avait senti son membre tendu contre elle et s'était mise à trembler.

Devinant son trouble, il s'était immobilisé, son regard plongé dans le sien, brûlant d'impatience et de désir. Puis, avec des gestes lents et délicats, il avait entrepris de la libérer de ses vêtements, dénouant le ruban de sa ceinture et dégrafant un à un les boutons de sa robe avant de la laisser glisser à terre, petite mare de soie verte abandonnée sur le tapis. Il s'apprêtait à en faire autant avec ses dessous, mais, se ravisant, il la prit à nouveau dans ses bras pour la déposer sur le lit. Là, en silence, avec des gestes empreints de délicatesse, il avait achevé de la déshabiller.

Les yeux émerveillés, il contempla son corps nu et s'écria :

« Oh, Lily, Lily, comme vous êtes belle ! »

Elle soutint son regard sans répondre, chaque fibre de son corps vibrant de désir pour lui.

Tout alla très vite, ensuite. Après avoir ôté ses propres vêtements, il s'étendit à ses côtés et entreprit de couvrir sa peau de baisers fiévreux. Ses lèvres vinrent effleurer son visage puis se posèrent sur sa bouche pour en explorer l'intime tiédeur. Chacun de ses mouvements était plein de douceur et de tendresse. Légère et caressante, sa main courut sur son corps, explorant chacun de ses trésors avec tant de savoir-faire que la jeune femme laissa échapper un cri de plaisir. Lorsqu'il guida sa main sur son membre dressé, elle retint son souffle, suffoquée par la taille et la vigueur de son sexe.

Lorsqu'il la pénétra, il le fit avec tant de délicatesse qu'elle s'ouvrit à lui sans résistance, submergée par sa virilité, séduite jusqu'au plus profond de son être par son savoir-faire amoureux. Leur étreinte fut ardente, extatique, comme s'ils avaient toujours su, dès le premier regard, qu'il en serait ainsi.

Il était resté auprès d'elle tout l'après-midi et, à la tombée du jour, elle lui avait préparé une légère collation. Après quoi, ils avaient repris leurs jeux amoureux, encore et encore, jusqu'aux premières heures du matin. Comme il s'était montré insatiable, alors ! Elle s'était joyeusement laissé entraîner par sa fougue, n'ayant encore jamais connu d'amant aussi enflammé ni aussi expérimenté.

Ainsi débuta la plus extraordinaire liaison amoureuse jamais vécue par Lily Overton, liaison dont elle tira, au fil des mois, un bonheur aussi exceptionnel qu'inattendu.

Edward venait la voir chaque fois qu'il séjournait à Londres et, parfois, lorsqu'il l'en priait ardemment, elle consentait à lui rendre visite à Oxford. Avec le temps, elle avait fini par s'éprendre de lui, sans oublier néanmoins que leur différence d'âge ne pourrait jamais vraiment être surmontée. Aussi résolut-elle de se cantonner à son rôle de maîtresse aussi longtemps qu'il la désirerait, aussi longtemps qu'il aurait besoin d'elle.

Elle le connaissait suffisamment désormais pour le comprendre parfaitement. C'était un jeune homme doté d'une puissante énergie sexuelle, très sensuel et romantique. Elle le trouvait aussi remarquablement mûr pour son âge, sans parler de son extrême intelligence. Son esprit brillant et son sens de l'analyse la stupéfiaient. Au lieu de tirer une quelconque vanité de son physique exceptionnel et de son fort pouvoir de séduction, il savait se montrer attentionné et compatissant à l'égard de son prochain. Mais ce qui frappait le plus était son incroyable charisme. Il possédait un charme rare, inné, qui lui assurait l'adhésion de chacun. Son amabilité, son sens de l'amitié lui gagnaient la sympathie de tous. Nombreux étaient ceux qui se disputaient sa compagnie et rêvaient de compter parmi ses intimes.

Pourtant, Lily savait que, derrière cette façade lisse et bienveillante, sommeillait un autre homme, bien différent du premier. Un homme marqué par une farouche détermination, brûlant d'ambition, doté de grandes capacités de commandement et d'une volonté de fer. Au cours de leur relation, elle avait appris à accepter ses changements d'humeur et, même, ses accès de rudesse.

Trompés par son abord cordial, la plupart des gens ne le connaissaient pas sous ce jour, car Edward ne permettait à personne de pénétrer plus avant dans son intimité. Combien de fois Lily, amusée, ou parfois même irritée, avait-elle constaté qu'on le sous-estimait ? Il passait pour un caractère insouciant, plutôt paresseux et dont on n'avait rien à redouter. Comme on se fourvoyait !

Le bruit de la porte d'entrée qui se refermait interrompit ce flot de souvenirs. Elle se leva et attendit qu'il la rejoigne dans le petit salon du premier étage.

— Le cocher a-t-il accepté d'attendre ?

— Aussi longtemps que je le souhaiterai, répondit Edward avec un léger sourire.

Il s'installa sur le canapé face à la cheminée et étira ses longues jambes.

— Veux-tu que je te masse les épaules ? proposa Lily.

— Non, Lily, tout ce que je veux, c'est demeurer quelques instants auprès de toi et me détendre, si tant est que cela soit possible. Je me sens si rempli de tristesse que rien ne pourra m'en distraire, hélas, même pas le plus petit des plaisirs.

Lily hocha la tête et laissa le silence les envelopper tous deux, un silence complice, à peine troublé par le tic-tac de la pendule de grand-père dressée dans un angle de la pièce et le crépitement des bûches dans la cheminée.

— Moi aussi, lorsque mon mari est mort, j'ai vécu les tourments qui te rongent aujourd'hui, dit-elle finalement. J'ai pensé alors que plus rien, jamais, ne me procurerait la moindre joie. Il me semblait même que c'eût été irrespectueux envers la mémoire de mon cher époux. Pourtant, Ned, ce n'est pas ainsi que les choses se passent. Malgré les épreuves qui te frappent, avoir à tes côtés une femme aimante, une femme que tu aimes en retour, est sûrement le meilleur moyen de faire triompher la vie.

Voyant qu'il ne répondait pas, elle se leva pour s'asseoir à côté de lui sur le sofa. Posant une main sur sa cuisse, elle dit en choisissant soigneusement chaque mot :

— Crois-tu vraiment que me faire l'amour serait inconvenant parce que tu éprouves du chagrin ? Est-ce cela que tu penses, Ned ?

— Je suppose. Je...

Il n'acheva pas sa phrase et s'adossa contre le dossier du canapé en lui jetant un regard troublé.

— Je comprends ce que tu ressens, reprit Lily. Comme toi, j'ai connu le désespoir, l'impuissance, et même la colère. Il n'est que trop compréhensible d'éprouver ces sentiments et sans doute est-ce pire pour toi puisque tu as perdu en un seul jour plusieurs de tes plus proches parents.

Pour toute réponse, il saisit sa main et la serra très fort.

— J'ai appris il y a bien longtemps qu'il est important de laisser les morts à leur place et de s'acquitter malgré tout des choses de la vie de tous les jours. La vie est pour la vie, Ned, et comprendre cela aide à guérir sa tristesse.

Il passa ses doigts dans son épaisse tignasse rousse et soupira.

— Tu es sage, Lily, et je suis d'accord avec toi d'un point de vue intellectuel. Mais il est bien plus difficile de l'accepter émotionnellement.

Il soupira à nouveau et sourit tristement.

— De toute façon, je ne pense pas que je serais capable de faire l'amour ce soir. Non, je ne le crois pas.

Ce fut bien ce qu'il fit, pourtant. Avec l'aide de Lily, la vie reprenait ses droits et les vivants retrouvaient les vivants. Il serait assez tôt, demain, pour penser à la vengeance.

8

— Je ne crois pas que ma présence à tes côtés te porte ombrage lorsque tu te rendras dans les bureaux de la compagnie, Ned, affirma Neville Watkins, debout, le dos à la cheminée. Il paraît au contraire tout à fait légitime de t'accompagner. Après tout, mon père et mon frère ont été tués avec les tiens à Carrare.

Edward enveloppa son cousin d'un regard perplexe.

— Je pense que tu as raison, finit-il par dire. C'est à *toi* qu'Aubrey Masters a choisi de téléphoner lorsqu'il a lui-même reçu la terrible nouvelle. Mais pourquoi aborder ce sujet ? poursuivit-il en fronçant les sourcils. Prévoirais-tu des complications si nous arrivons ensemble à ce rendez-vous ?

— Non, aucune. Je réfléchissais à voix haute, voilà tout. Quelque membre tatillon de leur groupe pourrait se demander à haute voix ce que fait là un cousin qui n'a rien à voir avec les affaires des Deravenel. Je crois comprendre qu'un certain nombre des employés de Henry Grant se montrent un rien susceptibles lorsqu'il s'agit de ta famille.

Edward se mit à rire.

— Exact, particulièrement la putain française, comme papa avait coutume de l'appeler. Elle s'est toujours montrée la plus vindicative.

Haussant un sourcil, Neville gratifia le jeune Edward d'un regard rapide.

— La putain française, répéta-t-il avant de partir d'un brusque éclat de rire. Je me souviens à présent de ton père murmurant quelque chose à propos de son fils Edouard. Il se demandait à voix haute si Henry en était bien le père, doutant qu'il eût encore la capacité de... d'assurer certains devoirs privés, si tant est que l'on puisse nommer les choses ainsi.

— C'est vrai. Mon père était convaincu que Henry était impuissant et probablement stérile. En tout cas il ne s'en cachait pas à la maison. Il pensait effectivement que son fils était en réalité celui d'un des collaborateurs de Grant.

— Ce qui ferait d'Edouard un bâtard, naturellement, souligna Neville. N'étant pas de la lignée des Deravenel, il n'aurait par conséquent aucun droit à diriger un jour la compagnie.

Edward hocha la tête.

— En attendant, je n'ai reçu aucune nouvelle d'Aubrey Masters. Et toi ?

— Pas davantage. J'ai choisi à dessein de ne pas lui annoncer notre visite. Nous avons plus à en apprendre en nous présentant par surprise.

— Excellente idée. Ah, au fait, hier soir, Will s'est proposé pour nous accompagner en Italie. Il m'a demandé de t'en faire part. Il estime pouvoir se montrer utile.

Edward lança à Neville un long regard interrogateur.

— Eh bien, qu'en penses-tu ?

— C'est une bonne idée, Ned. Qui sait ce que nous allons trouver là-bas ? Un cerveau aiguisé et des yeux pénétrants ne seront pas du luxe. J'ai choisi l'agence Thomas Coook pour organiser notre voyage, ce sont des gens compétents. Je leur communiquerai le nom de Will.

On frappa à la porte du petit salon et Swinton entra, apportant un plateau chargé d'une cafetière et de quelques douceurs. Gertrude, la servante, l'accompagnait avec un second plateau.

— Du café et des toasts comme vous l'avez demandé, monsieur Edward, annonça Swinton en posant la collation sur une table ronde près de la fenêtre. Puis-je vous servir également quelque chose, monsieur Watkins ?

— Je ne pense pas, Swinton, merci. J'ai déjà pris mon petit déjeuner. Mais j'apprécierais une tasse de café, si cela est possible.

— Avec plaisir, monsieur Watkins, dit Swinton en inclinant la tête.

Lorsque les deux domestiques eurent quitté la pièce, Edward demanda :

— As-tu choisi de passer par Paris sur notre route vers l'Italie, comme tu l'as suggéré dans le train hier ?

— En effet. Nous pourrons prendre le ferry pour la France et, via Le Havre, gagner Paris, puis Carrare. As-tu une préférence pour un hôtel à Paris, Ned ? J'ai pensé que nous pourrions descendre au Ritz, place Vendôme, si cela te convient.

Edward acquiesça d'un signe de tête et se dirigea vers la table, rejoint par Neville. Un instant plus tard, Swinton revenait avec une autre tasse de café, puis s'éclipsait.

Edward prit un toast et y étala du beurre et de la confiture.

— A quelle heure devons-nous nous présenter aux bureaux de la compagnie, selon toi ? interrogea-t-il.

— Vers les onze heures, répondit Neville. Plus tard, nous risquerions de les voir tous partis pour leurs clubs respectifs ou dans quelque restaurant à la mode pour déjeuner.

— As-tu déjà établi une stratégie ?

— Je ne pense pas que la stratégie soit déjà nécessaire à ce stade du jeu, répondit Neville en buvant une gorgée de café. Je suis convaincu que c'est toi qui dois prendre la tête de l'opération puisque c'est ton père qui travaillait à la compagnie avant de mourir. Je peux faire connaître mes propres opinions ou poser des questions à propos de père et de Thomas, mais, fondamentalement, ce sera toi qui mèneras officiellement l'enquête. Nous aurons besoin de connaître les circonstances exactes de l'incendie, ainsi que l'état des corps lorsqu'on les a découverts. Il nous faudra également organiser leur rapatriement en Angleterre pour les funérailles.

— Exact, approuva brièvement Edward en se calant contre le dossier de sa chaise.

Une vague de chagrin voila son visage et, pendant quelques instants, il éprouva de la difficulté à poursuivre la conversation sur ce sujet.

Les traits creusés, le regard sombre, Neville ne semblait pas non plus d'humeur très bavarde. Les deux cousins n'échangèrent plus que peu de paroles et burent leur café en silence, préoccupés par leur futur voyage, dont ils savaient déjà qu'il serait difficile et semé d'embûches.

Conduite par de splendides chevaux, l'élégante voiture de Neville traversa Berkeley Square avant de faire route en direction du Strand, où se trouvaient les bureaux de la compagnie.

L'attelage s'immobilisa devant l'entrée de l'imposant bâtiment abritant la direction générale de l'empire Deravenel.

Lorsque les deux passagers mirent pied à terre, de nombreux regards se tournèrent vers ces jeunes gens vêtus de costumes et de manteaux noirs dont le tissu, la coupe et le style impeccable laissaient à penser qu'ils venaient des meilleurs ateliers de Saville Row. Les passants qui se hâtaient vers leurs affaires respectives en cette froide matinée de janvier prirent le temps de s'arrêter pour admirer ces hommes grands et séduisants qui descendaient de voiture. Des aristocrates pleins d'assurance ou des rupins de la haute, comme les aurait appelés l'homme de la rue. Personne, pourtant, ne songeait à les envier. Dans cette Angleterre de 1904, plusieurs classes sociales cohabitaient sans se mélanger. Habitués au spectacle de la richesse, les Londoniens n'en concevaient pas de jalousie particulière.

Les deux hommes franchirent les nobles et anciennes portes de l'immeuble et se retrouvèrent dans un vaste hall carrelé de marbre, dont le plafond, comme dans une cathédrale, s'élevait en dôme au-dessus de leurs têtes. Des plaques de marbre veinuré de noir et d'ocre habillaient les murs et de hautes colonnes circulaires décoraient le hall. Ce cadre respirait la richesse et la réussite.

Un portier en uniforme abrité du froid hivernal par une petite guérite se précipita à leur rencontre. Reconnaissant aussitôt ce grand et séduisant jeune homme à la chevelure d'un roux flamboyant et aux yeux d'un bleu céleste – le fils du défunt Richard Deravenel, l'un des gentlemen les plus aimables qui soient –, il s'exclama :

— Bonjour, monsieur Edward. Bonjour, monsieur Watkins. Comment allez-vous ?

— Bien, merci, Johnson, répondit Edward avec un sourire. Au fait, et votre fils ? La dernière fois que nous nous sommes vus, il comptait s'engager dans les rangs de l'armée des Indes.

— Il va très bien, sir, je vous remercie, répondit le concierge, flatté. Très aimable de votre part de vous souvenir de mon Jack, sir.

Edward hocha brièvement la tête et, suivi de Neville, s'engagea dans le large escalier en acajou sculpté à double volée qui s'élevait gracieusement jusqu'en haut du dôme.

Les deux hommes s'arrêtèrent au premier étage, abritant les bureaux de la direction. Un large couloir conduisait à de majestueuses doubles portes ouvrant sur la salle réservée au conseil d'administration. Enfant, Edward avait souvent rêvé de siéger à cette grande table lorsqu'il serait grand. Ses yeux se posèrent alors sur la porte menant au bureau de son père et son cœur se serra. Son chagrin était encore si vif qu'il se demanda soudain s'il avait eu raison de venir si tôt à la compagnie. Pourtant, il le fallait, et, à ce stade des choses, il aurait été ridicule de faire machine arrière. N'empêche... tous ces souvenirs allaient encore cruellement le faire souffrir.

Ils continuèrent à monter les marches tapissées de rouge, mais, à mi-chemin, Neville fit une pause, la main posée sur la rampe d'acajou.

— Une fois les condoléances terminées, je pense qu'il serait sage de poser nos questions sans attendre. Evitons de perdre du temps. Tu sais comment se comporte Aubrey.

— Dis plutôt que c'est un incorrigible bavard, renchérit Edward. Ne t'en fais pas, Neville. Je suis aussi impatient que toi d'avoir le fin mot de cette terrible histoire. Espérons qu'il aura eu connaissance en détail des événements et qu'il nous fournira des réponses satisfaisantes. Après tout, c'est lui qui dirige la branche Italie de l'entreprise.

Neville hocha la tête et tous deux reprirent l'ascension du majestueux escalier. Ils se sentaient de plus en plus nerveux, redoutant le moment où ils se trouveraient confrontés de près à la mort de leurs chers parents. Les deux cousins n'avaient pas encore abordé ce douloureux sujet entre eux, mais ils ne savaient que trop bien combien brutale et terrifiante avait dû être leur fin.

L'escalier s'acheva sur un large palier au milieu duquel trônait un imposant bureau. Assise derrière, une jolie jeune femme en jupe noire et blouse blanche les regarda approcher. Presque aussitôt, ses yeux se portèrent sur Edward, qu'elle reconnut immédiatement.

— Oh, monsieur Edward, bonjour, murmura-t-elle en esquissant un timide sourire.

Elle chercha manifestement quelque chose à dire à propos du décès de son père, mais finit par se taire, sachant qu'il aurait été déplacé de formuler un commentaire personnel en de telles circonstances. Ce n'était pas son rôle.

— Bonjour, Matilda. Voici mon cousin, M. Watkins. Nous souhaitons voir M. Masters.

Elle inclina la tête pour saluer Neville et se leva.

— Je vais prévenir M. Masters que vous êtes là, monsieur, annonça-t-elle avant de s'éloigner dans le couloir.

Edward et Neville retirèrent leurs pardessus et les accrochèrent à la patère. Un court instant plus tard, Matilda était de retour.

— M. Masters va vous recevoir immédiatement, les informa-t-elle.

Elle les conduisit le long d'un couloir jusqu'à un bureau, les pria d'entrer et, discrètement, referma la porte après leur passage, avant de se retirer.

Aubrey Masters se leva et, contournant sa table de travail, s'avança pour accueillir Neville et Edward. C'était un homme maniéré et petit, plutôt replet, la quarantaine largement passée, les cheveux noirs et le teint fleuri, les yeux bruns rapprochés.

Il se hâta vers Edward pour lui serrer la main en s'exclamant :

— Monsieur Edward, entrez, je vous prie ! Entrez et prenez place.

Puis il serra la main de Neville et désigna une autre chaise devant le bureau.

— Bienvenue à la compagnie Deravenel, monsieur Watkins. Voilà longtemps qu'on ne vous y a vu, plus d'une année, si ma mémoire est exacte.

— En effet.

Aubrey Masters reprit sa place derrière sa table de travail.

— Acceptez toutes mes condoléances pour les pertes douloureuses qui ont endeuillé votre famille, monsieur Edward. Et vous aussi, monsieur Watkins. Croyez tous deux à ma plus vive sympathie. Cette tragédie fut un grand malheur pour notre compagnie. Tout le monde, ici, s'en est trouvé terriblement bouleversé...

— Merci, dit brièvement Edward, désireux de mettre un terme à tout ce bavardage. Nous vous sommes reconnaissants de vos bonnes pensées. Vous avez épargné à nos pauvres mères des souffrances supplémentaires en informant mon cousin au lieu de les laisser apprendre seules l'effroyable nouvelle par téléphone. Elles ne l'auraient probablement pas supporté.

— Oui, ce fut là une marque de respect dont nous vous sommes gré, appuya Neville, sans quitter des yeux le directeur du département minier.

— A présent, reprit Edward, M. Watkins et moi-même souhaitons vivement connaître tous les détails du drame qui a frappé nos pères et frères à Carrare. Nous n'avons reçu pour l'instant que des informations plus que rudimentaires et nous espérons que vous nous éclairerez à ce sujet.

Aubrey Masters s'éclaircit la gorge.

— Je crains de n'être pas en mesure de vous en apprendre davantage, monsieur Edward. Tout ce que je sais, c'est qu'un incendie a ravagé leur hôtel samedi dernier dans la soirée. J'en ai été avisé par câble le lundi suivant.

— Qui vous a télégraphié la nouvelle ? interrogea Edward.

Tout en parlant, il s'efforçait de contrôler ses émotions et, en particulier, de dissimuler l'antipathie qu'il avait toujours éprouvée à l'égard de cet homme. Comme son père avant lui, il discernait en Masters des zones d'ombre qui lui inspiraient la plus vive suspicion. La loyauté et l'intégrité de cet homme semblaient sujettes à caution. Pourquoi placer un personnage aussi falot à la tête des affaires minières, voilà qui le laissait des plus perplexes.

Aubrey Masters soutint le regard d'Edward et, de sa voix la plus professionnelle, déclara :

— J'ai moi-même été informé de ce désastre par Alfredo Oliveri.

— Notre représentant à Carrare, je crois.

— En effet. Il est chargé de superviser notre responsable d'exploitation.

— La compagnie a également un directeur des opérations à Florence, n'est-ce pas ? Fabrizio Dellarosa...

Masters hocha la tête.

— C'est exact. Dellarosa dirige toutes nos opérations en Italie. Il travaillait en étroite collaboration avec M. Richard... euh... je veux dire, votre père.

— C'est lui qui a pris contact avec vous ?

— Eh bien, oui, oui, naturellement.

Le petit homme parut se raidir. Détectant une hostilité soudaine chez ses interlocuteurs, il les regarda tour à tour, aux aguets. Une vague de panique s'empara de lui. Avait-il commis un impair ? Les deux hommes en savaient-ils plus long que lui sur ces événements ? Si tant est qu'il y eût plus à en apprendre.

Il s'éclaircit une nouvelle fois la gorge et, d'une voix aussi assurée que possible, reprit :

— Je ne peux malheureusement vous en dire plus, monsieur Edward. C'est tout ce que je *sais*.

— Nos pères et nos frères ont-ils été carbonisés dans cet incendie ? demanda brusquement Neville, le visage fermé pour dissimuler l'horreur que lui inspirait cette évocation.

— Je... eh bien, là encore, je ne saurais vous le préciser. Oliveri m'a informé par télégramme que les corps ont été conduits à l'hôpital de Florence, où ils demeureront jusqu'à l'arrivée de leurs familles. C'est-à-dire vous, bien entendu.

— Et c'est tout ce que l'on vous a dit ? lança Edward d'une voix où perçait l'incrédulité.

La question parut plonger Masters dans un profond malaise.

— Il n'y a pas grand-chose d'autre à savoir, murmura-t-il d'un air embarrassé.

— Se trouvaient-ils ensemble au moment où le feu a pris ? Etaient-ils dans leurs chambres ou dans une autre partie de l'hôtel ? Quels furent exactement les dégâts provoqués par cet incendie ? Pourquoi ne leur a-t-on pas porté secours ? Que dit le rapport de police à ce sujet ?

Edward fixa Aubrey Masters d'un regard dur.

— Vous voyez, Masters, il y a encore beaucoup de choses à apprendre sur cette affaire.

— Oh, mon Dieu, sans doute ai-je commis une erreur...

— Que voulez-vous dire ? demanda vivement Edward en fixant sur le directeur son regard bleu et froid.

— J'aurais peut-être dû me rendre moi-même en Italie pour comprendre ce qui s'était passé au lieu de confier cette tâche aux responsables locaux.

— En effet, vous auriez dû, laissa tomber Edward froidement.

Un silence assourdissant tomba sur les trois hommes. Rempli de colère et de frustration, Edward se tenait assis très droit sur son siège. Masters était-il vraiment le nigaud qu'il paraissait être ou leur jouait-il la comédie ? Impossible à dire pour le moment.

Le jeune homme se leva brusquement, incapable d'en supporter davantage. Il n'y avait plus rien, ici, à apprendre d'intéressant. Mieux valait partir au plus vite pour l'Italie et découvrir eux-mêmes la vérité.

Quelques minutes plus tard, Edward et Neville retrouvèrent la voiture qui les attendait devant les grandes portes de l'immeuble. Neville dit quelques mots à son cocher, puis les deux hommes traversèrent le Strand pour entrer dans Savoy Court, la petite place sur laquelle donnaient l'hôtel Savoy et le théâtre éponyme.

Alors qu'ils approchaient du théâtre, Neville ralentit l'allure.

— C'est grâce à ces opérettes signées par Gilbert et Sullivan que Richard D'Oyly Carte fut en mesure de construire ce théâtre ainsi que l'hôtel il y a quelques années de cela. Le savais-tu ? Grâce à eux, il a amassé une véritable petite fortune.

Edward hocha la tête.

— C'est ce que mon père m'a dit. Il a toujours vivement apprécié leurs œuvres, tout particulièrement *Le Mikado* ainsi que *HMS Pinafore*.

— Ma foi, quant à moi je préfère Mozart, lâcha Neville.

Une fois installé à leur table, Neville commanda une bouteille de vin blanc sec avant de se laisser aller contre le dossier de sa chaise, les yeux fixés sur son cousin.

— Tu n'aimes pas Aubrey Masters, n'est-ce pas, Ned ?

— Il ne s'agit pas de mes goûts personnels. Simplement je ne suis pas convaincu que l'on peut lui faire confiance. Mon père, déjà, se méfiait de lui et, lorsque nous étions dans les bureaux de la compagnie, tout à l'heure, j'ai fini par me demander s'il était totalement stupide ou bien un remarquable dissimulateur.

— Si cette dernière hypothèse se révélait exacte, ce serait alors un fieffé acteur. Je crois plutôt que c'est un homme de paille. Et même un parfait crétin, pour tout dire. Ce qui nous amène à nous poser la question suivante : qui l'a nommé à la tête du département minier ?

— Henry Grant, très probablement. Aubrey Masters est un parent à lui, un cousin au troisième degré, si je me souviens bien.

Neville secoua la tête.

— Du népotisme, encore et toujours, pas vrai ? Au fait, n'as-tu pas été surpris de ne pas avoir reçu les moindres condoléances de la part de Henry Grant ?

— Pas vraiment. Avant que père ne parte pour l'Italie, il m'a confié que Henry n'était guère en forme. Aux dernières nouvelles, il serait allé deux mois à Cumbria faire une sorte de retraite religieuse. Si cela se trouve, il y est encore et personne n'aura jugé bon de l'informer de ce qui vient de se passer.

— Si tel est le cas, je trouve tout à fait grotesque qu'il soit ainsi tenu dans l'ignorance.

— Moi aussi, mais laissons cela. Nous avons toi et moi d'autres chats à fouetter, Neville. Il est impératif de nous rendre en Italie aussi vite que possible. Will et moi sommes prêts à partir immédiatement. Tu n'as plus qu'à te décider.

— Le départ est prévu pour samedi, Ned. Tous les arrangements ont été pris avec l'agence de voyage Cook. Il me reste seulement à confirmer la réservation de l'hôtel.

— Le Ritz me convient parfaitement.

Neville acquiesça et s'empara du menu.

— Voilà plusieurs jours que nous ne mangeons guère et il me semble qu'un bon repas nous redonnerait des forces.

— Tu as raison. Malheureusement je n'ai pas faim.

Edward consulta quelques secondes le menu puis le reposa.

— Tu sais, le pieux Henry Grant se soucie peut-être de purifier son âme, mais sa femme, elle, se trouve ici, à Londres. Elle aurait pu rédiger quelques mots de sympathie à l'intention de nos familles, tu ne crois pas ?

— Ne perds pas de vue l'essentiel, Ned. Cette chienne ignore tout des règles de politesse. A présent, passons notre commande et essayons de nous détendre. Cet après-midi, nous devrons élaborer notre plan d'action. Il faut essayer d'aller au fond des choses et découvrir s'il y a eu complot ou non. Après quoi, nous agirons en conséquence.

— J'espère que les deux directeurs italiens nous en apprendront un peu plus, en particulier Alfredo Oliveri, qui est établi à Carrare. Mon père l'a toujours tenu en haute estime et parlait souvent de lui avec affection.

— Il sera donc notre homme. Sans doute a-t-il eu connaissance du rapport établi par la police locale après l'incendie. S'il ne l'a pas, il pourra tout de même nous aider à y avoir accès.

Edward acquiesça.

— N'as-tu pas jugé l'attitude d'Aubrey Masters bien désinvolte ? demanda-t-il. Cela m'a révolté.

— J'ai vu combien tu étais furieux, Ned. Tes yeux parlaient pour toi, même si tu t'obligeais à garder un visage impassible. Mais ne t'en fais pas. Il y a d'autres moyens pour en apprendre plus long sur les agissements des Deravenel du Lancashire. En attendant, laisse-moi te faire une prédiction, Ned : dans moins de six mois, tu siégeras à la tête de la compagnie à la place de Henry Grant.

Edward demeura silencieux un long moment.

— Je suis si jeune, Neville, lâcha-t-il enfin. Je n'ai même pas encore dix-neuf ans !

— William Pitt le Jeune n'en avait que vingt-quatre lorsqu'il fut nommé Premier ministre de la Couronne.

— Mais...

— Pas de mais, Ned. Ce sera *toi* qui dirigeras bientôt l'empire Deravenel.

— Seulement si je t'ai à mes côtés pour m'assister ! s'exclama Edward.

— J'y serai, fais-moi confiance, cousin, promit Neville Watkins.

9

Florence

Ils étaient venus pour rapatrier les corps de leurs parents en Angleterre. Et aussi pour comprendre par quelle infernale logique ceux-ci avaient été conduits ainsi à la mort. Mais, à présent qu'il se retrouvait en Italie, la chose qu'Edward redoutait le plus était en fait de voir les dépouilles.

Il ne savait que trop bien quel effet dévastateur exercerait sur lui le simple fait de contempler les visages inertes des siens. Il fallait pourtant les voir, et se convaincre enfin de leur mort. Car, pour l'instant, il n'avait pas encore accepté ces pertes si tragiquement soudaines.

Debout près de la fenêtre de sa chambre d'hôtel, Edward Deravenel contemplait le fleuve Arno et, au-delà, les collines de Florence. Le soleil avait déserté la ville en cette froide matinée de janvier et le ciel charriait de lourds nuages gris. Une brume flottait au-dessus du fleuve, obscurcissant les eaux noires, comme aux pires moments du *fog* londonien.

Arrivés la veille de Paris, ils étaient descendus à l'hôtel Bristol, un établissement construit dans la seconde moitié du XIXe siècle et très fréquenté par l'aristocratie anglaise, qui le tenait en haute estime.

Comme la plupart des palaces de la ville, il se dressait sur la rive du fleuve et les chambres offraient une vue magnifique sur l'Arno et les collines ourlant le ciel de Florence. Will et Edward occupaient des chambres contiguës et Neville une vaste suite au même étage, à quelques portes de là.

S'écartant de la fenêtre, Edward se dirigea vers le miroir et entreprit de nouer les pans de sa cravate de soie noire. Une fois le nœud arrangé à son goût, il y piqua une superbe épingle de perle, un présent de son père l'année précédente pour son dix-huitième anniversaire. Désormais, il chérissait ce bijou plus que jamais.

Puis il se dirigea vers la penderie pour y prendre son gilet avant de retourner se contempler dans la psyché. Comme il était pâle... Et ces cernes sous les yeux... Poussant un soupir, il retourna à la penderie pour y prendre sa veste.

Tandis qu'il allait et venait ainsi dans sa chambre, Edward eut le sentiment d'être enseveli sous une chape de terreur, aussi épaisse et inquiétante que la brume qui pesait sur le fleuve. Il frissonna malgré lui et s'arrêta près d'un fauteuil pour s'y appuyer quelques instants, le regard hanté.

Je dois absolument garder mon sang-froid, ne rien révéler de mes sentiments. Mon visage doit demeurer constamment indéchiffrable. Je partage l'opinion de Neville lorsqu'il soutient qu'il y a eu complot et que l'incendie n'avait rien d'un accident. Comment nous parviendrons à découvrir la vérité, je n'en ai pas encore la moindre idée, mais nous devrons nous y efforcer coûte que coûte. Will est du même avis. Je suis heureux qu'il nous ait accompagnés. Il s'entend bien avec Neville et nous apprécions tous deux sa présence.

Quoi qu'il arrive, il nous faut voir les corps ce matin. Puis nous nous rendrons à Carrare, j'y suis déterminé. Je veux voir l'hôtel où ils ont séjourné juste avant de connaître cette horrible fin. C'est impératif. Après quoi, en tout cas je l'espère, ce cauchemar italien prendra fin. Plus tard, cette semaine, nous ramènerons les corps dans le Yorkshire et nous les enterrerons dans cette terre bénie de nos aïeux pour qu'ils reposent en paix...

Des coups insistants frappés à la porte interrompirent le cours de ses pensées. Il alla ouvrir et trouva Will Hasling sur le seuil, tout habillé de noir, son pardessus sur le bras.

— Suis-je en avance ?

Edward secoua la tête.

— Entre, Will. As-tu déjà pris ton petit déjeuner ?

— Oui, je te remercie. Je vois que tu as fait de même, poursuivit Will en avisant le plateau posé sur une desserte.

Fronçant les sourcils, il s'étonna :

— Rien que du café et un petit pain, est-ce tout ce que tu as avalé ?

— Je n'ai pas faim.

Edward jeta un coup d'œil à la pendule sur le mur.

— Il n'est encore que neuf heures dix. Nous avons du temps devant nous. Fabrizio Dellarosa ne sera pas ici avant dix heures et demie.

— Pourquoi ne pas en profiter pour faire un petit tour avant son arrivée et respirer un peu d'air frais ? proposa Will. Au fait, Alfredo Oliveri nous rejoindra-t-il ?

— Dellarosa n'en a pas fait mention dans la lettre qu'il m'a fait porter hier soir. Mais je suppose que oui. Après tout, il est chargé des carrières de marbre de Carrare et sans doute aura-t-il bien des choses à nous apprendre. En tout cas, je le crois.

Will hocha la tête et alla s'asseoir sur une chaise, son manteau sagement plié sur ses genoux.

— L'as-tu déjà rencontré ?

— Non, pas plus que Dellarosa. Mais mon père a toujours parlé très favorablement de lui. Manifestement il l'appréciait et je crois que ce sentiment était réciproque.

Edward boutonna sa longue veste redingote avant d'enfiler son manteau.

— Prêt pour la promenade, Will ?

— Ne devrions-nous pas prévenir Neville de notre petite sortie ? suggéra ce dernier tandis qu'ils quittaient la chambre.

Edward haussa les épaules.

— Je n'en vois pas la nécessité. Nous devons nous retrouver dans le hall de l'hôtel à une heure précise, inutile de le déranger avant.

Will coula un regard en biais vers son ami. Il savait combien il souffrait et combien il redoutait la journée qui l'attendait. Malgré son imposante stature, c'était un jeune homme au cœur tendre et sensible. Se retrouver confronté de plein fouet au destin épouvantable de ses proches allait certainement le dévaster. Edward se montrait toujours si dévoué à sa famille. Elle passait avant tout le reste. Ses liens avec son père et son frère Edmund avaient été très étroits.

Les deux hommes descendirent en silence le grand escalier de l'hôtel et traversèrent de vastes et luxueux salons avant de gagner le grand hall de réception. Partout, le marbre abondait. Des colonnes soutenaient des palmiers en pot et, sur les murs, de charmantes peintures encadrées de bois doré représentaient la ville de Florence. Sur leur chemin, les deux amis purent également admirer de nombreuses sculptures disposées autour du hall.

Quelques minutes plus tard, ils foulaient la via de Pescioni où se trouvait l'hôtel, tout près de l'église Santa Maria Novella et du palais Strozzi. C'était l'un des quartiers les plus élégants de la cité et on y dénombrait d'autres luxueux hôtels, d'élégantes boutiques, des galeries d'art et de remarquables musées.

— Nous voilà dans la plus somptueuse ville Renaissance du monde, Ned, s'exclama Will en prenant le bras de son ami pour l'entraîner à sa suite. Viens, allons flâner un peu et profitons de ce décor enchanteur.

— Pardonne-moi, Will, si je me montre un peu distrait. Je...

Edward s'interrompit et secoua la tête, le regard voilé par la mélancolie. Son enthousiasme coutumier semblait s'être évanoui à jamais.

Feignant d'ignorer ses propos, Will reprit :

— Pense un peu, Ned, cette ville est celle de Dante, de Pétrarque et de Boccace. C'est ici que ce dernier a rédigé le *Décaméron*, un modèle de prose pour toutes les générations suivantes.

— Tu oublies *Le Prince*, de Machiavel. Un ouvrage remarquable qui peut encore nous enseigner bien des choses.

Surprenant une lueur malicieuse dans les yeux de son ami, Will se mit à rire.

— Je vois où tu veux en venir. Eh bien, n'est-ce pas merveilleux, malgré tout, de nous retrouver dans un tel cadre ?

Son regard balaya les alentours.

— Ces rues où nous marchons, Léonard de Vinci, Michel-Ange, Botticelli et les plus grands artistes de l'histoire les ont foulées eux aussi. Tout cela paraît si irréel, Ned. Cette ville a abrité tant de génie, tant de talents...

— Des poètes, des princes, des politiques... La dynastie des Médicis a étendu son influence sur plusieurs siècles. Une vraie prouesse quand on y pense, tu ne crois pas ?

— Tu as raison.

Le silence s'installa entre eux tandis qu'ils poursuivaient leur promenade. Will se demanda comment alléger l'humeur sombre de son ami et comprit qu'il en était incapable. Edward devait affronter la mort des siens, quoi qu'il arrive. Il lui faudrait ramener leurs dépouilles et les enterrer avant d'être en mesure d'esquisser le moindre mouvement ou de faire des projets d'avenir. Il devait en priorité clore aussi bien que possible cette tragique affaire. Puis tenter de recoller les morceaux et se reconstruire une vie bien à lui.

Une nouvelle vie.

10

Neville Watkins était un homme que l'on n'oubliait pas de sitôt. Grand, il avait un corps mince et athlétique, sans une once de graisse, et un visage aux traits accusés, avec un nez aquilin et un front haut et lisse. Ses grands yeux d'un bleu presque turquoise, si clairs qu'ils en paraissaient transparents, brillaient d'intelligence sous la ligne courbe de ses sourcils. Le teint mat, les cheveux noirs, comme nombre de Watkins, il présentait beaucoup de ressemblances avec sa tante, Cecily Watkins Deravenel.

Ce matin-là, dans le salon de sa suite, à l'hôtel Bristol, il s'était installé devant une table ancienne pour jeter sur le papier quelques notes et pensées afin de se préparer au rendez-vous avec Fabrizio Dellarosa.

Au bout d'un instant, satisfait d'avoir fait le tour des questions essentielles, il reposa son stylo et se carra contre le dossier de sa chaise, balayant la pièce d'un regard pensif.

« Pense avec ta tête, non avec ton cœur », telle était la devise que Neville avait adoptée. Il l'appliquait à la lettre dans les affaires, comme, parfois, dans sa vie privée. Des années auparavant, son père, Rick Watkins, lui avait appris à demeurer de glace en toutes circonstances. Le visage impassible, le regard indéchiffrable, sans jamais laisser paraître la moindre émotion, ainsi devait-il se comporter en affaires. « Ne révèle jamais tes faiblesses, ne te laisse pas humilier, voilà ce que mon propre père m'a appris », serinait Rick Watkins à son fils lorsque ce dernier s'apprêtait à faire son entrée dans le monde du commerce. Neville n'avait toujours pas oublié ce mot d'ordre.

Je dois apprendre à Ned à se comporter ainsi, pensa-t-il. Son père lui a enseigné certainement beaucoup de choses, mais je doute qu'il lui ait appris à se montrer impitoyable en affaires. Après tout, Richard Deravenel, d'un caractère généreux et ouvert, n'avait pas su combattre les manigances de son cousin Henry

Grant. Certes, il avait protesté, revendiquant ses droits et sa place légitime au sein de la compagnie, mais, à bien y réfléchir, il n'avait rien fait de concret pour l'emporter sur son rival, hormis se créer de nombreux ennemis. Et même des ennemis mortels.

Les pensées de Neville revenaient sans cesse vers Ned. D'une intelligence supérieure, son cousin ne craignait rien ni personne. Il possédait une extraordinaire assurance et un charisme rare, autant de qualités que Neville n'avait que rarement rencontrées. Il savait aussi se montrer extrêmement dur si nécessaire. De plus, Ned avait toujours eu un excellent sens des affaires, tout particulièrement pour les questions financières.

Convaincu qu'il ferait un remarquable président pour la compagnie Deravenel, surtout si on l'épaulait, Neville se sentait prêt à tout faire pour le guider vers la réussite. Ensemble, ils tiendraient les rênes de l'empire familial en conjuguant l'expérience et le savoir-faire de l'un avec les capacités innées et l'exceptionnel pouvoir de séduction de l'autre. Oui, ensemble, ils pourraient remporter toutes les guerres, réaliser les plus grands rêves. Avec un peu de chance, bien entendu, car elle avait sa place dans cette équation.

Neville replia la feuille sur laquelle il avait griffonné ses notes et la glissa dans la poche de sa veste. Puis il se leva et, de sa longue foulée, gagna la fenêtre pour scruter le ciel de plomb. Quelques rayons de soleil parvenaient à filtrer à travers le mur oppressant des nuages et la journée s'annonçait finalement plus belle que prévu. Neville détestait la grisaille et la pluie, sans doute parce qu'il n'en avait que trop l'habitude. Tout comme à Ned, seuls le soleil et les climats chauds lui plaisaient et, pour cette raison, les deux cousins séjournaient fréquemment ensemble dans le sud de la France.

Ned continuait de hanter son esprit. Neville avait de l'affection et de l'admiration pour lui. Mais il demeurait un problème qu'il faudrait résoudre coûte que coûte : l'addiction de son cousin aux femmes. Des femmes en général plus âgées, blondes, généralement veuves. Tant qu'il resterait célibataire, ce genre de badinage sexuel n'entraînerait pas de complications. Mais, lorsqu'il se mariera – car il se mariera un jour –, il lui faudrait mettre un terme à ses penchants sexuels ou bien se montrer nettement plus discret. Même si Ned l'ignorait, Neville savait tout de la liaison de son cousin avec Lily Overton. Naturellement, cela n'était pas préjudiciable puisque tous deux étaient libres. Cependant il se trouvait déjà quelques esprits chagrins pour juger cette relation déplacée.

Mon Dieu, Ned n'est qu'un être humain, après tout, songea Neville avec un sourire désabusé. Comme nous tous, pauvres et fragiles créatures que nous sommes.

Les trois jeunes Britanniques étaient presque vêtus à l'identique. Chacun portait un costume noir à redingote, une chemise blanche impeccable et une cravate de soie noire. Une tenue de deuil qui ne manqua pas de frapper les esprits tandis qu'ils traversaient le hall du Bristol pour gagner le bar. Les clients croisés sur leur chemin – surtout les femmes, bien entendu – les dévisagèrent avec une évidente admiration. Grands, séduisants, manifestement issus de l'aristocratie anglaise... voilà une combinaison de qualités qui ne manquait pas de séduire.

Ils prirent place autour d'une grande table ronde et commandèrent du café. Lorsqu'ils furent servis, Neville se tourna vers son cousin.

— Ainsi que je l'ai fait à Londres lors de notre visite à Aubrey Masters, je te laisserai mener les débats, Ned. Après tout, Dellarosa est un employé de la compagnie Deravenel. C'est à toi, en priorité, qu'il doit rendre des comptes.

— Ton père aussi a péri dans cet incendie, murmura Edward. Tu peux lui demander tout ce que tu voudras, cela ne me dérange nullement. Nous menons cette enquête ensemble.

— Je sais. Mais c'est tout de même à toi de conduire les négociations. Cela me permettra de rester un peu en arrière et d'avoir ainsi toute liberté pour évaluer Dellarosa et connaître ses points faibles. Quant à toi, Will, porte ton attention sur Alfredo Oliveri si tu le peux. Il faut essayer de tout connaître de ces deux hommes et savoir s'ils se rangent dans le camp de nos ennemis ou de nos alliés. La compagnie possède de nombreux intérêts en Italie en dehors des carrières de marbre, ne l'oublions pas.

— Je comprends, acquiesça Will. Il me semble déjà qu'Oliveri est à compter parmi nos amis, en tout cas d'après ce que Ned nous en a dit.

— En effet, approuva ce dernier. Père éprouvait un immense respect pour lui. Il est curieux, d'ailleurs, que Dellarosa ne mentionne pas son nom dans la lettre qu'il m'a fait parvenir. Aussi ai-je le pressentiment qu'Oliveri ne sera pas des nôtres ce matin.

— En es-tu certain ? interrogea aussitôt Neville, l'air brusquement inquiet. Qu'est-ce qui te fait émettre pareille hypothèse ?
— Disons que c'est une intuition, répliqua Ned.

A cet instant, un serveur revint à leur table avec un plateau chargé de tasses de café et de grands verres d'eau. Neville but quelques gorgées, approuvant cette coutume d'accompagner les boissons d'un peu d'eau. Il jugeait cela terriblement civilisé.

— Est-ce Dellarosa ? murmura soudain Will en voyant un homme bien habillé apparaître sur le seuil et balayer la salle des yeux.

D'une taille moyenne, mince, il avait les cheveux blonds, comme beaucoup d'Italiens du Nord.

— Il vient vers nous, souffla Edward, c'est lui, j'en suis certain.

Il se leva et marcha à sa rencontre, la main tendue.

— Signor Dellarosa, je présume ? Mon nom est Edward Deravenel.

— Bonjour, signor Deravenel, répondit Dellarosa. Bienvenue à Florence. J'aurais préféré faire votre connaissance en des circonstances moins tragiques. Veuillez accepter toutes mes condoléances pour le deuil qui vous frappe.

— C'est une terrible épreuve, en effet, répondit Edward. Je vous présente mon cousin, Neville Watkins, et voici Will Hasling, un de mes proches amis.

Une fois les présentations faites, les quatre hommes s'assirent de concert. Dellarosa se tourna vers Neville et murmura :

— C'est un terrible malheur pour votre famille également, *signor* Watkins. Croyez bien que j'en suis terriblement désolé.

Neville hocha la tête, le visage indéchiffrable.

— Merci.

— Souhaitez-vous boire quelque chose ? interrogea Edward. Café ? Thé ?

— *Si, grazie*. J'apprécierais une tasse de café.

Edward fit signe au garçon et passa commande. Puis il reporta toute son attention sur Fabrizio Dellarosa.

— Quand pourrons-nous voir les corps ? demanda-t-il calmement.

Dellarosa s'éclaircit la gorge.

— Dans une demi-heure. Ils reposent à l'hôpital Santa Maria Novella, tout près d'ici. Nous pouvons y aller à pied.

— Tout comme mon cousin, je m'étonne que les dépouilles aient été rapportées à Florence. Pouvez-vous m'expliquer pourquoi ?

Dellarosa se racla une nouvelle fois la gorge.

— Parce qu'il était nécessaire d'embaumer les corps.

— Je vois. J'imagine que ce genre de pratique n'existe pas à Carrare.

— Oui, c'est exactement cela, monsieur Edward.

— De quoi sont-ils morts ? demanda brusquement Edward.

Saisi, l'Italien balbutia :

— Je vous demande pardon ?

— Nos pères, nos frères... qu'est-ce qui leur a coûté la vie ? On nous a parlé d'un incendie. Ont-ils été gravement brûlés ? Ou bien ont-ils été asphyxiés par les fumées ? Nous n'avons encore reçu aucune information précise à ce sujet.

— Je... eh bien, je crois qu'ils ont été intoxiqués, en effet, répondit Dellarosa.

— Et ils n'ont pas été brûlés ? insista Edward en fronçant les sourcils, l'air incrédule.

— Non. Leurs visages ne portent aucune trace de brûlures.

— Mais peut-être en trouvera-t-on sur le reste du corps ? Est-ce ce que vous suggérez ?

— Je ne suggère rien, rétorqua vivement Dellarosa en haussant un sourcil blond. Comme je vous l'ai dit, ils sont morts après avoir inhalé des fumées toxiques.

— Que savez-vous exactement de l'incendie ? Où le feu a-t-il pris ?

— Je l'ignore, monsieur Edward, je n'étais pas sur place.

— Quelqu'un d'autre le sait-il ? Alfredo Oliveri, peut-être ?

— Il n'en a pas été informé et ignore autant que moi les circonstances de ce drame.

— Je vois.

Edward hocha la tête et parut réfléchir quelques instants. Puis, brusquement, il se pencha vers l'Italien et demanda :

— Dites-moi, *signor* Dellarosa. Pourquoi Oliveri ne vous a-t-il pas accompagné à Florence ? Je croyais l'avoir informé de notre visite. J'ai donné des ordres à ce sujet à nos bureaux londoniens. A Aubrey Masters, très précisément.

Une lueur inquiète traversa les yeux de Dellarosa. D'une voix légèrement altérée, il répondit :

— J'ai dit à Alfredo Oliveri qu'il était inutile de m'accompagner. C'est moi qui supervise les affaires des Deravenel dans la péninsule. Et, comme je vous l'ai dit, il n'aurait rien eu à vous apprendre de plus sur ce drame.

— Ainsi, à vous entendre, nous nageons dans le plus complet mystère. Il y a bel et bien eu un incendie, mais nos parents ne sont pas morts brûlés. Intéressant, en vérité. Oui, vraiment très intéressant, monsieur Dellarosa.

Essayant de masquer son trouble, étonné de se sentir nerveux, ce dernier soutint le regard d'Edward. Il avait l'impression d'être menacé directement par ce jeune Anglais au physique si impressionnant. Et ses yeux... sans doute les yeux bleus les plus glacés qu'il lui ait été donné de voir. De l'acier, pensa Dellarosa, oui, ce Deravenel-là est taillé dans l'acier. Il ne ressemble pas à son père et ne se laissera pas manipuler.

Une vague de peur le traversa. Il était impatient de quitter l'hôtel au plus vite pour regagner ses bureaux et entrer immédiatement en contact avec la direction de Londres.

— Eh bien, on dirait que vous n'avez plus grand-chose à nous dire, *signor* Dellarosa, reprit Edward. Il est temps de nous rendre à l'hôpital pour voir les corps de nos parents. Au fait, quels arrangements avez-vous conclus pour les rapatrier en Angleterre ?

Dellarosa toussota.

— Ils seront transportés par bateau. J'ai réservé deux cabines pour vous et le signor Watkins...

Il s'interrompit, jeta un coup d'œil à Will et ajouta :

— Si vous souhaitez accompagner vos amis, je retiendrai également une place pour vous, monsieur Hasling.

— Entendu, dit Will.

— Je ne crois pas que les choses se passeront ainsi, signor Dellarosa, intervint brusquement Neville. Ce que je veux dire, c'est que nous ne voyagerons certainement pas par bateau. Je vous rappelle que nous sommes en janvier. La mer est dangereuse à cette époque de l'année et les tempêtes sont nombreuses.

Il jeta à l'Italien un regard appuyé.

— Un malheur est si vite arrivé. Aussi veillerai-je moi-même au rapatriement des nôtres. Nous voyagerons par train. C'est beaucoup moins risqué, vous n'êtes pas de cet avis ?

Ce fut le directeur de l'hôpital, Roberto del Renzio, qui les accueillit à la réception et les conduisit le long d'un interminable couloir jusqu'à la morgue. Grand, de forte corpulence, il portait une chemise blanche amidonnée à col cassé et un pantalon à rayures. Il parlait d'une voix grave, mais son visage neutre trahissait un tempérament porté à la gaieté et à la plaisanterie. Toutefois il resta fort discret tandis qu'il les conduisait dans l'aile nord de l'hôpital.

Il s'arrêta à l'entrée d'une petite salle d'attente, se tourna vers Dellarosa et demanda :

— Souhaitez-vous attendre ici ? Je suppose que M. Deravenel et M. Watkins souhaitent entrer seuls à la morgue.

Edward jeta un coup d'œil interrogateur en direction de Will.

— Tu veux venir avec nous ?

— Je souhaiterais vous accompagner, répondit ce dernier. Et les saluer une dernière fois. Cela ne te dérange pas, Neville ?

— Qu'il en soit ainsi, murmura Neville en suivant Ned et le directeur à l'intérieur de la salle.

Au premier regard, Edward constata avec surprise que les quatre victimes reposaient dans des cercueils fermés. Il s'était attendu à les voir étendues dans les longs tiroirs métalliques qui tapissaient les murs.

Quelques instants plus tard, un médecin en blouse blanche les rejoignit et, après de brèves salutations, procéda à l'ouverture des cercueils.

Tout proches l'un de l'autre, Neville et Edward contemplèrent les visages de cire de leurs parents bien-aimés. On ne décelait aucune trace de brûlures sur leurs traits.

Sans échanger une seule parole, les deux hommes venaient d'avoir la même pensée. Les êtres qu'ils avaient chéris de leur vivant n'habitaient plus ces corps inertes. Leurs âmes s'étaient envolées. Ce qui gisait là n'était que des carcasses gelées.

Edward posa doucement la main sur l'épaule de son père, lui ferma les yeux et, mentalement, lui adressa un ultime adieu.

« Au revoir, papa... »

Puis il s'approcha du corps de son cher Edmund. Mais le petit frère qu'il aimait tant n'était plus là, lui non plus. Comme pour son père, il lui toucha l'épaule et, dans le secret de son cœur, lui dit tristement au revoir.

A ses côtés, Neville offrait, lui aussi, un dernier salut aux siens. Comme Edward, il savait que ce qui avait habité ces quatre hommes si uniques, si inoubliables, était parti à jamais. Leur esprit était ailleurs. Les dépouilles étendues sous leurs yeux n'étaient plus que des coquilles vides.

Non loin de là, Will sentit, lui aussi, la main froide de la mort lui étreindre le cœur. Jamais encore il n'avait été confronté aussi directement à cette fin inéluctable des choses.

En quelques minutes, tout fut terminé.

Ils reçurent du directeur de l'hôpital les certificats de décès, prirent congé de Dellarosa et reprirent la direction de leur hôtel, de l'autre côté de la place Santa Maria Novella.

Tandis qu'ils cheminaient, Edward se demanda pourquoi il avait tant redouté cette confrontation avec les corps sans vie des siens.

En vérité, il n'avait rien ressenti.

La lettre arriva vers la fin de l'après-midi. Une main anonyme la glissa sous la porte de la chambre d'Edward et, quand celui-ci courut ouvrir, il n'y avait déjà plus personne dans le couloir.

Il déchira à la hâte l'enveloppe et en extirpa un court billet. Il lut les quelques lignes griffonnées sur la page et, aussitôt, sentit son estomac se nouer et les pulsations de son cœur s'accélérer.

Ne vous fiez pas aux apparences.
Partez demain sur les lieux visités par votre père juste avant sa fin. Rendez-vous dans la maison baptisée d'un nom familier.
Je vous y attendrai.

Edward sut immédiatement que ces lignes étaient de la main d'Alfredo Oliveri. C'était à Carrare que son père s'était rendu en dernier lieu et la maison au nom familier était, bien entendu, l'immeuble abritant les bureaux de la compagnie Deravenel.

Il replia le billet et le glissa dans sa poche avant de quitter la pièce. Il se hâta le long du couloir menant à la suite occupée par Neville. Tout au fond de lui, il savait que l'heure de la vérité venait enfin de sonner.

11

Carrare

Dès qu'Edward se retrouva à Carrare, où il arriva avec Neville et Will tôt ce matin-là, il eut envie de tourner les talons et de partir. Il y avait quelque chose dans cette petite ville de Toscane qui le déprimait profondément.

Il savait que ce sentiment venait en partie du fait que son père et son frère, son oncle et son cousin y avaient connu une mort affreuse la semaine précédente. Mais il n'en détestait pas moins certains aspects de l'endroit, qu'il trouva froid, inhospitalier et empestant le danger. Il y avait aussi un autre élément qui le troublait. Il se sentait oppressé par la ligne de montagnes qui encerclait Carrare sur trois côtés, paraissant l'enfermer comme dans une prison.

Le marbre était partout ici. De grands blocs luisaient en haut des pentes des Apennins, leur poussière gris-blanc flottant dans l'air pour venir se déposer sur les bâtiments et le sol tout comme sur les gens. Elle pénétrait les vêtements et les cheveux. On entendait les ciseaux travailler ce matériau sans relâche dans les ateliers qui s'égrenaient le long des rues. Partout, des artistes, des artisans taillaient dans les blocs des sculptures, des bas-reliefs, des vases et toutes sortes d'objets artisanaux. Tout comme les carrières qui creusaient les collines, la petite ville de Carrare bourdonnait d'activité.

Edward se hâta vers son rendez-vous avec Alfredo Oliveri. Dès qu'il aurait rencontré ce dernier, il pourrait quitter la ville sans plus tarder. Dans son cœur, Carrare était à jamais associée à la mort et au chagrin. Jamais il ne remettrait les pieds ici, aussi longtemps qu'il vivrait.

Il se trouvait pour l'heure assis dans les bureaux de la compagnie Deravenel, observant Alfredo Oliveri en train de s'entretenir avec Neville, lui suggérant de passer la nuit en ville et ajoutant qu'il serait heureux de les compter parmi ses invités.

— Vous serez mieux chez moi qu'à l'hôtel.

Ils étaient arrivés une vingtaine de minutes plus tôt après avoir voyagé plusieurs heures dans une voiture louée à Florence. Le trajet, organisé par le chef concierge de l'hôtel Bristol, s'avéra plutôt confortable.

Edward savait que, même s'il le voyait pour la première fois, il pouvait faire confiance à l'homme qui se tenait devant lui. Il comprenait à présent pourquoi son père l'avait tenu en si haute estime. Il y avait quelque chose dans l'expression de son visage et sa façon de se comporter ou de parler qui respirait l'honnêteté et la sincérité.

Alfredo Oliveri ne ressemblait nullement à l'homme qu'il s'attendait à trouver. Ses cheveux d'un bel auburn avaient des reflets cuivrés intenses et, par son allure générale, il paraissait très « britannique ». Après les présentations, ils s'installèrent dans le bureau personnel d'Oliveri et Neville félicita celui-ci pour sa parfaite maîtrise de l'anglais.

Leur interlocuteur leur expliqua alors que, né d'une mère anglaise et d'un père italien, il avait séjourné chaque été chez ses grands-parents maternels, en Angleterre. Plus tard, il avait fréquenté pendant quatre ans une pension anglaise, ne retrouvant l'Italie que pour les vacances.

— Pas étonnant que vous parliez si bien notre langue, observa Neville. Au fond, vous êtes aussi anglais que nous.

Il regretta presque aussitôt ce commentaire qui se voulait un compliment, mais pouvait être aussi interprété comme une marque de condescendance.

Oliveri, cependant, ne sembla pas en prendre ombrage. Il esquissa un sourire, manifestement flatté.

— Disons que je suis moitié-moitié. Nombre de nos clients anglais sont surpris de m'entendre parler si bien leur langue, mais M. Richard, lui, n'en était guère étonné.

Il jeta un coup d'œil à Edward et ajouta avec conviction :

— Votre père était un homme si bon. Peut-être *trop*.

— Vous êtes le seul à savoir réellement ce qui s'est passé, monsieur Oliveri, dit Edward. Nous sommes venus dès réception de votre billet. Apparemment, vous avez beaucoup à nous apprendre... Qu'entendiez-vous par « *Les apparences sont trompeuses* » ?

— Exactement ce que cela veut dire, répondit Oliveri en gratifiant le jeune homme d'un regard pénétrant. Bien des choses ont l'air insignifiantes, mais seulement en apparence. Si vous prenez la peine de les étudier plus avant, les vérités cachées remonteront à la surface. Et la donne change. C'est du moins ce que j'ai souvent constaté.

— Par conséquent, nous avons raison de soupçonner un complot ? interrogea Neville d'une voix lente.

— Parfaitement raison, messieurs, répondit Oliveri. A présent, laissez-moi vous raconter ce que je sais de ce qui s'est réellement passé la nuit de l'incendie.

Edward se redressa, chaque fibre de son corps tendue à l'extrême, à la fois impatient et effrayé de ce qu'il allait entendre.

— Il y a une semaine, un dimanche soir, j'ai dîné avec votre père, votre oncle et leurs jeunes fils, M. Edmund et M. Thomas. Vers les onze heures, je les ai déposés à leur hôtel, une petite *pensione*. Puis j'ai regagné mon domicile. Comme je l'ai découvert par la suite, le feu a pris aux premières heures du matin, vers une heure, probablement. Il a débuté dans l'aile droite du bâtiment et a rapidement gagné le hall de réception puis l'aile gauche. Le vent soufflait fort cette nuit-là et, très vite, ce fut un véritable brasier. Mais...

— Mais ce n'est pas ainsi qu'ils sont morts, n'est-ce pas ? intervint Neville. Nous avons vu les corps. Ils ne portaient pas de trace de brûlures. Si pareil brasier a ravagé les lieux, comment expliquez-vous cela ?

— Le vent a soudain cessé et il s'est mis à pleuvoir à verse. Presque aussitôt, l'alarme a été donnée et de nombreux habitants ont accouru avec des seaux d'eau.

— Ce que vous dites, c'est que le feu a été maîtrisé rapidement et que les membres de notre famille sont morts par asphyxie dès le début de l'incendie, c'est-à-dire au moment où il faisait rage, insista Edward.

— C'est en tout cas ce que signale l'acte de décès, souligna Neville. Morts par asphyxie.

— Il n'y a pas eu d'asphyxie, insista Oliveri.

Il s'éclaircit nerveusement la gorge à plusieurs reprises.

— Ce n'est pas le feu qui a tué vos parents, mais les blessures qu'on leur a infligées à la tête un peu plus tôt dans la soirée.

— Des *blessures* ! s'exclama Edward en se redressant sur sa chaise et en transperçant l'Italien de son regard d'un bleu étincelant.

Neville et Will s'étaient eux aussi raidis sur leur siège, stupéfiés par ces paroles.

Oliveri s'agita puis, d'une voix basse, expliqua :

— Votre père, votre oncle et votre cousin ont été assassinés à l'arme blanche, monsieur Edward. Ils sont morts presque instantanément, d'après le rapport que m'a remis le docteur Buttafiglio.
— On les a agressés ? Tués ? s'écria Edward. Expliquez-vous, je n'y comprends rien !

Oliveri secoua tristement la tête.

— Je suis désolé d'avoir à vous annoncer une si terrible nouvelle, monsieur Edward et monsieur Watkins.

— Le feu n'a donc été allumé que pour cacher ce crime ? demanda Neville d'une voix tendue.

— C'est exact. Le médecin légiste est formel. Les meurtriers ont incendié l'hôtel dans l'espoir que l'on ne pourrait déceler les blessures sur les corps carbonisés de leurs victimes. Mais la pluie a contrecarré leurs plans. Il est tombé un véritable déluge qui a stoppé le feu.

— Vous parlez de *trois* hommes – mon père, mon oncle et mon cousin, intervint Edward sans le quitter des yeux. Qu'est-il arrivé à Edmund ?

C'était exactement la question que redoutait l'Italien et, pendant une longue minute, il demeura silencieux, incapable de puiser en lui le courage de dire la vérité. Prenant une profonde inspiration, il dit enfin :

— Ce soir-là, lorsque j'ai quitté M. Richard et ses compagnons devant l'hôtel, il semblerait que M. Edmund soit allé faire un tour. Personne ne sait où, et pas davantage la police, qui, pourtant, a interrogé de nombreux témoins. Tout ce que l'on sait, c'est que, sur le chemin du retour, il a été violemment agressé dans une ruelle déserte et...

— Agressé ? Mais par qui, pour l'amour du ciel ! cria Edward, le visage empourpré par l'incompréhension et la colère.

— Je l'ignore et, pour le moment, personne n'en sait plus que moi. Nous sommes tous stupéfaits de ce qui est arrivé.

— Et personne n'a rien vu, évidemment, intervint Neville.

— En tout cas, pas l'agression dont je vous parle. Mais Benito Magnanni, le propriétaire du restaurant *Le Colisée*, rentrait justement chez lui à la même heure. A la lueur d'un réverbère, il a vu deux hommes penchés au-dessus d'un corps allongé à terre et s'est mis à courir vers eux en criant. Naturellement, ils ont fui sans demander leur reste. D'après ce que le restaurateur a entendu, ils étaient anglais.

Voyant ses deux amis terrassés par cette affreuse nouvelle, Will prit la relève.

— Comment cet homme peut-il en être sûr ? demanda-t-il en jetant à Oliveri un regard dur.

— Parce que Benito a confié à la police qu'il avait entendu l'un d'eux dire quelque chose comme « Allons, il faut camper... », ce qui, naturellement, ne veut rien dire au premier abord. Mais, selon moi, les choses sont claires. Ce que le meurtrier voulait dire, c'était : « Allons, il faut décamper... », ou quelque chose de ce genre.

— Comment l'ont-ils tué ? demanda Edward d'une voix presque inaudible.

Alfredo Oliveri hésita de nouveau, soucieux de ne pas ajouter encore au calvaire du jeune homme. Pourtant, il fallait bien lui dire la vérité. Il la devait à Edward et à son père.

— Tout s'est passé très vite, lâcha-t-il enfin. Le docteur Buttafiglio me l'a affirmé : M. Edmund est mort sur le coup.

— Mais *comment* ?

— On lui a tranché la gorge.

Le choc fut si violent qu'une chape de silence s'abattit sur eux. Le sang reflua des joues d'Edward et il sauta sur ses pieds en criant :

— Non ! Non ! Pas mon cher Edmund ! Mourir ainsi ! Quelle horreur ! Oh, non, je vous en prie ! Cela ne peut être ! Il n'avait que dix-sept ans, pour l'amour du ciel ! Ce n'était qu'un adolescent encore...

Sa voix se brisa et il s'effondra sur sa chaise en sanglotant.

Aussitôt, Neville se leva pour le rejoindre et l'encercler de ses bras. Edward l'étreignit de toutes ses forces, comme s'il allait perdre pied. Les deux cousins demeurèrent ainsi un long moment, plus unis que jamais par l'horreur qui venait de les frapper. La seule pensée que le jeune Edmund avait connu une fin aussi cruelle était insoutenable.

Finalement, les deux hommes regagnèrent leur siège d'un pas chancelant. Ce fut Neville qui réussit le premier à reprendre la parole.

— Répondez-moi franchement, monsieur Oliveri. Croyez-vous que mon cousin a été éliminé simplement parce que c'était un Deravenel ? J'imagine que cette attaque, précisément la nuit où les trois autres étaient eux aussi assassinés, n'a rien d'une coïncidence ?

— En effet, monsieur Watkins. M. Edmund a bien été tué simplement parce qu'il était le fils de Richard Deravenel. Comme ils ne le voyaient pas à l'hôtel, ils sont allés à sa recherche dans les rues de la ville, j'en suis à peu près convaincu.

— Croyez-vous M. Edward en danger ?

— Absolument. Sans doute ne risque-t-il pas grand-chose ici, à Carrare, car les assassins ont sûrement eu le temps de regagner Londres. Voyez-vous, monsieur Watkins, votre oncle Richard a été tué parce qu'il était l'héritier légitime des Deravenel. Tout le monde le sait à la compagnie, voilà près de soixante ans que la branche des Lancashire a usurpé le pouvoir. Certains représentants de ce clan sont heureux de cet état de choses, mais pas tous. Certains pensaient que le commandement revenait de droit à Richard Deravenel – un certain nombre d'entre nous, pour tout dire. Henry Grant est incompétent et se contente de marcher dans les traces de ses prédécesseurs : son grand-père, qui a usurpé le pouvoir, et son père, qui, lui, a travaillé à accroître l'influence de la compagnie. Mais les choses leur échappent et les affaires vont mal, vous pouvez m'en croire. M. Grant n'est jamais là, ainsi que le lui reprochait M. Deravenel de son vivant. Incapable de diriger l'empire, il l'a abandonné aux mains de sa Française et de ses sbires. Margot Grant s'est entourée d'alliés solides qui exécutent ses quatre volontés.

— Mon père connaissait cette situation car mon oncle lui-même l'en avait averti.

Neville poussa un profond soupir et secoua la tête, ses beaux yeux clairs voilés par le chagrin.

— Mon père et mon frère sont morts parce qu'ils se trouvaient au mauvais endroit au mauvais moment.

Sa voix se cassa et il pinça les lèvres.

— Que Dieu leur vienne en aide et les accueille en son sein.

D'une voix glaciale, Edward intervint.

— Selon vous, monsieur Oliveri, la compagnie fondée par mon ancêtre Guy de Ravenel est à présent tombée aux mains d'une femme qui n'est même pas de notre lignée par sa naissance. Il y a là de quoi donner des frissons.

— Eh bien, figure-toi que cela me donne plutôt envie de rire, même jaune, j'en conviens, répliqua Neville. Cette femme est une farce, elle ne sait pas ce qu'elle fait. Les vrais coupables sont ceux qui la manipulent – j'ai nommé James Cliff et John Summers. Ce sont eux les véritables maîtres du jeu. Néanmoins, je crois cette Française extrêmement dangereuse car inconsciente des conséquences engendrées par ses folles manigances. C'est sans doute pour cette raison qu'elle est à l'origine des meurtres. Ne te tourmente pas, Ned. Nous aurons notre revanche, ainsi que je te l'ai promis à Ravenscar. Je ne laisserai pas cette folle ruiner ta vie, tu peux me faire confiance.

12

Kent

— Pourquoi ne pas demander la protection de la police ? s'exclama Lily d'une voix forte, le visage soudain empourpré, les yeux brillants d'indignation. Je ne comprends pas. Non, je ne comprends vraiment pas, Ned.

— Tu devrais, pourtant. Je te l'ai déjà expliqué à de nombreuses reprises, répliqua Edward, luttant pour conserver son calme. Mais je m'y emploierai encore une fois. Il ne s'agit pas d'une affaire relevant de Scotland Yard. Le crime n'a pas été commis ici, sous notre juridiction. Il a été perpétré en Italie, à Carrare, très exactement.

— Je le sais, mais je parlais précisément de la police italienne. Pourquoi ne mène-t-elle pas son enquête ?

Les poings serrés, Edward prit une longue inspiration pour recouvrer le contrôle de ses nerfs.

— Neville, Will et moi avons passé des heures et des heures avec le chef de la police locale en essayant de comprendre ce qui était arrivé. Il s'est montré très coopératif après avoir déjà fait un travail d'investigation approfondi avant même notre arrivée. Mais rien n'en est sorti. Tout ce que la police a pu obtenir venait du propriétaire d'un restaurant qui leur a dit avoir vu deux hommes en attaquer un troisième dans une ruelle tard la nuit. Il a couru pour lui porter secours en criant pour faire fuir les assaillants, mais il était trop tard. Le jeune homme – Edmund, mon frère – était déjà mort lorsqu'il est arrivé. Benito Magnanni, le restaurateur, a également raconté avoir entendu les deux agresseurs se parler en anglais. Et c'est à peu près tout ce que nous avons.

Lily ne répondit pas. Elle se laissa aller contre le dossier du canapé, secouant la tête d'un air incrédule, son visage exprimant le plus profond désarroi.

Edward soutint son regard et constata qu'elle paraissait près de fondre en larmes. Il desserra les poings et se détendit impréceptiblement. Il savait que Lily était une femme intelligente, mais elle pouvait se montrer fatigante sur certains sujets, et cela le rendait fou.

Il respira à nouveau profondément et reprit, d'un ton plus léger :

— Alfredo Oliveri a fait tout ce qui était en son pouvoir pour tenter d'aider la police à élucider ces meurtres. Comme, par exemple, trouver ce qui a provoqué l'incendie, le lieu exact où il a démarré. Mais il n'y a pas grand-chose que l'on puisse faire lorsque l'on n'a aucun assassin à arrêter et pas de pyromane à interpeller. Toute cette affaire baigne dans le mystère le plus complet.

Il fit une pause, soupira et conclut :

— Sans véritable preuve, la police de Carrare est au point mort. Ce ne sera malheureusement pas le premier cas de meurtre qui demeurera inexpliqué, crois-moi.

— Je le crains aussi, renchérit Will Hasling depuis le seuil avant de rejoindre Edward et Lily dans le bureau.

Les trois amis s'étaient réunis dans la maison de campagne de Vicky Forth, la sœur de Will, pour y passer le week-end.

— Il est extrêmement frustrant de ne pas savoir qui est à l'origine de ces morts tragiques, mais je crains à mon tour qu'il n'y ait rien à faire.

— Et pourquoi cela ? coupa vivement Lily en se redressant sur le canapé et en regardant Will et Ned, debout devant la cheminée.

— Parce que nous ne pouvons riposter de la même manière, répliqua Edward en sentant son exaspération revenir au galop. Nous ne pouvons pas nous mettre nous aussi à tuer des gens simplement parce que nous croyons qu'ils sont à l'origine de la mort de nos pères et de nos frères. Scotland Yard aurait alors de bons motifs pour entrer dans le jeu, tu ne crois pas ? Mais, cette fois, ce serait pour nous arrêter, *nous*.

Un lourd silence enveloppa la pièce. Une bûche crépita dans la cheminée. Un froissement de tissu, comme un soupir, se fit entendre lorsque Lily remua sur le canapé. Dehors, une pluie fine commença à marteler les vitres. Aucun de ces bruits ne semblait réussir à dissiper la chape de plomb qui pesait sur le petit groupe. Pendant encore un long moment, personne ne parla. Quant à Lily, elle ravala ses commentaires, craignant encore d'en dire trop.

Edward Deravenel semblait accablé. On aurait dit qu'un voile était tombé sur lui, figeant ses traits, obscurcissant son cœur. Il s'efforça de se ressaisir et reporta toute son attention sur Lily Overton. D'une voix tendue, il reprit :

— Tu me demandes comment je peux le supporter ? Eh bien, si tu veux connaître toute la vérité, je ne le peux pas. Pourtant, il le faut, je n'ai pas le choix. Et, maintenant, parlons d'autre chose, si tu le veux bien, d'accord ? Il n'y a plus rien à ajouter à ce sujet. Nous sommes totalement impuissants en ce qui concerne les représailles à exercer sur ceux que nous croyons coupables. Neville et moi-même avons enterré nos chers parents ; ils sont en paix à présent. Nous ne pouvons plus rien pour eux.

Il s'interrompit et se pencha vers elle pour la dévisager intensément. Son visage avait la dureté et l'immobilité de la pierre.

— Tu m'as bien entendu, Lily. Je ne souhaite plus en parler. Cette histoire est terminée.

Non, elle ne l'est pas. Elle ne fait même que commencer, pensa Will Hasling. Rien ne sera terminé jusqu'à ce que Ned et Neville Watkins aient complètement détruit les Grant. Chacun d'entre eux, irrémédiablement.

A cette pensée, Will sentit les poils de sa nuque se hérisser et la main glacée de la peur se refermer sur lui.

Stephen, le second mari de Vicky Forth, un banquier réputé, était parti pour New York en voyage d'affaires. Aussi Vicky avait-elle demandé à son frère de passer le week-end avec elle dans sa résidence de campagne. A son tour, Will demanda à Edward de se joindre à lui. Vicky et Lily étant de proches amies, cette dernière fut aussi invitée.

Edward se montra enchanté d'accompagner Will. Le fait que Lily soit de la partie représentait, naturellement, un plus appréciable.

Les terres de Stonehurst Farm s'étendaient presque jusqu'à Aldington dans le Kent, tout près des marécages de Romney. Cela faisait déjà longtemps que les activités agricoles du domaine avaient cessé. Vieille de plusieurs siècles – elle datait du tout début du XVIIe –, la propriété avait subi récemment de profondes transformations et ressemblait aujourd'hui à un coquet manoir de campagne. Plus rien ne poussait sur ses terres, hormis les légumes plantés par Vicky dans son potager. On n'y trouvait pas non plus de bétail, si ce n'est une écurie de chevaux racés destinés aux promenades et à la chasse.

La vaste maison offrait de nombreux recoins et annexes, mais on y trouvait néanmoins une chaleureuse atmosphère, due en grande partie au goût parfait de Vicky et à ses remarquables aptitudes pour la décoration.

Toutes les pièces respiraient le luxe avec leurs cheminées où crépitaient des feux généreux, des canapés profonds, des sièges confortables, d'épais tapis couvrant les planchers cirés et les sols pavés, sans oublier les lourds rideaux de velours habillant les fenêtres pour repousser les courants d'air glacés de l'hiver.

Edward avait déjà séjourné ici auparavant. On lui attribuait toujours la même chambre, qu'il affectionnait particulièrement parce qu'elle donnait sur les marais de Romney, et sur la mer au-delà.

De façon bien commode et tout à fait intentionnellement, la chambre de Lily était en face de la sienne, de l'autre côté du couloir. Ils avaient connu déjà deux nuits d'étreintes passionnées, jouissant sans limites du plaisir de partager la même couche et de se réveiller encore enlacés au petit matin.

Jusqu'à ce jour, Lily avait toujours su l'apaiser en le poussant à se dépasser, à chasser les démons qui, si souvent, le tourmentaient. Pourtant, ce week-end, au grand désarroi de son amant, elle s'était comportée très différemment, agissant exactement à l'opposé de sa conduite habituelle et ne craignant pas de le bouleverser à plusieurs reprises en évoquant inlassablement les terribles épreuves qui avaient frappé sa famille. Pareille attitude était difficile à comprendre et commençait à éprouver dangereusement les nerfs d'Edward. Jamais encore, au cours de leur relation, ils n'avaient été exposés à de telles tensions.

Assis devant le feu qui crépitait dans la cheminée de sa chambre, il se demanda pourquoi cette femme à l'esprit toujours si vif et pertinent pouvait se montrer parfois si insensible. Qu'est-ce qui la poussait à évoquer constamment la tragédie qui venait de l'accabler ? On aurait dit qu'elle prenait plaisir à rouvrir ses blessures – et quelles blessures ! Pourquoi ne le laissait-elle donc pas guérir en paix ? Il venait de subir un terrible choc affectif et tout ce dont il avait besoin, c'était de calme et de temps pour remettre de l'ordre en lui-même.

Les yeux fermés, il appuya sa tête contre le dossier de son fauteuil, se laissant lentement glisser au plus profond de ses pensées.

Je dois rester aussi calme que possible et garder mon sang-froid en toute occasion. Je ne peux laisser Lily prendre le contrôle de moi ni me distraire de mon but. Neville m'a plusieurs fois averti de ne pas laisser les femmes prendre trop de place dans ma vie. Il m'a dit de les utiliser, d'en tirer du plaisir, mais de garder mes distances émotionnellement. Plus facile à dire qu'à faire, hélas ! C'est ce que j'ai dit à Neville la semaine dernière et il était d'accord avec moi. Mais il m'a aussi rappelé que, tous les deux, nous étions sur le point de nous lancer dans la plus essentielle des missions, celle de ruiner le clan des Grant, de le mettre à genoux. Nous devons triompher coûte que coûte et c'est bien ce qui arrivera. J'ai plus à gagner dans ce combat que Neville, car, une fois les Grant écartés, la compagnie Deravenel sera toute à moi. J'aurai ainsi vengé mon père. Non seulement son meurtre inique, mais aussi l'usurpation, il y a soixante ans, de son pouvoir légitime à la tête de l'empire familial. Oui, nous gagnerons, et nous gagnerons très vite. Je l'ai promis à ma mère lors des funérailles qui se sont déroulées à Ravenscar et à Ripon. J'ai fait le vœu de prendre notre revanche et je sais qu'elle en a été heureuse. C'est moi le chef de famille, désormais, je dois protéger les miens, ma mère et mes frères, veiller à leur confort et à leur sécurité. Veiller aussi à leur garantir un futur digne de notre nom. Ce sera fait, Neville m'en a assuré. Ma mère est encore à l'abri du besoin grâce à sa propre fortune, que Neville gérera, mais, quant à moi, je dois prendre tout ce qui m'est dû au sein de la compagnie. Je dois comprendre pourquoi mon père a toujours été tenu à l'écart, privé de la fortune qui lui revenait, et changer cet état de choses au plus vite. Je dois aussi me trouver une nouvelle résidence, un endroit qui ne sera pas Charles Street car cette maison appartient en héritage à ma mère et, bien qu'elle m'ait proposé de m'y installer, il serait injuste de la priver de ce bien.

Ma mère sait garder le contrôle d'elle-même, mais c'est dans sa nature. Et, telle que je la connais, je crois que son chagrin après la perte de mon père et d'Edmund est toujours aussi vif. Cela prendra beaucoup de temps pour guérir d'une telle blessure, si tant est que cela soit possible. Mais elle se montre stoïque, comme toujours, et poursuivra son chemin bon an mal an avec son endurance et sa dignité coutumières, prenant soin de George et de Richard ainsi que de ma sœur Meg et les élevant selon les principes chers à mon défunt père.

Avant de quitter Ravenscar, je l'ai informée de l'existence du petit carnet noir mentionné par Alfredo Oliveri à Carrare. Un carnet dans lequel mon père écrivait quotidiennement. Nous l'avons cherché, mère et moi, en vain. Elle tente encore d'en retrouver la trace au manoir, comme je l'ai fait moi-même dans nos appartements de Charles Street avant de me rendre dans le Kent. Hélas, aucun résultat pour le moment.

Oliveri nous sera d'un grand secours. Il a promis de nous aider par tous les moyens et c'est un allié inestimable. J'ai beaucoup de chance de l'avoir à mes côtés. Il affirme que nous l'emporterons et je le crois.

Will venait à Stonehurst depuis que sa sœur avait acheté le domaine une douzaine d'années auparavant, peu de temps après la mort de Miles Tomlinson, son premier mari. Dans la paix et l'harmonie des beaux paysages du Kent, elle avait espéré oublier un peu l'agitation de Londres en procédant à la restauration de la vieille ferme pour surmonter son chagrin.

Elle avait d'ailleurs plutôt bien réussi et, au fil des années, son frère Will l'avait fréquemment aidée dans ce long travail. Elevé dans l'amour de Stonehurst autant que sa sœur, il en appréciait les froides journées d'hiver et les glorieux après-midi d'été. La ferme était entourée de près de quatre-vingts hectares de terres magnifiques – principalement des champs et des prairies agrémentées d'un étang et d'un joli petit bois. Et, plus loin, au-delà des somptueux jardins fleuris, s'étendaient les marais de Romney.

Will avait toujours trouvé cette contrée profondément mystérieuse. C'était un endroit vraiment magique avec ses herbes folles et luxuriantes, ses sentiers en lacets, et cette éternelle brume qui se levait au crépuscule pour envelopper les contours du paysage, obscurcissant tout. A cette heure particulière où le soleil plongeait à l'horizon, des effluves salés montaient de la mer pour rappeler à ceux qui l'auraient oublié que la Manche était toute proche.

Autrefois, les habitants de la région fermaient leurs fenêtres à la tombée du jour, sûrs que le brouillard charriait avec lui toutes sortes de fièvres malignes. D'autres verrouillaient solidement leurs volets, persuadés qu'une armée de fantômes rôdait dans les marais.

Vicky riait à ces histoires de bonnes femmes que l'on se racontait encore à la nuit tombée. Quand on venait à mentionner les fantômes, elle disait souvent à Will : « Il me semble qu'il s'agit d'esprits bien réels... des contrebandiers, par exemple, qui rapportent de France leur butin de tabac, de vin et d'alcools. » Comme sa sœur, Will croyait aussi que ces lueurs étranges qui balayaient les marais signalaient tout simplement des trafics de contrebande.

En ce froid après-midi de février, tandis qu'il se promenait le long du chemin dallé reliant la terrasse aux jardins, il ne pouvait s'empêcher de s'extasier une nouvelle fois sur l'extraordinaire beauté de ce paysage. Dans le jour déclinant, le ciel gris s'était assombri, ponctué de flamboyantes traînées rouge et or à l'horizon. A moins que ce ne soit la mer miroitant sous le soleil couchant. Certaines parties du marais se trouvaient en effet en dessous du niveau de la mer et il arrivait fréquemment à Will d'apercevoir la ligne des flots très haut à l'horizon. Cette illusion l'étonnait toujours.

— Will ! Will ! Attends-moi !

Il fit volte-face en entendant la voix d'Edward et le vit se hâter à sa rencontre sur le chemin.

— Pourquoi ne m'as-tu pas demandé de t'accompagner ? lui reprocha son ami. A moins que tu ne préfères te promener seul ? Est-ce que je te dérange ?

Will glissa son bras sous le sien et l'entraîna à sa suite.

— Pas le moins du monde, Ned. Je pensais seulement qu'il valait mieux te laisser vaquer à tes propres tâches. Tu semblais si bouleversé ce matin et tu étais bien silencieux pendant le déjeuner.

— J'avais de bonnes raisons, tu ne crois pas ?

— C'est vrai. Je savais que tu souhaitais demeurer seul dans ta chambre cet après-midi. Vicky et Lily ont attelé le cheval pour se rendre en cabriolet au village. Je viens de les voir rentrer, d'ailleurs.

— Pour un homme qui n'apprécie guère la vie à la campagne et qui jure ses grands dieux qu'il préfère les plaisirs et les lumières de la ville, tu me sembles bien attaché à Stonehurst, observa Ned en lui jetant un regard en coin.

— Disons que j'ai appris à l'aimer, sans doute parce que j'ai longtemps aidé Vicky à restaurer la maison. Nous avons partagé elle et moi quelque chose d'unique, une relation intense et solidaire durant toutes ces années qui ont succédé à la mort de Miles. Je devais avoir quatorze ou quinze ans et nous aimions, Vicky et moi, travailler de concert. Cela a resserré nos liens. Elle me répète souvent que je l'ai aidée à surmonter son chagrin, mais, pour être honnête, Ned, je n'aimerais guère vivre en permanence à la campagne. J'aime rendre visite à ma sœur car nous sommes très proches. Et puis je suis fasciné par les marais. Il en émane quelque chose de rare et d'étrange qui évoque bien des mystères.

Edward se mit à rire.

— Je comprends. Cela séduit le jeune homme épris d'aventure qui sommeille encore au fond de toi. Toutes ces histoires de contrebandiers convoyant leurs marchandises, tabac, brandy et Dieu sait quoi encore. Ne crois pas, d'ailleurs, que je sois insensible au charme romantique qui se dégage de ces marais.

Son regard se porta au loin, bien au-delà de la ligne des jardins, et il ajouta :

— Et puis on peut respirer ici un parfum de France qui nous arrive avec le vent du soir.

Will eut le bon goût de sourire, devinant que son ami plaisantait.

— Sans doute as-tu raison. Peut-être est-ce cette atmosphère romantique qui me séduit tant.

Changeant de sujet, il ajouta plus sérieusement :

— Il me semble que tu vas mieux à présent, n'est-ce pas, Ned ?

— Je le pense aussi. Mais je dois admettre que j'ai trouvé Lily vraiment embarrassante. Comme toi, Will, je l'ai toujours considérée comme une femme intelligente. Mais à présent...

— Il est vrai qu'elle s'est comportée de manière plutôt étrange, tout à l'heure. C'est un esprit brillant et fin. Et puis, à trente-deux ans, elle connaît la vie, n'est-ce pas ? Pourtant je me rappelle à présent ce que Vicky m'a dit un jour. D'après elle, Lily pense avoir d'excellentes connaissances en matière de procédures juridiques parce qu'elle a été l'épouse d'un avocat pendant de nombreuses années. Apparemment, elle estime en savoir plus long que nous dans ce domaine. C'est *elle* l'expert.

— Ce n'est pas parce que je me suis efforcé d'enfouir mon chagrin tout au fond de moi qu'il n'est pas toujours là, tapi dans les replis de mon âme, toujours aussi vivace. Si j'ai agi ainsi, c'est pour pouvoir continuer à vivre et à me battre. Je dois me concentrer sur mes projets d'avenir, Will. Mon passé et toutes ces morts tragiques seront toujours gravés dans ma mémoire, mais je ne peux me laisser dominer par ma peine. Il faut aller de l'avant. Toi, tu peux comprendre cela.

— Bien sûr. Il me semble que Lily t'a poussé trop loin dans tes retranchements, mais elle n'a pas cherché intentionnellement à te blesser. Je suppose que c'est sa manière à elle d'exprimer l'intérêt qu'elle te porte.

Will haussa les épaules.

— Après tout, c'est une femme, n'est-ce pas ? Qui peut donc, sur cette terre, comprendre ces adorables et excitantes créatures, et trouver le moindre sens à ce qu'elles font ou disent ? Pas moi, en tout cas.

Edward garda le silence. Les deux hommes poursuivirent leur promenade, chacun appréciant la compagnie de l'autre, tels deux frères unis par un attachement sincère et profond. Une amitié si forte qu'elle ne faillirait jamais tout au long de leur vie, même si, pour l'heure, ils l'ignoraient encore.

Abandonnant derrière eux les vastes pelouses cernant la propriété, ils s'immobilisèrent pour contempler la mer.

— Un léger parfum de France, en effet, murmura Will, reprenant les mots de son ami. Regarde, Ned, en face, les lumières de la côte française. Comme elles brillent, comme elles sont *visibles*. Quelle nuit merveilleuse !

— Et pas de brume montant des marais, observa Edward, amusé. Bientôt, la pleine lune se lèvera. Ce n'est pas une nuit pour les contrebandiers.

— On dit que les marécages de Romney sont fameux pour avoir abrité bien des trafics illicites. Aussi fameux que la côte de Cornouailles.

Edward hocha la tête.

— Et si nous allions nous asseoir un instant ? demanda-t-il tout à coup. Je souhaiterais te parler.

Ils s'emmitouflèrent dans leurs manteaux et leurs écharpes et se perchèrent sur un petit muret, les yeux fixés sur les flots qui grondaient devant eux. Le jour déclina rapidement et, bientôt, les ténèbres les enveloppèrent. Seuls brillaient les étoiles et le phare de Dungeness, dont le large rayon balayait inlassablement les flots et la terre qui s'abîmaient dans la nuit.

Sachant qu'Edward Deravenel ne parlerait que lorsqu'il en sentirait le besoin, Will attendit tout en se demandant ce qui le préoccupait.

— Qu'en est-il d'Oxford, Will ? demanda Edward, sortant enfin de son mutisme. Tu n'y es pas retourné pour reprendre tes études. Te voilà très en retard pour rattraper tes cours, à présent.

— Oh, mais je n'y vais plus.

— Quoi ? Plus jamais ? s'exclama Ned, stupéfait.

— Tu m'as bien compris. Je suis allé à Oxford, j'ai revu tout le monde et, après avoir expliqué pourquoi je m'en allais, j'ai distribué mes adieux.

— Et ton père ? N'est-il pas furieux ? s'enquit Edward avec curiosité.

— Si, mais momentanément. Tu sais, il a renoncé à beaucoup de choses me concernant depuis longtemps et je savais qu'il aurait été vain d'en discuter avec lui, puisque, de toute façon, j'avais pris ma décision.

— Es-tu allé dans le Leicestershire pour le voir ?

Will secoua la tête.

— Mon père était en ville pour affaires la semaine dernière et nous avons dîné à son club. Au début, il a paru mécontent de la tournure des choses, mais, au bout d'un moment, il s'est rallié à mon jugement. Il a été d'accord pour me laisser mener la vie que j'entends et m'a souhaité bonne chance. Il a été chic, tu sais, Ned, car il ne m'a pas coupé les vivres et me verse toujours ma rente mensuelle.

— Voilà qui est fort généreux de sa part, murmura Ned.

Puis, les sourcils froncés, il ajouta :

— Quels sont tes projets, Will ? Souhaites-tu toujours travailler à la City ?

— Non. Plus maintenant.

Will s'interrompit et sombra un long moment dans le silence.

— La vérité, reprit-il, c'est que je voudrais travailler à tes côtés, Ned, si toutefois cela est possible.

Stupéfait, son ami le dévisagea.

— A la compagnie Deravenel ? Est-ce à cela que tu songes ?

Will hocha la tête.

— Mais je n'y ai pas encore de poste défini. Et aucun pouvoir, comme tu l'imagines. Aussi ne puis-je rien t'offrir.

— Un jour viendra où tu le pourras. Je peux attendre, répondit Will. Et, tels que je vous connais, Neville et toi, je n'aurai pas à attendre longtemps.

— Tu te montres bien optimiste.

— Dis plutôt que j'en suis fermement convaincu.

— Je dois prendre mes nouvelles fonctions à la compagnie la semaine prochaine, expliqua Edward. Je sais que les membres de la hiérarchie vont s'empresser de me présenter leurs condoléances avant de me donner un bureau et de m'y laisser pourrir à petit feu sans rien faire. C'est leur *modus operandi*. Mais j'ai d'autres plans. Je compte, en particulier, leur demander de m'attribuer le bureau de père. Je n'ai aucune intention de les laisser m'enfermer dans un petit cagibi.

— Bravo ! s'exclama Will. Tu *dois* récupérer le bureau de ton père ! Commence dès le début à leur imposer tes vues, voilà mon conseil.

— Je compte bien le suivre, sois-en sûr.

— Alors c'est d'accord ? Je pourrai travailler avec toi ?

— Si tu souhaites être employé à la compagnie, cela me ferait le plus grand plaisir, mais je ne peux rien te promettre pour l'instant.

— Comme je te l'ai dit, je peux attendre.

— Mais pourquoi ? s'étonna Edward un peu plus tard alors qu'ils remontaient le sentier menant à la ferme. Pourquoi tiens-tu tant à travailler chez les Deravenel ?

— Parce que je crois pouvoir t'être de quelque utilité, Ned, et parce que je veux travailler à tes côtés. Mais changeons plutôt de sujet. Que comptes-tu faire avec Lily ?

— Ma foi... rien.

Edward marqua une courte pause puis, se tournant vers Will, il l'observa à la lueur de la lune.

— Je vais rentrer à la ferme et me montrer aussi cordial que possible. Après tout, à quoi bon fouetter un cheval mort ? De toute façon, connaissant Vicky, elle se montrera très franche avec Lily, tu ne crois pas ?

— Je le pense, en effet, répondit Will, heureux de voir son compagnon redevenir le garçon charmant qu'il savait être.

Curieusement, son amabilité naturelle semblait, depuis quelque temps, avoir disparu. Peut-être que les choses retourneraient à la normale, finalement. Will se sentait pourtant encore inquiet. Comment pouvait-il espérer cela puisque plus rien n'était *normal* ? Plus rien du tout. Leur monde semblait devenu fou.

13

Londres

Neville Watkins s'apprêtait à rencontrer trois hommes, chacun d'eux très différent. Tandis qu'il faisait les cent pas le long du portique arrière de sa maison de Chelsea, il pensait à eux, conscient que chacun apporterait quelque chose d'unique à cette rencontre. Ce qu'ils diraient et ce qui serait finalement décidé changerait bon nombre d'existences, certaines en bien, d'autres, au contraire...

Tandis que Neville retournait sur ses pas, une porte s'ouvrit brusquement, livrant passage à une adorable fillette : Anne, la plus jeune fille de Neville.

En apercevant son père, elle courut vers lui le long de l'allée en agitant les bras et en criant :

— Papa, papa ! Je suis là !

En riant, il se hâta à sa rencontre et la prit dans ses bras pour la serrer contre lui.

— Hello, mon petit ange, dit-il en enfouissant son visage dans la masse lustrée de ses beaux cheveux châtain clair. Tu devrais porter un manteau, tu sais, ma chérie, sinon tu attraperas froid.

— Le soleil brille, papa, répliqua l'enfant.

— Nous sommes encore en février, Anne.

— Mais on voit déjà les fleurs sortir de terre, protesta la petite en montrant les perce-neige et les crocus rouges et jaunes qui pointaient dans la terre noire ourlant les pelouses. Ce sont des fleurs de printemps, m'a dit maman.

— C'est vrai. Mais nous devons tout de même retourner à la maison, où il fait plus chaud. Toi et moi nous nous reverrons plus longtemps ensuite.

— Maman dit que Ned va bientôt arriver. Est-ce qu'il viendra avec Richard ?

— Je ne crois pas, ma douce, en tout cas pas ce matin. Nous devons parler affaires, tu sais.

— Mais c'est samedi, aujourd'hui, papa, s'exclama la petite sur un ton de reproche.

Il lui sourit de bon cœur.

— Je sais.

Emu de la déception qu'il lut dans les yeux de sa fille, il demanda :

— Tu aimes beaucoup ton cousin, n'est-ce pas ?

Pour toute réponse, la petite hocha vigoureusement la tête.

Comme ils venaient de regagner la porte d'entrée, Neville la poussa gentiment à l'intérieur et entra sur ses talons. Alors qu'il traversait la véranda, il entendit des pas rapides sur le plancher ciré et reconnut la démarche de sa femme. Il n'y avait qu'elle, dans la maisonnée, pour se mouvoir avec une telle détermination. *Slap slap slap*, disaient les pas martelant puissamment le plancher. Un moment plus tard, la jeune femme faisait son apparition à l'autre bout de la véranda.

— Ah, te voilà enfin, ma chérie, s'exclama Anne Watkins en apercevant sa fille. Je t'ai cherchée partout.

— Elle est venue à ma rencontre, expliqua Neville en rejoignant son épouse pour lui enlacer affectueusement les épaules. En fait, elle avait envie de voir le jeune Richard, je crois.

Il lui sourit, les yeux remplis d'amour.

— Tu sais combien elle lui est attachée, Nan. Elle le suit toujours comme son ombre lorsqu'il vient séjourner à Thorpe Manor avec nous.

Anne Watkins – que tout le monde surnommait Nan depuis sa plus tendre enfance – approuva d'un signe de tête en saisissant la main de sa fille.

— Elle lui est attachée depuis ses tout premiers pas, depuis le jour où elle a trébuché dans ses bras, des bras qu'il garde éternellement ouverts pour elle, d'ailleurs.

Neville demeura silencieux quelques instants tout en dévisageant intensément son épouse, le visage songeur.

— C'est une bonne chose que ce soit sur cet enfant qu'elle a jeté son dévolu plutôt que sur son frère. A vrai dire, je ne sais quoi penser de George.

— Que veux-tu dire ? interrogea Nan, surprise.

— La lignée est là, mais pas le caractère.

— Tu parles de cet enfant comme s'il s'agissait d'un cheval !

Neville rejeta la tête en arrière et éclata de rire, amusé par le commentaire de sa femme. D'ailleurs, elle le divertissait souvent avec ses remarques toujours pétillantes et sagaces.

— *Touché*, lança-t-il.

Nan lui jeta un regard en coin et sourit. Puis, reportant son attention sur sa plus jeune fille, elle déclara :

— Allons, suis-moi, Anne, il faut que tu regagnes la nursery. Mlle Deirdre souhaite vous donner à toi et à ta sœur une leçon de dessin.

— Je suis ici, fit une petite voix.

Une autre ravissante petite fille traversa la véranda en ébauchant quelques pas de danse, ses cheveux blonds brillant dans les rayons de soleil qui filtraient à travers les vitres cathédrales. Elle s'avança en direction de son père en esquissant des pirouettes pour montrer ses talents de danseuse en herbe.

— Bonjour, père, lança-t-elle en le rejoignant.

Neville se pencha et déposa un baiser sur sa joue avant de la serrer contre lui. Puis il la libéra et dit :

— Et voilà notre gracieuse Isabel. Sais-tu que je suis impressionné par tes talents de ballerine ?

L'enfant sourit en agitant coquettement ses boucles blondes.

— Est-ce que Georgie viendra avec Ned, papa ? Maman m'a dit qu'il vient déjeuner avec nous aujourd'hui.

— Exact, chérie. Mais, aujourd'hui, Ned vient pour affaires. Aussi Georgie et le jeune Dick ne l'accompagneront pas. Tu verras tes cousins un autre jour.

La petite fit la moue et secoua encore ses jolies boucles.

— Dommage, j'aurais tant aimé jouer avec lui.

— Je parlerai à tante Cecily plus tard, dit Nan. Peut-être pourrons-nous arranger quelque chose. Je dis bien peut-être.

— Cecily est encore dans le Yorkshire, l'informa Neville en secouant la tête. Elle a décidé de rester à Ravenscar plus longtemps que prévu.

Il haussa les épaules brièvement.

— Je pense qu'elle s'y sent mieux pour recouvrer un peu ses esprits.

— Tout comme ta mère, Neville. C'est très compréhensible.

— Allons, mes chéries, c'est le moment de retourner à la nursery pour votre leçon de dessin. J'ai besoin de rester quelques instants seul avec votre mère.

— Oui, papa, s'écrièrent en chœur les petites avant de s'élancer à l'autre bout de la véranda en direction du grand escalier.

Neville prit Nan par le bras et l'entraîna vers la bibliothèque. Après avoir refermé la porte, il plongea son regard dans le sien.

— J'ai bien peur que Cecily et mère n'aillent pas très bien en ce moment, dit-il d'une voix basse, le regard soudain voilé par l'inquiétude. Elles sont toujours en état de choc. Ces disparitions ont été si soudaines, si inexplicables. Il leur faudra beaucoup de temps pour franchir pareille épreuve.

Nan hocha la tête vigoureusement.

— Bien sûr, Neville. En attendant, j'ignore pourquoi les filles sont tellement obsédées par les jeunes Deravenel, vraiment je n'en ai aucune idée.

— Anne a toujours été dans le sillage de Richard. Quant à Isabel, elle ne pense qu'à George, même si *cela* ne me plaît pas particulièrement. Mais tu sais, chérie, il n'y a rien de tellement bizarre dans ce genre d'attachement que se portent les enfants. Nos filles fréquentent leurs cousins depuis leur plus tendre enfance, elles ont pratiquement grandi à leurs côtés. Après la semaine que nous venons de passer à Ravenscar, leurs compagnons de jeux leur manquent, voilà tout.

— Je suppose que tu as raison, soupira Nan.

Elle se dressa sur la pointe des pieds pour déposer un baiser sur sa joue et l'entraîna hors de la bibliothèque.

— Pardonne-moi, mais il me faut rejoindre les enfants. Je crois qu'elles apprécieront que je montre un peu d'intérêt pour leur leçon de dessin.

— Je sais, je sais.

Il la regarda s'éloigner le long de la véranda en s'émerveillant, comme chaque fois, de sa beauté et de sa délicatesse. Elle était la seule femme qu'il eût jamais aimée. Certes, il y en avait eu beaucoup d'autres, mais il ne s'agissait que de liaisons purement physiques. Sa douce Nan était le seul amour de sa vie. Ils partageaient ensemble un bonheur rare et précieux et la seule chose qui inspirait parfois un peu de regret à Neville était l'absence d'héritier mâle. Il désirait tant avoir un fils ! Malheureusement, après plusieurs fausses couches, Nan n'avait plus été enceinte. En tout cas, pas jusqu'à aujourd'hui.

Il se sentit traversé à nouveau par le désir lancinant d'avoir un fils, mais, très vite, il surmonta sa déception. La chance avait si souvent été de son côté. On pouvait même dire qu'il était béni des dieux. Et puis Nan et lui étaient encore assez jeunes pour concevoir bien d'autres enfants.

Lorsque Nan eut disparu en haut du grand escalier, Neville retourna faire les cent pas le long du portail, ses pensées accaparées par l'arrivée imminente de ses trois invités.

Le premier d'entre eux était son cousin Edward Deravenel. Neville était impatient de le revoir et d'entendre de sa bouche le récit de ses premières expériences au sein de la compagnie, après qu'il eut pris ses fonctions dans les bureaux du Strand la semaine précédente. Depuis, les deux jeunes gens n'avaient pu s'entretenir que très brièvement, mais, durant cette période, Neville avait reçu plusieurs mots assez énigmatiques de la part de son cousin, qui l'avaient laissé fort perplexe. Cependant il connaissait suffisamment Edward pour lui accorder toute sa confiance. Ned possédait, par ailleurs, de grandes qualités de discernement et un jugement très sûr. Il saurait, de plus, se montrer discret. Mieux valait éviter, en effet, de communiquer par téléphone. Quant au courrier, il pouvait fort bien être perdu ou tomber entre de mauvaises mains.

Alfredo Oliveri venait en second. Officiellement à Londres pour affaires, l'Italien était en réalité au service de Neville et d'Edward. Au fil des années, il avait prouvé sa loyauté et son dévouement à l'égard de la famille et, lorsqu'ils s'étaient trouvés à Carrare, il avait su leur apporter un précieux concours. Avoir un tel allié à leurs côtés représentait un avantage immense. Oliveri était bien considéré au sein de la compagnie, ayant œuvré à son service pendant près de vingt ans. Même s'il n'appartenait pas réellement au cercle des dirigeants, il en savait déjà beaucoup, ce qui leur serait fort utile.

Neville avait conçu un plan d'action précis dont la clé de voûte reposait sur l'information. Car, il en était convaincu, l'information était le secret de la réussite. Plus Oliveri lui en apprendrait sur les agissements des dirigeants de la compagnie, plus Neville avait de chances de gagner.

Son dernier invité était Amos Finnister. *Amos*. Il tourna et retourna ce nom dans sa tête avec un évident plaisir. Il connaissait l'homme depuis une douzaine d'années et l'employait depuis dix ans. C'était un détective privé, le meilleur dans sa partie d'après ce que Neville pouvait en juger.

Officiellement, Amos Finnister avait fondé sa propre agence, mais celle-ci ne comptait qu'un seul client : Neville Watkins. C'était ce dernier qui avait créé de toutes pièces l'entreprise en se dissimulant derrière des prête-noms. Un arrangement qui convenait fort bien aux deux hommes.

Neville sourit à part lui en pensant à Amos. Le prendre à son service il y avait des années de cela avait été une brillante idée. Amos était compétent, remarquablement persévérant et doté d'un esprit d'une implacable logique. Lorsque la situation l'exigeait, il ressemblait à un chien rongeant son os et refusant de le lâcher. Calme, quelles que soient les circonstances ou les pressions subies, c'était un partenaire discret que l'on pouvait appeler de jour comme de nuit. De plus, il avait le talent de s'entourer d'excellents collaborateurs possédant les mêmes qualités que lui.

L'une des choses que Neville considérait comme de la plus haute importance était les contacts dont bénéficiait Amos dans toutes les couches de la société. Ce serait là un atout essentiel pour réussir leur entreprise.

Avant de partir pour l'Italie avec Edward et Will Hasling, Neville avait confié au détective une liste de noms appartenant pour la plupart au personnel de la compagnie, tous connus pour travailler sous les ordres de Henry Grant et, par conséquent, tous des ennemis potentiels d'Edward.

A présent qu'il avait regagné Londres, il était plus convaincu que jamais que son cousin aurait besoin d'une réelle protection. Cela avait été clairement exprimé par Alfredo Oliveri. Mais qui était à craindre *vraiment* ?

Qui gouvernait réellement la compagnie Deravenel ? Margot Grant, probablement, ainsi que John Summers. Mais que dire de Grant lui-même ?

C'était un être faible et paresseux, prêt à céder les rênes du pouvoir à sa femme, qui, dévorée par l'ambition, ne songeait qu'à s'en emparer. Naturellement, Edward comptait encore de nombreux autres ennemis, simplement parce qu'il était le fils de Richard Deravenel, et le véritable héritier de la compagnie.

Amos trouverait ce qui se tramait, s'il ne l'avait déjà fait. Neville mourait d'impatience de le voir.

Il nous faut réussir, se répéta-t-il en traversant les jardins. Il s'arrêta près du vieux mur de pierre qui longeait le fleuve et contempla le paysage qui s'offrait à lui. Il y avait peu de mouvements sur le fleuve aujourd'hui, les eaux étaient aussi noires que de l'encre et le ciel bleu pâle avait viré à un curieux mélange de gris et de vert bleuté.

Il va finir par pleuvoir, songea Neville en levant les yeux vers les nuages. Il en était encore là de ses pensées lorsqu'il sentit les premières gouttes baigner son visage levé.

Il se détourna et se hâta à travers le jardin pour regagner la maison. Après avoir traversé la véranda, il déposa son manteau dans la penderie du hall, et regagna la bibliothèque, une pièce vaste et élégamment décorée, sa préférée dans cette ravissante maison datant de l'époque Regency. La bibliothèque avait toujours représenté pour lui un havre, un lieu de paix, où il pouvait s'abriter des laideurs du monde.

Un bon feu flambait dans la cheminée et le doux éclairage des lampes allumées par les domestiques durant sa promenade dans le jardin baignait la pièce d'une atmosphère rose, chaleureuse et accueillante. Il commençait à faire froid dehors et il s'approcha de l'âtre, dos à la cheminée, pour se réchauffer.

Son esprit fonctionnait à plein régime, rempli de projets et de perspectives. Il allait aider Ned à regagner sa place dans l'empire Deravenel, quel que soit le temps que cela demanderait. Il se tiendrait fidèlement à ses côtés pour partager son nouveau pouvoir et peut-être même en tenir lui-même les rênes.

14

Ravenscar

La mer du Nord luisait comme une cotte de mailles bien polie, frissonnant sous la brise légère. Dans le ciel d'un bleu étincelant, baigné par la lumière pâle d'un soleil hivernal, quelques rayons sans chaleur éclairaient cette froide matinée d'hiver. Enveloppée dans une cape de fourrure et des écharpes de laine, Cecily Deravenel avait décidé de sortir malgré le froid.

Protégée par les hauts murs en ruine de l'ancienne place forte, elle contemplait la mer, ses pensées volant vers son fils Edward, qui se trouvait à Londres. Une semaine plus tôt, il s'était présenté à la compagnie Deravenel pour y commencer sa nouvelle vie professionnelle.

Elle frissonna, mais ce n'était pas de froid. Comment allaient-ils l'accueillir ? Elle savait combien Edward redoutait de se rendre là-bas. La semaine précédente, il ne lui avait donné que de rares nouvelles et ses deux appels téléphoniques avaient été des plus brefs. Mais son neveu Neville l'avait rassurée de son mieux en lui répétant que tout se passerait bien. Au moins pour l'instant. Personne n'oserait, pour l'heure, esquisser le moindre geste contre Edward, il en était certain. C'était trop tôt. Et puis Alfredo Oliveri était aux côtés du jeune homme. Officiellement pour un voyage d'affaires, mais, en réalité, pour veiller sur Ned. *Veiller sur* lui... quel euphémisme absurde ! Car ce serait plus tard qu'il aurait besoin de protection. Comment en serait-il autrement puisque son fils était assis au milieu d'un nid de vipères ?

Cecily frissonna encore et se recroquevilla sous la chaude épaisseur du manteau. Ses mains gantées tâtonnèrent pour trouver les pans de son écharpe de laine et les resserrer autour de sa tête. Pendant ce temps, son esprit continuait à fonctionner à plein régime.

Neville s'était montré honnête avec elle l'autre jour, lorsqu'il avait admis que toute la famille se trouvait désormais en danger.

Mais, dans le même temps, il s'était efforcé de convaincre sa tante que ses deux plus jeunes garçons ne craignaient rien à Ravenscar.

Cecily savait son neveu dévoué et se fiait à son zèle, à sa brillante intelligence. Il s'était toujours montré loyal à l'égard de la famille, comme Ned, comme Rick, son unique frère, disparu à jamais, et comme Thomas, le fils de Rick, mort et enterré avec lui. Il ne restait plus que Neville et son frère John, tous deux plus âgés que Ned.

Ce cher Johnny... Les traits de Cecily s'adoucirent en pensant à ce neveu moins brillant, moins ambitieux que Neville, mais par ailleurs si charmant et attentionné. Sans compter qu'il était totalement dévoué à son cousin Ned.

Nous formons une famille forte et unie, songea Cecily. Les Watkins et les Deravenel marcheront main dans la main pour affronter le terrible combat à venir.

Parvenue à ce point de sa réflexion, elle releva fièrement la tête en se rappelant la lignée à laquelle elle appartenait et celle qu'elle avait rejointe par mariage : les Deravenel. Son époux, Richard Deravenel, héritier légitime de l'empire familial, avait été traîtreusement écarté du pouvoir, puis assassiné. Elle rendrait justice à sa mémoire, décida-t-elle, les yeux étincelants de colère, vibrante de toute la force de sa détermination.

Elle prit une soudaine décision. Jamais plus elle ne se laisserait effrayer par les caprices de Henry Grant, par sa femme cupide et par les manigances de leurs sbires. Jamais. Elle les affronterait avec toute la force de son orgueil, avec tout son courage, ainsi que son père le lui avait appris.

Et ce terrible chagrin qui la rongeait, cette épreuve dévastatrice qui venait de la frapper, elle n'en laisserait plus rien paraître. Son désespoir, ses larmes n'appartenaient qu'à elle, pas question de les étaler en public. Elle ne partagerait sa souffrance avec personne, pas même avec les enfants.

Les enfants. Elle devait tout faire, à présent, pour les protéger et assurer leur sécurité.

« Bien sûr, personne ne va venir les assassiner dans leur lit, avait lancé Neville avec un petit rire. Ce que je veux dire, tante Cecily, c'est qu'il vous faut simplement garder un œil sur eux plus que jamais. »

Et c'était bien ce qu'elle ferait. Elle les protégerait de toutes ses forces, même au prix de sa vie.

Transie par le vent glacial qui soufflait de la mer, Cecily se détourna pour reprendre le chemin de la maison. Elle grimpa les larges marches reliant les différents jardins en espalier et pénétra dans le manoir par les portes-fenêtres ouvrant sur la terrasse.

Tandis qu'elle se débarrassait de sa cape et de son épaisse veste dans l'entrée, elle entendit un cri retentir au premier étage. On aurait dit un cri de guerre. Surprise, elle vit alors George se précipiter dans l'escalier, ses cheveux blonds ébouriffés, les vêtements en désordre et le visage crispé par la colère. Margaret était sur ses talons, l'air tout aussi bouleversé. Richard, enfin, leur emboîtait le pas, mais beaucoup plus lentement, toujours calme et maître de lui, comme à son habitude.

— Seigneur, les enfants ! Que se passe-t-il ici, pour l'amour du ciel ? lança Cecily d'un ton abrupt en retirant ses gants et son écharpe avant de jeter son pardessus sur une chaise.

— C'est pas ma faute ! cria George en courant à travers le hall pour venir se blottir dans les jupes de sa mère et la serrer très fort. Ce n'est pas ma faute, répéta-t-il, hors d'haleine. Il ne faut pas me gronder, elle m'a poussé.

Les bras de Cecily se refermèrent autour des épaules de son fils de onze ans dans ce geste protecteur qu'elle avait toujours avec lui. Puis, levant les yeux, elle vit Meg tirer sur sa veste et lisser ses cheveux blonds pour les glisser dans le cercle de soie noire qui ornait sa nuque. Echevelée, les vêtements en désordre, elle semblait sortir d'une bataille, manifestement avec son frère George.

Un peu hésitante, Meg avança vers sa mère et, d'une voix tremblante, s'exclama :

— C'est la faute de George. C'est lui qui a commencé.

— Ce n'est pas vrai ! hurla le jeune garçon.

— Silence ! ordonna Cecily en foudroyant George du regard.

D'instinct, elle avait plutôt tendance à croire Meg, d'ordinaire toujours très loyale à l'égard de George. Pourquoi aurait-elle changé d'attitude si son petit frère ne l'avait pas réellement offensée ?

— Je t'en prie, Meg, explique-moi ce qui s'est passé. Tu es bien la seule, ici, à conserver un peu de sang-froid.

— Et moi ? Vous oubliez que je garde toujours mon calme, intervint Richard.

— Je vois cela, observa sa mère. Eh bien, Meg, pourquoi toute cette agitation ?

— Nous étions dans la salle de jeux. Richard lisait et je travaillais à ma collection de timbres. George ne faisait rien et s'ennuyait. Tout à coup, il s'est jeté sur moi pour me prendre mon album. En fait, maman, il me l'a arraché des mains. Après, il s'est pavané à travers la pièce en le brandissant comme un trophée. Je craignais qu'il ne finisse par abîmer mes plus beaux timbres, ceux que papa m'a donnés, alors j'ai couru le lui reprendre. Mais George continuait de faire l'imbécile et de me provoquer et cela m'a mise très en colère. Je me suis jetée sur lui et, pour m'éviter, il a trébuché et est tombé contre le mur, là, près de la cheminée. Cela a fait un énorme trou, comme ça, d'un seul coup. George est tombé dedans et cela nous a paru bizarre parce qu'en fait il y a comme une petite pièce à l'intérieur.

Cecily fronça les sourcils. La cachette du prêtre... Beaucoup de familles catholiques avaient fait construire autrefois un lieu sûr où les religieux pouvaient se terrer durant les persécutions. Lorsque Anne, leur première-née, avait vu le jour, Richard avait décidé d'en condamner l'accès pour qu'un jeune enfant ne puisse se retrouver enfermé à l'intérieur et risquer d'y périr asphyxié. Et, depuis lors, personne n'avait plus rien su de cette cachette.

Cecily ouvrit la bouche pour parler puis la referma en voyant le benjamin de la famille s'approcher lentement d'elle, arborant, comme toujours, un visage solennel et un regard grave. Le jeune Dickie était le plus calme et le plus réfléchi de ses enfants. Bien plus que ses aînés, en tout cas.

Ce qui avait conduit Cecily à se taire était le carnet de moleskine noir qu'elle apercevait dans la main de Richard. Il était donc là, ce fameux carnet de notes de son mari, celui que ni Ned ni elle n'avaient pu retrouver dans son bureau de Londres.

— J'ai escaladé le mur pour aider Georgie, maman, expliqua Richard. Je l'ai trouvé sur le plancher, entre les parois. C'est vraiment tout petit, là-dedans, vous savez. Il y a une sorte de coffre et, après avoir aidé Georgie à se remettre sur pied, j'en ai ouvert les tiroirs, pas tous, parce que l'un d'eux était fermé à clé. Bref, maman, voici ce que j'ai trouvé.

Il s'approcha de sa mère et lui tendit le carnet.

Cecily se dégagea de l'étreinte de George.

— Merci beaucoup, Dickie, murmura-t-elle.

En contemplant le petit objet plat, elle se sentit traversée par une vague d'espoir. Son mari avait dû y rédiger ses notes presque quotidiennement. Elle l'ouvrit avec impatience et, à son grand désarroi, aperçut une suite de lignes et de chiffres qui paraissaient dépourvus de sens. Peu de mots, sinon quelques phrases absconses çà et là. Une onde de déception l'envahit et son cœur se serra. Elle avait espéré que ce carnet lui révélerait des éléments de première importance, dans l'intérêt de Ned, en tout premier lieu. Malheureusement ces pages ne renfermaient qu'une suite d'énigmes inutilisables. A moins que quelqu'un ne parvienne à les déchiffrer. S'agissait-il d'une sorte de code ?

Oliveri ! Cecily pensa soudain à cet Italien, proche collaborateur de son mari et toujours soucieux de lui venir en aide. Comprendrait-il de quoi il s'agissait ?

Meg interrompit le cours de ses pensées.

— Mère, George a pris mon album, c'est la vérité. Il me l'a arraché des mains et a couru tout autour de la pièce avec.

— Non, c'est pas vrai ! cria George avec colère.

— Je veux entendre la vérité de ta bouche, George, ordonna Cecily. As-tu fait ce que Meg vient de me dire ?

— Non, elle raconte des histoires, répondit l'enfant, qui commençait néanmoins à se sentir moins sûr de lui sous le regard autoritaire de sa mère.

— Je te pose une nouvelle fois la question, martela Cecily.

L'obstination de l'enfant fléchit devant la détermination inébranlable de sa mère.

— Je voulais... je voulais juste regarder un peu les timbres, bredouilla-t-il, l'air coupable.

Penaud, il rougit tandis que sa mère le prenait par les épaules pour le toiser avec sévérité.

— Je ne tolérerai aucun mensonge, George, tu le sais. A présent, excuse-toi auprès de ta sœur.

— Désolé, marmonna-t-il sans regarder Meg.

— Et toi, Meg, viens te placer auprès de ton frère. George, je veux que tu te tournes vers ta sœur, que tu lui dises que tu es désolé et que tu lui serres la main. Quant à toi, Meg, excuse-toi pareillement.

Les deux enfants obéirent sans oser protester.

— Bien, approuva Cecily. Heureusement que tu n'as pas été blessé dans ta chute, George. Plus de peur que de mal, Dieu merci. Je te prie maintenant de ne plus te plaindre pour rien. *S'il te plaît.*

Les murs de la vieille salle de jeux de Ravenscar étaient entièrement lambrissés de bois sombre. Sauf à l'endroit où George avait trébuché, tout paraissait parfaitement en ordre. Mais Cecily devinait que cette partie du lambris devait être fragile. Après tout, cela faisait des siècles que ces boiseries se trouvaient là.

Ravenscar avait été bâti pendant la période élisabéthaine, soit près de quatre cents ans plus tôt. Ce qui était alors une cachette pour abriter un prêtre se trouvait derrière un mur jouxtant la cheminée. Durant la première partie du règne d'Elisabeth Tudor, il y avait eu des persécutions religieuses après les soulèvements catholiques qui avaient agité les contrées du Nord. De nombreuses familles catholiques renommées, comme les Deravenel, avaient fait construire ce genre de niches pour dissimuler des prêtres en cas d'arrivée inopinée de soldats.

Cecily se pencha et palpa le lambris autour de l'ouverture faite par George. Des morceaux de bois lui restèrent dans la main. Rongé par les années, le panneau de chêne était devenu extrêmement friable.

Elle fit un pas en arrière et contempla le mur à demi détruit en essayant de se rappeler où, des années auparavant, son mari avait planté les clous condamnant la cachette. Deux mètres au-dessus de la base du lambris, puis, en haut du second panneau, à près de soixante centimètres du manteau de la cheminée. Oui, c'était exactement là que Richard avait cloué l'accès.

Cecily alla chercher une chaise près de la table ronde et la plaça près de la cheminée. Grande, athlétique, elle avait des mouvements souples et sûrs. Soulevant sa longue jupe noire, elle grimpa sur la chaise pour tenter d'atteindre la ligne de clous. Ils étaient devenus invisibles, ainsi qu'elle l'avait soupçonné. Du bout des doigts, elle pouvait sentir les petits trous recouverts de vernis et de cire où, précédemment, son mari avait logé les pointes de fer. Manifestement, on les avait ôtées récemment. Sans doute était-ce Richard lui-même qui s'y était employé.

Cecily descendit prudemment de la chaise, s'empara du tisonnier et se pencha pour scruter les flammes brillantes qui s'élevaient dans l'âtre. Plissant les yeux, elle finit par repérer le minuscule levier de métal situé dans la partie inférieure du mur de briques qui tapissait le fond du foyer. Recouvert de suie, il était à peine visible, même pour quelqu'un qui, comme elle, savait où regarder.

Elle souleva le tisonnier puis l'abaissa afin de frapper l'extrémité du levier. Instantanément, le panneau, désormais libre d'entraves, pivota lentement sur lui-même.

Cecily reposa le tisonnier et se glissa à l'intérieur de l'étroite brèche creusée dans le lambris. Elle fut surprise de trouver l'endroit plutôt propre. Son mari devait en avoir ôté la poussière lorsque, récemment, il s'y était lui-même aventuré.

Ce qu'elle cherchait se trouvait dans le petit meuble au fond de la niche et il lui fallut un moment pour repérer le tiroir verrouillé qu'elle comptait ouvrir à l'aide d'une paire de ciseaux.

Lorsque, enfin, elle y parvint, elle se sentit traversée par un intense sentiment de satisfaction. L'espoir lui redonnait des ailes. Elle avait pressenti qu'il y aurait quelque chose d'essentiel dans ce tiroir fermé à clé, quelque chose que Richard aurait placé là à bon escient, bien à l'abri.

Elle ne s'était pas trompée. Un petit carnet de moleskine, à peine plus grand que celui qui avait été trouvé par le jeune Dickie, reposait au fond du tiroir. On pouvait lire, dans le coin inférieur de la couverture, les initiales de son mari gravées en lettres d'or. La main de Cecily trembla légèrement lorsqu'elle l'ouvrit. Et son excitation s'accrut encore lorsque, quelques minutes plus tard, installée devant la cheminée, elle en découvrit le contenu.

Elle n'eut pas besoin d'en feuilleter toutes les pages pour comprendre combien ce carnet allait se révéler de la plus haute importance pour Edward. Elle se précipita hors de la pièce et dévala l'escalier pour gagner le petit boudoir adjacent à sa chambre à coucher.

Assise à son petit bureau, les mains posées sur le carnet, elle réfléchissait, le regard perdu au loin. Ces pages devaient être portées à la connaissance d'Edward le plus vite possible. Mais comme s'y prendre ? Pas question de le poster, le courrier pourrait s'égarer. Envoyer Jessup le remettre en mains propres à son fils ? Ou le porter elle-même ? Mais il lui serait difficile de laisser les enfants seuls ici. A moins de les emmener avec elle...

Que faire, que faire ?

DEUXIÈME PARTIE

Golden Boy
Edward & Lily

« *Grande, dépassant presque tous les autres par sa haute stature, c'était une personne au visage avenant, agréable, et large d'épaules...* »

Polydore Virgile

« *Il possédait le courage, la détermination et les ressources intérieures pour les exploiter à son avantage. Pragmatique, généreux, il savait se montrer spirituel ou sans pitié, selon ce qu'exigeait la situation.* »

Alison Weir

« *Elle marche enveloppée de beauté,
Semblable à la nuit des contrées sans nuages,
Semblable aux firmaments étoilés.
Et le meilleur de la lumière et de l'obscurité
Se conjugue dans son apparence et son regard.
Ainsi naît la plus douce des lumières
Que le ciel refuse au plus glorieux des jours.* »

Lord Byron

15

Kent

— Que faire, que faire ? se lamenta Lily en regardant Vicky. S'il te plaît, dis-moi quoi faire, car pour l'heure je n'en ai pas la moindre idée.

Vicky Forth posa sa tasse de café et se cala sur sa chaise pour considérer son amie quelques secondes. Puis elle secoua la tête et répondit doucement :

— Je ne crois pas qu'il y ait grand-chose que tu puisses faire pour l'instant, ma chère. Mieux vaut laisser les choses en l'état et attendre encore un peu.

— Mais attendre, c'est le plus difficile, tu t'en doutes ! Attendre qu'il me fasse porter un mot ou m'adresse une lettre, attendre qu'il vienne sans prévenir chez moi, comme cela lui arrive souvent. Et puis, cette semaine, silence total, ce qui est plutôt inhabituel, je dois reconnaître. Est-il encore furieux contre moi ? Souhaite-t-il rompre ?

— Cela m'étonnerait. Il est bien trop épris de toi, Lily. Je sais qu'il a fait preuve d'irritation à ton égard au cours du week-end dernier, mais, par la suite, il a paru recouvrer son calme. Par ailleurs, n'oublie pas qu'Edward n'a pas un tempérament rancunier, il ne l'a jamais été. Cela ne fait pas partie de sa nature.

— Eh bien, si tu l'affirmes, c'est que je peux te croire, Vicky. Et cela m'est de quelque réconfort. Toute cette semaine sans un mot de lui m'a semblé durer une éternité. Inutile de te préciser l'état de mes nerfs !

— Comment en serait-il autrement puisque tu ne songeais qu'à attendre un mot de lui ? Je sais qu'il a été terriblement occupé. Rappelle-toi que c'était sa première semaine à la compagnie.

— Will t'a dit que Ned était débordé de travail ?

— Il n'a même pas eu le temps de le voir. Apparemment, Ned souhaitait garder ses problèmes pour lui. Il a fait porter à Will un billet expliquant qu'il s'efforçait de comprendre le fonctionnement de l'entreprise et que, de ce fait, il ne fallait pas compter le voir avant la semaine prochaine.

Un sourire vint éclairer les traits de Lily et une étincelle plus joyeuse s'alluma dans ses yeux.

— Merci de me tenir ces propos. Je suis heureuse de savoir que je ne suis pas la seule à me sentir écartée.

Vicky eut un léger rire et se leva pour traverser le petit salon de Stonehurst Farm où les deux femmes prenaient leur petit déjeuner en ce froid samedi de février. Elle saisit une cafetière en argent sur la desserte et l'apporta à table.

— Si j'interprète correctement les vibrations qui émanent de mon cher frère, reprit-elle, je crois qu'il a d'autres priorités en ce moment. Une autre tasse de café ?

Lily secoua la tête.

— Non, merci.

Vicky se servit puis reprit sa place, l'air pensif. Elle avala une gorgée du chaud breuvage et reprit :

— Je crois bien que Will a une nouvelle femme dans sa vie.

Lily la dévisagea avec étonnement.

— Vraiment ? Comme il est curieux que Ned ne m'en ait pas touché un mot. Après tout, ils sont si proches qu'il aurait dû le savoir.

— Ned n'est pas de ceux qui aiment répéter les petits secrets d'autrui. Sans doute considère-t-il que cela ne regarde que Will.

— Edward est un être étrange, parfois, n'est-ce pas ?

Vicky jeta à son amie un regard interrogateur.

— Que veux-tu dire ?

— Il paraît tellement plus mûr que son âge. Et puis, c'est une évidence, il est attiré par les femmes plus âgées. Je sais par exemple qu'il a eu une petite aventure avec la secrétaire de sa mère, une veuve, elle aussi.

— Tu as raison, mais ne te plains pas, Lily. Après tout, c'est *toi* l'objet de tous ses désirs, alors réjouis-toi.

— C'est vrai, mais cela ne m'empêche pas d'être un peu soucieuse en ce moment.

— Je t'assure, chérie, que tu ne devrais pas t'en faire autant pour une petite brouille passagère. Il vient juste de reprendre le flambeau paternel chez les Deravenel et cela le préoccupe.

— A dire vrai, ce n'est pas son silence qui m'inquiète, murmura Lily en se penchant légèrement vers son amie. Il y a autre chose...

Baissant la voix, elle ajouta :

— Je crains d'être enceinte.

C'était bien la dernière chose que Vicky s'attendait à entendre. Elle en resta sans voix pendant quelques secondes, puis, se redressant sur son siège, elle demanda d'un ton uni :

— Tu en es *sûre* ?

Lily secoua son élégante tête blonde.

— Non, pas encore. Mais j'ai raté... un mois. Le dernier. Il va me falloir attendre et voir ce qui arrive.

Elle prit une profonde inspiration et ajouta :

— Avant même que tu ne te hasardes à le dire, je *sais* qu'il ne m'épousera pas. Et, d'ailleurs, je ne le souhaite pas. Je suis bien trop âgée pour lui. De toute façon, il est plus qu'évident que Ned n'est pas du bois dont on fait les maris. Il me fait bien trop penser à Lothario[1]. Du moins pour le moment. Sans compter que l'héritier de la branche Yorkshire des Deravenel devra, on s'en doute, conclure un brillant mariage lorsque le jour viendra.

Vicky acquiesça.

— C'est vrai, mais, pour l'amour du ciel, Lily, que comptes-tu faire avec cet enfant ? Bien entendu, il y a des médecins qui... enfin, tu me comprends ! Toutefois, je crois que ce serait terriblement dangereux.

— Oh, je suis tout à fait d'accord. *Jamais* je ne prendrai pareille décision, crois-moi, Vicky.

— Mais alors que feras-tu ? questionna Vicky avec inquiétude. Comptes-tu élever seule cet enfant ?

Lily hocha la tête.

— Oui, Vicky. Je mettrai au monde ce bébé et je le garderai.

— Mais Lily, ma chérie, pense au scandale ! Que diras-tu aux gens ?

— Je n'y ai pas encore vraiment songé, mais, puisque ce bébé sera d'Edward, mieux vaudra que je taise cette paternité. Pourquoi risquer de lui faire du tort ? Après tout, je l'aime, Vicky, je l'aime beaucoup. Je sais qu'il ne pourra jamais m'épouser pour toutes sortes de raisons. Pourtant je crois que j'aimerais avoir un enfant de lui. Oui, j'aimerais élever *son* enfant.

— Ce sont là de nobles sentiments, Lily, murmura Vicky en souriant. Et je suis persuadée que Ned t'aidera financièrement.

— Oh, mais je ne veux pas d'argent de lui, Victoria ! Comment peux-tu penser une telle chose, pour l'amour du ciel ! Mon défunt

---

1. Issu du théâtre du XVIIIe siècle, le personnage de Lothario est resté dans les mémoires comme l'incarnation archétypale du libertin. (*N.d.T.*)

mari m'a laissé un héritage suffisamment confortable pour ne pas ennuyer Ned avec cela. D'ailleurs, de nous deux, c'est plutôt lui qui manque de ressources. Il m'a dit un jour que son père était terriblement démuni. L'argent de la famille vient de son grand-père maternel, Philip Watkins.

Vicky hocha la tête et s'abîma quelques instants dans ses pensées. Puis, levant les yeux vers son amie, elle lui adressa le plus affectueux des sourires.

— Laisse-moi te dire que tu es une femme exceptionnelle, Lily Overton.

— Merci !

Lily se leva pour s'approcher de la fenêtre. Elle contempla en silence les marais de Romney, ses pensées entièrement tournées vers Edward. Elle l'aimait passionnément, mais leur relation n'avait aucun avenir à long terme, elle le savait. Aussi longtemps qu'il la désirerait, elle resterait sa maîtresse. Mais elle lui était si attachée que cela n'affecterait jamais le lien qui l'unissait à lui. La vie le lui avait envoyé en cadeau et jamais encore elle n'avait éprouvé de telles extases amoureuses, jamais elle ne s'était sentie aimée avec tant de ferveur. Ned... Il lui avait apporté l'accomplissement, la volupté, la passion. Elle savait qu'à sa manière il demeurait toujours profondément épris. Et cela suffisait à Lily. Ses deux précédents mariages avaient été d'harmonieuses unions, mais plutôt tièdes et conformistes. Bien sûr, elle avait sagement rempli ses devoirs, mais sans grande ferveur. Elle éprouvait néanmoins de la reconnaissance à l'égard de ses époux pour le confort et la protection qu'ils lui avaient assurés. Ils avaient fait d'elle une femme riche et avaient garanti ainsi sa totale indépendance.

Elle se retourna et dit lentement :

— Crois-moi, Vicky, je me sens tout à fait capable d'élever seule mon enfant, ici, en Angleterre. Peut-être même ici, dans le Kent. Quelque part dans la région, tout près de toi. Qu'en penses-tu ?

— Que c'est une excellente idée. Tu seras beaucoup mieux à la campagne qu'en ville, où les ragots et les indiscrétions vont bon train. Et tu pourras toujours compter sur moi, chérie. Je ferai tout ce qui est en mon pouvoir pour t'aider.

Lily revint vers son amie et l'embrassa tendrement.

— Merci, Vicky. J'ai beaucoup de chance de t'avoir pour amie. Et puis, pourquoi anticiper ? Peut-être ne suis-je pas enceinte, après tout ?

Vicky sourit.

— Je suis certaine que tu l'es. Tu irradies une lumière qui ne trompe pas. Et puis tu es plus belle que jamais. Quant à Edward Deravenel, à dix-neuf ans, c'est bien l'homme le plus superbe et le plus viril qu'il m'ait été donné de connaître !

Vicky s'éveilla en sursaut. Elle dormait si profondément qu'il lui fallut un bon moment pour reprendre ses esprits. Où se trouvait-elle ? Quelle heure était-il ? Un regard autour d'elle lui apprit qu'elle s'était endormie sur le canapé devant le feu. D'après la pendule sur la cheminée, il était près de midi.

Elle se redressa, posa les pieds sur le sol et attendit quelques instants de recouvrer un peu de lucidité. Elle se souvenait à présent être venue se réchauffer devant l'âtre pour lire le *Times*. Le journal gisait d'ailleurs à ses pieds. Mais, terrassée par la fatigue, elle avait sombré dans un profond sommeil pendant une petite heure. Il est vrai qu'elle avait très mal dormi la nuit précédente.

Appuyée contre les coussins de velours, elle songea de nouveau à Lily. Elle s'était elle aussi retirée dans sa chambre pour prendre un peu de repos. Vicky se demanda si elle se sentait bien, puis se reprocha de trop s'en faire pour son amie. Certes, elle avait présenté Lily à Edward Deravenel, mais ce n'était pas une raison pour se sentir coupable ni même responsable de leur liaison. Ce n'était pas elle qui les avait poussés à partager le même lit. Ils avaient décidé librement de leur destin.

C'était toujours la même histoire, une histoire aussi vieille que le monde. Un homme rencontre une femme et tous deux se sentent irrésistiblement attirés l'un par l'autre. La femme devient la maîtresse de l'homme et, inévitablement, c'est elle, et elle seule, qui se retrouve submergée de problèmes. L'homme, lui, reste prudemment marié, prend même d'autres maîtresses et demeure libre comme l'air, agissant selon ses seuls désirs.

Oui, à bien y réfléchir, tout cela était plutôt injuste. Cependant les hommes n'étaient pas toujours à blâmer. Comme le disait souvent son frère Will, il fallait être deux pour former un couple. Cher Will, si doux, si affectueux. Y avait-il réellement une nouvelle femme dans sa vie ? Elle n'en était pas sûre, mais elle l'espérait.

Elle se demandait parfois si l'attachement qui liait son frère à Ned n'était pas trop envahissant et si cette amitié ne réquisitionnait pas trop de son temps et de son énergie. Mais Will était adulte et il devait conduire sa vie comme il l'entendait. Des amis de Vicky avaient suggéré un jour qu'il existait peut-être des implications plus souterraines et plus complexes dans ce lien qui unissait les deux hommes. Rien qui puisse évoquer une quelconque séduction homosexuelle, non, mais, en tout cas, une affection profonde, comme entre deux frères.

Vicky se demanda comment Ned allait réagir lorsqu'il apprendrait que Lily était enceinte de ses œuvres. Sans doute serait-il ému et la soutiendrait-il du mieux possible. Jusqu'à la naissance de l'enfant. Après quoi il s'en irait, s'il ne l'avait pas déjà fait auparavant. Elle connaissait Edward Deravenel depuis très longtemps et le comprenait intimement. Jamais il ne se laisserait entraver par quiconque, fût-ce un enfant. La liberté était son unique credo.

Fallait-il que tous les hommes aient une maîtresse ? Vicky était absolument certaine que son premier mari lui avait été fidèle. Leur union avait été extraordinairement passionnée et leur entente exceptionnelle, non seulement sur le plan sexuel, mais aussi dans tous les domaines de la vie. Lorsqu'il avait été emporté par une crise cardiaque, elle avait cru ne jamais s'en remettre tant son désespoir l'avait dévastée. Puis, quelques années plus tard, Stephen était entré dans sa vie. Ils étaient tombés éperdument amoureux, une situation à laquelle Vicky ne s'était vraiment pas attendue. Ce second mariage s'était avéré aussi solide que le premier et leur harmonie aussi complète, tout particulièrement sur le plan sensuel. Lorsqu'il n'était pas à ses côtés, son sens de l'humour, sa tendresse, sa vive intelligence lui manquaient terriblement. Comme elle était impatiente de le voir revenir de New York !

Vicky se pencha pour ramasser le *Times* et entreprit de le feuilleter. A la page de l'actualité royale, l'agenda mondain du roi et de la reine était soigneusement détaillé pour l'ensemble de la semaine.

Edouard VII, le fils de la reine Victoria, était un homme dans la force de l'âge lorsqu'il était monté sur le trône. Bon vivant, aimant le vin et la bonne chère, il avait inauguré une nouvelle ère, celle des loisirs et de la gaieté. Lui qui appréciait tant les réceptions, la danse et les plaisirs de toutes sortes devait probablement préférer sa maîtresse, Mme Keppel, à son épouse légitime, la reine Alexandra.

Les maîtresses des rois n'étaient-elles pas, souvent, aussi célèbres que les souverains eux-mêmes ? Ainsi Diane de Poitiers, une femme remarquable, avait-elle exercé une influence considérable sur Henri II tout au long de son règne. Toutefois elle avait eu l'intelligence de maintenir des relations courtoises avec l'épouse du roi, la reine Catherine de Médicis. Diane avait su jouer ses cartes avec un admirable savoir-faire et un sens inné de la manipulation. C'était une vraie battante.

Le regard de Vicky se posa sur une photographie de Pierre et Marie Curie travaillant dans leur petit laboratoire parisien. Aussitôt ses pensées se tournèrent vers ce couple brillant qui avait partagé le prix Nobel de physique avec un autre savant, Becquerel, pour leurs travaux sur l'atome. La légende sous la photographie disait que Marie Curie allait être nommée à une haute fonction universitaire. Vicky admirait cette femme, comme elle admirait toutes les femmes qui avaient le courage de se battre pour réaliser de grandes choses. Des *guerrières*, ainsi que Vicky les appelait.

Ses yeux revenant sur la pendule, la jeune femme se leva en hâte. Il n'y avait pas de temps à perdre, car elle devait encore descendre aux cuisines pour vérifier la bonne marche du déjeuner. L'heure n'était plus aux rêveries.

Quelques instants plus tard, Vicky était en mesure de constater que, comme toujours, Mme Bloom, la cuisinière, menait son petit monde tambour battant. Florry, une jeune fille venue du village voisin pour prêter la main, battait énergiquement des œufs dans un bol et sourit à l'arrivée de la maîtresse des lieux.

Vicky lui rendit son sourire.

— Je vois que tout se passe pour le mieux, ici. Je vous laisse travailler.

— Tout va bien, en effet, madame, répondit Mme Bloom. Nous serons prêts à l'heure. Le soufflé au fromage sera servi à une heure et demie ainsi que vous l'avez demandé. Il sera suivi d'un poulet rôti.

— Je m'assurerai donc que nous passerons à table à midi et demie, madame Bloom, ne vous inquiétez pas. Pas question de laisser votre admirable soufflé retomber !

La cuisinière lança un regard à sa maîtresse par-dessus son épaule et eut un petit rire. Vicky regagna le hall et se dirigea vers la salle à manger. C'était une pièce douillette et accueillante avec son bon feu qui crépitait dans la cheminée. Au doux parfum de cire d'abeille émanant des meubles encaustiqués se mêlaient d'agréables senteurs de fumée de bois de pin et de pommes mûres, une combinaison unique, propre aux maisons de campagne, qui rappelait à Vicky Compton Hall, la résidence familiale des Hasling, où Will et elle avaient passé leur enfance. Ce charmant vieux manoir sentait bon le feu de bois, les fruits, le pain chaud et le doux arôme du miel fait à la maison. Une vague d'affection l'envahit lorsqu'elle repensa à sa mère défunte, une femme qui avait su transformer ce vieil amas de pierres en un foyer accueillant où les enfants avaient grandi dans l'amour et la sécurité.

Vicky prit son temps pour dresser la table du déjeuner, choisissant un chemin de table au liseré brodé, des verres de cristal, un service d'argent et des nappes de coton fin.

Tout en vaquant à ces occupations, elle pensait à sa chère amie Lily Overton. Comme elle lui avait semblé courageuse lorsque, un peu plus tôt dans la matinée, elle lui avait expliqué ses projets si jamais il s'avérait qu'elle était bel et bien enceinte. Trois possibilités s'offraient à elle : l'avortement – un choix terriblement risqué – ; garder l'enfant et le donner à adopter juste après sa naissance – et en avoir le cœur brisé pour le reste de ses jours – ; enfin, elle pouvait décider de le garder et de l'élever elle-même.

C'était cette dernière option que Lily avait choisie et Vicky ne pouvait l'en blâmer. D'autant que la jeune veuve serait certainement la meilleure des mères. Elle avait une nature pratique, le sens de l'organisation et, ce qui était essentiel, une fortune personnelle qui assurait son autonomie. Car l'argent était la clé de tout. Il garantirait la sécurité de Lily et de son enfant.

Cependant, rien ne lui serait épargné. Mettre un enfant au monde en dehors des liens du mariage – du moins à cette époque et à cet âge – équivalait, pour la plupart des femmes, à un suicide. A moins de bénéficier de la protection d'un homme influent, elles se voyaient impitoyablement écartées. Même sous le règne plus « libérateur » d'Edouard VII, où les rigueurs victoriennes commençaient à s'estomper, l'intolérance à l'égard des mères célibataires restait vive. Certes, le libertinage et la luxure prévalaient dans les milieux de l'aristocratie, mais derrière cette façade désabusée se dissimulaient les mêmes préjugés, la même pruderie et le même esprit de discrimination. Et si...

— Je t'ai choquée, n'est-ce pas ?

Vicky sursauta. Faisant volte-face, elle s'exclama :

— Seigneur, Lily ! J'ai bien cru que mon cœur allait s'arrêter ! Je ne t'ai pas entendue approcher.

— Pardonne-moi. Mais, dis-moi, je t'ai choquée, n'est-ce pas ?

— Non, pas le moins du monde, je t'assure. Surprise, certainement.

— J'ai décidé de ne plus y penser pour le moment. Après tout, c'est peut-être une fausse alerte.

Vicky approuva d'un hochement de tête.

— C'est une sage décision, Lily.

Assises près de la cheminée, les deux femmes demeurèrent silencieuses un long moment. Vicky ne pouvait s'empêcher de penser à son amie. Quelle belle femme c'était... un teint de nacre, de grands yeux verts et des cheveux blonds. Ses traits finement ciselés offraient un équilibre parfait et elle paraissait beaucoup plus jeune que son âge. Pas étonnant qu'Edward Deravenel soit aussi épris d'elle, songea Vicky. Quel homme ne le serait pas ?

Margot Grant quitta le jardin pour regagner la maison. Elle se débarrassa de son manteau et le suspendit dans le vestiaire avant de se diriger vers la salle à manger. Elle s'immobilisa brusquement sur le seuil, les yeux agrandis par la stupéfaction. *Mon Dieu !* Qu'est-ce qui s'était passé ici ? La lourde table d'acajou avait été repoussée contre un mur, les douze chaises alignées en quatre rangées de trois comme des bancs d'église. Au-dessus de la table, transformée en autel de fortune, trônait un grand crucifix accroché au mur. Comment Henry s'était-il débrouillé pour clouer cette énorme croix ?

Un profond désarroi l'envahit et, pendant quelques minutes, elle ne put bouger. Il fallait s'y attendre. Victime encore une fois d'une de ses crises de folie religieuse, Henry se prenait pour un moine prêchant les fidèles de sa paroisse. Parler à des espaces vides ne semblait pas le préoccuper le moins du monde.

Oui mais voilà, il ne se trouvait pas dans la salle à manger, occupé à haranguer une assemblée de fidèles imaginaires. Terrifiée à l'idée de le savoir sorti, seul, hors du domaine d'Ascot, et peut-être même marchant sur la grand-route, elle se rua dehors et courut dans le jardin. Une main en visière pour protéger ses yeux du soleil, elle parcourut frénétiquement les alentours du regard en criant son nom.

Comme il ne répondait pas à ses appels, elle entreprit de le chercher. Elle finit par l'apercevoir accroupi dans un taillis, derrière les arbres qui bordaient la pelouse. Son cœur se serra. Il portait à nouveau une robe de bure brune et transportait sur son dos une lourde croix. Tandis qu'elle approchait, elle l'entendit chanter – faux, comme à son habitude.

Une nausée la parcourut. Il était fou à lier, cela ne faisait plus aucun doute. Pourvu que personne ne le voie dans cet état ! Pourvu que personne ne découvre qu'il avait déjà séjourné dans ces asiles d'aliénés ! Peut-être d'ailleurs faudrait-il le faire interner encore une fois. Mon Dieu ! Mon Dieu !

— Henry ! Henry chéri ! appela-t-elle en s'aventurant dans l'épaisseur des taillis. Allons, reviens à la maison, il fait trop froid dehors.

Il fit volte-face pour la regarder, les yeux vides.

— Ah, c'est toi, ma sœur en Christ, marmonna-t-il. Salut à toi, ma sœur.

Margot avala sa salive et fit de son mieux pour contrôler sa colère. Elle le prit par le bras et, tout en lui murmurant des paroles apaisantes, le conduisit hors du petit bois. Ils traversèrent lentement la pelouse et regagnèrent la maison.

Après l'avoir installé dans sa chambre, Margot verrouilla la porte. Seigneur, il avait complètement perdu l'esprit ! Une seule chose comptait, désormais. Le dissimuler au reste du monde jusqu'à ce qu'il recouvre ses sens.

Elle secoua la tête avec irritation et redescendit le grand escalier. Il eût mieux valu le voir plongé dans une de ses crises catatoniques. Au moins restait-il prostré toute la journée sur une chaise sans prononcer un mot.

16

Londres

Neville vit Edward Deravenel entrer d'un pas rapide dans la bibliothèque de Chelsea House, apportant avec lui une aura d'exubérante énergie. Ned va beaucoup mieux, il a enfin surmonté son chagrin et va de l'avant, songea Neville, réjoui.

Tout en souriant, Edward s'excusa.

— Pardon pour ce retard. J'ai eu quelque peine à trouver un fiacre ce matin.

— Ne t'en fais pas, murmura Neville en s'avançant à la rencontre de son cousin.

Ils s'étreignirent rapidement, puis Neville alla s'installer dans un fauteuil près de la cheminée. Edward choisit de rester debout et, appuyé au manteau de la cheminée, demanda :

— A quelle heure les autres sont-ils attendus ?

— Alfredo Oliveri sera ici dans une dizaine de minutes. Amos Finnister, un quart d'heure plus tard.

— Tu ne m'as toujours pas expliqué qui est ce Finnister, insista Edward en posant sur son cousin un regard fiévreux. Tout ce que tu as bien voulu me dire, c'est qu'il travaille pour toi depuis plusieurs années, que tu lui accordes ton entière confiance et qu'il me sera d'un secours précieux.

— C'est tout à fait exact. Mais, patience, Ned. Tu en sauras bientôt plus sur lui. En attendant, raconte-moi un peu ta semaine à Deravenel. Tes billets étaient plutôt sibyllins et tu ne t'es pas montré plus explicite au téléphone.

Edward hocha la tête.

— C'est que je n'avais pas encore grand-chose à te rapporter. Tout à fait sincèrement, ce fut une expérience absolument exécrable. Et puis je déteste Aubrey Masters. Si nous gagnons, je mettrai Oliveri à sa place, je le nommerai directeur du département minier.

— Mais nous gagnerons... Continue !

— Masters est un être fat, agressif, imbu de sa propre importance. Raisonneur, lourd, il n'occupe ces fonctions que grâce à ses relations avec les Grant. Du moins, c'est ce que je crois. Figure-toi qu'il comptait me donner le plus affreux bureau de tout l'immeuble. Naturellement, j'ai protesté avec véhémence, exigeant que l'on me donne celui de mon père, car cela est la règle chez nous. J'avais beau tempêter, Masters n'en démordait pas. Finalement, il a demandé l'arbitrage de John Summers, lequel, à sa stupéfaction, s'est rangé à mes arguments. Aubrey était furieux, tu penses bien. Mais Summers est son supérieur chez Deravenel, aussi a-t-il dû céder. Et j'ai enfin pu occuper le bureau de père.

— John Summers a donc joué les alliés, hein ?

— Oh, je n'en dirais pas tant ! répliqua Edward en jetant un regard aigu à son cousin. Après avoir insisté pour que je m'installe dans le bureau de mon père, il a disparu et je ne l'ai plus revu de la semaine. D'après ce que l'on m'a raconté, il serait parti pour le pays de Galles.

— Est-ce que Masters t'a confié du travail ?

— Absolument rien. On m'a laissé me tourner les pouces. Tous les matins, lorsque je venais au bureau, j'étais accueilli cordialement par tous – sauf par Aubrey, bien entendu, lequel se montrait constamment grincheux envers moi. Cependant, j'insiste sur le fait que le reste du personnel m'a traité avec la plus grande courtoisie. Malheureusement, les choses en sont restées là et, par la suite, on m'a ignoré superbement.

— Hmm, je vois. A vrai dire, je n'en suis guère surpris. Ils t'acceptent parce qu'ils n'ont pas le choix. Selon la règle en vigueur à la compagnie, quand un responsable meurt, son fils prend la relève. Bien sûr, il doit d'abord s'initier à ses nouvelles fonctions et il n'a pas d'autorité au conseil d'administration. C'est à lui, ensuite, d'acquérir ses lettres de crédit. Aussi n'ont-ils pas eu d'autre possibilité que de t'accepter parmi eux, mais sans te confier la moindre responsabilité. C'est assez malin, d'ailleurs, du moins pour l'instant. A plus long terme, cette attitude les ridiculisera. Elle est bien trop révélatrice de leurs intentions à ton égard.

— Je suis d'accord. Cependant, aussi désagréable qu'ait été cette première expérience, j'en ai tout de même retiré quelque chose.

Neville se pencha, le regard fixé sur Edward.

— A quel propos ?

— Pour commencer, il faut que tu saches que le moral du personnel est au plus bas. De nombreux employés sont persuadés que la compagnie n'est pas seulement en plein marasme, mais au bord de la faillite. En menant mon enquête, j'ai pu repérer un ou deux d'entre eux prêts à rallier notre camp. Et j'ai commencé à en apprendre un peu plus sur la structure de la compagnie. J'en ai aussi compris toute l'impressionnante puissance. Je savais, naturellement, qu'elle comptait parmi les plus importantes au monde, mais il faut véritablement se trouver impliqué au jour le jour dans son fonctionnement pour en mesurer toute l'influence. C'est vraiment extraordinaire, Neville. Son champ d'action s'étend au monde entier.

— Commençons par le commencement, conseilla son cousin. Qui t'a parlé du moral des employés ?

— Je l'ai deviné par moi-même en bavardant avec eux. Oliveri m'a adroitement indiqué ceux qui pouvaient se montrer amicaux à mon égard et qui pensent qu'Henry Grant devrait être déposé. Ce sont les mêmes qui répandent la rumeur selon laquelle la compagnie serait dans le rouge. Et pourtant... quel empire, Neville ! Lorsque j'ai étudié l'immense carte couvrant l'un des murs du bureau de père, lorsque j'ai vu tous les petits drapeaux rouges indiquant les lieux d'implantation de l'entreprise, j'ai compris que les Deravenel étaient présents dans tous les pays du globe !

— Presque tous, en effet.

Neville se cala contre le dossier de son siège et joignit le bout de ses longs doigts, ainsi qu'il le faisait toujours quand il se plongeait dans ses pensées.

— Ce sont de bonnes nouvelles que tu m'apportes là, Ned, dit-il enfin. Un personnel dont le moral baisse parce que la gestion est mauvaise, un bilan dans le rouge... voilà qui rend la compagnie très vulnérable. Il n'en sera que plus facile d'y exercer notre propre influence pour tourner la situation à notre avantage. Ce que tu me dis corrobore les informations données par Alfredo récemment.

Ce fut le moment que choisit Harrison, le majordome, pour annoncer précisément l'arrivée du signor Oliveri. Neville se leva pour se porter à sa rencontre et lui serra la main. L'Italien salua également Edward avec une chaleur sincère. A Carrare, puis durant la semaine pendant laquelle Edward avait fait ses premières armes à la compagnie, les deux hommes avaient appris à se connaître et à s'estimer.

En hôte accompli, Neville proposa un verre, mais aucun des invités n'accepta.

— Peut-être un peu de vin pendant le déjeuner, dit Edward, mais, pour l'instant, mieux vaut garder les idées claires.

Sans plus tarder, Oliveri aborda le sujet qui les intéressait tous.

— A mon avis, et après avoir sondé discrètement l'opinion de la plupart des employés, je crois pouvoir affirmer que vos alliés sont nombreux au sein du personnel de la compagnie, monsieur Edward. Cela peut paraître surprenant, mais je suis certain de ne pas me tromper.

— J'avais en effet remarqué que certains des employés auxquels vous m'avez présenté se montraient extrêmement cordiaux. Je n'en croyais pas moins mes ennemis encore très nombreux.

— Oh, mais vous en avez, monsieur Edward. Les sbires de Henry Grant, pour commencer, principalement parce que leurs pères, déjà, avaient choisi ce camp. N'oubliez pas non plus que cette branche de la famille Deravenel dirige les affaires depuis soixante ans.

— Depuis bien trop longtemps à mon goût, murmura Neville avec un regard lourd de sous-entendus.

— Mais alors, Alfredo, *qui* sont mes véritables alliés ? Pourriez-vous me communiquer leur identité ?

Oliveri sortit de sa poche intérieure une feuille pliée qu'il ouvrit et lut à voix haute :

— Rob Aspen, David Halton, Christopher Green, Frank Lane – tous favorablement disposés à votre égard, monsieur Edward. Ces hommes ont fait librement leur choix et je peux donc vous en garantir la loyauté. Je crois de même que Sebastian Johnson et Joshua Kennett sont de votre côté. Voilà longtemps qu'ils se montrent très insatisfaits de la gestion actuelle et leur mécontentement est palpable.

— Je sais que John Summers est mon ennemi, tout comme Aubrey Masters, observa Edward. De qui, encore, dois-je me méfier ?

— De James Cliff, très proche de Summers et de Margot Grant. Auquel j'ajouterais Andrew Trotter, Percy North, Philip Dever et Jack Beaufield. Plusieurs de ces hommes font partie du conseil d'administration, grâce aux liens que leurs pères entretenaient avec les Grant depuis de nombreuses années. Cependant Rob Aspen, David Halton et Frank Lane en font, eux aussi, partie. Cela ne les a pas empêchés de raisonner avec lucidité.

— Voilà deux camps dont les effectifs sont passablement équilibrés, intervint Neville, l'air satisfait. Mais ce n'est pas assez. Il faut rallier d'autres hommes à notre cause.

— Exact. Mais n'oubliez pas que, moi aussi, je suis à vos côtés. Certes, je travaille le plus souvent en Italie, mais vous pouvez toujours compter sur mon aide. Je viendrai à Londres dès que vous aurez besoin de moi.

— Au fait, Alfredo, soyez certain que, dès que j'en aurai le pouvoir, je démissionnerai Aubrey Masters de ses fonctions à la tête du département minier. Je serais heureux de vous voir accepter ce poste, Oliveri.

L'Italien se mit à rire.

— Vous voilà déjà bien sûr de vous, monsieur Edward. Cependant, vous avez raison, ce pouvoir, vous l'aurez un jour. Et, bien entendu, j'accepte volontiers la faveur que vous m'accordez. Merci. Voilà déjà longtemps que je souhaite m'installer à Londres. Votre père lui-même était de cet avis, mais, comme vous le savez, ses désirs n'étaient pas les bienvenus.

— Et votre femme ? interrogea Neville. Ce changement de résidence risque-t-il de lui déplaire ?

— Nullement. Elle est anglaise, comme vous le savez, et, bien qu'aimant l'Italie autant que moi, elle accueillerait ce changement avec le plus grand plaisir.

Alfredo sourit avec bienveillance au jeune homme.

— Marché conclu.

— Les nouvelles que vous nous apportez, Alfredo, sont de la plus grande importance, observa Neville. Voilà pourquoi nous devons nous efforcer de rassembler le maximum d'informations pour monter un dossier crédible contre Henry Grant. L'information est notre seule arme, mais c'est la plus redoutable. Lorsque Amos Finnister nous aura rejoints, nous saurons ce qu'il a lui-même recueilli. Ah ! Le voici, justement, ajouta-t-il en voyant le majordome introduire le détective au salon.

Les deux hommes se serrèrent la main.

— Edward, je te présente Amos Finnister, dit Neville. Amos, voici mon cousin Edward Deravenel. Quant à mon autre invité, il s'agit d'Alfredo Oliveri, dont je t'ai parlé.

Les quatre hommes s'installèrent dans des fauteuils disposés devant la cheminée.

— Avant de partir pour l'Italie, commença Neville, j'ai demandé à Amos d'en apprendre un peu plus sur l'entourage de Henry Grant, pour en savoir le maximum sur nos ennemis au sein de la compagnie. Amos est sans conteste le meilleur enquêteur privé que l'on puisse trouver à Londres, sinon le meilleur de toute l'Angleterre.

Finnister esquissa un sourire.

— Je ne sais si l'on peut me prêter tant d'honneur, monsieur Watkins.

— Et moi je soutiens le contraire. A présent, dites-nous ce que vous savez. J'imagine que vous avez bien des vilenies à nous rapporter.

— Plutôt des faits, sir, ce qui est encore plus important. Pour commencer, j'aimerais faire une mise au point : Henry Grant n'est pas seulement un homme extrêmement pieux, ainsi que tout le monde le sait. Il est également profondément instable sur le plan psychique. Je dirais même qu'il est *fou*. J'ai découvert ainsi qu'il a déjà séjourné dans deux institutions pour aliénés mentaux au cours des dernières années. Et il ne s'agissait pas de *retraites*, comme on veut le faire croire. M. Grant était en réalité interné dans des asiles.

Un profond silence accueillit ces révélations. Edward fut le premier à se ressaisir.

— Je me souviens avoir entendu mon père me confier que Henry était profondément déséquilibré, mais jamais il n'a parlé de folie.

— Bien, bien, lâcha Neville en se frottant les mains. Voilà une raison fort valable pour le démettre de ses fonctions de président, n'est-ce pas ?

— J'ai entendu bien des qualificatifs à son sujet, tels que « vieux gâteux », « cinglé », « déliquescent », « sénile », et j'en passe. Ses séjours répétés à l'asile confirment un tel déluge de compliments.

Les autres hommes acquiescèrent.

— Dans ce cas, je pense comme Neville que sa folie est un argument suffisant pour le démissionner, déclara Edward.

— Si vous me permettez une suggestion, intervint Amos, il se peut que personne n'ait jamais sérieusement cru Henry Grant atteint de troubles mentaux. Sans doute pense-t-on qu'il est seulement incompétent.

— Vous avez probablement raison, acquiesça Neville. Sinon ils l'auraient promptement démis de ses fonctions – Summers et ses acolytes en tête, vous pouvez m'en croire.

Alfredo se leva et arpenta la pièce avant de s'immobiliser devant le feu, plongé dans ses pensées. Puis, se tournant vers Neville, il déclara :

— Vous devez comprendre que cette information est d'une importance capitale. Elle représente notre meilleure arme pour remporter la victoire.

Il ajouta à l'intention d'Amos :

— Avez-vous des *preuves* ? Des rumeurs et des sous-entendus ne suffiront pas à justifier notre position. Il nous faut posséder des arguments extrêmement solides pour convaincre le conseil d'administration. Par exemple la preuve qu'il a bel et bien séjourné plusieurs fois dans des asiles d'aliénés. Sinon, nous nous ridiculiserons.

— Ces preuves existent, monsieur Oliveri, mais je ne les possède pas pour le moment, malheureusement.

— Pensez-vous néanmoins pouvoir vous les procurer, Amos ? interrogea Neville en lui jetant un regard pénétrant.

— Bien entendu, monsieur Watkins, seulement vous devez comprendre que, pour cela, ma méthode sera un peu... particulière. J'entends par là qu'il faudra *voler* des documents et utiliser pour ce faire un *spécialiste,* capable de s'introduire dans ces institutions.

— Eh bien, faites-le, ordonna Neville sans hésiter.

— De tels procédés risquent-ils d'être découverts ? s'inquiéta Edward.

Amos eut un sourire entendu.

— Non, monsieur Edward, pareille éventualité n'arrivera *jamais.* Je connais mes, hum, collaborateurs. Par ailleurs, n'oubliez pas que les internements de M. Grant se sont déroulés dans le plus grand secret. Même si nous étions découverts – ce qui n'arrivera pas, je vous le répète –, personne n'osera le rapporter au grand jour. N'oubliez pas que M. Grant était censé faire des retraites religieuses. Puisqu'il nous faut ces documents, nous nous les procurerons coûte que coûte, il n'y a pas à tergiverser.

— Combien de temps cela vous prendra-t-il ? s'enquit Edward.

— Je l'ignore pour l'instant, mais croyez bien que je m'emploie à rassembler ma plus fine équipe dans ce but. Nous ne pouvons nous permettre le moindre faux pas.

Alfredo regagna son siège et reprit :

— L'heure n'est plus aux scrupules, monsieur Edward. Nous ne pouvons nous offrir ce luxe. Il y a de gros enjeux à la clé, vous n'êtes pas sans le savoir. Il ne s'agit pas seulement de réparer les torts qui ont tragiquement endeuillé votre famille ainsi que celle de M. Neville. Il s'agit aussi de prendre la tête d'une compagnie gigantesque et d'empêcher qu'elle ne sombre dans le plus complet chaos. Cette compagnie emploie des milliers de personnes à travers le monde, nous devons aussi penser à elles.

— Ce sont des paroles remplies de bon sens, Alfredo. Il serait en effet criminel de laisser les Deravenel ruiner l'entreprise après huit cents ans de commerce florissant. De plus, elle appartient de droit à Edward ou, plutôt, c'est à lui qu'en revient la direction, selon la règle en vigueur dans notre famille, et non à ces voleurs de Grant. Intelligemment gérée, elle doit retrouver toute sa puissance et, même, accroître encore son influence.

Edward réfléchit quelques instants.

— Voler ces rapports pour prouver la folie de Henry n'est qu'une première étape, dit-il à Neville. Nous devons fourbir d'autres armes pour récupérer les rênes de la compagnie. Sinon, ils pourraient fort bien nommer Margot Grant à sa tête en attendant que son fils Edouard ait l'âge de lui succéder.

— Ils n'oseront pas, affirma Oliveri avec véhémence. Faites-moi confiance, cela n'arrivera pas. Certes, elle multiplie les manigances pour s'insinuer dans le conseil d'administration, mais elle ne possède aucune justification légitime lui permettant d'occuper une fonction officielle.

— Je tiens de source sûre qu'elle est extrêmement impopulaire, intervint Amos. Détestée par la plupart du personnel, sauf par Summers, Cliff et North, ses plus proches alliés. Au fait, une rumeur circule selon laquelle leur fils serait en réalité le demi-frère de John Summers, c'est-à-dire l'enfant du père de celui-ci. Apparemment, le vieux Henry n'a rien à voir dans cette naissance.

— Vieux ? s'étonna Edward. Mais Henry n'a que trente-neuf ans...

Neville lui jeta un regard pénétrant.

— Il n'empêche... C'est déjà trop pour gagner contre toi, Ned.

Il se mit à rire de bon cœur puis, s'éclaircissant la gorge, il ajouta à l'intention d'Amos :

— Ce serait peut-être une bonne idée de mettre quelques-uns de vos limiers sur le coup, Finnister. Il est temps de noircir un peu la réputation des Grant.

Harrison apparut sur le seuil.

— Le déjeuner est servi, sir.

Assise sous la véranda, Nan Watkins buvait son thé à la menthe par petites gorgées tout en grignotant un sandwich au saumon fumé. Elle aimait prendre son déjeuner seule dans cet espace vitré inondé de soleil et décoré de palmiers en pots, de caoutchoucs et de précieuses orchidées blanches. C'était un havre de paix dans cette maison si trépidante de vie et d'agitation.

Les fillettes prenaient leur repas dans la nursery avec Nanny, leur gouvernante, tandis que Neville recevait ses invités à la salle à manger. Le menu du déjeuner avait été soigneusement préparé par Nan et elle espérait que leurs hôtes apprécieraient ses choix.

Comme toujours, on servirait les mets préférés de Neville – un potage léger pour commencer, un minestrone, par exemple, certainement apprécié d'Alfredo Oliveri, puis un carré d'agneau en persillade, des croquettes de pommes de terre accompagnées de petits pois. Pour le dessert, Nan avait demandé à la cuisinière de préparer son fameux pudding, servi avec de la crème et des raisins. Quant aux vins, elle laissait cette responsabilité à son mari.

Son mari... Neville Watkins. Un homme dont elle s'était éprise dès la toute première minute de leur rencontre, un jour qu'il était venu rendre visite à sa famille dans le Gloucestershire pour parler affaires avec son père. Et c'était ainsi qu'elle s'était retrouvée mariée à l'un des hommes les plus séduisants et les plus remarquables du pays. Aujourd'hui encore, une telle chance lui paraissait tenir du miracle.

Jusqu'à ce jour, Nan, plutôt injuste à son propre égard, s'était considérée comme une femme peu attirante – trop pâle, trop mince et dépourvue des attraits si recherchés par la gent masculine. Alors qu'elle était en réalité une femme exquise, d'une beauté gracile, pourvue d'une splendide chevelure châtain doré et d'immenses yeux gris au regard sérieux. Un teint de porcelaine, une peau parfaite, de jolis seins et de longues jambes racées... autant de qualités qui avaient séduit Neville Watkins. Il y avait chez elle quelque chose de fragile et de tendre qui donnait aussitôt aux hommes l'envie de la protéger. Aux yeux de Neville, Nan ne possédait pas seulement un charme irrésistible, elle était aussi la plus excitante des partenaires sur le plan sexuel, une femme capable des élans les plus passionnés, qui le chérissait et le désirait de tout son être, plus qu'aucune autre femme ne l'avait jamais désiré.

Nan savait cela parce que Neville le lui avait avoué, ne lui cachant pas combien il était conquis sexuellement par elle. Cette pensée arracha un sourire à la jeune femme tandis qu'elle se remémorait leurs ébats passionnés du petit matin. Alors qu'elle s'était plainte la veille au soir de le voir s'absenter une nouvelle fois un samedi – journée habituellement consacrée à la famille –, il l'avait réveillée à l'aube en la couvrant de baisers fiévreux, tout vibrant de désir pour elle. Leur étreinte avait été si ardente, si accomplie, qu'il lui avait murmuré au creux de l'oreille que, peut-être, ils venaient de concevoir un nouvel enfant ce matin-là. Nan n'aspirait qu'à cela, espérant de toutes ses forces engendrer un fils, un héritier qui, par le seul miracle de sa naissance, saurait effacer dans le cœur de Neville le chagrin d'avoir perdu ses parents bien-aimés dans ce tragique incendie.

Les pensées de la jeune femme se tournèrent vers Thomas, le jeune frère défunt de son mari. Comme Neville avait souffert ces dernières semaines ! Elle avait fait de son mieux pour l'aider et le réconforter, tout comme l'autre frère de Neville, Johnny, un charmant jeune homme.

Jamais Nan ne se serait permis le moindre commentaire désobligeant sur Johnny. Pourtant, son cœur lui soufflait que Ned était seul capable d'une loyauté et d'une affection vraiment indéfectibles. Le jeune Deravenel, d'ailleurs, était bien conscient de cet état de choses et, pour une raison qu'elle ne saisissait pas encore, cela la dérangeait.

Tout au fond de moi, mes intuitions m'avertissent qu'il faut se tenir sur ses gardes, se disait-elle. Je ne dois pas me tromper, l'heure est trop grave. Et mes pressentiments s'avèrent le plus souvent fondés.

Elle pensa alors au petit Richard, le benjamin des Deravenel. Parfois, Neville traitait le garçonnet comme le fils qu'il n'avait pas encore, une sorte de *remplaçant*, en fait. Pourtant Richard n'avait qu'un dieu : Edward, son frère aîné. Lui seul était l'objet de sa loyauté et de son amour.

Et puis il y avait le jeune George. Avec lui, les choses étaient simples, il ne serait jamais fidèle à qui que ce soit, incapable, selon Nan, de sentiments élevés. Un jour ou l'autre, cette vérité éclaterait au grand jour, elle en était certaine.

Nan réprima un frisson en se demandant pourquoi de telles pensées lui venaient à l'esprit. Mais les destins des familles Deravenel et Watkins avaient toujours été inextricablement mêlés. Et ce lien était indestructible.

C'était du moins ce qu'ils affirmaient tous.

Nan, quant à elle, priait pour que ce soit vrai.

17

Quatre hommes – très différents par l'aspect comme par la personnalité – se tenaient assis autour de la table, dans l'élégante salle à manger de Neville.

En bout de table siégeait leur hôte. Son allure distinguée, ses manières raffinées laissaient clairement entendre qu'il appartenait à l'aristocratie. Vêtu d'un complet gris sombre d'une coupe parfaite – certainement l'œuvre du meilleur des tailleurs londoniens –, il portait une chemise blanche taillée dans le plus fin des cotons égyptiens, rehaussée par une cravate de soie d'un rouge profond dont les pans formaient un nœud très sophistiqué, discrètement ponctué par une épingle en diamant. A son doigt brillait une chevalière armoriée et, à ses poignets, de lourds boutons de manchette en or provenaient d'un célèbre orfèvre français. Aux pieds, des chaussures en cuir fin d'Italie, si bien cirées que l'on pouvait presque se mirer dedans. Pas de doute, Neville Watkins méritait sa réputation d'être le nouveau Beau Brummel de sa génération.

A l'autre bout de la table, son cousin Edward Deravenel tranchait sur les autres membres du groupe par sa haute taille et son physique particulièrement avenant. Il portait lui aussi un costume remarquablement coupé provenant des ateliers de Saville Row, quoique pas aussi coûteux que celui de son cousin. Taillé dans un élégant tissu bleu sombre, il se composait de pantalons étroits et d'une longue veste évasée comme la mode l'imposait alors. Sa chemise était blanche, ses bijoux sobres : la montre de gousset en or de son père et de discrets boutons de manchette. L'épingle à perle qu'il chérissait tant était piquée dans sa cravate bleu marine.

La présence puissante du jeune homme, son aura si fortement virile et son incontestable charme se conjuguaient avec une amabilité naturelle et un sincère intérêt pour autrui. S'il possédait l'art de séduire les femmes, Edward était tout autant apprécié des hommes.

Alfredo Oliveri et Amos Finnister se faisaient face, de chaque côté de la longue table d'acajou. Très à l'aise dans ce décor luxueux, les deux hommes paraissaient s'entendre fort bien.

Bien que né d'un père italien, Oliveri, vêtu d'un costume gris de bonne coupe, paraissait très anglais avec ses cheveux poil de carotte, son teint pâle et ses taches de rousseur. De taille moyenne, il était de constitution frêle et paraissait beaucoup mois que ses quarante et un ans. Pur produit de la classe moyenne, cet homme intelligent et de bonne éducation savait aussi se montrer remarquablement travailleur. Ses manières raffinées, son allure agréable le rendaient sympathique à tous et inspiraient la confiance.

Dans la quarantaine, grand et mince, Amos Finnister se tenait légèrement voûté. On pouvait distinguer quelques fils gris dans sa chevelure de jais, mais sa fine moustache était aussi noire que ses yeux. Issu, lui aussi, de la classe moyenne, il possédait une remarquable intelligence et une grande capacité de pénétration psychologique. C'était précisément cette formidable intuition qui faisait de lui un excellent détective.

Il avait commencé sa carrière comme policier avant de se tourner vers l'investigation privée. Ces années passées au sein de la police lui avaient beaucoup appris et, des années plus tard, il conservait une liste impressionnante de contacts : des enquêteurs au service de Scotland Yard, des légistes, mais aussi toute une faune interlope peuplant les bas-fonds de la ville, toujours prête à négocier ou à vendre une information.

Vêtu d'un costume noir très classique, il offrait une apparence des plus discrètes. Il pouvait ainsi pénétrer tous les milieux sans jamais se faire remarquer de quiconque, aimant à se vanter de jouer les hommes invisibles.

Malgré leurs différences, les quatre hommes présentaient aussi de nombreux points communs : l'intégrité, un sens profond du devoir et de ce qui était bien ou mal. Ils partageaient également la même détermination – pour conduire Edward Deravenel à la tête de l'empire familial –, soutenue par une conviction identique : en tant qu'héritier légitime, le fils de Richard Deravenel devait prendre la direction de la compagnie.

Ces quatre hommes s'étaient engagés corps et âme dans ce combat, mettant tout en œuvre pour atteindre leur but, persuadés que, pour vaincre les ennemis du clan, redoutablement dangereux, il leur faudrait fourbir leurs meilleures armes.

Lorsque s'acheva le déjeuner, ils avaient discuté de sujets importants, mais sans aborder encore les affaires les plus cruciales relatives à la compagnie, Neville ayant clairement laissé entendre qu'il valait mieux attendre de se retrouver seuls dans le calme de la bibliothèque pour parler de leurs futurs plans.

Une fois installés à nouveau devant la cheminée, dégustant leur café accompagné d'un ballon de cognac, ils purent enfin discuter de leurs projets.

— Il est temps de faire le point, commença Neville.

Se tournant vers Amos, il poursuivit :

— Vous nous avez fourni d'excellentes munitions pour combattre les Grant, à savoir la possible folie de Henry. Et je sais que vous mettrez tout en œuvre pour vous procurer son dossier médical, prouvant ainsi la réalité de ce fait.

Amos hocha la tête.

— Considérez que c'est fait, sir. Mes gens sont déjà sur le coup.

— Excellent. Il serait temps à présent de nous parler de John Summers et de ses sbires. Avez-vous de nouvelles informations à nous communiquer à ce sujet ?

Amos Finnister s'agita sur sa chaise et s'éclaircit la gorge.

— En effet. Pour l'instant, je ne possède encore que peu de renseignements sur Summers, il semble aussi propre et neuf qu'un nouveau-né. Même chose pour Margot Grant, hormis cette vieille rumeur insinuant que son fils n'est pas de Henry. Mais, pour les autres, leur corruption est évidente, sir, ce qui ne peut que nous servir, naturellement.

Ses trois compagnons se penchèrent en avant, avides de ne rien perdre de ses paroles.

— A vrai dire, ils sont même si ouvertement corrompus qu'ils ont prêté le flanc à toutes sortes de chantages.

— Etes-vous sérieux ? s'exclama Neville. A vrai dire, je ne nourrissais aucune illusion à l'égard des alliés de Henry Grant, mais à ce point... Continuez, Amos.

— James Cliff se trouve actuellement dans une position extrêmement difficile, ayant très imprudemment partagé ses faveurs entre deux femmes tout aussi dures et ambitieuses : sa maîtresse et son épouse légitime. Il se retrouve désormais pieds et poings liés tandis que les deux furies se disputent le pauvre hère. On parle même d'une possible grossesse de la maîtresse. De quoi encore assombrir l'avenir de Cliff puisque c'est son épouse qui a l'argent.

Tous se mirent à rire.

— Encore un qui ne fera pas long feu !

— Ensuite, il y a Philip Dever. Homosexuel, il entretient secrètement une liaison avec un jeune homme, à l'insu de sa femme, et naturellement de ses collègues. Et puis nous avons Jack Beaufield, qui, je viens de le découvrir, rencontre d'énormes problèmes financiers. Sa position au sein de l'entreprise n'est pas très sûre, car, maladroit et peu avisé, il a commis nombre d'imprudences dans la gestion des affaires. Voilà tout ce que j'ai pour le moment, mais d'autres informations sont à venir. Mon équipe y travaille.

— Bravo, Amos, bravo, voilà qui est déjà fort satisfaisant, approuva Neville avant de boire une longue gorgée de cognac.

— Quant à moi, je me pose des questions à propos d'Aubrey Masters, intervint Edward. Que savez-vous sur sa manière de diriger la division minière, Finnister ?

— Encore pas grand-chose, monsieur Edward. Le personnel ne semble guère apprécier Masters, sans doute à cause de son comportement parfois étrange. Végétarien – ce qui, en soi, n'a rien d'extraordinaire, je vous l'accorde –, il suit par ailleurs un régime des plus bizarres, ne consommant que des racines, des graines et des cosses, des fleurs... bref, ce genre de choses. De plus, il semble chercher à en entraîner d'autres sur cette pente, sans succès, comme vous pouvez l'imaginer. Il est marié, mais n'a pas d'enfants et son épouse vit en recluse. Beaucoup, au sein de la compagnie, considèrent ses compétences comme très moyennes. Il n'aime pas voyager, ce que ses collaborateurs lui reprochent, puisque, après tout, c'est tout de même lui qui dirige la division minière.

— Rien de plus exact, renchérit Oliveri. Ainsi Masters, qui, pourtant, devrait surveiller les intérêts de la compagnie à travers le monde, ne se rend jamais ni en Inde, ni en Afrique du Sud, ni en Amérique latine, laissant ce soin à ses subordonnés. Il n'est allé qu'à Carrare de temps à autre. Je doute fort de sa capacité à assumer ses fonctions de dirigeant et son impopularité s'accroît de jour en jour. En ce qui concerne le curieux régime alimentaire qui est le sien, je n'en savais encore rien, mais je ne suis pas certain que ce fait ait de l'importance.

L'Italien secoua la tête et conclut :

— Tous pensent qu'il a eu ce poste parce qu'il était le cousin de Henry Grant.

— Exactement ce que disait mon père, murmura Edward en jetant un coup d'œil à Neville. Dommage qu'Aubrey Masters affiche une si belle santé, ajouta-t-il avec un petit rire.

— Dommage en effet, approuva Neville avec un sourire. Evitons cependant de prononcer la phrase fatale : « Qui me débarrassera de ce prêtre turbulent[1] ? » Nous n'avons pas besoin d'assassiner qui que ce soit dans une cathédrale, que je sache.

— Exact, cousin. Ne faisons pas de Masters un martyr.

Changeant de sujet, Alfredo reprit :

— Vous m'avez demandé combien de temps durera mon séjour à Londres. Il me reste huit jours de travail à la compagnie, mais je peux les transformer en quinze, si vous le souhaitez. J'ai beaucoup à faire pour redresser la situation à Carrare et de nombreuses décisions doivent être prises.

— Pensez-vous que Masters sera d'accord avec notre proposition d'ouvrir de nouvelles carrières ?

— Ce sera au conseil d'en décider. Je pense néanmoins qu'ils m'écouteront. Les anciens gisements de marbre sont presque complètement à sec et il faut rapidement acquérir de nouvelles carrières. Je pense que...

— Vous devez rester à Londres le plus longtemps possible, Alfredo ! coupa Neville. Nous avons besoin de vous pour recueillir un maximum de renseignements sur les agissements secrets des directeurs de la compagnie. Vous êtes l'homme de la situation, étant directement impliqué dans la gestion de l'entreprise. Depuis toujours vous travaillez pour les Deravenel et tout le monde vous fait confiance. Grâce à votre présence, je respire un peu mieux, car je sais que vous gardez un œil sur Edward.

— Monsieur Watkins, je sais que vous vous inquiétez pour votre cousin, intervint Amos Finnister, mais je le crois en sécurité. Il me semble douteux que John Summers attente de quelque manière que ce soit à sa vie ou qu'il engage des hommes de main dans ce but. Les langues se sont déliées après l'incendie de Carrare et les pertes tragiques déplorées par votre famille en Italie. Votre père tout comme M. Richard Deravenel étaient des hommes très estimés par le personnel et des figures connues du monde des affaires. Summers est bien trop avisé pour s'exposer à des soupçons en attirant l'attention sur lui ou sur les Grant. Bien au contraire, il s'évertue à calmer les animosités. Vous savez en effet que les Grant ne sont pas du tout appréciés à la City. Certains n'ont toujours pas oublié les agissements plus que douteux du grand-père de Henry.

---

1. Cette phrase prononcée par Henri II d'Angleterre en 1170 aboutit à l'assassinat, dans sa cathédrale, de Thomas Becket, archevêque de Canterbury. (N.d.T.)

Quelque chose, dans ce discours, frappa Edward.

— Mais alors pourquoi ne pas exploiter ce terrain en réveillant les rumeurs sur ce passé de la famille Grant ? Noircir la mémoire du grand-père de Henry nous gagnerait probablement de nouvelles sympathies dans le milieu de la finance, qu'en pensez-vous, Finnister ?

— C'est une bonne idée, sir. Je vais employer mes gens à cette tâche.

Après cela, les quatre hommes discutèrent encore de leurs projets pendant une heure. Et, tandis que l'après-midi s'allongeait, leur confiance dans le succès de leurs entreprises allait croissant. A présent, ils ne doutaient plus de triompher de leurs ennemis.

18

— Pardonne mon absence au déjeuner, déclara Will Hasling à Edward, assis à ses côtés dans le fiacre. Ainsi que je te l'ai dit, je devais me rendre dans le Leicestershire pour rencontrer les notaires de la famille à propos de l'héritage laissé par ma tante en ma faveur.

— J'espère que ce legs a été décent.

Will se mit à rire.

— Très décent, en effet. Et même très généreux. J'étais son unique neveu, et, n'ayant eu ni mari ni enfants, ma tante n'avait donc pas d'héritier direct. Bref, je ne pus regagner Londres qu'hier soir. Comment s'est déroulé le déjeuner avec Neville et Oliveri ?

— Fort bien. J'ai été très impressionné par Amos Finnister, l'enquêteur privé au service de Neville. Il a mis au jour bien des vices cachés et se trouve sur le point de prouver que Henry Grant a séjourné plusieurs fois dans des asiles d'aliénés.

— Seigneur ! s'exclama Will avec stupéfaction. En voilà une nouvelle ! Cela va considérablement plaider en ta faveur !

— En effet. Finnister doit encore se procurer le dossier médical de mon cousin Henry, mais, ainsi que l'a souligné Oliveri, il ne fait désormais plus aucun doute que le conseil d'administration, une fois convaincu par des preuves concrètes de la folie de son président, démettra celui-ci.

— Sans doute, murmura Will. Mais l'entreprise grouille de gens à la solde des Grant qui le défendront de toutes leurs forces pour le maintenir en place.

— Peut-être n'auront-ils plus les moyens d'y parvenir, répliqua Edward.

Puis, à voix basse, il lui narra rapidement tout ce qui avait été rapporté pendant le déjeuner organisé par Neville. Quand il eut fini, Will se carra contre le dossier de la banquette, perdu dans ses pensées.

— Cet Amos Finnister paraît redoutablement compétent, dit-il enfin. Pouvoir ainsi faire circuler de fausses rumeurs et voler des dossiers médicaux, voilà qui tient du miracle.

— Neville m'a assuré que Finnister représente notre meilleur atout dans cette guerre, confirma Edward. Il emploie toutes sortes de gens, y compris des voleurs professionnels.

— Ma foi, j'ai confiance dans le jugement de Neville. Au fait, lui as-tu dit que je souhaitais travailler chez Deravenel une fois que tu auras repris la main ?

Edward se mit à rire.

— Encore une âme bien trop confiante, à ce que je vois ! Tu ne me demandes même pas quels seront tes honoraires. Eh bien, oui, je lui en ai parlé et il s'est montré ravi à cette idée. Il s'est même demandé à haute voix si tu étais prêt à travailler pour lui dès à présent. J'ai dit que je te le demanderais.

— Neville veut m'employer ? s'étonna Will. Seigneur ! Mais à quoi servirais-je, Ned ?

— Ma foi, à être mon bon ange, répondit Edward. Sauf que, pour l'instant, tu ne pourras m'accompagner dans les bureaux de la compagnie. Mais Neville souhaiterait que, le reste du temps, tu demeures à mes côtés. Il s'inquiète pour ma sécurité, même si Amos Finnister l'a assuré que je ne risquais rien – physiquement, s'entend. Il a expliqué que l'incendie de Carrare et les morts tragiques de nos parents ont placé les Grant sous les feux de la rampe. Des commérages circulent à leur sujet, et ils ne sont pas flatteurs. Neville pense cependant que je ne devrais pas traîner seul en ville et il serait rassuré de te savoir à mes côtés.

— Mais ce n'est pas là un travail, Ned ! En tant qu'ami, je te rendrai bien volontiers ce service.

— J'en suis persuadé, et lui aussi. Cependant Neville se rend parfaitement compte que tu dois aussi gagner ta vie.

— Ce n'est plus nécessaire. Ma tante vient de me laisser ce petit héritage. Oh, il ne s'agit pas d'une fortune, mais cela suffit pour me permettre de vivre confortablement. De plus, mon père m'alloue encore une petite rente.

— J'espère que tu n'es pas offensé par cette offre, Will.

— Allons, ne sois pas stupide. Tu sais bien que non. Tu pourras donc dire à Neville que j'accepte sa proposition. Je serai ton ange gardien. Ce ne sera pas un travail, mais un plaisir.

Les deux hommes se sourirent, puis le visage de Will redevint grave.

— Cela signifie que je te protégerai en toute occasion, au prix de ma vie s'il le faut. Parce que je crois, comme Neville, que les Grant essaieront certainement de t'éliminer toi aussi. Je ne tiens pas à ce que mon meilleur ami passe de vie à trépas.

Edward hocha la tête.

— Moi aussi, je voudrais bien rester en vie, Will, de cela tu peux être certain.

Il parut s'abîmer dans ses pensées un instant avant de reprendre :

— Je suis heureux que ma mère ait enfin décidé de rentrer à Londres. Je me faisais du souci pour ma famille, tout particulièrement pour mes jeunes frères. Même si Ravenscar est un lieu isolé et bien protégé, nous devons rester sur nos gardes.

— Exact, approuva son ami. On ne sait jamais d'où peut venir le danger.

Après un soupir, il poursuivit :

— Ta mère avait-elle peur, elle aussi, à Ravenscar ? Se considérait-elle comme vulnérable, là-bas ?

— Non, je ne le crois pas. Elle s'y est toujours sentie en sécurité, bien au contraire. Mais, d'après ce qu'elle m'a dit au téléphone hier soir, elle se sent très seule dans le Yorkshire sans mon père. Par ailleurs, elle avait déjà engagé John Pennington pour servir de répétiteur à mes frères. Et Perdita Willis sera la répétitrice de Meg pour les mois à venir. C'est pour toutes ces raisons qu'elle souhaite regagner Londres. Et puis, eh bien, je crois que je leur manque.

— Elle a bien fait de revenir, acquiesça Will. Moi aussi, cela me rassure de vous savoir tous réunis.

Il se pencha pour regarder par la fenêtre.

— Ah ! Nous voici à la gare de King's Cross.

Quelques minutes plus tard, ils quittaient le fiacre. Au même instant, ils virent Swinton sortir d'une seconde voiture derrière eux. Il vint aussitôt à la rencontre des deux amis.

— Mme Deravenel m'a demandé de trouver des porteurs, annonça le majordome. Il y aura quantité de bagages.

Edward hocha la tête.

— M. Hasling et moi-même irons les attendre à l'entrée du quai, Swinton.

— Très bien, sir.

Accompagné de Will, le jeune homme se hâta en direction du quai où le train d'York allait entrer en gare dans peu de temps. En ce froid après-midi dominical, les deux hommes étaient emmitouflés dans de lourds manteaux d'hiver et d'épaisses écharpes de laine. Grands, séduisants, vêtus avec élégance, les jeunes gens en imposaient par leur allure. On les distinguait aisément dans la foule et il vint à l'esprit de Will que le physique avantageux de son ami ferait de lui une cible idéale partout où il irait. Surtout avec ces magnifiques cheveux d'un rouge cuivré... Comment faire pour le rendre plus invisible ? se demanda-t-il. Cette question demeurerait pour l'instant sans réponse, mais elle allait certainement le hanter encore longtemps.

Se pouvait-il que son cher ami soit réellement menacé de meurtre ? Comment cela était-il possible dans un monde civilisé, à une époque moderne ? Et cependant les forces de l'ombre étaient à l'œuvre pour menacer la vie d'Edward. Même Cecily avait mis son fils en garde.

De tous les Deravenel, Edward était le plus vulnérable. En tant qu'héritier légitime promis aux plus hautes fonctions au sein de la compagnie, il menaçait la suprématie usurpée des Grant. A cette seule pensée, il sentit les poils de sa nuque se hérisser. Tant qu'il n'aurait pas éradiqué ses ennemis, Edward courrait le plus grand danger.

Que Dieu nous vienne en aide, pensa Will, tandis que son esprit se mettait à fonctionner à plein régime pour tenter de trouver le moyen de protéger son ami de la menace qui pesait sur lui. A part en l'entourant en permanence d'un mur de gardes du corps, on ne pouvait lui assurer une sécurité totale. D'ailleurs, Ned ne le tolérerait pas. Mais Neville, lui, était prêt à tout pour garantir la sécurité de son cousin. Même s'il fallait pour cela dépenser une fortune.

Les pensées du jeune homme furent interrompues par Edward.

— Je me suis rendu à Belsize Park hier soir, dans l'espoir de voir Lily. Mais la gouvernante m'a dit qu'elle était à la campagne pour le week-end. Sais-tu si elle se trouve dans le Kent chez Vicky, Will ?

— En effet. Je crois qu'elles comptent rentrer demain.

— J'espère qu'elle n'est pas trop fâchée contre moi. Je n'ai pas eu une seule seconde pour aller lui rendre visite cette semaine. Tous ces soucis avec la compagnie...

— Lui as-tu laissé un mot ?

Voyant son ami hocher la tête, Will poursuivit :

— Dans ce cas, ne t'inquiète pas. Tout ira bien.

Baissant la voix, il ajouta :

— Tu sais, elle t'aime vraiment.
— Et moi aussi je l'aime.
— Le problème, c'est que cette histoire ne vous mènera nulle part. Tu le sais, n'est-ce pas ?
— Oui, je le sais. Mais je veux tout de même continuer à la voir. Elle m'est d'un grand réconfort.
— Nous avons tous besoin de réconfort un jour ou l'autre, approuva Will.

Le sifflement du train d'York entrant en gare mit un terme à leur conversation. Soufflant, crachant, le convoi vint s'immobiliser le long du quai dans un nuage de fumée. Edward vit Swinton, suivi par deux porteurs, se hâter vers les voitures et, à travers les volutes de vapeur crachées par la locomotive, Edward réussit enfin à repérer sa mère dans la foule des voyageurs. Vêtue d'un élégant manteau noir, elle marchait entourée de ses enfants. Elle salua Swinton et lui indiqua les valises et les malles à faire transporter jusqu'au fiacre.

Un peu plus tard, ses deux jeunes frères l'aperçurent à l'entrée du quai et coururent vers lui aussi vite que des lévriers. En un instant, Edward et Will se retrouvèrent assaillis, engloutis par une vague de bras et de jambes, et distribuèrent en riant des baisers de retrouvailles. Meg les rejoignit presque aussitôt, toujours aussi ravissante, suivie par sa mère.

Edward frappa à la porte du salon et attendit sur le seuil.
— Entre, Edward.

Il trouva Cecily assise à son petit bureau arrondi devant la baie vitrée.
— Enfin un peu de paix ! s'exclama-t-elle en secouant la tête et en soupirant. Je croyais que George ne cesserait jamais de bavarder. Et que Will ne se déciderait pas à partir.

Edward se laissa tomber sur une chaise en face d'elle.
— C'est vrai que George s'est montré particulièrement loquace. Quant à Will, s'il est resté plus longtemps que prévu, c'est entièrement ma faute, mère. Je l'avais invité à prendre le thé avec nous, mais la conversation a fini par s'éterniser. Pardonnez-moi.

Il la dévisagea avec inquiétude.
— Comment vous sentez-vous ?

Cecily lui lança un regard perplexe et fronça les sourcils.
— Fort bien, je te remercie. J'aimerais m'assurer que tu ne te méprends pas sur mes propos. J'aime beaucoup Will et le considère

comme faisant partie de la famille. La seule raison pour laquelle j'ai exprimé quelque impatience, c'est que je souhaitais m'entretenir seule avec toi. Mais tu semblais si accaparé par les enfants et par Will que...

— Je sais, mère, coupa Edward en riant. Parfois, les enfants sont terriblement envahissants !

Cecily sourit à son tour. On pouvait lire dans la douce expression de son visage tout l'amour qu'elle vouait à son aîné. Elle se pencha et posa son regard bleu-gris sur son fils – un regard si semblable au sien.

— La raison pour laquelle je suis venue à Londres aujourd'hui et non dans quelques semaines, comme prévu initialement, c'est que je voulais te remettre ceci...

— Qu'est-ce que c'est ? demanda Edward avec curiosité en examinant le paquet enveloppé de rouge.

— Le fameux carnet manquant, répondit Cecily d'un air triomphant.

Les yeux azur d'Edward étincelèrent.

— Enfin ! Je n'arrive pas à en croire mes yeux ! Nous le pensions perdu à jamais ! Comment l'avez-vous trouvé ? Où était-il ?

— Dans la cachette du prêtre.

— *La cachette du prêtre* ? Il y en a une à Ravenscar ?

— En effet, dit Cecily, avant d'expliquer à son fils comment elle était tombée par le plus grand des hasards sur l'endroit.

Une fois son récit terminé, elle déplia l'écharpe de soie rouge qui enveloppait le carnet et tendit ce dernier à Edward.

— Comme tu le vois, il y en a un second, Ned. Couvert de notes de la main de ton père. Il t'éclairera sur beaucoup de choses, je crois, et te sera encore plus utile que celui-ci.

Etonné, le jeune homme s'empara des carnets de moleskine.

— Mais comment cela se peut-il ? Oliveri a toujours parlé d'un *seul* carnet.

— Il n'y avait que ton père pour connaître le sens de ces notes cryptées. Les pages sont couvertes de chiffres incompréhensibles. Si Oliveri n'en perce pas le mystère, alors, toi, tu le pourras peut-être. Ton père a passé beaucoup de temps à te parler de ses affaires.

— C'est vrai, mère, mais il ne m'a rien dit de ces chiffres.

Intrigué, Edward ouvrit le petit carnet, en feuilleta quelques pages en secouant la tête.

— Je n'y comprends goutte, dit-il finalement. On trouve quelques phrases éparpillées ici ou là, mais il me manque la clé pour en saisir le sens. Tenez, écoutez celle-ci : *Nécessité de parler à mon compadre de deux et de onze.*

Il regarda sa mère, quêtant une réponse, puis, devant son silence, haussa les épaules.

— Que diable cela signifie-t-il ?

— Je n'en ai absolument aucune idée, Ned. Je me suis demandé en lisant ces lignes hier si le terme *compadre* se référait à Oliveri.

— Pourquoi pas ? Mais cela pourrait être n'importe qui. Ai-je votre permission de le montrer à Oliveri ?

— Bien entendu. Ainsi que je te l'ai dit, je pense que tu trouveras le second carnet beaucoup plus captivant. Son contenu te sera d'une aide précieuse pour atteindre tes buts.

Edward se leva, manifestement excité par cette découverte et impatient d'en explorer les pages. Sur le seuil, il se retourna.

— Merci d'avoir rapporté ces carnets à Londres, mère. Et merci d'avoir agi si rapidement.

— Il m'a paru que c'était le moyen le plus sûr de les porter à ta connaissance.

Edward grimpa les marches quatre à quatre pour gagner sa chambre et en verrouilla la porte pour se protéger des intrusions fréquentes de ses jeunes frères. Ils s'étaient montrés si heureux et si excités de le retrouver qu'il s'attendait à entendre l'un ou l'autre – peut-être même les deux – frapper à sa porte.

Il les aimait tant qu'il se réjouissait de les savoir ici à Londres auprès de lui. Mais, pour l'heure, il avait besoin de tranquillité et de solitude pour étudier les deux carnets. Le plus grand avait plutôt l'air d'un journal contenant probablement une foule d'informations sur la compagnie Deravenel. C'est-à-dire sur Henry Grant et ses alliés. Et, naturellement, sur Margot, l'épouse de Henry. Il le devinait rien que par l'expression de sa mère lorsqu'elle le lui avait tendu, sachant combien elle haïssait la branche Lancashire des Deravenel – *les usurpateurs*, comme elle le disait souvent avec la plus grande des amertumes.

Installé devant le feu, Edward posa le journal sur le sol et s'intéressa au carnet plus petit. Tandis qu'il en tournait les pages, il vit apparaître des lignes et des lignes de chiffres, dont certains étaient accompagnés d'un commentaire tout aussi incompréhensible. Les nombres deux, onze, vingt-neuf et trente et un revenaient fréquemment. D'un geste impatient, Edward plaça le carnet sur une petite table et reporta à nouveau son attention sur le journal.

Il le feuilleta rapidement, se cala contre le dossier de son fauteuil puis entama la lecture de la page un. Aucune date n'étant mentionnée, il ignorait quand son père avait commencé à le rédiger, mais l'état excellent du papier et l'encre d'un noir encore soutenu indiquaient qu'il s'y était employé récemment.

Je ne sais vraiment plus quoi faire à propos de Margot Grant. Elle est pire que jamais et je m'inquiète pour Henry. Mon cousin n'est pas foncièrement mauvais, et certainement pas autant que son épouse. Ce n'est qu'un pauvre hère, totalement dépassé, à présent. Nous étions pourtant d'excellents camarades dans notre jeunesse et, à l'époque, nous nous témoignions mutuellement loyauté et dévouement. Tout comme moi à son égard, il était alors l'un de mes plus proches amis.

Les problèmes sont venus de sa profonde religiosité, qui l'a conduit à fréquenter assidûment des membres du clergé, dont il prenait avidement conseil. Véritable pilier d'église, il étudiait la Bible toute la journée, ne vouant ses pensées qu'au Tout-Puissant et négligeant les affaires de la compagnie. Laquelle n'a jamais représenté grand-chose à ses yeux. Et pas davantage maintenant, d'ailleurs. Naturellement, il est fier d'en être le président et de reprendre le flambeau de son père et de son grand-père. Cependant tenir les rênes de la compagnie ne l'intéressait nullement. Il ne s'en sentait pas capable. Et il l'est moins que jamais, il le sait bien aujourd'hui. Voilà pourquoi je l'appelle le « président fantôme ».

C'est un caractère confus et une nature paresseuse. Contempler Dieu est son unique plaisir, aussi laisse-t-il la Française faire le travail à sa place. Il lui permet de donner elle-même des ordres à John Summers et à James Cliff, lesquels, s'ils lui sont dévoués, n'en suivent pas moins leurs propres caprices. Ils sont bien trop malins pour cela, oh oui. Particulièrement Summers. Il ressemble beaucoup à son père – comme lui, il est séduisant, intelligent et ambitieux. Tout ce qu'il veut, c'est accroître son pouvoir. Encore et encore, je le sais.

Je me fais du souci pour Henry parce qu'il perd la tête. Elle est revenue, la démence qui l'a frappé déjà il y a sept ans... Pendant un an, il n'était plus qu'un zombie, errant sans but, comme atteint de catatonie ou, alors, en transe. Jusqu'à ce qu'on le place dans un asile d'aliénés pour lui faire subir un traitement. Mais ils nous ont menti à tous, à la compagnie, disant qu'il faisait une retraite religieuse.

Bien avant son union avec la Française, il a fait de moi son héritier, sachant pertinemment que ce titre me revenait de droit, et le conseil d'administration m'a alors demandé de prendre la direction des affaires pendant son absence. Pendant qu'il était enfermé dans une cellule capi-

tonnée... Et je me suis exécuté. Tout allait pour le mieux lorsque, soudain, il est revenu, apparemment miraculeusement guéri. Je me suis donc écarté pour le laisser reprendre sa place, ce qui était mon devoir.

Quelques jours plus tard, elle a mis au monde un fils, Edouard, son héritier. Mais était-il pour autant l'héritier de Henry ? Etait-il réellement le fils de ce dernier ? J'en doute fort. Henry Grant a toujours vécu comme un moine, dans tous les sens du terme. D'ailleurs les dates me laissent perplexe. Tout le monde, alors, pensait comme moi.

Je n'ai jamais été l'ennemi de la Française, du moins pas au début. Mais c'est elle qui m'a trahi de la pire des façons et, au fil des années, sa méchanceté et sa perversité ont encore empiré. Elle a réussi à faire de moi son ennemi, cette insensée.

Si j'ai peur pour Henry, c'est que je crains pour sa santé. Sa femme est dévorée d'une ambition si démesurée... pour elle, pour son fils, pour John Summers...

Je n'en possède pas la preuve, mais je suis à peu près convaincu que Summers partage sa couche, tout comme son défunt père le faisait avant lui. Je suis également persuadé que le fils de Margot est le demi-frère de Summers, le fils de son propre père. Par conséquent, ce jeune Edouard n'a pas une goutte de sang Deravenel dans les veines.

Edward s'adossa à son fauteuil, le carnet sur les genoux, les yeux perdus dans la contemplation des flammes, le cerveau tournant à plein régime.

Il venait de se voir confirmer les dires d'Amos Finnister. Henry Grant avait bel et bien séjourné dans un asile d'aliénés – en tout cas, au moins *une* fois, selon ce journal. Mais son père allait plus loin. Selon lui, Henry était fou à lier... *Il perdait la tête*, selon les propres mots de son père.

Reprenant sa lecture, Edward se plongea à nouveau dans le carnet, mais les lignes qui suivaient évoquaient Ravenscar et l'amour que portait Richard Deravenel au domaine hérité de ses ancêtres.

Edward tourna les pages rapidement, ému de partager les sentiments les plus intimes de son père, mais, en même temps, impatient de le voir aborder à nouveau la question de la compagnie. Ah... enfin une date... *1er septembre 1902*, lut-il. Soit un an et demi avant sa mort.

Ses doigts se crispèrent sur le petit carnet tandis qu'il lisait avidement. Dès les premières lignes, il sut qu'il venait de trouver un passage de la plus extrême importance.

J'ai pris ma décision, je vais enfin agir. Plus question d'hésiter plus longtemps. Je vais rassembler toutes mes notes rédigées depuis de nombreuses années et préparer mon dossier. Un dossier que je présenterai au conseil d'administration. Il y a très très longtemps, mes ancêtres ont établi une nouvelle règle : tout responsable de la compagnie, qu'il soit membre de l'exécutif ou assistant, pourra présenter sa requête s'il a de sérieux motifs de se plaindre du fonctionnement de l'entreprise. Et, en effet, j'ai à me plaindre de Henry Grant parce qu'il laisse la compagnie – l'une des plus puissantes du monde – courir à la faillite. Parce qu'il n'a plus toute sa tête. J'en ai la preuve et je m'en servirai. Je saurai défendre ma cause, revendiquer ce qui me revient de droit. Ils ne peuvent refuser de m'entendre car j'en ai le droit, parce que je suis l'un des responsables de l'entreprise et, plus important encore, parce que je suis un Deravenel. Je me battrai, j'irai jusqu'au bout. Et je gagnerai. Car les membres du conseil se doivent d'observer la neutralité, ils le savent fort bien. Je compte sur leur respect de cette règle pour faire prévaloir la justice. Mais, auparavant, il me faut retrouver une copie des règles de la compagnie, car ce vieux document appuiera ma légitimité. Le conseil m'écoutera, mais mieux vaut être préparé lorsque je l'affronterai.

Ainsi, pensa Edward, son père possédait une arme redoutable pour combattre les Grant. Il avait la preuve de l'aliénation mentale de Henry et pouvait donc arguer que celui-ci n'était plus en mesure d'assurer la charge des affaires. Edward connaissait suffisamment les règles en vigueur à la compagnie pour savoir que, en aucune circonstance, la direction ne pouvait être assurée par des « doublures », ainsi que sa mère appelait les sbires de Grant. Par ailleurs, selon ce même règlement, tout responsable pouvait présenter une doléance au conseil d'administration.

Or c'était précisément ce que son père souhaitait faire. Et il l'aurait fait, pensa Edward, oui, il l'aurait certainement fait.

Le jeune homme poursuivit sa lecture pendant encore une heure, glanant d'autres informations précieuses. Mais, pour autant qu'il le sache, il venait déjà d'y trouver ses arguments les plus imparables.

Plus tard, ce soir-là, il discuta longuement avec sa mère du contenu du journal. Tous deux tombèrent d'accord sur le fait qu'ils possédaient à présent une arme puissante pour lutter contre leurs ennemis.

Edward lui rapporta tout ce que lui avait appris Amos Finnister. Elle promit de rechercher l'ancien texte des règles de la compagnie.

19

Edward savait qu'il se rappellerait sa vie entière les sentiments qui l'animaient ce matin-là, tandis qu'il grimpait les marches du grand escalier à doubles volutes conduisant à son bureau.

Il se sentait différent, neuf.

Il se sentait fier, aussi. Et heureux. Rempli d'une confiance renouvelée en lui-même... Balayant du regard le décor qui l'entourait, il se sentit rassuré par cet immeuble gargantuesque qui, en un sens, était déjà le sien et où il passerait probablement le reste de sa vie. Il se sentait porté par les ailes de l'espérance, certain de gagner non pas quelques batailles, mais la guerre tout entière. Après cela, il dirigerait la compagnie Deravenel, car c'était là son destin.

Ses parents l'avaient élevé dans la pleine conscience de ses capacités et de ses chances. Savoir faire preuve d'assurance lui avait été en quelque sorte enseigné dès l'enfance. S'il était fier de sa lignée, de son héritage, il n'y avait cependant aucune trace de snobisme en lui. Il se sentait simplement à l'aise avec lui-même et avec les autres, sans autre forme de préjugés.

Lorsqu'il avait pris ses fonctions au sein de la compagnie la semaine précédente, il s'était pourtant senti un peu inhibé et sur ses gardes, conscient de présences hostiles autour de lui, en particulier de celle des sbires de Henry Grant. Heureusement, il se sentait aujourd'hui un peu plus au fait de la situation, mieux informé, grâce à Alfredo Oliveri, des structures internes du groupe ainsi que du rôle et des spécificités de chacun.

Puisqu'il était l'héritier légitime de cet empire, il en avait la garde et ne permettrait donc pas que des usurpateurs nuisent à son bon fonctionnement. Il jetterait dehors les incapables et tous ceux qui n'avaient nullement leur place ici, c'est-à-dire tous les alliés de Grant et, naturellement, Grant lui-même, ainsi que sa progéniture bâtarde. Seul un Deravenel de sang pouvait être nommé directeur ou président de la compagnie et, en dehors de Grant, il était le seul à pouvoir assumer ces hautes fonctions.

Tout en parcourant le couloir d'une foulée rapide pour gagner le bureau de son père – et le sien, désormais –, il songea au journal retrouvé par sa mère. Depuis qu'elle le lui avait remis, il avait eu le cerveau en constante ébullition. Ces pages, tel un testament secret, représentaient un atout capital dans le combat qui l'opposait aux Grant. Elles deviendraient sa bible, sa référence constante, tout au long de son existence. Chaque mot, chaque ligne représentait une arme. Grâce à elles, il pourrait enfin reconquérir le pouvoir qui lui revenait de droit.

Il venait à peine de retirer son manteau et de l'accrocher à la patère lorsque Oliveri entra dans le bureau, les bras chargés de livres et de lourds dossiers.

— Bonjour, Alfredo. Laissez-moi vous aider à porter tout cela. Au fait, qu'est-ce que c'est ?

— Des devoirs, pour vous.

— Pour *moi* ? s'étonna Edward en examinant un ou deux livres au sommet de la pile. Vous êtes sérieux ?

— Tout à fait sérieux.

Oliveri déposa son lourd fardeau sur le bureau et Edward regarda sans comprendre cette avalanche d'ouvrages et de dossiers. Son regard tomba sur une couverture.

— Ah ! Des livres sur l'exploitation minière ! Et sur le vin. Attendez, laissez-moi voir celui-ci : *La Fabrication du coton égyptien*. Je comprends à présent. Vous attendez de moi que j'étudie tous ces sujets pour mieux connaître le fonctionnement de nos divisions commerciales, n'est-ce pas ?

— C'est exact. Vous avez dit que vous possédiez une bonne mémoire.

— Tout à fait ! Je ne vous ai pas menti. Pourquoi en parlez-vous ?

— Parce qu'il ne s'agira pas seulement de lire, mais aussi de mémoriser ces informations, et il y en a beaucoup. Une fois que vous serez nommé président de la compagnie, vous devrez tout connaître de ses rouages afin de pouvoir prendre seul vos décisions. Ce sera bientôt vous le patron, monsieur Edward. Aussi dois-je m'assurer que vous y serez préparé.

Impressionné par la gravité d'Oliveri et touché de le voir s'impliquer autant dans ce combat, Edward s'exclama :

— Merci, Alfredo, merci d'avoir pris la peine de m'apporter tous ces livres. Sachez que j'apprécie énormément votre aide.

Il s'assit à son bureau tandis que l'Italien approchait un siège.

— Etes-vous prêt pour une première leçon, monsieur Edward ? J'aimerais commencer par la division minière, car j'y travaille depuis de longues années et je la connais bien. Vous m'avez dit un jour être fasciné par les carrières de diamant.

— Exact, Oliveri, mais, pour l'heure, j'ai quelque chose d'important à vous dire. Quelque chose d'extraordinaire, en fait. Ma mère a retrouvé le carnet de mon père.

Les yeux de l'Italien s'agrandirent. Sous le choc, il resta sans voix plusieurs minutes.

— Le voici, reprit Edward en exhumant l'objet de sa poche pour le lui remettre. Voyez ce que vous pouvez en tirer.

Dans le secret de son bureau, Alfredo Oliveri ouvrit le petit carnet et en parcourut les premières pages, en s'efforçant de décrypter la forêt de chiffres qui s'alignaient sous ses yeux. Mais cela n'avait aucun sens pour lui. Impossible de savoir ce que Richard Deravenel avait en tête lorsqu'il avait griffonné ces lignes. Impossible aussi de deviner qui était désigné sous le nom de *compadre*. En tout cas, il ne s'agissait pas de lui, songea Oliveri. Jamais Richard Deravenel ne l'avait appelé ainsi.

Il se carra dans son fauteuil et, tout en réfléchissant, évoqua le séjour de Richard à Carrare et la période qui avait précédé sa mort. Prenant Oliveri pour confident, Richard Deravenel s'était amèrement plaint des problèmes croissants provoqués par la mauvaise gestion de la compagnie, fustigeant la direction erratique de Henry Grant et consorts. Il s'inquiétait également beaucoup de la situation catastrophique des carrières de marbre. Hélas, Alfredo ne savait rien de plus qui eût pu élucider les disparitions de Richard et Edmund Deravenel ainsi que de Rick et Thomas Watkins.

Après avoir étudié plus d'une heure les rangées de chiffres tracées par Richard, frustré de n'y comprendre toujours rien, Alfredo se leva, glissa le carnet dans sa poche et reprit le chemin du bureau d'Edward Deravenel. Après avoir frappé rapidement, il entra en disant :

— Désolé, monsieur Edward, mais ces pages sont pour moi du charabia.

Il trouva le jeune Deravenel debout devant la carte géante épinglée sur le mur derrière l'énorme bureau géorgien. Edward fit volte-face pour accueillir Oliveri et, aussitôt, l'Italien vit une étrange expression sur son visage.

— Entrez, l'invita Edward. Je crois que j'ai du nouveau.

Alfredo le rejoignit devant la carte.

— Qu'y a-t-il ? Vous avez l'air d'un chat qui a avalé une souris.

— Regardez plutôt !

Debout à côté du jeune homme, Alfredo leva les yeux vers le mur sans comprendre. Edward posa son index sur le bout de sa langue pour l'humidifier légèrement puis toucha un chiffre minuscule inscrit sur la carte. Aussitôt, l'encre coula sur le doigt d'Edward.

— Vous pouvez constater qu'il ne s'agit pas d'une encre d'imprimerie. Je suis persuadé que ce chiffre a été placé là par mon père. Voyez-vous le nombre *deux* écrit au-dessus du mot *Inde*, juste entre Delhi et le Penjab ? Eh bien il y en a un autre – le *onze*, cette fois – sur la portion de carte consacrée à l'Afrique du Sud. A présent, portez votre regard vers l'Amérique latine... nous trouvons le nombre *vingt-neuf*... et ainsi de suite. Avez-vous compris le lien qui unit tous ces chiffres, Alfredo ?

Très excité, l'Italien répondit aussitôt :

— Bien sûr ! Tous coïncident avec un site où la compagnie exploite des mines : du diamant en Inde, de l'or en Afrique du Sud, des émeraudes en Amérique latine...

Edward eut un sourire radieux.

— Exact !

— Seigneur. C'est la clé de tout. Comment avez-vous réussi à les voir ? Ils sont presque illisibles ! Il faut pratiquement une loupe pour les déceler.

Désignant les livres ouverts sur son bureau, Edward expliqua :

— J'étudiais les ouvrages que vous m'avez confiés sur les mines de diamant en Inde, particulièrement les fameux gisements de Golconde. Je savais que les mines possédées par la compagnie se trouvaient non loin de ce site, alors j'ai étudié la carte sur le mur. C'est alors que j'ai remarqué le chiffre, là, juste en dessous de la région du Penjab, et j'ai constaté alors qu'il n'était pas imprimé, mais tracé à la main. Intrigué, j'ai analysé soigneusement l'ensemble de la carte et, à mon grand étonnement, j'ai trouvé d'autres chiffres comme celui-là.

Il s'interrompit un instant avant de conclure avec enthousiasme :

— C'est alors que j'ai compris ! Ces chiffres sont les mêmes que ceux qui sont inscrits dans le carnet.

Oliveri hocha la tête. Sur son visage au teint pâle se lisait un mélange de stupéfaction et de ravissement.

— Ainsi, votre père utilisait un code pour que personne, en dehors de lui, ne sache quel pays était concerné dans ses notes.

— Mais pourquoi tenait-il tant à ce que personne d'autre ne comprenne ces références ?

— Je crois qu'il a découvert quelque chose de très sérieux. A Carrare, il m'a paru terriblement préoccupé, non seulement à cause de la production de plus en plus raréfiée des carrières de marbre, mais aussi à cause d'autres sites d'exploitation qui rencontraient également des difficultés.

Alfredo sortit le carnet de sa poche et le tendit au jeune homme.

— Tenez ! Prenez-le. Je pourrais le perdre.

Edward alla s'asseoir à son bureau.

— Je crois avoir compris qui se dissimule derrière ce nom de *compadre*. Il s'agit de mon oncle, Rick Watkins.

— Comment vous est venue cette idée ?

— Ils étaient les meilleurs amis du monde, de vrais *compadres*... proches depuis la plus tendre enfance. Rick était le frère de ma mère et aussi quelqu'un en qui mon père avait la plus totale confiance. Par ailleurs, c'était aussi l'un des plus puissants magnats de ce pays et mon père se fiait à son jugement et à ses conseils. Tout à l'heure, tandis que je contemplais cette carte, le nom de mon oncle m'est venu tout naturellement à l'esprit.

Oliveri hocha la tête.

— Vous avez raison. Qui d'autre que lui pouvait être le véritable allié de votre père ?

Pendant un long moment, les deux hommes demeurèrent silencieux, perdus dans leurs pensées. Edward semblait loin, très loin de là, puis, soudain, il se redressa et posa sur Oliveri un regard aigu.

— C'est pour cela qu'ils ont été tués, Alfredo. Le clan des Grant redoutait l'influence de Rick Watkins, la richesse et la notoriété que lui apportait sa position influente dans les affaires. Ils savaient qu'avec son appui mon père pourrait enfin obtenir que justice lui soit rendue. Quant à mon frère Edmund, il a été tué parce qu'il était un Deravenel, un autre candidat pour prendre la tête de la compagnie si quelque chose m'arrivait.

Alfredo blêmit. Il s'abîma dans ses pensées un long moment, tournant et retournant dans sa tête les paroles terribles qu'il venait d'entendre.

— Je ne sais quoi dire, monsieur Edward. Vous avez sûrement raison, mais...

A cet instant, la porte du bureau s'ouvrit violemment et une femme apparut sur le seuil.

— Ah, vous voilà enfin ! s'exclama-t-elle d'une voix vibrante.

Edward sut instantanément qu'il s'agissait de Margot Grant. Il l'avait rencontrée plusieurs fois des années auparavant lorsqu'il n'était encore qu'un tout jeune garçon. Il avait oublié à quel point elle était belle. Le teint très pâle, presque décoloré, des cheveux aile de corbeau dont la masse luxuriante était relevée en chignon lâche, selon les critères de la dernière mode. D'immenses yeux d'un noir lumineux au regard perçant sous des sourcils à l'arc parfaitement dessiné, une silhouette élancée dont l'allure était encore soulignée par l'élégance et le chic luxueux d'une robe dernier cri.

Elle pénétra d'un pas rageur dans le bureau, referma la porte et jeta à Edward un regard mauvais avant de reporter son attention sur Oliveri.

— Je vous cherche partout ! cria-t-elle dans un anglais où perçait à peine une vague pointe d'accent français. Comment osez-vous organiser sans ma présence des réunions pour discuter de nos mines de Carrare !

Alfredo Oliveri prit une longue inspiration, le temps de retrouver le contrôle de ses nerfs.

— L'affaire était urgente, madame Grant, et vous n'étiez pas là la semaine dernière. J'ai donc pris la responsabilité de réunir Aubrey Masters et les autres directeurs travaillant à la division minière. Mais vous savez déjà tout cela.

— En l'absence de mon mari, c'est moi qui le représente, est-ce clair ? Je ne tolérerai aucune insubordination de votre part.

— Ce n'est nullement le cas, rétorqua vivement Oliveri, et je vous conseille de ne pas insinuer de telles choses.

— Ne me parlez pas sur ce ton !

— Un instant, *madame,* intervint Edward avec fermeté. Je vous rappelle que vous vous trouvez dans *mon* bureau et que ce n'est pas vous qui dirigez cette compagnie.

— Oh, *vous,* taisez-vous ! Pourquoi êtes-vous là, pour commencer ? Vous n'avez aucun droit d'occuper ce bureau. Reprenez vos affaires et allez-vous-en !

— J'ai tous les droits, madame. Vous feriez bien d'étudier d'un peu plus près les règles qui régissent cette compagnie et vous découvrirez qu'en tant qu'héritier de la famille Deravenel il est de mon devoir de prendre la place de mon père et de travailler ici. Autant que je sache, ce n'est nullement votre cas. Vous n'êtes pas une Deravenel par la naissance et vous n'avez donc aucun droit de vous ingérer dans nos affaires.

— *Ah, mais ce n'est pas possible !* hurla la Française, retrouvant, dans sa colère, l'usage de sa langue maternelle.

— Au contraire, madame, c'est tout à fait *possible*, rétorqua Edward en se levant pour se placer devant elle, la toisant de toute sa hauteur.

Et, tandis qu'ils s'affrontaient du regard, Margot Grant prit soudain conscience du charme et de l'aplomb extraordinaires qui se dégageaient de ce jeune homme. Elle fit un pas en arrière sans le quitter des yeux, réduite au silence par cette présence charismatique.

— Ne vous permettez plus jamais de tels éclats dans mon bureau, madame, lui conseilla Edward d'une voix glaciale. Ma place ici est légitime, pas la vôtre.

A court d'arguments, incapable de chasser le sentiment d'humiliation qui l'habitait, Margot Grant tourna brusquement les talons et quitta la pièce sans un mot.

La porte claqua sur son passage.

— Eh bien, c'est ce que j'appelle remettre quelqu'un à sa place, lâcha Oliveri avec un sourire entendu.

— Ma foi, je dois cependant avouer que je n'ai jamais vu de femme aussi belle de ma vie, dit Edward d'une voix où perçait l'admiration.

— Et pourtant elle est le diable en personne, monsieur Edward. Je vous conseille de ne jamais l'oublier.

Un peu plus tard, ce matin-là, Neville Watkins avait rendez-vous pour déjeuner avec Edward et Oliveri chez Rules. Ce somptueux restaurant du Strand était l'un des favoris de Neville et, après le coup de téléphone urgent donné par Edward, il avait réservé une de leurs meilleures tables pour une heure.

Les trois hommes s'installèrent et, après avoir étudié le menu, bavardèrent en attendant l'arrivée d'Amos Finnister. Ils sirotaient leur apéritif lorsque ce dernier se montra enfin.

— Pardonnez mon retard, messieurs, mais j'ai eu quelques affaires à traiter de toute urgence.

Il prit place en face de Neville et ajouta avec un sourire satisfait :

— Les choses commencent à se mettre en place en ce qui concerne le rapport médical.

Neville lui retourna son sourire, toujours ravi de constater l'efficience du détective.

— Je connais votre zèle et l'étendue de vos compétences, Amos. Pour l'heure, accordez un regard au menu afin que nous passions commande du déjeuner. Voulez-vous un verre de sherry ?

— Je vous remercie, sir, mais je préfère rester parfaitement sobre. Il me reste beaucoup de choses à régler aujourd'hui.

— A votre guise, Amos, répondit Neville en riant. Je ne crois pas cependant qu'un petit verre vous fera grand mal.

Mais Finnister déclina une nouvelle fois l'offre et se plongea dans la lecture de son menu. Quelques minutes plus tard, leur déjeuner commandé, les quatre hommes purent aborder les questions à l'ordre du jour.

— Eh bien, Ned, mon garçon, parle-nous un peu de ce que tu as découvert dans ce fameux carnet. Tu ne m'en as pas dit grand-chose au téléphone.

A voix basse, Edward raconta comment il avait fini par déchiffrer le code utilisé par son père dans ses notes. Il expliqua aussi comment il en était venu à croire que le terme *compadre* se référait à son oncle Rick Watkins.

— Pour être sincère, cette idée m'est également venue à l'esprit, renchérit Neville. En qui d'autre que mon père Richard aurait-il placé sa confiance ? A présent que nous connaissons la clé de ces colonnes de chiffres, saurais-tu me dire, Ned, pourquoi ton père consignait l'activité de ces mines dans son carnet de notes ?

— Je suis persuadé qu'il se passe des choses très suspectes à la division minière, répondit Alfredo Oliveri. Cependant, pour l'instant, nous n'en avons pas encore la preuve. A Carrare, M. Richard était très inquiet quant à la gestion des carrières et c'est pour cela qu'il s'est rendu en Italie à la place d'Aubrey Masters. Quant aux autres mines dispersées à travers le monde, peut-être rencontrent-elles les mêmes problèmes d'exploitation.

— J'en doute, observa Neville. Si la situation avait eu une telle ampleur, mon père m'en aurait certainement parlé. Il y a autre chose. Reste sur tes gardes, Ned. Et vous aussi, Oliveri, soyez vigilant.

— Au fait, reprit Edward, j'ai eu l'insigne honneur de rencontrer notre chère Margot Grant ce matin.

— Et il s'en est sorti admirablement, commenta Oliveri en riant.

Neville haussa un sourcil et une étincelle s'alluma dans ses pâles yeux bleus.

— Je lui ai dit de se renseigner sur les règles de la compagnie, expliqua Edward, et j'ai insisté sur le fait que celle-ci revenait de droit aux Deravenel. Sans doute ai-je un peu exagéré. En tout cas, elle a paru ébranlée et a quitté mon bureau sans un mot.

— Ne te réjouis pas trop, soupira Neville. Tu entendras sûrement à nouveau parler d'elle.

L'après-midi tirait à sa fin lorsque Edward se rendit chez Lily Overton. Elle lui avait manqué et il savait qu'il l'avait un peu négligée depuis quelque temps.

Ce fut Mme Dane, la gouvernante, qui lui ouvrit. Son visage s'éclaira à la vue du jeune homme.

— Monsieur Deravenel, quelle bonne surprise ! Entrez, je vous prie. Je vais avertir Mme Overton de votre visite.

Elle referma la porte derrière lui et l'accompagna au petit salon.

— Elle n'a pas été très bien ces temps-ci, reprit la gouvernante.

— Est-elle souffrante ? s'alarma Edward en la suivant. J'espère que ce n'est pas grave.

— Oh non, sir, rien qu'un petit malaise passager, répondit Mme Dane avec un sourire, avant de se hâter vers la porte en ajoutant : pardonnez-moi, je reviens dans un instant.

Demeuré seul au salon, Edward arpenta la pièce de long en large, les nerfs tendus, inquiet de ce qui pouvait bien affecter sa chère Lily. Tandis que ses pensées flottaient vers elle, il se sentit comme toujours le cœur rempli d'amour et de reconnaissance pour cette beauté blonde, si féminine et aimante à son égard depuis déjà plus d'un an que durait leur relation. Lily était douce, sincère, angélique... quand Margot Grant, certes très belle à sa manière, incarnait la dureté et la plus implacable des ambitions. C'était une femme au caractère trempé qui ne reculerait devant aucune extrémité pour s'enrichir.

Sur ces entrefaites, Mme Dane revint, interrompant le cours de ses pensées.

— Mme Overton vous attend au premier, monsieur Edward.

Il la suivit d'un pas impatient dans le hall et, parvenu au pied du grand escalier, s'adressa à la gouvernante :

— Merci, madame Dane, je connais le chemin.

Elle hocha la tête et se retira. Edward s'aperçut alors qu'il portait encore son manteau et s'en débarrassa sur une chaise du hall. Alors qu'il gravissait les marches, il vit une exquise apparition se matérialiser sur le palier dans un tourbillon de soie blanche et de dentelle.

— Edward, mon chéri.

Il grimpa quatre à quatre le restant des marches pour la prendre dans ses bras et couvrir de baisers fiévreux ses joues, sa nuque, ses cheveux...

— Lily, mon ange, que se passe-t-il ? Mme Dane m'a dit que tu étais souffrante.

D'une main légère, elle lui caressa la joue.

— Ce n'est rien, un peu de fatigue, voilà tout.

Elle fit entendre un petit rire et conclut :

— Je suppose que je vieillis, c'est tout.

— Vieille ? Toi ? Jamais ! s'exclama Edward en enlaçant tendrement la taille mince de la jeune femme pour l'entraîner dans le salon.

Comme toujours il en apprécia le confort élégant et discret et la chaleur bienveillante du feu qui crépitait dans la cheminée. Les lampes à gaz avaient été allumées, diffusant une douce lumière rosée tandis que des bouquets de fleurs fraîches apportaient à la pièce une note de gaieté printanière.

— Je dois te prier humblement de me pardonner, Lily, dit-il en se laissant tomber sur le canapé. J'aurais dû me manifester cette semaine, mais je nageais dans des eaux si troubles que je n'en ai pas eu le temps.

— Ce n'est rien, murmura Lily. Je me demandais seulement ce qui se passait dans ta vie ces derniers temps. Et puis Vicky m'a dit ce week-end que tu étais terriblement accaparé par ton travail.

Elle lui sourit tendrement, d'un sourire frais et charmant.

— Alors tu es pardonné.

— Je l'espère bien, Lily. Si tu savais comme j'ai pensé à toi. Tu m'as tellement manqué. A tes côtés, je me sens plus heureux, plus en paix. Je ne sais ce que je deviendrais sans toi.

Il fit une pause et ses yeux bleus brillèrent tandis qu'il l'enveloppait d'un regard amoureux.

— Sans parler de tes autres qualités... Oh, Lily, sais-tu que tu es une vraie tentatrice ?

La jeune femme demeura silencieuse quelques instants puis resserra frileusement son ravissant peignoir autour de son corps. Elle passa une main hésitante dans ses cheveux et soupira :

— J'ignorais que tu viendrais à cette heure, Ned. Je ne suis ni habillée ni coiffée. A vrai dire, je me trouvais au lit.

— Alors pourquoi ne pas y retourner ? suggéra le jeune homme avec ardeur. Il n'y a pas de meilleur endroit pour nous deux.

Il se pencha pour lui voler un nouveau baiser.

— Retourne te coucher, ma douce Lily, mais, cette fois, avec moi. Laisse-moi t'aimer, laisse-moi te faire vibrer de plaisir. Je saurai me montrer le plus doux des amants. Tu n'auras qu'à te laisser bercer par mon amour et mes caresses. C'est *moi* qui *te* ferai l'amour, Lily.

— Oh, Ned, il n'y en a pas d'autres comme toi, murmura la jeune femme en levant vers lui un visage radieux, le léger voile de tristesse qui assombrissait ses traits à présent évanoui.

— Je l'espère ! s'exclama Edward. Je veux être le seul à occuper ton cœur. Allons, viens, suis-moi !

Il la prit par la main et l'entraîna vers la chambre à coucher et le grand lit qui les y attendait. Il la souleva dans ses bras, la déposa doucement sur les draps avant de commencer à l'embrasser. Il s'arrêta soudain pour se lever et traverser la chambre afin de verrouiller la porte. Puis il se débarrassa en un clin d'œil de sa veste et de son gilet, défit le nœud de sa cravate puis les boutons de sa chemise, sans quitter la jeune femme des yeux. Rejoignant Lily, il entreprit, avec des gestes délicats, de dénouer un à un les rubans de soie qui maintenaient fermée son exquise robe d'intérieur en mousseline et dentelle. Le fin vêtement glissa à terre, révélant dans toute son adorable nudité la peau lisse et crémeuse de sa propriétaire.

— Oh, Lily, Lily, murmura Edward, si tu savais combien tu m'as manqué.

Il s'étendit à ses côtés et enfouit son visage dans la masse dorée de ses cheveux.

— Ne t'inquiète pas, chérie. Je me montrerai le plus doux et le plus attentionné des amants.

C'était ce qu'elle aimait tant en lui, pensa la jeune femme, cette façon de ne jamais rien forcer ni précipiter. Il se montrait toujours tendre et délicat avec elle, soucieux de lui donner du plaisir avant de prendre le sien. Par des caresses légères et de tendres baisers, il explora les points les plus sensibles de son corps, éveillant progressivement les réserves de passion qui couvaient en elle. Sa main se glissa sous sa nuque pour mieux l'attirer vers lui tandis qu'il couvrait sa poitrine de petits baisers fiévreux qui lui arrachèrent des soupirs de plaisir. Ses lèvres s'aventurèrent dans le creux moite de ses seins, suivirent la courbe tendre de ses cuisses avant d'explorer la douceur secrète de sa féminité la plus intime. Puis, refermant ses mains autour de ses hanches, il la plaqua contre lui pour mieux la faire sienne. Leurs mouvements s'accordèrent, le rythme de leur étreinte s'accéléra et, comme chaque fois, ils s'évadèrent à l'unisson vers une même extase, leurs deux corps unis par le même désir, la même joie de se retrouver. Plus tard, tandis qu'il reposait, apaisé, à ses côtés, soupirant du bonheur de l'avoir possédée, il murmura avec gravité :

— Oh, Lily, il n'y a que toi. Il n'y aura jamais que toi.

Il commençait à se faire tard – presque neuf heures – lorsque Amos Finnister arriva à Whitechapel. En sortant du fiacre, il lança au cocher :

— Attendez-moi ici. Je serai de retour dans une heure environ, pas plus.

L'homme porta sa main au bord de sa casquette.

— A vos ordres, mon prince.

Amos s'éloigna d'un pas alerte. Quelle belle nuit, songea-t-il. Le ciel était de velours sombre, constellé d'étoiles comme autant de petits diamants. Il ne faisait pas froid et le vent s'était calmé. Oui, une nuit magnifique, en vérité.

Il s'arrêta quelques instants pour contempler les flots calmes de la Tamise. Il avait toujours admiré ce long fleuve si chargé d'histoire. Lorsqu'il était enfant, son père l'emmenait souvent vers les docks, dans le quartier de l'East End, et lui racontait toutes sortes de récits merveilleux à propos de grands bateaux courant les mers du monde, chargés pour rapporter de lointaines contrées les marchandises les plus variées : thé de Ceylan, or d'Afrique, diamants des Indes, saphirs de Birmanie, épices d'Asie, soie de Chine... autant de denrées exotiques transportées à travers toute la planète pour échouer sur les quais de Londres. Comme ces histoires l'avaient fait rêver autrefois ! Elles continuaient d'ailleurs à exciter son imagination chaque fois qu'il posait les yeux sur ce fleuve magique.

Whitechapel. Un véritable creuset d'humanité, un mélange de populations les plus diverses venues du monde entier. Il connaissait chaque recoin de ce quartier exploré autrefois avec son père en mangeant des bulots et des bigorneaux dans des cornets de papier, tout en admirant les imposants navires marchands. Plus tard, enrôlé dans les rangs de la police, il avait patrouillé presque chaque nuit sur ces quais, au milieu d'une populace où amis et ennemis se côtoyaient quotidiennement. Ici régnaient la misère, le vice et le crime et, pourtant, on y trouvait aussi de la couleur et de la gaieté. Au fil du temps, il s'était constitué un précieux réseau d'amis au sein de ce petit peuple de déshérités, des marchands des quatre-saisons par exemple, si pittoresques avec leurs vêtements ornés de boutons de nacre qu'on les baptisait « les rois et les reines de perle ». Ils battaient le haut du pavé avec leur inimitable accent cockney, fiers d'être nés au son des cloches du Bow.

Vraiment, Whitechapel n'était pas un si mauvais endroit que cela. Il y en avait de bien pires dans ce monde barbare.

Il renifla d'agréables effluves montant dans la nuit calme. Reconnaissant l'odeur, il se laissa une nouvelle fois emporter par ses souvenirs, songeant à ce père qu'il chérissait tant. Son cher papa, un homme bon, policier lui aussi, fauché en pleine jeunesse dans l'exercice de ses fonctions. Sans doute était-ce pour cela qu'Amos avait décidé à son tour d'entrer dans la police. Pour son père, pour sa mémoire...

Amos s'arrêta, renifla une nouvelle fois avec délice et décida de s'acheter une part de tourte à la viande. Il en avait déjà l'eau à la bouche.

Il repéra un homme devant son chariot et accéléra l'allure. Le marchand porta sa main à sa casquette en guise de salut.

— B'soir, mon prince. Un chausson aux légumes ou une tourte ?

— Une tourte à la viande. Avec beaucoup de jus.

— Vous verrez, c'est la meilleure de Whitechapel. Ma femme, elle sait la faire, c'est moi qui vous le dis.

Il s'empara d'une pince, plaça une part de tourte dans un cornet en papier et arrosa le tout de jus de viande.

— Combien ? demanda Amos, impatient de planter ses dents dans la pâte chaude et croustillante.

— Deux pence, mon prince.

Le détective paya, prit le sac et, après avoir souhaité le bonsoir au marchand, s'éloigna pour aller s'asseoir sur un petit mur avec son précieux trophée. Il en savoura chaque bouchée, heureux de ce moment de paix. Cela faisait longtemps qu'il ne s'était senti aussi bien.

La tourte était délicieuse, bien plus que la tranche de pain et de fromage – parfois de veau froid – que Lydia lui servait perpétuellement. Il soupira, désolé d'être assailli de pensées critiques envers sa pauvre femme. Pauvre, pauvre Lydia, toujours en proie à de terribles migraines, toujours percluse de rhumatismes. Pauvre Lydia, toujours souffrante, toujours mal en point. Ces temps-ci, c'était encore pire. Jamais elle n'avait une seule pensée positive de la journée.

Il ne restait plus de la tourte que quelques miettes. Amos se leva, satisfait. Il était temps de faire route vers Limehouse pour y boire un verre. Peut-être bien une pinte ou deux pour faire descendre la tourte. Pourquoi pas ?

Le Cygne Noir ne devait plus être loin. C'était un pub malfamé que les gens du cru avaient rebaptisé le Vilain Canard. Mais on y servait de la bonne bière.

Il accéléra l'allure et, quelques minutes plus tard, il poussait les portes à double battant de l'établissement. Il commanda une Bitter et, dès qu'elle fut là, devant lui, si délicieusement fraîche et mousseuse, il l'avala d'un trait. Mais sa soif était encore là. Une deuxième, peut-être ?

Le patron revint vers le comptoir et lui jeta un regard acéré dans la lueur blafarde dispensée par la lampe à gaz.

— Z'auriez pas été *bobby,* des fois, par là au travers, dans l'temps ?

Amos sourit.

— Exact. Mais je suis à la retraite à présent. Mon nom est Finnister.

— Le « sinistre Finnister » qu'on vous appelait, se souvint l'homme avec un hochement de tête.

Amos bavarda avec lui un moment, vida sa seconde bière puis posa quelques pièces sur le comptoir avant de quitter les lieux. Cette fois, il mit le cap sur Chinatown, à Limehouse, une zone constellée de petites échoppes où l'on pouvait trouver les denrées les plus variées : soies exotiques, épices ou bijoux, blanchisseries chinoises, restaurants et, même, des fumeries d'opium. Amos raffolait de la nourriture chinoise, mais, à présent qu'il avait dévoré de bon appétit sa tourte à la viande, il n'avait plus faim. Un autre soir, peut-être, il irait se régaler d'une bonne soupe chinoise.

Il s'arrêta devant une minuscule boutique un peu en retrait. Une lampe brillait derrière la vitre et Amos dut frapper à plusieurs reprises et prononcer son nom avant que la porte ne s'ouvre enfin.

Vêtu d'une longue robe de coton noir à col droit, une longue natte s'échappant de la calotte ronde perchée sur ses cheveux grisonnants, Fu Yung Yen lui ouvrit.

Il sourit en apercevant Amos et murmura :

— Froide nuit. Venir à l'intérieur.

La boutique était faiblement éclairée et sentait les épices et un curieux mélange d'herbes sauvages et de racines. Amos décela également des effluves de camphre et d'huiles parfumées – pas si désagréables que ça, tout compte fait.

— Comment va femme ? demanda le Chinois.

— Toujours ses terribles migraines, monsieur Yung Yen. Avez-vous encore de cette poudre qui la soulage tant ?

L'herboriste hocha la tête et passa derrière le comptoir pour mélanger différentes poudres contenues dans des pots. Il glissa la mixture dans un sachet de papier, le scella et le tendit au détective.

— Il me faut aussi des onguents pour les douleurs, en particulier le mal de reins, dit Amos.

— Ah oui ! Moi comprendre. Le baume !

Un peu trop vite, l'Asiatique sortit un petit pot de verre de sous le comptoir. Amos se pencha vers lui par-dessus le comptoir et lui jeta un regard pénétrant.

— Avez-vous encore de ce produit en stock, monsieur Yung Yen ?

— Combien vous demander ?

— Ce qui est nécessaire...

— Pour long, très long sommeil ?

Amos acquiesça en silence.

— Un instant, dit le Chinois.

Il disparut derrière une petite porte et demeura absent un bon moment. Lorsqu'il revint, il posa un petit paquet enveloppé de papier rouge sur le comptoir.

— Quel est votre prix ? demanda le détective.

Avec un grand sourire, Fu Yung Yen lui tendit une facture. Amos posa les yeux sur la feuille, hocha la tête et sortit son porte-monnaie sans un mot. Puis il glissa ses achats dans les poches de son manteau.

— Bonne nuit, monsieur Yung Yen. Et merci.

— Vous revenir bientôt.

— Je n'y manquerai pas.

Et, tandis qu'il quittait la boutique, Amos se demanda si jamais cela arriverait un jour.

20

Il était tard lorsque Edward Deravenel quitta la résidence de Lily, bien plus tard qu'il ne l'aurait souhaité. Tandis qu'il traversait les jardins de Belsize Park et se dirigeait vers l'artère principale, il constata qu'il n'y avait plus grand monde à cette heure et, par conséquent, bien peu de fiacres. En tout cas, pas un seul en vue...

Il regarda une nouvelle fois autour de lui, nota que la rue était presque déserte et se mit à marcher en espérant pouvoir héler sans tarder une voiture.

Il avançait à vive allure en direction de Primrose Hill et du centre de Londres, les pensées à nouveau tournées vers les pages couvertes de chiffres du carnet de son père, heureux des conclusions qu'Alfredo Oliveri et lui-même avaient pu en tirer. Indubitablement, il existait de gros problèmes dans les mines d'or et de pierres précieuses. Le chiffre correspondant à Burma ne se trouvait pas dans le carnet et les deux hommes avaient donc présumé que la production de saphirs se poursuivait sans problème ainsi qu'il en avait été depuis des années.

Un homme se matérialisa soudain devant lui, surgi de nulle part.

— Salut, mon prince, dit-il d'une voix gutturale où perçaient de forts accents cockneys, pouvez m'dire comment qu'on va à Hampstead ? J'suis perdu, ça, y'a pas à dire.

Edward secoua la tête.

— Désolé, mais je ne le sais pas plus que vous, répondit-il courtoisement. Cependant, si vous poursuivez vers le nord, vous serez dans la bonne direction.

Le coup partit de l'arrière. Une lourde matraque s'abattit sur son épaule, puis sur ses reins. Le jeune homme tomba à genoux en lâchant un cri, griffant l'air de ses mains ouvertes, comme s'il espérait s'emparer de l'inconnu qui venait de lui adresser la parole. Mais l'homme avait disparu.

Un autre coup encore, cette fois sur la tête. Edward tomba en avant et sa joue vint s'écraser sur le pavé tandis qu'il perdait conscience.

Trois hommes entouraient son corps inerte... celui qui l'avait abordé et deux colosses armés de matraques. Ils discutèrent quelques instants entre eux en regardant Edward étendu à terre.

— L'a pas l'air d'respirer, dit l'un, p't'être qu'il est mort. Faudrait pas traîner avant qu'les flics arrivent.

Les trois compères décampèrent sans demander leur reste dans la rue déserte, les talons de leurs bottes claquant comme des coups de tonnerre dans la nuit. Le crachin et le vent décourageaient les Londoniens de sortir, ce soir.

Etendu sur les pavés, inconscient, Edward demeura seul. Dans la rue vide on n'entendit approcher ni piéton ni voiture pendant un moment.

Assis à côté d'Amos Finnister dans la salle d'attente du Guy's Hospital, Neville, rempli d'appréhension, priait en silence pour que Ned reprenne très vite conscience. Il avait été violemment agressé, mais c'était surtout le coup porté à la tête qui posait problème.

Les deux hommes évitaient de parler. Le visage d'une pâleur de craie, les traits figés, Neville était si inquiet qu'il s'en sentait incapable. Quant au détective, il avait compris qu'il valait mieux ne pas s'y risquer. L'heure était trop grave.

La porte de la salle d'attente s'ouvrit et Nan, l'épouse de Neville, entra, suivie de Cecily Deravenel. Les deux femmes se hâtèrent vers Neville, qui se leva aussitôt pour les accueillir. Il entoura sa tante d'un bras protecteur, la conduisit vers un siège et lui présenta Amos.

Nan, qui connaissait le détective pour l'avoir souvent vu à la maison, se tourna vers lui.

— Merci, monsieur Finnister, pour tout ce que vous avez fait. Si vous n'aviez pas été là, M. Deravenel aurait connu un sort des plus incertains.

— Une chance que j'aie placé un de mes hommes dans les parages pour garder un œil sur M. Edward, répondit Amos. Je suis certain que le jeune gentleman ira beaucoup mieux d'ici quelques jours, ajouta-t-il.

— Moi aussi je veux vous remercier d'avoir sauvé mon fils, intervint Cecily. Cependant, je ne sais toujours pas exactement ce qui est arrivé ce soir.

Elle jeta un regard interrogateur en direction de Neville.

— Qui a attaqué Ned ?

— Nous l'ignorons encore, tante Cecily. La police pense qu'il a été agressé par quelque malfrat qui traînait dans le coin. Sans doute pour le voler. Edward n'avait plus qu'un peu de monnaie sur lui, mais pas un seul billet. Ses agresseurs ont dû être dérangés car ils lui ont laissé sa montre en or. Pour l'instant, les enquêteurs n'ont aucune piste.

— Pourquoi parles-tu de *ses* agresseurs, Neville ? Comment sais-tu qu'ils étaient plusieurs ?

— Pour des raisons évidentes, ma tante. Ned est grand et fort, plus grand que la moyenne. Vu son excellente condition physique, je pense qu'il a fallu qu'ils s'y mettent à plusieurs pour le terrasser.

Cecily respira profondément.

— Je vois, dit-elle tristement. Tu me l'aurais dit, n'est-ce pas, Neville, s'il y avait du nouveau ?

Il lui toucha légèrement le bras avec affection.

— Les médecins ne nous ont encore rien dit, ma tante.

Cecily se mordit la lèvre et des larmes brillèrent dans ses yeux. Elle se leva brusquement, se dirigea à grands pas vers la fenêtre et se tint là un long moment, les yeux fixés sur la rue, cherchant à regagner son calme.

Ayant recouvré son sang-froid, elle regagna son siège et se tourna vers Amos :

— Je serais heureuse d'entendre de votre bouche le récit détaillé de cette affaire, monsieur Finnister. J'ai peur de n'avoir pas encore tout compris. Pardonnez-moi, mais je suis si bouleversée.

— Rien de plus normal, madame Deravenel, vu les circonstances. Je serai heureux de vous répondre. Il se trouve, voyez-vous, que, depuis quelque temps, M. Watkins et moi-même partageons la même inquiétude au sujet de votre fils. Nous pensons... eh bien... que M. Edward se trouve peut-être menacé par quelque vilaine action venant du clan des Grant. La plupart du temps, heureusement, votre fils est accompagné par M. Will Hasling, mais M. Watkins et moi-même avons préféré lui adjoindre une sorte de... garde du corps. Cet homme veille sur M. Edward vingt-quatre heures sur vingt-quatre, mais, à certaines heures, cette surveillance cesse lorsque M. Edward n'est plus seul. Toutefois, hier, en fin d'après-midi, votre fils a quitté le bureau non accompagné pour se rendre à Belsize Park. Aussitôt mon agent l'a suivi.

— Ned s'est rendu chez Mme Overton, c'est ça ? demanda Cecily.

Surpris, Amos hocha la tête.

— M. Edward est resté près de trois heures dans cette maison, puis il a quitté les lieux vers neuf heures du soir. Il faisait très sombre et le quartier était désert. Mon agent s'est tenu aussitôt sur ses gardes. Il marchait à quelque distance de votre fils lorsque celui-ci a été attaqué par trois hommes de grande taille.

— Un peu trop pour votre garde du corps, observa Cecily.

Le détective opina.

— Exact, madame Deravenel. Il n'a rien pu faire. Une fois les trois agresseurs envolés, Harry Forbes, mon agent, a couru vers M. Edward pour lui porter secours. Après quoi il a appelé à la rescousse un policier qui, par le plus heureux des hasards, se trouvait non loin, du côté de Primrose Hill. C'est ainsi que votre fils a été conduit ici.

— Merci, monsieur Finnister, je comprends mieux, à présent.

Elle se tourna vers Neville.

— Pourrions-nous sortir quelques instants ? J'aimerais te parler.

— Bien sûr, ma tante.

Une fois dehors, Cecily s'approcha de Neville pour le regarder bien en face.

— C'est encore un coup des Grant, n'est-ce pas ?

— J'en ai bien peur. Toute cette histoire a été menée avec beaucoup de maladresse et n'en devient que trop évidente. On a laissé à Ned sa montre en or tout en lui dérobant quelques billets pour simuler une attaque de voleurs.

— Il n'a jamais beaucoup d'argent sur lui, observa Cecily. Parfois, même, c'est Swinton qui doit payer la course des fiacres sur la réserve de la maison. Je ne crois donc absolument pas à cette histoire de vol.

— Vous avez raison, ma tante. Les Grant sont derrière tout ça, cela ne fait aucun doute.

— Qu'allons-nous faire, Neville ? Cette menace pèse de plus en plus sur nos vies.

— Des représailles, ma tante. Il le faudra bien. Nous devons leur faire clairement comprendre qu'ils auront maille à partir avec Ned et moi. Toutefois, je compte agir avec discernement et prudence.

Nous ne pouvons nous permettre d'attirer l'attention de la police. Etes-vous d'accord ?

— Je te laisse carte blanche, Neville. Je connais ton intelligence. Tu l'as héritée de mon frère Rick, ton père.

Plusieurs heures s'étaient écoulées et midi approchait lorsqu'un homme en blanc pénétra dans la salle d'attente. Il vint vers Cecily et se présenta :

— Michael Robertson, lady Deravenel. C'est moi qui me suis occupé de votre fils.

Neville se dirigea aussitôt vers lui.

— Je suis Neville Watkins, le cousin d'Edward. D'après votre sourire, je suppose qu'il a repris conscience.

— En effet, monsieur Watkins. Toutefois il s'est endormi et je préfère qu'on le laisse se reposer.

— Je comprends, Dr Robertson.

— Mon fils était-il dans le coma ?

— Pas un coma, non. Mais il est resté inconscient un bon moment et souffre de traumatismes. Cependant je peux déjà vous assurer qu'il se remettra sous peu, madame Deravenel. Ne vous inquiétez pas !

21

Edward cilla dans la demi-pénombre de la chambre et reprit progressivement conscience. Désorienté, il battit de nouveau des paupières et s'efforça de rassembler ses forces pour se redresser dans son lit. Il avait l'impression que tous les muscles et tous les os de son corps étaient endoloris.

Balayant les alentours du regard, il vit une chambre aux murs blancs, meublée du plus strict nécessaire, et comprit aussitôt qu'il se trouvait dans un hôpital. Il se laissa retomber sur ses oreillers et essaya de se concentrer. Les événements de la nuit dernière lui revinrent lentement à la mémoire. Après avoir quitté Lily à Belsize Park, il avait marché à la recherche d'un fiacre. Un inconnu l'avait abordé pour lui demander son chemin, puis, soudainement, on l'avait attaqué par-derrière.

Il leva le bras, effleura les bandages enveloppant son crâne et sentit, sous ses doigts, les bosses et les plaies de son visage. Ses épaules et ses reins le faisaient souffrir. Il se rappela alors les coups violents qui l'avaient assailli. Tombant à genoux, puis la tête contre le sol, il s'était octroyé un hématome supplémentaire.

Qui étaient ses agresseurs ? Des voleurs ? Ou des hommes de main à la solde des Grant ? Il n'en avait pour l'instant aucune idée. Tout comme il ignorait aussi qui l'avait conduit dans cet hôpital.

Il repoussa les draps et lança ses longues jambes hors du lit. Durant quelques secondes, il crut ne jamais réussir à se redresser, puis, finalement, il parvint à s'asseoir péniblement au bord du lit en se demandant comment faire pour appeler une infirmière. Il se sentait si faible, si dolent, qu'il retomba lourdement sur sa couche et demeura longtemps ainsi, incapable de ramener ses jambes sous les couvertures. Soudain, une bouffée d'air frais lui balaya le visage et il comprit que la porte venait de s'ouvrir. Une infirmière, enfin, pensa-t-il, soulagé.

— Juste ciel, monsieur Deravenel ! Que cherchez-vous à faire, exactement, dans cette position ? lança une voix masculine.

Le visiteur se pencha sur lui et, d'une voix plus douce, demanda :

— Comment vous sentez-vous ?

— Un peu comateux, en vérité. Je ne suis pas parvenu à sortir du lit.

— Rien d'étonnant. Allons, laissez-moi vous réinstaller plus confortablement.

Tout en parlant, l'homme souleva ses jambes et les glissa sous les draps avant de border le lit.

— Au fait, je suis Michael Robertson, votre médecin.

— J'avais compris, je crois, murmura Edward avec un faible sourire.

Plissant les yeux, il observa le praticien, un homme d'une quarantaine d'années, les cheveux noirs, une blouse blanche sur un costume sombre et un stéthoscope pendant à son cou. Son visage ouvert et bienveillant inspirait confiance.

— Suis-je grièvement blessé ?

— Vous êtes hors de danger, répondit aussitôt le médecin, sensible à l'inquiétude qui perçait dans la voix du jeune homme. Certes, vous avez un traumatisme, mais, déjà, votre état s'améliore. Et votre tête ? Vous fait-elle encore souffrir ?

— J'ai l'impression qu'elle pèse une tonne. Et mon visage me fait aussi très mal.

— Vous a-t-on frappé à la figure, monsieur Deravenel ?

— Je ne crois pas, mais je suis tombé violemment face contre terre. Je me souviens de coups sur la tête et sur le dos. Apparemment, j'ai dû m'évanouir. Ai-je d'autres blessures ?

— Non, pour autant que nous le sachions...

— Je pourrai donc regagner mon domicile aujourd'hui ?

— Je ne crois pas, monsieur Deravenel. Vous devrez rester ici encore quelques jours en observation. Pour nous assurer que vous ne souffrez pas de lésions internes.

Edward demeura silencieux un instant puis demanda :

— Ma mère a-t-elle été informée de ma présence ici ?

— Elle est restée toute la matinée à l'hôpital avec M. Watkins, mais, apprenant que vous deviez vous reposer, elle est retournée à votre résidence pour vous faire préparer un repas. Tous deux seront de retour bientôt. A propos, votre cousin souhaite impatiemment s'entretenir avec vous. Etes-vous en état de le recevoir ou préférez-vous prendre encore un peu de repos ?

— Non, non, je me sens bien, docteur Robertson. Je serai heureux de le voir, moi aussi. Et permettez-moi de vous remercier vivement pour vos soins attentifs.

Le médecin sourit et s'approcha pour écouter le cœur de son patient au stéthoscope. Apparemment satisfait, il hocha la tête, sourit de nouveau au jeune homme et quitta la chambre.

— Ce que je ne comprends pas, c'est comment je me suis retrouvé ici, murmura Edward en fronçant les sourcils. Et toi ? Comment m'as-tu retrouvé ? Avais-je encore mon portefeuille sur moi ? Mon nom et mon adresse y figurent.

— Tes agresseurs ne l'ont pas pris, répondit Neville en tirant une chaise près du lit.

Puis, baissant la voix, il reprit :

— Il ne s'agissait pas de voleurs, j'en suis convaincu. Mais laissons cela pour l'instant. Peut-être sais-tu que les excellents tailleurs qui ont confectionné ton costume à Saville Row ont pour habitude de broder le nom de leurs clients sur la doublure de la poche intérieure. C'est ainsi que la police t'a identifié et amené ici. Mais il y a aussi autre chose...

Les grands yeux bleus d'Edward se posèrent avec curiosité sur Neville.

— Je t'en prie, parle ! Je suis impatient d'en savoir plus sur ce qui s'est passé cette nuit.

Un léger sourire effleura les lèvres de Neville.

— Avec ma permission, Amos avait chargé l'un de ses hommes d'assurer ta surveillance. Seul contre tes trois assaillants, il n'a pas pu te protéger, mais il a couru à toutes jambes pour alerter la police. Après s'être assuré que tu étais toujours en vie, évidemment.

— Il a assisté à l'agression ?

— De loin. Voilà pourquoi il a vu un homme s'entretenir avec ces vauriens juste avant l'attaque. Etrange, tu ne trouves pas, que ton père et le mien, ainsi que mon frère, aient été mortellement assommés ?

Edward ferma les yeux un long moment. Lorsqu'il les rouvrit, ils s'étaient étrangement assombris. Il se redressa sur ses oreillers pour regarder Neville.

— Même *modus operandi*, c'est bien cela que tu insinues, n'est-ce pas ?

— Je suis persuadé en effet que tu as été attaqué par ceux-là même qui ont mortellement frappé les nôtres. Sans doute, tout comme Finnister, le clan des Grant te faisait-il suivre. Heureusement que nous avions pris la précaution de te garder étroitement sous surveillance. Finnister m'a appelé dès qu'il a appris ta mésaventure. C'est alors que j'ai prévenu ta mère.

Edward tourna et retourna ces informations dans sa tête puis dit lentement :

— Je sais que tu tiens à me voir flanqué jour et nuit d'un garde du corps, Neville, et même de *plusieurs*. Cette fois, je me range à ton avis. Will Hasling restera à mes côtés et Amos pourra nous adjoindre quelques hommes à lui.

— Voilà qui est parler intelligemment, Ned. Je comprends que cette perspective ne te réjouisse pas outre mesure, mais, malheureusement, elle s'avère nécessaire.

Il prit la main de son cousin dans la sienne, la serra et poursuivit :

— Nous sommes partenaires, ne l'oublie pas. Tout ce qui t'arrive me concerne. Tu peux compter en tout point sur moi.

— Je te retourne le compliment, cousin. Car, toi aussi, tu auras besoin de moi si...

Edward grimaça de douleur.

— Mon visage me fait affreusement souffrir. Je voulais dire : « Même si tu n'auras pas *toujours* besoin de moi... »

— Ah, ne tente pas le diable, Ned. Nous ne savons jamais quand la vie a envie de jouer les filles de l'air en nous laissant sur le pavé. Les catastrophes traînent toujours au coin de la rue, du moins pour certains.

A ces mots, Edward frissonna involontairement et sentit se dresser les poils de sa nuque.

Neville lâcha sa main et se carra sur son siège.

— Je viens d'avoir une excellente idée, figure-toi. Pourquoi ne pas faire venir mon jeune frère à Londres ? Il me semble que Johnny et toi vous êtes toujours bien entendus. Avec Will, vous allez former un trio redoutable.

Edward réussit à sourire.

— J'en serai fort heureux, Neville. Johnny et moi sommes très attachés l'un à l'autre. Amis pour la vie.

— Parfait. D'ailleurs mon frère a besoin de changer d'air et cela lui fera le plus grand bien de vivre un peu à Londres. Nous pourrons sûrement lui trouver une place plus tard à la compagnie.

Puis, d'une tout autre voix, il dit soudain :

— Il va falloir exercer des représailles, Ned.

Le jeune homme tressaillit.

— Mais *comment* ?

— Je l'ignore pour le moment, mais quelque chose se prépare. Pas besoin de précipiter le mouvement.

On frappa sur ces entrefaites à la porte et, avant même qu'Edward ait eu le temps de reprendre son souffle, il vit sa mère, ses frères, sa sœur et Nan se bousculer dans la chambre, suivis de Will Hasling.

Neville se leva pour accueillir sa tante et la conduisit au chevet de son fils pendant que Nan et Meg tentaient de discipliner les petits.

— George, calme-toi ! ordonna Meg en cherchant à attraper le garçonnet.

Fidèle à lui-même, le petit Richard restait silencieux, le visage grave, ses beaux yeux gris assombris par l'inquiétude. Il ne pouvait supporter l'idée que son frère bien-aimé ait été à ce point en danger.

Cecily serra la main de son fils, les yeux pleins de larmes.

— Ned, oh, Ned... ta *tête*... et ce visage... tu es méconnaissable. Ils ont vraiment frappé comme des brutes.

— Ne vous faites pas trop de souci pour moi, mère, le médecin m'a assuré que je serai bientôt sur pied.

Il chercha Richard des yeux pour l'inviter à se rapprocher.

— Tu vois, petit écureuil, je vais bien. Ne t'ai-je pas promis d'être le plus fort ?

Pour la première fois de la journée, l'enfant esquissa un pauvre sourire avant de courir vers le lit et de serrer la main de son frère.

— Maman nous a dit que tu avais été attaqué par des voleurs.

— Est-ce que tu as eu peur ? demanda George en se libérant de la main de Meg pour venir rejoindre Richard.

— Bien sûr que non ! s'exclama Richard en le toisant avec colère. Ned n'a *jamais* peur de rien, n'est-ce pas, Ned ?

— Disons que je n'en ai pas eu le temps, expliqua ce dernier en couvant son cadet d'un regard affectueux.

Meg s'approcha à son tour.

— As-tu besoin de quelque chose, Ned ? Maman et tante Nan ont préparé un bon repas, tu sais.

— Tout ce que je souhaite, c'est me retrouver à la maison avec vous. Je suis sûr que tu prendras le plus grand soin de moi, Meg chérie. Malheureusement, le Dr Robertson veut me garder ici encore quelques jours.

— Craint-il que tes blessures à la tête n'entraînent des conséquences fâcheuses ? interrogea Cecily avec inquiétude.

— Non, mère, il s'agit seulement d'une précaution. Tu connais les hôpitaux.

Edward se tourna vers Will.

— Merci d'être là, vieille branche. Eh, qu'est-ce que tu transportes, là ?

— Un pique-nique. Swinton a préparé une somptueuse collation d'après ce que l'on m'a dit. J'ai demandé à l'infirmière si elle pouvait nous apporter une petite table pour disposer toutes ces bonnes choses. Ah, justement, la voilà !

Plus tard dans l'après-midi, après un joyeux pique-nique à l'hôpital, tout le monde repartit chez soi à l'exception de Neville et de Will Hasling. Ils souhaitaient s'entretenir des récents événements avant que la police ne vienne poser quelques questions à Edward.

Neville venait juste d'expliquer en détail à Will de quoi il retournait lorsque le Dr Robertson pénétra dans la chambre, accompagné par un policier en uniforme et par un inspecteur.

— Verriez-vous un inconvénient à nous dire ce qui s'est passé à Belsize Park hier soir, monsieur Deravenel ? demanda l'inspecteur en s'avançant vers le lit. Nous possédons un rapport de la police de ce quartier, mais il est très succinct.

— Bien sûr, inspecteur Laidlaw. Il se trouve que je rendais visite à une amie résidant à Belsize Park Gardens hier après-midi. Je suis resté après dîner un peu plus tard que prévu et c'est vers les neuf heures du soir que je me suis retrouvé marchant dans la rue à la recherche d'un fiacre. Malheureusement, il n'y en avait aucun à la ronde et j'ai donc décidé de marcher en direction de Primrose Hill. En route, j'ai été arrêté par un inconnu me demandant son chemin. C'est alors que j'ai été attaqué traîtreusement par-derrière. On m'a frappé aux épaules, dans les reins et à la tête. Je suis tombé en avant et j'ai perdu conscience. Voilà tout ce que je sais, inspecteur.

L'inspecteur Laidlaw pinça les lèvres.

— Cela ne fait pas grand-chose à se mettre sous la dent, j'en ai peur, sir. Pourriez-vous décrire cet inconnu ?

— Taille moyenne, yeux clairs, des traits sans relief particulier. Il portait une casquette, une écharpe et, ah oui, un pardessus très usé. Bref, là encore, rien de très spécifique.

— Avez-vous reconnu son accent ?
— Certainement. C'était du pur londonien, j'en suis certain.
Le policier hocha la tête et rangea son carnet de notes.
— J'ai cru comprendre qu'on vous avait volé votre portefeuille, monsieur Deravenel, et rien d'autre. Pourtant, à ce que l'on m'a dit, vous portiez des boutons de manchette et une montre en or. Etes-vous certain qu'il s'agissait de voleurs ? Ne faudrait-il pas plutôt en chercher la cause dans votre vie personnelle ?
— Mon Dieu, inspecteur, comment pourrais-je le savoir ! s'exclama aussitôt Edward, l'air agacé.
— Des ennemis, monsieur Deravenel ?
— Pas que je sache.
— Je vois. Eh bien, on dirait que nous ne sommes guère avancés, n'est-ce pas ? Si jamais un souvenir vous revenait en mémoire, même un petit détail, appelez-moi, je vous prie.
— Je n'y manquerai pas, inspecteur.

22

D'un tempérament habituellement calme et patient, John Summers menaçait aujourd'hui de perdre son sang-froid. Il arpentait son bureau avec agitation, en proie à la colère et à la frustration. Incapable de trouver le sommeil la nuit précédente, il s'était levé à l'aube et s'était rendu à son bureau beaucoup plus tôt qu'à l'ordinaire. Aucun de ses collaborateurs n'était encore arrivé et il devait donc ronger son frein avant de pouvoir les interroger.

La veille au soir, juste avant le dîner, on l'avait informé qu'Edward Deravenel, après avoir été violemment agressé, se trouvait à l'hôpital, sérieusement blessé. Aussitôt, la colère avait submergé Summers.

Les imbéciles... Il n'avait pourtant pas besoin de nouvelles complications en ce moment. Si jamais l'un de ses hommes était impliqué dans cette sale affaire, il le lui ferait payer cher.

Il finit par cesser ses va-et-vient pour se diriger vers la fenêtre et contempler le Strand d'un air songeur. Il n'était pas encore neuf heures, mais, déjà, le trafic était à son comble. Voitures, charrettes à bras, fiacres, omnibus... et cette foule de piétons qui se pressait sur les trottoirs, mouvance humaine s'agitant en tous sens en cette matinée ensoleillée de mars.

Il se détourna pour regagner sa table de travail et se laissa tomber sur son siège. Les doigts joints, il parcourut des yeux la vaste pièce luxueusement meublée en réfléchissant aux conséquences que l'agression du jeune Deravenel pouvait entraîner. Des représailles étaient à craindre et cette seule idée lui mettait les nerfs à vif.

A vingt-huit ans, John Summers était un homme séduisant au visage ouvert et aux traits réguliers. D'une allure très anglaise, il avait un teint clair, des cheveux châtains et des yeux gris pâle. Mince, presque maigre, athlétique, il était de taille moyenne. Elégamment vêtu, il arborait un style très classique, qui reflétait fidèlement ses vues très conservatrices sur l'existence.

Il travaillait pour Henry Grant depuis toujours, comme son père avant lui. La famille Summers était liée aux Deravenel Grant du Lancashire depuis près de deux siècles. Voilà pourquoi John Summers tenait le gouvernail de la compagnie Deravenel et personne d'autre que lui n'assurait l'écrasante charge de ce véritable empire. Depuis longtemps, Henry Grant n'était plus que l'ombre de lui-même, égaré par ses obsessions religieuses, constamment entouré de prêtres et de moines au point d'en oublier ses propres intérêts, et même ses devoirs. Même si, autrefois, il avait assumé plus sérieusement ses responsabilités, il ne comprenait désormais plus rien à la marche des affaires.

Margot, la femme d'Henry, aimait à se considérer comme le véritable chef de la compagnie, mais c'était là pur produit de son imagination. Si elle n'était pas avare de commentaires et autres conseils, la plupart se révélaient totalement dépourvus de bon sens. Summers la laissait tempêter sans pour autant prêter attention à ses délires ni à ses ordres. Naturellement, il se montrait assez malin pour ne pas lui laisser deviner ses véritables sentiments.

Belle, exerçant un charme puissant sur les hommes, elle était surtout dangereuse.

Il se raidit soudain, assailli par une pensée des plus déplaisantes. Et si Margot avait elle-même commandité l'attaque contre Edward Deravenel ? Mon Dieu, pourvu que ce ne soit pas le cas.

John Summers n'aimait pas le jeune Deravenel. Il était bien trop séduisant, bien trop amical, et, d'une personnalité redoutablement charismatique, il savait se montrer résolu et perspicace. Contrairement à certains membres du conseil, Summers savait instinctivement que le jeune Edward n'avait rien d'un fils à papa, d'un dandy paresseux uniquement préoccupé de lui-même et asservi à ses caprices. Bien au contraire, le fils de Richard Deravenel possédait une volonté de fer et des nerfs d'acier. Certes, il aimait les femmes et les plaisirs de la vie, mais c'était avant tout un homme brûlant d'ambition, un homme fort déterminé à gagner par tous les moyens.

Voilà pourquoi Summers demeurait sur ses gardes. Mais il redoutait encore plus le cousin du jeune Deravenel, Neville Watkins. Un magnat puissant, à la tête d'une considérable fortune. Un homme dur, ambitieux, impitoyable, même, en affaires. De l'avis de John, Edward Deravenel et lui formaient une redoutable équipe qui ne craindrait pas de s'opposer à lui. Des guerriers, convaincus de leur bon droit, sûrs de leur future victoire. Il fallait les arrêter. Et sans perdre de temps.

A bout de nerfs, John se leva et quitta son bureau pour longer le couloir menant à la réception. Il tourna le commutateur pour donner de la lumière et regarda autour de lui. Sur les murs s'alignaient les portraits de tous les hommes qui avaient dirigé la compagnie au fil des siècles. Principalement des Deravenel du Yorkshire jusqu'à ce que, soixante ans plus tôt, la branche du Lancashire – c'est-à-dire les père et grand-père de Henry Grant – ne s'empare du pouvoir. Mais Edward Deravenel voulait à tout prix corriger cet état de choses et rendre à sa famille la suprématie qu'elle avait connue si longtemps. Et Neville Watkins était prêt à tout pour l'aider.

John retint un soupir et quitta la réception pour gagner l'élégante salle à manger. Ses yeux se posèrent tour à tour sur les bibelots de prix, les murs recouverts de brocart rouge et les tableaux de maître. Tant de somptueux dîners avaient été servis ici, rassemblant l'élite de chaque génération : des politiciens, de riches clients, des potentats étrangers... Ce n'était malheureusement plus le cas depuis plusieurs années, à vrai dire depuis que Henry avait peu à peu sombré dans la folie. Et, pourtant, c'était encore lui qui, officiellement, siégeait à la tête de la compagnie.

Rebroussant chemin, John Summers prit le couloir pour se rendre au premier étage, où les directeurs des différentes divisions de l'entreprise possédaient leurs bureaux. Avec un peu de chance, Aubrey Masters serait déjà là. Il pourrait ainsi lui demander ce qu'il savait de l'agression d'Edward Deravenel. Masters s'était toujours montré le plus fidèle des alliés.

Mais, après avoir consulté sa montre de gousset, il se ravisa. Les secrétaires n'allaient pas tarder à arriver, tout comme les téléphonistes, les dactylos, les employés de bureau et le reste du personnel. Un peu plus tard, ce serait le tour des cadres.

Il avait beau s'exhorter au calme, la peur ne le quittait pas. Il y avait déjà bien assez de problèmes graves à résoudre pour ne pas en rajouter avec ceux du jeune Deravenel. Il mènerait sa propre enquête pour connaître le fin mot de cette histoire. Après quoi, il aviserait. Des menaces de plus en plus lourdes planaient sur l'avenir de la compagnie. Il fallait y mettre un terme et cesser ce regain de violence.

— Au nom du ciel, qu'est-ce qui ne va pas chez vous ? tonna John Summers en fusillant tour à tour du regard James Cliff, Jack Beaufield et Andrew Trotter. Vous plaisantez à propos de l'agression commise sur le jeune Deravenel, vous vous réjouissez même de cette *catastrophe* ! Car c'est bien de cela qu'il s'agit ! Vous feriez mieux de vous préparer à subir de graves représailles, croyez-moi ! Etes-vous donc trop stupides pour comprendre ce qui se prépare ?

— Voyons, tout cela n'est pas grave, protesta Andrew Trotter, un sourire dédaigneux flottant encore sur son étroit visage. Ce jeune prétentieux en a pris pour son grade, voilà tout. La belle affaire ! Espérons que cela lui servira de leçon !

On frappa à cet instant à la porte et Aubrey Masters entra d'un pas pressé.

— Pardonnez mon retard, gentlemen. Mais le trafic est impossible sur le Strand, ce matin.

— Soyez le bienvenu, dit Summers en lui désignant un siège.

Aubrey Masters s'assit et dévisagea ses voisins. Une tension palpable alourdissait l'atmosphère.

— Des problèmes, messieurs ? lança-t-il en fronçant les sourcils.

Summers lui narra les mésaventures d'Edward Deravenel et conclut :

— Je veux savoir *qui* est derrière tout cela. Et j'y parviendrai, coûte que coûte.

Son regard se posa sur James Cliff.

— Vous n'avez encore rien dit depuis le début de cette réunion. Cela ne vous ressemble pas. Sauriez-vous quelque chose sur le sujet qui nous préoccupe ?

— Absolument rien, répliqua Cliff d'une voix lente.

— *Vraiment* ? s'étonna Summers en lui jetant un regard pénétrant. D'habitude, vous vous montrez toujours si émotif à propos de tout et de rien. Sauf quand les événements tournent à votre avantage, évidemment.

— Je n'ai aucun avantage dans cette histoire, contra James Cliff avec une certaine suffisance. Vous savez pertinemment que je suis tout dévoué à la compagnie et que je m'emploie de mon mieux à sa réussite. Je ne mérite donc pas vos sarcasmes. De toute façon, la violence n'est pas mon fort.

Il se tourna vers Jack Beaufield et enchaîna :

— Allons, dis-nous tout. Tu as été plutôt intime avec la belle dame ces derniers temps, pas vrai ?

La perfidie de son collègue frappa Beaufield de plein fouet. Il se redressa, les traits figés, et répondit d'une voix glaciale :

— Je n'ai rien à voir avec cette agression, pas plus que les autres ici présents. Il est cependant exact que j'ai été, eh bien, *l'hôte* de cette dame plusieurs fois, si je puis m'exprimer ainsi. Elle est derrière tout cela, Summers, je peux vous l'affirmer. A vrai dire, elle m'a demandé d'engager un homme de main pour donner au jeune Deravenel une petite leçon. Mais j'ai refusé. A mon avis, elle s'est débrouillée seule pour trouver quelqu'un qui fasse ce sale boulot. Londres regorge de vauriens que l'on peut acheter pour pas cher.

John Summers se cala contre le dossier de son siège. Il considéra successivement les hommes assis face à lui avant de laisser son regard s'attarder sur le directeur de la division minière.

— Vous savez beaucoup de choses, Masters, car tout le monde se confie à vous. Pouvez-vous apporter vos lumières à notre problème ?

— Pas pour le moment, monsieur Summers. Mais je suis convaincu que Margot Grant est bel et bien derrière cette histoire. Il circule dans les bureaux certaines rumeurs disant qu'elle voulait à tout prix en remontrer au jeune Deravenel.

— Puisque plusieurs doigts se pointent dans cette direction, je vais parler à cette dame, décida Summers. Elle doit venir aujourd'hui, mais je ne sais si...

— Elle est déjà là, interrompit Aubrey Masters. Je l'ai vue se diriger vers son bureau, euh, vers le bureau de M. Grant, voulais-je dire.

Summers se leva brusquement.

— Dans ce cas, la séance est close, gentlemen. Veuillez m'excuser, lança-t-il avant de se précipiter dans le couloir.

Il courut presque jusqu'au bureau du président et entra sans frapper avant de s'immobiliser. Margot Grant était installée devant l'immense bureau directorial tandis que Henry, son époux, était allongé sur un canapé d'angle, près de la fenêtre.

Déconcerté quelques secondes par ce spectacle, John observa Henry Grant, notant au passage son air défait. Manifestement, il n'était pas au mieux de sa forme. Recouvrant rapidement son sang-froid, il se força à adopter un ton léger et lança :

— Bonjour, Margot.

Puis, se hâtant de rejoindre Henry près de la fenêtre, il poursuivit :

— Et bonjour à vous aussi, sir. Comment vous sentez-vous, aujourd'hui ?

— Ma foi, pas si bien que cela, répondit Henry d'une voix faible. Et vous, John ? Et votre père ?

— Je vais bien, sir, dit John, ignorant ouvertement la seconde partie de la question, son père étant décédé depuis longtemps.

Margot se leva pour contourner le bureau et s'approcher de John Summers.

— Etes-vous au courant de ce qui est arrivé au jeune Deravenel ? lança-t-elle avec un sourire radieux.

Au lieu de répondre, John se tourna vers Henry et murmura :

— Voulez-vous m'excuser, sir ? Je souhaiterais m'entretenir brièvement avec Margot dans mon bureau. Quelques petites mises au point urgentes. Ce ne sera pas long.

Un pâle sourire étira les lèvres minces d'Henry.

— Je vous en prie, mon garçon.

John ouvrit la porte et invita Margot à le suivre.

Il demeura silencieux tandis qu'ils longeaient le long couloir menant à son bureau. Ce ne fut qu'après en avoir soigneusement refermé la porte qu'il explosa.

— Je sais que vous êtes derrière toute cette histoire, ne le niez pas. Je suis certain que vous avez engagé des hommes de main.

Ses grands yeux noirs rivés à ceux de John, Margot s'approcha et dit d'une voix douce :

— Allons, mon cher, pourquoi cette colère ? Ce petit gandin a eu une bonne correction et cela me réjouit. Fin du chapitre pour ce blanc-bec d'Edward Deravenel. Désormais il ne nous créera plus de problèmes, ajouta-t-elle, triomphante. Celui qui s'est ainsi occupé de lui nous a rendu un fieffé service.

Summers l'attrapa par le bras et approcha son visage tout contre le sien.

— Ecoutez-moi, lança-t-il d'une voix où perçait la fureur, vous n'êtes qu'une folle ! Vous croyez peut-être qu'il ne nous créera plus de problèmes, alors que c'est tout le contraire ! A présent, c'est la guerre ouverte. Vous venez tout simplement de libérer le diable de sa boîte, Margot !

— Oh, John, ne soyez donc pas aussi mélodramatique.

— Il y aura des catastrophes, je peux d'ores et déjà vous le prédire, cracha-t-il. Ils se vengeront. Vous ne l'avez donc pas compris ?

Elle lui jeta un regard sincèrement surpris.

— Je ne comprends pas ce que...

— Il y aura des représailles, martela Summers. Mais vous avez raison, vous n'y comprenez *rien* ! A présent, laissez-moi vous dire autre chose : la prochaine fois que vous amènerez Henry au bureau, veillez à ce qu'il ne soit pas dans ce triste état. Comment pouvez-vous le laisser se montrer dans une tenue aussi négligée ?

— Allons, John, plaida Margot, manifestement ébranlée, ne nous querellons pas pour si peu. Je ne voulais aucunement vous bouleverser. N'oubliez pas que je suis votre amie et aussi votre alliée.

A ces mots, Summers parut se ressaisir. Il lui lâcha le bras et, d'une voix adoucie, conclut :

— C'est bon, je sais que vous ne pensiez pas à mal. A présent, excusez-moi, j'ai à faire.

Elle le dévisagea, encore sous le choc, puis, sans un mot, tourna les talons et quitta le bureau d'un air hautain en claquant la porte.

Une fois seul, Summers se laissa tomber dans son fauteuil et ferma les yeux. Comment avait-il pu succomber au charme vénéneux de cette femme ? se demanda-t-il pour la énième fois. Cependant, il l'avait fait et il ne pouvait s'en prendre qu'à lui-même. Heureusement, il ne s'était jamais laissé aller à des privautés avec elle. Leur relation demeurait au stade du flirt, et c'était bien assez.

En réalité, cela devait même cesser au plus vite.

Aubrey Masters quitta le bureau de bonne heure ce jour-là. Une fois par semaine, il se rendait chez son fournisseur pour se procurer les graines et les racines séchées qui faisaient son ordinaire. Un radieux soleil brillait en cette fin d'après-midi et il faisait plutôt doux pour la saison. Cette petite promenade lui ferait le plus grand bien pour chasser l'anxiété qui le rongeait.

Le climat, au bureau, était des plus détestables. John Summers était furieux contre Margot Grant, et Aubrey ne pouvait l'en blâmer. Elle ne cessait de fourrer son nez là où il ne fallait pas, interférant sans cesse dans la marche des affaires. Summers n'était pas le seul à en prendre ombrage. En vérité, tous les directeurs de la compagnie – et lui aussi – commençaient à en avoir par-dessus la tête de cette intrigante. Il n'y avait pas de place pour les femmes à la direction de la compagnie, pas plus pour Margot que pour une autre. Ce n'était pas parce qu'elle avait épousé Henry Grant qu'elle devait se croire tout permis. Le monde des affaires n'était pas pour elle.

Les pensées d'Aubrey quittèrent la Française pour se porter sur Alfredo Oliveri. Une énigme, celui-là. Un type dangereusement vindicatif et ambitieux, voilà ce qu'il en pensait. Ce n'était pas parce qu'il avait travaillé à la compagnie toute sa vie que cela lui donnait le droit d'accéder à certains privilèges. Cela faisait déjà des années qu'Aubrey se demandait si Oliveri n'avait pas tout bonnement l'intention de lui voler sa place.

Depuis quelque temps, l'Italien s'attardait à Londres alors que sa place était à Carrare. Se pouvait-il qu'il fût un traître travaillant pour le camp ennemi ? Etait-il en cheville avec Edward Deravenel ? Cette seule pensée le faisait bondir. Plus il y pensait, plus cette hypothèse lui paraissait plausible. Sans doute Oliveri avait-il retourné sa veste à Carrare, en faisant plus ample connaissance avec le jeune Deravenel.

Il fallait trouver un moyen de le discréditer et de le chasser de l'entreprise. Le plus tôt serait le mieux.

Plongé dans ses pensées, il ne vit pas le couple bien habillé qui lui emboîtait le pas sur le Strand, attentif à ne pas se faire repérer.

Poursuivant sa route, il traversa la foule animée qui peuplait Trafalgar Square, ignorant qu'une troisième personne – une jeune fille, élégamment habillée elle aussi – venait de rejoindre le couple qui le suivait à distance. La route était plutôt longue du Strand à Piccadilly, mais Aubrey appréciait cette promenade sous le soleil précoce de ce mois de mars. Jetant un regard sur sa gauche, il admira les pelouses verdoyantes de Green Park. Le printemps n'était pas loin.

Ce fut le moment que choisit la jeune fille pour le rejoindre dans Half Moon Street. Elle lui frappa légèrement le bras et, d'une voix légèrement essoufflée, dit très vite :

— Sir, excusez-moi... Sir ?

Agacé par cette intrusion, Aubrey fit volte-face pour la toiser avec colère, des mots durs prêts à s'échapper de ses lèvres. Mais, lorsqu'il vit la ravissante créature qui le regardait humblement, il se ravisa, confondu par son charme innocent et par sa grâce, et répondit :

— Puis-je vous aider en quoi que ce soit, mademoiselle ?

— Croyez-moi, sir, je suis vraiment confuse de vous déranger, dit-elle en lui souriant de toutes ses dents, mais il se trouve que je ne connais pas du tout ce quartier. Je cherche Sheperd's Market, mais j'ai bien peur de m'être égarée.

Séduit par la beauté de son sourire et par sa voix mélodieuse, Aubrey répondit, presque malgré lui :

— Je serai heureux de vous y conduire. Je m'y rends moi-même. Suivez-moi, voulez-vous ? Ce n'est pas loin.

La jeune fille sourit de nouveau.

— Quel soulagement de vous avoir rencontré ! Et comme c'est aimable de votre part de m'y conduire. Je ne connais pas Sheperd's Market. Est-ce que c'est un endroit intéressant ?

— Oh oui, vous verrez. Ce n'est pas grand, mais on y trouve de tout.

Le regard d'Aubrey se posa à nouveau sur l'inconnue et il fut frappé par sa beauté.

— Je suppose que vous souhaitez acheter quelque chose pour vous-même ? s'enquit-il d'une voix si douce qu'il en fut tout étonné lui-même.

La jeune femme secoua la tête.

— Oh non, sir. Je suis à la recherche d'une boutique spécialisée où l'on peut acheter des graines, des racines et autres végétaux. C'est pour ma pauvre mère qui est malade. Elle souffre de l'estomac et un ami de la famille lui a conseillé de suivre un régime végétarien. Il jure qu'elle se sentira mieux après.

Les yeux d'Aubrey s'allumèrent.

— Comme c'est amusant, s'exclama-t-il. Je suis moi-même végétarien et je me rends précisément dans cette boutique.

— Alors, c'est que je suis drôlement vernie, s'écria l'inconnue.

Elle tendit la main en poursuivant :

— Mon nom est Phyllida Blue.

Aubrey lui serra chaleureusement la main.

— Et moi, je m'appelle Aubrey Masters. Enchanté de faire votre connaissance, mademoiselle Blue.

— Je vous en prie, appelez-moi Phyllida, comme tout le monde.

Tandis qu'ils cheminaient de concert dans Cruzon Street, Aubrey expliqua à la jeune femme ce qu'il comptait acheter à la boutique, louant les vertus du régime végétarien et l'exhortant à suivre son exemple. Quelques instants plus tard, ils pénétrèrent dans la vaste cour carrée de Sheperd's Market autour de laquelle s'alignaient des boutiques et de nombreux restaurants.

— C'est ici, Phyllida, annonça Aubrey, poussant la porte d'une petite échoppe et l'invitant à le suivre.

En le voyant entrer, le marchand lança jovialement :

— Bonjour, monsieur Masters, je vous attendais.

Ses yeux se posèrent sur la jeune femme. Comme elle était jolie avec ses boucles blondes, ses grands yeux bleus et cette bouche pulpeuse comme un fruit frais.

— Bonjour à vous, miss.

Notant ce regard admiratif posé sur la jeune fille, Aubrey répondit d'un ton sec :

— Je vous présente Mlle Blue, Phinéas. Elle recherche certains produits pour sa mère. Ne vous inquiétez pas, je m'en charge, ajouta-t-il d'un ton possessif.

— Faites donc, monsieur Masters, dit l'homme.

A peine Aubrey venait-il de lui tourner le dos qu'il décocha un clin d'œil à la jeune femme. Elle lui sourit en retour avant de suivre Aubrey qui, déjà, se plongeait dans l'étude des différents bocaux alignés sur les rayonnages.

— On m'a dit de rapporter des champignons séchés, des lentilles, du sagou, des noix et des cosses de haricots.

— Ne vous inquiétez pas, ma fille, je vais vous aider à trouver tous ces articles, dit aussitôt Aubrey, surpris lui-même de s'entendre prononcer ces paroles.

Mais il se sentait si attiré par cette ravissante jeune personne qu'il n'aurait pu agir autrement. Agée d'à peine vingt ans – la moitié de son âge, pensa-t-il –, elle était si fragile, si exquise, qu'il s'en trouvait tout remué au fond de lui-même. Il avait l'impression qu'elle réveillait des sentiments qu'il croyait à jamais enfouis. Il mourait d'envie de la revoir.

Oh oui, il lui fallait absolument la revoir !

Trois heures plus tard, Phyllida Blue retrouva un couple élégamment vêtu qui l'attendait dans l'arrière-salle d'un pub de Maiden Lane, tout près du Strand.

— Il est accroché, annonça-t-elle.

— Racontez-nous ça, dit l'homme avec un sourire ravi.

— Facile, Charlie, répondit Phyllida en lui retournant son sourire. Il a avalé le ver et l'hameçon sans broncher. Après, il m'a emmenée boire un café et il voudrait bien me revoir la semaine prochaine. Même heure, même endroit.

— Bonne fille. Tu as fait du bon boulot, lâcha la femme.

Elle consulta sa montre de gousset.

— Nous ferions mieux de partir. On nous attend au théâtre.

— On a encore une ou deux minutes devant nous, Sadie, dit Charlie. Ce n'est pas loin.

Il regarda Phyllida et laissa échapper un petit rire de gorge.

— Tu es une sacrée actrice, Maisie. Je t'ai bien formée, on dirait.

— Ça, c'est bien vrai, Charlie.

John Summers se sentait si agité ce soir-là qu'il ne réussit pas à faire honneur à l'excellent dîner préparé par sa cuisinière. Il jeta sa serviette sur la table et quitta la salle à manger pour se retirer dans la bibliothèque.

Quelques instants plus tard, Fellowes, son majordome, frappa à la porte.

— Est-ce que tout va bien, sir ?

— Oui, oui, je vous remercie, répondit Summers d'une voix calme.

— La cuisinière se tourmente beaucoup, sir. Elle a peur de vous avoir déplu.

— Nullement, Fellowes. Présentez-lui, au contraire, mes compliments. Ah, au fait, servez-moi donc un cognac.

Un peu plus tard, confortablement installé dans un profond fauteuil de cuir près de la cheminée, son verre à la main, il se mit à réfléchir.

Les récents événements qui venaient de marquer la journée continuaient de le hanter. Jusque-là, il avait toujours su exactement où il en était avec son équipe, connaissant chaque qualité et chaque faiblesse de ses directeurs. Mais il ne s'attendait nullement à découvrir une telle dureté chez Margot Grant. Il n'en restait pas moins qu'elle représentait un atout intéressant car sa loyauté lui était assurée et, de surcroît, elle était prête à tout. De même, on pouvait compter sur Henry malgré sa folie. Il était tellement attaché à Margot, si tant est qu'il puisse encore éprouver une forme d'amour.

Summers soupira et ses yeux se posèrent sur un petit tableau installé sur une table près de la cheminée. C'était Georgina, sa fiancée, qui l'avait réalisé. Si seulement elle n'avait pas été tuée dans cet accident, des années auparavant ! Les choses en seraient allées différemment, alors. Il aurait une épouse, une famille et ne souffrirait pas de solitude comme c'était le cas aujourd'hui. Georgina lui manquait tellement ! A l'exception de ses frères, qui résidaient dans le Somerset, il n'avait aucun confident, aucun ami proche en qui placer sa confiance.

Comme il se sentait seul, parfois. Il lui arrivait même de trouver sa vie insupportable.

Les problèmes s'accumulaient à l'horizon et, John le savait, il en aurait encore pour des mois avant de les résoudre. Il n'allait sûrement pas laisser l'empire s'écrouler sans rien faire. Il fallait réfléchir, trouver des solutions à tout prix. Avec l'aide de quelques alliés de choix, il remettrait la compagnie en selle.

Il le fallait.

23

Il arrivait à Cecily Deravenel de souhaiter n'être pas née femme. Il y avait tant de choses qu'elle aurait pu faire mieux et plus vite que bien des hommes qu'elle connaissait. Mais, appartenant à la génération de l'ère victorienne et, à présent, étant une femme de l'époque édouardienne, elle s'était vu et se voyait encore interdire tant de choses. Au fil des années, elle avait souffert de frustration, d'ennui et d'impatience, en silence, comme tant d'autres femmes. Beaucoup d'hommes, officiellement ou en privé, se plaignaient de Mme Pankhurst et de son combat pour le droit des femmes, mais, en ce qui la concernait, Cecily ne pouvait s'empêcher d'admirer sa lutte courageuse pour la cause féminine.

Si seulement cela avait été elle qui avait tenu le rôle de Richard, son époux, à la compagnie ces dernières années. Elle n'aurait cessé de harceler Henry Grant sur sa pitoyable gestion. Pourtant, Richard n'avait jamais entrepris la moindre action contre son cousin Henry. Peut-être au nom de l'affection qu'il lui vouait, enfant, lorsqu'ils étaient encore les meilleurs amis du monde.

Tout était là, tous les documents permettant de renverser l'usurpateur et de mettre fin à des années de trahison et d'injustice. Plus tôt, ce matin-là, elle s'était rendue à la cave de la maison de Charles Street et, aidée de Swinton, avait ouvert la chambre forte. Puis, lorsque le majordome l'avait laissée seule, elle avait cherché – et trouvé – la liasse de papiers glissée dans une taie d'oreiller blanche et placée là par Richard pour la garder en sécurité. Après quoi, Cecily était remontée à la salle à manger pour étaler les papiers sur la grande table et les étudier un à un.

Il s'agissait de copies de documents remontant parfois à des centaines d'années. Ils étaient si fragiles qu'ils ne quittaient pas les coffres de la compagnie et certains, d'une valeur inestimable, dataient même de l'époque de la fondation de l'empire par Guy de Ravenel.

Cecily consulta attentivement chaque page et, très vite, comprit que les notes rédigées par son mari dans son petit carnet faisaient allusion à des faits véridiques. Mais alors, si Richard possédait des preuves aussi flagrantes de son bon droit, pourquoi ne les avait-il jamais fait valoir devant le conseil d'administration ? De façon totalement incompréhensible, il s'était contenté de les rassembler avec soin, mais sans jamais agir.

Richard n'avait pourtant pas été un poltron, bien au contraire. Courageux, vaillant, il aurait été capable d'affronter sans ciller les plus redoutables des ennemis. Pourtant il avait renoncé au combat, se contentant de protester à haute voix contre soixante années d'usurpation de pouvoir, entretenant ainsi l'irritation de ses rivaux sans jamais en menacer réellement la suprématie. Hélas... Richard avait emporté dans la tombe les raisons d'un comportement aussi étrange.

Deux heures plus tard, pleinement informée des règles qui avaient régi la compagnie tout au long des siècles, Cecily rassembla les documents et les rangea dans l'un des tiroirs d'une petite commode de sa chambre à coucher.

Lorsque son fils Edward rentrerait de son déjeuner avec Will et son cousin Neville, elle les lui montrerait. Si Richard n'avait jamais jugé bon de requérir les conseils de sa femme sur la gestion de ses affaires, il en allait tout autrement d'Edward. Ce dernier, sachant combien sa mère pouvait se montrer avisée et perspicace, ne manquait jamais de prendre conseil auprès d'elle, écoutant ses avis avec la plus grande attention.

— Je n'arrive pas à y croire ! s'exclama Edward. Personne ne m'a dit que tu serais là aujourd'hui, Johnny !

Le jeune homme traversa d'un pas rapide la bibliothèque de Chelsea House, la résidence de Neville, et alla étreindre son cousin bien-aimé. Ce dernier lui sourit gentiment.

— Je suis arrivé hier soir, mais personne n'en a été informé.

Les deux jeunes gens se contemplèrent avec affection. Tant de souvenirs les liaient. Depuis toujours, ils avaient été non seulement de proches cousins, mais aussi les meilleurs amis du monde, grandissant ensemble dans le Yorkshire – Johnny à Witton Castle, la splendide demeure que Rick Watkins possédait dans la région des Dales, et Edward à Ravenscar, sur les hautes falaises bordant la mer du Nord. Au fil des années, ils s'étaient rendu régulièrement visite et avaient également séjourné à plusieurs reprises ensemble à Thorpe Manor chez Neville et Nan.

Plus âgé qu'Edward de quelques années, Johnny avait cependant toujours partagé avec celui-ci les mêmes valeurs morales : sens de l'honneur, loyauté envers la famille et les amis, intégrité... Ce même esprit chevaleresque, issu d'une volonté authentique de se dépasser, avait encore rapproché les deux cousins, les liant d'une mutuelle estime depuis leurs plus jeunes années.

Johnny s'écarta de quelques pas pour poser son beau regard gris sur Edward.

— Je m'attendais à trouver un guerrier blessé au champ d'honneur, mais je ne vois rien.

Edward sourit.

— Cela fait quinze jours que l'agression a eu lieu et, depuis, les hématomes se sont estompés. Tu aurais dû me voir alors. Mon visage offrait un très intéressant camaïeu de bleus et de noirs. Quant à mon épaule, elle va un peu mieux.

Johnny effleura son bras, le visage redevenu grave.

— Merci, mon Dieu, tu vas bien. Seigneur, Ned, tu aurais pu être tué ! Que serait-il advenu de moi, de nous tous ? Après la tragédie qui vient déjà de frapper nos deux familles, après la mort de nos frères Thomas et Edmund, après celle de nos pères, je ne crois pas que j'aurais supporté de te perdre.

Un long silence suivit ces paroles. Les yeux bleus d'Edward se détournèrent, lourds de chagrin.

— Je sais, Johnny, dit-il enfin, je sais combien ces blessures sont encore vives pour nous tous. Mais il nous reste le réconfort de nos familles, et toi et moi pouvons compter l'un sur l'autre.

— A jamais, l'assura Johnny.

Edward hocha la tête et sourit à son cousin. Comment aurait-il pu savoir, alors, qu'il n'en serait pourtant pas toujours ainsi ?

— Comment vont Isabella et ton fils ?

— Très bien. Si la situation exige que je m'installe à Londres de façon permanente, ma femme me rejoindra ici. En ce qui concerne les affaires, tout se passe bien dans le Yorkshire. Nos laineries de Bradford produisent les meilleurs tissus, la plupart destinés à l'exportation, et nos usines de machines de Leeds sont en pleine expansion. Les mines de charbon tournent bien, mieux que jamais même. Toutes nos industries affichent une insolente santé. Avant de mourir, mon père avait la situation parfaitement en main.

Johnny s'interrompit un court instant, submergé par l'émotion à l'évocation du souvenir de son père.

— Neville a, de son côté, géré tout aussi remarquablement ses propres affaires, reprit-il. Il m'a demandé de venir à Londres pour, en quelque sorte, te tenir compagnie, si je puis m'exprimer ainsi. Jusqu'à ce que nous reprenions la main à la compagnie.

— Ce qui ne manquera pas de se réaliser dans un futur proche ! lança Neville Watkins avec assurance depuis le seuil de la bibliothèque.

Accompagné d'Amos Finnister et d'Alfredo Oliveri, il rejoignit les deux cousins et fit les présentations. Si Johnny et Neville affichaient un air de famille évident, Neville, l'aîné, était de loin le plus élégant. Vêtu sobrement, discret, Johnny n'en possédait pas moins le charme et la beauté des Watkins. Il ressemblait beaucoup, par certains côtés, à sa tante Cecily Watkins Deravenel, la mère d'Edward.

Zélé, rigoureux, il savait gérer intelligemment ses affaires sans pour autant devenir un forcené de travail comme Rick, son père. Il aimait à taquiner Neville – qui, inlassablement, parcourait l'Angleterre – en lui répétant que sa véritable maison était une valise. Johnny, pour sa part, aimait le calme de la vie à la campagne et les joies tranquilles de son foyer, contrairement à Neville et Edward qui, n'ayant toujours connu que le luxe, recherchaient tous les plaisirs d'une existence dorée.

Neville désigna les fauteuils disposés devant la cheminée.

— Je sais que nous sommes début avril, mais il fait plutôt froid dehors, dit-il avant de s'asseoir près du feu.

Quelques minutes plus tard, Will Hasling entrait à son tour dans la bibliothèque, saluant les autres hommes avec la légèreté joyeuse qui le caractérisait. Il serra avec ferveur la main de Johnny car les deux jeunes gens, amis de longue date, avaient appris à s'apprécier et à se faire confiance.

— Alfredo Oliveri a certaines révélations à nous faire, expliqua Neville. Je suggère donc de le laisser prendre le premier la parole.

L'Italien se pencha légèrement en avant.

— Pour commencer, je vais vous parler des réactions enregistrées chez Deravenel après l'agression dont fut victime M. Edward. L'atmosphère était tendue et, selon Robert Aspen et Christopher Green, deux alliés sûrs au sein de l'entreprise, John Summers se montra furieux de cet événement. Il convoqua ses directeurs et les exhorta à lui faire connaître le responsable de cette attaque.

— J'imagine qu'ils ont tous nié, observa Edward en jetant un regard entendu à Neville.

Alfredo hocha la tête.

— Evidemment. C'est alors que James Cliff eut l'idée d'une stratégie astucieuse. Il déclara à qui voulait l'entendre que Jack Beaufield devait connaître le fin mot de l'histoire puisqu'il avait été très fréquemment « séquestré » par Margot Grant ces temps derniers.

— Vraiment ? s'exclama Neville avant d'éclater de rire.

Il regarda Amos et reprit :

— Ma foi, nous étions déjà un peu au courant, n'est-ce pas, Finnister ?

Le détective sourit, mais demeura silencieux.

— Jack Beaufield avoua avoir des relations *amicales* avec Mme Grant, reprit Alfredo Oliveri. Mais, selon lui, il avait refusé catégoriquement de nuire personnellement, et de quelque façon que ce soit, à Edward Deravenel. Il aurait suggéré à Margot Grant d'engager des hommes de main pour faire ce sale boulot.

— Et c'est bien ce qu'elle a fait, intervint alors Amos Finnister. Seulement nous ne pourrons jamais le prouver.

— Les rapports entre John Summers et Margot se sont considérablement refroidis, mais pas pour longtemps. D'après Christopher Green, leur relation connaît régulièrement ce genre d'éclipses. En attendant, Jack Beaufield a connu la disgrâce, conclut Alfredo.

— Rien de tout cela ne me paraît surprenant, observa Neville.

Il s'interrompit un moment, perdu dans ses pensées.

— Cependant, maintenant que j'y pense, il ne serait pas stupide de tout faire pour qu'ils s'entre-déchirent, conclut-il.

— Cela ne va pas tarder, affirma Edward. Ils sont tous épris de cette Française, se comportant comme de vrais petits chiens dès qu'elle donne un ordre.

Chacun digéra ces informations en silence quelques minutes. Puis Alfredo Oliveri reprit la parole.

— Je souhaite à présent vous parler d'Aubrey Masters. Hormis le fait qu'il se comporte plutôt bizarrement d'une manière générale, j'ai entendu dire qu'il m'avait pris en grippe et qu'il s'employait par toutes sortes de ragots et de calomnies à ternir ma réputation au sein de la compagnie. Je n'aime guère le tour que prennent les choses en ce qui me concerne.

— Il faut immédiatement que cela cesse, déclara froidement Neville en regardant Amos. Il faut le forcer à se retirer.

— Je dois dire qu'il commence à devenir dérangeant, déclara ce dernier, en s'efforçant de décrire aussi exactement que possible Aubrey Masters.

Il s'apprêtait à dire autre chose, mais se ravisa.

— Nous devons trouver le moyen de persuader Aubrey de cesser ses manigances, poursuivit Neville. Et lui faire comprendre qu'il ne peut continuer à répandre ces méchantes rumeurs sur tous, et particulièrement sur Alfredo Oliveri ici présent.

— J'y veillerai, sir, répondit Amos, sans pour autant dissimuler ses doutes quant aux résultats d'une telle entreprise.

— Je viens de faire une dernière et très importante découverte, dit lentement Oliveri. Je comprends à présent, tout comme votre père avant moi, monsieur Edward, ce qui ne va pas avec les mines.

Un silence impressionnant tomba sur la bibliothèque. Personne n'avait envie de parler ni même de bouger, la nouvelle apportée par Oliveri méritant l'attention de tous.

— Il semblerait que quelqu'un vole une partie de la production minière, reprit Alfredo. Minerais précieux, diamants, émeraudes, et j'en passe.

— Mais qui ? demanda Edward, stupéfait.

— A mon avis, les responsables qui œuvrent sur place, répondit l'Italien.

— Comment ont-ils osé ! s'exclama Neville, les yeux étrécis par la colère.

Il posa sur Oliveri un regard aigu.

— Croyez-vous qu'ils bénéficient de la complicité d'un membre de l'entreprise ici, en Angleterre ?

— C'est très probable, confirma Oliveri. Rob Aspen est d'accord avec moi sur ce point. Nous avons passé des heures, cette semaine, à étudier ce problème. C'est ainsi qu'il a attiré mon attention sur les anomalies des comptes du département minier. Nous sommes convenus de garder cette découverte pour nous. Pas question de laisser Aubrey Masters ou quiconque l'apprendre.

— Pourquoi ? interrogea Edward.

Puis il enchaîna rapidement :

— Je comprends. Ne prenez pas la peine de répondre à mes questions stupides. Si ceux de la partie adverse apprennent que nous avons découvert le pot aux roses, ils couvriront leurs arrières et nous ne pourrons plus les coincer. En attendant, je suis d'accord, il faut bien qu'ils aient un complice dans les bureaux du Strand.

— Exact, approuva Alfredo avec un sourire. Vous voyez que vous n'êtes pas stupide, monsieur Edward.

— Ce qui signifie que, pour l'instant, nous ne ferons rien pour redresser la situation, du moins pas avant d'avoir repris les rênes de la compagnie cet été, annonça Neville. Laissons cela de côté pour le moment. Finnister m'a informé il y a quelques jours qu'il s'est procuré les preuves qu'Henry Grant a bien effectué plusieurs séjours dans des asiles psychiatriques. Nous vous écoutons, Finnister.

— M. Watkins vient déjà de vous dire l'essentiel, commença Amos. Nous possédons en effet les dossiers concernant M. Grant et j'ai demandé à un médecin de renom de les étudier puis de rédiger un résumé de leur contenu. M. Rupert Haversley-Long est un éminent psychiatre, un élève du fameux Dr Sigmund Freud.

— Je suis certain qu'il sera parfaitement qualifié pour mener cette tâche à bien, approuva Neville avant de se lever. Et maintenant, messieurs, allons à la salle à manger. Nous discuterons de tout cela autour d'un apéritif avant de partager le déjeuner.

Ses invités le suivirent hors de la bibliothèque et, en chemin, Edward déclara à Alfredo :

— Ne vous inquiétez pas, mon vieux. Nous parviendrons bien à neutraliser Aubrey Masters d'une façon ou d'une autre. Car il n'est pas question de vous perdre, signor Oliveri. Votre aide nous est bien trop précieuse en ce moment, tout particulièrement à Londres. A vrai dire, nous avons besoin de vous ici en permanence.

— Je comprends, approuva l'Italien. Quand comptez-vous reprendre vos activités ?

— Lundi matin. L'hôpital m'a fait passer plusieurs examens la semaine dernière et tout semble normal. A mon avis, ils se sont montrés très prudents, comme s'ils ne voulaient pas trop m'abîmer. Mais ma mère a insisté pour que je subisse encore une batterie de tests médicaux. Et même le docteur Robertson n'oserait pas s'opposer à Cecily Deravenel.

Alfredo Oliveri eut un sourire entendu.

— Votre mère est une personne remarquable, monsieur Edward. Et elle a raison. Les blessures à la tête peuvent être dangereuses. Très dangereuses, même.

24

Debout au centre du salon de Vicky Forth, dans sa maison de Kensington, Lily tournait sur elle-même pour mieux admirer le décor qui l'entourait.

— C'est absolument superbe ! s'exclama-t-elle d'un air ravi. Vicky, ma chérie, tu as un vrai talent de décoratrice.

— Je suis heureuse que cela te plaise, répondit Vicky avec gratitude. Pour tout dire, j'étais un peu inquiète du résultat. Est-ce que ce n'est pas un peu trop... clair ?

— Pas du tout ! J'adore ce mélange d'ivoire et de blanc, et aussi ces touches de vert et de lilas ici et là. C'est vraiment charmant.

— Pas trop féminin ?

— Bien sûr que non. Le bois sombre de tes meubles anciens n'en ressort que mieux et équilibre le tout.

— J'espère seulement que Stephen sera de ton avis.

— J'en suis certaine, Vic, la rassura Lily. Quand rentre-t-il de New York, au fait ?

— Dans une semaine. Il a dû faire un crochet par San Francisco, ce qui n'était pas prévu, mais son voyage d'affaires se passe bien et il prendra le bateau à New York pour regagner l'Angleterre dans quelques jours. Je meurs d'impatience de le revoir. J'ai l'impression que cela fait des siècles qu'il est parti.

— Je comprends ton sentiment, murmura Lily.

Elle alla s'asseoir sur une ravissante causeuse recouverte de soie damassée vert pâle et s'adossa aux coussins lilas et verts.

— Et ces fleurs, dit-elle en jetant un nouveau regard admiratif autour d'elle ; à les voir aussi éclatantes, on a l'impression que le printemps s'est installé dans ton salon.

— Merci, Lily, dit Vicky en s'asseyant dans un fauteuil à côté de son amie.

Puis, fixant sur elle un long regard, elle demanda :

— Est-ce que tu as parlé à Ned ?

— Pas encore. Je ne l'ai vu qu'une seule fois cette semaine après sa sortie de l'hôpital. Il m'a semblé que ce n'était guère le moment de le perturber davantage. Mais je vais lui parler, ne t'en fais pas !

— Bien. Changeons de sujet : figure-toi que j'ai déniché une charmante maison tout près de chez moi dans le Kent. Pas trop grande, juste ce qu'il te faut. J'ai pensé que tu pourrais venir avec moi la visiter lundi ou mardi, avant que Stephen ne rentre d'Amérique.

— Oh, Vicky, tu es fantastique ! s'écria Lily, le visage illuminé de joie. A dire vrai, je songeais justement à déménager, quitter Belsize Park pour une maison que j'ai vue à South Audley Street, dans Mayfair.

— Je vois. J'espère que tu ne te fatigues pas trop avec tout cela, compte tenu de ton état.

Lily se mit à rire.

— Je me sens très bien, en pleine santé même ! Pour l'instant, seules les nausées du matin me gênent un peu. La maison de Mayfair n'est pas très grande, mais elle suffira pour mon enfant et pour un personnel restreint. Je déteste l'idée que Ned ait pu se faire attaquer à Belsize Park. Il vaut beaucoup mieux que j'aille habiter dans les quartiers du West End.

— Je comprends.

Vicky demeura pensive quelques instants avant de demander doucement :

— Tu vas vraiment garder le bébé, n'est-ce pas ?

— Oh oui. Il n'est pas question de l'abandonner ! Il fait déjà partie de moi-même, tout comme il fait partie de la vie de Ned. Je compte d'ailleurs lui expliquer clairement que je garderai toute mon indépendance. Ainsi que je te l'ai dit, je ne veux rien recevoir de lui.

— Voilà qui est on ne peut plus courageux. A présent, j'aimerais te confier quelque chose, Lily. Je crois que c'est important.

Lily lui jeta aussitôt un regard alarmé.

— Qu'y a-t-il ? Tu me sembles soudain bien grave.

— C'est vrai. Il se trouve que j'ai pris une décision à laquelle je songeais depuis longtemps. Avec mon amie Fenella Fayne, j'ai l'intention de m'engager dans le bénévolat au service d'œuvres sociales.

— Fenella Fayne ? La veuve de Jeremy Fayne ?

— Nous sommes amies de longue date. Peut-être ignores-tu qu'elle dirige un asile pour femmes en difficulté dans l'East End.

J'ai toujours admiré son travail et, moi aussi, j'aimerais m'engager au service des plus déshérités. Il y a tant de misère à Londres, la capitale la plus importante du monde. Je ne peux tout simplement plus supporter l'écart dramatique entre la condition des nantis et celle, désespérée, des plus pauvres.

Lily hocha la tête.

— Je suis très heureuse de cette décision. Voilà longtemps que tu avais envie de t'impliquer dans de telles actions généreuses.

Lily sourit tendrement à son amie et lui prit la main.

— Tu es toujours si attentive aux autres, toujours si solidaire. Je suis sûre que tu excelleras dans ce rôle. Fenella Fayne doit être ravie de t'avoir à ses côtés.

Vicky eut un petit rire embarrassé.

— Je ne lui ai encore rien dit, mais elle connaît l'intérêt que je porte à son action. Je compte lui rendre visite la semaine prochaine.

— Stephen est d'accord, naturellement ?

— Je l'espère. Il sait combien je tiens à voir les femmes participer à la vie sociale, si toutefois elles le souhaitent, bien entendu. Il est de ces rares hommes qui pensent que le combat mené par Mme Pankhurst est légitime. Je crois qu'il est assez fier de me voir m'émanciper.

Lily hocha la tête.

— J'approuve totalement ton point de vue. La pauvreté, à Londres, est intolérable. Il existe de véritables cloaques, comme Providence Place, par exemple. Les gens vivent dans des taudis innommables.

— Exact. Et les femmes y sont battues régulièrement par leurs maris alcooliques. Leur condition physique est des plus misérables et cela me fait bouillir de colère quand on connaît, par ailleurs, les richesses de certains nantis qui vivent dans l'opulence et se moquent éperdument de ces infortunés. Alors qu'il suffirait, parfois, de bien peu de chose pour sauver une vie.

Vicky s'interrompit et courut à la fenêtre en entendant une voiture approcher.

— Oh, Lily chérie, j'ai bien peur que ce ne soit mon frère Will accompagné de Ned et de, Seigneur... *Johnny Watkins* ! Ils sont arrivés plus tôt que prévu.

Amos Finnister s'installa à une table pour quatre, dans un coin de la salle du Mandarin Royal, un restaurant chinois de Limehouse – son préféré. Six heures, c'était un peu tôt pour dîner, mais Charlie avait insisté pour un rendez-vous de bonne heure, ce dimanche soir.

Les pensées du détective le ramenèrent vers le déjeuner de la veille avec Neville Watkins et ses collaborateurs. Les informations qui s'étaient échangées au cours du repas avaient été des plus intéressantes. Tout se déroulait à merveille, bien plus vite, même, qu'il ne l'espérait.

Le dossier médical de Henry Grant venait très commodément de changer de mains et Alfredo Oliveri avait communiqué des renseignements de la plus haute importance sur la division minière et ses responsables. A présent, grâce à Charlie, il avait dans son équipe deux nouvelles recrues en mesure de river leur clou à James Cliff, Jack Beaufield et Philip Dever. Feignant d'être des aristocrates, ces deux comédiens diraient aux trois compères qu'ils possédaient des informations capitales sur leurs vices cachés, qui, si jamais elles venaient à être révélées, menaceraient directement leur vie privée et leur situation sociale. En d'autres mots, il s'agissait bel et bien de chantage.

Toujours ponctuel, Charlie entra d'un pas rapide dans le restaurant, balaya la salle du regard et aperçut Amos qui lui faisait un discret signe de la main. Les deux hommes se saluèrent et Charlie s'installa à la table, un large sourire sur son visage aux traits réguliers.

— Bonsoir, monsieur Finnister.

— Bonsoir, Charlie. Aimerais-tu un peu de ce délicieux thé au jasmin ? Il est très rafraîchissant.

— Avec plaisir, sir, je vous remercie.

Charlie se carra contre le dossier de sa chaise et jeta un coup d'œil autour de lui.

— Apparemment, nous sommes les seuls clients.

— Ce n'en est que mieux, acquiesça Amos. Eh bien, mon ami, que pensez-vous du rôle que vous jouerez ce soir ?

Il sourit au jeune acteur dont il avait déjà apprécié maintes fois le talent à l'occasion de « missions » d'un genre un peu spécial.

— Jouer les riches, ça me plaît bien, monsieur Finnister, répondit Charlie. Je m'entraîne déjà à parler avec un accent des plus distingués, snob, même.

— Je dois avouer que je suis épaté par tes dons d'imitation, Charlie, acquiesça Amos. Cette façon que tu as de reproduire pratiquement n'importe quel accent est absolument prodigieuse.

— P't'être ben qu'oui, p't'être ben qu'non, fit le comédien en reprenant avec aisance son accent cockney. Les choses sont pas toujours c'qu'elles ont l'air d'être, pas vrai, monsieur F. ? Mais ça pourrait bien s'gâter pour nous dans l'coin. Alors, faut qu'j'vous dise. Ma sœur et moi, on part pour la grande Amérique.

Stupéfait, Amos se redressa sur sa chaise.

— Je veux bien être pendu ! s'exclama-t-il. Ainsi vous vous êtes décidés ? Ta sœur doit être terriblement excitée à cette idée.

— Elle sait rien encore, mon prince. J'compte ben lui en faire la surprise.

— Fort bien, fort bien, Charlie, mon garçon. Voilà une décision très sage. Londres commence à devenir un peu dangereux pour vous deux. Tu vas me manquer, mais ta sœur et toi serez plus en sécurité ailleurs, le plus loin possible même.

— Elle et moi, on aura la grande vie là-bas, vous verrez.

Amos sourit.

— J'en suis sûr, Charlie.

Ce fut le moment que choisit le serveur chinois pour apporter le thé au jasmin et les menus. Puis, après un profond salut, il disparut aussi silencieusement qu'il était venu. Amos se pencha légèrement vers l'acteur.

— Tout est prêt pour demain, Charlie ?

Reprenant sa voix cultivée, ce dernier répondit à voix basse :

— Pas de problème, monsieur Finnister. Maisie s'est arrangée pour rencontrer Aubrey Masters dans un café de Sheperd's Market. Elle lui dira qu'elle doit s'absenter une semaine pour aller rendre visite à sa grand-mère et lui remettra un petit cadeau d'adieu.

Avec un petit hochement de tête, Amos glissa une main dans sa poche et en retira un petit paquet qu'il posa sur la table. Le comédien l'étudia quelques instants.

— De la pourprée, comme c'est original !

Il le fourra dans sa poche sans autre commentaire.

— Maisie sait ce qu'il faut en faire, n'est-ce pas ? demanda Amos.

Charlie hocha la tête.

— Pour sûr. Elle doit mélanger l'contenu avec les graines et les cosses qu'elle lui donnera dans un sac d'papier brun.

— Parfait.

— Au fait, monsieur F., qu'est-ce que ça lui fera, ce machin ?

— Oh, un bon vieux mal de tripes qui le gardera au lit deux ou trois jours, rien d'autre, répondit sereinement le détective. C'est un mélange d'herbes sèches et de graines, voilà tout.

— Alors tout va bien, approuva Charlie.

Le comédien exhuma une feuille de sa poche intérieure et reprit :

— Avec ça, vos deux recrues f'ront pas d'faux pas, mon prince.

Amos jeta un coup d'œil au papier.

— Les noms sont authentiques ?

— Non, m'sieur, ça s'rait pas prudent. Y a qu'des pseudos, comme ma Maisie avec son Phyllida Blue. Ne m'demandez pas pourquoi elle a choisi c'drôle de nom.

— Est-ce qu'elle l'a déjà utilisé en d'autres occasions ? demanda Amos, l'air soudain inquiet.

— Bien sûr que non, monsieur F. On n'est pas des idiots, tout d'même.

— Et tes deux amis comédiens, quand nous rejoignent-ils ?

— D'ici une heure, mon prince.

— Dans ce cas, nous avons le temps de dîner. Je prendrai du canard à l'orange. Et toi, Charlie ?

— Comme d'habitude, mon prince. Du porc aigre-doux et du riz.

Après avoir passé commande, Amos jeta un long regard pensif au comédien.

— Maisie part aussi demain, n'est-ce pas ?

— Tout à fait, mon prince. Elle et moi, on prendra l'train d'nuit pour Liverpool et, là-bas, on mont'ra dans un grand bateau qui fendra les flots, toutes voiles dehors, jusqu'en Amérique, là où les rues sont pavées d'or.

Amos acquiesça, soulagé de savoir Charlie bientôt loin de Londres. Les choses pourraient commencer à se gâter bientôt si on les voyait trop souvent ensemble. Mieux valait mettre un terme à leur association. Pourtant, à l'idée de ne plus revoir le jeune homme, de ne plus entendre ses rires et ses joyeuses plaisanteries, il se sentit rempli de mélancolie. Le comédien s'était toujours montré un allié des plus précieux, et surtout d'une loyauté et d'un dévouement exemplaires.

— Tu me manqueras, mon ami, dit-il tristement.

— Pareil pour moi, monsieur F. Vous nous avez drôlement aidés, ma sœur et moi, quand on était dans l'besoin.

— Au fait, dis bien à Maisie de ne plus jamais se resservir du nom de Phyllida Blue. Et aussi de se débarrasser de la perruque blonde.

— Compris, monsieur F.

Amos retira un épais paquet de sa poche et le tendit au jeune homme.

— Mets cet argent de côté, Charlie. Il y en aura un autre comme celui-là demain lorsque je te retrouverai à la gare. Et, au fait, n'oublie pas de me donner des nouvelles lorsque tu seras à New York.

Un large sourire fendit les traits du comédien. Il prit la main du détective pour la serrer dans la sienne.

— Vous et moi, monsieur F., on est amis pour la vie.

Des paroles qui, par la suite, allaient trouver leur pleine justification.

Debout devant le grand miroir vénitien, Margot Grant étudia son reflet avec une évidente satisfaction. Elle était décidément en beauté ce soir, décida-t-elle. Elle alla s'asseoir sur le grand canapé moelleux installé devant la cheminée et, confortablement adossée aux épais coussins, s'efforça de se détendre.

Elle balaya du regard la pièce, un petit salon qu'elle avait affecté à ses besoins personnels dans la grande maison d'Upper Grosvenor Street où elle vivait avec Henry, lorsque celui-ci n'était pas en « retraite ».

Ce soir, le décor lui sembla aussi agréable et séduisant qu'elle l'était elle-même. Elle avait réussi à créer une atmosphère feutrée et délicate grâce à des éclairages savamment dosés. Sur les murs tendus de soie rose pâle, de magnifiques peintures de maître offraient au regard d'exquis paysages et, sur les meubles délicats, des bibelots et objets de prix étaient disposés avec art. Le même ravissant tissu de taffetas rose rayé de satin habillait le canapé, les chaises et les fenêtres, qu'il enveloppait de volutes légères. Des abat-jour de la même tonalité adoucissaient la lumière, et le feu qui crépitait dans l'âtre ponctuait l'ensemble d'or et de chaleur. Margot laissa échapper un soupir heureux. C'était un lieu entièrement à son image, tout de séduction et de charme. Elle espérait qu'il ferait à nouveau des merveilles ce soir.

Elle esquissa un petit sourire. Jack Beaufield, sa dernière conquête, appelait ce petit boudoir « le piège de miel » – un nom tout à fait approprié, pensa-t-elle. Il avait ajouté que, avec elle comme suprême gourmandise, il n'avait jamais rien connu de plus féminin ni de plus appétissant. Margot avait apprécié le compliment tout en précisant qu'il ne devait se faire aucune illusion. Elle n'était pas pour lui.

Il flottait dans la pièce un léger parfum de roses. Margot avait décidé de porter Attar of Roses, le parfum qu'*il* préférait entre tous. *Lui* aussi, elle le préférait entre tous, cet homme qu'elle rêvait de reconquérir, qu'elle désirait tant avoir à ses côtés. Comme elle avait été stupide de s'opposer à lui. Il avait toujours été son héros, son chevalier. Et elle voulait être sa reine.

Tout en devinant la passion qu'elle éveillait en lui, Margot ne l'avait encore jamais attiré dans son lit. Jamais encore il n'avait été son amant – comme son père avant lui. Mais, ce soir, c'était différent. Elle ne pouvait attendre plus longtemps. Sa soif de lui devenait trop obsédante. Elle le désirait de toutes les fibres de son corps. Oui, il *fallait* impérativement le faire sien, le posséder sexuellement, le lier à elle à jamais.

Margot ferma les yeux, toute remplie de ces pensées fiévreuses. C'était l'homme qu'elle attendait depuis toujours, le partenaire idéal, le complice ardent de tous ses appétits. Elle avait besoin de quelqu'un en qui placer sa confiance, quelqu'un avec qui *tout* partager. Elle le désirait depuis si longtemps.

Comment avait-elle pu se retrouver mariée à Henry Grant ? Ils étaient de tempéraments si opposés ! Elle se vantait de posséder une intelligence brillante, des manières exquises, des talents multiples. Elle jouait du piano comme une véritable professionnelle, savait peindre, broder, préparer les mets les plus raffinés et choisir les meilleurs vins. Sa grand-mère lui avait enseigné l'art de l'étiquette et des bonnes manières, elle lui avait appris comment conduire une grande maison et gérer des domaines. Fille d'un riche industriel, elle avait reçu une éducation irréprochable.

Son union avec Henry Grant avait été arrangée par ses parents ; un mariage de convenance, en somme. Henry apportait son nom célèbre dans la balance, elle, une dot conséquente : les affaires florissantes de son père et des terres en Anjou.

Elle était arrivée en Angleterre habitée par de grands rêves, remplie d'espérances. Fière, d'une beauté resplendissante, intelligente, elle se réjouissait d'être devenue la femme d'un des plus riches industriels de la planète. A vingt-quatre ans, elle pensait trouver en lui un partenaire romantique et raffiné, un amant expérimenté qui l'initierait aux plaisirs de l'amour, un allié fort et protecteur qui la guiderait dans le monde des puissants.

Au lieu de cela, elle était tombée sur un moine. Ou, du moins, s'en approchait-il. *Mon Dieu !*

John Summers parut stupéfait de la voir l'attendre au bas du grand escalier.

— *Chéri,* murmura-t-elle de sa voix grave et sensuelle. Allons, venez, venez !

— Bonsoir, répondit-il.

Elle lui sourit, prit son manteau et le déposa sur le banc de bois dans le hall. Puis, sans plus tarder, elle le conduisit au petit salon.

Il jeta un coup d'œil circulaire à la pièce puis, reportant son attention sur la jeune femme, se pencha pour déposer un baiser léger sur sa joue.

— Cela me fait plaisir de vous voir, Margot, dit-il en l'enveloppant d'un regard appréciateur.

Elle portait ce soir-là une longue robe de soie rose au décolleté profond qui moulait étroitement sa silhouette parfaite, faisant ressortir avantageusement les courbes pleines de promesses de ses hanches et de ses seins.

— Merci pour cette invitation plutôt inattendue, poursuivit Summers.

— Asseyez-vous, je vous prie. Ici, sur le canapé, en face du feu. Un peu de champagne ?

— Bonne idée.

Il s'installa sur le sofa et tendit les mains vers le feu pour les réchauffer.

— Il fait froid ce soir.

Margot s'approcha pour lui tendre une coupe. Il la prit avec reconnaissance.

— Ah, du champagne rosé, mon préféré.

Elle fit entendre un petit rire de gorge et s'assit à ses côtés.

— Je l'ai choisi parce que la couleur des bulles est assortie à ce salon, expliqua-t-elle.

Elle leva sa coupe.

— *Santé* !

— A votre santé, dit à son tour Summers. Comment va Henry ?

— Bien, bien... Il se repose.

— Va-t-il nous rejoindre un peu plus tard ?

— Ah non, non, impossible, ce soir.

— Oh, je suis désolé de l'entendre. Ainsi cette petite réception ne concerne que nous deux ?

Elle lui lança un long regard.

— Oui, rien que nous deux.

Il se cala contre le dossier du canapé et garda le silence un bon moment, perdu dans ses pensées. Il n'était pas assez naïf pour ne pas avoir compris, dès son arrivée, que la belle Margot avait affiné toutes ses armes pour le séduire. Pourtant, ce soir, il s'en moquait éperdument. Il se sentait fatigué, solitaire et frustré. Depuis des années, il portait seul le lourd fardeau de l'empire Deravenel sans jamais connaître de répit, ni, même, un bref moment de joie. Et surtout pas en ce moment, quand tout semblait se compliquer encore.

Après tout, laissons-la se mettre en quatre pour moi, songea-t-il avec lassitude. Puisqu'elle voulait tant l'attirer dans son lit, à quoi bon lui résister ? Il n'avait pas peur d'elle.

Se méprenant sur son silence et le croyant encore fâché après leur récent différend, elle dit doucement :

— Je suis désolée de vous avoir ennuyé ainsi au bureau. Je vois bien que vous êtes encore en colère contre moi. Croyez bien que cela me chagrine beaucoup, car, tout ce que je veux, c'est votre estime et votre pardon.

— Vous avez les deux, Margot.

— Oh, vraiment ?

Elle se redressa, toute guillerette.

— Merci, *Jean*.

D'un geste impulsif, elle lui saisit la main.

— J'avais si peur que vous ne soyez plus mon ami. C'est que je me sens terriblement seule, vous savez. Oui, terriblement solitaire.

A ces mots, il fut saisi d'une soudaine envie de rire et se mordit la lèvre pour se retenir.

— Je me suis pourtant montré amical envers vous ces dernières semaines, dit-il lentement. Nous avons même déjeuné ensemble. Il me semble avoir eu une attitude des plus explicites à votre égard.

— *Explicite*, hein ?

— Vous m'avez compris.

Elle se pencha vers lui, révélant un peu plus de son superbe décolleté, et déposa un baiser sur sa joue. Puis elle le regarda calmement, guettant sa réaction.

Il ne parvenait pas à détacher ses yeux de cette femme splendide, la plus belle qu'il lui ait jamais été donné de contempler. Une peau au grain parfait, fine et crémeuse, des sourcils bruns à la ligne volontaire, des yeux sombres ouvrant sur d'insondables profondeurs, une masse de cheveux noirs qu'elle portait dénoués sur les épaules ce soir. Sa bouche d'un rouge gourmand luisait, pleine comme un fruit mûr. Tout chez cette créature à la beauté vénéneuse évoquait la sensualité, inspirait le désir. Il se laissa happer par son regard avide et sentit entre ses jambes son membre se durcir.

— Vous semblez attendre de moi quelque chose, dit-il enfin d'une voix légèrement rauque qui le surprit lui-même.

Elle posa sa coupe de champagne pour se rapprocher de lui. Un parfum entêtant de roses émanait de son corps pulpeux. Il pouvait le respirer au creux de son cou, dans ses cheveux, dans le pli tiède des seins généreux.

— J'ai envie de vous, dit soudain Margot. Voulez-vous être mon amant ?

Il s'entendit lui répondre :

— Comme mon père, avant moi ? C'est ça que vous voulez ? Me posséder tout entier ? Ma loyauté et mon zèle ne vous suffisent pas ?

Saisie par le ton brusque de sa voix, elle se raidit.

— Eh bien, oui... Oui, c'est ce que je veux.

— J'aimerais vous poser une question, lâcha Summers après un court silence.

— Faites, faites...

— Et Jack Beaufield ? Qu'y a-t-il entre vous ?

— Il n'y a rien entre nous. Il ne s'agissait que d'un petit flirt sans conséquence. J'ai toujours tenu à conserver mon indépendance. Personne n'a réellement compté dans ma vie, sauf, bien sûr, votre père.

Elle le fixa d'un regard pénétrant.

— C'est la pure vérité, John. J'ai peut-être beaucoup de défauts, mais je ne suis pas une menteuse.

— Allons, ne vous justifiez pas, Margot, ce n'est pas nécessaire. Je vous crois.

Elle eut un sourire ravi et se mit à glousser comme une petite fille.

— Qu'y a-t-il ? demanda Summers en fronçant les sourcils.

— Jack Beaufield disait de cette pièce qu'elle lui faisait penser à un pot de miel.

Un lourd silence tomba et, pendant quelques instants, aucun des deux ne bougea. Puis, soudain, Summers prit la jeune femme dans ses bras et plaqua ses lèvres sur les siennes. Elle lui retourna avec ardeur son baiser, glissant sa langue dans sa bouche avec voracité, comme pour mieux le dévorer.

Puis, tout aussi soudainement, il relâcha son étreinte et murmura au creux de son oreille :

— Jack se trompe ; le pot de miel, ce n'est pas cette pièce, mais *toi*.

— Oh oui, chuchota-t-elle, je veux être *ton* miel.

Il la considéra un instant sans rien dire puis demanda tout à coup :

— Et Henry ? Il dort ?

— Je lui ai administré un sédatif, avoua-t-elle.

— Et le personnel ?

— Nous sommes dimanche. Je leur ai donné leur congé.

— Ainsi nous sommes seuls. Dans ce cas, je vais verrouiller la porte et tirer les rideaux.

— Oui, oui, fais donc, murmura Margot en se laissant aller langoureusement contre les coussins.

Il revint quelques minutes plus tard et, au passage, éteignit deux ou trois lampes.

— Il y a un peu trop de lumière, ici.

Quand il posa de nouveau les yeux sur elle, il vit qu'elle avait dégrafé les boutons de sa robe rose, laissant jaillir librement les globes blancs de ses seins magnifiques. Elle le fixait, une expression affamée sur le visage.

Il la prit dans ses bras et la serra contre lui, murmurant son nom encore et encore, couvrant de baisers fiévreux sa bouche et ses seins voluptueux. Elle lui prit la main pour la poser sur la peau lisse et soyeuse de son genou et il sut que ce geste l'invitait à poursuivre plus avant ses caresses.

Il ne se fit pas prier, explorant avec délice la tiédeur satinée de sa cuisse nue, la ligne délicate de son ventre, la courbe racée de ses reins...

— Prends-moi, prends-moi, sanglotait Margot en s'agrippant à lui. Je ferai tout ce que tu voudras.

Il écarta d'un geste impatient les pans de sa robe et contempla son corps nu et blanc, si magnifique, si parfait, qu'il en eut le souffle coupé.

— Seigneur, Margot, comme tu es belle.

En quelques gestes fébriles, il se débarrassa de sa veste et de son pantalon, arracha chemise et cravate et s'étendit à ses côtés sur le canapé profond et moelleux qui l'enveloppa comme le plus doux des lits. Leurs caresses et leurs baisers se firent plus frénétiques tandis que leurs corps, avides de se rejoindre, se cherchaient, s'offraient sans plus aucune retenue.

— S'il te plaît, s'il te plaît, balbutia-t-elle, haletante, prends-moi, prends-moi.

Alors, très lentement, très précautionneusement, il se laissa entraîner dans les profondeurs de sa féminité, oubliant tout ce qu'il était, tout ce qu'*elle* était, pour se fondre dans ce corps brûlant qui l'appelait, le suppliait. Et, tandis qu'il se perdait en elle, il se demanda, en un éclair de lucidité, pourquoi il l'avait toujours repoussée, tant redoutée. Jamais encore les plaisirs de l'amour ne lui avaient paru à ce point vertigineux.

Margot Grant était un vrai cadeau du ciel.

25

Chaque matin, à son arrivée au bureau, Edward passait plusieurs heures à étudier les livres, dossiers et prospectus que lui avait remis Alfredo Oliveri. Comme ce dernier l'espérait, le jeune homme commençait à acquérir une bien meilleure connaissance des différents départements de la compagnie.

Très vite, il s'intéressa de près à la division minière, et tout particulièrement aux diamants et autres pierres précieuses. En quelques semaines, il était devenu incollable sur le sujet.

Ce matin-là, il était plongé dans un livre consacré à Jean-Baptiste Tavernier, un marchand et voyageur qui avait parcouru la route des Indes au XVIIe siècle et qui avait été le premier à rapporter des fameuses mines de Golconde, désormais épuisées, des diamants dont il vendrait certains exemplaires au roi Louis XIV et à certains de ses riches courtisans.

Tout en avançant dans sa lecture, Edward prenait des notes sur un petit carnet. Il se montrait très intrigué par ces diamants d'une taille et d'une beauté exceptionnelles qui, souvent, tenaient leur nom de l'histoire parfois agitée de leurs propriétaires. Entrés dans la légende, ils pouvaient atteindre une valeur inestimable. Ainsi celui que l'on appelait « Grand Mazarin », ou encore « Cardinal Mazarin », avait appartenu au célèbre religieux, qui, à sa mort, l'avait légué à Louis XIV.

La porte s'ouvrit soudain, livrant passage à Alfredo Oliveri. A peine eut-il posé les yeux sur lui qu'Edward sut qu'il venait d'arriver quelque chose de grave. L'Italien semblait agité et, dans son visage extrêmement pâle, les taches de rousseur ressortaient plus que jamais. Il se tint un moment près de la table de travail d'Edward sans dire un mot.

— Que se passe-t-il ? lança Edward, intrigué.

— Aubrey Masters est mort, dit enfin Oliveri.

La nouvelle fit l'effet d'une douche glacée sur le jeune Deravenel. Choqué, il resta à son tour sans voix quelques minutes tandis qu'Oliveri se laissait lourdement tomber sur un siège en face de lui.

— Quand est-ce arrivé ? articula enfin Edward.

— Mardi soir, c'est-à-dire hier.

— Qui vous a appris la nouvelle ?

— Rob Aspen, qui est tout aussi choqué que nous, d'ailleurs. Il l'avait rencontré à une réunion de travail lundi après-midi, mais Masters avait écourté son rendez-vous, prétextant un rendez-vous urgent à l'extérieur. D'après Aspen, il avait l'air préoccupé, mais en bonne santé.

— Et de quoi Aubrey est-il mort ?

— Personne ne le sait encore, répondit Oliveri, levant les mains en un geste d'impuissance. Probablement une crise cardiaque, quelque chose de ce genre.

— Quoi que cela ait pu être, ce fut vraiment très *soudain*, observa Edward en fronçant les sourcils. Et Rob Aspen, de qui tient-il la nouvelle ?

— Du bouche à oreille, mais je sais déjà qui a pu en être averti le premier : John Summers. D'ailleurs, ce dernier est plus ou moins apparenté à Aubrey Masters – je crois qu'ils sont cousins –, et tous deux sont très liés à Henry Grant, ce qui leur a valu leurs postes à la compagnie.

— Je ne vais pas jouer les hypocrites en feignant de regretter cette disparition, dit Edward. C'était mon ennemi et aussi l'ennemi de mon père. De plus, ces dernières semaines, j'ai commencé à me demander s'il était impliqué dans les problèmes rencontrés par notre division minière, vous savez, les détournements en Inde, en Amérique latine et en Afrique du Sud.

Oliveri hocha la tête.

— Je partage votre point de vue et, moi aussi, j'ai nourri les mêmes soupçons.

On frappa à la porte et John Summers ouvrit avant même d'y être invité. Il s'attarda un bref instant sur le seuil puis lança à la ronde :

— Bonjour, messieurs.

Les deux autres répondirent à l'unisson.

— Entrez, Summers, lança Edward.

Summers traversa la pièce, les yeux fixés sur le jeune Deravenel.

— Je suppose que vous venez d'apprendre la terrible nouvelle.

Ce fut Alfredo qui répondit le premier :

— Rob Aspen me l'a apprise il y a peu et je venais justement d'en informer M. Edward.

— De quoi exactement Aubrey Masters est-il mort ? interrogea Edward.

— Nous l'ignorons encore. Son épouse m'a téléphoné ce matin pour m'informer de son décès. Apparemment, lorsqu'il est rentré chez lui mardi soir, il était en parfaite santé. Il s'est préparé lui-même son dîner végétarien, comme à l'accoutumée. Au bout d'une heure, il s'est plaint de douleurs à la poitrine. Plus tard, il est devenu très malade. Apparemment, il avait des convulsions. Le docteur est arrivé assez rapidement, mais pour constater que Masters venait de trépasser.

— C'était peut-être une attaque, suggéra Edward.

— Il est impossible de le savoir pour l'instant, répondit John. Ils sont probablement en train de procéder à l'autopsie en ce moment même.

— Donc, nous devrions avoir des nouvelles plus tard dans la journée, supposa Alfredo.

— Je l'espère. En attendant, je me rends de ce pas à sa résidence de Hyde Park Gate pour tenter de réconforter ma cousine Mildred. Je crois être sa seule famille en dehors de sa sœur. Je serai de retour au bureau dès qu'elle arrivera du Gloucestershire.

Ces dernières précisions étaient manifestement destinées à Alfredo Oliveri.

— Bien entendu, approuva ce dernier. Avec votre permission, je demanderai à Rob Aspen d'assurer l'intérim à la tête de la division minière.

— Excellente idée, Oliveri, répondit Summers. Sous votre supervision, naturellement. Oh, au fait, je crois que vous feriez bien de retarder votre retour en Italie. Du moins pour le moment.

Plus tard, ce jour-là, Edward rencontra brièvement Neville dans ses bureaux de Haymarket. Will Hasling et Johnny Watkins l'accompagnaient.

Les quatre hommes s'installèrent dans la vaste salle de réunion et abordèrent la question de la mort d'Aubrey Masters.

— Voilà une disparition plutôt brutale, souligna Johnny. Bien sûr, elle peut s'expliquer par une crise cardiaque ou une attaque cérébrale. Mais on peut aussi soupçonner l'absorption d'un poison violent.

— Pour commencer, Aubrey se nourrissait d'aliments plutôt étranges, intervint Edward. Pourquoi ne pas imaginer qu'il ait pu manger des champignons vénéneux, par exemple ? Souvenez-vous, lorsque nous étions enfants et que nous passions nos vacances à Ravenscar, l'un des garçons d'écurie a été terriblement malade après en avoir mangé un. Comme ce n'était pas une grande quantité, il s'en est remis, heureusement.

— Sammy Belter, se rappela Johnny. Le pauvre type a beaucoup souffert.

— Amos ne nous a-t-il pas dit qu'Aubrey se nourrissait exclusivement de graines, de racines et autres légumes séchés ? demanda Edward.

— En effet, acquiesça Neville. Peut-être a-t-il consommé quelque plante vénéneuse ? Mais il peut aussi avoir souffert d'une attaque ou d'un malaise cardiaque. Nous n'en sommes, pour l'instant, qu'au stade des spéculations et poursuivre serait une perte de temps. Bientôt, nous en saurons plus long sur la cause véritable de sa mort.

Changeant de sujet, il ajouta :

— Et Summers ? Qu'a-t-il dit ?

— Il compte tenir compagnie à Mildred Masters jusqu'à l'arrivée de sa sœur du Gloucestershire. La police a emmené le corps d'Aubrey pour l'autopsie. Summers a demandé à Aspen de reprendre les dossiers d'Aubrey, sous la direction d'Oliveri, naturellement.

Edward se laissa aller contre le dossier de son fauteuil avec un sourire satisfait.

— Il a aussi insisté pour qu'Alfredo reste à Londres pour les jours à venir.

— Excellente nouvelle ! s'exclama Will.

— Combien de temps faudra-t-il attendre les résultats de l'autopsie ? interrogea Edward en se tournant vers Neville.

— Je n'en ai absolument aucune idée. Deux ou trois jours, peut-être ? De toute façon, savoir exactement comment il est mort ne nous est plus d'aucune utilité, à présent. Je tiens d'ailleurs à vous informer que je ne ferai pas parvenir mes condoléances à la veuve d'Aubrey, si tant est qu'elle en attende de nous. D'après ce que m'a dit Finnister, le couple était plus ou moins séparé.

— Je n'agirai pas différemment, confirma Edward d'une voix dure. Après tout, nous n'avons reçu aucun message de sympathie à la mort de nos pères et de nos frères à Carrare.

Neville hocha la tête.

— Et maintenant, messieurs, que diriez-vous de quelques verres à mon club en attendant le dîner ? Compte tenu des circonstances, il me semble que nous pouvons porter un toast aux promesses de l'avenir. Dommage qu'Oliveri ne soit pas des nôtres.

— Il souhaitait rendre visite à sa mère, à l'hôpital, expliqua Edward. Mais nous boirons aussi à sa santé. Après tout, maintenant qu'Aubrey a disparu, Oliveri est tout désigné pour le remplacer à la tête de la division minière.

Will eut un sourire entendu.

— Eh bien, messieurs, ne nous voilons pas la face. Cette mort soudaine joue pleinement en notre faveur.

A sept heures, ce même soir, Edward fit arrêter la voiture de Neville devant Belsize Park Gardens.

— Je vous souhaite un agréable dîner, mes amis, lança-t-il à Will et à Johnny. Retrouvez-moi ici vers dix heures. Cela vous convient-il ?

Johnny eut un large sourire.

— A vos ordres, sire.

Edward se mit à rire et, tandis que la voiture s'éloignait, gagna rapidement le porche de la maison de Lily. Ce fut elle-même qui vint lui ouvrir.

— Je suis si heureuse que tu aies pu te libérer ce soir, Ned ! Tu m'as manqué.

Elle le précéda dans le vaste hall et l'aida à se débarrasser de son manteau.

— En fait, dit Edward, je t'ai vue chez Vicky pour le thé, samedi après-midi.

— C'est vrai. Mais nous n'étions pas seuls.

Elle lui prit le bras pour le conduire au petit salon.

— Un whisky te ferait-il plaisir ?

Le jeune homme secoua la tête.

— Non, je te remercie. J'ai déjà bu pas mal au club de Neville.

Il alla se placer devant la cheminée, le dos au feu, et posa un long regard sur la jeune femme, assise sur le canapé. En la voyant ainsi, gracieuse et délicate, avec sa robe de soie bleu pâle et ses perles discrètes aux oreilles et autour du cou, il songea qu'elle n'avait jamais été aussi ravissante. Il aurait tant voulu lui offrir un présent digne de sa beauté.

— Tu sembles bien pensif, Ned. Quelque chose qui te préoccupe ?

— Non, rien, je t'assure. En tout cas plus depuis que je suis ici, avec toi. Je me disais seulement que tu étais si jolie que j'aimerais avoir assez d'argent pour t'acheter des diamants et des émeraudes, pour te couvrir des plus somptueux bijoux.

Lily se mit à rire.

— Ne sois pas ridicule, Edward, il n'y a rien que tu puisses m'offrir ! J'ai déjà tout ce dont je peux rêver.

Elle frappa légèrement les coussins du plat de la main.

— Allons, viens me raconter ta journée.

Il obéit et vint s'asseoir à ses côtés. Le regard toujours aussi intensément fixé sur elle, il insista :

— Lily, ma chérie, tu es plus resplendissante que jamais. Ta peau est si lumineuse, et tes yeux... Il y a quelque chose de nouveau en toi que je ne saurais qualifier. Mais cela te va si bien.

Il se pencha pour déposer un léger baiser sur sa joue fraîche et reprit :

— Il y a eu un peu d'agitation au bureau, ce matin. Aubrey Masters est mort hier soir.

Les yeux de Lily s'étrécirent.

— Seigneur ! s'écria-t-elle. Ne s'agit-il pas du directeur de la division minière ? Celui avec lequel tu t'es querellé à propos du bureau de ton père dès ton premier jour à la compagnie ?

— Oui, c'est lui.

— Etait-il souffrant ?

— Pas que je sache. John Summers nous a dit que Masters avait eu des maux de ventre hier soir. Le temps que sa femme fasse venir le médecin, il était déjà mort.

— D'après ce que j'ai compris, il ne s'est pas montré très coopératif avec toi. N'empêche...

Lily secoua la tête d'un air désolé.

— Ma mère disait toujours que Dieu ne paie pas ses dettes en argent, soupira-t-elle.

A cet instant, on frappa discrètement à la porte et la gouvernante passa la tête dans l'entrebâillement.

— Bonsoir, sir.

— Bonsoir, madame Dane.

Avec un sourire, Edward tendit la main pour aider Lily à se lever.

— J'ai demandé à Mme Dane de préparer les plats que tu préfères, murmura Lily tandis qu'ils traversaient le hall en direction de la salle à manger. Cuisse d'agneau rôtie et pommes de terre sautées. J'ai aussi commandé chez Fortnum et Mason leur meilleur saumon d'Ecosse ainsi que du caviar beluga.

— Cette fois, Lily, c'est toi la plus insensée de nous deux ! s'exclama Edward, aux anges, en lui enlaçant tendrement l'épaule.

Après dîner, ils se retirèrent au petit salon. Lily servit à Edward une tasse de café et un verre de fine Napoléon, puis, d'une voix volontairement détachée, lâcha :

— Au fait, je songe à acquérir une propriété dans le Kent, pas très loin de Stonehurst Farm. Une maison tout à fait charmante et en meilleur état que la ferme de Vicky lorsque cette dernière l'a achetée.

Edward leva les yeux vers la jeune femme.

— Au nom du ciel, Lily, pourquoi tiens-tu tellement à habiter le Kent ? Je n'avais pas remarqué que cette région te plaisait à ce point.

Lily répondit un peu vite :

— Oh, j'aime beaucoup quitter la ville de temps à autre, tu sais. Et puis, là-bas, j'aurai de bons amis tout près de chez moi. Cependant il faut que je te dise. Il y a une autre raison pour laquelle je souhaite m'établir à la campagne. S'il te plaît, ne te tourmente pas. Je m'occuperai de tout, tu n'auras rien à faire. Je te le promets.

Devant ce flot de paroles incompréhensibles, Edward fronça les sourcils.

— Par tous les saints, Lily, de *quoi* parles-tu ?

— Je suis enceinte, Ned, annonça-t-elle calmement. Et cet enfant que j'attends est le nôtre.

Il écarquilla les yeux et resta un moment silencieux, trop stupéfait pour articuler le moindre mot. Puis, très vite, il se sentit balayé par un flot d'émotions qui, toutes, le remplirent d'une joie immense. Un sourire radieux éclaira ses traits.

— Un enfant, Lily ! Oh, mon Dieu, nous allons avoir un enfant ! J'avais bien remarqué que tu avais pris un peu de poids, ou, plutôt, que tes formes s'étaient légèrement arrondies. Cela te va plutôt bien, d'ailleurs.

Il se leva pour la rejoindre sur le petit canapé, la serra très fort dans ses bras et déposa un tendre baiser sur sa joue.

— Un enfant. Seigneur, Lily, un *enfant* !

Lily posa sur lui un regard inquiet.

— Tu n'es pas fâché contre moi, n'est-ce pas ?

— Pourquoi le serais-je ? Tu n'as pas fait cet enfant toute seule, que je sache, et je me sens aussi responsable que toi de son sort.

— Tu n'as pas à l'être, financièrement je veux dire. Je sais parfaitement que tu ne pourras jamais m'épouser. Je suis trop âgée pour toi et ta position exige que tu fasses un mariage selon les convenances. Cependant, je serai la plus heureuse des femmes si tu consens à venir voir ton enfant et à passer un peu de temps avec lui.

Une infinie douceur se peignit sur son visage.

— Tu dois savoir que je ne te demanderai jamais rien, Ned. Jamais.

Il la dévisagea longuement d'un air songeur. Puis il lui prit la main pour la porter à ses lèvres.

— Tu es la femme la plus extraordinaire que je connaisse. Oh, Lily, si tu savais comme je t'aime.

26

— Je suis heureux de constater que vous vous êtes remis de cette vilaine agression contre vous, monsieur Deravenel, dit l'inspecteur Laidlaw d'une voix chaleureuse en saluant Edward d'une ferme poignée de main. Malheureusement, j'ai peur de n'être pas encore en mesure de vous apporter le nom des coupables. Nous n'avons, du moins pour l'instant, déniché aucun suspect. Mais, rassurez-vous, nous ne refermerons pas ce dossier avant d'avoir résolu ce mystère.

— J'en suis convaincu, inspecteur Laidlaw, répondit Edward. D'après ce que j'ai compris, malheureusement, ces gredins avaient pris le large depuis longtemps.

— C'est malheureusement exact, monsieur Edward.

— A présent, inspecteur Laidlaw, laissez-moi vous présenter mes collègues Alfredo Oliveri et Robert Aspen. Tous deux travaillaient en étroite collaboration avec Aubrey Masters. Comme moi, ils sont disposés à répondre à vos questions.

Les quatre hommes pénétrèrent dans le bureau d'Edward et s'installèrent dans de confortables fauteuils disposés près de la fenêtre.

— Au fait, inspecteur, vous a-t-on communiqué les résultats de l'autopsie ?

— En effet, monsieur Edward. M. Masters est décédé des suites d'une ingestion de digitaline.

— Ne s'agit-il pas d'un médicament ? s'étonna Rob Aspen. Je ne pensais pas que l'on pouvait en mourir. Ma mère, qui souffre de problèmes cardiaques, en a consommé l'année dernière.

Agé d'une bonne trentaine d'années, habillé sans grande recherche, Rob Aspen était un homme au physique agréable qui paraissait nettement plus jeune que son âge. Les femmes le trouvaient séduisant et recherchaient sa compagnie, mais, jusqu'à ce jour, aucune n'avait conquis son cœur et il était encore célibataire.

— C'est en effet un médicament, acquiesça l'inspecteur. Et c'est précisément de cela que je voulais m'entretenir avec vous, messieurs. Est-ce que M. Masters souffrait de problèmes cardiaques ?

— Je ne le pense pas, répondit Alfredo Oliveri. Mais Rob est peut-être mieux informé que moi puisque je séjourne fréquemment en Italie.

— Je suis persuadé qu'Aubrey était en excellente forme, précisa Aspen, du moins il en avait l'air. Naturellement, je ne peux vous le garantir à cent pour cent, nous n'étions que des collègues et non de proches amis. Avez-vous interrogé son épouse ?

L'inspecteur répondit par un hochement de tête. Il se carra dans son fauteuil, l'air pensif, et dit enfin :

— Mme Masters m'a assuré que son mari se portait parfaitement bien et qu'il ne prenait donc pas de digitaline. Son médecin, le docteur Fortescue, me l'a confirmé. Il ne s'explique pas comment de la digitaline a pu être découverte dans l'organisme de M. Masters. En tout cas, ce n'est pas lui qui l'a prescrite.

— Aubrey aurait pu consulter un autre praticien, suggéra Edward. Pour avoir un second avis, par exemple, s'il croyait souffrir du cœur. Peut-être n'en a-t-il pas parlé à sa femme pour ne pas l'inquiéter.

— Cela me rappelle quelque chose, dit soudain Rob Aspen en fronçant les sourcils. Ma foi, cela fait longtemps, je suis sûr que cela ne veut rien dire.

— Laissez-nous en juger, monsieur Aspen, dit l'inspecteur.

— Il s'agit d'une remarque faite par Masters il y a environ six mois de cela. J'ai jugé ses paroles plutôt bizarres sur le moment, elles ne lui ressemblaient pas du tout. Sans crier gare, au milieu d'une conversation, il a soudain déclaré que l'existence était bien plus facile pour les femmes, car tout ce qu'elles avaient à faire, c'était de se coucher, alors que les hommes, eux, devaient... hum... se tenir bien raides.

Rob secoua la tête et reprit :

— Je devais être complètement obtus ce jour-là car je n'ai rien compris jusqu'à ce qu'il se mette à rire en m'adressant un clin d'œil plein de sous-entendus. Sincèrement, je n'en revenais pas. Ce n'était vraiment pas le genre d'Aubrey de faire ainsi référence à sa sexualité ou, peut-être, à son absence de sexualité. Une semaine plus tard, alors que j'étais venu chercher un dossier dans son bureau, j'aperçus un petit bloc-notes posé sur sa table et, sur la feuille supérieure, de curieux gribouillis représentant des rangées de cœurs dessinés à l'encre rouge et, dessous, un nom – celui du Dr Alvin Springer. Sur le coup, je n'en ai tiré aucune conclusion particulière, mais, maintenant...

— Merci, monsieur Aspen, voilà qui pourrait nous être fort utile, observa l'inspecteur Laidlaw. Je vais tâcher d'en apprendre un peu plus sur ce médecin. Il s'agit peut-être d'un cardiologue.

— Dans ce cas, nous aurions alors l'explication de sa mort, approuva Rob. D'un autre côté, ce docteur est peut-être un spécialiste de la sexualité. On commence à en trouver quelques-uns qui exercent à Londres. Un de mes amis, qui souffre de, eh bien, d'une certaine inaptitude, a dû consulter un psychiatre. Peut-être s'agit-il de ce genre de praticien.

Edward faillit éclater de rire et jeta un regard rapide en direction de l'inspecteur Laidlaw. Il lut de l'amusement dans les yeux du policier, même si l'expression de son visage reflétait toujours le plus grand sérieux.

Edward se leva pour se diriger vers son bureau en s'efforçant de transformer son rire en quinte de toux. Il reprit enfin le contrôle de lui-même en s'excusant tandis que Laidlaw demandait, après s'être éclairci la gorge :

— Je suppose que, s'il y avait une autre femme dans la vie de Masters, l'un d'entre vous l'aurait su.

Edward eut de nouveau envie de rire à cette seule idée, mais il se retint. A leur air amusé, on devinait que Oliveri et Aspen jugeaient eux aussi cette hypothèse des plus improbables. Ils secouèrent la tête tandis qu'Edward demandait :

— Si Aubrey avait un problème cardiaque et qu'il devait prendre de la digitaline, alors pourquoi serait-il mort ?

— Par overdose, monsieur Deravenel, expliqua le policier. Accidentelle ou préméditée, voilà ce que nous ignorons encore. Ce qui me conduit à vous demander si le comportement de M. Masters vous a paru changé, ces dernières semaines. Etait-il plus triste qu'à l'accoutumée ? Particulièrement soucieux ?

Cette question semblait surtout concerner Alfredo Oliveri, qui répondit aussitôt :

— Il paraissait tout à fait normal, inspecteur. Je dirais même qu'il était de très joyeuse humeur lundi matin, quoique un peu pressé de quitter notre réunion de travail. Il m'a expliqué qu'il avait un rendez-vous important à l'extérieur et qu'il ne voulait surtout pas être en retard. Le lendemain, mardi, nous avons failli nous rentrer dedans dans le couloir et il s'est montré cordial.

Pourtant, à bien y réfléchir, il semblait parfois préoccupé, mais je n'en sais pas plus.

— Et moi, je dirais qu'il était *très* préoccupé, inspecteur, corrigea Rob. Même si, en effet, il affichait un excellent moral lundi.

— Ma foi, tout cela peut s'expliquer très simplement, dit l'inspecteur. S'il souffrait du cœur, sans doute ne souhaitait-il pas en informer sa femme ni même ses collaborateurs. Voilà pourquoi il s'est rendu chez ce Dr Springer. Il se sera ensuite trompé sur les doses de digitaline et en aura trop absorbé.

— Y aura-t-il une enquête ? interrogea Edward.

— Oh, mais naturellement. Elle s'ouvrira officiellement la semaine prochaine, selon la volonté du coroner.

Laidlaw se leva et remercia les trois hommes pour leur coopération.

— Restons en contact, messieurs. Dès que j'obtiendrai de plus amples informations, je vous le ferai savoir.

Edward l'accompagna jusqu'à la sortie et, tandis qu'il parcourait le long couloir, il demanda :

— Croyez-vous à la thèse du suicide ?

— C'est une possibilité, monsieur Deravenel.

— Je ne connaissais pas bien Aubrey Masters, mais il ne me paraît pas avoir été le genre d'homme à se tromper dans l'administration de ses médicaments, inspecteur. C'était un homme précis.

Le policier hocha la tête.

— S'il vous venait d'autres pensées aussi pertinentes que celle-ci, monsieur Deravenel, appelez-moi à Scotland Yard.

En regagnant son bureau quelques instants plus tard, Edward trouva Alfredo Oliveri et Rob Aspen en train de rire de bon cœur.

Edward sourit.

— Honnêtement, Aspen, j'ai bien cru que j'allais exploser. Il fallait vous entendre choisir précautionneusement chacun de vos mots pour ne pas choquer votre auditoire, et tout particulièrement l'inspecteur. Il aurait peut-être suffi de dire que Masters souffrait de problèmes d'érection. J'ai constaté du coin de l'œil que l'inspecteur avait, lui aussi, terriblement envie de rire.

Alfredo tira un mouchoir de sa poche pour s'essuyer les yeux.

— On aurait dit une vieille fille parlant des mystères de l'amour, Aspen.

— Je sais, dit Rob, l'air désolé. J'essayais seulement de ne pas heurter les sentiments de l'inspecteur.

— Ma foi, je crois qu'il aurait bien aimé rire, lui aussi.

Alfredo se dirigea vers la fenêtre pour contempler quelques minutes l'agitation du Strand, en contrebas.

— Et si Masters s'était suicidé à cause des détournements ? suggéra-t-il en recouvrant son sérieux.

— Nous aurons le fin mot de cette histoire au cours des prochains mois, observa Rob. Sauf si, entre-temps, les coupables s'arrangent pour faire disparaître toute trace de leurs délits. Mais cela me paraît plus qu'improbable, la situation est pourrie jusqu'à la moelle.

— Vous avez raison, approuva Edward en allant s'asseoir à son bureau. J'ai dit à l'inspecteur Laidlaw que je lui ferai savoir si d'autres idées nous passent par l'esprit. Aussi, gentlemen, faites travailler vos cerveaux. J'aimerais vraiment aider Laidlaw à résoudre cette histoire.

— Je n'arrive toujours pas à croire que Masters ait pu avoir une autre femme dans sa vie, intervint Alfredo Oliveri. Imaginez un peu... Aubrey se vautrant dans les plaisirs interdits.

— Je préfère ne pas y penser, répliqua Edward en faisant la grimace. Masters était vraiment un drôle de type, plutôt affreux, même, si je dois me montrer sincère.

— Vous avez raison, dit Rob Aspen en riant. Il est difficile de l'imaginer en séducteur, même si ses conquêtes n'étaient que des filles de joie.

— Dieu me garde d'imaginer de telles choses, soupira Edward.

27

Il s'arrêta sur le seuil de la bibliothèque, la main sur la poignée de porte, l'oreille aux aguets, en se demandant s'il avait bien entendu. Non, il ne s'était pas trompé. Quelqu'un pleurait. Impossible de savoir de qui il s'agissait, mais ces sanglots dénotaient un profond désespoir.

Doucement, Edward poussa la porte et pénétra dans la longue et élégante pièce. Dans la semi-pénombre, les murs d'un vert sombre paraissaient plus sombres encore. Il aperçut Meg penchée au-dessus du bureau en acajou, la tête posée sur ses bras repliés, pleurant à chaudes larmes.

Aussitôt ému et inquiet pour sa sœur bien-aimée de quinze ans, il referma la porte doucement et s'avança à sa rencontre. En l'entendant approcher, la jeune fille releva la tête. Dès qu'elle le vit, elle se leva d'un bond et traversa en courant la distance qui les séparait pour se jeter dans ses bras. Il l'enlaça avec affection et la tint serrée contre lui.

Doucement, en choisissant ses mots, il s'efforça de la calmer, tout en lui caressant les cheveux. Comme beaucoup d'hommes au physique puissant, Edward Deravenel savait se montrer tendre et délicat, tout particulièrement avec les femmes et avec ses jeunes frères et sœurs.

Au bout de quelques instants, l'agitation de Meg s'apaisa et ses sanglots s'espacèrent. Edward lui prit doucement le menton pour plonger son regard dans le sien.

— Beaucoup trop de larmes pour une fille aussi jolie que toi, Meg. Allons, vas-tu me dire à présent ce qui te chagrine tant ?

— C'est que je me sens si inquiète, commença-t-elle, la voix encore tremblante. Et... et...

Elle s'interrompit, serra les lèvres et des larmes jaillirent à nouveau de ses yeux.

— ... Et tu as peur, n'est-ce pas ? acheva Edward.

D'un geste empreint de douceur, il essuya les larmes sur ses joues et déposa un léger baiser sur son front. Puis il lui tendit son mouchoir pour qu'elle sèche ses yeux.

— Allez, mouche-toi et allons nous asseoir pour bavarder un peu.

Elle acquiesça en silence, prit le mouchoir et retourna vers le bureau, suivie par Edward. Comme cette pièce est paisible, pensa-t-il en regardant autour de lui. Les murs recouverts de soie vert foncé contrastaient élégamment avec les boiseries, les moulures peintes en blanc et la cheminée de marbre blanc. Sur les rayonnages, blancs eux aussi, s'alignaient des centaines de volumes rassemblés pendant des générations par ses ancêtres. Les fenêtres étaient habillées de lourds rideaux verts, un épais tapis oriental recouvrait le sol, des fauteuils de cuir rouge et un canapé Chesterfield garni de cachemire apportaient à la pièce une note masculine et accueillante.

Edward tira une chaise pour s'asseoir aux côtés de Meg.

— Maintenant, dis-moi ce qui te bouleverse tant, petite sœur. Peut-être pourrai-je t'aider.

— Je crois que tu as raison, Ned. J'ai peur. Il nous est arrivé des choses si terribles, bien trop terribles pour une seule et même famille. Papa et Edmund, oncle Rick et Thomas, assassinés. Et puis cette attaque contre toi. Tu aurais pu être tué, toi aussi.

La jeune fille laissa échapper un profond soupir.

— On dirait que les Grant essaient d'éliminer tous les hommes de notre lignée. A ce rythme-là, il ne restera bientôt que des femmes.

A ces mots, Edward sentit un froid glacé l'envahir, mais il s'efforça de masquer son trouble. Il sourit à sa sœur et dit, sur le ton de la plaisanterie :

— Toi et maman, vous êtes mes *amazones*, mes guerrières. Car vous savez vous battre, toutes les deux, Meg, je le sais.

Voyant qu'elle fronçait les sourcils, il poursuivit :

— Crois-moi, je ne cherche nullement à plaisanter avec un sujet aussi grave. Beaucoup de choses terribles sont arrivées en effet. La vie peut être très cruelle, tu sais, et, sans que l'on s'y attende, elle nous frappe à l'improviste en nous laissant totalement désemparés. Pourtant, rappelle-toi qu'il est essentiel d'apprendre à survivre, à se battre, à ne pas se laisser submerger par le chagrin. Nous devons tous nous montrer forts.

— Je sais que je dois être courageuse, murmura Meg. Je... je ferai de mon mieux. Mais je m'inquiète tant pour George et Richard. Et pour toi aussi, Ned.

— Ecoute-moi, Meg chérie. Aucun Grant ne parviendra à me détruire, sois-en certaine.

Il lui adressa son plus radieux sourire et ses yeux bleus étincelèrent.

— Quant à George et Richard, ne te tourmente pas. Les Grant n'ont aucune intention de s'en prendre aux enfants.

En prononçant ces mots, il sut tout au fond de lui qu'il pourrait bien en être autrement si les Grant estimaient que les jeunes garçons représentaient une menace. A cette pensée, son cœur se serra.

Soucieux de ne pas alarmer sa sœur, il insista :

— Tu es en sécurité, ici, Meg. Mère et nos frères aussi. Dans cette maison, rien ne peut nous arriver et il y a des domestiques pour nous protéger. C'est valable pour moi aussi puisque j'habite ici.

— Oui, mais tu travailles avec les Grant et ils pourraient te faire du mal là-bas.

— Je suis au bureau pendant la journée et, le soir, lorsque je sors, mes fidèles gardes du corps – Will et Johnny – m'accompagnent partout. De toute façon, je doute que les Grant tentent quelque action contre moi dans un proche avenir. Ils seraient bien fous de s'y risquer.

— Pourvu que tu aies raison, Ned. Je t'aime tant. George t'est profondément attaché. Quant à Richard, ton petit écureuil, il t'adore.

Edward sourit.

— Je sais. Et je le lui rends bien. Moi aussi je vous aime tous. Mais il faut que tu cesses de te faire du souci, Meg.

— Est-ce que les Grant vont enfin cesser de nous faire du mal, Ned ?

— Bientôt.

— Comment peux-tu en être aussi sûr ?

— Parce que Neville et moi allons mettre un terme à leurs agissements.

— Pourquoi sont-ils à ce point montés contre nous ?

— C'est une longue histoire. Disons que c'est pour le pouvoir et pour l'argent. Il y a soixante ans, les Grant ont volé à notre lignée sa suprématie au sein de l'empire familial et ils sont prêts à tout pour la garder. Et cependant, Meg, ils vont la perdre, car, sous peu, nous réclamerons officiellement ce qui nous revient de droit.

La jeune fille leva vers son aîné un regard plein d'espoir.

— Tu me le promets, Ned ?

— Oui, Margaret, je te le promets. Quant à moi, je veux aussi que tu me fasses une promesse, celle de ne plus te laisser ainsi ronger par la peur. Sois forte, petite sœur.

— J'essaierai.

Elle se laissa aller contre le dossier de sa chaise et murmura d'une petite voix tremblante :

— Mais papa et Edmund me manquent tant.

— Je sais. A moi aussi. Crois-moi, je comprends ta souffrance et ta tristesse Mais, écoute...

Il s'approcha d'elle pour poursuivre à voix basse :

— Ils sont dans notre cœur. A jamais. N'oublie pas, Meg. Ils seront toujours là, dans nos vies, parce que, nous, nous ne les oublierons jamais.

L'adolescente hocha lentement la tête.

— C'est vrai. Je ne pourrai les oublier ma vie durant.

Elle prit la main de son frère et la serra très fort.

— Je te protégerai toujours, promit Edward.

— Et, moi aussi, je serai toujours à tes côtés, dit la jeune fille.

Quelques années plus tard, elle lui prouverait qu'elle disait vrai, mais ils ne le savaient pas encore. Toute sa vie, Meg resterait pour Edward la plus loyale des alliées.

— Tout va s'arranger, répéta ce dernier. La famille sera à l'abri du danger. Crois-moi, les Grant finiront par tomber dans l'oubli.

— Quand ?

— Bientôt, je te l'ai dit. Mais je vois que ces promesses ne te suffisent pas. Laisse-moi donc me montrer plus précis : Neville pense que nous parviendrons à les déloger de la compagnie d'ici quelques mois. D'ici à l'été, pour être exact. J'en deviendrai alors le nouveau président. A présent, changeons de sujet. Est-ce que tu te plais à Londres, Meg ?

— Je préfère Ravenscar. Comme j'aimerais y être en ce moment !

— Eh bien, nous y retournerons pour les fêtes de Pâques. Qu'en penses-tu ?

— Est-ce mère qui te l'a dit ?

— Nullement. C'est moi qui viens de le décider à l'instant. Ce sera notre secret, d'accord ? Et, maintenant, parle-moi de Perdita Willis. Est-ce que tu l'apprécies autant que l'année dernière ?

— Oh oui, et même plus ! Elle adore la botanique autant que moi et m'enseigne des tas de choses passionnantes. Veux-tu regarder ce que j'étudiais avant de me sentir soudain terriblement triste et de me mettre à pleurer ?

Elle désigna un grand livre posé sur la table.

— Regarde ! Je l'ai trouvé dans la bibliothèque de Ravenscar et il m'a tout de suite intéressée. Richard aussi, d'ailleurs. Il ne cesse pas de dire qu'il est à lui.

— Et pourquoi cela ? demanda Edward, amusé.

— Parce qu'il y a son nom écrit dessus.

Elle ouvrit le livre à la première page et montra à Edward le nom inscrit d'une belle écriture moulée : *Richard Deravenel : Mon Livre.*

Au premier coup d'œil, Edward constata qu'il s'agissait d'un ouvrage très ancien – probablement du tout début de l'ère victorienne. Un véritable petit trésor. Il se rappela alors l'histoire de ce petit garçon mort très jeune, des années auparavant, et s'exclama :

— Il y a eu un autre Richard Deravenel il y a longtemps de cela. Son véritable nom était Richard Marmaduke Deravenel. Ce livre lui a sûrement appartenu.

Edward tourna la page de garde et lut le titre de l'ouvrage : *Fleurs vénéneuses.*

— Plutôt bizarre, comme sujet, observa-t-il en jetant à sa sœur un regard perplexe.

— Savais-tu qu'il existe beaucoup de ces fleurs mortelles dans nos jardins sans même que nous le sachions ? Regarde les dessins. Certaines sont très jolies, n'est-ce pas ?

— Magnifiques, même, approuva Edward en feuilletant les pages. Ces aquarelles sont remarquablement exécutées.

Il se raidit soudain en contemplant la représentation d'une longue et élégante fleur sur la page de gauche. Le nom figurait sur la page de droite, en capitales :

LA POURPRÉE *(Digitalis purpurea).*

Fronçant les sourcils, il se pencha légèrement pour lire la légende rédigée en plus petits caractères, en dessous :

« La pourprée, ou digitale, se trouve dans presque tous nos jardins. Appréciée pour sa ligne élancée et gracieuse, cette fleur porte également le nom de Dés de Fée, ou encore Doigts de Fée, car, autrefois, dans les îles Britanniques, nos ancêtres croyaient que ces petits êtres magiques avaient marqué de leurs minuscules empreintes l'intérieur des corolles où se distinguent de petites taches pourpres. Le nom latin **Digitalis** *fait également référence au doigt. Mais on la surnomme aussi Doigts de l'Homme mort à cause du poison contenu dans ses feuilles et ses graines.*

Ce superbe ornement de nos jardins victoriens, si délicat et poétique, contient en effet un poison mortel. »

— Seigneur !

Il demeura pétrifié sur sa chaise, incapable de détacher son regard de la page qui s'étalait devant lui. Il avait conscience de la présence de Margaret, de son désir de discuter de ce livre avec lui, mais ne pouvait émerger du brusque chaos qui venait de s'emparer de son esprit. Etait-ce donc ainsi qu'Aubrey Masters était mort ? Avait-il consommé de la pourprée en préparant son dîner végétarien ? S'agissait-il d'un accident ? D'un suicide ?

Les plus folles pensées défilaient dans sa tête. Si Masters avait été assassiné, qui avait perpétré ce crime ? Et comment le coupable avait-il réussi à mélanger de la digitale à la nourriture de sa victime ?

— Ned, Ned, que se passe-t-il ? s'exclama Meg, brusquement inquiète. Pourquoi t'intéresses-tu tant à la pourprée ?

Il réussit enfin à s'arracher à la contemplation du livre et, levant la tête, il sourit à sa sœur.

— Etrange, n'est-ce pas, qu'une fleur aussi belle puisse semer la mort ? Je comprends à présent le titre de ton livre.

Will Hasling attendait Edward dans la bibliothèque de White's, le club privé de Whitehall dont son père et lui-même étaient membres. Beaucoup pensaient que ce club – peut-être le plus célèbre de Londres – avait été le premier à ouvrir ses portes après avoir été un établissement servant du chocolat dès 1693. On racontait même que Pope[1] et Swift[2] en avaient été les clients réguliers. Dans ce bastion exclusivement réservé aux hommes, on pouvait boire, manger, fumer, jouer aux cartes ou au billard, et, aussi, lire.

En attendant son ami, Will parcourait distraitement le *Times*. Du coin de l'œil, il aperçut Edward qui pénétrait à grands pas dans la bibliothèque, puis ralentissait en voyant deux autres membres du club – d'un âge respectable – absorbés eux aussi dans la lecture de leur journal. D'ordinaire, il n'y avait personne au club

---

1. Poète britannique né à la fin du XVIIe siècle. (*N.d.T.*)
2. Né en 1667 à Dublin, Jonathan Swift est surtout connu pour ses satires et ses pamphlets. (*N.d.T.*)

en fin de semaine, tout le monde étant parti dans sa résidence de campagne.

— Pardonne mon retard, lança Edward en rejoignant Will.

— Aucune importance. Veux-tu que nous allions déjeuner ? Je meurs de faim.

— Cela me convient aussi.

Les deux jeunes gens quittèrent la bibliothèque et traversèrent le grand hall pavé de marbre et orné d'un superbe mobilier en vieil acajou sombre pour gagner la salle à manger.

Une fois à leur table, ils commandèrent une coupe de champagne, puis Will déclara :

— C'est vraiment une agréable surprise de te voir, Ned, d'autant qu'on devait de toute façon se retrouver demain à déjeuner chez Neville.

— Je sais, mais, à part nous et Johnny, il y aura Nan et les filles, ma mère et mes jeunes frères. En réalité, ce sera plutôt un déjeuner dominical de famille et, franchement, je ne crois pas que nous aurons la moindre chance de bavarder tranquillement.

— Très bien. Je t'écoute. On dirait que quelque chose te perturbe.

— Je ne me sens pas réellement « perturbé », mais intrigué. Ma question va te paraître bizarre, mais, te rappelles-tu, enfant, avoir vu de la pourprée dans le jardin de ta mère ?

— En effet. Et il y en a encore à Compton Hall. Pourquoi me demandes-tu cela ?

— Savais-tu que cette fleur s'appelle aussi *Digitalis purpurea* ou, plus communément, digitale ? On en trouve partout dans nos jardins.

Déconcerté, Will secoua la tête.

— Où veux-tu exactement en venir ?

Edward lui expliqua alors en détail ce qu'il avait lu dans le vieux livre de botanique que sa sœur avait déniché à Ravenscar.

— Les feuilles et les graines de cette fleur sont vénéneuses et je crois que c'est cela qui a empoisonné Aubrey Masters. En réalité, personne ne croit vraiment à une crise cardiaque, n'est-ce pas ?

Will soupira d'un air entendu, mais s'abstint de commentaires car le serveur arrivait avec le champagne. Lorsqu'il se fut éloigné, les deux jeunes gens entrechoquèrent leurs coupes.

— *Cheers,* dit Neville.

— J'ai téléphoné à Neville ce matin pour lui parler de ma découverte, mais il était parti avec sa famille passer le week-end à la campagne. J'essaierai de lui en toucher un mot demain pendant le déjeuner.

Les deux cousins demeurèrent silencieux un moment, perdus dans leurs pensées, puis Will demanda :

— Crois-tu que *notre* camp soit à l'origine de cet empoisonnement, si, toutefois, il s'agit bien de cela ?

— Je l'ignore. Comment auraient-ils procédé ?

— Dieu seul le sait, murmura Will.

Plus tard cet après-midi-là, de retour dans la maison familiale de Charles Street, Edward se mit aussitôt en quête de Cecily. Il la trouva en train de travailler dans le bureau de son mari. Elle leva les yeux vers lui à son entrée et lui sourit tendrement.

— Bonjour, mon chéri. As-tu vu Will à déjeuner ?

— Oui, mère, ce fut un moment agréable. Je vois que je te dérange. Aurais-tu cependant quelques minutes à m'accorder ?

— Ma comptabilité peut attendre. J'espérais justement bavarder un peu avec toi, Ned.

— Quelque chose de particulier ? interrogea Edward en s'installant dans un fauteuil à côté de la table de travail.

— Non, rien de particulier. Et toi ? Que souhaitais-tu me dire ?

Les yeux fixés sur la pile de factures sur le bureau, Edward ne répondit pas tout de suite.

— Pourquoi père était-il toujours à court d'argent ? demanda-t-il soudain. Après tout, il appartenait à l'équipe dirigeante de la compagnie, même s'il n'était que directeur adjoint. Son salaire devait être confortable.

— Pas vraiment. Contrairement à ce que l'on pouvait croire, il n'était pas payé grassement pour ses services.

— Mais son père et son grand-père ne lui ont-ils pas laissé de fortune ?

— Eux non plus ne roulaient pas sur l'or, Ned. Les Grant prenaient soin de les laisser à court de ressources, détournant à leur profit ce qui devait revenir de droit à notre famille. Ton père recevait une petite rente annuelle de ton grand-père, mais il la réservait pour l'entretien de la propriété de Ravenscar. Le personnel, hélas, n'était pas inclus dans ces dépenses.

— Je sais que c'est sur ta propre fortune qu'ils reçoivent leurs gages, mère. De même, c'est toi qui subviens aux besoins de la maison et de la famille.

Edward secoua la tête.

— Tout cela est si injuste. Les Grant nous volent comme au coin d'un bois, et cela depuis trois générations. Mais, heureusement, notre famille reste unie et déterminée à regagner sa position. Notre fierté est à ce prix. Je compte bien redresser au plus vite cette situation. Je t'en fais la promesse, mère.

— Je l'espère bien, Ned. Non que je me plaigne d'avoir à assumer le budget familial, mais parce que les Deravenel du Yorkshire *doivent* retrouver leur rang au sein de la compagnie. Il est largement temps de faire parler la justice.

— Neville et moi nous y employons de toutes nos forces.

Cecily se carra contre le dossier de son fauteuil et posa sur son fils un regard songeur. Au bout de quelques instants, elle déclara :

— Moi aussi, je pense à toutes ces questions d'argent. Je voudrais acheter une maison pour toi à Londres, à Mayfair, très exactement, non loin d'ici. Je compte d'ailleurs en discuter avec Neville.

— Mais...

— Pas de mais, Edward. Tu es un adulte à présent et tu as ta propre vie privée. Il est grand temps que tu t'installes chez toi.

— Ma foi, cette idée ne me déplaît pas, évidemment. Il se trouve précisément que Will m'a parlé aujourd'hui d'un pied-à-terre à Albany. Il se demandait si je serais intéressé.

Cecily secoua la tête.

— Cet appartement à Albany ne te convient pas, il est trop petit. Je songe plutôt à une maison de Mayfair, plus appropriée à ta position.

— Mais cela risque de coûter terriblement cher !

— Chut ! fit sa mère en levant une main. Il m'est venu une idée pour financer cet achat.

Elle se leva, contourna le bureau et conclut :

— Viens, suis-moi. Je voudrais te montrer quelque chose.

La cave baignait dans une semi-pénombre. Cecily s'achemina vers le fond, près des casiers à bouteilles, là où il faisait encore plus noir, et Ned comprit tout à coup que sa mère se dirigeait vers le coffre-fort de la maison.

— Mère ! cria-t-il, ne pensez-vous pas que Swinton pourrait nous apporter quelques bougies ? Cette ampoule éclaire à peine.

— Ce ne sera pas nécessaire. Il y en a ici.

Il rejoignit sa mère et la trouva en train d'allumer des chandelles.

— Je veux que tu ouvres le coffre, Ned. La poignée est un peu dure pour moi. Voici les chiffres de la combinaison.

Quelques secondes plus tard, la lourde porte du coffre pivota sur elle-même. Cecily s'approcha d'Edward pour lui désigner deux boîtes de cuir vert sombre ainsi qu'une troisième, plus grande, recouverte de moleskine bleu marine. Une quatrième boîte, plus petite, était en cuir repoussé d'un rouge fané.

— Aide-moi à les transporter en haut, Ned. Nous y verrons plus clair. Je prends la rouge et la bleue, et toi, les deux vertes.

— Seigneur, elles sont bien plus lourdes que je ne le pensais, mère !

Cecily se mit à rire, mais ne fit aucun commentaire. Ils rebroussèrent chemin avec leurs précieux fardeaux, montèrent les marches de la cave et gagnèrent le petit salon.

— Pose-les sur la table, chéri, dit Cecily. Et, à présent, ouvrons-les.

Edward s'exécuta et écarquilla les yeux en voyant le diadème resplendissant de mille feux qui reposait dans l'une des boîtes.

— Juste ciel, mère ! C'est... c'est fantastique !

Il s'empara délicatement du bijou et le tourna lentement à la lumière, émerveillé par les reflets scintillants et multicolores lancés par les diamants, des centaines de diamants.

— Splendide, n'est-ce pas ? murmura Cecily. Il appartenait à ma mère.

Edward ouvrit la seconde boîte et en exhuma un autre diadème, tout aussi magnifique.

— Celui-là est à moi, expliqua Cecily. Mon père me l'a acheté pour mon mariage. Quant à ce troisième diadème que tu vois là, il me fut légué avec ce collier de diamants par la meilleure amie de ma mère, Clarissa Mayes, qui n'avait pas d'enfants.

— Mère, mais il y en a pour une fortune !

— Je sais. J'ai conservé ces merveilles dans l'éventualité où la famille connaîtrait des revers. Ce jour est venu, Ned, et je compte bien les vendre pour t'acheter une maison. Le reste te servira à entretenir un minimum de domesticité.

— Oh, mère, c'est tellement dommage de se séparer de telles merveilles ! Elles font partie de notre patrimoine. Et notre pauvre Meg ? Ne souhaitera-t-elle pas recevoir, elle aussi, un diadème pour son mariage ?

— Lorsque le temps sera venu, ce sera *toi* qui le lui achèteras, Ned. Pour l'heure, nous avons d'autres priorités, déclara Cecily avec une autorité qui n'admettait pas de réplique.

28

Debout sur le seuil de la véranda, dans la maison de Neville, Edward regardait ses jeunes frères jouer avec leurs petites cousines, Isabel et Anne.

Les deux fillettes étaient adorables dans leurs robes de laine d'un bleu soutenu, les cheveux retenus par un large ruban de satin blanc. George et Richard étaient tout aussi élégants dans leurs pantalons courts et vestes assorties, leurs chaussettes noires et leurs chaussures vernies.

Edward ne put s'empêcher de sourire devant ce tableau idyllique : un vaste espace décoré de plantes grasses, de larges baies vitrées laissant filtrer des flots de soleil, et des enfants jouant joyeusement. George semblait défendre quelque chose avec animation sous le regard captivé de la petite Isabel. Anne bavardait plus paisiblement avec Richard, qui l'écoutait, l'air amusé. Edward sentit son cœur se serrer en les observant. Ils étaient si jeunes, si vulnérables.

En entendant des pas dans le couloir, il se retourna et sourit à Neville qui venait à sa rencontre. Il posa une main sur son épaule avec affection et les deux jeunes gens contemplèrent quelques instants les enfants.

— Tu vois, ils sont notre futur, dit doucement Neville, le futur de nos deux familles, si liées qu'elles n'en forment plus qu'une. Il faut les protéger de toutes nos forces.

— Tu as parfaitement raison, approuva aussitôt Ned. Il nous faudra constamment veiller sur eux, car les Grant ne reculeront devant rien.

— Ce n'est que trop vrai, hélas, soupira Neville. A présent, excuse-moi, mais je dois prendre un appel téléphonique.

Après avoir balayé du regard les alentours, il reprit :

— Je suppose que Cecily et Meg sont avec Nan.

— Elles se trouvent au petit salon.

— Parfait. Veux-tu m'accompagner à la bibliothèque pour partager une coupe de champagne ? Will et Johnny t'y attendent déjà.
— Avec plaisir.

Les deux hommes traversèrent le hall, mais, devant la porte de la bibliothèque, Edward posa une main sur le bras de Neville pour le retenir.

— J'aimerais te parler seul à seul une minute.
— Bien sûr. De quoi s'agit-il ?
— C'est à propos de la... digitale. Nous avons appris qu'Aubrey Masters est décédé d'une overdose de ce poison. Je crois à présent qu'il se trouvait dans sa nourriture, dans ses aliments végétariens, pour être précis.
— Oh. Vraiment ?
— J'ai découvert un livre intitulé *Fleurs vénéneuses*. Un chapitre y était consacré à la digitale.

En quelques mots, Edward expliqua à son cousin ce qu'il avait appris la veille en consultant l'ouvrage de botanique. Neville l'écouta sans l'interrompre.

— Ce que j'aimerais savoir, conclut Edward, c'est si nous avons quelque chose à voir avec le fait que Masters ait ingéré ce poison.

Neville ne répondit pas. Il demeura immobile, ses yeux d'un bleu lumineux calmement plongés dans ceux d'Edward, le visage dénué de toute expression. Appuyé contre un pilier du hall, Edward attendait tranquillement, lui aussi, en soutenant sans broncher le regard de son cousin.

Après un long, très long moment, Neville répondit enfin :
— Rappelle-toi, cousin. Ne t'avais-je pas promis de nous venger des meurtres de nos pères et de nos frères ? Je tiens toujours mes promesses.

Edward hocha la tête, le visage aussi dénué d'expression que celui de son cousin. Puis il se redressa, serra la main de Neville et souffla à mi-voix :
— A la vie, à la mort, et pour l'éternité, telle est la devise de notre famille.

Cecily Deravenel se réjouissait de cette petite réunion de famille dans la résidence de son neveu Neville Watkins, un ravissant hôtel particulier ouvrant sur la Tamise et décoré avec goût ; le lieu idéal pour un déjeuner dominical. Elle était heureuse, aussi, d'y retrouver Will Hasling, qu'elle considérait depuis toujours comme un membre de la famille, comme son fils, même. Au fil des années, elle avait appris à apprécier sa profonde loyauté et l'affection – presque la dévotion – qui le liait à Edward. Oui, Will Hasling faisait bel et bien partie de leur clan.

Son regard erra sur les convives rassemblés autour de la longue table et s'arrêta sur son neveu Johnny. Cher Johnny, si sensible et si intègre. Le mot *honneur* avait vraiment un sens pour lui. Ned l'adorait. Et Neville... comme les deux frères se ressemblaient : mêmes cheveux sombres, mêmes yeux clairs, même visage aux traits fins et harmonieusement structurés.

C'était sur Neville, l'aîné de la famille, que Cecily devait compter à présent que Rick était mort. La semaine dernière, elle lui avait demandé de verser à Ned une petite rente. Il en avait vraiment besoin. Neville avait accepté, naturellement, et Cecily lui faisait toute confiance. Pourquoi en serait-il autrement ? Son neveu n'était-il pas le plus puissant magnat d'Angleterre ? Une seule idée hantait les pensées de Neville, une seule ambition dirigeait ses pas : le *pouvoir*. C'était là un aspect qu'il ne fallait jamais perdre de vue, songea Cecily. Voilà pourquoi elle en avait parlé à Ned quelques jours plus tôt. Il lui avait répondu qu'il savait parfaitement à quoi s'en tenir avec Neville et ils avaient partagé un rire complice avant de changer de sujet.

Elle avait confiance dans le jugement de son fils. Edward était un garçon lucide et remarquablement mûr pour son âge. Avec Neville pour le soutenir, il reprendrait la main à la compagnie. C'était juste une question de temps. Les récents événements permettaient même d'espérer un dénouement rapide. Il ne restait plus qu'à attendre. Attendre le jour où, enfin, elle pourrait respirer de nouveau, certaine que ses enfants étaient en sécurité, à l'abri des manigances de ces traîtres de Grant.

Les pensées de Cecily s'allégèrent quelque peu lorsque ses yeux se posèrent sur Anne, la plus jeune fille de Neville. Quelle exquise enfant, intelligente et vive, vouant une adoration illimitée à Richard, qu'elle emmenait partout comme un petit chien. Le petit garçon ne semblait pas s'apercevoir de l'intérêt passionné que lui portait sa cousine. Mais il se comportait avec gentillesse à son égard, l'entourant de mille soins attentifs.

Comme si elle avait lu dans les pensées de sa tante Cecily, Anne choisit ce moment pour déclarer d'une voix haute et claire :

— Richard et moi allons nous marier, ma tante.

Tout le monde la regarda avec étonnement. Des rires s'élevèrent.

— Mais ce ne sera pas tout de suite, mère, précisa gravement Richard. Seulement quand nous serons grands.

— Je comprends, Dickie, répondit Cecily en souriant.

— Bien vu, fiston, observa Edward, amusé. En t'y prenant ainsi à l'avance, tu as toutes tes chances. Promets-moi seulement une chose...

Richard posa sur son frère aîné ses grands yeux gris-bleu.

— Quoi donc, Ned ?

— Je veux être ton témoin.

A ces mots, le petit garçon irradia de bonheur. Il adressa son plus beau sourire à Edward.

— Promis !

Détestant être tenu à l'écart, George intervint.

— Et moi, j'épouserai Isabel, déclara-t-il avec hauteur.

La petite fille le fixa d'un regard ahuri avant de rougir de plaisir.

— Mon Dieu, que de nouvelles, aujourd'hui, s'exclama Cecily en riant.

Isabel sourit en enveloppant le jeune George d'un regard éperdu d'adoration. Après quoi, elle jeta un coup d'œil timide en direction de sa mère.

— De grandes nouvelles, en vérité ! s'exclama Neville avant de rejeter la tête en arrière pour éclater d'un rire tonitruant.

Quelque peu embarrassé, Richard jeta un regard inquiet à Edward, qui se porta aussitôt à son secours.

— Quand tu seras plus grand, Dickie, tu pourras demander à oncle Neville s'il veut bien te donner Anne en mariage. En ce qui me concerne, tu as déjà ma permission.

— Et *moi* ? lança George. Est-ce que j'ai aussi ta permission, Ned ? Après tout, je suis plus vieux que Richard et Isabel est plus âgée qu'Anne.

Elle est aussi l'héritière d'une énorme fortune, songea Edward. Du moins si Nan n'a pas de fils...

— Bien sûr, Georgie, répondit-il avec un sourire.

Mais, dans le fond de son cœur, il ne pouvait s'empêcher de penser combien George était différent de Richard. Déjà, il montrait d'évidentes tendances à l'égoïsme, au mensonge et à l'avarice, autant de défauts qu'il fallait garder à l'œil, car, plus tard, ils pourraient bien créer de graves problèmes.

La musique le traversait par vagues, apaisant ses nerfs. Il sentait la tension de ces derniers jours quitter ses épaules et son corps se détendre enfin. La musique était un véritable enchantement. Quel délice de se laisser entraîner dans le sillage éblouissant de ces notes, vers un autre monde, vers la beauté et l'harmonie.

Assis aux côtés de Lily, Edward assistait au concert du dimanche soir à la salle Bechstein, dans Wigmore Street. Il aimait la musique aussi passionnément que la jeune femme l'appréciait et, ce soir, ils avaient eu l'extrême bonheur d'écouter le concerto numéro deux en *do* mineur pour piano de Rachmaninov, une œuvre qu'ils appréciaient tout particulièrement.

Le second mouvement touchait à sa fin, dans un crescendo d'harmonies passionnées qui submergèrent Edward, l'emportant loin, très loin, des préoccupations de sa vie quotidienne. Avec reconnaissance, il laissa la musique s'emparer totalement de lui, balayant toutes ses pensées.

Puis l'enchantement cessa. Les spectateurs se levèrent en applaudissant, criant par moult bravos leur satisfaction. Lily se pencha vers Edward et souffla :

— N'était-ce pas merveilleux, chéri ?

— Cela m'a littéralement transporté, répondit Edward avec enthousiasme. Merci de m'avoir amené ici.

Elle lui sourit en l'enveloppant d'un regard qui trahissait toute l'adoration qu'elle lui portait.

— A qui d'autre aurais-je demandé de m'accompagner, Ned ?

Il rit, flatté, puis, tandis que la salle de concert se vidait, la prit doucement par le bras pour la guider au milieu de la foule et retrouver la voiture qui les attendait devant le théâtre.

Pour se libérer de Will et Johnny, ses « gardes du corps », il avait expliqué un peu plus tôt ce soir-là à Cecily qu'il voyagerait dans une voiture louée pour la soirée.

« Je serai parfaitement en sécurité, mère, ne vous inquiétez pas. »

Cecily avait acquiescé en silence, puis quitté le salon. Un peu plus tard, elle revenait avec trois guinées qu'elle remit à son fils.

« Mais, mère, protesta-t-il.

— Prends-les, Ned. Je me suis arrangé avec Neville pour qu'il t'alloue désormais une petite rente. Cela te revient. Emmène Mme Overton au restaurant ainsi que le fait un gentleman avec une dame de sa qualité. »

Confus et reconnaissant, Edward avait finalement accepté.

Voilà pourquoi Lily et lui faisaient à présent route vers le Savoy, où Edward avait fait réserver une des meilleures tables pour le dîner. Edward ne se sentait plus de joie à l'idée d'inviter Lily dans un des lieux les plus élégants de la capitale.

Dans la voiture qui les conduisait à travers les rues animées de Londres, il lui raconta le déjeuner familial chez Neville et les annonces de mariage faites avec beaucoup de sérieux par ses jeunes frères. Lily rit de bon cœur et la conversation fut joyeuse et légère tout au long du trajet.

Bien des têtes se tournèrent sur leur passage lorsqu'ils pénétrèrent dans le hall de l'hôtel. Ils formaient vraiment un couple splendide, lui, grand et séduisant, elle, merveilleusement élégante dans un ensemble bleu roi. Une fois installé dans la salle du restaurant, dont les fenêtres s'ouvraient sur la Tamise, Edward commanda un whisky pour lui et une limonade pour Lily.

— A présent, parle-moi un peu de toi, ma chère Lily. Comment vas-tu ?

— Très bien, Ned, je te remercie. Ne te tourmente pas. Hormis quelques nausées le matin, je me porte à merveille.

Tout en sirotant son whisky, Edward lui raconta comment Cecily lui avait demandé de sortir du coffre les superbes diadèmes appartenant à sa mère, dans l'intention de les vendre et d'investir dans une maison de Mayfair.

— Je crois bien qu'elle a vu un petit hôtel particulier à Berkeley Square qui lui plaisait beaucoup. Elle tient vraiment à me voir installé chez moi.

Lily hocha la tête en souriant. Elle était sur le point de lui confier qu'à son tour elle comptait acquérir une maison dans le même quartier, mais le moment était mal choisi. Il ne fallait surtout pas qu'il pense qu'elle cherchait à s'immiscer dans sa vie à cause du bébé.

— Tu sembles bien pensive ce soir, observa Edward en dévisageant la jeune femme. J'ai l'impression que tu t'apprêtais à me dire quelque chose, mais que tu as changé d'avis. Qu'y a-t-il ?

— Rien du tout, répondit-elle d'un ton léger. Et si nous demandions le menu ? Je crois bien que je meurs de faim.

Edward fit signe au serveur qui se tenait à côté de leur table. En un clin d'œil, il apporta la carte et leur recommanda quelques spécialités avant de s'éclipser.

— Je prendrai une sole, dit Lily.

— Moi aussi. Et pour commencer ?

— Eh bien, peut-être un peu de consommé. Je suis vite rassasiée, en ce moment.

Il sourit et se pencha en avant pour murmurer :

— Oh, Lily, je brûle d'impatience de voir notre enfant, de la tenir dans mes bras.

— Oh ! Tu as déjà décidé que ce serait une fille, alors ?

Il eut un petit sourire entendu.

— Tu sais combien j'aime les femmes.

Il parut soudain prendre conscience de la portée de ses paroles et jeta un regard désemparé à la jeune femme, qui se mit à rire, bien trop avisée pour en prendre ombrage.

— Et comment l'appellerons-nous ? demanda Edward. Pourquoi pas Lily ?

— J'aime beaucoup Edwina. Cela me rappelle ton prénom.

— Alors je suggère Edwina Lily. Ça te plaît ?

— Parfait. Et Edward si c'est un garçon. Tu es d'accord, Ned ?

— Tout ce qui te plaira, ma chérie. Je t'aime tant. Je t'adore, même.

Le serveur revint sur ces entrefaites pour prendre leur commande. Ils passèrent les instants suivants à savourer le plaisir de se retrouver dans ce cadre enchanteur, heureux, comme toujours, d'être ensemble.

Ce ne fut qu'après avoir fini l'entrée que Lily se décida à parler.

— J'aimerais aborder avec toi un sujet qui me tient beaucoup à cœur, Ned. Il me faut ta réponse ce soir.

Il la dévisagea, soudain inquiet.

— Que se passe-t-il, chérie ? As-tu quelque souci ?

— Je ne sais trop par où commencer, Ned. Le sujet est un peu morbide, mais il faut bien en discuter.

Elle observa une pause, respira profondément et reprit :

— Comme tu le sais peut-être, je suis fille unique et mes parents sont morts. Je n'ai donc plus aucune famille et seulement de bons amis, telle Vicky, que je considère comme une sœur. C'est pour cela que je m'inquiète ces temps-ci. Il arrive que des femmes meurent en couches, ce n'est pas exceptionnel. Si cela se produisait, qui veillera sur mon enfant ? *Notre* enfant, Ned. Je ne supporte pas l'idée que l'on puisse le placer pour adoption dans un orphelinat.

Jamais encore Edward n'avait imaginé que Lily pouvait mourir. Cette seule idée le bouleversait.

— Voyons, Lily, rien ne va t'arriver, j'en suis certain ! s'écria-t-il. Tu es une jeune femme solide, en bonne santé, et qui mène une vie saine. Il n'arrivera rien de mal, ni à toi ni au bébé. Et, même si cela arrivait – Dieu nous en garde ! –, je ne tolérerai jamais que l'enfant soit adopté. Jamais, Lily, tu m'entends ? Fais-moi confiance. Puisque cet enfant est aussi le mien, je veillerai sur lui.

— Mais comment ? Tu te marieras un jour. La femme que tu épouseras ne se montrera sans doute pas enchantée à l'idée d'élever un enfant illégitime, un enfant qui n'est pas le sien.

— Possible. Mais tu oublies ma mère. Elle ne sera que trop heureuse d'élever cet enfant avec l'aide d'une gouvernante. Et, naturellement, je lui rendrai régulièrement visite. Cet enfant fera partie de ma vie, Lily. Est-ce que cela te satisfait ?

— Oh, Edward, merci. C'est exactement la réponse que j'attendais de toi. Tu sais, je connais bien les femmes, je sais à quel point l'enfant d'une autre peut interférer négativement dans un couple. Je n'avais pas pensé à ta mère. A présent, je suis soulagée.

Elle lui sourit et des larmes brillèrent dans ses yeux.

— Enfin, je suis heureuse.

Il serra sa main fine dans la sienne.

— A présent, Lily, je t'en prie, oublions cela. Je déteste l'idée qu'il t'arrive quelque chose. Cela m'est insupportable. Ce soir, nous ne devons penser qu'à la joie d'être ensemble.

29

Il n'était pas facile de décontenancer Edward Deravenel. Il savait en toutes circonstances conserver son sang-froid, garder le contrôle.

Cet après-midi-là, tandis qu'il longeait le couloir d'un pas tranquille pour gagner le bureau de John Summers, il se sentait parfaitement à l'aise avec lui-même comme avec le reste du monde. Et il avait une petite idée de ce que pouvait bien lui vouloir Summers.

Il y avait du nouveau.

Il frappa, entra immédiatement et ne fut pas surpris de trouver l'inspecteur Laidlaw et Robert Aspen assis en face de John.

— Hello, inspecteur, lança-t-il joyeusement. Summers... Aspen...

Tous répondirent à son salut d'un signe de tête.

— Nous attendons Oliveri, l'informa Summers.

Ce fut l'instant que choisit Alfredo pour entrer à son tour. Il semblait particulièrement épuisé.

— Bonjour, messieurs, lança-t-il à la ronde d'un ton quelque peu brusque avant de venir s'asseoir près d'Edward.

L'inspecteur Laidlaw recula sa chaise de quelques centimètres de façon à avoir tout le monde dans son champ de vision.

— Eh bien, gentlemen, commençons, voulez-vous ? A vrai dire, j'ai peu de nouvelles à vous annoncer. Nous avons mené une enquête intensive sur la mort d'Aubrey Masters. Malheureusement, sans résultat.

John Summers fronça les sourcils et joignit le bout de ses doigts en un geste de perplexité – une habitude, chez lui.

— Qu'est-ce que cela signifie, inspecteur ?

— Que nous n'avons pas de suspects. Nous ne pensons pas que quelqu'un ait administré de la digitaline à M. Masters, car nous ne voyons aucune raison pour cela. Il menait une vie calme et régulière, suivait son petit train-train habituel, avait une vie conjugale plutôt terne – sa femme vivait presque en recluse – et n'avait pas de maîtresse.

— Etait-il malade du cœur ? demanda Rob Aspen. Avez-vous retrouvé la trace de ce Dr Springer ?

— M. Masters se portait fort bien et aucun praticien ne lui a prescrit de digitaline, car il n'en avait nul besoin. Nous avons en effet retrouvé ce médecin. C'est un psychiatre, disciple du Dr Freud. Il nous a expliqué que la victime connaissait quelques problèmes relatifs à sa vie sexuelle – ou, plutôt, à l'absence de celle-ci. Il craignait que cela n'affecte sa relation avec son épouse. D'après ce que j'ai compris, celle-ci se sentait négligée.

— Mais est-il mort d'une overdose de digitaline ou non ? insista Alfredo, non sans quelque agacement.

Il se sentait sur des charbons ardents, impatient de pouvoir s'entretenir en privé avec Edward Deravenel.

— Il est bien mort d'une overdose, confirma l'inspecteur. Le coroner a conclu ce matin à la thèse de l'accident.

Laidlaw observa une courte pause et conclut :

— A mon avis, il ne peut y avoir d'autre verdict. Mon assistant et moi-même pensons que M. Masters s'est empoisonné lui-même en mélangeant des fleurs séchées et des graines lorsqu'il a préparé son repas végétarien. Voilà des années qu'il se nourrit ainsi, mais – et c'est l'avis du légiste – il a fort bien pu accumuler dans son organisme des substances toxiques au fil du temps.

Edward lui jeta un regard aigu.

— Avez-vous analysé les aliments qu'il a consommés chez lui ?

— Nous l'avons fait. Mais sans rien trouver de concluant. Il n'y avait aucune digitale. Sa femme nous a dit qu'il avait apporté chez lui un sac de papier brun rempli d'une mixture de graines et de plantes séchées. Nous n'avons hélas aucune idée de l'endroit où il les a achetées. Je vous l'ai dit, gentlemen, le dossier est clos. Il n'y a pas eu de crime.

Edward se leva.

— Merci, inspecteur Laidlaw, dit-il en serrant la main du policier. Je... nous apprécions vos efforts. Apparemment cette affaire restera une énigme.

— En effet, sir, répondit poliment le policier avant de se lever à son tour.

Edward le suivit dans le couloir et l'accompagna jusqu'au grand escalier.

— Si vous avez besoin d'éléments pour un complément d'enquête, n'hésitez pas à venir me voir, inspecteur. Vous vous êtes montré fort diligent et courtois dans le cours de cette affaire et je serai ravi de vous aider, si toutefois cela est possible.

— Je n'ai fait que mon travail, monsieur Edward, mais je vous remercie. Croyez bien que je regrette également de n'avoir pu trouver les coupables de votre agression. Ce n'est pourtant pas faute d'avoir essayé.

— Un autre mystère, inspecteur, n'est-ce pas ?

Une fois le policier parti, il regagna son bureau, décrocha le combiné du téléphone et le reposa aussitôt. Pourquoi appeler Neville maintenant ? Ce n'était pas nécessaire. Bientôt, les petits vendeurs de journaux allaient parcourir les rues en criant à la ronde les gros titres. Mieux valait laisser les choses dormir, décida-t-il en attendant qu'Oliveri le rejoigne dans son bureau.

Deux minutes plus tard, l'Italien entrait et refermait soigneusement la porte. Il s'installa dans un fauteuil face à Edward et lui jeta un long regard interrogateur.

— Eh bien, monsieur Edward, qu'en pensez-vous ?

— L'inspecteur connaît fort bien son métier. S'il n'a pas trouvé de preuves d'assassinat, c'est qu'il n'y en avait pas.

— Croyez-vous qu'Aubrey Masters se soit suicidé ?

— Pour tout dire, je n'en sais rien. Peut-être s'est-il tout bonnement empoisonné par accident ainsi que l'a conclu le coroner. C'est aussi votre avis, Alfredo ?

Le visage de l'Italien demeura impénétrable.

— Tout à fait entre nous, j'aurais aimé le voir pendu, tué par balles ou coupé en morceaux, au choix. Il détournait de grosses sommes d'argent, j'en suis certain, et Cliff et Beaufield sont dans le coup.

Edward sourit.

— Il nous en reste donc deux à qui il va falloir damer le pion, n'est-ce pas ?

— Tout à fait, monsieur Edward. Rob Aspen et Christopher Green sont sur leurs traces et fouillent leurs vies de fond en comble. Nous allons les coincer, vous pouvez en être certain. Je crois qu'il est temps d'en informer Neville Watkins.

Vicky Forth prit un fiacre pour Whitechapel. Parvenue à High Street, elle descendit et demanda au cocher de l'attendre. D'un pas rapide, elle avança le long de rues étroites et misérables jusqu'à un vieil immeuble à la façade restaurée – Haddon House. Elle frappa et attendit en levant les yeux vers le ciel lourd. Un orage se préparait et, déjà, quelques gouttes commençaient de tomber.

La jeune femme qui vint ouvrir sourit à la vue de Vicky.

— Madame Forth ! Comme il est agréable de vous revoir. Entrez, je vous prie.

Elle s'écarta pour laisser passer la visiteuse et lui prit son manteau.

— Venez, je vais vous conduire au bureau.

— Merci, Dora. Je connais le chemin.

A peine l'eut-elle aperçue que Fenella Fayne se précipita vers elle.

— Vicky ! Venez donc vous asseoir près du feu. Il fait bigrement froid et humide, dehors, n'est-ce pas ?

Vicky obéit et s'installa sur une chaise devant la cheminée. Elle s'éclaircit la gorge et dit enfin :

— Je vais aller droit au but, Fenella. J'ai pris ma décision : je souhaite venir travailler avec vous ici, à Haddon House.

Le visage de Fenella s'éclaira.

— Mais c'est merveilleux, Vicky ! Croyez-moi, vous nous serez des plus utiles.

— Je sais que vous êtes surchargée. Je pourrai venir deux jours par semaine. Lesquels préférez-vous ? Mardi et mercredi ? Ou mercredi et jeudi ?

— Mardi et mercredi conviendront parfaitement, répondit aussitôt Fenella. Nous accueillons hélas beaucoup de femmes battues après le week-end. Leurs maris vont dans des tripots tout le dimanche et, quand ils reviennent, ils sont tellement saouls qu'ils ne trouvent rien d'autre à faire que de tabasser leurs malheureuses épouses.

Fenella fit la grimace.

— Attendez-vous à de tristes spectacles, Vicky. Des yeux au beurre noir, des lèvres éclatées, des mâchoires brisées...

— Je possède quelques compétences d'infirmière. Par ailleurs, je vous ai entendue dire l'autre jour que vous aviez aussi besoin de quelqu'un pour préparer des soupes, des pot-au-feu, ce genre de choses... Je ne suis pas mauvaise cuisinière et je serai donc ravie de pouvoir vous prêter la main. Je peux même laver par terre si cela est nécessaire. Je voudrais tant vous aider, Fenella ! La misère qui règne dans ces quartiers de l'East End me bouleverse.

— Tout ce que vous ferez pour nous sera une bénédiction du ciel, Vicky, s'exclama Fenella avec un sourire plein de gratitude.

Elle désigna son bureau couvert de feuilles.

— Et même trier ces papiers si le cœur vous en dit. A présent, laissez-moi vous informer de quelques règles en vigueur à Haddon House.

— Je vous écoute.

— Pour commencer, vous ne serez plus Mme Forth, mais Mme Vicky. Les femmes se sentent plus à l'aise lorsqu'elles peuvent nous appeler par notre prénom. De même, nous abandonnons nos titres. Je ne suis plus lady Fayne, mais Mme Fenella. Dora n'est pas lady, mais Mlle Dora. Lorsque ces femmes séjournent chez nous plusieurs jours, nous tolérons dans certains cas que leurs maris viennent les voir, mais seulement s'ils sont sobres. Naturellement, ils n'ont pas la permission de monter dans les chambres. Lorsque nous accueillons des femmes blessées, nous évitons de les presser de questions pour ne pas les indisposer. Elles se montrent souvent très protectrices à l'égard de leurs bourreaux d'époux, voyez-vous. Parfois, elles sont accompagnées d'un enfant et nous le gardons auprès de sa mère le temps que celle-ci se remette. Voilà !

— J'ai bien compris, Fenella, et je ferai de mon mieux. J'y mettrai même tout mon cœur, soyez-en certaine.

— Je le sais, ma chère Vicky, et je vous en suis reconnaissante. Vous serez un véritable rayon de soleil pour toutes ces malheureuses. A présent, changeons de sujet : donnez-moi des nouvelles de Lily. Comment va-t-elle ?

— Très bien, Fenella. Elle m'a demandé de vous transmettre son plus affectueux souvenir.

— Merci. Transmettez-lui le mien. C'est une personne vraiment merveilleuse. J'ai reçu la semaine dernière de sa part un important lot de vêtements qui nous seront des plus utiles lorsque nous les aurons retaillés et simplifiés. Je lui ai d'ailleurs adressé un mot pour lui exprimer ma gratitude.

Fenella se leva.

— Quand comptez-vous commencer parmi nous, Vicky ?

— Mardi prochain. Cela vous convient-il ?

— Parfait. Ah, j'oubliais, pensez à retenir un fiacre pour regagner votre domicile. Il n'y en a pratiquement pas ici.

Un peu plus tard, alors qu'elle rebroussait chemin dans les rues sombres pour retrouver la voiture qui l'attendait, Vicky pensa à son amie. Veuve de sir Jeremy Fayne, tué dans un accident de chasse quelques années plus tôt, Fenella n'avait que vingt-sept ans. Un jour, elle avait confié à Vicky que s'occuper de femmes plus misérables qu'elle l'avait aidée à surmonter son chagrin. L'institution caritative de Haddon House, fondée par sa tante, devint son havre, et c'est là qu'elle consacra toutes ses journées à brasser la misère quotidienne de l'East End. Longtemps, elle s'éclipsa de la vie londonienne et vécut presque en recluse, hormis son travail à l'institution. Mais, depuis quelques mois, on la revoyait en ville, à des dîners ou à des réceptions. On aurait dit que Fenella vivait sur deux planètes totalement différentes. Vicky admirait son courage et sa générosité. A son tour, elle donnerait le meilleur de son énergie pour les pauvres femmes de Haddon House.

Confortablement assis dans le fumoir de chez White's, Edward attendait Neville. Accompagné de Johnny et de Will, il était arrivé au club vingt minutes plus tôt. Ses « anges gardiens » avaient décidé de tuer le temps en « promenant quelques boules autour d'une table », avaient-ils précisé en riant avant de s'éclipser dans la salle de billard. Edward, lui, sirotait un whisky et soda en ressassant les derniers événements survenus à la compagnie. Bientôt, Neville et lui reprendraient le contrôle de l'empire Deravenel. Leur stratégie était au point, à présent.

Tandis qu'il réfléchissait, quelques bribes des conversations échangées dans le fumoir lui parvenaient aux oreilles. Certains individus pouvaient décidément être aussi bavards que des femmes, pensa-t-il.

Trois hommes assis à la table voisine oubliaient le stress d'une matinée d'affaires en fumant des cigares et en discutant avec animation.

— Il paraît que le roi part pour Biarritz avec toute une armada de domestiques, dit l'un.

— Et Mme Keppel dans ses bagages, ironisa un autre.

Il y eut quelques gloussements, puis un troisième s'exclama :

— Savez-vous ce que Churchill a dit récemment ? Que Mme Keppel devrait être nommée « Première Dame de Chambre ».

Les trois amis éclatèrent de rire et Edward ne put s'empêcher de sourire. Le roi et sa maîtresse servaient régulièrement de cible aux plaisantins.

Une autre voix s'éleva.

— Northcliffe, le patron du *Daily Mail*, soutient aveuglément Balfour et son gouvernement.

— Balfour n'a pas d'avenir, croyez-m'en.

— Les Tories *doivent* rester au pouvoir.

— Tout à fait d'accord avec toi, vieille branche. Au fait, je songe à faire l'acquisition d'une voiture électrique.

— Juste ciel ! Tu es bien courageux.

— Pourquoi ? Elles sont très sûres !

— Je parie que tu veux acheter un modèle de M. Ford.

— Je n'en sais encore rien. Deux ingénieurs de chez nous, M. Rolls et M. Royce, viennent d'inventer un nouveau modèle. J'ai envie d'attendre un peu pour voir ce que cela donnera.

— Il faut acheter anglais, mon ami, conseilla un autre. L'empire en a besoin. Ne sommes-nous pas la plus grande puissance mondiale ?

— Buvons à cette vérité, Montague.

— Au fait, savez-vous que Kipling a publié un nouveau livre ? Un chef-d'œuvre, à ce que l'on prétend. Glasworthy vient aussi de remporter un franc succès avec son tout dernier ouvrage et l'on dit que George Bernard Shaw travaille à une nouvelle pièce.

— *Prolifiques*, ces gratte-papier, vous ne trouvez pas ?

Edward se désintéressa de la conversation pour se replonger dans ses pensées. Il se rappela la promesse faite au jeune Richard, son petit écureuil, de lui acheter un nouveau livre de Rudyard Kipling. Il lui faudrait le commander demain. Et puis il y avait l'anniversaire de Lily, bientôt, l'occasion de lui acheter un superbe bijou comme il en rêvait. Le problème, c'était l'argent. Pourrait-il en emprunter à sa mère ?

L'argent... Comme il aurait aimé en avoir davantage.

Le ronronnement des conversations cessa brusquement. Alerté, Edward leva les yeux et vit Neville sur le seuil du fumoir, balayant la salle de son regard dédaigneux, comme un monarque inspectant ses sujets. Toujours aussi élégamment vêtu, irradiant une indestructible assurance, il s'avança avec panache, saluant d'un bref signe de tête les autres membres du club au passage. Une entrée fracassante, comme toujours, songea Edward en retenant un sourire.

Il se leva pour accueillir son cousin.

— Où sont les autres ? demanda Neville.

— Ils disputent une partie de billard.

Neville hocha la tête, héla le serveur et commanda un whisky. Puis, se carrant dans son fauteuil, il demanda :

— Eh bien, quelles nouvelles, aujourd'hui ?
— L'inspecteur Laidlaw est venu au bureau ce matin.
— Je pensais bien qu'il le ferait. Les conclusions du coroner sont dans tous les journaux de ce matin. Mort par accident.

Les deux jeunes gens s'entre-regardèrent en silence.

— D'après Laidlaw, reprit enfin Edward, l'hypothèse du suicide peut être écartée. Aubrey menait une petite vie sans histoire.
— Sans doute, mais l'argent qu'il a dérobé à la compagnie doit bien être quelque part, Ned. Il faudrait examiner son compte en banque, lequel est devenu maintenant celui de son épouse Mildred. A moins qu'il n'y ait une autre femme dans sa vie avec laquelle il aurait fait certains arrangements secrets.
— Laidlaw a insisté sur le fait qu'Aubrey n'avait pas de maîtresse, du moins pour ce qu'il en sait. Mais cela ne signifie pas pour autant que Mildred a l'argent. Peut-être a-t-il ouvert un compte dans une autre banque, un compte dont elle ignorerait tout, suggéra Edward.
— Possible. Mais, dans ce cas, l'argent est probablement perdu, sauf si Aubrey a laissé des instructions précises en cas de décès. Dans son testament, par exemple. Je doute que la compagnie revoie jamais un penny de ces sommes volées. Si seulement nous avions un peu plus de renseignements sur la manière dont il gérait ses ressources personnelles !

Il esquissa un geste d'impuissance.

— Non, non, impossible !
— Je partage ton avis. Il y a peu d'espoir de remettre la main sur cet argent, murmura Ned avec irritation.
— *Comme c'est dommage*[1], laissa tomber Neville.

Puis, changeant de sujet, il demanda :
— Où souhaites-tu dîner ce soir ?
— Ton choix sera le mien, répondit Edward. Le Savoy ? Rules ?

Edward vit Neville se tourner vers la porte.
— Ah ! Voici Will et Johnny. Demandons-leur ce qu'ils en pensent.

— Mort par accident ! cria Margot, les yeux étincelants de fureur. Ce verdict est une farce ! Je *sais* qu'Aubrey a été assassiné ! Je le sens, là, tout au fond de moi.

---

1. En français dans le texte. (*N.d.T.*)

— Allons, ma chérie, calme-toi. L'inspecteur Laidlaw est venu me voir ce matin et il m'a tout expliqué. Scotland Yard a enquêté avec soin et rien, absolument rien, ne prouve qu'il s'agisse d'un meurtre.

— Absurde ! Je te dis qu'il a été tué ! Ce sont *eux* les responsables ! *Eux* qui l'ont éliminé !

Assis sur le canapé, John se pencha légèrement, comme pour donner plus de poids à ses paroles. Margot siégeait derrière la table qui lui servait de bureau, dans la vaste bibliothèque lambrissée de sa maison d'Upper Grosvenor Street. Superbe, comme toujours, d'une beauté irrésistible et arrogante, elle avait le port d'une reine. Une reine outragée, pour l'heure, car la colère ne la quittait pas. Lorsqu'elle était dans cet état, John n'avait qu'une envie : fuir loin de cette Française imprévisible.

Il prit une longue inspiration.

— Nous ne possédons aucune preuve de ce que tu affirmes, Margot. Laidlaw est d'accord avec le verdict du coroner. Tu sais comme moi qu'Aubrey se nourrissait de la plus étrange façon, ne consommant que des graines et des plantes séchées. Il a dû ingérer de la digitale accidentellement.

— Je n'y crois pas.

— Eh bien, dans ce cas, il s'agit peut-être d'un suicide.

— Bah, il n'aurait jamais fait cela. *Non, non, jamais...*

Summers ne répondit pas. Il pensait aux irrégularités manifestes trouvées dans les comptes d'Aubrey. Ce dernier avait détourné de fortes sommes, mais pour le compte de qui ? Il paraissait improbable qu'il ait agi seul.

Il décida de ne rien révéler de ses doutes à Margot. Elle était bien trop sous pression ce soir.

La porte s'ouvrit brusquement et Henry Grant, en peignoir et pantoufles, apparut sur le seuil, tout ébouriffé, le visage vide de toute expression, le regard un peu perdu.

— Ah, Margot, te voilà enfin, lâcha-t-il en pénétrant dans la pièce.

Voûté, la démarche incertaine, il paraissait beaucoup plus vieux que son âge, songea Summers en le regardant.

Margot se leva aussitôt pour le rejoindre.

— Allons, viens t'asseoir, Henry, dit-elle en le prenant par le bras. Tu vois, John est venu te rendre visite.

Henry porta son regard sur Summers et un sourire éclaira ses traits. Il vacilla légèrement en se dirigeant vers lui, la main tendue.

John bondit sur ses pieds et se hâta pour lui serrer la main en souriant, feignant d'être heureux de le voir, dissimulant le trouble qui l'envahissait chaque fois qu'il posait les yeux sur son malheureux cousin. Henry, le président de la puissante compagnie Deravenel, était un pauvre fou, et non un capitaine d'industrie.

— Bonsoir, Henry, dit-il en l'entraînant doucement vers le canapé. Comment te sens-tu ce soir ? Un peu mieux, on dirait.

— Oh oui. En vérité, j'attends le père Donovan, mais il est en retard. Hmm... Bon, bon, cela ne fait rien. Et comment va ton père, mon cher John ? Voilà déjà quelque temps que je ne l'ai pas vu.

Avant même de laisser à John le temps de répondre, Margot intervint :

— Et si nous prenions une coupe de champagne tous ensemble ? Cela nous ferait le plus grand bien. Ma grand-mère me l'a toujours dit.

Sans attendre leur avis, elle sonna Turnbull, le majordome. Il ne mit pas longtemps à apparaître sur le seuil.

— Madame ?

— Apportez-nous du champagne, je vous prie, Turnbull.

— Bien, madame.

Le majordome salua d'un signe de tête et se retira discrètement. Margot se tourna vers Henry, qui, déjà, les yeux fermés, semblait reparti dans ses rêveries.

— Henry ? Tu dors ? demanda-t-elle en se penchant vers lui.

Henry Grant rouvrit les yeux et se redressa.

— Peut-être suis-je un peu fatigué. Je crois que j'ai besoin de prendre un peu de repos dans ma chambre.

— Je vais t'aider, dit Margot d'une voix pleine de sollicitude.

— Non, non. John m'accompagnera.

Henry se tourna vers son cousin et, avec un faible sourire, insista :

— S'il te plaît, John.

— Bien sûr, Henry.

Summers le prit doucement par le bras et l'entraîna hors de la bibliothèque.

Margot resta seule au milieu de la pièce, bouillant de rage. *Les hommes...* Ils étaient vraiment impossibles. Henry, cet incommensurable idiot, une vraie grenouille de bénitier ! Quant à John Summers, il avait perdu l'esprit. Comment pouvait-il croire un mot de ce que lui avait raconté l'inspecteur Laidlaw ? Comment, même, accorder le moindre crédit aux conclusions du coroner ? C'était elle qui avait raison, elle en était certaine. Les Deravenel avaient assassiné Aubrey Masters et personne ne les inquiéterait pour ce crime.

Summers regagna bientôt la bibliothèque, suivi de Turnbull portant un seau à champagne et des flûtes en cristal sur un plateau d'argent.

Ils remplirent leur coupe et s'installèrent sur le canapé. Margot s'efforça de son mieux de réprimer sa fureur et, d'une voix mielleuse, demanda :

— Alors, comme ça, Henry avait envie de te confier ses petits secrets ?

Summers secoua la tête.

— Pas du tout. Il souhaitait simplement me parler d'Edouard. Il voudrait que je l'emmène à Eton rendre visite à son fils.

Il jeta un regard prudent en direction de Margot, toujours curieux de voir sa réaction lorsqu'on parlait de ce fils qui pourrait bien être le bâtard de son propre père, son demi-frère, par conséquent.

— Eh bien, reprit-il, qu'en penses-tu ?

— C'est une excellente idée, répondit-elle, sans paraître le moins du monde embarrassée. A vrai dire, il n'a pas témoigné beaucoup d'intérêt pour Edouard récemment, aussi je me réjouis d'une telle initiative. Tu le feras, n'est-ce pas ?

— Je n'y vois pas d'inconvénient. Il serait préférable que tu nous accompagnes.

Il se pencha vers elle pour l'embrasser à pleine bouche.

— Il me serait insupportable de ne pas t'avoir à mes côtés.

— Je viendrai, *chéri*. C'est la vie entière qui me paraît insupportable lorsque tu n'es pas là.

De sa voix légèrement rauque, si profondément sensuelle, elle poursuivit :

— J'ai besoin d'être dans tes bras, mon amour. Ah, John, si tu savais comme ma vie est vide et misérable sans toi.

Il posa son verre de champagne sur une table basse et fit de même avec celui de Margot. Puis, l'attirant à lui, il commença à l'embrasser passionnément. Elle répondit avec une ardeur non feinte, mais, brusquement, le repoussa.

— Pas ici, murmura-t-elle, c'est trop dangereux. Je t'en prie, emmène-moi chez toi, *maintenant*. S'il te plaît, *s'il te plaît*, chéri.

Il céda, dévoré par le même désir brûlant, impatient de l'étreindre, de la faire sienne.

Quelques minutes plus tard, la voiture de John Summers roulait à pleine vitesse dans les rues de Londres.

30

Les rues de Whitechapel étaient déjà plongées dans l'obscurité lorsque Amos Finnister descendit de son fiacre. Après avoir payé le cocher, il partit en quête de son marchand de tourtes favori. Tout l'après-midi, il avait rêvé de déguster à nouveau cette délicieuse pâte croustillante fourrée d'une viande moelleuse et relevée par une sauce savoureuse.

Parfois, le marchand de quatre-saisons officiait sur Commercial Street, mais, ce soir-là, il n'y était pas. Amos le chercha dans les rues alentour et finit par le repérer dix minutes plus tard grâce aux délicieux effluves qui flottèrent jusqu'à lui.

Le vendeur ambulant le reconnut aussitôt et l'accueillit avec un large sourire.

— B'soir, mon prince, lança-t-il avec son inimitable accent cockney. Vous v'là encore, hein ? Sont bonnes, mes tourtes, pas vrai ? Les meilleures de Londres, que j'dis.

— Je ne suis pas loin de le penser moi aussi, mon ami. N'oubliez pas de féliciter votre femme pour moi. Cela sent si bon que j'ai bien envie d'en prendre deux parts ce soir.

— Vous gênez pas, patron. Régalez-vous !

Comme la dernière fois, l'homme prit de longues pinces métalliques pour cueillir deux parts de l'appétissant gâteau et les glisser dans un sac de papier blanc. Puis il les arrosa de deux ou trois généreuses louchées de jus de viande.

Amos lui tendit quatre pence et prit le sac.

— On se reverra la semaine prochaine, lança-t-il en s'éloignant. Portez-vous bien.

— A bientôt, patron ! répondit l'homme avec un grand sourire.

Amos déambula quelques instants dans la rue et finit par se retrouver dans la minuscule impasse où déjà, la fois précédente, il s'était assis pour déguster sa tourte. A l'écart de l'agitation du quartier, c'était un endroit tranquille, éclairé par un réverbère à gaz.

Amos s'assit sur un petit mur et posa son sac en papier à côté de lui. Balayant les alentours du regard, il repéra aussitôt une vieille charrette en bois qui n'était pas là la dernière fois. Dépourvue de roues, pourrissante, elle avait été abandonnée là sans espoir de jamais retrouver le moindre usage.

Amos prit une part de tourte dans le sac et, l'eau à la bouche, mordit dedans de bon cœur. Tout comme ce décor, la tourte lui rappelait les heures joyeuses de son enfance lorsqu'il venait ici avec son père. C'était pour cela qu'il aimait tant revenir à Whitechapel. Pour tous ces souvenirs de temps heureux et, hélas, enfuis.

Il s'apprêtait à savourer une deuxième bouchée de gâteau lorsqu'il entendit un curieux miaulement. Cela ressemblait à la plainte d'un petit animal. Il regarda vivement autour de lui sans rien remarquer d'anormal. Pas de chien ni de chat en vue. L'étrange miaulement se répéta. Amos se redressa, tous les sens aux aguets. On aurait dit que cela venait de la vieille charrette. Il porta son regard sur le véhicule abandonné et, stupéfait, aperçut un petit visage dépasser du bord vermoulu. Deux magnifiques yeux bleus, immenses dans cette minuscule figure blême et crasseuse, brillaient sous le rabat d'une vieille casquette. La bouche distordue laissa échapper un gémissement, comme si l'enfant souffrait le martyre.

Abandonnant sa tourte sur le muret, Amos sauta sur ses pieds pour courir vers la charrette, mais, aussitôt, le petit visage disparut.

— Eh bien, eh bien, qu'avons-nous là ? dit le détective à haute voix en souriant pour ne pas effrayer l'enfant.

Seul le silence lui répondit.

— Eh bien, eh bien, qu'avons-nous là ? répéta-t-il doucement, sachant qu'il était entendu.

— Rien, dit une toute petite voix.

— Oh, oh ! Mais je ne crois pas que tu sois rien. Tu es *quelqu'un*. N'est-ce pas ?

— Nan. J'suis rien.

— Comme tu voudras. Moi, je m'appelle Amos. Et toi ?

— P'tit saligaud.

— Merci pour le compliment, vieux frère. Dis-moi plutôt ton nom.

— C'est comm'ça qu'il m'appelle. P'tit saligaud.

— Qui ? Qui t'appelle ainsi ?

— L'homme qui m'a chassé dehors, qu'a tué ma pauv' maman.

A ces mots, Amos sentit les poils se hérisser sur sa nuque. Réprimant un frisson, il demanda :

— Où habites-tu, mon garçon ?

— Ici.

— Ici ? Dans le quartier ?

— Nan. Ici.

— Tu veux dire que tu habites cette charrette ?

Le gamin hocha la tête en reniflant.

Et en reniflant encore...

Amos comprit que c'était l'appétissante odeur de la tourte qui avait dû chatouiller ses narines. Il se maudit de ne pas l'avoir compris plus tôt. Le gosse devait mourir de faim.

— Tu as faim, mon ami ? Veux-tu quelque chose à manger ?

Nouveau hochement de tête. Attiré par le spectacle des tourtes posées sur le petit muret, l'enfant s'approcha tout contre le bord de la charrette. Sans crier gare, Amos plongea ses bras dans le véhicule vermoulu et en extirpa l'enfant.

Il n'était pas plus lourd qu'une plume et, lorsque le détective le reposa sur les pavés de l'impasse, il vacilla légèrement avant de trouver son équilibre. Vêtu d'une veste usée et sans âge, d'une paire de pantalons élimés et de bottes trouées, il était d'une saleté repoussante.

— Allons, viens manger un morceau de cette bonne tourte, dit Amos.

L'enfant eut un mouvement de recul et se mit à jeter des regards inquiets tout autour de lui. Amos lui prit la main pour le rassurer.

— Allons, de quoi as-tu peur ? Je ne vais pas te manger. Faisons un peu plus ample connaissance, veux-tu, mon garçon ?

Le gamin hésita puis se laissa entraîner en silence. Une fois devant le mur, Amos le souleva pour l'asseoir sur le rebord, ouvrit le sac en papier et en exhuma la deuxième part de tourte.

— Tiens, c'est pour toi, dit-il en la lui offrant.

L'enfant hésita une fraction de seconde, puis, n'y tenant plus, se jeta dessus pour mordre à pleines dents dans la pâte croustillante. Visiblement, il mourait de faim.

En le regardant, Amos eut le cœur serré. Quel était donc ce pays où les petits enfants couraient nu-pieds dans les rues, affamés, vêtus de haillons, sans un toit pour s'abriter ? Toute cette opulence dans les quartiers fréquentés par l'aristocratie édouardienne... et cette misère scandaleuse dans les quartiers pauvres de Londres. C'était une situation vraiment désespérante.

L'enfant cessa brusquement de manger, regarda le détective et lui tendit ce qui restait de la tourte.

— Tiens, pour toi.

Amos secoua la tête, prit sa propre part et en mangea deux bouchées.

— Tu vois, j'en avais acheté deux. A croire que j'avais le pressentiment de notre rencontre. Aimerais-tu boire un peu de lait, mon garçon ?

L'enfant fit oui de la tête avec énergie.

— Pour cela, il faut que tu viennes avec moi.

Il considéra sa part de tourte et ajouta :

— Ma foi, je n'ai plus faim. Veux-tu la finir ?

Le gamin se laissa tomber du mur et recula, l'air inquiet.

— Comme tu voudras, dit tranquillement Amos. Dommage de gâcher une si bonne tourte. Je crois bien que je vais la jeter.

L'enfant le regarda poser le morceau sur le muret. Il demeura là, sans bouger, ses grands yeux effrayés posés sur le détective.

— Tout va bien, mon garçon, tu peux le prendre. Je t'ai dit, mon ventre est si plein qu'il menace d'exploser.

Abandonnant ses dernières réserves, l'enfant se jeta sur la tourte et la dévora à belles dents. Lorsque ce fut fini, le détective tendit la main pour saisir celle de l'enfant.

— Allons, viens, allons boire ce verre de lait.

— Nan. Peux pas.

— Pourquoi ? Ce n'est pas très loin.

— Peux pas laisser ma charrette.

— Ne t'inquiète pas, il ne lui arrivera rien, j'en suis certain.

— Si on part, c'est pour longtemps ?

— Je te l'ai dit, ce n'est pas loin. Dix, quinze minutes, peut-être.

Aussitôt l'enfant parut se tasser sur lui-même. Il répéta d'un air têtu :

— Non, non, trop loin, c'est sûr ici.

Amos s'accroupit pour se mettre à sa hauteur et, d'une voix qu'il voulait la plus réconfortante possible, insista :

— Ecoute, je sais que tu es fatigué, alors pourquoi ne te porterais-je pas ? On prendra un bon verre de lait et puis je te ramènerai à ta charrette, ou là où tu voudras aller. Je te le promets.

— Croix de bois, croix de fer ? dit l'enfant en dévisageant le détective.

— Si je meurs, je vais en enfer, répondit Amos, la main sur le cœur.

Le gamin parut se laisser convaincre. Il rampa sous la charrette et réapparut quelques minutes plus tard avec un petit sac de tissu sale noué d'une ficelle.

— Qu'est-ce que c'est ? demanda Amos.

L'enfant serra l'objet contre lui et secoua la tête, ses yeux immenses à nouveau remplis de frayeur.

— C'est à moi ! Tu peux pas m'le prendre !

— Ne t'inquiète pas, mon garçon, je n'y toucherai pas. Mais tu m'as l'air bien fatigué. Si tu veux, je peux te porter, et ton sac avec.

L'enfant marqua un moment d'hésitation avant de répondre.

— Ma m'man a dit que j'devrais en prendre soin si jamais elle mourait.

— Ah, elle vit toujours ?

Le petit hocha la tête.

— Nan. L'est à Potters Field.

Amos pesta une nouvelle fois intérieurement, prit le gamin dans ses bras et sortit de l'impasse pour gagner Commercial Street. Tout en marchant, il entonna son hymne favori : « En avant, soldats de Dieu, allons vaillamment au combat, guidés par la croix de Jésus... »

Tandis qu'il cheminait en chantant, il sentit l'enfant s'affaisser contre lui, la tête posée sur sa large épaule, une main crispée sur son précieux sac, l'autre agrippée au revers de la veste du détective.

Pauvre petit agneau, pensa Amos. Il est épuisé. Que va-t-il advenir de lui ? Où l'emmener, une fois qu'il aura bu son lait à Haddon House ?

Tandis qu'ils mangeaient leur tourte à la viande un peu plus tôt dans l'impasse, Amos avait eu en effet l'idée de conduire l'enfant au centre de Haddon House, près de Whitechapel High Street, un lieu d'accueil pour les femmes battues, que lady Fenella et sa tante avaient ouvert trois ans plus tôt. Il admirait cette femme généreuse pour son extraordinaire travail en faveur des pauvres de l'East End.

Fille du comte de Tanfield et veuve de lord Jeremy Fayne, elle avait reçu de ce dernier une grosse fortune. Encore jeune – elle n'avait pas vingt-huit ans –, c'était une femme très belle. Grande, élancée, les cheveux blonds et les yeux gris, elle avait la distinction innée des aristocrates et aurait pu mener une vie aisée et oisive au sein de l'élite londonienne. Au lieu de cela, elle se dévouait corps et âme pour venir en aide aux plus malheureux et sa compétence, sa gentillesse, son humilité faisaient l'admiration de tous. Tous ceux qui croisaient sa route étaient sous le charme.

A cette heure, il y avait bien peu de chances de la trouver au refuge, mais les portes n'en demeuraient pas moins ouvertes jour et nuit pour accueillir les âmes en détresse. Sans doute trouverait-il un bénévole pour accepter de loger l'enfant au moins une nuit. Après quoi... Il n'était pas question de reconduire ce pauvre gamin dans cette impasse insalubre avec cette vieille charrette pourrie comme seul abri. Ce serait inhumain et, de plus, terriblement dangereux. Tout pouvait arriver dans ces rues où la cruauté et la violence étaient reines.

Peut-être devrait-il s'informer auprès de l'orphelinat du Dr Barnardo, songea Amos. Demain, il irait leur demander s'ils pouvaient prendre le petit sous leur toit.

Tout en poursuivant son chemin, le détective pensa à Charlie et à Maisie. Comme il aurait voulu les avoir auprès de lui à cet instant ! Tels qu'il les connaissait, ils auraient pris l'enfant avec eux sans poser de questions, lui prodiguant soins et affection. Ils étaient comme cela, Charlie et Maisie, toujours prêts à rendre service, à accueillir les plus déshérités.

A l'heure qu'il était, le frère et la sœur devaient déjà fouler les rues de New York, poursuivant leur rêve, cherchant frénétiquement à décrocher des rôles qui les conduiraient à la gloire et à la fortune. C'était surtout Charlie qui manquait à Amos, sa gaieté, sa fidélité. Il espéra recevoir bientôt une lettre d'Amérique lui annonçant de bonnes nouvelles.

Serrant l'enfant contre lui, il pressa le pas, impatient de retrouver la chaleureuse atmosphère de Haddon House. Toutes les bénévoles qui y travaillaient étaient accueillantes et dévouées, ne demandant qu'à rendre service.

Elles étaient le sel de cette pauvre terre.

31

Toutes les lumières de Haddon House brillaient lorsque Amos arriva devant le refuge. Il en eut le cœur tout réconforté. Après qu'il eut frappé à l'aide du lourd marteau de cuivre, la porte s'ouvrit toute grande.

Surpris, il vit la charmante sœur de Will Hasling debout devant lui. Mme Vicky Forth paraissait aussi étonnée que lui.

— Mais c'est vous, monsieur Finnister ? Entrez, je vous prie.

— Bonsoir, madame Forth, répondit Amos en la suivant dans le petit vestibule. Je ne m'attendais guère à vous trouver ici, surtout le soir.

— J'aide lady Fenella deux jours par semaine, expliqua Vicky. A vrai dire, ma présence ici ce soir est plutôt inhabituelle, mais il y avait plusieurs cas urgents pour lesquels Mme Fenella m'a demandé de l'aide. Je vous en prie, ne restons pas dans cette entrée froide. Suivez-moi au salon, nous avons fait un bon feu.

Elle posa les yeux sur le jeune garçon endormi.

— Et qui donc est votre petit protégé ?

Amos suivit la jeune femme dans une vaste pièce meublée de confortables canapés et d'une longue table à tréteaux recouverte d'une nappe.

— Je l'ai trouvé dans la rue, madame Forth, répondit-il. Il se cachait dans une charrette.

La douce lueur des lampes, la chaleur du feu et le murmure des voix réveillèrent l'enfant, qui commença à s'étirer dans les bras d'Amos. Lorsqu'il reprit conscience, il se redressa brusquement, l'air apeuré, et se débattit.

— Là, là... dit Amos en posant doucement le gamin par terre.

L'enfant oscilla, manquant perdre l'équilibre, puis leva les yeux vers le détective. Il se mit à trembler de tous ses membres.

— Tu as froid, petit ?

Le gamin acquiesça d'un signe de tête.

— Alors viens avec moi devant la cheminée pour te réchauffer. Après quoi, nous te donnerons ce bon verre de lait que je t'ai promis.

La petite main s'agrippa à celle d'Amos tandis qu'ils s'approchaient du feu.

— Assieds-toi ici, dit le détective en lui désignant une chaise.

Voyant l'enfant hésiter, il le souleva de terre pour l'installer sur le siège.

— Tu vas te sentir très vite beaucoup mieux, lui dit-il gentiment.

Puis, levant les yeux vers Vicky qui observait la scène, il demanda :

— Pourrions-nous lui donner quelque chose à boire, madame Forth ? Je lui ai promis du lait, mais, si vous n'en avez pas, de l'eau, peut-être.

— Bien sûr que nous lui donnerons du lait, s'exclama la jeune femme. Je parie même qu'il adorera une tasse de chocolat. Tous les enfants aiment ça.

— Quelle excellente idée, madame Forth, merci à vous.

— Je vais demander à Mme Barnes de nous en préparer. A vous voir tout transi, monsieur Finnister, je crois que vous en aurez vous aussi le plus grand besoin.

La jeune femme s'éclipsa et réapparut quelques minutes plus tard.

— A présent, expliquez-moi qui est cet enfant.

— Je l'ignore, madame Forth. Il m'a dit qu'il avait été chassé par un homme qui a tué sa mère, mais je n'ai aucun moyen de prouver ses dires. J'ai toutefois l'intuition que le gamin ne ment pas. Il m'a dit que sa mère se trouvait à Potters Field.

— Dans ce cas, je crois comme vous qu'elle doit être morte. Après cela, j'imagine qu'on n'a plus voulu de lui et qu'on l'a jeté dehors. Surtout si cet homme n'était pas son père. L'enfant vous a-t-il dit comment il s'appelait ?

— Hum... Il ne s'agit pas d'un nom que l'on peut répéter devant une dame de votre qualité, madame Forth.

Vicky eut un sourire.

— Oh, ne vous gênez pas pour cela, monsieur Finnister. Vous seriez surprise de ce que je peux entendre ici. Et puis vous devez savoir comment cela se passe dans ce quartier. N'avez-vous pas été policier ?

— Rien de plus vrai, ma'am. Je connais ces rues comme ma poche. En vérité, depuis le temps où mon père m'y emmenait, enfant.

Il lâcha un soupir.

— Il m'a dit qu'il s'appelait « petit saligaud ».

— Quelle épouvantable façon d'appeler un enfant, dit Vicky en secouant la tête d'un air désolé. Certaines personnes sont capables de conduites inimaginables à l'égard de pauvres enfants et leur font subir les pires traitements.

Elle se tut un instant puis leva les yeux vers la porte menant aux cuisines.

— Ah, voilà Mme Barnes avec le chocolat.

Cette dernière sourit à Amos, posa son plateau sur la longue table et disposa la chocolatière et les tasses avant de regagner la cuisine et les nombreuses tâches qui l'y attendaient. Bénévole elle aussi, elle avait pour mission de s'occuper des repas ce soir-là.

— Merci, Vanessa, lança Vicky.

Elle se leva pour verser le chocolat dans les tasses et en tendit une au détective. Puis elle porta la seconde à l'enfant recroquevillé sur sa chaise. A son approche, il leva la tête et, en la voyant, ses yeux s'écarquillèrent. Il se redressa vivement en dévorant la jeune femme du regard.

— Hello, mon jeune ami, dit Vicky en souriant. Voici une bonne tasse de chocolat chaud. Je crois que tu l'apprécieras.

L'enfant l'écouta attentivement sans la quitter des yeux, mais ne toucha pas à la tasse. Vicky se penchait pour lui tendre la boisson, lorsque, d'un geste brusque, le gamin lui effleura les cheveux avant de retirer vivement sa main. Surprise, Vicky retint un mouvement de recul. Puis, toujours souriante, elle tendit à nouveau la tasse. Cette fois, l'enfant consentit à lâcher le sac de papier qu'il tenait dans sa main crispée et prit le chocolat. Ses yeux, immenses dans son petit visage maigre barbouillé de crasse, ne quittaient pas Vicky.

Comme il ne buvait toujours pas, la jeune femme insista :

— Allons, avale au moins une gorgée. Tu verras, c'est très bon. Je vais d'ailleurs en boire aussi.

L'enfant hésita encore un instant avant de se décider enfin à goûter le breuvage chaud. Amos apporta à la jeune femme une tasse fumante.

— Tenez, madame Forth, dit-il.

Il se tourna vers l'enfant.

— Ah, je vois que tu sembles y prendre goût.

Le petit garçon leva les yeux vers le détective, hocha la tête, puis reporta son attention sur Vicky. Dans un murmure, il bredouilla :

— Mam... l'est comme mam...

Amos fronça les sourcils et jeta à Vicky un regard perplexe.

— Peut-être parle-t-il de sa mère ? suggéra-t-elle. Cette façon de l'appeler *mam* est typique du Yorkshire. Sans doute trouve-t-il que je lui ressemble.

Amos leva un sourcil interrogateur et considéra pensivement l'enfant, qui, maintenant, buvait docilement son chocolat sans se faire prier.

Des pas se firent entendre dans l'entrée et lady Fenella entra, suivie – à la grande surprise d'Amos – de l'inspecteur en chef Mark Ledbetter, de Scotland Yard.

A peine ce dernier eut-il repéré Amos qu'un sourire éclaira son visage. Il lui serra chaleureusement la main.

— Très heureux de vous revoir, Finnister.

— Bonsoir, chef, répondit Amos. Bonsoir, lady Fenella.

— Amos ! Quelle bonne surprise ! Voilà des semaines que nous ne vous avons revu. Ce fut vraiment très gentil à vous et à votre épouse de nous apporter ces vêtements chauds. J'espère que vous avez reçu la lettre où je vous exprimais toute ma reconnaissance.

— Oh, mais bien sûr, lady Fenella. Ma femme et moi admirons beaucoup votre travail et nous serons heureux de vous aider du mieux que nous le pourrons.

Fenella lui sourit avant de porter son regard sur l'enfant.

— Et qui donc est ce jeune garçon ? demanda-t-elle avec curiosité.

Ce fut Vicky qui répondit la première.

— M. Finnister l'a trouvé dans la rue, Fenella. Il semble avoir été chassé de l'endroit où il vivait et s'est réfugié dans une vieille charrette abandonnée.

— Une charrette ! s'exclama Fenella, abasourdie. Mais c'est affreux !

Vicky hocha la tête et se tourna vers Amos.

— Peut-être serait-il utile de répéter à Mme Fayne ce que vous m'avez dit, monsieur Finnister.

Le détective s'approcha.

— Bien volontiers !

Il raconta alors à Fenella ce qu'il savait du petit miséreux.

— Je ne savais pas quoi faire de lui, poursuivit Amos, alors j'ai pensé que vous, lady Fenella, accepteriez de l'accueillir un temps à Haddon House. Pourrait-il, au moins, rester une nuit sous ce toit ? Le pauvre petit est à bout de forces et je crois qu'il meurt de faim. Sans doute a-t-il manqué de tout et souffert du froid.

— Mais naturellement, répondit vivement Fenella. Nous allons nous occuper de lui. Ce pauvre enfant a besoin de tout, y compris d'un bon bain !

— Merci du fond du cœur, lady Fenella, dit Amos. Je crois bien en effet qu'un peu d'eau et de savon ne lui feront pas de mal.

L'enfant parut contrarié de quitter sa place à côté de la cheminée, mais, par mille cajoleries, Vicky réussit à le convaincre de la suivre. Malgré tout, il ne voulut pas lâcher la main d'Amos et son petit visage anguleux retrouva son expression effrayée.

Vanessa Barnes s'affairait devant la table de la cuisine, découpant de la viande et des légumes pour en faire une bonne soupe bien chaude. Le nez de l'enfant se plissa en respirant les bonnes odeurs qui s'échappaient de la marmite en fonte posée sur la cuisinière. Amos et Vicky échangèrent un regard entendu. Devant la porte menant à l'arrière-cuisine, Amos s'arrêta et considéra l'enfant.

— Ecoute, mon garçon, toi, tu vas suivre Mme Vicky pour faire un peu de toilette. Je t'attendrai ici, à la cuisine, tout près. Ne crains rien et fais-moi confiance. Croix de bois, croix de fer...

Le gamin jeta à Amos un regard pénétrant puis hocha la tête. Vicky le prit par la main et entra avec lui dans l'arrière-cuisine, une pièce éclairée par une seule fenêtre réservée à la lessive, au repassage, ainsi qu'à la toilette des femmes maltraitées qui venaient trouver refuge à Haddon House. Le sol était en pierre et, le long des murs, de vastes placards contenaient du linge et des provisions. Dans un angle, une grande bassine d'eau était posée sur une grille sous laquelle des braises rougeoyaient. Le feu était entretenu tout le jour pour chauffer l'eau et, ce soir, il crépitait joyeusement, diffusant une bonne et douce chaleur dans la pièce.

Fenella jeta un coup d'œil à la bassine d'eau chaude.

— Vanessa l'a remplie tout à l'heure. Ainsi nous aurons de quoi laver ce pauvre enfant.

Vicky se dirigea vers le mur où une petite baignoire en cuivre était suspendue à un crochet.

— Cette taille lui conviendra, n'est-ce pas ?

— Parfait, acquiesça Fenella. Un bon savon et du désinfectant seront également nécessaires. Je crois qu'il faudra surtout insister sur les cheveux. Ils doivent être pleins de poux.

En quelques minutes, les deux femmes avaient rempli d'eau chaude la petite baignoire posée sur les dalles, au milieu de la pièce.

— Allons, viens, dit doucement Vicky à l'enfant. Je crois que tu as besoin d'un bon bain.

Mais le petit garçon ne bougea pas. Immobile près de la porte, l'air farouche, il regardait les deux amies d'un œil noir. Lorsque Vicky fit mine d'approcher, il s'agrippa à son petit sac de toile, l'air plus désemparé que jamais.

— Nous voulons juste que tu sois un peu plus propre, insista-t-elle en souriant.

Voyant qu'il ne bougeait toujours pas, elle s'agenouilla devant lui et murmura doucement :

— Nous n'allons te faire aucun mal, mon enfant.

Il posa sur elle des yeux immenses, comme hypnotisé. Profitant de ce moment de distraction, elle tendit vivement le bras pour lui retirer sa casquette. L'enfant eut un hoquet de surprise.

Vicky et Fenella aussi...

Une cascade de boucles d'un beau roux profond dégringola sur les épaules de l'enfant. Il se mit à trembler de tous ses membres, la main toujours crispée sur son petit sac de fortune. Des flots de larmes s'échappèrent de ses yeux, traçant des rigoles blanches sur ses joues sales.

Les deux femmes échangèrent un regard stupéfait. D'un ton calme, Vicky demanda :

— Alors, comme ça, tu es une petite fille, n'est-ce pas ?

L'enfant acquiesça en silence.

— Et tu as un nom, petite fille ?

L'enfant secoua la tête.

— Ce n'est pas grave. Veux-tu nous aider à te déshabiller et à laver tes beaux cheveux roux ? Après tu prendras un bain et tu seras jolie et propre comme un sou neuf.

La fillette plaça son précieux petit sac sur le sol et posa un pied sur le bord du tissu pour s'assurer qu'on ne le lui prendrait pas.

Lentement, avec des gestes empreints de douceur, Vicky commença à dénouer le chiffon sale qui lui servait d'écharpe puis retira la veste usée, la chemise crasseuse et les bottes éculées. Le pantalon vint en dernier et ce ne fut pas une tâche facile car la petite tenait à toujours garder un pied posé sur le sac en tissu.

Fenella s'approcha.

— Donne-le-moi, mon petit, sinon il sera mouillé. Je vais le suspendre à ce crochet que tu vois là-bas, ainsi tu ne le perdras pas de vue.

— Nan ! Nan ! hurla l'enfant. C'est à moi !

La fillette s'était tournée vers Fenella et, profitant de ce court instant d'inattention, Vicky arracha d'un geste vif le sac sous le pied de l'enfant. Cette dernière se mit aussitôt à hurler.

— Tais-toi, ordonna Vicky. Je ne vais pas te le prendre. Regarde !

Elle se hâta de suspendre l'objet au crochet du mur.

— Là, tu vois ? Tu pourras le surveiller tout le temps. A présent, ouste, monte dans cette baignoire.

L'autorité avec laquelle elle s'était adressée à l'enfant fit des merveilles. La petite obéit sans discuter et s'assit dans le bac rempli d'eau chaude. Vicky roula les manches de son chemisier au-dessus des coudes et, armée d'un gant et de savon, commença par laver le petit visage couvert de crasse. Après quoi, elle lui demanda de se mettre debout dans la bassine pour poursuivre la toilette.

C'est alors qu'elle vit les ecchymoses un peu partout sur le corps. Sans doute s'était-elle fait mal en vivant dans la rue. Cela n'avait pas l'air trop grave. La fillette était très mince, mais pas squelettique. Elle semblait beaucoup plus petite que lorsqu'elle était habillée. Vicky se rendit alors compte qu'elle portait des vêtements de garçon, beaucoup trop grands pour elle.

Une fois toute la saleté enlevée, Vicky demanda à l'enfant de se rasseoir dans la baignoire. Puis, armée du désinfectant et d'un savon liquide, elle s'attaqua aux cheveux.

— Couvre tes yeux avec tes mains, lui conseilla-t-elle.

Une heure plus tard, la plus ravissante des petites filles se tenait devant elles. Vêtue d'une chemise de nuit de flanelle blanche, les cheveux vigoureusement essorés et brossés, elle était vraiment exquise avec ses boucles flamboyantes tombant par vagues autour de son fin visage.

Mais ce qui frappait le plus, c'était la couleur de ses yeux.

Des yeux d'un bleu rare, évoquant l'azur des bleuets.

Décidément, pensa Amos, c'était la nuit de toutes les surprises. Que faisait donc lady Fenella ici ? D'habitude, elle était rentrée chez elle à cette heure de la nuit. Quant à l'inspecteur en chef Mark Ledbetter, sa présence au refuge s'avérait plutôt insolite, même si Amos savait que, par sa mère, ce haut responsable de Scotland Yard était lié à lady Philomena Howell, la tante de Fenella.

Il avait toujours apprécié Ledbetter, qu'il connaissait depuis près de dix-sept ans, c'est-à-dire depuis les débuts de ce dernier à Scotland Yard. A vingt-deux ans, lorsqu'il n'était encore qu'un tout jeune sergent, le jeune Mark se distinguait déjà par son esprit brillant. Amos et lui s'étaient rencontrés sur une étrange affaire de meurtre non résolue, dans l'East End. Depuis, ils étaient restés d'excellents amis.

Après avoir suivi lady Fenella dans son bureau, Ledbetter revint au salon, deux tasses à la main. A trente-neuf ans, c'était un homme grand et mince, d'allure athlétique, aux manières agréables, aux cheveux sombres et ondulés, aux yeux marron, au regard chaleureux et intelligent. Son talent et son dévouement l'avaient rapidement propulsé aux plus hautes fonctions au sein de Scotland Yard.

Amos le regarda s'approcher du feu et se demanda pour la énième fois pourquoi un homme de son allure et de sa condition, un homme qui avait étudié à Cambridge et reçu une éducation des plus aristocratiques, avait décidé de devenir policier. Un jour qu'il lui avait posé cette question, Ledbetter lui avait répondu qu'il voulait porter secours aux êtres en détresse. Une philosophie généreuse qui expliquait sans doute aujourd'hui sa présence au refuge.

— Je viens d'« emprunter » un peu de cognac à lady Fenella, dit l'inspecteur en chef à Amos avec un sourire.

Il tendit l'une des deux tasses à Finnister, se laissa tomber dans un fauteuil de cuir et reprit :

— Je sais qu'elle garde une bouteille dans son bureau, à des fins médicales, dirons-nous.

Amos sourit d'un air entendu et accepta la tasse.

— Merci, chef. Et santé...

— Santé ! répondit Ledbetter.

Les deux hommes sirotèrent quelques instants leur cognac en silence. Ledbetter semblait perdu dans ses pensées.

— Qu'est-ce qui vous amène au refuge, chef ? demanda enfin Amos. Ce doit être sérieux pour venir ici à cette heure.

— Un hasard. Je me trouvais à Curzon Street, chez lady Fenella, en compagnie de l'avocat Hugh Codrill, pour discuter de la gestion de Haddon House et du moyen de réunir des fonds supplémentaires pour soutenir l'œuvre, lorsque notre hôte reçut un coup de téléphone de Mme Barnes. Une femme avait été battue sauvagement et laissée inconsciente. L'infirmière de garde, Clara Foggarty, se montrait des plus inquiètes quant à son état. Elle a donc demandé à Mme Barnes de prendre contact avec Lady Fenella. Comme je me trouvais chez elle, je l'ai accompagnée.

— Où est cette pauvre femme à présent ?

— J'ai immédiatement fait appeler une ambulance pour la transporter à l'hôpital. Elle souffre d'une grave commotion cérébrale et son sort demeure des plus incertains. Lady Fenella et moi-même nous apprêtions à rentrer chez nous lorsque vous êtes arrivé avec votre petit protégé.

Mark Ledbetter secoua la tête, l'air désolé.

— J'aimerais tant que nous puissions faire davantage pour ces pauvres gosses abandonnés dans les rues. Malgré le zèle admirable du Dr Barnardo et de ses pairs, il y en a encore tant qui connaissent un sort affreux.

Amos hocha la tête.

— Les petits gavroches au sort misérable décrits par Dickens existent encore, soupira-t-il.

— Cette époque n'est pas si lointaine, observa Ledbetter. Et si...

Il s'interrompit et son expression changea du tout au tout tandis que ses yeux se tournaient vers la porte de la cuisine qui venait de s'ouvrir. Amos suivit son regard et vit lady Fenella et Vicky Forth entrer au salon accompagnées d'une ravissante petite fille, les cheveux d'une flamboyante couleur cuivre foncé. La petite tenait étroitement serré dans sa menotte un sac en tissu.

Seigneur, pensa Amos, ce n'est pas possible.

Comme si elle avait lu dans ses pensées, Vicky dit aussitôt :

— Regardez ce que nous avons trouvé sous une bonne couche de crasse, monsieur Finnister. Cette exquise enfant était déguisée en garçon. Pour se protéger, certainement.

Amos se précipita à leur rencontre, tout heureux. Il effleura du doigt les magnifiques cheveux roux et demanda :

— Quel est ton nom, mon enfant ?

— Mam, elle m'app'lait son p'tit bouton de rose, répondit la fillette.

— Joli nom, en vérité, approuva le détective avec un bon sourire.

Puis, levant les yeux vers Vicky, il lui lança un regard interrogateur.

Vicky se pencha pour se mettre au niveau de la petite.

— Mais ce n'est pas ton véritable nom, n'est-ce pas ?

La fillette eut l'air un peu perdue.

— J'sais pas.

Voyant ses doigts toujours crispés autour du sac en tissu, Vicky se demanda ce qu'il pouvait bien y avoir à l'intérieur. Peut-être des renseignements sur l'identité de l'enfant. Oui, mais comment réussir à la persuader de s'en séparer ? Cela paraissait impossible.

Fenella s'agenouilla devant la petite et dit lentement :

— Ecoute. Je m'appelle Fenella et voici Vicky. Le gentil monsieur qui t'a trouvée s'appelle Amos. Et l'autre monsieur se nomme Mark. Et *toi ?* Comment t'appelles-tu ?

Après avoir considéré cette question un court instant, l'air perplexe, la fillette se tourna vers Vicky.

— Mam, elle m'app'lait son p'tit bouton de rose.

Vicky lui sourit et, à son tour, s'agenouilla devant elle. Elle plongea son regard dans celui de l'enfant.

— Eh bien, dans ce cas, nous te donnerons le nom de Rosc. Est-ce que cela te plaît ?

La petite hocha la tête. Un pâle sourire éclaira fugitivement ses traits et disparut presque aussi vite qu'il était venu. Vicky tendit la main vers le précieux petit sac qu'elle tenait serré dans sa main.

— Si tu veux, je peux le mettre en sécurité pour que personne ne te le prenne, d'accord ?

— Nan ! Nan ! hurla l'enfant en refermant de toutes ses forces ses doigts autour du précieux objet.

— Très bien, calme-toi, murmura Vicky. Et, maintenant, si nous allions prendre une autre tasse de chocolat ?

Une heure plus tard, après avoir couché l'enfant, toujours agrippée à son cher sac de tissu, Fenella et Vicky s'installèrent avec Mark Ledbetter et Amos autour de la table pour discuter des derniers événements.

— Nous ne pouvons pas mettre cette adorable petite fille à l'orphelinat, affirma Vicky avec détermination. Je ne le permettrai pas. Elle est bien trop jolie, bien trop fragile. De terribles choses risquent de lui arriver, je le sens tout au fond de moi.

Un long silence suivit ces paroles.

— Dans ce cas, qu'elle reste ici, dit enfin Fenella. Nous pouvons la garder quelque temps pendant que vous mènerez une enquête discrète dans le quartier, Amos. Peut-être que la disparition de la petite a été signalée par sa famille.

— Je m'y emploierai, lady Fenella, mais je doute que quiconque réclame cette enfant. D'après ce qu'elle nous a dit, sa mère est morte et son bourreau a jeté la petite dehors. Nous ignorons même comment elle s'appelle, conclut-il avec un haussement d'épaules.

— Je crois, comme Amos, qu'il est arrivé quelque chose à la mère, intervint Mark Ledbetter. Et, tout autant que vous, lady Fenella, il me semble utile de faire tout notre possible pour protéger cette enfant. Gardons-la à Haddon House le temps de décider ce qui sera le mieux pour elle. Vous êtes tous d'accord ?

Les autres membres du petit groupe acquiescèrent en chœur. Vicky se sentit aussitôt soulagée. La petite Rose était en sécurité.

Du moins pour l'instant.

32

Ravenscar

Après que Richard l'eut harcelé et supplié toute la matinée pour aller à la pêche, Edward finit par se laisser attendrir et emmena son jeune frère à la plage.

Malgré le soleil de cette journée de la mi-avril, un vent glacial soufflait de la mer du Nord, fouettant leurs joues et rougissant leurs nez.

— Meg a bien fait de t'emmitoufler de la sorte, Dickie boy, dit Edward en regardant l'enfant se battre avec son filet, gêné par ses gants de laine.

Edward sourit en pensant aux soins attentifs dont sa sœur entourait le petit garçon. Elle se faisait toujours beaucoup de souci pour lui et veillait à ce qu'il ne prenne jamais froid. Aujourd'hui, elle l'avait habillé de plusieurs couches de vêtements chauds, ponctuant la tenue d'une écharpe rouge enveloppant le cou et la tête de l'enfant, elle-même coiffée d'une casquette en laine tricotée.

Meg aurait bien aimé agir de même avec son grand frère, mais il ne s'était pas laissé faire, se contentant d'une large écharpe grise enroulée autour de ses oreilles et, sur sa tête, d'une casquette de tweed.

Chaussés de bottes en caoutchouc, ils errèrent quelque temps sur la plage à la recherche d'un bon endroit pour pêcher. Il arrivait fréquemment de trouver au milieu des galets et des algues de jolis coquillages, ou encore des fossiles, rejetés par la marée.

Les deux frères avançaient en silence, perdus dans leurs pensées. Edward songeait à Lily en se demandant comment elle allait et ce qu'elle faisait. Richard, lui, se félicitait d'avoir enfin réussi à avoir Ned pour lui tout seul. Ces derniers temps, il y avait une sorte de compétition entre les deux plus jeunes de la fratrie, George cherchant par tous les moyens à attirer l'attention d'Edward, sans grand succès, d'ailleurs. Richard lui-même se montrait surpris par l'extrême réserve de Ned à l'égard de George.

— Eh, Ned ! cria soudain Richard. Regarde ! Cormorant Rock !

Avant qu'Edward ait eu le temps de réagir, le jeune garçon courut sur la plage en direction d'un éboulis de roches au pied de la falaise. En un clin d'œil, sous le regard inquiet de son aîné, il avait escaladé les rochers pour se jucher fièrement au sommet et agitait triomphalement le bras.

Edward eut le cœur serré en songeant aux jours désormais lointains où son père l'emmenait avec Edmund pêcher dans ces petites criques dont il connaissait chaque recoin. Il avait appris de nombreux secrets de pêcheurs et savait où trouver les endroits les plus poissonneux.

Edward leva les yeux vers Cormorant Rock – « le Rocher du Cormoran » –, ainsi baptisé parce que c'était là que se posaient les cormorans lorsqu'ils émergeaient de la mer, là qu'ils se séchaient au soleil, leurs grandes ailes déployées.

Son père lui avait dit un jour qu'il s'étonnait qu'une telle espèce, qui passait tant de temps dans la mer, n'ait pas pour autant appris à nager sous l'eau, comme d'autres oiseaux marins. Edward l'avait souvent surpris en train de murmurer que c'était là un insondable mystère de la nature.

Il escalada l'éboulis de roches pour rejoindre son frère et, une fois en haut, se tint à ses côtés, heureux de contempler les vagues qui bouillonnaient à leurs pieds.

— C'est ici qu'on trouve du cabillaud, s'exclama Richard. C'est papa qui me l'a dit. Il disait aussi que, pour pêcher du haddock, mieux valait prendre un bateau, parce qu'il y en avait surtout à un mille de la côte.

Edward eut brusquement la vision d'Edmund prononçant pratiquement les mêmes mots lorsqu'il n'avait encore que dix ans. Il ferma brièvement les yeux, comme pour mieux chasser ce souvenir douloureux.

— Viens, petit écureuil, dit-il en retenant un soupir. Jetons nos lignes ici. Avec un peu de chance, nous aurons de quoi dîner ce soir.

Ils restèrent sur leur rocher près d'une heure et leur patience fut récompensée par quelques bonnes prises. Puis, transis, ils abandonnèrent Cormorant Rock pour regagner la plage et reprendre le chemin de la maison. Pour cela, il leur faudrait escalader les marches taillées dans la falaise et traverser les marais qui descendaient vers la mer.

A leur retour, ils furent accueillis dans la cour des écuries par Will Hasling. Il les attendait près de la porte arrière et agita joyeusement le bras à leur approche.

— Alors, la pêche a été bonne ?

En voyant son sourire épanoui, Edward devina que quelque chose de nouveau venait de se passer.

— Qu'y a-t-il ? demanda-t-il à son ami. Tu as l'air surexcité.

— Pas vraiment excité, mais, disons, soulagé.

— Viens, rentrons à la maison. J'ai hâte de t'entendre.

Il posa le filet de pêche dans la petite entrée et se libéra de son écharpe et de sa lourde veste avant d'aider son jeune frère à faire de même.

— Neville a appelé pendant que tu étais parti te promener. Apparemment, Oliveri a reçu un télégramme de David Westmouth, son contact à New Delhi. La petite équipe qu'il a rassemblée là-bas pour mener l'enquête a réuni des preuves suffisantes. Il nous les fera parvenir par câble, ce qui semble le moyen le plus rapide.

— Enfin ! s'exclama Edward. Cela faisait si longtemps que j'attendais cela que j'avais presque renoncé à cette piste.

Cette bonne nouvelle éclaira ses traits d'un grand sourire. Il se tourna vers son jeune frère et lui tendit le filet de pêche.

— Voici notre moisson, petit écureuil. Apporte-la aux cuisines et dis à la cuisinière que c'est notre petit cadeau. Si elle le souhaite, elle peut conserver le cabillaud pour elle.

Il plaça le manche du filet sur l'épaule de Richard et ajouta :

— Ah, et demande-lui de nous faire servir du thé chaud et des galettes à la bibliothèque, d'accord ?

— D'accord, Ned, répondit le jeune garçon avant de se hâter dans le couloir.

Will et Edward lui emboîtèrent le pas – à une allure plus lente, toutefois – et gagnèrent la bibliothèque. Edward s'avança vers la cheminée pour se réchauffer au bon feu qui crépitait dans l'âtre.

— Une fois que nous aurons reçu toutes les informations communiquées par Westmouth, nous pourrons lancer les opérations, dit Will. Il n'y aura plus lieu d'attendre.

Edward hocha la tête.

— Je suis impatient de voir les choses bouger enfin, je l'avoue, dit-il. Ne laissons pas Summers et cette putain française continuer à semer le désordre.

Il poussa un soupir et se laissa tomber dans un fauteuil près de la cheminée.

— Il faudra tout reconstruire, j'en suis certain. Avec l'aide de Rob Aspen, d'Alfredo Oliveri et aussi de Christopher Green, nous devrons réorganiser la division minière. Les vignobles que nous possédons en France ont également besoin d'une solide reprise en main. De même, il est grand temps de s'occuper de nos bureaux dans le Nord. Les affaires n'y sont guère florissantes, à ce que j'ai vu.

— Johnny pourrait se charger de cela, suggéra Will. Il connaît très bien le Nord pour avoir travaillé longtemps dans ces régions pour le compte de Neville. Et puis il possède un domaine dans le Yorkshire.

— C'est une excellente idée. La charge sera lourde et il me manquera. C'est un garçon d'une inestimable valeur, Will.

Il enveloppa son ami d'un regard affectueux et poursuivit :

— Quant à toi, j'ai besoin de toi à Londres, à mes côtés.

— Je compte bien y être, Ned. Au fait, j'ai parlé à Vicky pendant que tu étais sorti. Et…

Edward se redressa aussitôt et demanda très vite :

— Est-ce qu'elle t'a donné des nouvelles de Lily ?

— En effet. Vic m'a dit qu'elle se portait à merveille et que l'on commençait à déceler les rondeurs de son ventre.

Edward sourit de toutes ses dents.

— Est-ce que tu te rends compte que je vais devenir père ? C'est encore si difficile à croire.

Will sourit à son tour.

— J'ai une autre nouvelle : il se pourrait bien que notre chère Vicky devienne bientôt mère, elle aussi. Stephen et elle songent à adopter cette pauvre fillette qu'Amos a trouvée dans une impasse de l'East End. Rappelle-toi, il nous a raconté son aventure la dernière fois que nous l'avons vu. Le sort de cette enfant l'a profondément ému, et Vicky aussi. Elle ne songe plus qu'à cette petite, jusqu'à l'obsession, même, d'après ce que m'a confié Stephen. Il serait lui-même ravi de cette adoption puisque Vicky ne peut avoir d'enfants.

— C'est une histoire vraiment magnifique. Je suis si heureux pour l'enfant et pour Vicky. D'après ce qu'en dit Finnister, elle est très jolie, n'est-ce pas ?

— En effet. On ne sait toujours rien d'elle ni de ses origines, excepté qu'elle s'accroche désespérément à une petite besace en tissu dont personne ne peut la séparer. Pour finir, Vicky a réussi à la convaincre de lui montrer ce qu'il y avait dedans : rien d'intéressant, à ce qu'il paraît. Alors ils ont décidé de lui donner le nom de Rose.

— Stephen et Vicky sont-ils réellement obligés de l'adopter ? demanda Edward, songeur. Puisque cette petite n'a pas de famille, ne peuvent-ils se contenter de la prendre sous leur toit en la considérant comme leur fille ?

— Ma foi, je n'y avais pas pensé, acquiesça Will. Sans doute as-tu raison. Il est inutile de se lancer dans de lourdes démarches administratives. Mais, si cela devait être le cas, Fenella connaît très bien Hugh Codrill, le célèbre avocat. Il saura se montrer bon conseiller.

— Alors, ils sont entre de bonnes mains.

Avant le dîner, ce soir-là, Edward rendit visite à sa mère dans ses appartements au premier étage et la trouva occupée à lire devant le feu.

A son entrée, elle leva les yeux vers lui et l'accueillit avec un sourire.

— Entre, Ned. Qu'y a-t-il ?

— J'aimerais m'entretenir quelques instants avec vous, mère.

— Je t'écoute.

— Je ne cesse de penser à ces superbes diadèmes dont vous comptez vous défaire pour m'acheter une maison. Je ne veux pas vous voir les vendre, mère.

— Et pourtant il n'y a pas d'autre moyen, Ned !

— Peut-être que si. Et plus vite que nous le pensions.

Cecily fronça les sourcils.

— Explique-toi.

— Nous avons accumulé une grande quantité de preuves des agissements des Grant et de leurs alliés. Leurs petites combines ne vont pas tarder à s'effondrer. Nous pourrions même intervenir sur-le-champ, mais Neville préfère attendre l'arrivée de télégrammes en provenance des Indes. Oliveri a là-bas un ami, David Westmouth, qui enquête sur place pour savoir avec précision comment Aubrey et ses sbires ont procédé pour les détournements. Le dossier que nous montons contre eux s'épaissit de jour en jour. C'est une question de semaines, maintenant. Peut-être même serons-nous prêts en mai.

— Je comprends. Viens t'asseoir à côté de moi.

Il s'installa dans un fauteuil près d'elle et reprit :

— Ma foi, c'est tout ce que je peux vous dire pour l'instant.
— Quand comptes-tu retourner à Londres ?
— La semaine prochaine, et seulement pour quelques jours. Après quoi, je reviendrai ici une autre semaine avant de regagner la capitale. On aura besoin de moi là-bas. Cela ne t'ennuie pas, mère ?
— Bien sûr que non. Je compte rester à Ravenscar tout l'été. Certes, la saison mondaine n'est pas finie à Londres, mais nous sommes en deuil et, à ce titre, il ne serait pas convenable de fréquenter le monde. Voilà pourquoi je pense que nous serons beaucoup mieux ici. Les enfants, à ce qu'il me semble, sont d'accord.
— Je suis persuadé que Richard est ravi. Il adore Ravenscar.
— George aussi.
Edward retint un soupir. Ce que voulait George, c'était avoir Ravenscar pour lui tout seul.
— Ce sera toi qui dirigeras la compagnie, n'est-ce pas, Ned ? demanda brusquement Cecily.
— En effet.
— Avec Neville ?
— Il me conseillera et me guidera chaque fois que cela s'avérera nécessaire.
Il y eut une pause. Cecily demeurait plongée dans un profond silence.
— Qu'y a-t-il, mère ? demanda finalement Edward en la dévisageant.
— Qu'est-ce que Neville espère retirer de tout cela, Ned ? Il est l'un des magnats les plus puissants d'Angleterre et probablement le plus riche. Il a toujours eu tout ce qu'il voulait. Il n'a pas besoin de t'assister dans la direction de la compagnie Deravenel.
— Je le sais, moi aussi. Mais n'est-ce pas une tradition, dans la famille, de s'entraider ? Son propre père a soutenu le mien et je crois que Neville désire suivre son exemple. Peut-être y met-il aussi toute sa fierté et même son sens de l'honneur. Mais tu as sans doute raison : il n'est pas indifférent au fait d'acquérir, au passage, un peu plus de pouvoir.
Cecily soupira.
— Ned, Neville a *déjà* bien assez de pouvoir.
— Mais que signifie « assez » pour un homme aussi ambitieux que lui ?
— C'est précisément pour cela que je te mets en garde, mon fils. Puisque Neville est si avide de pouvoir, fais attention, fais bien attention.

— Je ne suis pas un jouet dont on tire les ficelles, mère. Il ne me contrôle pas. Je suis autonome.

— Vraiment ? Et tu crois que Neville en est aussi convaincu que toi ?

— Il devrait. Il me connaît depuis l'enfance. Rassure-toi, mère, s'il prend autant à cœur mes intérêts, ce n'est que par esprit de famille.

— Eh bien, moi, je n'en suis pas si sûre. Je te le répète, Ned. Prends garde !

33

Londres

— Il m'est de plus en plus pénible de laisser l'enfant à Haddon House, expliqua Vicky en regardant tour à tour Fenella et Stephen, son mari. Je m'inquiète tant à son sujet, quand je m'éloigne, que ma concentration en pâtit chaque jour.

Stephen effleura amoureusement son bras.

— Je te comprends, ma chère, et ne puis te blâmer. Tu crains sans doute que quelqu'un vienne la réclamer ou qu'elle se sauve et disparaisse dans les rues ; mais il n'y a pas le moindre risque, à mon avis, que cela se produise.

— Je partage votre point de vue ! s'exclama Fenella. Te rends-tu compte combien elle s'est attachée à toi, Vicky ? Elle t'a « adoptée » dès qu'Amos l'a amenée ici, et elle attend tes visites avec une extrême impatience.

Stephen Forth, songeur, se cala sur son siège, et son regard s'assombrit. A quarante-deux ans, il poursuivait une brillante carrière de banquier. Jouissant d'une fortune personnelle grâce à un héritage familial du côté maternel, il était ancien élève de Harrow, diplômé de Cambridge, et sans conteste un intellectuel. Par ailleurs, il avait les pieds sur terre, et croyait aux valeurs anglaises : le roi et Dieu, dans cet ordre. D'une équité absolue, il passait pour bon et charitable. Son apparence était typiquement britannique : cheveux châtains, teint clair, regard brun et chaleureux, pouvant s'embuer de compassion ou pétiller de malice. On le considérait en général comme un homme plaisant, par son physique et par son comportement.

Fenella se tourna vers lui.

— Je pense que vous êtes d'accord avec Vicky, en ce qui concerne l'adoption de Rose.

— Oh oui, tout à fait d'accord ! Cette enfant est délicieuse, et nous pouvons lui apporter tant de choses.

Après avoir échangé un regard avec sa femme, Stephen précisa sa pensée, à l'intention de Fenella :

— Vicky ne peut plus se passer d'elle en quelque sorte, et moi non plus. Je ferai donc tout mon possible pour que l'adoption se réalise. En outre, Rose aime Vicky ; nous l'avons constaté de nos propres yeux.

— Bien sûr qu'elle l'aime...

Fenella s'interrompit, car on frappait à la porte de son bureau.

— Entrez ! dit-elle.

Amos Finnister apparut sur le seuil, un sourire aux lèvres.

— Bonjour, lady Fenella, madame Forth, monsieur Forth. Désolé de ce léger retard, mais une affaire en cours m'a retardé.

Il reçut un accueil chaleureux.

— Nous vous sommes très reconnaissants d'être venu cet après-midi, murmura Fenella. Prenez un siège, je vous prie !

Amos s'assit et hocha la tête devant son regard brillant de curiosité.

— Je n'ai rien trouvé, hélas, au sujet de la petite Rose. Aucun enfant n'a disparu dans les rues du voisinage. Je me suis bien informé et j'ai même poussé mes investigations au-delà. En d'autres termes : si une fillette a disparu, personne n'admet ce fait ou ne la réclame.

— Il n'y avait aucun indice concernant ses origines dans ce vieux sac de toile, Vicky ? s'enquit Stephen.

Vicky se mordit les lèvres.

— Aucun ! Du moins, rien de significatif pour nous. Ces choses ne nous apportent aucune information au sujet de Rose, bien qu'elle leur attache une grande importance. Elle enrage chaque fois que nous prenons le sac pour le mettre en lieu sûr.

— Je pourrais peut-être jeter un coup d'œil à tout cela après notre entrevue, suggéra Amos, et lui en parler.

Vicky lui donna volontiers son accord.

— J'ai de bonnes nouvelles à vous annoncer, intervint alors Fenella. Hugh Codrill, avec qui je me suis entretenue, estime que rien ne s'oppose, sur le plan juridique, à ce que vous adoptiez Rose, Stephen et toi. D'autre part, Hugh s'est renseigné à l'un des foyers locaux du Dr Barnardo : ils ont établi une procédure d'accueil pour les enfants trouvés dans la rue, ou confiés par leurs parents qui les abandonnent pour des raisons financières ou de santé. Chaque enfant est enregistré : nom, date de naissance, et autres détails concernant sa famille d'origine. Quand un couple demande à adopter un enfant, il reçoit une copie du certificat d'inscription, et, si sa demande est acceptée, le foyer lui délivre les documents permettant l'adoption.

Fenella se pencha sur son bureau.

— Il nous recommande, conclut-elle, de procéder exactement de cette manière.

— Quel soulagement ! s'écria Vicky, rayonnante.

Elle se tourna vers Amos.

— Comme je l'ai confié à lady Fenella l'autre jour, Will m'a demandé comment nous pourrions adopter un enfant dont nous ignorons l'origine. M. Codrill nous propose une excellente solution !

— Effectivement, acquiesça Fenella. Il est en train de rédiger les documents nécessaires : une autorisation d'inscription permettant d'enregistrer Rose à Haddon House, avec tous les détails au sujet de son arrivée. Nous pourrons imprimer ce document par la suite, afin de l'utiliser si d'autres enfants des rues nous sont amenés. Toutefois, je ne puis encourager cette procédure, car nous ne sommes pas un orphelinat, mais, comme vous le savez, un refuge pour femmes démunies et maltraitées.

— Je suppose que M. Codrill prépare aussi les papiers que nous devrons signer. En d'autres termes, les documents officiels d'adoption, n'est-ce pas, Fenella ? insista Stephen.

— Bien sûr, et ils seront aussi irréprochables que possible.

— Quand les auras-tu, Fenella ? demanda Vicky, avec une impatience évidente.

— D'ici une semaine, mais Hugh, après avoir achevé ses démarches, vient de m'informer que vous pouvez emmener Rose dès aujourd'hui si bon vous semble.

Vicky, vibrante d'émotion, sourit à travers ses larmes.

— Oh, merci, merci, Fenella !

Son mari, radieux, l'enlaça.

— Tu vois, ma chérie, tout s'est passé à merveille, en fin de compte.

— J'éprouve un immense soulagement moi aussi, murmura Amos. Je vous avoue que je m'inquiétais pour cette petite depuis des semaines.

Son visage s'éclaira d'un sourire.

— Merci, lady Fenella ! La petite Rose vous doit beaucoup, et nous également, à vrai dire.

Vanessa Barnes se chargea de servir le thé dans la grande pièce, avec l'aide de Vicky et Fenella. Tandis que les femmes s'affairaient à disposer tasses et soucoupes sur la table à tréteaux, Amos et

Stephen s'assirent et s'entretinrent quelques minutes des circonstances mystérieuses entourant l'apparition de Rose.

— Je n'arrive toujours pas à comprendre qu'un être humain puisse abandonner dans la rue une enfant comme Rose, fit Stephen, indigné. Une pareille monstruosité me sidère.

— De nombreux monstres se font passer pour des êtres humains ; vous pouvez me croire sur parole, monsieur Forth ! répondit Amos d'une voix grave. Longtemps avant de devenir détective privé, j'ai patrouillé en tant que flic par ici, à Whitechapel.

Il opina tristement du chef.

— Si vous saviez ce que j'ai vu de mes propres yeux ! Des horreurs à vous faire dresser les cheveux sur la tête...

Après avoir scruté Stephen un moment, il ajouta, pensif :

— Comment peut-on jeter quasiment aux ordures une belle petite fille comme Rose ?

— En effet ! s'empressa de répondre Stephen. A votre avis, quel âge a-t-elle, monsieur Finnister ?

— Je vous en prie, appelez-moi Amos, comme tout le monde. Elle a environ cinq ans, selon moi. Qu'en dites-vous ?

— Elle me paraît un peu grande pour cinq ans. Néanmoins ma femme pense qu'elle en a quatre ! Je suppose que nous ne saurons jamais exactement.

— A mon avis, elle a plus de quatre ans. Elle est très vive et intelligente, mais je lui donne cinq ans au maximum ! J'ai cherché à savoir combien de temps elle était restée dans la rue ; elle a été incapable de me le dire, car elle n'a aucune notion du temps, comme la plupart des gosses. Elle était si sale et ses vêtements si crasseux qu'elle a dû passer trois ou quatre semaines, peut-être plus, à se cacher dans tous les recoins possibles et à faire les poubelles.

Traversé d'un frisson, Stephen ferma les yeux un instant. Quand il les rouvrit, ils étaient voilés d'une profonde mélancolie.

— Cet après-midi, elle pétillait de joie en nous voyant, murmura-t-il, après un silence. Elle a une personnalité tout à fait charmante, quand elle n'est pas trop tendue.

— Je vois ce que vous voulez dire, monsieur Forth, répliqua Amos. Elle déborde de vie.

— Oui, Rose est la *joie de vivre*[1] personnifiée.

— Amos, Amos ! claironna une voix d'enfant.

---

1. En français dans le texte. (*N.d.T.*)

Rose arrivait en courant pour saluer son ami.

De près, Amos la trouva plus mignonne que jamais. Un ruban blanc était noué dans ses cheveux auburn et elle portait des bas noirs, une robe en lainage bleu marine, un tablier blanc empesé. Des vêtements que Vicky lui avait sûrement achetés.

Dès qu'elle s'immobilisa, il la souleva de terre et la fit tourbillonner. En la reposant, il fut frappé par son calme : elle n'avait plus rien de commun avec l'enfant agitée qu'il avait connue.

— Bonjour, Rose, dit-il avec un sourire avenant. Tu es belle dans tes nouveaux habits.

Elle esquissa un petit salut.

— Merci, m'sieur. Mme Vicky m'les a donnés. Elle est comme une maman.

Amos prit la main de Rose et la mena jusqu'au sofa, où il s'assit ; puis il plongea son regard dans ses yeux bleus.

— Rose, veux-tu faire quelque chose pour moi ?

— Une chose difficile ? demanda-t-elle, la tête inclinée sur le côté.

— Non, pas trop. Pourrais-tu prier Mme Vicky de nous ouvrir ton placard, pour que je jette un coup d'œil à ce que contient ton sac de toile ?

Soudain méfiante, Rose fronça les sourcils.

— Pourquoi vous voulez regarder mes affaires ?

— Nous aimerions connaître ton âge. Peut-être que le contenu de ton sac nous aidera à en savoir plus.

Rose plongea une main dans son encolure et sortit une clé, attachée à un ruban noir.

— Mme Vicky a mis la clé ici, parce que j'ai pleuré quand elle m'a pris mes affaires.

— Une gentille dame, n'est-ce pas ? Allons jusqu'au placard, ma petite.

Rose prit la main d'Amos et l'entraîna jusqu'à une rangée de placards, le long du mur faisant face à la table ; puis elle fit passer le ruban par-dessus sa tête et tourna la clé dans la serrure.

Après s'être emparée du sac de toile, elle referma soigneusement le placard et remit le ruban autour de son cou. Vicky vint ensuite les rejoindre, Amos et elle, sur le sofa. Stephen arriva, au bout d'un moment, avec une tasse de thé qu'il tendit à sa femme.

Il en proposa une à Amos.

— Non merci, pas pour l'instant, monsieur Forth, répondit celui-ci, en lui indiquant le sac de toile d'un signe de tête. Je voudrais me concentrer sur ces objets.

Les yeux rivés sur le détective, Rose le questionna :

— Qu'est-ce que vous voulez voir ?

— Par exemple, la photo que tu m'as montrée la dernière fois !

Sans un mot, Rose lui tendit celle-ci. Il l'observa un moment.

— C'est ta maman ?

— Oui ! s'exclama Rose, en hochant plusieurs fois la tête.

— Toujours la même réponse, intervint Vicky.

Cette photo prise en studio, par un bon photographe, avait dû coûter fort cher, pensa Amos. Or, les personnes démunies n'avaient pas les moyens de s'offrir un tel luxe.

La jeune femme visible sur la photo était-elle fortunée ? Apparemment, oui. Ses cheveux, relevés au sommet de son crâne, retombaient en boucles sur son front : une mode en vogue auprès des femmes de la haute société, qui imitaient la reine Alexandra.

Elle était vêtue d'une robe sombre, avec un délicieux revers de dentelle retombant sur ses épaules et sa poitrine, un col à la dernière mode, et des parements de dentelle aux poignets de ses longues manches. En examinant la photo de près, Amos remarqua que la jeune femme portait une broche en forme d'étoile, apparemment sertie de diamants. Ce bijou n'avait pas encore attiré son attention, car il s'était concentré jusqu'alors sur les traits de son visage. Ses boucles d'oreilles étincelantes, et apparemment de grande valeur, le frappèrent aussi.

Cette femme était délicieuse. Des yeux immenses, un grand front... Elle avait de la classe et, sans l'ombre d'un doute, une origine aristocratique. Il observa en catimini Rose, qui parlait à Stephen et Vicky : la ressemblance était frappante, malgré la différence d'âge.

Il retourna la photo, mais le nom du photographe ne figurait pas au dos. Un nom aurait-il été visible qu'il l'aurait remarqué la première fois que Rose leur avait permis d'ouvrir son sac de toile.

— Tu peux me montrer autre chose ? fit-il.

L'enfant se détourna de Vicky et Stephen, scruta l'intérieur du sac et en sortit une clé, qu'elle tendit à Amos.

Devant cette clé banale, sans aucune mention d'un nom, il hocha la tête.

— Sais-tu à quoi elle sert, Rose ?

— La clé de maman, marmonna l'enfant, en interrogeant Vicky du regard, comme si elle détenait la réponse.

Amos rendit la clé à la fillette. Après l'avoir rangée, elle extirpa un lambeau de flanelle contenant – il le savait déjà – une alliance en or. Il la sortit du chiffon, puis la remballa avec soin, après l'avoir examinée un instant.

Rose reprit le chiffon pour le ranger dans le sac.

Elle lui montra d'autres broutilles, surtout les « trésors » qu'elle avait amassés. Plusieurs billes de verre coloré, une fleur séchée entre deux feuilles de papier, un mouchoir et un petit livre de prières. Il lut à nouveau, sur l'une des pages, l'inscription : « Pour Grace, de la part de sa mère. » Pas de date, et pas un mot de plus.

Un mur de briques. Nous sommes face à un mur de briques, songea-t-il.

— C'est comme la dernière fois, murmura-t-il, déçu, en cherchant le regard de Vicky et Stephen. Pas le moindre indice ! J'espérais remarquer un détail qui me mettrait sur la voie. Un indice qui m'aurait échappé. Je crains de m'être fait des illusions.

— Probablement. Mais c'est un nouveau départ pour nous, n'est-ce pas, Amos ? Tous les trois ensemble, nous allons former une famille.

Sur ce, Vicky se releva et s'approcha de la table pour glisser un bras sous celui de Fenella.

— Merci pour tout ce que tu as fait, chère, très chère amie. Je te serai éternellement reconnaissante.

— Vicky, ma chérie, je suis enchantée pour Stephen et toi, ainsi que pour cette merveilleuse enfant. Elle a de la chance. Nous avons tous de la chance.

— Sans Amos et Haddon House...

Vicky s'interrompit.

— Imagine, reprit-elle, ce qui serait arrivé à notre petit bouton de rose si Amos ne l'avait pas trouvé et si tu n'avais pas fondé Haddon House il y a trois ans !

Fenella, soudain au bord des larmes, eut grand mal à garder son calme. Les deux femmes se dirigèrent ensuite vers le vaste sofa, près du feu. L'enfant, agrippée au sac de toile, sembla s'alarmer à leur approche.

— N'aie pas l'air si effrayée, Rose, dit Vicky. Je vais rentrer chez moi maintenant.

— Maint'nant, maint'nant ! geignit l'enfant, crispée. Reste, s'il te plaît !

— Calme-toi ! souffla Vicky, en s'agenouillant devant elle. Tu vas venir chez nous, Rose, dans notre maison. Tu vivras avec Stephen et moi. Nous veillerons sur toi, et tu n'auras plus rien à craindre.

34

Le soleil filtrait à travers les nombreuses vitres de la serre, nimbant chaque objet d'une auréole dorée, en ce samedi de mai.

Amos Finnister laissa errer un regard admiratif sur cette pièce claire et gaie, mais non moins confortable, grâce à ses sièges et ses sofas d'osier aux coussins bien rembourrés, et à quelques tables du même style. Une profusion d'orchidées blanches ou de couleurs vives y croissaient. Ces plantes magnifiques étaient la joie et l'orgueil de Nan Watkins ; la femme de Neville avait créé là un jardin d'hiver d'une sérénité paradisiaque.

Will Hasling, assis auprès d'Amos, rompit le silence.

— J'ai fini par rencontrer Rose, dit-il. Une charmante fillette. Ma sœur et M. Forth sont enchantés de l'avoir chez eux, et Rose a beaucoup de chance d'être tombée entre leurs mains, si je puis dire.

Amos acquiesça d'un signe de tête. Il s'était pris d'amitié pour ce jeune homme pour le moins remarquable – entre autres par son dévouement et son absolue loyauté à l'égard d'Edward Deravenel. Will était, de plus, intelligent, avisé en politique et en affaires, chaleureux et bon.

— Vous rendez-vous vraiment compte de la chance qu'a eue cette enfant ? fit Amos à voix basse.

— Certes ! Elle risquait de mourir de faim ou de froid, seule dans la rue, ou d'être grièvement blessée un jour ou l'autre. Quelque triste sire aurait pu abuser d'elle ou lui faire du mal.

Une ombre passa sur le visage d'Amos et il pinça les lèvres, plongé dans ses pensées.

— Votre dernière hypothèse est la plus alarmante selon moi, dit-il enfin. Mort, on ne risque plus rien. Blessé, on se fait soigner en principe à l'hôpital, ou quelque part ailleurs. Mais, si l'on tombe entre les mains d'un être vil, il n'y a plus rien à espérer !

Ses traits se figèrent, puis il ajouta :

— Certains individus n'ont aucun scrupule : ils vendent les enfants à des bordels ou à des marchands d'esclaves blancs, qui les embarquent pour les revendre à l'étranger comme du bétail humain. Garçons et filles ! Ces malheureux restent captifs toute leur vie, sans aucune possibilité de s'enfuir.

Amos s'interrompit en soupirant, le visage pâle et le regard mélancolique.

— Il y a aussi des criminels qui dirigent des gangs d'enfants, reprit-il plus posément, après avoir constaté que Will le scrutait avec intérêt. Ils apprennent aux gosses à voler dans la rue et sur les ferries qui traversent la Tamise. Ces pickpockets sont de dangereux petits bandits, voués au crime jusqu'à la fin de leurs jours.

Calé dans son fauteuil, Will Hasling dévisagea l'homme qui avait gagné son respect et sa confiance.

— Vous parlez d'un monde que peu de gens connaissent ; et surtout pas les gens comme moi. Nous aurions beaucoup à apprendre au sujet des criminels qui sévissent dans l'East End, n'est-ce pas ?

— Assurément ! Comme on dit, il faut de tout pour faire un monde. Les pires individus se trouvent à Whitechapel, Limehouse, Southwark, et dans les environs. Il y a néanmoins dans ce secteur un grand nombre de personnes honnêtes et respectueuses de la loi. Rose aurait pu être recueillie par des gens estimables, mais probablement très pauvres, pour qui une bouche de plus à nourrir aurait représenté un terrible fardeau.

— Si je comprends bien, Rose l'a échappé belle, murmura Will. D'ailleurs, je suis un peu informé grâce à ma sœur. Elle m'a parlé des *rookeries*, ces quartiers de taudis immondes !

— Oui, immondes ! Des logements infects et délabrés, entourés de ruelles obscures, d'impasses, de voies souterraines et de courettes. Ce sont des quartiers dangereux, Will. Un monde violent, où les policiers eux-mêmes évitent de s'aventurer. Ils n'y vont jamais seuls, ni même par deux ou par trois. Pour des raisons de sécurité, ils n'y pénètrent qu'en groupe important.

Will se pencha vers son interlocuteur.

— Vous me brossez là un tableau sinistre. Je m'étonne que l'on ne détruise pas ces taudis.

— Où iraient, selon vous, les indigents qui y vivent ?

— Je l'ignore, mais ce que vous m'avez décrit est absolument inhumain ! s'indigna Will, les yeux brillants de colère. Nous sommes assis, vous et moi, dans cette belle demeure de Chelsea, au sein de la plus grande et la plus puissante capitale du monde entier. Londres, le centre du plus vaste empire qui ait jamais existé. Nous sommes une nation prospère, innovante et industrieuse. Notre rayonnement est planétaire, l'argent coule à flots dans notre pays florissant ; en outre, nous sommes un peuple au cœur généreux. Alors, pourquoi de telles horreurs existent-elles ?

— J'aimerais être en mesure de répondre, mais je me suis souvent posé cette question, en vain. Certaines personnes s'efforcent de se rendre utiles, comme le Dr Barnardo, qui a créé, avec le plus grand succès, ces foyers pour enfants perdus et abandonnés. D'autres êtres fortunés et généreux, surtout des femmes, se sont montrés fort secourables. Songez au foyer que lady Fenella et sa tante ont fondé pour les femmes indigentes. Je devine votre arrière-pensée. Vous vous demandez ce qu'attend le gouvernement pour intervenir. Est-ce bien cela ?

— En effet, ce scandale me révolte. Je me sens écœuré et honteux. Je comprends mieux, maintenant, pourquoi ma sœur a souhaité travailler avec lady Fenella et donner son argent à Haddon House.

Will ébaucha un sourire.

— En aidant les personnes dans le besoin, elle a trouvé l'enfant dont elle rêvait. Quant à Rose, il lui fallait un ange gardien.

— Elle en a plusieurs ici, répliqua Amos, plus détendu. Non seulement lady Fenella, mais M. et Mme Forth, et Hugh Codrill. Il a tout organisé d'une manière juridiquement irréprochable. Je crois comprendre que votre sœur et son mari n'ont aucun souci à se faire. Personne ne pourra désormais leur prendre Rose ! Elle est leur enfant et elle vivra en paix.

— Je te prie d'agir, déclara Margot Grant à John Summers. Il faut riposter ! Je sais qu'ils sont responsables de la mort d'Aubrey. *Jean, chéri, s'il te plaît...*

Après avoir serré la bride à son étalon noir, John Summers se tourna vers Margot, qui mit elle aussi son cheval au pas.

Elle scruta le visage de l'homme qu'elle aimait.

— J'ai un terrible pressentiment, reprit-elle. *De sombres présages...*

Sa phrase resta en suspens, et un silence plana un moment. Margot et John montaient depuis une demi-heure sur Rotten Row, à Hyde Park. Ils attachèrent leurs chevaux sous les ombrages, car il faisait chaud en ce beau samedi de mai.

— Comment riposter ? murmura John avec un discret soupir. Ne disposant d'aucun indice, je peux difficilement accuser Edward Deravenel d'avoir assassiné Aubrey Masters ! D'après la police, il s'agit d'une mort accidentelle, et même pas d'un suicide ; l'hypothèse d'un meurtre est exclue. Je suis perplexe, Margot, ma chérie. J'ai tendance à penser qu'Aubrey a été victime de sa propre négligence et de ses étranges habitudes alimentaires ; cependant, je ne puis m'empêcher de constater que sa mort est une aubaine pour Edward Deravenel et sa clique. Voilà pourquoi j'ai des soupçons, comme toi, mais je dois me montrer prudent, dans ton intérêt autant que dans le mien.

Margot acquiesça d'un signe de tête et sourit brusquement. Son visage rayonnait sous le soleil filtrant entre les branches. Elle était, ce matin-là, d'une beauté à couper le souffle ! Sur ses cheveux noirs tirés en chignon, elle arborait un ravissant chapeau bleu marine, avec une minuscule voilette mouchetée. Un jabot de lin blanc ajoutait une note de féminité à sa veste d'équitation sur mesure, qu'elle portait avec une jupe assortie et des bottes. La luminosité de ses yeux noirs, dans son pâle visage ovale, exerçait une véritable fascination sur John, lequel se demandait parfois pourquoi il s'était laissé subjuguer à ce point. Tel père, tel fils, se dit-il ; mais il chassa aussitôt ces implications de son esprit.

— Je sais que tu considères Edward Deravenel comme un aimable jeune homme à la tête vide, et surtout un coureur de jupons. Tu te méprends, John, murmura Margot, sa main gantée posée sur son bras.

Elle le transperça du regard, avant de préciser :

— J'ai un point de vue totalement différent du tien ! Il est intelligent, très intelligent. Et il essaye de dissimuler son profond cynisme sous son apparente légèreté.

— Tu m'as déjà dit cela, ma chère, et je l'admets. Je ne considère absolument pas Deravenel comme un jeune écervelé !

— J'ai été frappée par la manière dont il a séduit ses collègues de la compagnie, du moins ceux qui ont toujours eu une préférence pour les Deravenel du Yorkshire, par exemple Alfredo Oliveri et Rob Aspen. Ils ont l'air de boire chacune de ses paroles ! Quant à Oliveri, tu l'as promu à la tête du secteur minier, ce qui me préoccupe également. Il a maintenant un pouvoir trop étendu.

— Oliveri fait un excellent travail ! s'esclaffa John, bien qu'il doutât plus que jamais de la loyauté de ce dernier.

Puis il changea adroitement de sujet.

— Comment va Henry ? Tu l'as laissé à la campagne depuis un certain temps.

— C'est toi qui m'as priée de ne pas l'amener au bureau, parce qu'il a l'air fragile et malade. Effectivement, il se repose à la campagne.

Les yeux noirs de Margot scintillèrent.

— Si nous déjeunions ensemble ? Je peux préparer un pique-nique...

John haussa les sourcils.

— Et tes domestiques ?

— Je leur ai donné congé aujourd'hui, et, à vrai dire, pour tout le week-end.

— Nous avons donc le week-end devant nous ? murmura John, en souriant malgré lui.

— Mais oui.

Personne n'étant en vue, Margot se pencha et l'embrassa sur la joue, puis elle lui chuchota à l'oreille ses projets pour l'après-midi. Il se contenta de la dévisager, sans répondre.

Ils reprirent leur promenade au pas, le long de Rotten Row. L'esprit de Margot bouillonnait, mais elle se demandait surtout comment s'y prendre pour convaincre John Summers d'exercer sa vengeance sur Edward Deravenel. Elle avait la certitude que ses collègues et lui étaient derrière la mort d'Aubrey Masters, un sincère partisan de Henry !

Le déjeuner du samedi chez Neville était devenu un véritable rite. Chaque fois qu'ils étaient ensemble à Londres, les six gentlemen se retrouvaient pour évaluer leurs progrès et partager un agréable repas.

Debout tous les six dans la magnifique bibliothèque, ils prenaient l'apéritif, avant de passer dans la salle à manger. Edward Deravenel, qui les dominait d'une tête, paraissait plus grand et plus beau que jamais. Il parlait d'un ton grave à son cousin Johnny, attentif à ses paroles.

Edward s'était lancé dans une tirade sur les livres : s'il possédait un jour sa propre demeure et une fortune suffisante, il aurait une bibliothèque personnelle.

— Comme celle-ci ? demanda Johnny. A l'exception de celle de Ravenscar, je n'en connais pas de plus belle ni de meilleure.

— En effet, admit Edward.

Il se retourna alors, en entendant la voix de Neville. Après avoir refermé la porte de la bibliothèque, son cousin les priait de venir s'asseoir près de la cheminée. Ce qu'ils firent, avec une certaine curiosité, car Neville avait manifestement l'intention de s'adresser à eux.

Le jeune homme prit la pose devant la cheminée, sans feu ce jour-là, en raison de la douceur du temps.

— J'ai la joie de vous annoncer que nous serons bientôt prêts à affronter les Grant et leur clan, et à les réduire à néant. Après avoir eu la haute main sur l'empire Deravenel pendant soixante ans, ils vont être évincés !

— Que Dieu t'entende, Neville, fit Edward, en transperçant son cousin du regard, car le moment est venu de frapper, et de gagner.

— Nous gagnerons ! Finnister a tout préparé.

Neville sourit avec assurance à son cousin, avant de jeter un regard inquisiteur au détective privé, qui se leva en hochant la tête.

— J'ai maintenant achevé mon travail. Les dossiers en provenance des asiles ont été soumis à de nombreux médecins. Ceux-ci s'accordent sur le fait que Henry Grant est un malade, souffrant de démence. Il n'y a aucun problème en ce qui concerne mes deux collègues comédiens qui se sont déjà assuré les bonnes grâces de Beaufield, Cliff et Dever, les trois directeurs de Deravenel dont la vie privée est peu édifiante. On peut les faire chanter, je vous en donne ma parole. Plusieurs de mes auxiliaires ont répandu, avec succès, des rumeurs négatives au sujet des Grant. Comme vous voyez, nous sommes prêts !

Amos s'assit et accueillit les applaudissements avec un sourire.

— Merci, fit-il.

— Il me semble que vous avez quelque chose à nous dire, Oliveri, intervint Neville.

— En effet, répliqua Alfredo Oliveri en se levant. Au cours de ces dernières semaines, je vous ai informés au sujet de mon vieil ami, David Westmouth, et de la situation en Inde. Il travaille pour nous et m'a fait parvenir une abondante documentation, révélant un grand nombre de malhonnêtetés et de fraudes dans nos mines indiennes. Westmouth vogue en ce moment vers l'Angleterre ; il nous apporte des preuves supplémentaires.

— Quand arrive-t-il ? s'enquit Edward avec empressement.

— D'ici une dizaine de jours. Et, comme vous le savez, Beaufield, Cliff et Dever sont impliqués dans certaines malhonnêtetés commises en Inde, en plus de leur conduite immorale, découverte par Amos.

— Ils sont donc doublement condamnables, murmura Edward. En outre, j'ai constaté que j'ai actuellement de nombreux amis au sein de la compagnie. Tous attendent avec impatience la fin des Grant, et nous pouvons compter sur leur soutien unanime. Bonne nouvelle, n'est-ce pas ?

— Si nous passions dans la salle à manger, messieurs ? proposa Neville, tout sourire. Nous allons dès maintenant trinquer à notre succès.

35

Vicky jeta un coup d'œil au miroir de sa coiffeuse, ajusta légèrement son chapeau et quitta sa chambre. En gravissant l'escalier menant au troisième étage, transformé en nursery, elle se souvint de l'enveloppe que lui avait remise Stephen le matin même, avant de partir. Une traite bancaire à l'intention de Haddon House, afin de remercier Fenella du mal qu'elle s'était donné au sujet de l'adoption de Rose.

Lorsque Vicky entra dans la salle de jeux, la fillette bondit de sa chaise et fonça vers elle, le visage rayonnant de bonheur.

Elle se pencha pour l'embrasser, puis la ramena, après l'avoir prise par la main, à la table où elle était en train de dessiner dans un cahier.

— Où tu vas ? fit Rose d'une voix morne, en la fixant de ses yeux bleus, après avoir remarqué qu'elle était habillée pour sortir.

— Je vais voir lady Fenella. Je déjeune avec elle.

— Moi aussi ? Fenella, gentille dame.

— Oui, elle est gentille et elle t'aime beaucoup, Rose ; mais c'est impossible aujourd'hui. Je t'emmènerai bientôt la voir. Ne t'inquiète pas, ma chérie, je ne m'absenterai pas très longtemps.

Rose acquiesça d'un signe de tête, mais elle paraissait nerveuse, et une expression inquiète, bien connue de Vicky, flotta sur son visage. Chaque fois qu'elle sortait, l'enfant se troublait aussitôt.

— Je serai de retour pour le thé, promit-elle en lui serrant la main avec un tendre sourire. Frances s'occupera de toi.

Un pli barra le front de Vicky, tandis qu'elle observait Rose.

— Tu aimes Frances, n'est-ce pas ?

— Ouais...

Rose se mordit les lèvres et ajouta à voix basse :

— Je resterai ici, pour toujours ?

— Bien sûr ! Tu es maintenant chez toi ici, Rose, je te l'ai déjà dit. *Pour toujours*... Du moins jusqu'à ce que tu deviennes adulte ; tu feras alors comme bon te semblera.

Penchée au-dessus de la table, Vicky ajouta :

— Je t'ai expliqué, ma chérie, que nous t'avons adoptée, Stephen et moi. T'en souviens-tu ?

— Qu'est-ce que ça veut dire ?

— Ça veut dire que tu es notre petite fille. Tu nous appartiens et nous t'appartenons. Nous sommes tes parents, et personne ne peut t'arracher à nous.

Les yeux écarquillés, Rose ne semblait pas comprendre parfaitement.

— Nous sommes ton père et ta mère, précisa Vicky.

Le visage de l'enfant s'illumina.

— Tu es ma mère ?

— Oui, maintenant je suis ta mère. Mais tu ne dois surtout pas oublier ta mère de naissance, *Mam*...

Rose se laissa glisser de son siège et courut jusqu'à sa chambre. Du tiroir supérieur de la commode, à côté de son lit, elle tira la photo et le livre de prières qui figuraient parmi les trésors contenus dans son sac de toile.

Vicky, debout sur le seuil, se demandait ce que signifiait cette réaction.

Rose la rejoignit au bout d'un instant et lui montra la femme sur la photo.

— C'est *Mam*, ici. *Mam*...

Elle tendit ensuite le livre de prières à Vicky.

— Mam, elle me l'a donné à moi. Elle a écrit quelque chose dedans avec sa plume.

Malgré son émotion en entendant ces mots, Vicky ouvrit le livre de prières posément et lut à haute voix l'inscription : « Pour Grace, de la part de sa mère. »

— Oui, fit Rose en hochant la tête. C'est Mam qui l'a écrit.

— Ce livre est à toi, et pas à Mam ?

— Ouais.

— Alors, tu t'appelles Grace.

— Ouais, ouais.

— Tu es Grace ?

— Mais oui, *moi*, je suis Grace, murmura l'enfant en se tapotant la poitrine.

Quelques heures après, Vicky racontait à Fenella et Lily l'anecdote du livre de prières. Les trois femmes déjeunaient ensemble dans la salle à manger d'été de Fenella, donnant sur le jardin de sa maison de Mayfair. Un papier mural blanc, orné de feuilles de lierre vertes, une pléthore de plantes fleuries et un mobilier peint en blanc faisaient de cette pièce une extension du jardin. L'effet global était charmant et éthéré.

— Je me demande pourquoi elle ne nous avait pas encore dit qu'elle s'appelait Grace, murmura Fenella d'une voix songeuse.

— Bien que je n'aie aucune certitude, plusieurs idées me sont venues à ce sujet. La première fois que nous l'avons questionnée sur ce point, elle nous a dit que sa mère l'appelait *petit bouton de rose* ; je suppose que c'est le nom qu'elle a retenu après la mort de celle-ci. En supposant qu'elle soit morte, évidemment. J'ai l'impression que le prénom Grace est associé à son passé. Une autre époque et un autre lieu, sans aucun rapport avec Londres.

— Pourquoi ? fit Lily, perplexe.

— Parce qu'il me semble qu'elle a vécu sur la côte avec sa mère. Quand nous l'avons emmenée à Stonehurst, Stephen et moi, il y a quelques semaines, elle a paru ravie d'aller à Romney Marsh. A la plage, elle s'est immédiatement assise, puis elle a retiré ses chaussures et ses bas. Elle voulait « barboter » dans l'eau, nous a-t-elle annoncé. Je l'ai interrogée, et elle rayonnait littéralement en me confiant qu'elle avait fait ça avec Mam. Elle voulait aussi chercher des coquillages et elle s'est enthousiasmée en trouvant un paquet d'algues. En somme, elle a passé un merveilleux week-end. Je suppose également qu'elle a subi un traumatisme quand elle s'est retrouvée à la rue, après la mort de sa mère. Il est clair qu'elle était encore sous le choc quand Amos l'a découverte.

Vicky s'interrompit et reprit, après avoir avalé une gorgée d'eau :

— Je suis persuadée, Fenella, que ton ami, le docteur Juno Newman, serait d'accord avec moi. Un choc peut provoquer de terribles séquelles chez des adultes, et plus encore chez des enfants ! Elle s'est fixée sur ce *petit bouton de rose* parce qu'elle associe ces mots à sa mère et à *maintenant*, plutôt qu'au passé.

Lily posa sa cuillère à soupe et dévisagea Vicky.

— Où penses-tu que sa mère et elle vivaient, quand elles étaient au bord de la mer ?

— Quelque part au nord, sans doute dans le Yorkshire.

Fenella haussa un sourcil.

— Parce qu'elle dit *mam* au lieu de *mum* ou *mère* ?

— Oui.

— Mais tu m'avais dit qu'elle avait un terrible accent cockney, observa Lily.

— Pas toujours, s'empressa de répondre Vicky. Je te rappelle, Fenella, qu'elle était extrêmement perturbée quand Amos l'a trouvée dans la charrette. Stephen estime qu'elle commence à se sentir bien avec nous et à se détendre ; elle ne nous dit plus les mêmes choses, et sa prononciation a évolué.

— La logique même, observa Fenella, mais cela m'intrigue.

— Il lui arrive, par exemple, de perdre totalement son accent vulgaire quand elle prononce certains mots courants. Non seulement elle a subi un choc, mais je suis sûre qu'elle pleure sa mère. Je la surprends souvent en larmes. Quand je lui demande ce qui ne va pas, elle chuchote simplement « Mam » d'une petite voix désespérée, et elle vient se blottir dans mes bras en sanglotant.

— La pauvre enfant ! s'exclama Lily. Si je connaissais l'ignoble individu qui l'a jetée dans les rues de Whitechapel, je lui ferais donner des coups de cravache.

— Moi aussi, approuva Fenella. N'est-ce pas bizarre, Vicky, que nous ayons tous pensé que le livre de prières appartenait à sa mère et que celle-ci s'appelait Grace ?

— En tout cas, Rose était catégorique, ce matin, quand elle m'a déclaré qu'il s'agissait de *son* livre de prières, offert par *sa* mère, et qu'elle-même se nommait Grace.

— Comment l'appellerons-nous ? murmura Fenella, en interrogeant Vicky et Lily du regard. Rose ou Grace ?

— Je préfère l'appeler par son vrai prénom, Grace ; mais je pourrai lui demander son avis. Et pourquoi ne pas garder Rose comme second prénom ? suggéra Vicky.

— Grace Rose Forth, cela sonne joliment ! s'exclama Lily. J'ai hâte de la connaître, et je suis navrée de n'être pas assez en forme pour venir prendre le thé chez toi, comme tu me l'as proposé plus d'une fois, ma chère Vicky.

Celle-ci scruta un instant sa grande amie.

— Tu te sens mieux, n'est-ce pas ? Ta grossesse ne te pose pas de problème, Lily ?

— Je suis en bonne santé dans l'ensemble, mais j'ai parfois de terribles nausées matinales. Ned fait tant d'embarras à mon sujet. Quelle chance qu'il ait accompagné Will à Ravenscar !

— Ils y resteront jusqu'aux fêtes de la Pentecôte. Will se réjouissait sincèrement de le voir.

Un sourire éclaira son visage, et elle ajouta :

— J'ai l'impression qu'il a une nouvelle femme dans sa vie et qu'elle réside dans le Yorkshire.

— Oh, dis-nous comment elle s'appelle ! minauda Lily, les yeux pétillants de curiosité.

— J'ignore encore son nom. En tout cas, Will semble très heureux. Je n'ai jamais vu mon frère aussi épanoui.

— Comme toujours, Ned en a fait mystère. Jamais la moindre allusion aux affaires d'autrui ! Il est terriblement secret, mon Ned, observa Lily.

— J'ai pourtant constaté que la plupart des hommes font autant de commérages que les femmes ! s'esclaffa Fenella.

Tout en parlant, elle avait sonné le maître d'hôtel. Quelques minutes après, les bols de potage avaient disparu et le poisson était servi.

Les trois amies abordèrent avec enthousiasme divers sujets pendant le repas, mais leur principal centre d'intérêt était l'amélioration de Haddon House. Elles avaient pour ambition de se rendre encore plus secourables envers les femmes en détresse.

36

Les deux femmes descendant les marches de la majestueuse demeure sur Curzon Street étaient jolies et élégantes. Un bon nombre de têtes – surtout de personnes du sexe opposé – se retournèrent en les voyant marcher gracieusement vers leur voiture découverte, qui les attendait dans la rue.

Vicky portait une robe de taffetas gris argent, cintrée et à longue jupe flottante, avec une veste assortie, bordée d'un galon vert pâle. Elle était coiffée d'une capeline de fine paille grise à larges bords, ornée de plumes d'autruche vert pâle et grises.

Lily était vêtue de bleu, sa couleur favorite. Sa longue robe de soie souple se complétait d'une cape tombant sur ses hanches et permettant de dissimuler son état. Elle portait, avec son panache habituel, un étrange tricorne de soie bleu pâle, à plumes d'autruche blanches.

Le cocher du landau favori de Lily l'aida à monter la première, puis ce fut le tour de Vicky. Les deux femmes s'assirent dans la voiture basse, où elles étalèrent leur robe, en prenant leurs aises.

La double capote à soufflets du landau, repliée à l'avant et à l'arrière, ouvrait le véhicule sur le monde extérieur. Lily adorait cette voiture de luxe, utilisable uniquement en ville, car sa coque basse exposait les passagers à tous les regards. Une voiture pour dames, disait-on généralement : celles-ci pouvaient s'y pavaner dans leurs plus beaux atours.

Dès que Robin, le cocher, se fut installé sur son siège, juste au-dessus des deux chevaux, Lily s'adressa à lui.

— Nous ramenons Mme Forth chez elle, à Kensington ; mais passons par Hyde Park, il fait un temps splendide.

— Bien, m'dame, fit Robin en claquant la langue.

Il s'engagea sur Curzon Street, pour gagner Park Lane.

— Si je passais prendre le thé chez toi ? proposa Lily, tournée vers Vicky.

— Oh, ma chérie, ce serait merveilleux ! Je voudrais tant te présenter Rose, non, Grace, mon Dieu ! Il faut absolument que je m'habitue.

— Tu finiras bien par y arriver, dit Lily en riant. D'ailleurs, elle souhaitera peut-être rester Rose ; un si joli prénom...

Lily scruta un instant sa meilleure amie et ajouta à mi-voix :

— Je suis ravie que vous l'ayez adoptée, Stephen et toi. Il se pourrait même que tu tombes enceinte maintenant. Ce sont des choses qui se produisent souvent, tu sais.

Vicky sourit, en s'abstenant de tout commentaire.

— C'est très généreux de ta part d'avoir donné mille livres à Fenella. Elle exultait, murmura Lily.

— Nous voulons nous rendre utiles, et il est clair qu'elle fera bon usage de cet argent. Tu t'es montrée très généreuse, toi aussi, Lily, ces trois dernières années.

— Il s'agit d'une noble cause. En tant que privilégiée, je me sens pour le moins redevable ! Quand je pense à ces pauvres femmes et aux épreuves qu'elles endurent, j'en ai froid dans le dos.

— Et moi donc ! D'ailleurs, je m'interroge au sujet de la mère de Grace. Cette malheureuse vivait probablement avec un homme qui la maltraitait.

— Oui, et j'en reviens à ton idée que Grace et sa mère venaient du Nord.

— Fenella, qui est originaire du Yorkshire, a immédiatement remarqué que l'enfant disait *mam* en parlant de sa mère ; sa famille vient des environs de Ripon. J'avais noté ce point moi aussi, car j'ai passé un certain temps à Ravenscar avec Will et les Deravenel.

— Je suppose que Grace a pris cet accent cockney ces deux dernières années.

— Sans aucun doute.

Vicky s'interrompit et se tourna vers Lily.

— N'est-ce pas que Hyde Park paraît magnifique aujourd'hui ? J'ai hâte de le traverser !

— Je savais que ce serait un plaisir pour toi.

Légèrement penchée en avant, Lily questionna le cocher.

— Par où allez-vous entrer dans le parc, Robin ?

— Par le haut de Park Lane, madame Overton. Il me semble que vous en profiterez un peu plus de cette manière.

— Merci, c'est une excellente idée.

Les deux femmes continuèrent à causer de Grace Rose, comme Lily s'était soudain mise à l'appeler, mais aussi de l'enfant qu'attendait la jeune femme.

— Je me félicite d'avoir acheté cette maison près de chez toi dans le Kent, Vicky, dit celle-ci. Nous y serons merveilleusement installés, le bébé et moi, et Ned pourra nous y rejoindre s'il le souhaite. Mais je lui ai répété maintes fois que je ne ferai pas pression sur lui.

— Je suis certaine qu'il se sent concerné.

— Il te l'a dit ? demanda Lily, les yeux pétillants d'excitation.

— Non, mais je me rends compte à quel point il tient à toi. Il te cajole, il se soucie de ton bien-être, Lily. Je m'en étonne, car je croyais qu'il te laisserait te débrouiller par tes propres moyens.

Lily rit de bon cœur.

— J'ai eu la même impression, et ça ne me posait aucun problème, ni pour moi ni pour le bébé ! Je suis parfaitement à l'aise sur le plan financier grâce à la fortune que m'ont laissée mes deux défunts maris. Mais je suis contente, je l'avoue, que Ned se réjouisse de la naissance de son enfant. Il a, de toute évidence, l'intention de s'intéresser à nous. Ne te donne pas la peine de me rappeler qu'il ne compte nullement m'épouser. Je sais qu'il ne le peut pas, et je ne le souhaite guère.

Lily adressa un clin d'œil à son amie, avant de murmurer :

— Tu le considères comme un terrible homme à femmes, n'est-ce pas ?

— Oui, répliqua Vicky en fronçant légèrement les sourcils. Pas toi ?

— Il l'a toujours été et il le sera toujours ! Les femmes sont une véritable drogue pour lui.

Le rire de Lily fusa à nouveau, et elle chuchota à l'oreille de son amie :

— Il m'a confié qu'il a été séduit par une femme mariée à l'âge de treize ans et que, depuis, il ne s'est jamais calmé.

— Au moins, il est honnête, observa Vicky, après avoir pouffé de rire à son tour.

— Parfois trop honnête, conclut Lily.

Les deux femmes firent silence, et, peu après, le landau entra dans Hyde Park ; les deux chevaux gris pommelé trottaient à un rythme mesuré. Les arbres formaient, au-dessus de leurs têtes, un berceau de verdure inondé de soleil, et les buissons en fleurs étincelaient de couleurs vives. En cette année 1904, le printemps était à son apogée durant cette dernière semaine de mai.

Lily se sentait nager dans le bonheur cet après-midi-là. Ses nausées matinales semblaient se calmer depuis quelques jours, et Ned s'était montré particulièrement empressé et aimant avant de partir dans le Yorkshire pour les fêtes de Pentecôte.

Il lui semblait que tout allait pour le mieux dans le meilleur des mondes. Bien qu'elle ne l'ait encore annoncé à personne, et pas même à Vicky, elle avait acheté une charmante et assez imposante demeure sur South Audley Street, où elle prévoyait de résider une partie du temps.

Son regard se posa sur un groupe d'enfants jouant dans l'herbe. Joyeux et désinvoltes, certains faisaient rouler des cerceaux, d'autres se lançaient des balles. Rien de tel, pour lui réjouir le cœur, que ces petits êtres en train de batifoler !

Des femmes se promenaient deux par deux ; plusieurs nurses poussaient de majestueux landaus ; et quelques couples, bras dessus bras dessous, déambulaient à pas lents, en marivaudant sous les arbres.

La circulation était faible : seules quelques voitures à cheval apparaissaient au loin. Quel merveilleux havre de paix, au sein de la plus puissante ville du monde !

— Mon Dieu ! s'écria soudain Vicky. Que se passe-t-il devant nous ? Ce cavalier sur cet étalon noir de jais... Il ne contrôle plus sa monture. On dirait que son cheval piaffe. Regarde, Lily, il se cabre sur ses jambes arrière.

— Je ne vois pas, fit Lily.

Elle tendit le cou au maximum et frissonna nerveusement, avant de s'adresser à son cocher.

— Robin, faites attention à ce cheval, là-bas. Quelque chose ne tourne pas rond. Oh, doux Jésus, il s'emballe ! Il fonce dans notre direction, avec son cavalier plus mort que vif.

Le cœur de Vicky battait la chamade, tandis qu'elle gardait les yeux rivés sur le cavalier et son cheval. L'homme cherchait vainement à retenir l'étalon, qui fonçait vers leur landau comme le feu de l'enfer, la tête en arrière et les naseaux fumants ; sa bouche écumait, dénudant ses grandes dents blanches. Quant au cavalier, apparemment pris de panique, Vicky remarqua, en le voyant approcher, que c'était un bel homme trapu, aux yeux sombres et à la joue marquée d'une longue cicatrice.

L'inconnu la fixa durement, et son regard sembla s'attarder plus longtemps sur Lily. Frémissante, elle eut un mouvement de recul.

— Robin, essayez de calmer vos chevaux !

— Arrêtez la voiture, Robin ! Arrêtez-la ! gronda Lily. Nous allons avoir un accident.

— Pas moyen de les calmer, madame Overton, maugréa Robin, en tirant sur les rênes avec l'énergie du désespoir.

Tout le monde avait vu le cheval s'emballer. Ramenés sur l'herbe, les enfants couraient maintenant sous les arbres, à l'écart de la grande artère qui traversait le parc.

Le cavalier et son cheval se trouvèrent soudain à moins d'un mètre du landau. L'étalon se cabra sur ses pattes de derrière, en hennissant et en agitant la tête, face aux deux chevaux gris. Ceux-ci réagirent en frappant le sol de leurs sabots, puis ils s'emballèrent à leur tour.

Lily comprit que plus rien ne pourrait les freiner maintenant. Robin avait beau s'arc-bouter sur les rênes, la voiture filait à toute vitesse ; les chevaux, affolés, n'étaient plus contrôlables.

Tout s'était passé si vite, songea Vicky. Lily donnait des ordres, et Robin cherchait en vain à arrêter les deux chevaux dans leur course. Tout à coup, ils accélérèrent leur rythme. Vicky s'agrippa à la paroi de la voiture ; Lily fit de même. Et le landau bascula...

Vicky se sentit projetée dans les airs, puis elle retomba sur le côté, en hurlant. Une seconde après, elle gisait dans l'herbe, le long de l'avenue, assommée.

Lily, qui s'était efforcée, sans succès, de retenir Vicky, avait été projetée elle aussi hors de la voiture. Allongée à terre, elle avait la partie inférieure du corps coincée par le landau.

Un grand tohu-bohu s'ensuivit : tout le monde se précipitait vers le lieu de l'accident.

Robin, moite de transpiration et le visage figé, tentait d'atteindre Lily, à moitié sur l'herbe, à moitié sur la route.

Vicky ouvrit les yeux en geignant et poussa un cri strident à la vue des sabots du cheval, car elle les avait pris pour ceux de l'étalon noir.

— Madame Forth, n'est-ce pas ? Vous êtes bien l'épouse de Stephen Forth ? articulait une voix distinguée.

Elle aperçut un homme en tenue d'équitation tout à fait britannique, monté sur un rouan, qui la scrutait d'un air anxieux.

— Oui, souffla-t-elle.

— Horace Bainbridge. Nous appartenons au même club, Stephen et moi. Etes-vous blessée, madame ? Je crains que oui.

— Je l'ignore, fit Vicky d'une voix rauque. J'ai mal à la jambe. Une fracture, peut-être.

Apercevant Lily, elle ajouta d'un ton impérieux :

— Je vous en prie, allez aider mon amie et son cocher ! Il essaye de dégager son corps.

— J'y vais de ce pas, et je préviendrai votre mari par téléphone, à la banque. Ah, voici des policiers ! Je vais les prier d'appeler une ambulance.

L'homme s'éloigna au trot en lui laissant à peine le temps de le remercier. Elle le vit parler aux forces de police, puis il se dirigea vers le landau pour aider Robin.

Sur ses coudes, elle parvint à se traîner dans l'herbe jusqu'à Lily. A mesure qu'elle approchait de son amie, sa gorge se serrait. Elle l'atteignit, folle d'angoisse, et lui prit une main, qu'elle serra précipitamment dans la sienne.

Quel triste spectacle ! Le tricorne bleu était à terre. Les plumes d'autruche flottaient dans la brise. Le visage de Lily était blême, si blême... Et puis il y avait du sang, tant de sang sur la soie bleue.

37

Ravenscar

Assis dans un coin de la bibliothèque, Edward était plongé dans *Our Mutual Friend*, l'un des romans de Charles Dickens qu'il n'avait pas encore lus. Cet ouvrage, publié en 1865, figurait parmi les derniers du grand auteur. Il en appréciait la lecture fascinante, bien que le tapage, de l'autre côté de la pièce, commençât à l'irriter.

Il se redressa soudain et frappa du poing la petite table, en foudroyant son frère du regard.

— Arrête, George, ce bruit devient intolérable !

— Ce n'est pas moi, c'est Richard ! s'écria George en lui rendant son regard.

— Quand cesseras-tu de te ridiculiser par tes mensonges, George ? C'est *ta* voix que j'entends, et non celle de Richard. Tu t'imagines que je suis sourd, ou que je ne peux pas faire la différence ?

George se tassa sur son siège avec un rictus boudeur. Il éprouvait une haine fulgurante à l'égard de son frère aîné.

— Ça va, Ned, intervint Richard. Les cris de George ne me gênent pas, mais je suis fâché pour une autre raison : il prétend que je ne sais pas jouer aux échecs.

— Je ne te blâme pas de lui en vouloir, petit écureuil. Tu joues très bien aux échecs ! C'est d'ailleurs moi qui t'ai appris, et tu m'as battu plusieurs fois.

— Vous me faites penser à mes deux frères, pouffa Will. En vous entendant, j'ai l'impression d'être chez moi en ce moment.

— Mais tu es chez toi ! répliqua Ned en riant. Ma maison est la tienne, et elle le sera toujours, où que je sois de par le monde.

Jessup entra à cet instant. Il portait un plateau avec une cafetière, des tasses et des soucoupes, qu'il déposa sur la longue table couverte de magazines.

— M. Hasling et vous-même souhaitez-vous un digestif avec votre café, monsieur Edward ? Un cognac, peut-être ?

— Volontiers, Jessup. Et toi, Will ?

— Pourquoi pas ? Merci beaucoup.

— Je voudrais un cognac, fit George.

— Jamais de la vie ! intervint Edward. Apportez-nous simplement deux cognacs, je vous prie, Jessup.

Le maître d'hôtel s'inclina et disparut.

— Quand pourrai-je avoir un cognac après le dîner ? demanda George d'un ton agressif qu'Edward reconnut aussitôt.

— Dans très, très longtemps, rétorqua-t-il. Certainement pas avant d'être adulte !

George, toujours tassé sur son siège, se recroquevilla d'un air maussade et accablé, selon son habitude lorsqu'il était contrarié.

Sensible à la tension qui régnait maintenant dans la pièce, Richard intervint d'une voix apaisante.

— C'est très aimable de la part d'oncle Neville de nous avoir invités à déjeuner, le dimanche de Pentecôte, à Thorpe Manor, n'est-ce pas, Ned ?

— En effet, je m'en réjouis sincèrement ; et toi aussi, je suppose. Tu verras Anne, et toi, George, tu verras Isabel.

Edward s'interrompit lorsque Jessup apparut sur le seuil.

— Oui, Jessup, qu'y a-t-il ?

— Un coup de téléphone pour M. Hasling.

Will posa le *London Illustrated* qu'il était en train de lire et se hâta vers la porte, non sans manifester sa surprise d'un haussement d'épaules.

— Je te prie de m'excuser, Ned. Qui peut m'appeler à cette heure ?

Quelques secondes après, il soulevait le combiné dans le grand hall.

— Will Hasling à l'appareil.

— Allô, Will, ici Stephen.

Will fronça les sourcils en entendant son beau-frère.

— Stephen ! Tout va bien, j'espère ?

Il y eut un bref silence au bout du fil, puis Stephen Forth répondit d'une voix blanche :

— Je crains que non. Il s'est produit un terrible accident, Will. Un terrible accident dont Vicky et Lily ont été victimes aujourd'hui. Elles ont été blessées.

— Oh, mon Dieu, non ! s'écria Will, agrippé au combiné. Dis-moi tout de suite ce qui leur est arrivé. Sont-elles grièvement blessées ?

Avec un tremblement dans la voix, Stephen lui raconta l'accident survenu au cours de l'après-midi à Hyde Park.

Effondré sur sa chaise, Will l'écouta, le cœur de plus en plus oppressé à mesure qu'il apprenait les effroyables nouvelles.

Un moment étourdi, après avoir raccroché, il se leva en titubant. Edward sortait de la bibliothèque pour le rejoindre dans le grand hall.

— Ta conversation téléphonique m'a paru si longue, Will, que je craignais quelque problème.

Il s'interrompit à la vue de son visage.

— Tu es pâle comme un linge ! reprit-il. Une contrariété ?

Edward saisit le bras de son ami. Il lut une profonde détresse dans son regard et sentit qu'il tremblait de tout son corps.

— Je t'en prie, dis-moi ce qui t'arrive !

Will hocha la tête.

— Allons parler ailleurs. Je tiens à être seul avec toi.

— Le petit salon fera l'affaire.

Edward escorta son ami à travers le hall, en s'interrogeant sur la raison d'un tel désarroi, et en espérant que cela n'avait rien à voir avec la mort de son père.

Dans le petit salon, Will prit un siège, puis fit signe à Edward de s'asseoir face à lui.

Après avoir obtempéré, Edward répéta :

— Je t'en prie, Will, dis-moi ce qui t'arrive !

Le jeune homme inspira profondément.

— Il s'agit de Vicky et de Lily. Elles ont été victimes d'un accident cet après-midi, et...

— Oh, mon Dieu ! Est-ce grave ? demanda Edward, penché vers Will, avec une terrible appréhension.

— Vicky a une jambe et une côte fracturées, et de très importantes contusions au visage. Quant à Lily, elle a l'épaule et deux côtes fracturées.

— Au moins, elles sont toutes deux vivantes ! s'exclama Edward, presque soulagé. Les fractures finissent, en principe, par se ressouder.

— Ned, Lily souffre d'une commotion cérébrale.

Will fit silence et reprit d'une voix presque inaudible :

— Je suis navré. Elle a perdu le bébé.

— Oh, non, non ! murmura Edward dans un souffle, les yeux fermés.

Au bout d'un moment, il les rouvrit et fixa Will d'un air hébété.

— Elle désirait tant cet enfant, et moi de même. Sincèrement !

Il fondit en larmes, son visage enfoui entre ses mains.

Will s'approcha et passa un bras autour des épaules de son ami.

— Je suis absolument navré.

Edward serra un moment sa main dans la sienne, puis redressa la tête en le transperçant du regard.

— Lily et Vicky vont s'en tirer, n'est-ce pas ? Tu ne me caches rien, j'espère.

— Non, pas vraiment, fit Will d'une voix brisée, mais... Lily est dans le coma.

Les yeux encore brillants de larmes, Edward se contenta de dévisager Will en silence.

— On peut sortir du coma, il me semble, murmura-t-il enfin. Elle va survivre, n'est-ce pas ?

— Stephen semblait très optimiste. Elles sont maintenant entre d'excellentes mains. Il les a fait transférer à la Masterson Private Clinic de Harley Street, où elles reçoivent les meilleurs soins médicaux.

— Je partirai pour Londres demain dès l'aube.

Il essuya son visage inondé de larmes à l'aide de son mouchoir.

— Je pars avec toi, annonça Will. Nous prendrons le train à York, aux aurores.

— La pauvre Vicky ! Elle n'est pas plus gravement atteinte que tu ne le dis, Will ?

— Non, elle souffre des blessures dont je t'ai parlé, c'est tout.

— De quel genre d'accident s'agissait-il ? Tu ne m'as donné aucun détail à ce sujet.

— Je sais, admit Will, mais je voulais te parler d'abord de leurs blessures, de l'état de Lily, et...

Il s'interrompit, incapable d'évoquer une fois de plus la perte du bébé ; Edward sembla comprendre à demi-mot.

— J'ai toujours pensé que nous aurions une fille, murmura-t-il. Je ne sais pas pourquoi, mais...

Sa phrase resta en suspens, et il murmura en observant Will de ses yeux rougis :

— Je te prie de me dire comment ça s'est passé !

— Vicky et Lily ont déjeuné aujourd'hui chez Fenella, sur Curzon Street. Après le repas, elles ont traversé Hyde Park : il faisait un temps splendide, et Lily ramenait Vicky à Kensington. Un grand étalon noir s'est brusquement emballé sur la principale avenue, et son cavalier n'a pas su le maîtriser. Il a piqué un galop vers les paisibles chevaux gris de Lily, qui se sont affolés. Ils ont foncé en avant pour éviter l'étalon déchaîné. Ils allaient si vite que le landau s'est renversé !

Will hocha la tête, et reprit, accablé :

— Ce genre de voiture a, d'après Stephen, un centre de gravité très élevé ; de sorte qu'elle est difficilement manœuvrable à grande vitesse, et qu'elle a tendance à pencher sur le côté et à basculer.

— C'est donc ce qui s'est produit, articula Edward, songeur. Mon Dieu, Lily et Vicky auraient pu mourir sur le coup !

— Je sais, admit Will. Par chance, la police est arrivée sur les lieux en quelques minutes, ainsi qu'une ambulance. Lily et Vicky ont été emmenées à l'hôpital de Hyde Park Corner. Un peu plus tard, Stephen les a fait transférer dans la clinique privée.

Edward inspira, puis souffla en hochant la tête avec véhémence.

— J'ai vu, ces derniers temps, des cavaliers vraiment irresponsables à Hyde Park. Surtout sur Rotten Row. La plupart ne montent pas très bien. En outre, Will, que penses-tu d'un cavalier qui ne parvient pas à contrôler sa monture ?

Will réfléchit en silence aux faits qu'il avait gardés secrets. Devait-il ou non révéler à Edward tout ce que lui avait dit Stephen ?

Comme s'il avait deviné sa pensée, son ami le questionna.

— Tu ne m'as rien caché, au moins ?

Will resta muet.

— Quoi d'autre ? insista Edward. Pas de cachotteries, je t'en prie ; c'est trop grave. Je veux tout savoir, en ce qui concerne Lily et son état.

— Il y a quelque chose en effet, murmura finalement Will. Il ne s'agit pas de Lily, mais de Vicky. Elle a une théorie au sujet de l'accident, Ned.

— Une théorie ?

— Elle ne croit pas à un hasard, mais plutôt à un acte délibéré.

— Délibéré ? Serait-ce possible ? Tu m'as dit que ce cheval s'est emballé...

Edward s'interrompit et reprit d'un air entendu :

— De bons cavaliers comme toi et moi savent comment s'y prendre pour qu'un cheval s'emballe. Surtout si on lui donne certaines médications qui engendrent une grande excitation !

— C'est exactement ce que m'a dit Stephen. Un bon cavalier, connaissant bien les chevaux, peut les manipuler s'il les a drogués auparavant.

— Vicky suggère-t-elle que Lily était visée ?

— Je le crains.

— Elle soupçonne le clan Grant ?

— C'est cela, Ned. Quand Stephen m'a exposé le point de vue de Vicky, je lui ai demandé pourquoi elle s'était mis cette idée en tête. Il m'a répondu que l'homme qui montait ce cheval lui avait déplu. Un homme aux cheveux et aux yeux sombres, avec un regard dur, et une longue cicatrice sur une joue, selon elle. Apparemment un étranger.

— Un homme de main ?

— C'est ce qu'elle suppose. Le cavalier l'aurait observée un moment, et Lily plus longuement. Elle a déclaré à Stephen que sa « malveillance indéfinissable » l'avait frappée.

Edward sentit son sang se glacer dans ses veines. Convaincu que Vicky avait vu juste, il riva son regard sur Will.

— Mais comment s'est-on douté que Lily allait traverser le parc en voiture ? Peux-tu répondre à cette question ?

— A mon avis, la réponse est relativement simple, vu que Lily devait être suivie en permanence, comme *toi*. Quand elle quitte Belsize Park Gardens, ce matin, on la repère immédiatement et on la prend en filature. Elle va sur Curzon Street, chez lady Fenella. Vicky, qui habite Kensington, arrive alors dans une voiture qu'elle renvoie. Après déjeuner, Lily s'en va et emmène Vicky dans son landau. Un détective privé un peu astucieux pouvait prévoir aisément tout cela. Il s'est douté que Lily ramènerait son amie chez elle, à Kensington, en passant par la principale avenue de Hyde Park. Le cavalier devait être tapi quelque part sur cet itinéraire pendant le déjeuner de ces dames, prêt à foncer dès qu'elles apparaîtraient. Si elles ne se montraient pas, ce n'était que partie remise !

— Donc, tout était programmé ?

— Oui. Les femmes sont si prévisibles. Laquelle ne souhaiterait pas traverser Hyde Park par une belle journée de printemps ? Et une vraie dame, ayant reçu une parfaite éducation, raccompagne toujours sa meilleure amie chez elle en voiture. Programmer un accident n'est pas bien difficile dans ces conditions !

Allongé sur son lit, après cette soirée dramatique, Edward ne parvenait pas à s'endormir. Il avait conscience que, tant que Lily serait en danger, le sommeil le fuirait.

Ce tragique accident avait chassé toutes les pensées de son esprit, hormis celles concernant Lily et l'enfant qu'elle portait.

Il se sentait bouleversé et ne savait que trop combien Lily serait affectée. Peu de temps avant, elle lui avait expliqué pourquoi elle désirait tant avoir ce bébé. « Je sais que tu ne resteras pas éternellement avec moi, Ned, lui avait-elle dit. Un jour ou l'autre tu me quitteras. C'est une des raisons pour lesquelles je désire cet enfant. Il me permettra de garder une partie de toi aussi longtemps que je vivrai ! » Il avait compris ce soir-là à quel point elle l'aimait, et il comprenait maintenant qu'il l'aimait lui aussi.

Son esprit anxieux vagabondait. Allait-elle émerger du coma ? Si oui, y avait-il un risque de séquelles ? Ses blessures corporelles lui laisseraient-elles des traces ? Il n'en finissait pas de ressasser ses inquiétudes.

D'autres angoisses s'infiltrèrent en lui quand il se mit à penser à l'état dans lequel se trouvait Vicky. Puis il réfléchit à ses soupçons au sujet de l'accident, en admettant qu'elle ait vu juste.

Edward se fiait à son jugement. Il l'avait toujours respectée et admirée. Comme son frère Will, elle avait la solidité du roc. Si elle soupçonnait un noir complot, il partageait son point de vue. Mais comment s'assurer que le clan Grant, de la compagnie Deravenel, était l'auteur de cette machination ?

Quand l'horloge du corridor frappa quatre coups, il rejeta ses couvertures et se leva, pour aller se raser et se baigner dans la salle de bains contiguë. Après avoir revêtu ses vêtements de voyage, il descendit. Il avait préparé ses bagages la veille au soir, et sa petite valise l'attendait dans le vestibule, à côté du grand hall. Les bagages de Will étaient posés près des siens.

Au bout du corridor, la cuisine, domaine privé de Mme Latham, était déserte à 4 h 30 du matin. Il tourna le robinet au-dessus de l'évier et se fit couler un verre d'eau froide, qu'il emporta dans le bureau de son père.

Il s'assit ensuite et prit une feuille de papier à lettres, afin d'écrire un mot à sa mère. Il la remerciait surtout de la sollicitude et de la tendresse qu'elle lui avait témoignées la veille. Cecily Deravenel était une grande dame, emplie de compassion. Quand il lui avait appris que Lily avait perdu son enfant au cours d'un accident, elle avait pleuré.

A la fin de sa lettre, il lui annonçait son intention de rester à Londres tant que Lily ne serait pas hors de danger. Alors, seulement, il envisageait de revenir à Ravenscar, auprès de sa famille, probablement en juillet ou en août.

Il venait de sceller l'enveloppe quand le téléphone, posé sur le bureau, se mit à sonner.

— Ravenscar, annonça-t-il en décrochant aussitôt ; Edward Deravenel au bout du fil.

— Oh, Ned, c'est toi. Ici, Stephen, je pensais que Jessup allait me répondre.

— Bonjour, Stephen. Veux-tu parler à Will, ou bien me cherchais-tu personnellement ?

Il y eut un temps d'hésitation, et un silence inquiétant plana. Edward Deravenel devina en un éclair ce que Stephen Forth allait lui annoncer.

— Désolé d'appeler à cette heure, marmonna ce dernier. Néanmoins, Will m'a dit que vous partiez pour Londres dès l'aube, je ne voulais pas te manquer. Ned, j'ai une terrible nouvelle à t'annoncer.

Stephen s'interrompit, la voix brisée.

— Au sujet de Lily ? fit Edward.

— Oui.

— Elle est morte, n'est-ce pas ?

— Je suis absolument désolé, Ned.

— Merci de m'avoir prévenu, articula Edward, avant de raccrocher sans un mot de plus.

Il se sentait brusquement étranger dans cette pièce qu'il avait toujours chérie. Aveuglé par ses larmes, il se releva et sortit précipitamment en renversant une petite table sur son passage. Il ne prit même pas la peine de la redresser.

Après avoir ouvert les portes-fenêtres, il descendit les marches, coupa à travers les jardins en espalier, et fonça à la vitesse de l'éclair jusqu'à l'ancien fort, sur le promontoire dominant la mer du Nord.

Lorsqu'il pénétra dans les ruines circulaires d'une ancienne tour de guet, la lumière changea et l'aube apparut soudain. Une pure lumière cristalline faisait briller l'horizon comme de l'argent et s'élevait dans les cieux.

— Lily ! Lily ! cria-t-il à gorge déployée, les yeux tournés vers le firmament.

Adossé au mur de pierre, il versa ensuite toutes les larmes de son corps, en pensant à Lily et à leur bébé.

Quand il sécha de ses paumes son visage trempé de larmes, un froid glacial l'envahit, comme si son cœur n'était plus qu'un bloc d'acier. Debout face à la mer, il maudit les Grant, ces « damnés bâtards » qui avaient tué son père, son frère, son oncle, son cousin, et maintenant la femme qu'il aimait et l'enfant qu'elle portait.

— Je jure devant Dieu que je ne trouverai pas le repos tant que je n'aurai pas anéanti les Grant du Lancashire, hurla-t-il dans le vent.

Puis il se retourna et marcha à grands pas jusqu'à la chapelle. Il comptait y prier pour Lily, et l'enfant qu'il ne connaîtrait jamais.

38

Londres

— Pas de problème, dit Vicky. Je suis parfaitement à l'aise.

— Je voudrais juste placer un autre oreiller derrière ton dos, répondit Fenella Fayne, joignant le geste à la parole. A l'époque où je m'étais fracturé une côte, je me sentais beaucoup mieux assise qu'allongée.

— Tu as raison. Je ne savais pas que tu étais une seconde Florence Nightingale[1]. Et merci pour les fleurs, elles sont ravissantes ! Tu me gâtes.

Fenella ébaucha un sourire en prenant un siège près du vaste sofa, dans le salon du rez-de-chaussée où se tenait habituellement son amie. Sa jambe étant plâtrée, à la suite d'une fracture du tibia, Vicky gravissait l'escalier avec peine.

Après avoir lissé le plaid aux couleurs vives qui recouvrait les jambes de Vicky, Fenella se laissa aller dans son fauteuil.

— Comment se porte Edward Deravenel ? L'as-tu revu ?

— Oui, il est venu prendre le thé hier avec Will. Malgré les apparences, il est très affecté. Il se maîtrise, mais je sais qu'il souffre. L'accident, la mort de Lily et la perte de leur enfant l'ont profondément bouleversé.

— Ça ne m'étonne pas, Vicky ; je le connais depuis des années et je l'ai toujours apprécié. Beaucoup de gens le considèrent comme un jeune homme superficiel et un coureur de jupons, mais ce n'est pas du tout l'image que j'ai de lui. Mon père aussi le juge extrêmement brillant. Bien plus énergique et ambitieux, à son avis, que ne l'était Richard, son propre père.

— Will partagerait certainement ton opinion, murmura Vicky.

Après quelques secondes de silence, elle reprit d'un air soucieux :

---

[1]. Infirmière britannique (1820-1910), fondatrice notamment d'un hôpital pour dames invalides.

— J'ai l'impression d'avoir contrarié Will. Selon lui, je n'aurais pas dû te confier mes soupçons à propos de l'accident, et tu n'aurais pas dû en parler à Mark Ledbetter.

Fenella se rembrunit.

— Pourquoi en aurais-tu fait mystère ? Nous sommes des amies intimes depuis si longtemps. J'ai informé Mark incidemment, parce qu'il est à Scotland Yard. Il me semble qu'il pourrait retrouver ce cavalier médiocre, mais peut-être pas si médiocre, après tout, s'il a provoqué cet accident à dessein. Tu souhaites que justice soit faite, n'est-ce pas, Vicky ?

— Il s'agit seulement de Scotland Yard. Will m'a dit qu'Edward ne veut pas que Scotland Yard se mêle de l'affaire Deravenel.

— Je regrette de t'avoir créé des problèmes, Vicky, mais je crains qu'il ne soit trop tard, marmonna Fenella. Mark a prévu de passer ce matin vers onze heures pour prendre le café avec nous. Il aimerait te poser quelques questions.

Vicky soupira en se mordant les lèvres.

— Eh bien, je lui répondrai, puisque je n'ai pas le choix. Mais j'espère que son enquête n'aura pas de suites, et c'est ce que souhaitent également Will et Edward.

Vicky eut à peine le temps de terminer sa phrase, on sonnait déjà à la porte d'entrée. Mme Dixon, la gouvernante, se hâta d'aller ouvrir.

— Si c'est Mark, il est un peu en avance, fit Vicky en jetant un coup d'œil à la pendule, sur le manteau de la cheminée de marbre blanc.

L'inspecteur en chef Mark Ledbetter entra au salon, et Fenella se leva pour l'accueillir.

— Toujours aussi ponctuel, mon cher, murmura-t-elle, tandis qu'il se baissait pour l'embrasser sur la joue.

Mark sourit.

— A peine quelques minutes d'avance !

Il se pencha et baisa la main de Vicky avec une galanterie désuète.

— Bonjour, Vicky. J'espère que vous vous sentez un peu moins incommodée.

— Oui, merci, Mark. Si vous alliez vous asseoir dans le fauteuil près de la cheminée ? Il est très confortable.

— Volontiers.

— Mme Dixon va nous servir un café, annonça Fenella, à moins que vous ne préfériez du thé, Mark.

— Un café me conviendrait. Je vous remercie.

Installé dans son fauteuil, il se tourna vers Vicky d'un air compatissant.

— Vous avez dû souffrir le martyre, lundi dernier. J'ai été navré d'apprendre le décès de Mme Overton. Quelle tragédie !

Les yeux de Vicky s'embuèrent de larmes, ce dont elle avait pris l'habitude ces derniers temps. Elle les chassa d'un battement de cils, et Fenella décida d'intervenir pour détendre l'atmosphère, dans la mesure du possible.

— Mark, je dois vous avouer que Vicky a le sentiment de s'être laissé entraîner par son imagination, en ce qui concerne... l'événement survenu à Hyde Park. N'allez pas croire qu'elle n'a pas les pieds sur terre ! C'est une personne tout à fait raisonnable, mais elle regrette que je vous aie alerté.

— Je me suis toujours fié à l'intuition féminine, Fenella, comme vous le savez sans doute maintenant. Quant à vous, Vicky, vous avez été témoin d'un événement exceptionnel, qui me laisse songeur. Cette affaire me paraît bizarre !

— Oui, pour le moins bizarre, répliqua Vicky. Tout s'est passé si vite. Je suis sûre qu'un tel accident ne s'était jamais produit auparavant, surtout à Hyde Park.

Mark hocha la tête et ajouta d'un ton désinvolte :

— Si vous me racontiez, Vicky, ce qui s'est passé, lundi matin, entre le moment où vous avez quitté votre domicile pour vous rendre chez Fenella, sur Curzon Street, et celui où le landau est entré dans Hyde Park ?

Vicky fit un compte rendu exact de ses activités au cours de cette journée ; Mark l'écouta attentivement.

— Pourriez-vous me décrire à nouveau ce cavalier ? lui demanda-t-il quand elle eut achevé son récit.

— Il avait des cheveux et des yeux sombres. Un regard dur, mauvais, presque cruel. J'ai senti une réelle malveillance de sa part, quand il nous a observées, Lily et moi. Enfin, il avait l'apparence d'un étranger.

— Pourquoi ? s'enquit Mark, avec une évidente curiosité.

— Je ne sais pas exactement, mais je suis persuadée qu'il n'était pas anglais.

Vicky laissa planer son regard au loin, en s'efforçant de rassembler ses souvenirs.

— Sa peau était un peu... *basanée*, si je puis dire. Et cette longue cicatrice, sur l'une de ses joues, lui donnait l'air d'un diable, ou d'un pirate. En tout cas, ce n'était pas le genre de cavalier que l'on s'attend à rencontrer, par un après-midi de printemps, à Hyde Park.

— Et ses vêtements ? insista Mark. Etait-il vêtu comme un gentleman allant monter à cheval ?

— Non.

Vicky prit le temps de réfléchir.

— J'ai le souvenir d'avoir été frappée par l'élégance typiquement britannique de Horace Bainbridge, l'homme qui connaît Stephen et qui est venu me parler après l'accident. Il portait une tenue d'équitation tout à fait classique, que j'ai sans doute comparée à la veste bordeaux, mal coupée, du maudit cavalier. Je revois cette veste à l'européenne, et ce pantalon qui n'avait rien d'une culotte de cheval ! Oui, Mark, c'était un pantalon de costume, assorti à sa veste, qu'il avait dû glisser dans ses bottes d'équitation.

D'une poche intérieure, Mark sortit un papier plié, qu'il tendit à Vicky, après s'être approché d'elle.

— S'agit-il de cet homme-là ?

Vicky déplia la feuille et retint son souffle en examinant le croquis.

— Mais oui, Mark, c'est lui. Comment se fait-il que...

A cet instant, Mme Dixon et Elsie, la femme de chambre, apparurent dans la pièce, chacune avec un plateau d'argent.

— Excusez-moi, madame, chuchota la gouvernante, en s'approchant d'un guéridon, sous la fenêtre.

Elle déposa son plateau chargé d'une cafetière, de tasses et de soucoupes, en laissant une place pour celui que portait Elsie.

Les deux femmes versèrent le café, offrirent la crème et le sucre, puis firent passer l'assiette de biscuits à la ronde. Dès qu'elles se furent retirées, Mark avala une gorgée de café et prit la parole.

— La nuit dernière, on a retrouvé un cadavre dans l'East End, près des docks de Limehouse. L'homme en question, atteint d'une balle à la tête, ne peut pas s'être donné la mort, vu l'impact de la balle. Quand on m'a signalé ce meurtre, en début de matinée, la description du cadavre m'a aussitôt rappelé les paroles de Fenella. Un croquis, tracé par l'un de mes hommes, m'a été remis, et je suis ensuite passé à la morgue pour voir le mort de mes propres yeux. Bien que toutes les étiquettes aient été coupées, il porte apparemment des vêtements d'origine européenne.

Mark pinça les lèvres avant d'ajouter :

— Comme vous l'avez probablement deviné, la veste et le pantalon sont taillés dans un tissu bordeaux. Et, même sans tenir compte des vêtements de cet individu, sa longue cicatrice sur une joue suffit à l'identifier comme le cavalier à l'origine de l'accident. En tout cas, à mon avis !

— Je n'en doute pas moi non plus, déclara fermement Vicky. C'est bien l'homme de Hyde Park !

Mark termina son café, se leva et alla poser sa tasse et sa soucoupe sur le plateau. Puis il se rapprocha de la cheminée et resta debout, pensif, le dos tourné au feu.

— Cet individu à l'apparence étrangère, dit-il enfin, n'était peut-être qu'un piètre cavalier, incapable de diriger sa monture, un cheval ombrageux. Pris de panique, il aurait provoqué involontairement un terrible accident et la tragédie qui a suivi. Qu'en dites-vous ?

Il fixa tour à tour Fenella et Vicky, et son regard s'attarda sur cette dernière.

— Oui, en effet.

— Mais qu'en savons-nous ? Supposons, par exemple, que tout ait été manigancé. Qui aurait souhaité s'en prendre à vous et à Lily Overton, Vicky ? Qui pouvait avoir des intentions hostiles à votre égard ?

Vicky, la gorge serrée, s'efforça de rester calme. Elle se souvint des paroles prononcées la veille au soir par Edward, et qu'elle avait gardées en mémoire, selon les instructions précises de Will.

Lentement, elle articula :

— Je pense que personne ne me voulait de mal. S'il y avait une cible, c'était Lily.

Elle s'interrompit, comme le lui avait recommandé Will. La question de Mark ne se fit guère attendre :

— Qui souhaiterait faire du mal à Lily ?

Edward avait prévu qu'il concentrerait dès lors son attention sur Lily ; elle était prête à lui répondre.

— Mon frère, Will Hasling, a constaté depuis longtemps qu'Edward Deravenel a un ou plusieurs ennemis qui veulent lui nuire. Il y a quelques mois, Edward lui-même a été attaqué une nuit, et sauvagement battu. On a dû le transporter à l'hôpital. D'après Will, un certain Laidlaw – l'inspecteur Laidlaw – s'est chargé de l'affaire. Le coupable n'a pas été retrouvé, et ni mon frère ni Edward ne savent de quels ennemis il s'agit. Cela demeure un mystère.

Mark parut soudain perplexe.

— Lily Overton aurait donc été prise pour cible à cause de sa relation avec Edward Deravenel. Est-ce bien ce que vous suggérez ?

— Exactement. A moins que je ne me sois laissé égarer par mon imagination, au sujet du cavalier et du cheval qui s'est emballé ! Un accident a pu se produire, comme nous en sommes convenus tout à l'heure.

— Je comprends vos réticences. Néanmoins, vous n'êtes sans doute pas victime de votre imagination ! Je vous rappelle que ce cavalier a été assassiné. S'il était à la solde de quelqu'un, cette personne s'est débarrassée de lui au plus vite. L'accident a eu lieu lundi ; il est mort la nuit dernière. Nous étions mercredi. Le seul véritable témoin d'un meurtre programmé, c'est-à-dire le meurtrier lui-même, a été éliminé avec une rapidité inouïe. Rien de plus commode, n'est-ce pas ?

Vicky se contenta de hocher la tête, car on l'avait priée de ne pas en dire plus.

— Et maintenant ? demanda Fenella à Mark. Que comptez-vous faire ?

— Nous allons tâcher de mettre un nom sur ce cadavre, et, évidemment, de trouver l'auteur du crime. Espérons que la chance nous sourira ! Toutefois, ces affaires-là sont souvent difficiles à élucider.

— Beaucoup de bruit pour rien, à mon avis, déclara énergiquement Vicky, en souhaitant de tout son cœur que Mark Ledbetter se désintéresse de cette question au plus vite.

Elle aurait été navrée de causer des tracas supplémentaires à Edward. Plutôt rester plongée dans le mystère que de laisser Mark enquêter sur un problème qui ne regardait nullement Scotland Yard !

39

Lily Overton était morte un lundi ; elle fut enterrée le vendredi après-midi de la même semaine.

Six hommes portaient son cercueil : Edward Deravenel, ses cousins Neville et Johnny Watkins, son meilleur ami Will Hasling, Stephen Forth – le mari de Vicky – et Amos Finnister.

Seuls quelques amis de Lily avaient été conviés officiellement au service funéraire et à l'inhumation à Hampstead ; Vicky et Fenella ne s'attendaient donc pas à un tel afflux de monde. L'église était bondée : tous les amis de Lily et ses nombreuses relations étaient venus lui présenter leurs derniers respects.

Murmures et chuchotements fusèrent lorsque le cercueil pénétra dans la nef, porté par six hommes d'une prestance et d'une distinction exceptionnelles.

En raison de ses béquilles, Vicky fit l'éloge de son amie devant les trois marches menant à l'autel, sous l'immense vitrail, légèrement en arrière du cercueil. Fenella, ainsi que Will Hasling, prirent ensuite la parole depuis la chaire.

Tous évoquèrent l'altruisme de Lily, sa nature aimante et son aide généreuse à des œuvres de bienfaisance, en particulier Haddon House.

A la demande d'Edward, Johnny lut le vingt-troisième psaume. Sa voix vacilla un instant à la lecture des premiers mots : « Le Seigneur est mon berger, je ne manquerai de rien... » Petit à petit, son timbre se fit plus assuré, et tout le monde écouta attentivement sa voix mélodieuse.

De sa place, Edward contemplait, au pied de l'autel, le cercueil couvert de lys blanc qu'il avait envoyés. Plongé dans un profond désespoir, pire que tout ce qu'il avait éprouvé jusque-là, il se demandait comment il parviendrait à survivre.

Au cours du service, tandis que le pasteur prononçait un bref sermon, que l'on chantait des hymnes et que l'on priait, il songea à la mort tragique de Lily, arrachée à la vie dans la fleur de l'âge. Son cœur se serra ensuite à la pensée de leur bébé qui n'avait jamais vu le jour. Privé de sa Lily bien-aimée, il était maintenant un homme seul.

Peu après, Will lui prit le bras pour le ramener vers le cercueil. En le hissant sur son épaule avec les cinq autres hommes, puis en sortant de l'église, il pensait à John Summers et aux Grant. Ils étaient responsables de la mort tragique de Lily, sans l'ombre d'un doute. Fort de cette certitude, comment la vengerait-il ?

Neville Watkins prit Amos Finnister à part.

— Mark Ledbetter vous a-t-il donné des informations ? Aurait-il trouvé quelque chose ?

— Le cavalier de Hyde Park était probablement français, chuchota Amos, après s'être approché. Je tiens cela de Paul Coleman, le policier qui travaille avec Mark.

Les deux hommes s'entretenaient dans un coin du salon de Vicky Forth, à Kensington. Toutes les personnes conviées aux obsèques de Lily étaient venues prendre des rafraîchissements, après l'inhumation, chez Vicky et son mari.

Amos jeta un regard furtif autour de lui et ajouta à mi-voix :

— Je préfère vous parler en privé, monsieur Watkins. Je vais demander à Vicky si nous pouvons nous retirer dans une autre pièce.

Il se fraya un chemin parmi les invités qui buvaient leur thé à petites gorgées, en grignotant des sandwiches et en évoquant le souvenir de Lily Overton.

— Mme Forth nous conseille d'aller dans la bibliothèque, annonça-t-il lorsqu'il réapparut, quelques secondes après.

Il escorta Neville à travers le vestibule, jusqu'à la bibliothèque donnant sur le jardin, et le rejoignit devant les portes-fenêtres.

— Finalement, murmura-t-il, le sergent Coleman n'avait pas grand-chose de plus à me dire, du moins selon lui. Je suis donc allé hier soir à Whitechapel pour enquêter personnellement. J'ai glané quelques informations ! L'un de mes indicateurs m'a appris qu'un Corse, qui avait travaillé naguère dans un cirque, sur le continent, cherchait un emploi, lui permettant si possible de travailler avec des chevaux. D'après mon informateur, cet homme avait une profonde cicatrice sur une joue, des cheveux sombres et des yeux noirs.

— Le cavalier de Hyde Park ?

— En tout cas, la description correspond parfaitement. Ce Corse était surnommé Nappo, une abréviation de Napoléon ; apparemment, personne ne connaissait son véritable nom. Mon pote l'a envoyé à l'ouest, du côté de Mayfair, et il aurait appris, par la suite, que Nappo s'était trouvé un emploi de cocher pour une famille française chic, ou plutôt pour une Française chic. Une vraie beauté, d'après ce qu'il a entendu dire.

Neville ébaucha un sourire, les yeux rivés sur Amos.

— Une dame française ? J'en connais une qui est une vraie beauté ; d'ailleurs, vous la connaissez aussi.

— Oui, elle se nomme Margot Grant.

— Cela nous donne du grain à moudre, n'est-ce pas ? Peut-être pourriez-vous vérifier que ce Nappo a travaillé pour les Grant ?

— Je me suis déjà mis à la tâche, monsieur Watkins.

— Très bien. Je me demande si l'épisode de Hyde Park avait pour but de venger la mort d'Aubrey Masters. Qu'en pensez-vous ?

— C'est fort probable.

— Vous m'avez dit, il y a quelques semaines, que j'étais suivi. Pourquoi Mme Overton ne l'aurait-elle pas été également ? Nous sommes l'un et l'autre très liés à Edward ; enfin, elle l'était. Et les Grant sont très fortunés ! Ils peuvent s'offrir une armée de détectives privés s'ils en ont envie.

A cet instant, la porte de la bibliothèque s'entrouvrit, et une petite tête aux boucles auburn apparut.

— Amos ! Amos ! s'écria l'enfant, en fonçant dans la pièce à la vue de son cher ami.

Amos se pencha et serra contre lui la fillette qui s'était jetée dans ses bras. Quand il leva les yeux, il remarqua l'air éberlué de Neville.

— C'est la petite fille que j'ai trouvée à Whitechapel, expliqua-t-il en se relevant. Elle se nomme Grace Rose et elle vit maintenant ici, chez les Forth.

— Bonjour, Grace Rose, fit gentiment Neville.

Grace Rose ébaucha une petite révérence maladroite.

— B'jour, m'sieur.

La porte se rouvrit brusquement et Edward entra.

— Vicky m'a dit que je vous trouverais ici.

Il s'interrompit en remarquant l'enfant près des portes-fenêtres. Elle tourna la tête et sourit de toutes ses dents à la vue d'Edward.

Des yeux couleur de bleuet se rivèrent sur des yeux du même bleu, et Edward cilla le premier, puis détourna son regard. Un vague souvenir lui revint. Un souvenir fugace, qui lui échappa aussitôt.

Il finit par s'avancer d'un pas. Quand il dit bonjour à la fillette, celle-ci lui sourit à nouveau, sans répondre.

— Voici l'enfant que j'ai trouvée, monsieur Edward, dit Amos. Elle se nomme Grace Rose.

— Mon Dieu, te voilà, Grace ! s'exclama Vicky en faisant irruption dans la bibliothèque, sur les talons d'Edward. Je te cherchais partout.

— Aucun problème, madame Forth, murmura Amos. Elle ne nous dérange pas.

— Vous êtes bien aimable !

Tout en parlant, Vicky entraînait Grace par la main.

— Je suis navrée de son intrusion, reprit-elle avec un sourire contrit, à l'intention de Neville et d'Edward.

Comme la porte se refermait, Edward s'adressa à son cousin.

— Je crois que le moment est venu d'agir contre les Grant, Neville. Il n'est plus question d'attendre, car nous sommes prêts à nous battre.

— Oui, nous sommes fin prêts, approuva Neville. Nous devons agir *maintenant*.

Margot Grant contemplait le jeune garçon dormant dans son lit étroit. Ses cils sombres contrastaient avec sa peau laiteuse, et sa main menue reposait sous sa joue. *Son Edouard bien-aimé.* Son fils, maintenant âgé de sept ans, était la personne qu'elle chérissait le plus au monde. Sa joie et sa fierté ! Un enfant intelligent, doué d'une vive imagination, d'une volonté farouche et d'une pugnacité étonnante.

Un être exceptionnel. Alors que Henry se tournait les pouces et passait son temps à dire des prières, Edouard abordait le monde avidement, comme s'il savait que tout lui appartiendrait un jour.

Il était l'héritier des Deravenel, et elle ferait en sorte que le pouvoir détenu par son père lui revienne.

— Margot...

Elle se retourna en entendant chuchoter son nom. John Summers, debout sur le seuil, la regardait avec convoitise. Il entra dans la chambre dès qu'elle lui fit signe.

Un bras passé autour de sa taille, il l'attira vers lui et murmura dans ses cheveux :

— Je vais bientôt repartir pour Londres.

Margot hocha la tête et reposa son regard sur l'enfant profondément endormi.

— Il n'y a rien de plus beau au monde !

— Oui, après toi, souffla John.

Une question brûlante le mettait depuis toujours au supplice. Ce garçon était-il son demi-frère ? Le fils de son père ? Il n'osait interroger Margot, et, même s'il prenait ce risque, elle ne lui dirait à aucun prix la vérité. On devait considérer le jeune Edouard comme le fils unique d'Henry Grant et l'héritier des Deravenel. L'avenir de la dynastie Grant reposait sur lui.

Margot se pencha pour effleurer la joue de l'enfant, puis se détourna, avant de quitter la chambre sur la pointe des pieds, en compagnie de John.

— Où est Henry ? demanda celui-ci, une fois dans le corridor. Je dois lui dire au revoir avant de partir.

— Il somnole dans sa chambre comme d'habitude.

Margot serra fiévreusement le bras de John.

— Viens un moment avec moi, *chéri*. Nous allons nous faire des adieux dignes de ce nom.

Elle l'entraîna dans son boudoir personnel et verrouilla la porte, avant de se jeter dans ses bras. Puis elle l'embrassa avec fougue, faisant glisser sa main le long de sa cuisse, tandis que ses sens bouillonnaient et que son cœur battait à se rompre.

John plaqua sa paume contre son pantalon.

— Tu vois l'effet que tu produis sur moi ?

Après l'avoir soulevée de terre, il déposa Margot sur le sofa.

Adossée aux coussins, elle lui sourit. Il vint aussitôt la rejoindre et souleva les plis de son ample robe d'été, tout en remontant sa main le long de sa jambe nue. Aucun sous-vêtement n'entrava son exploration. Quand il eut caressé Margot quelques minutes en la faisant gémir de plaisir, il se libéra à la hâte de son veston et de son pantalon, et la prit passionnément. Consumée de désir, elle réagit avec son ardeur habituelle ; et, quand ils atteignirent ensemble l'orgasme, elle se couvrit la bouche d'une main pour ne pas hurler de plaisir.

Peu après, elle descendit avec lui et ils partagèrent un verre de vin sur la terrasse surplombant les pelouses.

— Je t'adore, Margot, murmura-t-il, en faisant tinter son verre de cristal, et je regrette de te laisser à la campagne. Les affaires, comme toujours ! J'ai des questions à régler pour Deravenel.

— Je sais, *chéri*. Je te remercie du fond du cœur de t'occuper de la compagnie pour mon fils.

John posa son verre sur la table de jardin avant de faire face à Margot.

— Il y a du nouveau, ma chère. Je ne t'avais rien dit depuis quelques jours, de crainte d'assombrir la brève période que nous passions ensemble. Néanmoins, je tiens à t'annoncer maintenant que la maîtresse d'Edward Deravenel est morte, cette semaine, lors d'un terrible accident.

— Oh !

— Le bruit court, précisa John, qu'il ne s'agit pas d'un hasard, mais d'un accident programmé.

— Bizarre, fit Margot, le regard perdu dans le vague, et sans manifester un réel intérêt pour cette nouvelle.

Au bout d'un moment, comme elle s'abstenait de tout commentaire, John inspira profondément avant d'aller droit au but.

— Peux-tu me donner l'assurance, Margot, que nous n'avons rien à voir avec cette affaire, et que tu n'as pris aucune initiative ?

— Oh, non, *chéri* ! Pourquoi me soupçonnes-tu ?

— Parce que tu étais derrière l'attaque contre Edward Deravenel.

— Que représentait cette Lily Overton pour moi ? *Rien du tout...* L'idée qu'il s'agirait d'un complot est absurde. Comment pourrait-on obliger un cheval à s'emballer, à ton avis ? *Ce n'est pas possible.*

John resta un instant pantois : il n'avait pas dit un mot à Margot au sujet du cheval emballé. Penché en avant, il vida d'un trait son verre de vin.

Malgré son calme apparent, de funèbres pensées continuèrent à le hanter. Pourtant, il ne devait surtout pas se mettre martel en tête à propos de cet accident !

Quand il se redressa avec un sourire contrit, il tendit une main à Margot, pour l'aider à se relever en douceur.

— Je vais t'accompagner à l'écurie, jusqu'à ta voiture, annonça-t-elle en passant un bras sous le sien. Je suis contente que tu sois venu. Je m'ennuie tant à Ascot, et tu me manques !

Trop perturbé pour lui répondre, John se contenta de hocher la tête en silence.

40

Ravenscar

— Tu pourras te souvenir de *tout* ? demanda posément Neville Watkins à Edward, assis de l'autre côté de la petite table de bridge.

— Oh oui ! Mais, par prudence, je vais apprendre certains points par cœur.

Il tapota la pile de papiers posés entre eux, sur la table.

— J'ai déjà gravé dans ma mémoire quelques passages essentiels du journal de mon père. « Journal » est un bien grand mot. Ce sont des observations et des réflexions curieuses, mais utiles, au sujet des Deravenel.

— Et les statuts de la société ?

— J'en ai pris note, grâce à ma mère.

Neville se rencogna dans sa bergère à oreilles.

— Tu permets que je fume un cigare, Ned ?

— Je t'en prie !

Neville coupa l'extrémité de son cigare, finit par l'allumer après avoir gratté plusieurs allumettes, et en tira une bouffée. Il se sentit alors plus détendu dans son fauteuil.

Bien qu'il n'ait manifesté son anxiété en aucune manière, il commençait à s'inquiéter au sujet de son cousin. Depuis la mort de Lily, deux semaines plus tôt, il le trouvait renfermé, et même déprimé, ce qui n'était pas du tout son style. Un halo de tristesse flottait autour du jeune homme. Non seulement il avait l'air lugubre, mais il émanait de lui une sorte de lassitude, proche de la résignation.

En l'observant à la dérobée, Neville remarqua des cernes sombres, sous ses yeux mornes, et son visage amaigri. Il a des insomnies et il ressasse son chagrin, songea-t-il. Comment s'en étonner ? Il avait aimé Lily, après tout, et ses blessures mettraient un certain temps à cicatriser. Mais il était jeune et il reprendrait le dessus.

Quelque peu rasséréné à cette idée, Neville tourna ses pensées vers le conseil d'administration qui se tiendrait bientôt à Londres. Edward mettrait Henry Grant en accusation. Il fallait absolument qu'il ait gain de cause !

Edward, quant à lui, réfléchissait à une autre réunion, tenue la semaine précédente, dans le bureau du notaire de Lily, précisément.

Il comptait en toucher un mot à Neville, mais n'avait pas encore trouvé le moment opportun. Estimant que celui-ci était venu, il s'adressa à son cousin.

— Lily m'a tout légué, Neville.

— *Tout...* répéta Neville, abasourdi.

— Oui.

— Tu veux dire qu'elle a fait de toi son héritier ?

— C'est bien cela.

Le regard bleu de Neville s'assombrit.

— Et les membres de sa famille ? Si elle les a déshérités, ils vont riposter, à moins que son testament soit inattaquable.

— Il est inattaquable et, de toute façon, il n'y a pas de problème, Neville. Lily était la fille unique de parents fortunés. En fait, son frère est mort en bas âge d'une méningite. Seule, sans famille proche, elle n'avait que moi et Vicky, sa meilleure amie.

Neville tira une longue bouffée de son cigare.

— Je vois. J'ai cru comprendre que ses défunts maris l'avaient généreusement pourvue.

— En effet ! Et, comme elle ne manquait pas de bon sens, elle a fait d'excellents placements.

— Elle te lègue une grosse fortune ?

— Oui. J'hérite de sa maison sur Belsize Park Gardens, de celle qu'elle a récemment achetée dans le Kent, et d'une autre encore dont elle a fait l'acquisition il y a environ un mois, sur South Audley Street. Et puis...

— Seigneur ! s'exclama Neville, tu es maintenant un homme riche.

Edward pinça les lèvres en soupirant.

— Certes, mais que ne donnerais-je pour qu'elle soit toujours en vie, et avec nous dans cette pièce, plutôt qu'ensevelie à plusieurs pieds sous terre !

— Je comprends parfaitement tes sentiments.

— Elle a légué la plupart de ses bijoux à Vicky, et quelques-uns à Fenella, reprit Edward. Certains de ses meubles anciens sont destinés à Vicky, d'autres à moi, et le reste de son mobilier ira à

Haddon House. D'ailleurs, elle s'est montrée fort généreuse envers cette œuvre et plusieurs autres. Le reliquat de sa fortune me revient.

Bien calé dans son fauteuil, Neville scruta un moment Edward.

— Je suppose que le « reliquat » est très important.

— Oui, murmura Ned, sans le moindre commentaire.

Depuis son retour à Ravenscar, Edward ne parvenait plus à trouver le sommeil. Cette nuit-là, comme les précédentes, toutes sortes de préoccupations l'assaillaient.

La pleine lune nimbait sa chambre d'un reflet argenté. En se couchant, il avait ouvert la fenêtre, et, depuis une heure, la température avait fraîchi. Les nuits étaient glacées, même en été, sur la mer du Nord. Le froid devait être particulièrement âpre dehors pour qu'il fasse si frais dans la chambre. Le vent fouettait les rideaux, qui se gonflaient comme les voiles d'un bateau.

Il sauta de son lit et alla fermer la croisée, puis il s'approcha de la cheminée et jeta une bûche dans les braises rougeoyantes. Celles-ci s'enflammèrent en crépitant, et des gerbes d'étincelles s'élevèrent. La pièce ne tarderait pas à se réchauffer.

Après avoir enfilé sa robe de chambre de laine et serré sa ceinture, il trouva ses pantoufles, puis s'assit dans un fauteuil, qu'il traîna au coin du feu. En se penchant pour se réchauffer les mains, il se laissa entraîner par le tourbillon de ses pensées.

Un sourire flotta tout à coup sur ses lèvres, pour la première fois depuis la mort de sa maîtresse. Il revoyait l'expression impayable de Neville, au cours de l'après-midi. Manifestement, son cousin avait été stupéfié par sa révélation au sujet du testament de Lily.

Edward ferma les yeux, sa tête en appui sur le dossier de son siège. Lily avait été d'une générosité extraordinaire à son égard. Il croyait entendre la voix de son notaire, M. Jolliet, lisant le testament qu'elle avait rédigé depuis trois mois : « Si je n'ai pas d'enfant survivant, ni de mari, je lègue à mon ami, Edward Thomas Deravenel, tous les biens ci-dessous, à l'exception de... » M. Jolliet avait ensuite énuméré les legs et leurs destinataires.

Lily, Lily, se dit-il, le cœur serré, si tu savais comme tu me manques ! Si seulement je t'avais dit combien j'étais attaché à toi ! Je t'aimais Lily, de tout mon cœur.

Ses pensées suivirent leur cours et le replongèrent en lui-même.

Nous sommes toujours à la merci d'une catastrophe. La vie est dramatique et ne nous épargne guère. Elle abonde en surprises, parfois heureuses, le plus souvent funestes. « Ne sais-tu pas que la vie est tragique ? » me demandait ma mère. En tout cas, j'en ai maintenant conscience. Il en a toujours été ainsi, d'après mon cousin Johnny, et seule compte la manière dont on affronte les drames, et les chagrins d'amour, qui sont le comble du malheur. Il m'a déclaré l'autre jour que je ne dois pas me laisser abattre par la mort de Lily. Je dois garder mon objectif en tête : il entend par là les Deravenel. Il a raison, tout comme Neville.

Je suis content que les événements prennent bonne tournure. Content que le conseil d'administration ait accepté de m'entendre porter plainte contre Henry Grant. Je suis fin prêt pour la prochaine réunion. J'ai relu les notes de mon père, parcouru tous les papiers des Deravenel, et pris des notes personnelles que j'ai apprises par cœur quand cela m'a paru nécessaire.

Neville et moi avons rencontré Hugh Codrill, le célèbre homme de loi, qui a passé en revue tous les documents médicaux que s'est procurés Amos, les comptes rendus et les analyses. Il nous a recommandé un cabinet très réputé, dont les avocats – que nous avons rencontrés également – me conseilleront. Personne ne peut m'accompagner au conseil d'administration. Neville, Johnny et Will, n'appartenant pas à la compagnie, ne peuvent y assister. Mais je compte sur Alfredo Oliveri, Rob Aspen et Christopher Green ; ces trois membres du conseil sont de mon côté.

Oliveri m'a expliqué que, après m'avoir écouté exposer mes arguments, le conseil d'administration se retirera, et reviendra au bout de deux heures, pour me dire si ma cause est défendable. Si tel n'est pas le cas, il ne se passera rien. En revanche, s'ils prennent ma plainte au sérieux et estiment que ma cause est juste, les membres du conseil d'administration délibéreront plusieurs jours entre eux, afin de prendre une ultime décision. Ils me convoqueront à une deuxième réunion et ils rendront leur jugement. Cette procédure est immuable depuis des siècles. Oliveri et Aspen m'ont aidé à garder le moral. Ils sont énergiques, loyaux et raisonnables.

Ma cause est juste. Je ne dois pas perdre. Mon père et mon frère ont péri entre les mains des Grant, comme mon oncle Rick et mon cousin Thomas. Et comme Lily, et mon enfant qui n'a jamais vu le jour ! Ce n'est pas un désir de vengeance que je ressasse ; je demande simplement justice pour les morts. Ma cause est juste. Henry Grant a abandonné tous ses pouvoirs entre les mains de John Summers et de son épouse,

Margot Grant. D'autre part, il y a plus de soixante ans de cela, son grand-père fut un usurpateur.

Je suis le véritable héritier, et j'ai bien l'intention de gagner.

Un coup léger frappé à la porte arracha Edward à sa rêverie. Il se releva et traversa la pièce.

Dans le corridor ténébreux se tenait son plus jeune frère, tremblant de froid dans sa robe de chambre, le visage blême et le bleu ardoise de ses yeux assombri par l'angoisse.

— Mon Dieu, petit écureuil ! s'exclama Edward. Que fais-tu ici à cette heure ?

Tout en parlant il avait soulevé son frère de terre pour le déposer dans sa chambre.

— Je suis inquiet, murmura Richard à voix basse.

— Viens t'asseoir sur mes genoux et te réchauffer. Tu m'expliqueras ensuite pourquoi un enfant de ton âge s'inquiète. Après tout, tu as une mère et un grand frère qui veillent sur toi !

Richard se blottit contre le torse robuste d'Edward.

— Je ne m'inquiète pas pour moi, lui expliqua-t-il, mais pour toi. George m'a raconté que ton amie, cette dame qui était ton amie, est morte, et que tu as le cœur brisé. Ned, tu es désespéré ? George me l'a dit.

— Je me demande où ce monsieur-je-sais-tout se procure ses informations. Pas auprès de moi, en tout cas.

Edward serra son frère dans ses bras et releva la tête.

— Je vais m'en tirer, mon grand, murmura-t-il. Cesse de t'inquiéter à mon sujet, et n'écoute surtout pas George. Je t'assure que tout ira bien.

— Promis, Ned ?

— Je te donne ma parole, Richard.

— Tu peux compter sur moi quoi qu'il arrive, déclara Richard en contemplant son frère avec adoration. Tant que je vivrai, je te soutiendrai, surtout si tu te bats contre l'un des Deravenel.

Richard fronça les sourcils.

— A propos, tu te bats contre qui ?

— Contre Henry Grant et des hommes qui sont ses partisans, dans la compagnie Deravenel, ses associés. Mais il ne s'agit pas d'un affrontement physique, d'une empoignade comme dans un combat de boxe. Rien à voir avec ce genre de combat !

— C'est quoi, alors ?

Edward donna, avec le plus grand calme, des explications précises à son frère. Quand Richard hocha la tête pour lui signifier qu'il avait compris, il le fit glisser à terre, avant de se lever.

— Si nous allions faire une razzia dans la cuisine ? suggéra-t-il. Nous prendrons un petit casse-croûte nocturne, et tu pourras partager mon lit, si tu veux, petit écureuil.

En guise de réponse, Richard lui adressa un sourire rayonnant.

41

Ripon

Nan Watkins, ensommeillée, se tourna sur le côté et tendit la main vers Neville. Il n'était plus là. Elle ouvrit aussitôt les yeux. A la vue des draps et des couvertures rejetés, elle laissa planer son regard jusqu'aux fenêtres de la chambre.

Debout devant l'une d'elles, grand, droit et immobile, il semblait perdu dans ses pensées.

La pleine lune baignait la pièce d'une étonnante luminosité, qui rehaussait le moindre détail. Le profil de Neville semblait illuminé et, comme d'ordinaire, Nan fut frappée par sa beauté. Il était toute sa vie. Sans lui, elle aurait à peine eu la sensation d'exister. Bien qu'elle aimât tendrement ses filles, elle donnait la priorité à son mari. C'était ainsi.

Il avait eu d'autres femmes dans sa vie, avant de la connaître, mais plus une seule depuis leur mariage. Maintes fois, il lui en avait donné l'assurance, sans qu'elle en éprouve le besoin. Neville l'adorait, se montrait ardent dans leurs rapports amoureux, et lui consacrait presque tout son temps libre. D'ailleurs, elle connaissait sa nature.

Il n'avait rien d'un coureur de jupons ! Quand il s'attachait à une femme – certes, ses attachements avaient souvent varié –, il lui était fidèle. Contrairement à son cousin Edward, qui n'hésitait pas à cumuler les conquêtes, Neville était l'homme d'une seule femme à la fois.

Nan pinça les lèvres en se souvenant d'une conversation récente avec Neville. D'après lui, elle devait cesser de prendre Edward pour un incorrigible don Juan. Il avait été fidèle à Lily Overton, affirmait-il. Cette pauvre femme, morte si jeune (autour de la trentaine), dans des circonstances tragiques !

Jadis, Nan avait assisté à un accident avec un landau ; heureusement, il n'y avait pas eu de morts. Son père affirmait que ces voitures devenaient dangereuses si on les conduisait trop vite, et il se trompait rarement.

Après avoir étiré ses longues jambes, elle s'assit dans son lit, et sa tête fit un bruit léger contre le dosseret. En l'entendant, Neville pivota sur lui-même.

— Chérie, je t'ai réveillée ?
— Pas du tout.

Sentant naître son désir, elle lui tendit les bras ; il vint s'asseoir au bord du lit. Suspendue à son cou, elle chuchota tandis qu'il se penchait :

— Je te désire tant, Neville. Faisons l'amour ! C'est peut-être cette nuit que nous allons concevoir le fils dont tu meurs d'envie.
— C'est de *toi* que je meurs d'envie, mon cœur.

En quelques secondes, ils se retrouvèrent nus et enlacés.

Quand il eut dévoré de baisers le visage, les paupières et le cou de Nan, Neville orienta doucement sa tête vers ses seins, qu'il embrassa en les caressant d'une main. Il se laissa glisser le long du lit, et sa paume s'aventura sur son estomac parfaitement plat, et le long de sa cuisse, avant de s'immobiliser entre ses jambes.

Il accéda à son intimité profonde ; elle gémit et murmura :
— S'il te plaît, chéri ; je t'en prie...

Il la caressa alors de sa langue, jusqu'à ce qu'elle frémisse. Mû par un désir impérieux, il la serra contre lui, puis la pénétra en profondeur.

— Maintenant, Neville ! s'écria-t-elle. Je t'en supplie !

Comme elle s'agrippait à lui, pantelante, il se laissa aller totalement pour jouir en même temps.

Ils restèrent unis un long moment. Neville ne voulait pas se déprendre, et elle souhaitait le garder ainsi. Il laissa reposer sa tête contre son visage, et ils sombrèrent, après l'amour, dans une vague torpeur silencieuse.

— Tu m'as dit un jour que je suis maintenant la seule femme de ta vie, murmura Nan au bout d'un moment.

Neville frôla sa joue d'un sourire.

— Tu ne me fais plus confiance ?
— Mais si !

Nan tenta de s'asseoir ; Neville lui maintint la tête sur l'oreiller.

— Comment pourrais-je avoir une autre femme dans ma vie, Nan chérie, alors que j'ai la chance de t'avoir, *toi* ? Tes seins parfaits, tes longues jambes fuselées, ta silhouette svelte et gracieuse, ton ravissant visage, sans oublier ce lieu magique...

Il se détacha d'elle et glissa ses doigts dans son intimité, la plongeant à nouveau dans l'extase en un rien de temps.

— Tu m'as peut-être fait un enfant ce soir, mon chéri, souffla Nan peu après.

Allongé sur le côté, Neville partageait son oreiller.

— Je l'espère, mais ce n'est pas essentiel, à longue échéance. Je peux fort bien me passer d'un héritier.

— Tu penses à Richard, qui devient un fils de substitution pour toi, n'est-ce pas ? Il est si souvent ici en ta compagnie.

— Non, Nan, je ne le considère pas comme un fils, mais j'apprécie ce garçon.

— Et que dis-tu de George ?

— En vérité, sa personnalité me déconcerte. Il m'arrive de penser qu'il n'est pas vraiment digne de confiance.

— Mais il est si charmant.

— Il ne faut pas se fier aux apparences, ma chérie.

— Tu as de gros soucis, Neville ; j'en suis sûre. Je l'ai lu dans ton regard, pendant le dîner. Et, quand je t'ai vu en train de regarder par la fenêtre de notre chambre, je n'en ai plus douté.

En appui sur un coude, Neville secoua sa tête sombre.

— Je ne peux donc rien te cacher.

— Non, je te connais trop bien !

Nan vit les yeux turquoise de Neville, brillants d'amour, s'obscurcir brusquement.

— Quelque chose te contrarie, reprit-elle.

Neville soupira, tout en scrutant son visage. Il lui faisait rarement part de ses soucis professionnels, mais elle avait toujours su instinctivement quand le questionner.

— Je m'inquiète au sujet d'Edward et du conseil d'administration de Deravenel, qui se tiendra dans quelques jours, admit-il d'une voix grave. Il risque de ne pas se dérouler aussi bien que nous le supposions.

— Qu'en sais-tu ? s'alarma Nan.

— J'ai reçu, ce soir, un coup de fil d'Amos Finnister. Il espérait que deux de ses hommes parviendraient à convaincre trois membres du conseil d'administration, favorables aux Grant, de démissionner, mais...

— Pourquoi auraient-ils démissionné ?

— Parce que Amos Finnister possède, à leur sujet, des informations qui pourraient leur être fatales s'il les rendait publiques. Malheureusement, ils n'ont pas tout à fait réagi comme prévu.

— Et s'ils ne démissionnent pas ?

— Ils voteront contre Edward au conseil d'administration, et il risque de perdre ainsi l'opportunité de mettre les Grant en minorité.

— Que vas-tu faire ?

— Je dois trouver un moyen de les convaincre ; sinon, nous courons au désastre.

42

Londres

Vicky finit d'épingler ses cheveux au sommet de sa tête, disposa ses boucles en avant et ajouta les deux peignes en écaille de tortue sur sa nuque, afin de maintenir le tout. Puis elle jeta un rapide coup d'œil au miroir de sa coiffeuse, et décida qu'elle était présentable, pour la première fois depuis des semaines ; en fait, depuis l'accident de Hyde Park.

Brune aux yeux noisette et dotée d'un teint laiteux, Vicky Forth avait un charmant visage, d'une remarquable sérénité.

Après avoir lissé de sa paume le haut col en guipure de sa blouse couleur crème, aux manches gigot, elle fixa ses perles à ses oreilles, et prit appui sur la coiffeuse pour se relever. Sa jambe encore plâtrée était réellement encombrante, mais elle avait appris à se mouvoir dans la maison, et même à monter ou descendre l'escalier. Une agilité dont elle n'était pas peu fière.

D'après la pendule, posée sur la cheminée, il lui restait une heure avant que Frances et Amos ne ramènent Grace de Harrods, où ils étaient allés déjeuner et effectuer quelques achats. En principe, elle n'était pas dans le secret, mais elle s'amusait du fait que Grace et France aient pu convaincre Amos de participer à leur expédition. Cette sortie avait pour but – elle l'avait deviné – de lui offrir un menu présent pour son anniversaire tout proche.

Une fois sortie de sa chambre, elle s'engagea dans le corridor, pour rejoindre l'escalier. Agrippée à la rampe en acajou rutilant, elle gravit les marches avec précaution, non sans soulever de l'autre main sa longue jupe de gabardine, afin de ne pas trébucher.

A son entrée dans la chambre de la fillette, elle se surprit à sourire. Grace avait une nature ordonnée : chaque chose était rangée à sa place, et elle avait, bien sûr, posé la photo de sa mère sur la petite table de nuit. Cette enfant se sentait enfin en sécurité et savait que personne ne lui volerait son précieux trésor, avait-elle pensé en voyant apparaître la photo contre la lampe.

Elle la prit et l'emporta dans la salle de jeux, contiguë à la chambre, puis s'assit à la table circulaire. La veille, Stephen et elle étaient allés chez l'orfèvre dont ils étaient clients ; ils avaient trouvé un cadre d'une taille convenable et discrètement orné. Après l'avoir sorti de sa boîte, elle retira le fond en bois, recouvert de velours bleu, et tenta en vain de placer la photo. La partie recouverte de velours s'insérait mal, et elle ne parvint pas à la fixer avec les attaches latérales.

Elle sortit ses lunettes de la poche de sa jupe, puis les mit pour examiner la photo. Son épaisseur la frappa, ainsi que le support qui l'entourait. Ce support décoloré était taché par endroits : sans aucun doute des taches d'eau, car il avait dû être endommagé quand Grace se déplaçait avec un sac de toile. Tout à coup, Vicky y remarqua de légères traces, certainement laissées par un cadre.

Elle scruta le visage de cette femme, qu'elle avait toujours considérée comme la maman de Grace. Vraiment une très jolie personne ! En retournant la photo, elle remarqua que le papier brun du support se détachait sur les bords et dans les coins. Décidée à changer ce papier, elle tira sur un bord, sans parvenir à le dégager comme elle l'aurait souhaité. Elle risquait d'endommager la photo ! Grace piquerait, à juste titre, une crise d'hystérie s'il arrivait quoi que ce soit à cet unique souvenir de sa mère.

Vicky se leva donc, traversa la salle de jeux, descendit tant bien que mal dans sa chambre, trouva une lime et des ciseaux dans sa trousse à ongles, et remonta avec précaution l'escalier.

Au moment où le support cédait, elle aperçut une grande feuille de papier, pliée derrière la photo ; il lui sembla évident que ce papier avait été glissé là par la mère de Grace, et non par le photographe, comme elle l'avait supposé initialement.

Elle se contenta d'abord de l'observer avec inquiétude, sans y toucher. Qu'allait-elle découvrir quand elle lirait ce qui était probablement écrit dessus ?

Honteuse de sa lâcheté, elle finit par déplier la grande feuille. Il ne s'agissait pas d'une lettre, contrairement à ce qu'elle avait pensé, mais d'un acte de naissance. A l'intérieur, elle aperçut un autre papier plié. Elle posa le tout sur la table et s'empressa de parcourir l'acte de naissance.

Un nom de femme, qu'elle ne reconnut pas, y était indiqué, mais l'emplacement réservé au nom du père était vide. Grace était une enfant illégitime, conclut Vicky. Ses yeux se portèrent en haut de la feuille, où elle lut *County of Yorkshire*, puis *Whitby*, un nom de ville. Elle disposait donc maintenant de deux précisions au sujet de Grace : le nom de sa mère et son lieu de naissance.

Afin d'en savoir plus, elle ouvrit le papier plié : une mèche de cheveux roux glissa sur la table. Machinalement, elle la posa sur l'acte de naissance, tout en parcourant le papier.

— Oh, mon Dieu ! Mon Dieu ! s'écria-t-elle.

Elle chassa ses larmes en clignant des yeux et relut les quelques lignes. Puis elle remit la mèche de cheveux dans le papier plié, et celui-ci dans l'acte de naissance. Ses deux mains tremblaient. Elle les enfouit dans les poches de sa jupe, et, affalée sur son siège, elle resta un moment incapable de mettre de l'ordre sans ses idées, éberluée.

La pendule sonnant la demi-heure l'arracha à sa rêverie. Elle se redressa, et un coup d'œil à celle-ci lui permit de comprendre qu'il était grand temps de placer un nouveau support derrière la photo et de la réinsérer dans son cadre d'argent, avant le retour d'Amos, de Frances et de Grace.

Elle se leva et alla sonner Elsie, la femme de chambre, qui se présenta quelques secondes après.

— Vous avez besoin de quelque chose, m'dame ?

— Elsie, apportez-moi, je vous prie, un rouleau de papier d'emballage et un pot de colle. Je voudrais arranger cette photo avant de la placer dans son nouveau cadre.

— Tout de suite, m'dame !

Vicky contempla la photo de la maman de Grace, en se demandant si elle allait garder la bordure de papier couleur crème qui l'entourait. Après avoir décidé de la retirer, elle vit apparaître, écrits à la main, le nom du photographe, et, dessous, le nom de la ville : *Whitby*. Pour l'instant, personne ne devait savoir quoi que ce soit au sujet des origines de Grace ; elle remit donc la bordure de papier en place, bien qu'elle ne fût pas très nette.

Quand Elsie revint avec le matériel nécessaire, Vicky coupa un morceau de papier d'emballage, qu'elle colla au dos de la photo, avant de la placer dans son cadre.

Elle n'eut aucun mal à insérer le fond en bois, recouvert de velours bleu. Satisfaite de son bricolage, elle posa l'objet sur la table, en imaginant le bonheur de Grace quand elle découvrirait la photo de sa mère dans ce beau cadre d'argent.

43

— Pour un flic, vous êtes pas un mauvais bougre, grommela Albert Draper, en dévisageant Amos Finnister. Mais vous avez du toupet de m'interroger encore au sujet de Nappo ! J'vous ai déjà dit tout ce que je sais.

Amos transperça Albert du regard.

— D'abord, je ne suis plus flic, je suis détective privé. Tu le sais parfaitement, donc...

— Flic un jour, flic toujours !

— Tu as sans doute marqué un point, Bertie, mais j'ai besoin de ton aide. Je dois absolument savoir pour qui ce Nappo a travaillé dans le West End, et j'y mettrai le prix.

— Combien ?

— Un billet de cinq livres, sans hésiter.

— Bon Dieu, cinq livres ! Ça doit être un crime horriblement sanglant. J'vous aurais demandé seulement dix shillings, mais j'ai changé d'avis.

— Pourquoi donc, Bertie ? Je suis prêt à te payer quand tu voudras.

— J'ai changé d'avis, parce que j'suis pas un mouchard. J'supporte pas ces gens-là, Amos. C'est pas une manière de gagner sa vie !

— Peut-être bien. Je sais que tu es un homme fier ; mais tu as des renseignements sur Nappo, alors donne-les-moi.

Amos plongea une main dans sa poche et en sortit quelques pièces de monnaie, qu'il posa sur le comptoir.

— Deux autres pintes de bière, fit-il.

— Tout de suite, répondit l'homme au comptoir du Mucky Duck.

Tourné vers Albert, Amos reprit à mi-voix :

— Nappo s'est fait descendre il y a quelques semaines. Tu te doutes qu'il ne s'agit pas d'un suicide ! Scotland Yard n'a rien trouvé, et j'ai simplement besoin de savoir pour qui il travaillait dans le West End.

Albert se mordit les lèvres et hocha la tête d'un air perplexe.

— Nappo a provoqué un terrible accident à Hyde Park ! insista Amos. Une femme honorable a péri, une autre femme merveilleuse a été blessée. Toutes deux s'occupaient de Haddon House. Ta sœur Gladys a bénéficié d'une aide importante de leur part, à l'époque où son vaurien de mari la battait, n'est-ce pas ?

— Pour sûr qu'il la battait jusqu'au sang ! Si jamais j'mets la main sur ce salaud, j'lui ferai sa fête, marmonna Bertie. Vous me disiez, Amos, que ces belles dames ont aidé lady Fenella ? Une vraie sainte...

— Oui, c'est ça.

Finalement résolu à parler, Bertie se rapprocha d'Amos.

— Voilà c'que j'ai entendu dire. C'est une Française qui employait Nappo comme cocher, d'après c'que raconte mon pote qui connaissait Nappo. *Margot*, qu'elle s'appelait. J'ai oublié son nom de famille.

— Margot Grant ? compléta Amos, avec une évidente excitation.

Bertie grimaça un sourire.

— Oui, c'est bien ça ! Elle avait promis de le payer une fortune, et elle lui plaisait pas mal. Il s'est drôlement monté la tête, Nappo.

— Comme tu dis ! Mais es-tu certain du nom ?

— Oui. Et laissez-moi réfléchir une minute. Grosvenor Street... Non, plutôt Upper Grosvenor Street... C'est là que Nappo travaillait et qu'il rêvait de s'envoyer la Française !

Amos, soulagé, fut à deux doigts de pousser des cris de joie, mais il se contenta de questionner Bertie.

— Ton pote connaissait-il le vrai prénom de Nappo ?

Bertie pouffa de rire.

— Vous savez, Nappo s'appelait pour de bon Napoléon. Son nom de baptême était Napoléon.

— Et son nom de famille ?

— En tout cas, c'était pas Bonaparte ! ricana Bertie, en pouffant de plus belle.

Amos ne put se retenir de rire, malgré les graves problèmes qu'il avait à résoudre. Il avait toujours apprécié l'humour cockney d'Albert Draper.

— Allons, mon gars, fit-il, un petit effort !

— Dupon, sans *t*, ou avec un *t* ou un *d*...

— Merci, Albert.

Amos sortit une enveloppe de sa poche.

— Tes cinq livres sont dedans. Et merci de ton aide !

Après avoir empoché l'enveloppe, Albert jeta un regard inquisiteur à Amos.

— Ils ont eu sa peau, ces salauds du West End, hein ?

— Oui, à mon avis.

— Vous pensez que Nappo a couché avec elle, et que c'est pour ça qu'ils l'ont buté ?

— Je pense qu'il n'a rien fait du tout ! On l'a tué parce qu'il en savait trop.

— Bon Dieu !

— Encore merci, Bertie, ton aide m'a été précieuse.

— Vous êtes un brave type, Amos.

Le détective éclusa la moitié de sa bière et reposa son verre sur le comptoir.

— Il faut que j'y aille, murmura-t-il.

Une fois dans la rue, Amos tira sa montre de son gousset. Il serait bientôt dix-neuf heures, et il avait rendez-vous avec les deux acteurs au Mandarin Garden à la demie. Le temps pressait.

Comme il marchait à grands pas le long des quais, il renifla, en grimaçant, la puanteur de la Tamise par cette douce soirée de juin. Le plus beau fleuve du monde à ses yeux était aussi le plus sale et dégageait une odeur fétide par temps chaud.

Tout en déambulant, il réfléchit à l'information que lui avait communiquée Albert Draper, un homme qu'il connaissait depuis l'époque où il patrouillait à Whitechapel, des années auparavant, et qui lui inspirait une confiance absolue. Grâce à lui, il pouvait maintenant indiquer un nom à Neville Watkins et, surtout, il avait la certitude que Margot Grant avait été l'employeur de Nappo. Elle, et probablement Henry Grant, avait donc un rapport avec le crime de Hyde Park.

Il avait fait du bon travail pour Neville Watkins, bien qu'il ait essuyé un échec cuisant sur un autre point. En effet, les deux comédiens n'étaient pas parvenus à persuader Beaufield, Dever et Cliff de démissionner.

Charlie l'avait assuré qu'il s'agissait de bons acteurs, jouant souvent des rôles d'aristocrates au théâtre. Ils auraient dû être « à la hauteur », selon l'expression employée par Charlie, juste avant de s'embarquer pour New York, vers le Nouveau Monde, et une nouvelle vie.

Amos arriva au restaurant chinois en un temps record. Tandis qu'on le menait à sa table favorite, dans un coin isolé, il commanda un thé au jasmin au garçon. Il s'assit, assoiffé et légèrement hors d'haleine, mais soulagé d'arriver le premier.

Il n'eut pas à attendre longtemps : dix minutes plus tard, les deux comédiens apparaissaient et s'installaient face à lui. Justin St Marr (alias Alfie Rains) et son camarade Harry Lansford (alias Jimmy Smithers). Deux beaux gosses cockneys, amis de Charlie et acteurs de talent. Charmants en apparence, se dit Amos en les observant, mais leur mission avait tourné à l'échec ; il désirait comprendre pourquoi.

— Bonsoir, messieurs, lança-t-il d'un air jovial.

Comme s'ils jouaient encore leur rôle d'hommes du monde, ils répondirent à l'unisson :

— Bonsoir, monsieur Finnister.

— Que souhaitez-vous boire ?

— Comme vous, un thé au jasmin, je suppose, dit Justin, toujours aussi distingué.

— Pour moi aussi, fit Harry.

Après avoir passé la commande, Amos, penché au-dessus de la table, chuchota :

— J'ai un gros problème à résoudre, messieurs, et je compte sur votre aide.

Ils hochèrent la tête avec un air de bonne volonté.

Le garçon déposa théières et tasses à thé et s'éloigna aussitôt. Amos se pencha à nouveau vers eux et reprit à mi-voix :

— Pourriez-vous me redire ce qui s'est passé quand vous avez, si j'ose dire, sorti le lapin du chapeau, et annoncé à ces individus que vous alliez dévoiler à tout le monde leurs honteux secrets ?

— Ils ont ricané, répondit Justin. Ils ne semblaient absolument pas inquiets ; n'est-ce pas, Harry ?

— C'est exact, monsieur Finnister. Ils se sont comportés comme si c'était le dernier de leurs soucis !

— Réfléchissez bien ! N'ont-ils rien dit au sujet du conseil d'administration, de leurs supérieurs hiérarchiques et des conséquences éventuelles ?

— Non, déclara Justin en hochant sa tête blonde.

Harry sembla soudain se souvenir de quelque chose. Les sourcils froncés, il laissa errer son regard dans la salle, au-dessus de la tête d'Amos.

— Eh bien... Jack Beaufield a dit quelque chose qui m'a paru assez bizarre, un peu hors du sujet.

— Qu'a dit Beaufield ? s'impatienta Amos.

— Il a dit qu'il n'y aurait plus d'étés en France s'ils étaient chassés du conseil d'administration, et tous les trois semblaient trouver cela très drôle. Pour ma part, je n'ai rien compris !

Eh bien, moi, je comprends, songea Amos, le cœur battant. Ils sont au courant d'un secret explosif au sujet de Summers et Margot. Une liaison ? Ils croient le tenir par là ; c'est ce que nous allons voir.

— Vous paraissez enchanté, monsieur Finnister, fit Harry, intrigué. Sauriez-vous par hasard de quoi parlait Beaufield ?

— Je ne suis pas sûr, mais je pense que mon patron saura, et il en tirera les conséquences qui s'imposent. Maintenant, messieurs, je vous invite à dîner. Choisissez tout ce qui vous plaira.

Amos fit signe au garçon d'approcher. Brusquement euphorique, il se disait qu'il n'avait peut-être pas échoué, après tout.

44

Ce mardi 21 juin de l'année 1904 serait peut-être une journée faste. En tout cas, sa destinée serait scellée le jour même ; Edward Deravenel en avait la certitude absolue.

Debout à la fenêtre de son bureau de la compagnie Deravenel, il observait le Strand, en pensant à l'épreuve imminente.

Le moment approchait où, dans la salle du conseil d'administration, il ferait face à dix-sept hommes... qui soutiendraient sa cause, ou au contraire le mettraient en déroute.

Selon Neville Watkins, son cousin et son mentor, il devrait les convaincre qu'il se battait pour une juste cause.

« Tu es un vrai séducteur, Ned, lui avait déclaré Neville ce matin-là, au cours de leur petit déjeuner dans la maison de Charles Street. Tu peux séduire non seulement les femmes, mais tout le monde si tu le désires. Aujourd'hui, charme-les, captive-les, et débrouille-toi pour qu'ils souhaitent ta victoire, et non celle de Henry Grant. Mais souviens-toi que tu dois garder le cœur froid et te montrer impitoyable.

— Je sais, avait-il répondu à son cousin, et ta devise est gravée dans mon cœur : *ne jamais manifester la moindre faiblesse.* »

Neville avait acquiescé en souriant et ajouté en lui tapotant le dos :

« Sois imperturbable, et ne laisse apparaître aucune émotion ! Si tu tiens compte de mes conseils, tu réussiras. »

La veille au soir, ils avaient eu une longue entrevue avec Amos après le dîner. Le détective privé leur avait relaté ses deux derniers rendez-vous.

L'un avec son « contact » de Whitechapel, qui lui avait donné des informations au sujet du Corse à l'origine de l'accident de Hyde Park. Selon Amos, Margot Grant employait cet homme en tant que cocher : elle était donc personnellement impliquée dans cet accident, qui n'en était pas un. La collision était

« préméditée », affirmait-il, et le Corse avait fait en sorte de tuer Mme Overton.

Le détective privé leur avait ensuite parlé des comédiens, Justin St Marr et Harry Lansford, qui s'étaient introduits dans le milieu fermé où évoluaient Beaufield, Cliff et Dever.

Les deux compères s'étaient adressés individuellement à chacun : Beaufield d'abord, puis Dever, et enfin James Cliff. Ils leur avaient annoncé qu'ils divulgueraient de dangereux secrets les concernant, si ces messieurs ne présentaient pas leur démission.

Au début, ils croyaient les avoir convaincus de se retirer pour éviter un terrible scandale.

« Et, coup de théâtre, Beaufield, Dever et Cliff ont envoyé promener Justin et Harry ! avait ajouté Amos. Tous deux ont été quelque peu désarçonnés. Et plus encore quand ces trois messieurs, rencontrés par hasard au White's, leur ont ri au nez. Beaufield aurait alors marmonné quelque chose comme "plus d'étés en France", au cas où ils seraient chassés du conseil d'administration.

— Il faisait allusion à John Summers et Margot Grant, avait remarqué Neville. Comme vous l'avez supposé, ils doivent se rencontrer clandestinement et entretenir une liaison adultère. »

Amos avait confirmé qu'il savait cela de source sûre. Le matin même, le maître d'hôtel des Grant, sur Upper Grosvenor Street, s'était fait une joie de manger le morceau, car on venait de le licencier.

Edward s'était alors mêlé à la discussion, et il avait interrogé Amos :

« Pensez-vous que Beaufied, Dever et Cliff se sont concertés avant d'opter pour cette attitude cynique ?

— Certainement, monsieur Edward, avait conclu le détective. Au début, je craignais qu'ils n'aient repéré mes deux comédiens et flairé l'imposture, mais j'ai changé d'avis. Nous pensons que ces messieurs sont de mèche, et ont profité de la fraude fiscale indienne. A mon avis, ils n'ont pas de secrets entre eux, et on peut les mettre tous dans le même sac ! »

Neville s'était tourné vers lui en riant.

« Mais les autres membres du conseil d'administration n'en savent rien, et tu vas leur donner, mon cher Ned, tous les détails les plus scabreux, sans te gêner. »

La veille, en arrivant chez lui, Edward avait pris d'innombrables notes, et tout gravé dans sa mémoire. Il se sentait d'ailleurs dans la peau d'un acteur. En entrant dans la salle du conseil d'administration, il devrait jouer son rôle comme une vedette montant sur scène. Il lui appartiendrait de convaincre, de charmer et, en un mot, de *conquérir* son public.

— Ils t'attendent, dit Alfredo Oliveri, debout sur le seuil.

Edward, surpris, pivota sur lui-même, et ébaucha un sourire à l'intention de son collègue et ami. En traversant la pièce, il remarqua la pâleur d'Oliveri, qui accentuait ses taches de rousseur. Ce dernier était manifestement anxieux.

— Ne t'inquiète pas, fit Edward, une main sur son épaule. Je me sens bien, et je t'assure que ça va marcher. Si tu me disais qui est là ?

— Tout le monde, sauf Henry Grant, bien sûr. Il ne s'est pas montré.

— Je m'en doutais. Il ne pouvait pas assister à ce conseil d'administration : d'après ce que j'ai entendu dire, il est pitoyable ces derniers temps. Dix-sept membres sont présents ?

— Exactement.

— Je suis ravi que tu appartiennes automatiquement à ce conseil depuis que tu as été promu au poste d'Aubrey Masters. Qui siège à sa place ?

— Un nouveau membre, dénommé Peter Lister. Il a été élu, évidemment, mais recommandé, au départ, par Martin Rollins. A propos, Rollins est neutre. Un gentil garçon, très respectable et doué d'un jugement sûr. Il appartient au conseil d'administration depuis une éternité, et il le guide en quelque sorte... officieusement. Il appréciait ton père. Je pense qu'il sera équitable, et peut-être même bienveillant ; mais il se fera peut-être aussi l'avocat du diable.

— Bon à savoir ! Qui sont les autres directeurs extérieurs ? Rafraîchis-moi la mémoire, je t'en prie.

— Il y a Victor Sheen, neutre, à mon avis. Matthew Reynolds et Paul Loomis me paraissent un peu falots. Ils ne pèsent pas très lourd.

— Eh bien, allons-y !

Après avoir pris une pile de dossiers sur le bureau, Edward se dirigea vers la porte.

Alfredo tendit un bras pour le retenir.

— Tout se passera exactement comme je te l'ai expliqué, murmura-t-il. La procédure est très simple. Martin Rollins te priera d'exposer tes doléances, ce que tu feras. Les membres du conseil d'administration te questionneront et te demanderont peut-être si tu peux fournir des preuves pour étayer tes arguments. N'oublie surtout pas que nous sommes là – Rob Aspen, Christopher Green, Frank Lane et moi – pour te soutenir. Si tu as besoin de notre aide, il suffit de nous regarder ou de prononcer notre nom. Nous interviendrons à bon escient, tu peux compter sur nous !

— Je me souviendrai de ce que tu m'as dit, acquiesça Edward. Merci de m'offrir ton appui aujourd'hui.

Perdus dans leurs pensées, ils longèrent côte à côte, sans un mot, le corridor menant à la salle du conseil.

Fou d'inquiétude, Alfredo priait le ciel qu'Edward sache se maîtriser et ne pique pas une colère, comme cela lui arrivait parfois. Pour sa part, ce dernier se sentait parfaitement calme et prêt à tout pour l'emporter.

Quand il entra dans la salle de conseil, un moment plus tard, les conversations cessèrent. Il promena son regard autour de lui et aperçut un seul siège vacant, à l'extrémité de la table.

— Bonjour, messieurs, déclara-t-il, après avoir marché jusque-là. Je signale à ceux d'entre vous qui ne me connaissent pas que je suis Edward Deravenel.

Il y eut quelques « bonjours » marmonnés, puis Martin Rollins l'invita à s'asseoir :

— Prenez le siège devant vous, lui dit-il ; il vous est réservé.

— Merci, mais je préfère rester debout.

Tout en parlant, Edward avait posé ses dossiers sur la table de conférence en acajou.

— La séance est ouverte, annonça Rollins. Monsieur Deravenel, nous croyons savoir que vous avez des griefs à exprimer, et que vous souhaitez déposer plainte contre une certaine personne.

— C'est bien cela. Je souhaite déposer plainte contre Henry Grant, le président de Deravenel.

Edward ne se contenterait pas d'une simple plainte, mais il ne tenait pas à préciser ses intentions pour l'instant.

— M. Grant n'a pas été en mesure d'assister à ce conseil d'administration pour des raisons de santé. Nous pouvons néanmoins nous réunir, car tous ses membres sont présents, à l'exception de ce dernier.

— Henry Grant est le président de cette compagnie, mais ce n'est pas lui qui la dirige effectivement, lança Edward d'une voix glaciale. J'estime donc qu'il doit être exclu dès aujourd'hui.

L'homme qui dirige Deravenel est John Summers, alors que rien ne l'y autorise. Les statuts de cette ancienne compagnie stipulent en effet que seul un Deravenel peut être à sa tête.

Un brouhaha d'apartés, d'exclamations et de grommellements s'éleva.

— Messieurs, silence, je vous prie ! s'exclama Martin Rollins.

Son regard se fixa sur Edward, à l'extrémité de la table.

— J'ai vaguement entendu parler de ce principe, mais personne ne l'avait invoqué jusqu'à maintenant. M. Summers est en poste depuis de nombreuses années.

Rollins fronçait les sourcils et semblait préoccupé.

— M. Summers était censé assister Henry Grant, précisa Edward. Mais Henry Grant a toujours été un « patron absentéiste », selon l'expression de mon père, Richard Deravenel, à son sujet. Et pourquoi est-il un patron absentéiste ?

Edward fit théâtralement silence, et laissa errer son regard sur chacun des hommes assis de chaque côté de la table. Tout le monde se taisait. Certains membres du conseil d'administration croisèrent son regard, d'autres l'évitèrent.

— Je vais vous dire pourquoi Henry Grant n'est jamais là, et pourquoi il a délégué ses fonctions à John Summers, reprit Edward avec un timbre d'acier. Il a séjourné dans divers établissements psychiatriques au cours de ces dernières années. M. Grant souffre de démence. Il n'est pas seulement un homme très pieux et confit en dévotion, comme certains d'entre vous l'imaginent. Il est mentalement perturbé, et donc incapable de diriger cette compagnie ou quelque autre !

Dans un profond silence, tout le monde avait les yeux rivés sur Edward. Certains membres du conseil paraissaient surpris, d'autres satisfaits, et d'autres encore effarés à l'idée de ce qu'ils allaient entendre.

— Vous portez là une grave accusation, monsieur Deravenel ! s'exclama d'une voix claire et froide Martin Rollins, manifestement troublé. Une accusation ignoble si elle n'est pas fondée ; et je doute qu'elle le soit.

— Elle est fondée ! riposta Edward, en haussant le ton avec emphase. J'ai ici des documents que vous pourrez lire de vos propres yeux.

Il scruta la pile de dossiers, posée sur la table devant lui, et reprit :

— Je dispose de tous les comptes rendus médicaux des différents établissements où Henry Grant a séjourné. Ainsi que des observations d'un grand nombre de psychiatres connus, dont M. Haversley-Long, de Harley Street, un médecin fort renommé, qui a travaillé avec le Dr Sigmund Freud. A mon avis, M. Grant n'est plus sain d'esprit depuis de nombreuses années.

— Ce psychiatre, Haversley-Long, a-t-il examiné M. Grant ? s'enquit Rollins, sceptique.

— Non, mais il a étudié ses innombrables dossiers médicaux, et parlé aux médecins qui ont traité M. Grant dans les différents établissements.

Martin Rollins, un homme sensé, avait parfaitement compris maintenant qu'Edward disait vrai.

— Vous nous apportez aujourd'hui ces différents comptes rendus et dossiers médicaux ? demanda-t-il d'un air sombre.

— Oui, monsieur.

Edward adressa un sourire contrit à l'homme âgé.

— Ce sont des copies, bien entendu. Les membres du conseil d'administration pourront les examiner à leur gré. D'ailleurs, certains d'entre eux en ont déjà eu connaissance.

— Ah oui ! s'indigna John Summers, en foudroyant Edward du regard.

Il bouillait de rage.

— Oui, répondit Edward avec une apparente sérénité.

Il tourna les yeux vers Christopher Green et haussa un sourcil.

— Je pense que M. Green aurait un mot à dire au conseil d'administration.

Christopher Green hocha la tête et se leva. Une fois debout, il se sentit plus à l'aise : presque aussi grand qu'Edward, il savait que sa taille pouvait parfois lui être utile, surtout aux réunions du conseil d'administration.

— Ce qu'affirme M. Deravenel est absolument exact, messieurs. Les comptes rendus que j'ai examinés prouvent en effet que M. Grant a été traité, depuis des années, dans un certain nombre d'établissements psychiatriques. A mon avis, il n'est pas capable de diriger cette compagnie. Je suis d'accord sur ce point avec M. Deravenel.

— John Summers a fait un excellent travail, intervint James Cliff d'une voix assurée. Si Henry Grant est jugé inapte en raison de sa mauvaise santé, John Summers peut poursuivre sa tâche. C'est un homme de valeur.

— Vous entendez, vous entendez ? s'écrièrent quelques membres du conseil d'administration, partageant le point de vue exprimé par James Cliff.

Edward Deravenel protesta avec véhémence.

— Je n'entends rien du tout ! J'estime que M. Summers n'a pas été un bon gestionnaire, loin de là ! Mais laissons cela de côté pour l'instant. Je vous rappelle qu'il n'est pas un Deravenel, qu'il n'a pas le moindre lien avec les Deravenel. Il n'est qu'un petit-cousin éloigné de Henry Grant et n'a pas le droit d'occuper ce poste.

— A votre avis, qui devrait diriger Deravenel ? ricana Jack Beaufield.

Tu vas regretter d'avoir posé cette question, espèce de salaud, se dit Edward en lui lançant un regard glacial. Beaufield était plus que vraisemblablement compromis dans le meurtre de son père, du jeune Edmund et du père de Neville. Un assassin...

— Je suis l'héritier légitime des Deravenel, dit-il enfin, contrairement à Henry Grant ! Il y a plus de soixante ans, le grand-père de Henry a pris le pouvoir illégalement. Cet homme n'a pas été un très bon gestionnaire, alors que son père avait été brillant. Mais j'insiste avant tout sur le fait que les Grant n'auraient jamais dû tenir les rênes de cette compagnie. En vertu des lois de progéniture auxquelles nous nous référons, je suis le véritable héritier, en tant que descendant direct de Guy de Ravenel par mon père, Richard Deravenel, qui était lui-même l'héritier légitime avant moi.

Plusieurs membres du conseil d'administration s'agitèrent en silence sur leur siège. Jack Beaufield jeta un regard autour de lui, dans l'espoir que quelqu'un allait contredire Edward Deravenel, mais personne ne s'y risqua.

— Vous n'êtes qu'un gamin de dix-neuf ans et vous vous croyez capable de diriger cette compagnie, ricana Beaufield. Comment est-ce possible, jeune homme ?

Edward ne mordit pas à l'hameçon et répliqua simplement, un sourire aux lèvres :

— Mon âge n'a rien à voir avec mes capacités ! Souvenez-vous que William Pitt – le Premier Pitt – n'avait que vingt-quatre ans quand il devint Premier ministre de notre grand pays.

Alfredo Oliveri, Rob Aspen et Frank Lane applaudirent en riant.

— Très juste, murmura Martin Rollins, mais quelle expérience avez-vous, monsieur Deravenel ? L'expérience n'est pas un point négligeable.

— En effet, monsieur Rollins. Depuis six mois, je travaille pour Deravenel et j'ai beaucoup appris sur chacun de nos secteurs.

M. Oliveri, M. Aspen et M. Lane ont été d'excellents professeurs ! Je suis bien informé sur notre secteur minier, nos vignobles en France, nos carrières de Carrare et nos entreprises du Yorkshire. De même que sur nos usines de tissage de Bradford, nos entreprises de confection de Leeds et nos mines de charbon de Sheffield.

Edward s'interrompit, sourit encore à Rollins, et tourna les yeux vers les hommes qu'il venait de citer.

— Peut-être souhaiterez-vous, monsieur Rollins, demander à ces messieurs leur opinion à mon sujet ?

Impressionné, et apparemment sous le charme du beau jeune homme sûr de lui qui se dressait à l'autre extrémité de la salle, Rollins hocha la tête.

— Vous mettez donc en accusation Henry Grant, président de Deravenel, lequel serait, selon vous, incapable de diriger cette compagnie ? lança-t-il. Et vous proposez de le remplacer vous-même ! En somme, vous exigez que M. Grant ainsi que M. Summers soient exclus.

— Effectivement !

John Summers bondit sur place, le poing levé contre Edward.

— Jamais de la vie, jeune freluquet ! Comment osez-vous nous faire une proposition aussi absurde ? C'est vous qui avez perdu la raison, et non Henry Grant. Vous devriez avoir honte.

— Et vous, monsieur, vous êtes l'ennemi des Deravenel. Un tricheur, un menteur et l'amant d'une femme adultère. Vous êtes l'amant de Margot Grant, l'épouse de Henry Grant. Vous l'avez fait cocu !

Personne ne broncha ou ne dit mot dans la salle. Martin Rollins semblait figé sur place, lui aussi.

Toujours debout, John Summers, rouge de confusion et fou de rage, avait perdu la voix. Il attendit d'avoir recouvré ses esprits pour murmurer :

— Seul un gamin de votre âge peut lancer une accusation aussi inepte !

Il venait de prendre conscience pourtant qu'Edward Deravenel était un adversaire redoutable, un homme froid et sans pitié, incroyablement ambitieux. Tremblant à l'idée que la partie était peut-être perdue, il resta debout pour sauver la face : fou de Margot Grant, il ne manquait pas d'un certain courage.

— Mes accusations sont fondées, monsieur Summers, répliqua Edward d'un ton grave et menaçant. Je sais que vous avez, depuis un certain temps, des relations sexuelles avec Mme Grant. J'en ai la preuve dans les dossiers que vous voyez ici ! Un certain Clarence Turnbull, maître d'hôtel de Mme Grant, m'a fait une déclaration sous serment au sujet de cette liaison.

John Summers se rassit lourdement, en s'abstenant de tout commentaire. Il paraissait accablé.

Tourné vers Martin Rollins, Edward reprit la parole.

— Je porte des accusations spécifiques contre Jack Beaufield, James Cliff et Philip Dever. Ces trois hommes ont systématiquement pillé les Deravenel. Ils ont détourné beaucoup d'argent en se servant sur nos mines en Inde et en en volant des diamants. Aubrey Masters, maintenant décédé, a été complice de ces larcins.

— Monsieur Deravenel, il s'agit d'accusations gravissimes ! s'écria Rollins, épouvanté à l'idée de ce qui allait se passer.

— J'ai ici la preuve de tout cela. M. Oliveri et M. Aspen, qui travaillent dans le secteur minier, ont découvert ces vilenies il y a quelques mois. M. Oliveri a engagé M. David Westmouth, un expert dans le domaine des mines de diamants, en Inde, et M. Westmouth nous a procuré les preuves nécessaires ! Il est actuellement à Londres. Nous pouvons porter plainte immédiatement contre ces trois individus.

— Tu n'oserais pas, mon gars, ricana James Cliff.

— Je ne vais pas me gêner. Par la même occasion, vous devriez faire en sorte que votre enfant illégitime soit correctement pris en charge, ainsi que votre maîtresse. Ce n'est pas Mme Cliff qui s'en chargera !

Cliff bondit d'un air furibond et menaçant.

— Espèce de salaud, j'aurai ta peau !

— J'en doute, répliqua posément Edward. Derrière les barreaux, vous ne pourrez pas faire grand-chose. Quant à vous, monsieur Beaufield, ce n'est pas la première fois que vous êtes surpris en flagrant délit ; d'autres accusations seront bientôt portées contre vous par vos précédents employeurs. Et vous, monsieur Dever, attendez-vous à comparaître devant les tribunaux civils, ainsi que pénaux, dès que votre épouse aura appris que vous avez une liaison... avec une personne de sexe masculin.

Sans répondre, Dever fonça littéralement à travers la salle du conseil et disparut. Beaufield, apeuré, le suivit, et Cliff se hâta de les rejoindre. Seul John Summers resta cloué sur place. Au bout d'un moment, il se dirigea lui aussi vers la sortie, à la suite de ses collègues. Edward Deravenel s'était vengé et avait eu gain de cause sur toute la ligne.

— Monsieur Deravenel, articula Martin Rollins du bout des lèvres, vous avez fait d'horribles déclarations et de non moins effroyables insinuations au sujet de personnes qui ont longtemps servi la compagnie Deravenel...

Edward l'interrompit.

— Qui se sont servies !

— J'espère que vous disposez de preuves pour étayer vos accusations ; sinon vous risquez de vous attirer de sérieux ennuis.

— Je dispose de preuves irréfutables, confirmant toutes mes déclarations. Et plusieurs membres du conseil d'administration savent que je dis la vérité, monsieur Rollins. Ces personnes, et non le clan Grant, ont loyalement servi les Deravenel. Soyez-en persuadé !

Rollins hocha la tête.

— Eh bien, je vous remercie, monsieur. Pourriez-vous me faire passer les documents que nous sommes censés lire ? Nous nous reverrons dans un moment.

— Je vous remercie à mon tour, monsieur Rollins, de m'avoir permis de dénoncer ces malversations, dans l'intérêt de la compagnie.

L'ensemble du conseil d'administration resta muet ; la plupart de ses membres étaient atterrés par la chute d'un homme qu'ils connaissaient et respectaient depuis de longues années.

Edward traversa la salle et déposa sa pile de dossiers entre les mains de Martin Rollins. Après être sorti, il referma doucement la porte derrière lui. Justice était rendue à sa famille, à Lily et au bébé, se dit-il en regagnant son bureau.

Exactement une semaine plus tard, le 28 juin 1904, Edward Deravenel fut nommé directeur général de la compagnie Deravenel. Le poste de président resterait vacant tant qu'il vivrait : il était en effet le seul et unique maître de l'empire Deravenel.

Dans la salle à manger de la compagnie, qui n'avait pas été utilisée depuis des années, Edward prit un somptueux repas en compagnie de sa mère et de ses frères et sœur : Meg, George et Richard, son petit écureuil. Y assistaient aussi tous les dirigeants de Deravenel qui l'avaient soutenu dans son combat pour conquérir le pouvoir et ses compagnons d'armes, Neville et Nan Watkins, ses camarades Johnny Watkins et Will Hasling, ainsi qu'Amos Finnister, si efficace. Par ailleurs, le reste du conseil d'administration était présent : après un vote unanime en faveur d'Edward, ses membres avaient succombé au charme de cet homme charismatique.

En début de matinée, il avait offert à Neville, Johnny, Will, Amos Finnister et Alfredo Oliveri un médaillon-souvenir en or, sur une fine chaîne de la même matière. D'un côté apparaissait l'emblème de la famille Deravenel, une rose blanche émaillée et un mors, et de l'autre le soleil dans sa splendeur, pour commémorer ce jour heureux. Sur la même face que la rose était gravée, autour du médaillon, la devise de la famille : *Fidélité pour l'éternité*.

« Je le porterai jusqu'à ma mort, et au-delà, déclara Johnny à Edward, avec un sourire désabusé. D'après ce que m'a confié Oliveri, tu n'as même pas cherché à séduire le conseil d'administration ?

— A vrai dire, point n'en était besoin ! Il m'a suffi de partir à l'assaut du clan Grant.

— En tout cas, tu as triomphé, murmura Will, une main sur le bras d'Edward.

— Sans l'ombre d'un doute ! intervint Neville. Je suis vraiment très fier de toi, Ned. »

Edward leva son verre de champagne.

« A mes amis, lança-t-il. Puisse notre amitié durer toujours ! »

Margot Grant, abasourdie, observait John Summers en silence. Au bout de quelques minutes, elle articula péniblement :

— Es-tu en train de me dire qu'ils se sont enfuis du conseil d'administration ? Ai-je bien compris, John ?

— Parfaitement ! Ils ont détalé comme des lapins. J'étais sidéré.

— Qu'as-tu fait ?

John soupira.

— J'ai fini par partir moi aussi. Je n'avais aucun intérêt à rester ! Il était clair que Deravenel avait obtenu un succès foudroyant auprès des membres du conseil. Il les a convaincus de ses droits, et il semblait disposer de preuves au sujet de Cliff, Dever et Beaufield. Je crains qu'il n'ait eu toutes les cartes en main.

— Quels imbéciles !

Dans sa demeure de Upper Grosvenor Street, Margot alla s'asseoir sur son sofa, face à la cheminée.

John traversa la pièce pour s'adosser à celle-ci, les yeux rivés sur sa maîtresse, qui lui rendit son regard en haussant un sourcil sombre et arqué.

— Nous avons sans doute perdu une bataille, une simple bataille, murmura-t-il, mais nous n'avons pas perdu la guerre.

— J'ai bien peur que si. Et, maintenant, qu'allons-nous faire ?

— Je ne sais pas encore, à moins d'aller à Paris passer un week-end en tête-à-tête, pour nous délasser un peu *chez toi*...

Le visage de Margot s'illumina.

— J'ai l'impression que l'idée d'être seule en ma compagnie, dans ton appartement, ne te déplaît pas, observa John avec une satisfaction manifeste. Cette idée me fait tourner la tête à moi aussi, mais nous devons nous replonger un moment dans nos affaires, Margot. D'une part, Deravenel m'aura bientôt supplanté en tant que directeur général, que je le veuille ou non ! D'autre part, les Grant possèdent un nombre énorme de parts de la compagnie, et je pense qu'il doit y avoir un Grant au conseil d'administration. Il faut que je vérifie un certain point dans les statuts de la société.

— Nous ne laisserons pas Edward avoir le dernier mot !

— Il l'a eu, pour l'instant seulement.

— Tu dois trouver moyen de le détrôner.

— J'y veillerai, déclara John.

Il alla s'asseoir auprès de Margot, sur le sofa.

— Et que comptes-tu faire de Henry pendant notre séjour à Paris ? reprit-il. On ne peut pas le laisser seul, tu sais.

— Bien sûr, mais il est très heureux à Ascot, et le maître d'hôtel sait parfaitement s'occuper de lui. Je lui donnerai des instructions.

— Je me sens mieux, fit John en se levant, mais je dois m'armer d'un nombre de faits suffisants pour savoir de quoi je parle quand viendra le moment.

TROISIÈME PARTIE

Irrésistibles tentations

Edward & Elizabeth

> « *Il courtisait toutes les femmes sans discrimination, les femmes mariées comme celles qui ne l'étaient pas, celles de la noblesse comme celles du peuple. Cependant, jamais il n'en força une seule.* »
>
> Dominic Mancini

> « *De taille moyenne et pleine de prestance, elle était très belle avec ses longs cheveux blond doré et son sourire envoûtant.* »
>
> Alison Weir

> « *Là où Beauté et Beauté se sont rencontrées,*
> *La terre en tremble encore,*
> *La brise en garde la senteur,*
> *Et l'air la douce mémoire,*
> *Des éclats de lumière s'entrecroisent,*
> *Et des bribes de rires ombreux ;*
> *Ce ne sont pas les larmes qui emplissent les années*
> *Après... après...* »
>
> Rupert Brooke

45
Londres, 1907

Dans la splendide demeure de lady Tillotson, à Berkeley Square, la réception de printemps battait son plein. De la salle de bal où l'orchestre jouait *The Cakewalk,* un air de danse qui faisait fureur, s'échappaient des flots de musique. Tout respirait le plaisir et la joie de vivre. Londres, en ces années-là, débordait de gaieté. Le roi Edouard VII lui-même en donnait l'exemple. Il régnait depuis six ans et 1907 avait commencé sous les auspices d'une extraordinaire prospérité. Londres était devenue la capitale du monde, l'Empire britannique imposait sa loi à l'univers, tout allait pour le mieux sous les cieux de l'Angleterre.

Les invités se pressaient dans l'accueillant salon de réception qui prolongeait la salle de bal. Certains restaient debout, d'autres se reposaient sur les chaises dorées, les petits canapés et les banquettes disséminés dans toute la pièce. On buvait du champagne, on bavardait avec grâce.

De grands palmiers à la silhouette aérienne se dressaient aux angles, plantés dans d'énormes pots de porcelaine ivoire. Il y avait des fleurs partout. Des brassées de lis, de pivoines, de roses, de rhododendrons et d'hortensias créaient un tableau aux couleurs vibrantes – rose, blanc, mauve, pourpre, différentes nuances de rouge –, mises en valeur par la soie ivoire des murs et la peinture des lambris, crème et or. Les délicates fragrances des fleurs embaumaient l'air, mêlées aux parfums plus entêtants des belles invitées, toutes parées comme des princesses.

Deux lustres en cristal de Waterford brillaient de mille feux, un à chaque extrémité du salon, leur éclat renforcé par celui des appliques assorties fixées aux murs. Les éclats de lumière renvoyés par les pendeloques de cristal faisaient tout étinceler. Les femmes pouvaient sans effort examiner en détail les toilettes des unes et des autres. Elles avaient rivalisé d'élégance, habillées à la dernière mode par les plus grandes maisons de couture de Paris ou de

Londres. Elles portaient des bijoux superbes, point d'orgue de leur luxueux raffinement.

Les hommes n'étaient pas moins élégants que les femmes : habit noir à la coupe parfaite, chemise blanche amidonnée, nœud papillon et gilet blancs assortis.

Un rapide regard autour d'elle suffit à la dame en noir pour constater qu'elle était la seule à porter une couleur sombre. Toutes les autres femmes avaient choisi des teintes pastel qui convenaient à la saison. Cela n'avait aucune importance. Son propre choix la satisfaisait et lui convenait plus que tout autre.

Elle tourna les yeux vers la gauche. Son cousin Arthur Forrester se dirigeait vers elle, lui apportant une coupe de champagne. Il la lui offrit avec un sourire.

— Merci, Arthur, dit-elle.

— Me permettez-vous de vous abandonner pour quelques minutes ? demanda-t-il. J'aimerais fumer un cigare sur la terrasse avec Woodstock et Hopkins, deux amis de mes années à Eton. Je n'ai pas vu ces vieilles choses depuis des mois.

— Non, non, je vous en prie, murmura-t-elle. Je suis certaine que maman ne va pas tarder à me tomber dessus !

Ils rirent ensemble de sa réponse puis il s'éclipsa en direction de la terrasse, en homme très désireux de rattraper le temps perdu avec ses vieux copains d'études. Elle avait remarqué l'étincelle qui brillait dans ses yeux et l'impatience de sa démarche.

Adossée aux coussins de la banquette de velours crème, elle observait le spectacle, admirant l'une ou l'autre robe. Beaucoup lui semblaient tapageuses, de même que les bijoux qui les accompagnaient. La mode du moment l'emportait, toutes les femmes voulaient ressembler à la reine Alexandra avec ses longs cols brodés de perles et de pierres précieuses et les longs colliers de perles et diamants qu'elle portait en même temps. Malheureusement, toutes les femmes ne possédaient pas un cou de cygne interminable comme la reine. La femme en noir se félicita, soudain très satisfaite de la simplicité de sa toilette. Elle la mettait à part, la distinguait des autres invitées.

Elle le vit au moment où il arriva.

Un grand frisson d'excitation parcourut les invités quand il apparut, marquant une pause à l'entrée du grand salon, lançant des regards tout autour de lui. On se précipita vers lui, on l'entoura. Chacun voulait être le premier à l'accueillir, à le fêter. Elle se demanda de qui il s'agissait.

Il était très grand, le torse puissant, et, dans la lumière étincelante des grands lustres, son abondante chevelure paraissait argentée. Il était si beau qu'elle se sentit profondément émue, presque intimidée par une allure aussi exceptionnelle. Elle n'avait jamais vu un homme comme celui-là.

Il franchit le seuil d'un pas décidé qui trahissait une assurance sans limites. Il se déplaça néanmoins avec une grande légèreté quand il se précipita vers une femme qu'il semblait connaître. C'était une très jolie brune, assise sur la banquette opposée à celle où Elizabeth avait pris place. Reprenant son souffle, à présent qu'elle le voyait mieux elle constata qu'il était réellement très grand. Toutefois, il avait la silhouette élancée d'un homme qui s'adonne aux sports.

Elizabeth se trouvait assez près de lui pour remarquer qu'il était, des pieds à la tête, d'une propreté scrupuleuse, presque maniaque. Ses cheveux argentés se révélèrent d'une remarquable nuance de roux vieil or. Il était de complexion très pâle, la peau blanche et rose et donnant une impression d'incroyable propreté. Elle se surprit à évoquer l'image d'un écolier dont on viendrait de frotter le visage.

Assis sur la banquette à côté de la femme brune, il avait étendu son bras droit sur le dossier et laissait pendre sa main dans l'espace qui le séparait de sa voisine. Il avait des mains superbes, avec de longs doigts.

Elizabeth comprit avec la plus grande surprise qu'elle désirait sentir la caresse de ces mains sur sa peau. Elle voulait cet homme. Elle voulait tout de lui. Le désir l'envahit avec une telle intensité qu'elle eut soudain très chaud. C'était impensable. Elle rougissait ! Cela ne lui était pas arrivé depuis des années.

Il avait dû s'habiller à la hâte. À présent, elle voyait que la manchette droite de sa chemise de soirée était ouverte et dépassait de la manche de son habit à la coupe parfaite. Il se pencha sur l'autre femme et l'embrassa sur la joue comme s'il y pensait avec retard. Il lui parlait d'un air sérieux, indifférent à la présence des invités qui les entouraient, visiblement tous très désireux d'attirer son attention.

— Elizabeth, à quoi penses-tu donc ?

Elle sursauta. C'était son frère, Anthony, qui la questionnait ainsi. Penché sur elle, il la fixait d'un regard presque fâché.

— Te rends-tu compte que tu restes bouche ouverte devant cet homme comme une fille des rues ? Franchement, ma chère !

Elizabeth rendit son regard à son frère. Elle ne pouvait cacher sa curiosité.

— Qui est-ce ? Je ne le connais pas.

Sa question étonna Anthony, qui fronça les sourcils.

— Tu dois être la seule femme dans tout Londres, sinon dans toute l'Angleterre, à ne pas reconnaître Edward Deravenel ! Surtout, ne me dis pas que tu n'as jamais entendu parler de lui, car je ne te croirais pas. D'autres, peut-être, mais pas moi ! Tout le monde sait qui est Edward Deravenel et en particulier les représentantes de ton sexe.

— C'est lui ! Grands dieux, Anthony ! Je le croyais bien plus âgé. J'étais convaincue qu'il avait trente ou même quarante ans.

Elle le chercha des yeux et poursuivit :

— A vrai dire, il a l'air d'avoir une vingtaine d'années.

— Je n'en suis pas certain, mais je crois qu'il a environ vingt-trois ans, ce qui n'est pas très vieux.

— J'ai lu des articles à son sujet dans la presse. Il donne des réceptions très folles et assiste aux plus belles fêtes. D'une façon générale, on ne voit que lui en société, si j'ai bien compris.

Sans attendre de réponse, elle passa à la question suivante.

— On dit que c'est un génie des affaires. Est-ce vrai ?

— Je l'ignore, ma Lizzie.

— Anthony, ne m'appelle pas Lizzie, s'il te plaît ! Tu sais que cela ne me plaît pas et que maman le réprouve.

Il ignora ses protestations.

— Que Deravenel soit un génie des affaires ou non n'a pas grande importance. Il emploie des hommes très intelligents et il a la chance extraordinaire d'être guidé et conseillé par son cousin Neville Watkins. Watkins est le plus puissant magnat du pays, aujourd'hui. On prétend parfois que c'est lui qui dirige les entreprises Deravenel et détient le pouvoir, pas notre jeune ami qui discute là-bas.

Elizabeth lui lança un regard perçant.

— Est-ce un de tes amis ? demanda-t-elle vivement.

— Non, et je le regrette. C'est une simple connaissance, nous nous saluons, rien de plus. Il y a quelques années, nous avons été en affaires avec les Deravenel, à l'époque où c'était l'autre branche de la famille, les Grant, qui tenait les rênes. Nous ne travaillons plus avec eux et c'est bien dommage.

Anthony détourna la tête et poussa une exclamation.

— Mon chou, je vois Agatha ! Je lui ai promis la prochaine danse. Excuse-moi, Lizzie, je t'en prie.

Il lui lança un clin d'œil malicieux, sachant qu'elle détestait les diminutifs de son prénom, et celui-là en particulier.

— Bien sûr, fais ce que tu as à faire, Anthony, murmura-t-elle avec une pointe de dédain.

Elle se laissa retomber sur les coussins de la banquette. De nouveau seule, elle s'autorisa un regard discret en direction d'Edward Deravenel.

A cet instant précis, il se détourna de la charmante brune avec laquelle il parlait pour faire des yeux le tour du salon.

Son regard croisa celui d'Elizabeth.

Elle crut que son cœur s'arrêtait.

Elle n'avait jamais vu d'yeux d'un bleu plus extraordinaire que celui-là.

A son grand embarras, elle sentit ses joues de nouveau s'empourprer, non seulement parce qu'il l'avait surprise en train de l'observer à la sauvette, mais parce qu'il la fixait, sans manifester la moindre gêne.

Très lentement, un sourire paresseux, presque amusé, éclaira les traits d'Edward Deravenel.

Pendant un long moment, Elizabeth resta figée, incapable de détourner le regard, puis elle aperçut du coin de l'œil sa mère qui venait vers elle. Elle se leva et s'éloigna vivement dans la direction opposée, celle de la terrasse. Quelques secondes s'étaient à peine écoulées qu'elle ouvrait une des hautes portes-fenêtres et sortait. Un rapide coup d'œil lui montra qu'elle était seule. Son cousin et ses camarades d'études étaient sans doute allés marcher dans le parc.

C'était une agréable soirée d'avril, mais le temps fraîchissait et Elizabeth se rendit compte de son erreur. Cela ne lui ferait pourtant pas de mal de prendre l'air. Elle avait chaud et, quand elle toucha son visage, elle sentit ses joues en feu. Elle s'approcha de la balustrade et posa les mains sur le marbre. Le froid de la pierre la soulagea.

Un bruit de pas sur le gravier de l'allée sous la terrasse troubla sa solitude. Des voix montaient vers elle, parmi lesquelles elle reconnut celle d'Arthur.

— Oui, il était à Harrow, disait-il, mais quelle importance ? Je trouve que Churchill est un type formidable. Il a fait un excellent boulot comme sous-secrétaire d'Etat aux colonies et Campbell-Bannerman a toute confiance en lui.

— J'ai entendu dire que Campbell-Bannerman ne va pas très bien, dit Hopkins.

— Bon sang, Hopkins ! Qui t'a raconté ça ? demanda Arthur.

— C'est moi, répondit Woodstock. Mon père est proche du Premier ministre. Il lui a dit qu'il se retirerait probablement l'année prochaine.

Arthur eut une exclamation de surprise et reprit après un instant de silence :

— S'il démissionne, c'est Asquith qui le remplacera. Je ne vois personne d'autre.

— Il n'y aura pas d'élections, annonça Hopkins d'un ton très assuré. Le parti libéral a réussi à prendre le pouvoir l'année dernière et il a l'intention de le conserver. Churchill a eu de la chance. Quand il a quitté son parti pour rejoindre les libéraux, il savait ce qu'il faisait.

— Pas si vite ! dit Arthur d'un ton irrité. Il est passé au parti libéral parce qu'il n'approuvait pas la politique des conservateurs.

— Pour certains, il a trahi le parti conservateur et sa propre classe, marmonna Hopkins.

— Permets-moi d'être d'un autre avis ! répondit Arthur d'un ton plus léger avant de se mettre à rire. Allons, les amis ! Je vous propose de rentrer, de boire une goutte de champ' et de faire la cour aux dames !

— J'ai envie de terminer mon cigare, dit Woodstock entre ses dents. Il y a un banc là-bas. Allons nous asseoir quelques instants.

Leurs voix s'éloignèrent. Elizabeth se pencha par-dessus la balustrade, regardant le jardin. Les hommes et leur politique ! pensa-t-elle avec impatience. Ils me rendent folle ! Malheureusement, la politique faisait partie de la vie quotidienne dans les classes supérieures de la société.

Elle soupira. Hopkins se montrait souvent agressif dans les discussions. Elle se sentait plutôt d'accord avec Arthur. Il avait raison, Churchill était un homme politique très prometteur. Son père en parlait toujours en bien et affirmait qu'il irait loin.

46

Edward Deravenel laissa passer quelques instants après le départ de la femme en noir puis se tourna vers sa voisine.

— Vicky, savez-vous qui est-ce ? Je parle de la jeune femme en noir qui était assise là-bas.

— Non, je n'en ai aucune idée. En réalité, mon cher Ned, je n'y ai pas prêté attention. Je vous écoutais. Cependant, juste avant votre arrivée, j'ai remarqué une jolie blonde à l'endroit que vous indiquez.

Vicky éclata d'un rire joyeux.

— Je crains que cela ne reste votre point faible, reprit-elle. Les blondes ! Vous êtes incapable d'y résister, n'est-ce pas ?

— Absolument incapable ! affirma le frère de Vicky, qui les rejoignait, accompagné de Johnny Watkins.

— Je l'ai moi-même remarquée, ajouta-t-il. Elle ne passe pas inaperçue, mais j'ignore qui elle est.

Johnny lança un regard intrigué à son cousin.

— Ned, tu devrais le demander à notre hôtesse, suggéra-t-il. Cette dame ne serait pas ici si elle n'était pas quelqu'un ! Tu connais cette chère Maude et son snobisme.

Edward Deravenel se leva en riant.

— Veuillez m'excuser, Vicky, j'aperçois justement Maude en grande conversation avec lord Gosford. Je crois que je vais suivre ton avis, Johnny.

Son cousin fit une grimace comique et leva les yeux au ciel.

— Revenez vite, Ned, dit Vicky. Vous m'avez promis la prochaine danse.

— Je ne manquerais cela pour rien au monde, répondit-il en souriant.

Elizabeth assistait au bal de Maude Tillotson car c'était la meilleure amie de sa mère. Elle avait été une des premières à recevoir une invitation. Sa mère l'avait pressée d'accepter et de l'y accompagner avec son frère Anthony et leur cousin Arthur Forrester.

Dès le début, elle avait eu envie de refuser et, à présent qu'elle y était, elle se demandait désespérément comment s'échapper et rentrer chez elle. La danse ne l'intéressait pas et elle ne supportait pas d'être là. Edward Deravenel l'avait perturbée. Je dois partir, décida-t-elle, et tout de suite.

Une voix masculine très mélodieuse interrompit le cours de ses pensées.

— J'espère que je ne suis pas indiscret et que je ne vous dérange pas dans vos réflexions ?

Elizabeth sut aussitôt que c'était lui, sans avoir besoin de regarder derrière elle. Détail curieux, elle ne l'avait même pas entendu s'approcher d'elle. Elle se décida à se retourner et se trouva face à face avec Edward Deravenel. Sa bouche devint sèche et elle déglutit péniblement. Encore plus grand qu'elle ne l'avait cru, il se tenait très près d'elle. Une fois de plus, elle fut frappée par son infinie distinction. Il était impossible de résister à tant de présence, de charisme. C'était l'incarnation même de la virilité.

A son grand embarras, elle se découvrit incapable de parler. Elle s'appuya avec soulagement à la balustrade, heureuse de trouver cet appui alors que ses jambes se dérobaient sous elle. Elle était bouleversée.

Elle prit enfin conscience du silence autour d'eux et de son propre mutisme.

— Oh ! non, dit-elle précipitamment. Vous ne me dérangez pas du tout. Je suis sortie... respirer.

— Il fait en effet très chaud, à l'intérieur.

Il se tut, la dévisageant. Il la trouvait d'une beauté hors du commun avec son visage à l'ovale parfait, ses hautes pommettes et son grand front. Ses yeux immenses et bien écartés étaient d'un bleu ciel très pur. Elle avait enfin des sourcils clairs au dessin irréprochable et une bouche sensuelle. En femme élégante, elle avait suivi la mode du moment et avait relevé sa chevelure très haut sur le sommet de la tête, avec une masse de boucles sur le devant. Mais c'était la teinte de ses cheveux qui captivait Edward Deravenel. Du pur vermeil, pensa-t-il. Elle n'était pas très grande, mais un rapide regard lui suffit : elle possédait une ravissante silhouette et des seins fermes, haut placés. Elle portait une robe simple mais élégante de mousseline de soie noire rehaussée de dentelle avec un décolleté carré et des manches à crevés. Sa jupe voletait dans la brise. C'était un parfait exemple du nouveau style de robe longue, flottante et ample, libérée de la tournure qui avait connu une grande vogue auparavant.

Elizabeth toussota discrètement.

— Je vous prie de me pardonner, dit-il vivement. Je suis très impoli de vous regarder ainsi. S'il vous plaît, ne m'en veuillez pas ! En fait, j'ai la sensation que nous nous sommes déjà rencontrés. Dites-moi que je ne me trompe pas ?

Il savait qu'il ne l'avait jamais vue. Il n'aurait jamais oublié une pareille beauté, mais il aurait dit n'importe quoi pour rompre ce silence.

Elizabeth eut un geste de dénégation.

— Non, nous ne nous connaissons pas. Je m'en serais souvenue.

Sans le savoir, en toute simplicité, elle venait d'exprimer ce qu'il ressentait. Il lui tendit la main.

— Edward Deravenel, dit-il.

Elle lui donna sa main et il la retint pendant un long moment, beaucoup plus longtemps que la correction ne l'y autorisait. Soudain, il la relâcha d'un geste brusque. Elizabeth eut une légère impression de brûlure.

Curieusement, elle remarqua de nouveau la manchette de sa chemise qu'il n'avait pas fermée.

— Et vous êtes ?

Il la dévisageait de nouveau, le sourcil interrogateur.

— Elizabeth Wyland.

— Je suis heureux de faire votre connaissance, vraiment très heureux.

Il s'inclina légèrement et, dans le mouvement, remarqua l'alliance en or d'Elizabeth.

— Et, dit-il en se redressant, vous êtes venue avec... M. Wyland ?

— Oui, je suis avec mon frère. C'est avec lui que je parlais, tout à l'heure.

Edward fronça les sourcils, intrigué.

— Je suis veuve, monsieur Deravenel, dit-elle d'un ton paisible. J'étais mariée avec le colonel Simon Gratton de l'armée britannique.

— Oh ! Je vois.

En réalité, il semblait encore plus perplexe.

— Mais vous avez dit Wyland ?

— Oui, c'est mon nom de jeune fille.

Elle balaya la question d'un léger mouvement d'épaules.

— Mon mari, reprit-elle, avait été blessé pendant la guerre des Boers. Quand il est rentré d'Afrique, en 1900, ce n'était plus le même homme. La guerre avait détruit son esprit, monsieur Deravenel. Sa personnalité avait complètement changé et il souffrait beaucoup des suites de ses blessures. A mon grand chagrin, il est décédé voici quelques années, en 1904. Ma mère me dit toujours que la mort a été une délivrance pour lui, qu'il a cessé de souffrir.

— Je suis profondément désolé. Veuillez accepter mes condoléances.

— Merci, dit-elle avec une petite inclination de la tête.

— Ah ! Tu es là, Elizabeth !

C'était Anthony qui sortait à son tour sur la terrasse et les rejoignait.

— Je te cherche partout ! Mère voudrait te parler.

Elizabeth marqua d'un léger signe de tête qu'elle avait compris.

— Je te présente M. Edward Deravenel, dit-elle.

Puis elle se tourna vers Edward.

— Et voici mon frère, Anthony Wyland.

Les deux hommes se serrèrent la main.

— Je n'en suis pas certain, dit Edward, mais il me semble vous avoir déjà rencontré, monsieur Wyland. Est-ce exact ?

— Nous nous sommes déjà vus, oui. C'était avec mon père.

Edward lui adressa un signe de la tête très courtois avant de se tourner à nouveau vers Elizabeth.

— Je vous remercie de votre amabilité. Si vous m'y autorisez, ajouta-t-il avec un sourire éblouissant, je serais heureux de pouvoir vous rendre visite sous peu.

— Vous serez le bienvenu, répondit-elle.

Puis, sous le coup d'une irrésistible impulsion, elle reprit :

— Savez-vous que votre manchette droite est défaite ?

Il baissa les yeux sur son poignet et sourit comme s'il se moquait de lui-même.

— Pourriez-vous arranger cela pour moi ?

Il sortit de sa poche un bouton de manchette en lapis-lazuli assorti aux boutons de sa chemise.

— Tenez, dit-il en le lui donnant.

Elle hésita une fraction de seconde, mais le prit.

Edward tira sur sa manche pour qu'Elizabeth puisse y passer le bouton. Sans le regarder, les yeux baissés sur la manchette, elle murmura :

— Je reçois mes amis à quatre heures tous les après-midi.

Edward regagna le grand salon quelques minutes plus tard et trouva Vicky qui l'attendait. L'orchestre jouait une valse et, tandis qu'il la conduisait vers la salle de bal, Vicky l'interrogea.

— Alors, qui est donc cette beauté blonde ?

Sans savoir ce qui le motivait, il mentit.

— Je ne le sais toujours pas ! Comme Maude entraînait Gosford dans l'autre salon, j'ai renoncé.

Il rit et, pour expliquer la durée de son absence, improvisa rapidement la suite.

— J'ai croisé un vieil ami et nous avons discuté.

Vicky n'était pas certaine de pouvoir le croire, mais elle préféra abandonner le sujet. Il était inutile d'insister et, de plus, cela ne la concernait pas. Elle savait que, depuis la mort de Lily, il n'y avait plus eu de relation stable dans la vie d'Edward, en dépit de l'essaim féminin qui gravitait autour de lui.

Will, le frère de Vicky, appelait cela « les relations charnelles de Ned » et en riait. « Les femmes sont toutes folles de lui, disait-il. Certains prétendent même qu'il n'a jamais le temps de remettre son pantalon ! Mais, moi, je peux vous garantir le contraire. Je travaille avec lui tous les jours et, croyez-moi, c'est un bourreau de travail. »

Elle savait que c'était vrai. Edward ressemblait beaucoup à son cousin Neville Watkins, qui passait aussi la plupart de son temps dans son bureau. Deux ambitieux d'une audace à toute épreuve ! Elle était très attachée à Neville, un homme de parole et très attentionné. Quant à Edward, elle l'aimait comme un frère tout en ayant parfois du mal à comprendre certains aspects de sa personnalité. Bien que très exigeant vis-à-vis de lui-même dans le travail, Edward s'était quand même attiré une réputation d'homme à femmes. Mais pourquoi pas ?

A presque vingt-trois ans, Edward Deravenel voulait vivre à fond et il en avait le droit : il était jeune et célibataire ; il tenait le monde dans ses mains. Il avait de l'argent, une position sociale enviable et des relations. Il était invité à tous les bals, tous les dîners et toutes les réceptions importantes de Londres. A cause de sa richesse, de sa réussite, de son pouvoir et de son incroyable charme, Edward Deravenel était le meilleur parti de sa génération. Comme il était également très beau et réputé pour ses talents amoureux, toutes les femmes le désiraient. Même celles qui étaient mariées tentaient leur chance. Les femmes auraient fait n'importe quoi pour lui, quel que soit leur âge.

— Je donnerais cher pour savoir à quoi vous pensez, Vicky, dit Edward, penché sur sa danseuse.

Il avait toujours aimé la compagnie de Vicky, une amie de longue date.

— Vous êtes à mille lieues d'ici, reprit-il avec douceur. Je suis certain que vous vous trouvez à New York, en ce moment, avec Stephen.

Ses yeux bleus étaient posés sur elle, l'interrogeant.

— C'est vrai, répondit-elle en souriant. Stephen me manque beaucoup, Ned, et aussi la petite Grace Rose.

— Quand reviennent-ils ?

— Dans une dizaine de jours, au plus tard dans deux semaines. A ce sujet, je donne une soirée pour Grace à leur retour. Je serais heureuse si vous pouviez venir, Ned. Avec Fenella !

— Merci, je viendrai. Qui sont les autres invités ?

— Amos, bien sûr ! Grace l'adore.

— Ce bon vieux Finnister, c'est le sel de la terre. Un type formidable ! Je suppose que mon inséparable vient aussi ?

— Je n'en ai pas encore parlé à Will, mais je vais le faire ce soir. En réalité, en dehors de vous, la seule autre personne que j'ai invitée est Fenella. Elle a toujours montré beaucoup d'intérêt à Grace.

— Et elle a fait un gros travail de détective pour elle, rappela Edward en riant. Fenella a été d'une ténacité étonnante !

Un fin sourire retroussa les lèvres de Vicky.

— C'est vrai et, en ce qui me concerne, j'en suis très contente.

Ils terminèrent leur valse en silence.

Un peu plus tard dans la soirée, Edward trouva Will, seul au bar, en train de boire une coupe de champagne.

— Tu ne sembles pas très en forme, dit-il. Quelque chose ne va pas ?

— Kathleen me manque plus que je ne l'aurais cru, répondit Will à mi-voix. Je crains de devoir prendre la décision fatale et me marier.

— Je pense que c'est une bonne idée, dit vivement Edward. Tu sais qu'elle est folle de toi.

Il approuvait totalement les relations de Will avec sa cousine Kathleen Watkins, la sœur de Neville et de Johnny. Will hocha la tête pensivement puis un sourire illumina soudain son visage.

— Je suis content de l'apprendre, dit-il.

— Ne fais pas l'idiot, Hasling ! Tu connais très bien ses sentiments pour toi.

Will eut un sourire entendu et prit une gorgée de champagne.

— Et toi, dit-il, as-tu appris qui est ta blonde mystérieuse ?

— Oui.

— Et... ? Pourquoi fais-tu la grimace ?

— C'est une Wyland.

— Non ! Zut, alors !

Will se pencha vers Edward et poursuivit à mi-voix.

— Son père était très lié avec les Grant. J'ignore où ils en sont dans leurs relations, à présent que les Grant se sont installés en France. Mais tu sais certainement que les Wyland ont été en affaires avec les Grant pendant des années. Ils sont liés depuis longtemps, c'est au moins une chose dont je suis sûr.

— Un jour, mon père m'a raconté que les Wyland étaient liés aux Deravenel depuis plus d'un siècle. Donc, oui, cela remonte à longtemps, et même très longtemps. J'ai rencontré son frère. Il m'a paru très sympathique.

— Le plus sympathique de toute la famille, d'après ce que j'ai entendu.

— C'est une femme étonnante, Will. Elle m'a époustouflé. Je veux la revoir. A propos, elle est veuve.

— Bon sang, Ned ! Pourquoi faut-il toujours que tu t'emballes pour de jolies veuves blondes ? On a dû te jeter un sort ! C'est vraiment bizarre. A propos, comme tu dis, elle doit être plus âgée que toi.

— Probablement.

— Fais-en une brève aventure, Ned, brève et aussi agréable que possible, et ensuite dis-lui au revoir. Elle appartient au camp ennemi. Essaye de ne pas l'oublier !

Edward lui lança un regard impénétrable et n'ajouta rien.

47

Edward Deravenel sourit à la femme assise en face de lui.
— Je suis vraiment désolé, Elinor, mais je dois retourner au bureau.
— Je comprends, chéri, murmura-t-elle, mais je me sens très déçue. Je croyais que nous passerions l'après-midi ici. Nous sommes seuls, tu sais. Je t'ai dit que j'ai donné sa journée à ma gouvernante. Nous pourrions être ensemble.
— J'avais prévu de rester avec toi, mais, par malchance, il y a eu un problème ce matin et je dois impérativement le régler. J'ai une réunion à trois heures.
— Je suis consciente que tu t'occupes d'affaires importantes. Je ne sais pas comment tu réussis à diriger ton empire.
— Pas tout seul, crois-moi ! répondit-il.
Edward se leva en lui souriant.
— Merci pour le déjeuner, c'était délicieux.
Elle éclata de rire en se levant à son tour.
— Entièrement préparé par le traiteur de Fortnum and Mason !
Elle l'accompagna jusque dans le hall d'entrée de sa petite maison de Belgravia.
— Quand te reverrai-je ? demanda-t-elle.
— J'essayerai de te rejoindre la semaine prochaine, à la campagne. Je te tiens au courant.
Il la serra étroitement dans ses bras et baisa ses lèvres avec passion. Elinor répondit à son étreinte avec le même élan, mais ils finirent par s'écarter l'un de l'autre.
— Tu n'aurais jamais dû faire cela, Ned, c'était bien trop tentant !
Il se contenta de rire en la dévorant des yeux. Il la trouvait ravissante avec sa chevelure blonde lumineuse et ses yeux noisette, qui prenaient des reflets dorés selon la lumière.
— Elinor, comment peux-tu être aussi belle ? murmura-t-il.

Saisi d'un accès de désir, il voulut la reprendre dans ses bras, mais elle le tint à distance.

— Mon chéri, dit-elle avec un petit rire, tu es incorrigible ! Mais pas maintenant ! Je ne veux pas que tu me reproches plus tard de m'interposer entre toi et tes affaires.

— Oui, je sais que la raison règne quand je suis avec toi.

Avec un dernier sourire, il quitta la maison d'Elinor. Quelques instants plus tard, il ne pensait plus qu'à la réunion qui l'attendait. Cependant, il s'arrêta soudain, songeant à sa maîtresse. Il ne s'était pas très bien conduit avec elle, aujourd'hui, alors que c'était la plus adorable des femmes avec son visage de madone. Il refit rapidement le même chemin en sens inverse. Arrivé à la porte d'Elinor, il souleva le heurtoir en cuivre.

Elle ouvrit de grands yeux étonnés.

— Edward ! Aurais-tu oublié quelque chose ?

— Oui, ma chérie. J'ai oublié pendant un moment à quel point je tiens à toi. Puis-je entrer pour quelques instants ?

— Bien sûr ! répondit-elle en lui laissant le passage. Mais je suis gênée. N'as-tu pas une réunion importante ?

— C'est exact, mais il est seulement une heure et demie. Nous avons déjeuné très tôt, sais-tu ? À midi, c'est un peu tôt pour moi. Mais oublions ça. Veux-tu toujours aller en haut ?

Il la prit dans ses bras, l'embrassa et l'entraîna vers l'escalier sans qu'elle proteste.

Elinor portait une robe souple et droite en soie bleu marine. Quand ils furent dans sa chambre, elle lui tourna le dos.

— Veux-tu déboutonner ma robe, mon chéri ?

Il s'attaqua au premier bouton en riant puis, comme la chair se révélait, embrassa sa nuque et sa chevelure blonde qu'il aimait tant. La robe d'Elinor tomba enfin sur le sol. Elle en sortit d'un pied léger, se retourna de nouveau vers Edward et lui sourit. Lui caressant la joue, il lui murmura des mots tendres. Il y avait quelque chose d'une totale innocence dans son visage. Ses yeux n'exprimaient que la paix de son esprit et son amour pour Edward. Il l'avait désirée au premier regard, incapable de résister à l'attrait de sa pureté et de sa simplicité. Bien sûr, elle l'avait d'abord repoussé en veuve respectable et vertueuse qu'elle était sincèrement. De son côté, il avait déployé tout son savoir-faire de séducteur. Elle avait finalement cessé de lui résister et s'était donnée tout entière.

— A quoi penses-tu ? demanda-t-elle, les yeux dans les yeux de son amant.

— Je songeais à la façon dont ta résistance à mes avances t'avait rendue encore plus désirable pour moi. Chez une autre femme, j'aurais pris ces refus pour de la ruse, mais, de ta part, je savais que c'était sincère.

— Oui, Ned, c'était sincère, mais aujourd'hui je suis heureuse d'être avec toi. Tu comptes tellement pour moi ! Viens te coucher, je vais te montrer à quel point.

Elinor était prête à l'accueillir. Tandis qu'il embrassait et caressait son corps menu, il la sentit s'embraser et ne put retenir son désir plus longtemps. Elle s'accrocha à lui avec un cri de passion, l'excitant toujours plus. Il s'abandonna à ses mouvements et gémit :

— Viens, Elinor, viens !

Et soudain elle oublia tout, tremblant de plaisir.

Ils se reposèrent ensuite, parlant à mi-voix.

— Tu viendras à la campagne, ce week-end, dis ? demanda-t-elle soudain.

— Oui, ma chérie. Où pourrais-je désirer me trouver si ce n'est auprès de toi ?

Il était déterminé à lui rendre visite à sa maison de campagne et à la traiter avec tous les égards qu'elle méritait.

Edward n'était de retour à son bureau que depuis une demi-heure quand Will Hasling frappa à sa porte.

— Ah ! Tu es là, dit Will. Il est presque trois heures, nous devons nous rendre en salle de réunion. Oliveri et Aspen nous rejoindront dans quelques minutes. Comment s'est passé ton déjeuner ?

— Tout à fait agréable. Marsden est un type bien, mais je ne pense pas que nous puissions faire des affaires avec lui.

— Où êtes-vous allés ? Au White's ?

— Non, à son club, le Reform. Mais nous n'avons pas traîné, il était pressé.

Edward était content d'avoir réellement pris un verre avec Marsden au Reform avant de courir déjeuner chez Elinor. Cela lui donnait un alibi. Leur liaison devait rester secrète. Ils le voulaient ainsi tous les deux, au moins pour le moment.

— A propos, reprit Will, Neville a fini d'organiser le rendez-vous avec Louis Charpentier à Paris. Il vient de téléphoner en disant qu'il aura bientôt les dernières précisions. Son déplacement est prévu dans les jours qui viennent.

— Excellent ! On va à la réunion ?

Depuis qu'Edward Deravenel avait pris la direction des entreprises Deravenel, Will était devenu son assistant personnel et travaillait avec lui en étroite collaboration. Il avait aussi la responsabilité d'un projet auquel Edward tenait beaucoup et qui faisait l'objet de cette réunion.

Quelques secondes plus tard, Alfredo Oliveri et Rob Aspen s'assirent à leur tour à la grande table de conférence. Une fois les salutations échangées, Edward ouvrit la discussion.

— Et, maintenant, dites-moi quelles sont les grandes nouvelles ?

— Ce ne sont pas de très grandes nouvelles, répondit Alfredo, mais nos contacts en Perse ont confirmé que la compagnie Onpeg est toujours là et qu'ils continuent les forages pétroliers, à Masjid-I-Sulaiman.

— C'est dans le sud-ouest de la Perse, précisa Rob Aspen.

— Mais ils n'ont encore rien trouvé, n'est-ce pas ? demanda Edward en lançant un coup d'œil à Will. La situation reste identique, non ?

— Plusieurs autres sociétés sont déjà en place et forent dans d'autres régions de la Perse, dit Will. Je pense que nous devrions faire ce que tu as toujours voulu. Nous devrions envoyer notre propre équipe de prospection.

— D'accord, répondit Edward.

Comme toujours, il avait parlé en homme sûr de lui. Son sens des affaires l'avait remarquablement servi au cours des trois années précédentes. Il avait ramené la maison Deravenel au premier plan, assuré l'avenir et réparé la plupart des dégâts causés par les mauvais choix de Grant dans le passé. Son objectif était de développer ses activités pour lui assurer une place plus importante que jamais.

— Donc, poursuivit-il, il nous reste à décider qui nous envoyons. Qu'en diriez-vous, Oliveri ? Voulez-vous vous lancer dans l'exploration des déserts de Perse ?

— Si vous voulez que j'y aille, j'irai, répondit Alfredo avec un sourire de complicité. Vous savez que j'aime l'aventure.

— Je partirai aussi, si cela vous semble utile, ajouta Rob Aspen.

— J'en suis ! dit Will à son tour. Ce pays m'attire beaucoup.

— Non, Will, certainement pas ! dit Edward. Je crains que tu ne doives rester ici. Mes amis, il faut peaufiner notre projet, tout étudier dans les détails. Je pense que le pétrole va devenir la matière première la plus recherchée. Nous ne pouvons pas nous tenir à l'écart ! Nous avons besoin de nos propres champs de pétrole, c'est vital pour nous.

— Tu ne dois à aucun prix lui permettre d'entrer dans ton lit, dit Jocelyn Wyland.

Tout en prononçant ces mots, elle fixait sa fille Elizabeth d'un regard dur et menaçant.

— Il a une terrible réputation de séducteur, et tu le sais ! Si jamais tu devenais sa maîtresse, tu serais perdue. Il ne tarderait pas à te rejeter.

— Mère ! Je n'ai aucune intention de devenir la maîtresse d'Edward Deravenel. Comment pouvez-vous imaginer une chose pareille ?

Elizabeth semblait très choquée.

— Parce que, si j'avais ton âge, je le mettrais dans mes draps à la première occasion !

— Mère !

Jocelyn Wyland sourit.

— Je sais que je me contredis moi-même, mais c'est un homme remarquable et, je dois l'ajouter, irrésistible pour la plupart des femmes. Pourquoi serais-tu différente ?

— Vous avez raison, mère, je ne suis pas différente. Toutefois, je ne suis pas stupide. Il n'est certainement pas question de lui céder maintenant alors que je veux l'épouser. C'est mon seul but ! Je ne veux rien de moins que le mariage.

Jocelyn considéra sa fille aînée d'un air rayonnant.

— Je suis enchantée de voir que tu abordes l'affaire avec l'attitude qui convient. Après tout, le sexe est le sexe et peut se révéler très agréable, à condition de bien choisir son partenaire ! Mais cette fois, Elizabeth, les enjeux sont infiniment plus sérieux. N'oublions pas que tu es veuve avec deux fils en bas âge et que la succession de Simon ne te procure pas de gros revenus. Nous continuerons à t'aider, ton père et moi, pour que tu puisses maintenir ton train de vie. Toutefois, j'ai de grands espoirs pour toi. Je rêve d'un beau mariage.

— Je le sais, mère, et je ne vous décevrai pas. Je sais maîtriser, disons, mes émotions, mes sentiments.

— Tu es très belle, ma chère, et la plupart des hommes feraient tout pour te posséder. Mais tu dois te garder pour celui qui te passera la bague au doigt.

Elizabeth marqua son approbation d'un léger mouvement de la tête et se leva. Traversant le petit salon de sa maison de Cadogan Square, elle se posta devant une fenêtre qui donnait sur les arbres de la place. Elle pensait à Edward Deravenel. Elle le voulait de toutes ses forces.

— Je ne l'ai pas beaucoup vu, vous savez, dit-elle enfin. Seulement deux fois. Il est venu prendre le thé.

Sa mère fronça légèrement les sourcils.

— Es-tu déjà sortie avec lui, ma chérie ? À l'Opéra ? Au concert ? Même pas pour dîner au Ritz ? Cet hôtel est devenu le repaire préféré de la bonne société depuis son ouverture, l'année dernière.

— Non, il ne m'a invitée nulle part.

— Très étrange ! Comment s'est-il comporté quand il est venu prendre le thé chez toi ? Qu'a-t-il dit ? Qu'a-t-il fait ?

Elizabeth fixa sa mère quelques instants, perplexe. Allait-elle lui dire la vérité ou non ? Elle décida de tout lui raconter.

— Il m'a parlé très tendrement, il a essayé de me séduire, il m'a embrassée sur la joue et même, avant de partir, sur la bouche. Il a aussi essayé de me caresser, mais je l'ai repoussé.

Jocelyn avait toujours eu des conversations très franches avec sa fille aînée, beaucoup plus qu'avec ses autres enfants. Baissant la voix, elle l'interrogea de nouveau.

— S'est-il montré impatient ? Excité ?

— Oui, dit Elizabeth. Très pressant. La dernière fois qu'il est venu ici, il est parti en colère parce qu'il était plus qu'émoustillé. Il voulait à tout prix m'avoir.

— La frustration a dû le mettre hors de lui.

— Je le pense ! Il avait une drôle de voix quand il m'a traitée de tentatrice.

Jocelyn éclata de rire.

— Continue à le tenter, ma chérie, mais ne le laisse surtout pas parvenir à ses fins ! Je sais d'instinct comment se conduit ce genre d'homme. Un homme qui ne sait pas résister à une femme se dépêche de passer dans le champ suivant dès qu'il a cueilli les fleurs du premier.

La comparaison de sa mère fit rire Elizabeth, qui compléta enfin sa confession.

— En réalité, mère, je suis folle de lui.

— Garde ton sang-froid, Elizabeth ! Garde ton amour pour plus tard, quand il t'aura épousée. Ne lui donne rien de ce qu'il désire avant ce jour-là ! Tu m'entends ?

— Oui, je vous le promets.
— A-t-il essayé de te revoir ?
— J'ai reçu quelques lignes de lui, ce matin.
Elizabeth se tourna vers la pendule posée sur la cheminée.
— Il sera là dans quelques heures. Il vient ce soir, entre six et sept.
— T'invite-t-il à dîner, ce soir ?
— Non, il écrit seulement qu'il passera prendre un verre.
— Parfait ! S'il veut que tu sortes dîner avec lui, réponds-lui que tu ne peux pas. Je préfère qu'on ne te voie pas avec lui en public pour le moment. C'est le meilleur parti de tout Londres et je refuse de laisser croire qu'il est parvenu à ses fins avec toi et qu'il t'a ensuite abandonnée. Au cas où il ne sortirait rien de sérieux de tout cela, comprends-moi.
— Je comprends.
— Je te fais confiance, ma chérie. Sois sage ! Ton avenir en dépend.

48

Yorkshire

Thorpe Manor faisait partie des plus belles demeures du Yorkshire. De proportions parfaites, avec une vaste façade, de nombreuses fenêtres et deux tours couronnées de coupoles blanches et de flèches brillantes, elle offrait un parfait exemple de l'architecture élisabéthaine de la dernière période. Construite en pierre rose pâle de la région, avec les encadrements des portes et des fenêtres en grès blanc cassé, elle donnait une impression générale de douceur et de bienveillance.

La maison était entourée d'un immense parc aux vastes pelouses, orné de chênes immenses, de sycomores, de jardins de fleurs, de roseraies encloses de murs et de plusieurs lacs d'ornement. Des cygnes nageaient sur les lacs. Des paons se pavanaient avec une élégante fierté sur les terrasses et les pelouses, sentinelles colorées de cette demeure grandiose. Elle appartenait aux Watkins depuis plusieurs siècles et le père de Neville la lui avait donnée quand ce dernier avait épousé Nan. Ils en avaient fait leur résidence de campagne.

Ce jour-là, la maison bruissait d'activité. Le personnel s'affairait de haut en bas ; les fleuristes garnissaient des urnes et des vases de grandes gerbes de roses et de toutes sortes de fleurs ; les cuisinières préparaient des plats raffinés dans les vastes cuisines ; les employés du traiteur disposaient des petites chaises dorées autour de tables rondes sur la longue terrasse et lissaient le linge de table en organdi rose.

Dans quelques heures, Kathleen Watkins, la sœur de Neville, deviendrait la femme de Will Hasling dans la chapelle privée du domaine. Ensuite, une garden-party réunirait la famille et les invités. Il faisait un temps magnifique en ce samedi de juin, un temps idéal pour se marier.

Will Hasling, l'air anxieux, était dans sa chambre avec Edward, finissant de s'habiller.

— Ned, tu me jures que ma cravate est bien mise ? De quoi ai-je l'air ?

— Tu ne pourrais pas être mieux, répondit Edward avec un sourire malicieux. En fait, si j'étais une femme, je t'épouserais tout de suite !

— Tu ne peux donc pas être sérieux un instant ! s'exclama Will d'un ton exaspéré.

— D'accord, je vais être sérieux. Tu es parfait ! Grand, élégant, d'un goût parfait jusqu'à la pointe de tes chaussures bien cirées. Cesse de jouer les futurs mariés inquiets et peu sûrs d'eux-mêmes ! Et puis, tiens-toi tranquille une minute, si tu veux que je fixe ta boutonnière correctement !

Quand il eut fini d'épingler une rose blanche au revers de Will, Edward lui en tendit une autre.

— Rends-moi le même service, veux-tu ? dit-il.

Ils portaient tous les deux des tenues de cérémonie impeccablement taillées qui venaient de Saville Row, jaquettes noires, pantalons rayés et gilets blancs. Leurs cravates étaient en soie gris pâle avec une épingle ornée d'une perle magnifique.

Will recula pour mieux voir son ami et lui renvoya sa plaisanterie.

— Si j'étais une femme, je t'épouserais sur-le-champ !

Ils rirent tous deux de bon cœur puis Edward revint aux sujets sérieux.

— Puisque tu vas à Paris pour ta lune de miel, cela te gêne-t-il de savoir que Neville y sera en même temps que toi ?

Will haussa les épaules d'un air indifférent.

— Pas vraiment ! En fait, nous n'y resterons que deux ou trois jours avant de partir pour la Côte d'Azur, Kathleen et moi. Quoi qu'il en soit, je doute que nous voyions Neville. Il a plusieurs rendez-vous prévus avec Louis Charpentier.

— Oui, c'est exact. Il y va pour régler les derniers détails de l'acquisition de leurs filatures de soie à Lyon.

Will ne pouvait pas ne pas remarquer l'indifférence que trahissait la voix de son ami.

— Tu ne sembles pas très enthousiaste ?

— En effet, répondit Edward, cette affaire ne m'intéresse pas du tout. Je sais que Charpentier dirige un petit empire en France et que Neville rêve de l'incorporer aux entreprises Deravenel, mais nous sommes déjà très solides. Je ne pense pas vraiment que nous ayons besoin des actions de la société Charpentier. Le pétrole m'intéresse beaucoup plus. Je suis très content d'avoir envoyé une équipe de géologues en Perse avec Oliveri et Aspen. Je voudrais vraiment obtenir une concession là-bas. Pour te dire la vérité, je ne pense plus qu'à ça !

— Tu as toujours dit que le pétrole, c'était l'avenir, et je suis d'accord avec toi. Quand je rentrerai de ma lune de miel, nous devrions peut-être aller en Perse, toi et moi, pour voir sur place ce qui s'y passe.

— Peut-être, quoique j'aie du travail par-dessus la tête, en ce moment, comme tu le sais. Il y a des Américains qui arrivent dans un mois. Ils veulent nous vendre leurs plantations de coton au comptant et j'ai envie de les acheter. Cela me semble très cohérent au regard de notre politique.

On frappa discrètement à la porte et Johnny Watkins entra, aussi élégant que ses amis.

— Ah ! Tu es là, dit-il à Edward. Je vois que tu as le plateau de roses blanches. Il m'en faut plusieurs, une pour moi et le reste pour les autres garçons d'honneur. Et une pour Neville, bien sûr.

— Tu en trouveras autant que tu veux, Johnny. Il y en a même une pour Richard. Je ne veux pas que mon « petit écureuil » se sente laissé de côté.

— Je te comprends. J'en prends aussi une pour George.

Ce dernier se montrait parfois source d'ennuis depuis quelque temps et Edward se faisait du souci pour lui. Il fixa la fleur au revers de Johnny puis reprit la conversation.

— J'espère que tu portes aussi ton autre rose blanche, dit-il.

Johnny lui sourit et ses yeux gris se mirent à briller.

— Je ne m'en séparerais pour rien au monde, Ned. Je te l'ai dit : je la porterai jusqu'à ma mort, et encore après.

Johnny prit ensuite le petit plateau en argent avec les roses et s'arrêta un instant sur le pas de la porte.

— Il faut que je retourne en bas, Ned. Je dois rassembler mes troupes et les mettre en rang !

Will regarda Johnny s'éloigner puis pivota vers Edward.

— Johnny t'a-t-il interrogé au sujet de la blonde que tu avais remarquée au bal de Maude Tillotson ? demanda-t-il à mi-voix.

— Non, pourquoi ? répliqua Edward, légèrement sur la défensive.

— Il m'a posé la question récemment. Il voulait savoir si tu avais découvert son identité. J'ai préféré lui mentir.

Will hocha la tête d'un air embarrassé.

— Je ne sais pas pourquoi j'ai fait ça. J'ai seulement pensé qu'il valait mieux le laisser ignorer que c'est une Wyland. Neville ne les apprécie pas. Il s'est toujours méfié d'eux à cause de leur ancienne amitié et de leurs liens avec les Grant.

— Je te remercie sincèrement de me protéger, Will, mais je t'avoue que je ne l'ai pas revue depuis le jour où je suis allé prendre un verre chez elle. Elle ne s'est pas montrée, comment dire, très coopérative. Comme elle m'a farouchement refusé ses faveurs, j'ai cessé de la poursuivre. C'est trop compliqué, une veuve avec deux jeunes enfants.

— Ne m'en parle pas !

On frappa de nouveau à la porte et Vicky fit son apparition, toute souriante, très belle dans sa longue robe bleu clair. Elle était dame d'honneur, de même que Fenella Fayne.

— On m'a envoyée chercher le fiancé et son témoin, dit-elle en entrant. Plus exactement, je me suis portée volontaire, de façon à pouvoir vous embrasser tous les deux.

Traversant la pièce, elle tendit les mains vers son frère.

— Je voulais aussi te souhaiter tout le bonheur du monde, mon cher Will.

Comme ses frères, Kathleen Watkins ressemblait beaucoup à sa tante, Cecily Deravenel. C'était une jeune femme ravissante, avec une masse de cheveux auburn, de grands yeux gris limpides et une élégante silhouette aristocratique à la fine ossature.

Tandis qu'elle descendait l'allée centrale de la chapelle du domaine au bras de son frère Neville, elle avait la sensation que sa vie commençait. Elle était amoureuse de Will depuis l'âge de seize ans et son rêve se réalisait enfin, après plusieurs années d'attente. Quand elle ressortirait de cette chapelle, elle serait devenue sa femme. Elle lui appartiendrait comme il lui appartiendrait. Il serait son mari. Elle crut que son cœur allait exploser de bonheur.

Will, qui l'attendait devant l'autel, la trouva plus belle encore que d'habitude. Tandis qu'elle venait vers lui au bras de son frère, il sentit sa nervosité se dissiper.

Soudain, il se sentait parfaitement calme et rassuré, plein de confiance en l'avenir. Il savait qu'il avait pris la bonne décision en demandant la main de la jeune femme qu'il chérissait. A cet instant, il sentit qu'Edward lui serrait le bras et il lui lança un rapide coup d'œil avec un imperceptible hochement de tête.

— Tout va bien, murmura-t-il en réponse à l'interrogation muette qu'il avait lue dans les yeux de son ami.

Edward Deravenel, quant à lui, se montrait détendu et à l'aise. Il était heureux pour Will, sachant à quel point son ami avait désiré se marier. Will avait de la chance d'avoir rencontré la femme qui lui convenait et qui l'aimait autant qu'il l'aimait.

Et elle était enfin là, devant l'autel, sa cousine Kathleen, en satin et dentelle blancs. Les perles de son diadème, mêlées aux fleurs d'oranger, luisaient doucement et son voile de tulle formait un léger nuage autour de son visage. Elle tenait un magnifique bouquet blanc composé de roses, de freesias, de gardénias et d'orchidées. Une bouffée de leurs parfums mêlés parvint à Edward.

Derrière la mariée venaient les deux dames d'honneur, Vicky et Fenella, puis les demoiselles d'honneur, Margaret, la sœur d'Edward, Isabel et Anne, les filles de Neville, et enfin Grace Rose, promue responsable des fleurs. Elles portaient toutes de la soie bleu pâle et, pensa Edward, les petites filles étaient particulièrement charmantes.

L'orgue jouait en sourdine et, soudain, s'éleva une voix de soprano.

— O Amour parfait, toi qui transcendes toute pensée humaine,
« Devant ton trône, en prières nous nous agenouillons
« Que leur amour puisse ne jamais connaître de fin,
« Celui des deux êtres que tu unis pour ne faire qu'un.

Neville et Kathleen s'immobilisèrent enfin au pied de l'autel. L'orgue se tut peu à peu et le chapelain de la famille Watkins prit place, tourné vers les fiancés.

Edward Deravenel vérifia la présence des alliances dans sa poche. Oui, elles étaient bien là. En sécurité ! Soulagé, il se détendit. La cérémonie commençait.

Satin et dentelle, pétales de fleurs et confettis, rires et larmes, du bonheur et de la joie partout. Le champagne dans des flûtes de cristal, le soleil éblouissant, des sièges à l'ombre des arbres. La musique qui flotte dans l'air, Mozart, Brahms, des airs campagnards traditionnels, des chansons populaires. Des gens élégants, de beaux habits et des bijoux étincelants...

On riait, on parlait, on bougeait tout autour de lui. Edward voyait que la garden-party était une réussite, mais il voulait quitter cette pelouse, passer sur la terrasse et s'asseoir un moment pour réfléchir. Son esprit était trop plein.

D'un pas rapide, il se fraya un chemin parmi la foule des invités et gravit en un instant les larges marches de pierre qui menaient à la plus petite des terrasses, où l'on avait installé de confortables sièges en osier blanc. Comme il s'asseyait, il vit sa mère venir dans sa direction et il leva la main pour lui faire signe. Puis il aperçut Vicky, non loin, qui venait aussi vers lui, tenant Grace Rose par la main.

Comme sa mère montait les marches, il se leva pour l'attendre en souriant.

— Kathleen est absolument magnifique, dit Cecily. Quelle belle cérémonie, n'est-ce pas, Ned ?

— Très belle, mère, vous avez raison.

Sans crier gare, Grace Rose se mit soudain à courir vers eux et, quand elle s'arrêta, Edward s'accroupit devant elle.

— Bonjour, Grace Rose, dit-il d'une voix douce. Tu as été une parfaite petite demoiselle d'honneur.

— C'est vrai, oncle Ned ? demanda-t-elle avec un sourire charmant.

— Oui, tout à fait vrai !

Grace se retourna vers Vicky.

— Maman, tu as entendu ? cria-t-elle. Tu as entendu ce qu'oncle Ned a dit ?

— Oui, ma chérie. Maintenant, viens, nous rentrons pour quelques instants.

Vicky sourit à Cecily.

— Bonjour, madame Deravenel. C'est un beau jour, n'est-ce pas ?

— Oui, ma chère Vicky.

Cecily baissa les yeux sur la petite fille.

— Tu t'appelles Grace Rose, je crois ?

— Oui, répondit Grace avec une petite révérence.

— Eh bien, bonjour, Grace Rose, dit Cecily en lui souriant.

— Bonjour, répondit-elle timidement.

Puis elle mit sa main dans celle de Vicky et elles s'éloignèrent.

Cecily Deravenel les suivit des yeux jusqu'à la maison, puis se tourna vers Edward.

— Est-ce l'enfant de Vicky ? Elle l'a appelée maman.

— C'est une longue histoire, mère. Asseyez-vous et je vais tout vous raconter.

Edward expliqua à sa mère comment Amos avait trouvé Grace dans la rue et l'avait amenée à Haddon House. Il lui parla ensuite du certificat de naissance découvert à l'arrière du cadre d'une photo.

Cecily se redressa un peu plus sur sa chaise et fronça les sourcils.

— Vicky a donc pu savoir qui étaient les parents. Quelle histoire étonnante !

— Plus précisément, elle a découvert qui était la mère. Le nom du père ne figure pas sur le certificat.

— Une enfant illégitime ! Grace est une enfant illégitime ! dit Cecily, l'air contrarié. Et que révélait la lettre qui l'accompagnait ?

— Le nom du père.

— Quel est-il ?

— En fait, mère, c'est moi.

49

Cecily fixait son fils, figée sur sa chaise, le visage vide d'expression, muette. Edward finit par briser le silence.

— Vous ne semblez pas très étonnée, mère.

— Si, dit-elle, et en même temps, non, je ne suis pas étonnée. Quand j'ai vu cette enfant dans la chapelle avec les demoiselles d'honneur, j'ai été frappée par son extraordinaire ressemblance avec toi. J'ignorais encore son identité. Quand je l'ai vue avec Vicky sur la terrasse, que j'ai vu ta gentillesse et ta tendresse pour elle, j'ai pensé...

Cecily s'interrompit avec un soupir et hocha la tête d'un air incrédule.

— Pardonne-moi, Ned, mais j'ai pensé que tu avais eu une liaison avec Vicky et que Grace Rose en était le fruit.

— Mère ! Comment pouvez-vous penser une chose pareille ! Vicky est une femme mariée.

— Cela t'a-t-il jamais arrêté ?

— Je ne peux pas croire ce que j'entends ! Je dois avoir la pire des réputations.

— Hum ! Je ne sais pas si j'utiliserais cette expression. D'après ce que, moi, j'entends, la plupart des hommes t'envient et les femmes... Je préfère ne pas m'appesantir sur le sujet. Moins on en dit sur les femmes et leur vie intime, mieux c'est.

Edward ne put retenir un petit rire et laissa passer un silence avant de reprendre la parole.

— Vous êtes unique, chère mère, vraiment unique !

— Revenons plutôt à Grace Rose. Qui est, ou était, sa mère ? Je suppose que c'était la vérité, quand elle a dit que sa mère était décédée ?

— C'est exact ou, du moins, j'ai de fortes raisons de le penser. C'est également l'opinion de Fenella, mais, excusez-moi, je vais trop vite. Il faut que je vous explique. La mère de Grace s'appelait

Tabitha James. Elle avait épousé le maître de chœur d'une église de Scarborough. Quand je l'ai rencontrée...

Il s'interrompit, la main sur les lèvres.

— Disons que j'étais très jeune, reprit-il enfin. Nous... Nous nous sommes plu, mais elle avait peur qu'on nous découvre et elle a disparu. Un jour, je l'ai croisée par hasard, à Whitby. Elle était veuve, à l'époque, et vivait avec la sœur célibataire de son mari. Toby James l'avait laissée sans ressources.

— Et tu vas me dire que tu as repris tes relations avec elle ?

Edward regarda sa mère droit dans les yeux.

— Oui, c'est exact.

Cecily fronça les sourcils avec une expression perplexe.

— Mais, dit-elle d'un ton pensif, tu devais être très jeune.

Il se mordit la lèvre et resta silencieux pendant un long moment, puis poussa un grand soupir.

— A l'époque où j'ai fait la connaissance de Tabitha, quand elle vivait à Scarborough, j'avais treize ans. C'est elle qui m'a séduit, à treize ans ! Quand je l'ai revue à Whitby, j'en avais quatorze.

Bien qu'effarée d'apprendre que son fils avait eu sa première liaison amoureuse aussi jeune, Cecily réfléchit au fait qu'il n'était pas un homme ordinaire. Il avait toujours été très grand et très robuste. A treize ans, il faisait plus que son âge, non seulement par son apparence physique, mais aussi par son comportement. Edward s'était toujours conduit avec une grande maturité, infiniment supérieure à celle des garçons du même âge.

Cecily se pencha vers son fils et lui posa la main sur le bras. Son regard exprimait une profonde compréhension.

— Quel âge avais-tu à la naissance de Grace Rose ? demanda-t-elle d'un ton affectueux.

— Je devais déjà avoir quinze ans, mère. J'ai essayé d'aider Tabitha autant que je le pouvais.

Un sourire triste passa brièvement sur son visage.

— Je ne pouvais pas faire grand-chose en ce qui concernait l'argent. Je n'en avais pas ! Mais chaque fois que je prenais mon cheval pour aller voir Tabitha, ce qui arrivait souvent, je demandais à la cuisinière de me préparer un pique-nique. J'ai au moins pu lui apporter de quoi se nourrir pendant sa grossesse.

Cecily ferma les yeux. Pourquoi les enfants ne se tournent-ils jamais vers leurs parents quand ils ont des problèmes ? En réalité, elle connaissait la réponse. Ils redoutent de se confier, et à juste titre. Si Edward était venu leur expliquer la situation, à elle et à son mari, il aurait été envoyé en pension au lieu de faire ses études avec un précepteur à Ravenscar. Il s'était donc battu avec ses moyens, en faisant de son mieux.

— Vous vous sentez bien, mère ? demanda Edward.

— Oui, Ned, je vais bien, répondit-elle dans un murmure avant d'ouvrir les yeux.

Il scruta son visage d'un air inquiet.

— J'ai essayé de prendre mes responsabilités, vous savez.

— Oui, je comprends, dit-elle. Que s'est-il passé ensuite, après la naissance du bébé ?

— Si vous vous en souvenez, j'ai eu une bronchite, à quinze ans, et j'ai été très malade pendant plusieurs semaines. Dès que j'ai été suffisamment remis, j'ai galopé jusqu'à Whitby. Tabitha était partie et d'autres personnes occupaient la maison de sa belle-sœur. J'ai essayé de m'informer. D'après ce que j'ai pu apprendre, sa belle-sœur était décédée et Tabitha avait gagné Londres. Je n'ai pas réussi à en savoir plus.

— Je vois. Tu as dû être très malheureux.

— Oui, bien sûr, mais je me suis dit que Tabitha avait plus de vingt ans et savait se débrouiller. J'ai supposé qu'elle était allée habiter chez une amie. Elle m'avait parlé un jour d'une amie d'école qui vivait à Chelsea.

— Tu as donc repris ta vie normale, c'est cela ?

— Que pouvais-je faire d'autre ? répondit Edward.

— Et, un jour, tu as vu ton enfant avec Vicky. Est-ce bien cela ?

— Vous avez raison. J'ai été immédiatement frappé par le visage de Grace Rose, tout comme Will, mais nous n'en avons jamais parlé. Il ne m'a jamais demandé si c'était ma fille.

— Et Vicky ? Elle n'aurait jamais remarqué votre ressemblance ?

— Je pense que si, mère, mais tout est très étrange, dans cette histoire ! La façon dont Finnister a trouvé l'enfant à Whitechapel dans une carriole a détourné l'attention de tout le monde. Du moins, je le pense. Comment cette enfant aurait-elle pu être ma fille ? Vicky a pensé que, si elle avait le même teint que moi, c'était une coïncidence. C'est ce qu'elle m'a dit par la suite.

Cecily regarda de nouveau son fils dans les yeux.

— Quand on a trouvé son certificat de naissance et le mot de sa mère, reprit-elle, tout a été découvert, bien sûr. Je me trompe ?

— Disons que six personnes environ connaissent la vérité, maintenant : Vicky, Stephen, Fenella, Finnister et Will. Et moi-même, bien sûr ! Tabitha m'avait désigné dans son mot en demandant qu'on prenne contact avec moi. Elle avait mis une boucle de mes cheveux dans le papier.

— Et ton adresse ? Elle ne la donnait pas ?

La mère d'Edward était très étonnée.

— Elle parlait de Ravenscar, c'est tout.

— Si je comprends bien, personne n'avait trouvé ce document et n'avait donc pu te joindre ? Personne n'a enlevé ce papier du cadre de la photographie avant que Vicky ne le fasse ?

— Vous avez encore raison. En fait, je ne savais pas grand-chose, moi-même. J'ai expliqué à Vicky que Tabitha était allée à Londres et ne m'avait jamais donné de nouvelles.

— Tu dis que Fenella est au courant. Comment est-ce arrivé ?

— Fenella connaît assez bien Whitby. Bien qu'elle ait grandi à Tanfield, leur nurse les emmenait à Whitby chaque année, son frère et elle, pour les vacances d'été. Quand on a trouvé le mot de Tabitha, Fenella devait se rendre dans le Yorkshire pour voir son père. Elle a décidé de mener son enquête à Whitby. Elle a rencontré les anciens voisins de Tabitha, de même que les commerçants. Elle a découvert deux éléments. D'abord, Tabitha James n'était pas la femme qu'elle prétendait être. Je veux dire par là qu'elle venait d'un milieu très différent de ce que croyaient la plupart des gens. C'était la fille unique d'une famille de l'aristocratie et elle s'était enfuie avec son professeur de musique, Toby James. Fenella a aussi obtenu un nom, celui de Sophie Fox-Lannigan, l'amie d'enfance de Tabitha, qui habitait à Chelsea.

— Grands dieux ! Qui aurait cru que Fenella soit aussi bonne détective et qu'elle se donnerait tant de mal !

Cecily Deravenel semblait très impressionnée.

— Si l'on y réfléchit bien, mère, il n'y a là rien d'étonnant. Il est évident que Fenella ne reculerait devant rien pour nous aider. Pense à la façon dont elle dirige Haddon House ! C'est sa vraie personnalité, vous savez. Elle se soucie beaucoup des autres.

— C'est vrai et, par chance pour cette enfant, elle est aussi très curieuse. Je suppose qu'elle est donc allée voir cette dame, Sophie Fox-Lannigan, pour lui demander ce qu'elle savait.

— L'amie de Tabitha vivait toujours à Chelsea, mais, malheureusement, n'avait que peu d'informations. D'après elle, Tabitha est restée avec elle et son mari pendant quelques mois. Ensuite, elle est partie avec un homme qu'elle avait rencontré chez des amis des Fox-Lannigan. C'était un ancien officier de la garde, mais aussi un joueur. Il s'appelait Cedric Crawford.

— Et Fenella l'a retrouvé, bien sûr !

— Non. Sophie Fox-Lannigan lui a appris que Tabitha avait échoué avec Crawford à Whitechapel dans un horrible taudis. Mme Fox-Lannigan s'y est rendue plusieurs fois pour lui apporter de l'argent et des provisions, et la supplier de quitter cet homme. Malheureusement, Tabitha semblait avoir une grande peur de Crawford et n'osait pas s'enfuir. Sophie Fox-Lannigan était si inquiète qu'elle y retournait régulièrement et, un jour, elle apprit que Tabitha avait disparu, ainsi que Crawford et l'enfant. Ils étaient partis, sans laisser la moindre trace.

— Pauvre Tabitha ! C'est affreux de finir comme ça. Je suppose qu'on ne l'a jamais retrouvée ?

— Non, mère. Il me paraît clair que Crawford avait pris la fuite, sans doute après la mort de Tabitha. La petite a dit à Amos Finnister que Crawford avait tué sa mère, mais nous n'en avons aucune preuve.

— Cet homme horrible a dû jeter Grace Rose à la rue après la mort de sa mère.

— C'est très vraisemblable, en effet.

— Mais qui était réellement Tabitha ?

— C'était la fille du comte de Brockhaven. Elle avait donc un titre de noblesse. Avant d'épouser Toby James, elle s'appelait lady Tabitha Brockhaven.

— Est-ce que quelqu'un a pris contact avec sa famille ?

— Il ne reste personne, mère. Le comte et la comtesse n'ont pas eu de fils. Tabitha était leur unique enfant. Comme ses parents sont morts, eux aussi, le titre est éteint. D'après Mme Fox-Lannigan, cette famille était très appauvrie.

— Je comprends. Quelle triste histoire ! Il y a des vies terribles.

Cecily Deravenel secoua la tête d'un air peiné.

— Nous endurons tous des souffrances incroyables par moments, et des coups qui arrivent de façons très variées.

Au moment où sa mère prononçait ces mots, Edward Deravenel pensa le mot de « catastrophe », mais le refoula aussi vite. Il laissa son regard se perdre quelques instants dans le lointain, puis se retourna vers sa mère.

— C'est plus ou moins toute l'histoire de Grace Rose, sauf pour une chose. Sophie Fox-Lannigan avait gardé une petite malle qui appartenait à Tabitha. Après la disparition de Tabitha et de Grace Rose, elle l'a rangée dans son grenier, rechignant à la jeter. Elle en a parlé à Fenella, qui s'est souvenue d'une clé que l'on avait trouvée dans le sac de Grace Rose.

Cecily hocha lentement la tête.

— Je devine ce qui suit. C'était la clé de la malle. Est-ce exact, Ned ?

— Oui, mère.

— Qu'y avait-il dans cette malle ?

— Les messages que j'avais envoyés à Tabitha et des lettres de son père. Il la suppliait de revenir et lui disait que tout était pardonné. Il y avait aussi quelques bijoux sans grande valeur, des petits riens que Vicky donnera à Grace Rose quand elle sera assez grande pour cela.

— Et que sait l'enfant, Ned ? Sait-elle que tu es son vrai père ?

— Non, non ! Surtout pas ! Je ne ferais jamais cela à Stephen Forth et à Vicky. Ils adorent la petite. Nous en avons longuement discuté, tous les trois. C'est moi qui leur ai demandé de ne rien changer à la situation, de ne pas se lancer dans de grandes révélations. J'ai dit que je voulais être présent dans la vie de Grace Rose, mais seulement sous le nom d'oncle Ned. Vous devez aussi savoir que, maintenant que je suis à la tête des entreprises Deravenel et que j'ai de l'argent, j'ai créé un fonds pour Grace Rose. Elle ne doit pourtant rien savoir de nos liens réels. C'est la meilleure solution, mère, je le pense sincèrement. Ainsi, personne ne souffrira.

— Je suis tout à fait d'accord avec toi, Ned. Tu as agi comme il le fallait. En dépit de ce que certains peuvent penser, tu fais toujours le bon choix, à ta façon.

Cecily eut un sourire aimant pour son fils, sans cacher une pointe de fierté.

— Si je ne me trompe pas, reprit-elle, Grace Rose a donc sept ans ?

— Oui, elle avait quatre ans quand Finnister l'a trouvée, mais, comme elle est très grande – ce en quoi elle tient de moi ! –, Fenella a toujours pensé qu'elle en avait cinq, ou même plus, mais c'est son certificat de naissance qui fait foi.

— Je te remercie de m'avoir dit la vérité à son sujet, Ned. Maintenant, nous devrions rejoindre les autres membres de la famille et nous mêler aux invités.

Cecily se leva puis se dirigea vers les marches de pierre. Son fils la suivit et descendit les degrés de la terrasse en même temps qu'elle.

— J'aimerais revoir Grace Rose tout à l'heure, Ned. Je voudrais juste lui parler quelques minutes.

— Cela me semble une bonne idée, mère.

Ils gagnèrent une autre terrasse, plus vaste que la première, où famille et invités commençaient à se rassembler et à chercher leurs chaises.

Neville les rejoignit à grands pas dès qu'il les aperçut.

— Vous voilà tous les deux ! Nous nous demandions ce qui vous était arrivé.

— Nous échangions les dernières nouvelles, répondit Cecily avec un sourire.

Tandis que son neveu la guidait jusqu'à la table familiale, elle se demandait ce qu'il pouvait savoir.

— Vous êtes superbe, tante Cecily, dit Neville. Ce bleu delphinium vous va à ravir.

— Merci beaucoup, Neville ! Je dois aussi vous complimenter, Nan et toi. Vous avez organisé le plus beau mariage auquel je sois allée depuis très longtemps. Tout est parfait et cette garden-party est une riche idée.

Quelques minutes plus tard, Neville entraînait Edward à l'écart.

— Es-tu certain, demanda-t-il à voix basse, que tu ne veux pas venir avec moi à Paris, lundi, pour assister au rendez-vous avec Louis ?

Tiens ! C'est « Louis », à présent ! pensa Edward.

— Merci, Neville, mais c'est non. C'est toi qui as monté ce dossier. J'estime donc que c'est à toi de mener les négociations et de le conclure.

Neville posa la main sur l'épaule d'Edward.

— Très bien ! dit-il avec un grand sourire. Dans ce cas, considère que c'est fait ! Nous formons vraiment une équipe idéale, toi et moi.

Beaucoup plus tard, quand tous les discours eurent été prononcés et tous les toasts portés, le bal s'ouvrit dans la grande salle. Les invités se pressèrent en foule à l'intérieur tandis que d'autres partaient se promener dans les jardins pour profiter de la belle soirée de juin.

Cecily Deravenel, qui voulait parler à Vicky, la trouva assise dans la grande salle avec son mari, Stephen. La voyant se diriger vers eux, Vicky lui sourit, tandis que Stephen se levait courtoisement.

— Vicky, ma chère, puis-je vous dire un mot en privé ?

— Certainement, madame Deravenel. Voulez-vous m'excuser, Stephen ?

Il accepta d'un sourire et se tourna vers Cecily.

— Quelle belle journée, madame Deravenel, n'est-ce pas ?

— Oui, Stephen, et quel beau mariage, aussi ! Je suis heureuse que nos familles se soient ainsi unies.

Prenant Vicky par le bras, Cecily l'entraîna vivement à l'extérieur et entra aussitôt dans le vif du sujet.

— Vicky, je sais tout. Tout à l'heure, Ned m'a expliqué tout ce qu'il y a à savoir sur Grace Rose.

— J'ai toujours pensé que vous, entre toutes, vous remarqueriez au premier regard son extraordinaire ressemblance avec Ned.

— En effet, mais j'ai cru qu'il s'agissait d'une coïncidence.

Vicky sourit en hochant la tête d'un air pensif.

— Les coïncidences jouent un rôle étonnant dans nos vies, n'est-ce pas ? Parfois, une vie est entièrement bâtie à partir d'un « peut-être » ou d'un « si ». Si Fenella n'avait pas créé Haddon House, Amos Finnister n'aurait pas su où emmener Grace. Et, s'il n'avait pas travaillé pour Neville, il ne m'aurait pas connue. Et tant d'autres « si » à chaque instant de nos vies !

— En effet, c'est parfois très étonnant. Vicky, pourrions-nous retrouver Grace ? J'aimerais la revoir, simplement tenir...

Cecily ne termina pas sa phrase.

— Bien sûr ! s'exclama Vicky avec empressement. Allons la chercher !

Cecily Deravenel avait connu tant d'événements terribles, tant de deuils tragiques en quelques années, que Vicky aurait tout fait pour lui procurer un moment de bonheur.

Elles se hâtèrent de regagner la grande salle, où l'on dansait au milieu des conversations et des rires. La soirée ne faisait que commencer. On dînerait à huit heures.

Ce fut Grace qui repéra Vicky dans la foule et courut aussitôt vers elle. Le beau visage de l'enfant n'était que sourires.

— J'ai dansé avec Richard ! s'exclama-t-elle sans reprendre son souffle. Il m'a fait tourner et tourner, maman ! C'est très amusant.

Vicky éclata de rire.

— Te souviens-tu de cette dame, Grace ? Tu l'as vue tout à l'heure avec oncle Ned.

Grace hocha la tête et sourit timidement à Cecily Deravenel, qui se baissa vers elle et lui prit la main.

— J'ai oublié de te dire quelque chose, Grace Rose. Je suis la maman d'oncle Ned et j'aimerais que tu m'appelles tante Cecily. Tu veux bien ?

— J'aime beaucoup oncle Ned ! C'est mon ami.
— Et moi, je pourrai être ton amie ? demanda Cecily.
— Oui, répondit Grace Rose d'un ton solennel en la regardant droit dans les yeux.

Soudain, au grand étonnement des deux femmes, l'enfant s'approcha de Cecily, mit ses petits bras potelés autour de son cou et l'embrassa sur la joue comme si elles étaient déjà de vieilles amies.

Cecily la serra très fort contre elle. Voilà ma petite-fille, pensait-elle, l'aînée de mes futurs petits-enfants, et je ne peux pas la reconnaître comme telle. Mais au moins je peux l'aimer, oui, je peux l'aimer !

50

Quand elle séjournait chez eux, à Thorpe Manor, Neville et Nan donnaient à Cecily la chambre qu'elle y avait occupé jusqu'à ses débuts dans le monde. Parmi toutes les maisons que possédait Philip Watkins, son père, Thorpe Manor avait été celle qu'il préférait, peut-être parce qu'il y était né et y avait grandi.

Philip Watkins y avait également passé beaucoup de temps avec sa femme et ses enfants. Il avait hérité de la demeure à la mort de son père, Edgar, qui la tenait lui-même de son père. En fait, Thorpe Manor appartenait depuis des siècles aux Watkins, les châtelains du petit village de Ripon dans les Yorkshire Dales.

Cecily aimait ce lieu chargé d'histoire, ses vastes pièces aux proportions élégantes, avec de nombreuses fenêtres à petits carreaux sertis de plomb, qui laissaient entrer la lumière à flots, de beaux parquets cirés avec soin, des cheminées sculptées, des coins et recoins pleins de surprises, tous les enjolivements propres à l'architecture Tudor.

La pièce de réception que Cecily aimait entre toutes était la grande salle, qui s'étendait sur presque toute la longueur de la maison. Elle possédait une immense cheminée en briques avec un spectaculaire manteau sculpté, un plafond à poutres apparentes et de hautes fenêtres à meneaux.

Assise sur la banquette d'une des fenêtres de sa chambre, Cecily repensait à la soirée qui s'était achevée à peine une heure plus tôt : le bal dans la grande salle, le dîner raffiné dans la salle à manger d'apparat, et de nouveau la danse. Cela avait été une soirée détendue, pleine de musique, de joie et de rires. Neville et Nan étaient des hôtes parfaits. Cecily avait eu l'impression que tout le monde s'amusait. Les invités avaient eu du mal à partir.

Elle appuya le front sur la vitre. Le jardin brillait dans la lumière argentée de la pleine lune de juin. L'effet était magique.

Cecily soupira. Jeune fille, elle s'était souvent assise à cette même place pour rêver d'un grand amour, d'un beau mariage et de la famille qu'elle fonderait un jour. Cela lui paraissait à présent très lointain.

D'un effort de volonté, elle repoussa le souvenir de son mari, les images qui surgissaient dans sa mémoire. Ce soir entre tous, elle ne pouvait pas supporter de raviver son chagrin. Cela avait été terrible de perdre en même temps son mari, son fils Edmund, son frère Rick et son neveu Thomas, le frère cadet de la mariée d'aujourd'hui. Ils auraient dû être là. Tous.

Cecily avait appris à se maîtriser et à se protéger pour être forte. Elle chassa donc ces pensées tristes pour se concentrer sur ses responsabilités. Elle avait encore deux fils, George et Richard, dont elle devait achever l'éducation. Et il y avait Meg, sa fille chérie, qui venait d'avoir dix-huit ans et se faisait partout remarquer par sa beauté.

Elle sourit en la revoyant en imagination, ravissante, telle qu'elle était apparue pour le mariage. Elle avait semblé si heureuse de danser avec Edward ! Il l'avait invitée à plusieurs reprises et elle avait tourbillonné avec lui, radieuse et légère, fière d'être au bras de son frère.

Edward. L'histoire de Grace Rose avait fasciné Cecily, l'avait émue et en même temps horrifiée. Edward avait toujours été impulsif, mais loyal envers sa famille et ses amis, se souciant de ses proches. Il se montrait remarquable en bien des domaines, mais réellement incapable de résister à une jolie femme. A vrai dire, elles se jetaient sur lui de la manière la plus éhontée ! Cecily et son mari l'avaient remarqué alors qu'Edward avait à peine douze ou treize ans, mais ils avaient préféré l'ignorer. Edward avait toujours eu trop de tentations.

Cela avait donc commencé avec Tabitha James quand il avait treize ans, elle le savait à présent. A la décharge de Tabitha, il fallait reconnaître qu'Edward paraissait alors beaucoup plus que son âge. La jeune femme avait dû lui donner plusieurs années de plus. Cecily n'en restait pas moins stupéfaite que son fils ait pu concevoir un enfant à quatorze ans et devenir père à quinze ans.

Elle se mit soudain à rire, d'un rire apaisé. N'était-elle pas un pur produit de l'ère victorienne ? Bien des siècles auparavant, les femmes pouvaient avoir leur premier enfant à douze ans et l'on voyait des pères de quatorze ou quinze ans ! Cecily se reprocha aussitôt cette idée : on ne vivait plus au Moyen Age.

Quoi qu'il en fût, cela n'avait pas d'importance : Grace Rose serait aimée et protégée pour le reste de sa vie. Vicky et Stephen s'occupaient d'elle et Edward veillerait toujours sur sa fille. Il le faisait déjà, comme elle-même le ferait dorénavant. Grace Rose avait souffert, mais, si cela ne tenait qu'à Cecily, cela n'arriverait plus jamais.

Sans cesser sa contemplation du jardin sous la lune, Cecily repassa en esprit des images de son fils tel qu'elle l'avait vu pendant la soirée. Elle l'avait discrètement observé à différents moments. Edward lui avait paru soucieux. En dépit de la gaieté, de la légèreté et de la bienveillance qu'il dégageait, elle n'avait pu manquer le trouble qui assombrissait son regard bleu. Quelque chose n'allait pas dans la vie de son fils, Cecily en était certaine. Il devait avoir un problème avec une femme. Elle ne pouvait rien concevoir d'autre.

Elle finit par quitter la fenêtre et alla s'étendre dans le grand lit à baldaquin. Elle savait qu'Edward se laissait rarement embarrasser par les femmes. Elles faisaient simplement partie de sa vie quotidienne. Ce qui occupait l'essentiel de son temps et de ses pensées en accaparant toute son énergie, c'étaient les entreprises Deravenel. Se pouvait-il qu'il ait un problème avec Neville ? Au cours de la soirée, elle avait parfaitement entendu Edward faire quelques remarques étonnantes et curieusement sarcastiques au sujet de son cousin.

Allongée dans le noir, les yeux fixés au plafond, elle évoqua l'image de son père, Philip Watkins, un des plus grands entrepreneurs de l'époque victorienne. Il avait réussi à amasser une énorme fortune avant d'avoir atteint ses vingt-cinq ans. Tout ce qu'il touchait se transformait en or. Quelques heures plus tôt, Edward lui avait fait remarquer que la famille Watkins ne serait rien sans le père et le grand-père de Cecily, Philip et Edgar Watkins, qui avaient tiré de l'or des usines et des sinistres puits de mines du nord du pays.

Edward voulait-il dire que son oncle Rick et son cousin Neville Watkins n'auraient pas été capables de réussir par eux-mêmes ? Qu'ils n'auraient pas su faire leur chemin sans l'argent et les relations de leur famille ? Bien sûr, cela les avait beaucoup aidés, il aurait été ridicule de le nier. Le sous-entendu d'Edward lui semblait pourtant très clair. Non, se dit Cecily, il a tort. Mon frère Rick était un homme brillant, tout comme Neville.

Neville... Essayait-il de tirer les ficelles ? Edward était-il seulement la créature de Neville ? Non, c'était une idée absurde.

Edward possédait une trop forte personnalité pour se laisser manipuler. Il avait une volonté de fer et, peut-être plus important que tout, la capacité de se concentrer totalement sur son but. C'était cela, la clé du caractère de son fils : une totale concentration et une détermination sans faille. Edward était décidé à gagner, à n'importe quel prix. Peu importait qui se trouvait en travers de son chemin.

Cecily se retourna dans son lit et ferma les yeux. Non, pensa-t-elle, je ne dois pas m'inquiéter pour Edward. Mon fils sait ce qu'il fait et tout ira bien pour lui.

51

Assis dans la bibliothèque rouge, Edward savourait une fine Napoléon, en contemplant les braises rougeoyantes de l'âtre. Même en juin, les nuits étaient fraîches dans le Yorkshire, et il y avait toujours du feu à Thorpe Manor comme à Ravenscar.

Après le départ des invités, il avait passé en revue pendant une bonne demi-heure, avec Neville, les détails du projet français. Il avait manifesté un grand enthousiasme, pour faire croire à son cousin qu'il s'y intéressait réellement. La tâche n'avait pas été trop ardue, car Neville s'était montré très réceptif !

Une ambiance étrange allait régner au sein de Deravenel, pour une semaine au moins. Oliveri et Rob Aspen étaient toujours en Perse avec les géologues et s'apprêtaient maintenant à investir dans le pétrole. Quelques jours avant, il leur avait adressé un télégramme les autorisant à négocier avec le shah de Perse les droits d'un terrain, apparemment très prometteur.

Will serait en voyage de noces dans le sud de la France, où il visiterait Cannes, Nice, et Monte-Carlo. Les projets de Neville l'entraînaient à Paris. Même Johnny séjournerait dans le Nord pour contrôler leurs différents holdings.

Il allait donc gérer tout seul les affaires des Deravenel. Will Hasling, dont il était extrêmement proche, lui manquerait, et l'absence de ses autres collègues créerait aussi un vide.

Il aurait pourtant fort à faire. Il comptait lire plusieurs rapports rédigés par Jarvis Merson, un jeune prospecteur du Texas. Merson lui avait été présenté plusieurs semaines auparavant, et prétendait, peut-être à juste titre, avoir beaucoup à lui apprendre dans le domaine du pétrole. En tout cas, Edward voulait en savoir plus et rassemblait un maximum d'informations dans ce but. Le pétrole... Il comptait en faire, à l'avenir, un élément essentiel de l'empire Deravenel.

Plongé dans ses réflexions, il en vint à ses préoccupations personnelles.

Elinor. Elle me pose un vrai problème. Que faire à son sujet ? Elle se sent mal : c'est pourquoi elle ne s'est pas montrée en ville depuis des semaines. Elle paraissait lasse et un peu distante quand je suis allé dans le Devon. Je l'ai priée de me dire ce qui la contrariait, mais elle a refusé. Le problème est que je ne m'intéresse plus à elle, du moins en tant qu'amant. L'a-t-elle senti ? Les femmes ont une grande intuition. N'étant pas un homme cruel, je dois la quitter en douceur pour qu'elle souffre le moins possible. Mais je me connais, et je sais que je ne suis pas très doué pour jouer la comédie quand une femme ne m'intéresse plus.

Il y a aussi Elizabeth, la plus belle femme de la terre. Non, pas tout à fait. Lily était très belle...

Edward ferma les yeux à la pensée de sa chère Lily, avant de replonger dans une profonde rêverie.

Je ne rencontrerai jamais une femme comparable à Lily. Je devrais la chasser de mon esprit ; elle y demeure pourtant. Lily était belle, et elle était une femme de cœur. On ne rencontre pas fréquemment une personne de cette qualité, j'en suis certain.

Elizabeth a une beauté irrésistible, mais sa personnalité n'a rien à voir avec celle de Lily. J'ai le sentiment qu'elle peut être dure et butée. Il me semble que je ferais mieux de ne pas me soucier d'elle pour l'instant. Je ne gagne rien à la voir ! D'ailleurs, elle n'est pas à Londres ; elle prend des vacances dans le Gloucestershire.

Je suis content que Will m'ait averti des sentiments de Neville au sujet des Wyland. Ils ont toujours été en bons termes avec les Grant, mais il ne faut pas les mettre à l'index pour autant. De toute façon, le problème ne se posera pas.

Neville me cache quelque chose ; j'en suis persuadé. Il détient un secret qui fait planer de temps à autre un sourire sur son visage. Peut-être croit-il qu'il va avoir le dernier mot dans sa négociation avec Charpentier. J'en doute, quant à moi, car Louis passe pour un vieux renard.

Elinor... Elizabeth... Aucune des deux n'est à la hauteur de Lily. Pauvre Elinor ! Elle s'est fait des illusions en s'imaginant que notre relation durerait toujours, car elle ne me fascine plus. Quand elle était l'épouse d'Angus Talbot, je la convoitais avidement ; depuis qu'elle est veuve, elle m'attire de moins en moins. Je ne dois pas être mesquin. La semaine prochaine, je lui enverrai une lettre et des fleurs pour lui remonter le moral.

Edward s'approcha du guéridon pour remplir son verre, puis il retourna au coin du feu.

Les femmes sont le fléau de mon existence. Une véritable drogue dont je ne puis me passer, ma plus grande faiblesse. Ma mère a une force remarquable ! Je me félicite qu'elle ait si bien réagi à l'apparition de Grace Rose dans nos vies. Je me doutais que cela allait se produire et que je devrais lui dire la vérité. Il était clair qu'elle remarquerait la ressemblance de cette enfant avec moi.

Je pense beaucoup à Tabitha et je m'interroge sur son destin. J'ai eu souvent l'impression que cette charmante jeune femme était une aristocrate ; je ne me trompais pas. Je m'interroge aussi sur l'ignoble Cedric Crawford, officier de la garde. Un gradé et un gentleman, prétendument. Certainement pas un gentleman ! Est-il toujours en vie ? A-t-il déménagé à la cloche de bois ? Si jamais je le rencontre, je lui donnerai une correction dont il se souviendra.

Will a dit l'autre jour que, si Grace Rose n'avait pas été à la rue, elle aurait été vouée à un destin atroce. Qui sait ce que Crawford lui aurait fait si elle était restée auprès de lui ? Pauvre Tabitha, sa vie a été une tragédie ! Du moins son enfant a-t-elle été sauvée. Ma petite Grace Rose. Ma fille...

Je peux faire beaucoup pour elle. En plus de l'argent que je gagne à Deravenel, il y a la fortune que j'ai héritée de Lily et que j'ai bien investie. Oui, je dépenserai une partie de cet argent pour Grace Rose.

— Ned, puis-je te parler un instant ?

Surpris par son frère, Edward faillit renverser sa fine. Après s'être ressaisi, il tourna la tête en marmonnant :

— Bien sûr, petit écureuil ; mais évite à l'avenir de t'approcher à pas de loup ! Tu m'as fait sursauter.

— Oh, pardon !

Richard s'approcha de l'autre siège, devant le feu qui se mourait dans l'âtre.

— J'étais un peu troublé par certaines choses, Ned, et j'aurais simplement aimé en discuter avec toi.

— Viens donc t'asseoir, mon garçon. Veux-tu une goutte de cette fine Napoléon ?

Richard éclata de rire.

— Mère serait furieuse si elle apprenait que tu m'offres du cognac. De l'*alcool* !

Edward adressa un sourire à son frère préféré.

— Je n'en avais pas la moindre intention. C'était une plaisanterie, car tu t'es exprimé comme un véritable gentleman. Tu te doutes bien que je ne t'aurais pas servi une seule goutte de cognac !

— Je sais.

Richard se pencha en avant et murmura :

— Je souhaiterais te parler d'Anne Watkins.

Edward avala une goutte d'alcool et scruta son frère avec intérêt.

— Vas-y, Dick. Que veux-tu me dire ?

— Quand nous nous marierons, Anne et moi, le mariage aura-t-il lieu ici ou à Ravenscar ?

Edward étouffa un rire et finit par répondre à son frère, en gardant son sérieux avec peine.

— Ce n'est pas urgent, je suppose. Après tout, tu n'as que onze ans, Richard. Nous reparlerons de cela quand viendra le moment de te marier, dans une dizaine d'années, par exemple.

— J'aimerais que ce problème soit réglé dès maintenant, Ned. Sinon, je serai extrêmement soucieux, insista Richard. George dit qu'il ne m'autorisera pas à épouser Anne ici, à Thorpe Manor. Quand je lui ai répondu que, selon l'usage, une femme se marie dans la demeure de ses parents, il m'a ri au nez. Je lui ai rappelé qu'il n'était pas propriétaire de ce manoir, mais il a prétendu qu'il lui appartiendrait un jour. Il refuse absolument que la réception ait lieu ici !

Dans l'expectative, Richard dévorait des yeux son grand frère bien-aimé. Ce dernier se sentit soudain contrarié, car George devenait, depuis quelque temps, un véritable fauteur de troubles.

— Richard, mon garçon, dit Edward en dissimulant son irritation derrière un sourire, tu n'as pas à tenir compte de George ! Il se fait, à mon avis, des illusions absurdes, et il a la folie des grandeurs. Tu épouseras Anne ici, à Thorpe Manor ; son père en est propriétaire, comme tu le sais. Ce manoir est dans sa famille depuis des siècles et n'appartiendra jamais à George. Cependant, je te répète que tu n'épouseras pas Anne avant longtemps, et que tu changeras peut-être d'avis à son sujet quand tu seras plus âgé.

Richard hocha la tête. Ses yeux bleu-gris prirent la couleur de l'ardoise, et sa bouche mince se pinça.

— Je n'épouserai pas une autre femme, et elle n'épousera pas un autre homme ! Et, si nous ne nous marions pas ensemble, nous ne nous marierons jamais.

— Veux-tu une limonade ? fit Edward avec un sourire indulgent. Il y en a une carafe là-bas.

— Non merci, Ned. Mais je te remercie de m'avoir dit la vérité. M'autorises-tu à communiquer tes paroles à George ?

— Si tu le souhaites, acquiesça Edward, amusé par les efforts de Richard pour s'exprimer comme un adulte. J'ai cru comprendre que tu voulais aborder plusieurs sujets avec moi.

— Oui, et l'autre est... peu agréable. Il s'agit de ce que George raconte à ton sujet, Ned.

Edward se leva et s'approcha de la cheminée ; puis, le dos au feu, il scruta le jeune garçon. Etant très psychologue, surtout lorsqu'il s'agissait de George, il avait déjà deviné les propos fielleux que celui-ci avait tenus ce jour-là. La jalousie et l'envie de George crevaient les yeux depuis des années. Son frère voulait tout avoir.

— Parle, mon garçon, dit-il, ses yeux couleur de bleuet rivés sur Richard.

— Quand George a vu Grace Rose au mariage, il a dit qu'elle était ta fille illégitime, que c'était évident à cause de sa ressemblance avec toi. Meg lui a rappelé que Grace était la fille de Vicky et Stephen Forth. Il a répondu que tu avais eu une liaison avec elle, je veux dire Mme Forth, mais je sais que c'est faux. Je l'ai dit à George. J'ai eu raison, non ?

— Parfaitement raison, petit écureuil ! Je n'ai jamais eu de liaison avec Vicky Forth, la sœur de Will. George a très mal agi et il a eu grand tort de compromettre la réputation d'une femme respectable. Je vais certainement le réprimander.

— Comment ?

— Je ne sais pas encore, mais je trouverai un moyen approprié.

— Quand, Ned ?

— Dès demain, je t'assure !

Edward aurait souhaité dire la vérité à Richard, car il avait horreur de mentir, surtout à son petit frère préféré. Mais il n'osait pas révéler son secret, de peur de blesser Vicky et Stephen, qui considéraient maintenant Grace Rose comme leur propre enfant. Quant à cette enfant, il valait mieux qu'elle en sache le moins possible au sujet de son passé.

Au bout d'une seconde, Edward s'éclaircit la voix.

— A qui George l'a-t-il dit, à part toi et Meg ?

— Je ne sais pas. Il nous a chuchoté cela à Meg et moi. Il parlait à voix basse, comme il le fait souvent quand il a une méchanceté à dire sur quelqu'un. Tu sais qu'il est très médisant.

— Le téléphone arabe !

— Qu'est-ce que c'est ? fit Richard, intrigué.

— Le téléphone arabe, ce sont des rumeurs infimes qui circulent d'une personne à l'autre et vont crescendo, jusqu'à causer d'immenses problèmes pour tous. Ne tombe jamais dans ce travers, Richard, et promets-moi de ne pas colporter des ragots derrière le dos des gens.

— Jamais, Ned. C'est promis !
— J'ai confiance en toi, petit écureuil.

Les deux frères poursuivirent leur conversation, tandis qu'Edward terminait son cognac. Ils parlèrent du mariage de Will et Kathleen, et du grand bonheur de cette journée. Quand la pendule sonna minuit, Edward reposa son verre, puis ils quittèrent ensemble la bibliothèque rouge et traversèrent le grand hall, avant de monter se coucher.

Seul dans sa chambre, Edward pensa un moment à George : il aurait toujours intérêt à se méfier de lui. Au fil des ans, il avait pris conscience que son frère était un menteur et un traître, donc un homme dangereux. Il avait maintenant l'intuition qu'il lui ferait du mal un jour ou l'autre, s'il en avait l'opportunité.

A certains moments, Lily lui manquait si intensément qu'il éprouvait une douleur poignante. Quand cela se produisait, il avait besoin d'être seul, pour se retrancher au fond de lui-même et se souvenir que la belle et douce Lily n'était plus de ce monde. Plus jamais il ne la reverrait, car la mort avait eu le dernier mot.

Il pensa tout à coup à Elizabeth Wyland, une beauté à couper le souffle. Toutes les personnes qui l'avaient vue partageaient son admiration. Elle avait une peau laiteuse et sans un défaut, une longue chevelure platinée, des yeux bleu pâle. Et, pourtant, elle était d'une beauté glaciale.

La Reine des Neiges, se dit-il en ébauchant un sourire. Glacée à l'extérieur, mais elle brûlait sûrement d'un feu intérieur ! Il voulait la posséder à cause de sa beauté extraordinaire. Oui, elle représentait un défi pour lui. Plus elle résistait à ses charmes, plus il la désirait. Il surmonterait ces barrières de glace, pour parvenir au cœur même de sa personne.

Un jour ou l'autre, il tenterait sa chance, quand les circonstances le permettraient. Il devait à tout prix posséder cette beauté inaccessible.

Après avoir fermé les yeux, il s'assoupit en pensant à Elizabeth Wyland.

52

Londres

— Neville a l'air satisfait, chuchota Will Hasling à l'oreille d'Edward. Il a peut-être enfin terminé ses tractations avec Louis Charpentier.

— Je l'espère. Cette affaire traîne depuis des mois ! Je pense que ce n'est pas une mauvaise idée, après tout, d'acquérir ces manufactures de soie et ces vignobles, car le domaine en question a une grande valeur. Nous n'avons rien à perdre.

Will fronça les sourcils.

— Malgré tout, tu n'as pas l'air enchanté, Ned. Quelque chose te déplaît dans cette histoire ?

— A vrai dire, Will, je ne sais pas moi-même pourquoi je me fais tant de souci à ce sujet. Je suis préoccupé, mais je te prie de n'en rien dire, car je n'ai jamais exprimé mes réticences à Neville.

Edward émit un long soupir.

— Nous savons, toi et moi, que Neville n'a jamais fait une mauvaise affaire de sa vie. Il a un excellent sens du commerce et je lui fais *absolument* confiance. Tout ira bien, crois-moi.

— Si tu le dis !

Will se tourna et laissa planer son regard autour de la salle à manger privée des Deravenel.

Depuis qu'il avait pris le poste de directeur général de la compagnie, trois ans auparavant, Edward invitait à déjeuner, tous les mercredis, quelques dirigeants. Will, Neville et Johnny Watkins étaient toujours conviés, car ils étaient particulièrement proches de lui.

Neville capta le regard de Will à travers la pièce et hocha discrètement la tête ; Will lui adressa un signe à son tour et effleura le bras d'Edward.

— Je crois que Neville souhaite me parler. Je te prie de m'excuser !

— Bien sûr ! fit Edward. De toute façon, je dois dire un mot à Oliveri. J'aimerais connaître son opinion au sujet de mon prospecteur, Jarvis Merson.

Will haussa à peine les sourcils avant de se diriger vers la fenêtre, où Neville était en grande conversation avec son frère Johnny.

Edward rejoignit Alfredo Oliveri.

— Si tu me donnais ton avis au sujet de mon ami texan, Jarvis Merson ?

— Il sait beaucoup de choses, selon moi, et il nous rend de grands services. Ses fanfaronnades déconcertent certaines personnes, mais je pense qu'il est droit et sincère.

— Alors, nous sommes d'accord, car je le crois honnête, et sincère, comme tu dis. J'aimerais aller en Perse, la prochaine fois que vous vous y rendrez, Aspen et toi. Qu'en penses-tu ?

— J'y suis tout à fait favorable ; Aspen le sera aussi. Lui et moi, nous apprécions Merson. A vrai dire j'estime que c'est un homme foncièrement honnête, même s'il s'emballe parfois.

— Il lui arrive de raconter des histoires, n'est-ce pas ?

Après avoir ri de bon cœur avec Alfredo, Edward lui proposa de passer à table : il avait ensuite un rendez-vous à l'extérieur et ne pouvait se permettre d'être en retard.

Les deux hommes se dirigèrent vers la table ronde, au centre de la pièce. Le couvert était mis, ce jour-là, pour six personnes : Edward Deravenel, Neville et Johnny Watkins, Will Hasling, Alfredo Oliveri et Rob Aspen.

Edward, qui avait salué chacun des convives à son entrée dans la salle à manger, peu de temps avant, se contenta de leur souhaiter bon appétit.

Comme du vin blanc était servi pour accompagner le plat de poisson, ces messieurs se mirent à discuter entre eux de leurs affaires, de la Bourse, de la politique et des politiciens. Après les soles, on leur servit des côtelettes d'agneau, avec des légumes variés et des pommes de terre rôties, puis un pudding au beurre comme dessert.

Assis à côté d'Edward, Will lui confia à voix basse :

— Neville m'a laissé entendre qu'il va nous annoncer de bonnes nouvelles au sujet de Louis Charpentier. Prends tout de même l'air étonné s'il en parle au cours du déjeuner !

Après avoir hoché la tête, Edward s'adressa à Rob Aspen.

— Votre suggestion de vous accompagner en Perse lors de votre prochain voyage me paraît fort alléchante.

— Ce serait une bonne expérience pour vous, surtout si vous êtes là au moment où l'on tombe sur un puits de pétrole, selon l'expression de Merson.

Edward posa de nombreuses questions à Aspen jusqu'à la fin du déjeuner. Il exprima une fois de plus son intérêt pour ce sujet et son projet d'effectuer des forages dans d'autres parties de la Perse.

— Je veux du pétrole pour Deravenel, conclut-il. Il nous en faut, Aspen. C'est impératif !

Juste avant que le café ne fût servi, Neville se leva et fit tinter son verre d'eau à l'aide de sa cuillère.

— Messieurs, pourriez-vous m'écouter un instant, s'il vous plaît ?

Tout le monde se tut et les regards se braquèrent sur lui.

— J'aimerais, reprit Neville en soulevant son verre de vin, que nous trinquions. Comme vous le savez, nous sommes en négociation avec Louis Charpentier au sujet de certains de ses holdings. Tout est conclu maintenant, à l'exception d'une chose. Nous pouvons donc, sans risque, porter un toast, aujourd'hui, aux Deravenel et à leur nouvelle acquisition en France.

— Aux Deravenel, dirent tous les convives à l'unisson, avant de lever leur verre et de boire.

— Très bien, Neville ! s'exclama Edward. Nous allons maintenant porter un toast en ton honneur, puisque tu es à l'origine de cette affaire.

En levant son verre, il dispensa des sourires à la ronde.

— A Neville Watkins !

— Merci, merci, fit Neville en se rasseyant d'un air satisfait.

Peu après, Alfredo Oliveri et Rob Aspen se retirèrent pour se rendre à leurs rendez-vous respectifs.

Edward termina son café et tourna les yeux vers Neville.

— Tu as annoncé qu'il restait un dernier point à conclure. Lequel ? Tu semblais avoir tout négocié ces deux derniers mois.

Neville lui sourit aimablement.

— A vrai dire, c'est de toi qu'il s'agit, Ned. Je t'ai demandé maintes fois de m'accompagner à Paris, mais tu as toujours trouvé une excuse pour ne pas rencontrer Louis Charpentier. Le moment est venu de te décider ! La semaine prochaine, tu viens avec moi, et tu rencontres Louis, ainsi que Blanche.

— Qui est Blanche ? fit Edward, intrigué.

— Sa fille, évidemment.

Edward eut soudain l'horrible intuition qu'il faisait partie du marché. Neville avait dû se mettre d'accord avec Charpentier : *on vous rachète, et, en échange, Edward Deravenel vous appartient.* Incapable de formuler sa pensée, il dévisagea son cousin sans un mot.

— Je t'ai dit l'année dernière, Ned, que Louis Charpentier ne vendrait ses principaux holdings que si sa fille épousait l'acheteur, reprit Neville, presque aussi troublé que son cousin.

Edward l'interrompit d'un ton péremptoire.

— Je ne suis pas l'acheteur ! C'est une compagnie et non un homme qui achète ces holdings.

— Voyons, Ned, tu coupes les cheveux en quatre.

— Je ne garde aucun souvenir de cette clause ! protesta Edward, en toute franchise. Si tu m'en avais parlé, je n'aurais accepté pour rien au monde. T'ai-je donné mon accord ?

— Tu n'as pas vraiment dit *oui*...

— En effet, je n'ai jamais prononcé ce mot, parce que je n'avais pas compris ce que tu voulais dire.

— Blanche Charpentier est une ravissante jeune fille, Edward. Une blonde aux yeux bleus. Elle a reçu une bonne éducation, elle a du charme et elle est cultivée. Fille unique, elle héritera de toute la fortune de Louis Charpentier, une immense fortune... Quand tu la verras, tu seras charmé.

— J'en doute.

— Je connais ton idéal féminin, gloussa Neville. Elle est ton type de femme. Dix-neuf ans, et absolument envoûtante. C'est le seul mot qui me vient à l'esprit.

— *Non* !

— J'ai conclu un accord avec Louis, et toute la négociation repose sur ce contrat de mariage, reprit patiemment Neville. Si tu n'épouses pas Blanche, notre accord tombe à l'eau !

— Je ne peux pas l'épouser.

— Ecoute-moi bien, Ned. Blanche est une Française sophistiquée. Elle ne fera pas d'histoires si tu as des maîtresses. Son père en a eu une pendant des années, sans mettre son mariage en péril.

— Je viens de te dire que je ne puis épouser cette personne.

— En réalité, tu ne *veux* pas ! répliqua Neville avec une soudaine aigreur.

Il savait pertinemment que son cousin ne serait fidèle à aucune femme. Dans ces conditions, pourquoi n'aurait-il pas épousé Blanche Charpentier ? L'entêtement d'Edward et son indifférence à ses conséquences le décevaient. S'il refusait le contrat de mariage, l'accord avec Charpentier serait nul et non avenu.

D'un ton plus calme, il ajouta :

— Ned, je te propose un compromis.

— Je ne puis épouser ni Blanche ni aucune autre femme.

Neville fronça les sourcils.

— Qu'est-ce que tu racontes ?
— Je ne puis me marier, parce que je le suis déjà.

Le souffle coupé, Johnny Watkins scruta tour à tour Ned et son frère. Il s'attendait à une véritable explosion.

Comme Neville restait sans voix, Will prit une profonde inspiration et murmura :

— Quelle est l'heureuse élue ?

Figé sur son siège et les yeux dans le vague, Edward se taisait.

— Qui as-tu épousé ? fit Neville, en le transperçant de son regard bleu et glacial. La connaissons-nous, Ned ?

— Il s'agit d'Elizabeth Wyland.

Un silence sépulcral plana dans la pièce. On aurait entendu une mouche voler, et les quatre hommes, immobiles, se dévisageaient d'un air abasourdi. Edward lui-même était ébranlé : il ne s'attendait pas à une telle réaction quand il avait annoncé son mariage. Mais comment aurait-il pu deviner les tractations de son cousin avec Charpentier ? Des tractations secrètes, dont il n'avait même pas été informé.

Malgré sa rage, Neville parvint à se maîtriser.

— Pourquoi n'avais-tu annoncé ton mariage à aucun de nous ? articula-t-il enfin. Tu aurais pu nous inviter à célébrer cet événement.

— Nous avons fait une fugue, répondit Edward, en éludant une partie de la question.

— Quand était-ce ?
— Fin juin.
— Il y a donc trois mois... Eh bien, eh bien !

Sur ces mots, Neville afficha un sourire contrit.

— Toutes mes félicitations, Ned.
— Et tous nos vœux de bonheur ! s'exclama Johnny. Mais tu es un coquin de nous avoir laissés dans l'ignorance d'un tel événement

— Je te félicite moi aussi, murmura Will, en se levant pour serrer la main d'Edward.

Après s'être levé à son tour, ce dernier regarda Neville droit dans les yeux.

— Je suppose que notre accord avec Charpentier n'a plus cours, n'est-ce pas ?

— Cela va de soi, répliqua Neville, avec un rictus inquiétant.

53

— J'avoue qu'il s'est montré aimable, dit Will Hasling, en échangeant un regard avec Edward. Il est malin, très malin, et sait se maîtriser, mais je tiens à te dire ceci : malgré son calme apparent, Neville était furibond quand il est parti.

Edward se carra sur son siège de bureau.

— J'en ai bien conscience, Will. N'oublie pas que je connais Neville depuis toujours ! Bien sûr qu'il est irrité, et même fou de rage, mais, puisque je suis marié, personne n'y peut rien.

Assis face à son meilleur ami, à qui il était totalement dévoué, Will garda le silence un moment, avant de murmurer :

— Il se sent insulté, et sans doute humilié. Souviens-toi qu'il ne lui reste plus qu'à aller annoncer à Louis Charpentier que tu refuses d'épouser sa fille. Ou plutôt que tu ne *peux* pas, puisque tu es déjà marié. Il va se ridiculiser ! Louis ne signera aucun accord, et Neville a horreur de l'échec. Il aura l'impression, non sans raison, d'être un perdant. Mon Dieu, il va en avoir lourd sur le cœur !

Penché sur son bureau, Edward observa un moment son ami.

— Ecoute-moi, Will ! Je t'assure que Neville a agi de son propre chef. Je n'avais pas compris ce qu'il avait en tête, et qu'il était en train de me manipuler. Franchement, j'ignorais tout cela. Il s'est montré à la fois stupide et étourdi, car il a oublié de prononcer le mot mariage. Je te promets qu'il ne m'avait rien dit.

— Je te crois ! s'écria Will, frappé par le regard grave d'Edward. En tout cas, Neville t'a mal jugé. Comment a-t-il pu imaginer qu'un homme comme toi accepterait un mariage arrangé ?

Edward éclata de rire.

— Quand j'ai commencé à me remettre du choc de ce qu'il m'a annoncé il y a une heure, j'ai eu exactement la même pensée. Il doit se faire des illusions, se monter la tête. Qu'en penses-tu ?

— Tout ce que je sais, Ned, c'est qu'il t'en veut. Il est fou furieux contre toi.

— Sa colère ne durera pas. Il finira par se calmer, tu verras.

— Peut-être, mais Johnny m'a semblé affreusement soucieux et mal à l'aise quand il est parti. Comme il vous aime tous les deux, il était pris entre deux feux.

— Johnny a un tempérament de battant ! A mon avis, ça va s'arranger. Ils vont finir par accepter tous les deux mon mariage avec Elizabeth.

Les lèvres pincées, Will jeta un regard inquisiteur à Edward.

— Tu sais, il m'arrivait de me méfier de toi cet été. Je te trouvais mystérieux, évasif, et tu ne disais jamais où tu allais. Quand je t'ai questionné, un jour, au sujet d'Elizabeth, tu m'as envoyé promener vertement. En fait, tu prenais des airs méprisants à son égard.

— Il le fallait.

— Pourquoi, Ned ?

— Parce que je savais que Neville, Johnny et ma mère considéreraient Elizabeth comme une ennemie. Des années durant, sa famille a été liée avec les Grant. Son père faisait des affaires avec Henry Grant, et il fut un temps où la banque commerciale Wyland gagnait de l'argent avec eux. Je me doutais donc qu'elle ne serait pas la bienvenue ! Et, pourtant, son frère m'a appris qu'ils ne traitent plus d'affaires avec les Grant depuis des années. Ils ont cessé de se voir depuis longtemps.

— Tu aurais pu te confier à moi, Ned. Nous sommes des amis intimes et tu me fais totalement confiance, j'espère.

— Absolument, Will ! Je ne t'ai rien dit pour ne pas te placer dans une situation délicate. Je craignais que Neville ne t'en veuille et ne cherche à se venger sur toi.

— Je te comprends et je devrais peut-être te remercier de m'avoir protégé, mais je regrette que tu ne m'aies pas mis au courant.

— Ne sois pas blessé !

— Bien sûr que non ! Tu la convoitais, et elle t'a éconduit jusqu'à ce que tu acceptes de l'épouser ? Est-ce bien cela ?

— Exactement, mon vieux. Elle se refusait à moi et je n'avais pas le droit de l'approcher ! Un après-midi où, sur le point de perdre patience, j'insistais pour qu'elle succombe à mes charmes, elle s'est indignée... et elle m'a dit ceci : « Je ne suis sans doute pas digne d'être ta femme, mais je suis beaucoup trop bien pour être ta maîtresse. »

Une lueur amusée brilla dans les yeux de Will.

— Anne Boleyn...

— Comment ?

— C'est ce qu'Anne Boleyn a dit à Henri VIII. Tu aurais dû l'apprendre en classe !

— Eh bien, j'ai oublié. En tout cas, j'ai réfléchi à ses paroles, une fois seul, et j'ai...

Edward s'interrompit et éclata d'un rire inattendu.

— Je l'ai approuvée, Will.

— Alors, vous vous êtes mariés en secret et je parie que vous avez immédiatement fait l'amour !

Edward esquissa l'un de ses sourires tendres et languissants qui plaisaient tant aux femmes.

— Oui. Nous nous sommes mariés chez sa tante, dans le Gloucestershire. Notre union a été célébrée par le prêtre de la famille, dans la chapelle privée, en présence de sa mère et de sa tante.

— J'aurais souhaité être à tes côtés, Edward.

— J'ai regretté ton absence moi aussi, mais je ne voulais pas te compromettre.

— Puis-je te demander si elle a été à la hauteur de ton attente ?

— Au-delà !

— Tu vas souvent à la campagne ces derniers temps. A Cirencester, je présume.

— En effet, Elizabeth est restée à Avingdon Chase avec sa tante, pour l'instant. Elle comprend tous les enjeux, car elle est brillamment intelligente, et elle se conforme à mes souhaits.

Edward se leva, alla se poster devant la fenêtre un moment, puis pivota sur lui-même.

— Ce n'est pas simplement de la convoitise, Will. Nous sommes réellement amoureux !

Will garda d'abord un silence prudent, malgré la bonne humeur et la sérénité manifeste de son ami.

— Je suis enchanté pour toi, dit-il enfin. Avoir une épouse aimée est si important. J'ai fini par m'en apercevoir ! Ma Kathleen est merveilleuse.

— Je puis en dire autant à propos d'Elizabeth, murmura Edward, se rapprochant de son bureau.

Il semblait particulièrement en forme ce jour-là. A le voir, qui aurait pu imaginer que de gros ennuis couvaient ? Edward était la tranquillité personnifiée ; un homme sans souci, heureux, empli de bonhomie et de détermination. Ne comprenait-il pas que, en faisant preuve d'indépendance et en prenant son destin en main, il avait gravement offensé son cousin, qui se flattait de l'avoir placé à la tête de Deravenel ?

Nous n'avons pas fini d'entendre parler de cette histoire, songea Will ; Neville se chargera de nous rafraîchir la mémoire.

— Si nous changions de sujet ? murmura-t-il. Tu m'avais dit, Ned, que tu allais m'emmener quelque part et que tu me réservais une surprise.

— C'est exact, fit Edward en se dirigeant vers la porte de son bureau.

Will lui emboîta le pas

— Montre-moi le chemin, et dis-moi où nous allons.

— Impossible ! répliqua Edward. Si je te le disais, ce ne serait plus une surprise.

Par un magnifique après-midi de septembre, les deux jeunes gens remontaient le Strand, à travers Leicester Square, en direction de Piccadilly Circus. La circulation était intense à cette heure ; des cabs, des autobus à chevaux et quelques automobiles à moteur – inventées en Amérique par Henry Ford – encombraient la place. Un flot de passants déambulaient, coude à coude, sur les trottoirs.

A la vue de l'une de ces automobiles, Edward empoigna Will par le bras.

— Quelle étonnante invention, ces voitures sans chevaux !

— Oui, elles sont remarquables, admit Will. Ma tante m'a dit qu'elle a vu la première en 1904. Elle appartenait à la duchesse de Marlborough, tu sais, l'héritière américaine, Consuelo Vanderbilt. Sa mère, Alva, la lui avait envoyée de New York. Marlborough a épousé Consuelo uniquement pour son argent !

— Il avait besoin de se renflouer, Will, pour payer les frais de Blenheim ; et, tout en étant riche, elle n'est pas vilaine. D'ailleurs, ça n'a pas grande importance.

Les deux hommes marchèrent en silence, puis Edward fit une confidence à son ami.

— Je t'annonce, Will, que j'ai l'intention de commander des voitures pour chacun de nous, à M. Rolls et M. Royce, qui commencent enfin à les fabriquer en grand nombre.

— Voyons, Ned, elles vont coûter une fortune ! Tu ne peux pas te permettre ça.

— Mais si ! Et je les payerai avec mes propres deniers ; tu n'as donc pas à t'inquiéter pour Deravenel.

— Dans ce cas, je n'y vois plus d'inconvénient. Merci.

Quinze minutes plus tard, ils traversaient Berkeley Square. Will Hasling comprit soudain qu'Edward le menait à la maison qu'il avait achetée depuis un an environ. Une demeure majestueuse, donnant sur une place verdoyante, en plein cœur de Mayfair, le quartier favori d'Edward à Londres.

— Les travaux sont terminés, n'est-ce pas ? fit Will en gravissant les marches de la façade.

— Oui, et tu seras surpris de voir ce que j'ai fait de cette maison.

Tout en parlant, Edward inséra sa clé dans la serrure et ouvrit la lourde porte en acajou donnant accès au vestibule.

— Je n'ai pas encore de personnel, précisa-t-il, à part un entrepreneur qui occupe le rez-de-chaussée. Pour l'instant, je ne suis pas vraiment installé.

Will promena son regard autour de lui, déjà impressionné par ce qu'il voyait.

— Quand comptes-tu emménager ?

— La semaine prochaine. Puisque mon mariage n'est plus un secret, je vais ramener Elizabeth à Londres dans quelques jours. Notre vie conjugale va débuter ici.

— Et ta maison de South Audley Street ?

— Il me semble que je n'ai plus qu'à la vendre, bien que je l'aie toujours aimée. Comme tu sais, je l'appelle « la maison de Lily », mais je n'ai que faire de deux maisons, et elle a toujours été un peu exiguë pour moi. Maintenant que je suis marié, il me faut une demeure plus spacieuse ! Je mets la maison de South Audley Street en vente dès la semaine prochaine.

— Non, je t'en prie ! J'ai l'acheteur idéal pour toi.

— Qui est-ce ? s'étonna Edward.

— Bryan Shaw, une vieille connaissance. Il est marchand de vins, à un très haut niveau. C'est un importateur. Sa femme Jane et lui cherchent une résidence à Mayfair ; l'argent ne leur pose aucun problème.

— Il faut que je les rencontre le plus vite possible.

— Je vais arranger cela, Ned. Tu n'as plus qu'à me faire les honneurs de ta nouvelle maison, car c'est dans ce but que tu m'as amené ici.

54

Nan Watkins, alarmée, était aux aguets derrière la porte de la bibliothèque. Neville, qui haussait rarement le ton, s'adressait à quelqu'un en criant. Il paraissait furieux. Pendant leurs années de vie commune, elle ne l'avait jamais entendu se mettre dans une telle colère.

N'étant pas du genre à écouter aux portes, elle frappa immédiatement et entra dans la bibliothèque, en refermant derrière elle. Neville fit volte-face et lui jeta un regard noir. Debout près de la fenêtre, Johnny, livide, avait l'air mécontent lui aussi, mais il ébaucha un sourire contrit.

— Que se passe-t-il ? demanda-t-elle timidement.

N'obtenant pas de réponse, elle pénétra plus avant dans la pièce.

— Ça ne va pas, chéri ? fit-elle d'une voix suraiguë.

Neville garda le silence. Johnny s'approcha d'elle et articula d'un ton aussi neutre que possible :

— C'est Edward. Il est...

Comme il s'interrompait, Nan regarda tour à tour les deux hommes en tremblant.

— Ned a un problème ?

— Un problème ? Il n'a aucun problème, aboya Neville. C'est moi qui en ai un ! Il m'a porté un coup terrible, qui me met dans une situation insupportable. De toute ma carrière, je n'ai jamais été dans un pétrin pareil !

Nan se retint d'une main au dossier d'une bergère à oreilles. Pour que son mari réagisse aussi mal, Edward avait dû commettre une faute gravissime.

— Dis-moi ce qui ne va pas, souffla-t-elle.

— Mon *French deal*, voilà ce qui ne va pas ! Il sera annulé avant la fin de la semaine, parce que ce chien ne peut pas garder sa...

Neville s'interrompit et s'éclaircit la voix, en se souvenant qu'il parlait à sa femme.

— Je te rappelle que je négocie avec Louis Charpentier, depuis des mois, l'un des plus grands contrats de toute l'histoire. La fusion de deux immenses empires : Deravenel et Charpentier, en France. Louis a accepté de nous vendre ses manufactures de soie et ses vignobles à un excellent prix. Une clause stipulait qu'après le mariage de sa fille Blanche avec Edward Deravenel il signerait un autre contrat ayant pour effet de *donner* le reste de son empire à Deravenel, au moment de sa retraite ou de son décès. C'était l'événement du siècle. Il n'en est plus question, hélas, à cause de mon cousin. Cet arrogant, cet obsédé sexuel. Quel imbécile !

— Voyons, Neville, tu exagères, protesta Johnny. Il était clair, cet après-midi, qu'Edward n'avait absolument pas compris les implications de l'accord que tu as conclu. Soyons équitables avec lui.

— Johnny, tu prends toujours sa défense ; je m'en suis aperçu depuis longtemps. Tu devrais te montrer loyal envers moi, plus que jamais !

— Je suis loyal envers vous deux, et je te trouve injuste, Neville. Ce n'est pas ton genre.

Neville foudroya son frère du regard et se dirigea vers le guéridon, pour se verser un verre de cognac.

— Tu pourrais parler avec Edward, mon chéri, suggéra Nan. C'est un homme raisonnable. S'il comprend ton problème, il ira au moins voir la fille de Louis, ce qu'il n'a pas encore fait ! Il n'a jamais accepté de t'accompagner à Paris, et je comprends maintenant ton insistance. Est-elle jolie ? Désirable ?

— Elle est jeune et belle, fit Neville sèchement. Et elle est l'unique héritière de Louis ! Mais emmener mon cousin la voir ne servira à rien ; il est trop tard.

— Pourquoi ?

— Edward est déjà marié.

Nan, éberluée, dévisagea son mari.

Après avoir avalé une grande gorgée de cognac, Neville tourna les yeux vers son jeune frère.

— Veux-tu boire quelque chose, Johnny ?

— Non, merci, Neville, fit ce dernier, un œil sur la pendule. Nous allons à Covent Garden ce soir. Emma Calvé joue *Carmen*, et je ne veux pas rater le lever de rideau.

Neville hocha simplement la tête.

— Je te remercie de ton soutien, Johnny. Excuse-moi d'avoir douté de ta loyauté ; ma colère contre Ned m'avait entraîné trop loin.

Il reposa son verre et ajouta plus sereinement :

— Je vais te raccompagner.

— Ce n'est pas la peine, mon vieux, murmura Johnny, une main posée sur l'épaule de son frère. Surtout ne t'inquiète pas, et déjeunons ensemble demain. Une heure au Wilton's ?

Neville ébaucha un sourire.

— J'y serai.

Une fois seule avec Neville, Nan s'empressa de lui prendre la main.

— Viens t'asseoir, mon chéri, et dis-moi tout ! Avec qui Ned est-il donc marié ?

— C'est incroyable ! Il a épousé Elizabeth Wyland en secret, il y a trois mois.

— Oh, mon Dieu, non ! Elle est terrible, Neville.

— Très belle, pourtant.

— La plus belle femme d'Angleterre, sinon d'Europe. Je n'irai pas jusqu'à dire de la terre entière, mais tout le monde la considère comme une beauté. Elle a aussi la réputation d'être pour le moins... *difficile*.

— Elle passe pour une vraie garce.

— Oh ! fit Nan, choquée. Elle est avare, arrogante, ambitieuse pour ses deux fils, sa famille et elle-même. Les Wyland sont nombreux, Neville ; je suppose qu'elle va envahir Edward avec ces gens-là. Tu vas voir !

— Qu'y puis-je ?

Sentant son mari plus calme, Nan le mena jusqu'au sofa. Ils s'assirent ensemble et elle reprit à voix basse :

— Si je suis bien informée, Elizabeth Wyland va le faire tourner en bourrique.

— De qui tiens-tu tes informations ? demanda Neville avec une curiosité manifeste.

— De Maude Tillotson. C'est une grande amie de la mère d'Elizabeth.

— Apparemment, Maude n'apprécie pas la nouvelle Mme Deravenel. Même si cette femme fait tourner Edward en bourrique, comme tu dis, il est indomptable. Quoi qu'elle pense, il continuera à vivre sa vie comme par le passé. Il ne lui sera pas fidèle, je parie !

Nan se cala dans le sofa et regarda au loin.

— Tu as raison, dit-elle au bout d'un moment. C'est plus fort que lui, il ignore le sens du mot fidélité.

— Je dois aller voir Louis à Paris, dès que possible !

— Quelles explications pourras-tu lui donner ?

— En l'occurrence, je crois préférable de lui dire la vérité, soupira Neville. Je lui expliquerai que Ned s'est enfui avec une femme et je tâcherai de sauver la face, ma chérie. Il me met dans un terrible embarras et je vais paraître stupide à Louis.

— Peut-être, mais Ned est jeune. Tu pourrais faire comprendre à Louis qu'il s'agit d'une erreur de jeunesse.

Neville partit d'un grand rire.

— Oh, ma chérie, ne penses-tu pas que Louis est au courant de la réputation d'homme à femmes d'Edward Deravenel ? A mon avis, il n'a rien laissé au hasard. Je suis certaine qu'il a enquêté au sujet d'Edward et qu'il se moque éperdument de sa réputation ! Pour un Français sophistiqué comme lui, « les hommes seront toujours des hommes », selon la formule consacrée. Je sais de source sûre que Louis Charpentier a eu de nombreuses maîtresses, et que son infidélité n'a pas affecté sa vie de couple avec Solange.

Nan se mordit les lèvres et regarda Neville d'un air inquisiteur.

— Que comptes-tu faire au sujet de Ned ?

Neville dévisagea sa femme d'un air étonné.

— J'ai du mal à te suivre, Nan. Que veux-tu dire par là ?

— Eh bien, il t'a joué un très sale tour ! Il a agi sans t'en aviser, alors que tu es son mentor et que tu t'es donné un mal fou pour l'aider.

— C'est exact ! Je l'ai installé sur le trône des Deravenel. Il n'y serait pas sans mon appui.

— Alors, comment vas-tu réagir, vis-à-vis de lui et d'Elizabeth ? Après tout, il fait partie de *notre* famille.

— Je n'ai pas l'intention de réagir, grommela Neville, pensif. Le mieux à faire est de me comporter comme si rien de fâcheux ne s'était produit et de garder les mêmes relations avec Ned ! Après tout, son mariage est une question personnelle, qui ne regarde que lui. Rien à voir avec nos affaires ! Nous les gérons ensemble, et j'avoue que je suis très fier de lui, Nan. Il s'en tire bien.

— Grâce à toi, qui l'as guidé !

— En effet, mais il a mené à bien un certain nombre de projets extraordinaires en trois ans. Oliveri et lui ont monté plusieurs *coups* : la découverte et l'achat de ces nouvelles carrières de marbre à Carrare, la réorganisation des mines de diamants en Inde, avec l'aide de David Westmouth, bien sûr. Et Ned a pris une initiative importante en se lançant dans la prospection du pétrole. Un grand coup, si ça marche ! D'autre part, il a redonné vie aux vignobles en France, qui avaient été terriblement négligés.

— Tu as toujours su apprécier les gens à leur juste valeur, chéri.

Neville, détendu, sourit chaleureusement à sa femme.

— Je crois, Nan, que nous devrions nous montrer généreux et avoir le sens de la famille, selon notre habitude ! Faisons bonne figure à Ned et Elizabeth, et organisons une réception en l'honneur de leur mariage, chez nous, et le plus tôt possible. Les blessures finissent toujours par cicatriser.

— Excellente idée ! Nous inviterons toute la famille, les Wyland et nos amis. Cela calmera le jeu, et vos relations vont redevenir normales, n'est-ce pas ?

— Oui, répondit Neville, tout en sachant qu'il ne ferait plus jamais confiance à son cousin.

55

Paris, 1908

— Bien sûr que tu peux me faire confiance, dit Edward avec un sourire languissant et amusé. Je te promets de ne jamais te trahir !

Assise dans sa suite du Ritz, devant la coiffeuse de sa chambre, Elizabeth pivota sur elle-même pour le regarder.

Un homme absolument irrésistible ! Affalé sur le grand lit, la tête sur une montagne d'oreillers de lin blanc, Edward portait un peignoir bleu saphir, qui rehaussait l'azur exceptionnel de ses yeux.

Quelques minutes avant, il avait tenté de l'attirer sur ce lit, mais elle s'était refusée à lui. Comme elle l'avait senti fort contrarié, elle avait aussitôt regretté sa réaction. Elle aurait dû se montrer plus douce et succomber avec grâce à ses avances.

Tout en sachant qu'il la convoitait et qu'il brûlait de désir, elle l'avait éconduit. Grossière erreur ! Il détestait essuyer des refus. Les femmes ne repoussaient jamais Edward Deravenel, mais elle, son épouse que tout le monde enviait, n'avait pas hésité à l'éconduire vertement. Pis encore, elle s'était ensuite permis de bouder et de lui reprocher son infidélité.

Les yeux fixés sur lui, elle se demandait comment faire amende honorable. Elle devait le séduire et lui céder, en l'aguichant comme il le lui avait si bien appris. Il aimait cela ! Pourquoi le repousser, alors qu'elle souhaitait tomber enceinte ? Elle aurait un enfant et elle le tiendrait par là.

A cette pensée, elle se leva et marcha lentement vers le lit, un sourire aux lèvres, dans l'espoir de le subjuguer. Les yeux rivés sur lui, elle murmura :

— Pardonne-moi, Ned chéri. Je t'aime tant que je ne supporte pas l'idée que tu touches une autre femme. Si tu savais comme je suis jalouse !

Il lui rendit son sourire.

— Pourquoi aurais-je besoin d'une autre femme, alors que j'ai la plus belle de toutes pour épouse ? La plus séduisante, la plus désirable...

Elizabeth ne répondit pas.

Quand elle atteignit le lit, il la dévisagea un long moment avant de tirer d'un geste brusque sur le déshabillé qu'elle portait. Taillé comme un kimono, dans une mousseline bleu pâle, striée de fils d'argent, ce vêtement léger et flottant glissa de ses épaules. Nue devant lui et toujours souriante, elle murmura :

— Me voici. Je suis tienne ; fais de moi ce que tu voudras.

— Oui, tout ! répondit-il dans un souffle. Tu es si belle. Comment peux-tu imaginer que je désire d'autres femmes, petite écervelée ?

Après avoir piqué un léger fou rire, il se redressa et sortit du lit ; puis il la mena par la main devant sa coiffeuse.

— Assieds-toi ici et ne bouge pas, lui ordonna-t-il avant de disparaître.

Il ne tarda pas à revenir, muni d'une petite mallette. Il l'ouvrit sur le lit et sortit un écrin de cuir, qu'il ouvrit également ; puis il s'approcha de la coiffeuse.

— Ferme les yeux, Elizabeth.

Elle obtempéra, mais, sentant quelque chose de froid sur son cou, elle rouvrit les yeux. Ce qu'elle vit l'éblouit : Ned déposait sur sa gorge une rivière de diamants à nulle autre pareille.

— Oh, Ned, souffla-t-elle. C'est magnifique !

— Comme toi.

En parlant, il saisit une poignée de ses longs cheveux platinés.

— Tout cela scintille. L'éclat irrésistible de la tentation, murmura-t-il.

Puis il ajouta en la contemplant dans le miroir :

— Ce collier a été réalisé en France pour l'impératrice Eugénie. En 1887, quand a eu lieu la vente des diamants de la Couronne, de nombreux bijoux ont été achetés par le célèbre joaillier Boucheron. Celui-ci comptait parmi eux, il a changé de mains depuis lors, et j'en ai fait l'acquisition pour toi. Il t'appartient maintenant, car nous célébrerons dans un mois le premier anniversaire de notre mariage, Elizabeth.

Elle lui sourit dans le miroir.

— Merci, Ned. Quel fabuleux cadeau !

— Lève-toi ! dit-il, avant de la mener vers le lit. Le moment n'est-il pas venu, madame, de me donner un héritier ? Nous y passerons toute la nuit, s'il le faut.

— Aussi longtemps que tu voudras.

— Nous avons l'éternité devant nous !

Il l'allongea sur les oreillers et la rejoignit aussitôt.

— Je savais que tu aimerais cette rivière de diamants.

Il l'embrassa sur la bouche, profondément. Il aimait son goût et son odeur, l'odeur d'une femme qui le désirait, autant qu'il la désirait.

Sa main chemina entre ses cuisses et ses doigts se glissèrent amoureusement en elle. Sous ses caresses expertes, elle chuchota :

— Oh oui, Ned ! Encore !

Elle plongea son regard dans le bleu de ses yeux et frémit.

— Fais-moi tienne, murmura-t-elle dans son cou.

Il lui répondit qu'il allait la prendre, en lui énumérant ses fantasmes. Puis il ajouta d'une voix rauque de désir, en effleurant ses cheveux :

— Tu seras mienne dans un moment, et je te posséderai comme jamais je ne l'ai fait jusqu'à maintenant, pour que tu saches que tu es mon unique amour. Et toi, mon épouse, tu m'aimeras comme je te l'ai appris, et comme tu en es seule capable !

Répondant à sa demande urgente, elle se laissa glisser sur le lit. Il était prêt. Elle le toucha, l'embrassa, en se souvenant du jour où elle avait souhaité, en le voyant pour la première fois, sentir ses belles mains explorer son corps. Comme elle l'avait désiré alors ! Excitée par ses pensées, elle lui donna un plaisir qu'il n'avait trouvé auprès d'aucune autre femme. C'était du moins ce qu'il lui jurait, et elle avait la certitude qu'il disait vrai.

Soudain, il déplaça sa tête et la sienne ; ils basculèrent, de sorte qu'il se retrouva sur elle. Il la prit presque violemment, et ils se chevauchèrent avec ardeur jusqu'à l'extase. Accrochés l'un à l'autre et hors d'haleine, ils se murmurèrent alors des mots tendres.

Puis Edward s'étira et se tourna sur le côté, un bras possessif sur Elizabeth.

— Je n'ai aucune envie d'aller dîner. Et toi ?

— Moi non plus.

— Restons ici, et continuons !

Elizabeth ne répondit pas.

— Es-tu d'accord ? reprit-il.

— Oui, c'est une idée délicieuse.

— Une idée *séduisante* ! Tu es une femme très séduisante. Si tu savais comme tu m'excites !

— Plus que toutes les femmes que tu as connues avant moi ?

— Oui, murmura-t-il, en souriant, car elle ne manquait jamais de lui poser cette question.

— Le bruit court que tu as eu récemment des relations avec une autre femme, Ned. C'est faux, n'est-ce pas ?

— Combien de fois devrai-je te répéter qu'il s'agit d'une calomnie ?

— Pourquoi les gens racontent-ils cela ?

— Quels gens ? fit Edward, sur le point de perdre patience.

— Des femmes que je connais !

— Elles sont jalouses de toi et elles t'envient d'être mon épouse. Ce sont des mensonges !

— Je te crois.

— En effet, tu as intérêt à me croire !

— J'espère que tu m'as fait un enfant.

— Je l'espère moi aussi ; sinon, nous pouvons tenter notre chance à nouveau.

— Tout de suite ? s'étonna Elizabeth. Tu en serais capable si vite ?

— Bien sûr, madame. Auriez-vous oublié que je suis plus jeune que vous ?

En appui sur un coude, elle plongea son regard dans ses yeux.

— Prouve-moi, Edward Deravenel, que tu peux m'entraîner dans une autre chevauchée fantastique ! J'ai quelques doutes.

Sans un mot, il se contenta de l'attirer vers lui, et ils firent l'amour toute la nuit. Histoire de lui donner des preuves, lui confia-t-il plus tard.

56

Après Londres, Paris était la ville préférée d'Edward Deravenel. La Ville lumière, ainsi qu'on la surnommait, l'avait toujours fasciné et attiré. Y retourner était son rêve le plus cher.

Il en aimait les larges avenues, les allées bordées d'arbres, les monuments chargés d'histoire. Au fil du temps, il était devenu un véritable francophile, passionné par tout ce qui venait de France.

Au cours de ce voyage en France, une première pour Elizabeth, il l'avait emmenée aux défilés de mode de Lanvin et de Paquin, ses couturiers préférés, sans oublier les collections de Jacques Doucet et de Poiret. Il lui avait également acheté un assortiment de robes, de tailleurs et de splendides bijoux, dont le célèbre collier de diamants qui avait, autrefois, paré le cou de l'impératrice Eugénie.

Pour Elizabeth, la plus belle des femmes à ses yeux, Edward voulait les plus somptueuses parures, le summum de ce que l'on pouvait s'offrir avec de l'argent. Lorsqu'elle était à son bras, elle devait éclipser toutes les autres. Et c'était d'ailleurs ce qui se produisait lorsque l'on voyait ce visage aux traits parfaits, ces cheveux aux reflets d'or et d'argent, cette silhouette svelte et élégante.

Ce matin, en sortant du Ritz, il pensa à sa femme en traversant la place Vendôme pour sa petite promenade matinale dans ce quartier de Paris qu'il adorait. Il était près de dix heures, mais Elizabeth dormait encore. Elle restait toujours très tard au lit et ne prenait jamais son petit déjeuner avec lui. Edward avait d'autres habitudes. Lorsqu'il était à Paris, il aimait sortir pour prendre un *café au lait avec croissants*[1] dans un café du quartier.

C'était mieux que de traîner à l'hôtel. Il avait besoin d'être seul pour réfléchir à ses affaires, à ses projets pour la compagnie Dera-

---

1. En français dans le texte. (*N.d.T.*)

venel et à d'autres problèmes d'importance qu'il fallait résoudre. Autant de sujets qui n'intéressaient pas du tout Elizabeth. En réalité, il ne savait pas ce qui l'intéressait en dehors des vêtements, des bijoux, des bavardages et du statut de sa famille.

Une famille bien plus nombreuse qu'il ne le pensait lorsqu'il l'avait rencontrée pour la première fois : six sœurs, cinq frères et une mère extrêmement cupide. Il aimait beaucoup son père et son frère Anthony, mais n'éprouvait que peu d'attirance pour les autres membres du clan, par ailleurs tous d'un physique très séduisant.

Si les Wyland avaient hérité leur beauté de la lignée paternelle, Edward et ses frères et sœurs, eux, tenaient leur dynamisme, leur beauté et leur intelligence de leur mère bien-aimée, la très gracieuse Cecily Watkins Deravenel, une femme admirable dont la beauté éclipsait celle de tous les autres membres de la famille, même Nan Watkins, pourtant exceptionnellement jolie. Cependant, en ce qui concernait la perfection des traits et de la silhouette, sa mère avait trouvé une rivale en la personne d'Elizabeth Wyland.

Ces quelques observations faites, Cecily n'en remportait pas moins haut la main la palme du charme et de la distinction. Gracieuse, attentionnée, elle dirigeait sa maison avec art, se montrait charitable et veillait avec sensibilité au sort de son personnel et des villageois de Ravenscar. En d'autres termes, c'était une grande dame aux manières impeccables, dotée d'un cœur magnanime.

Elizabeth, en revanche, n'avait pas hérité de ce genre de qualités. Peu habituée à tenir une maisonnée, elle ne savait guère s'occuper de sa demeure de Beverley Square. Dieu sait ce qu'il adviendrait si elle devait un jour diriger Ravenscar ! songea Edward. Cela mis à part, elle ne posait jamais de questions sur l'emploi du temps ou les affaires de son époux, à moins qu'elle n'ait un poste à solliciter pour quelque parent.

Et puis il y avait le problème de la maternité. Depuis leur nuit de noces, ils partageaient une vie sexuelle intense et, pourtant, Liz n'était toujours pas enceinte.

Edward soupira. Au début de la semaine, après qu'il eut offert à Liz le fameux collier, ils avaient vécu cette nuit-là des heures d'étreintes passionnées. Et si, enfin, elle était enceinte ? En tout cas, il l'espérait.

Edward souhaitait ardemment fonder une famille. Il voulait des enfants et un intérieur soigné. A ce prix, seulement, son mariage serait une réussite. Certes, il n'était pas un homme parfait ; il s'en rendait compte à présent. Néanmoins il s'acceptait tel qu'il était et était conforté par la pensée qu'il avait une femme splendide qui ne rechignait pas aux plaisirs de la chair, comme c'était fréquemment le cas.

Edward sourit en évoquant l'innocence d'Elizabeth – c'était le mot qui convenait – lorsqu'il l'avait possédée pour la première fois la nuit suivant leur mariage secret. Dieu sait ce que son précédent mari avait bien pu lui apprendre au lit. A sa grande surprise, il avait en effet découvert que sa toute nouvelle épouse était totalement inexpérimentée et qu'elle ignorait tout de l'art d'aimer. Il s'agissait pourtant d'une veuve, mère de deux fils et plus âgée que lui de cinq ans. Voyant qu'elle était restée novice sexuellement, il avait dû lui enseigner comment s'y prendre pour satisfaire un homme et il s'était consacré assidûment à sa formation.

Marchant d'un pas rapide, il tourna au coin de la rue, perdu dans ses pensées, et entra en collision avec une femme. Il avançait si vite qu'il aurait pu la faire tomber sur le trottoir s'il ne l'avait retenue par le bras.

— Mon Dieu ! Veuillez me pardonner ! s'exclama-t-il, penaud.

Il lâcha son bras, fit un pas en arrière et la dévisagea pour s'assurer que tout allait bien.

— Bonjour, monsieur Deravenel ! dit alors la femme en lui souriant.

Il l'examina, sourcils froncés, et, soudain, la reconnut. Avant même qu'il ait eu le temps de dire un mot, elle se mit à rire.

— Jane Shaw, monsieur Deravenel. Vous vous souvenez de moi ? Mon mari et moi avons acheté l'an dernier votre jolie maison de South Audley Street.

— Madame Shaw ! Bonjour ! J'espère ne vous avoir fait aucun mal. Je suis un rustre et un maladroit d'aborder si vite l'angle d'une rue.

— Tout va bien, ne vous inquiétez pas. Comment va Mme Deravenel ?

— Très bien, merci. Elle est à l'hôtel actuellement. Et M. Shaw ?

— Très bien aussi. Il est parti en Provence pour quelques jours afin de visiter les vignobles auprès desquels il s'approvisionne. Vous vous rappelez peut-être qu'il est importateur de vins.

— Oui, je m'en souviens. Est-ce que vous vous plaisez dans ma maison ? Oh, excusez-moi, dans *votre* maison, aurais-je dû dire.

— Aucune maison ne m'a rendue aussi heureuse. Elle a vraiment quelque chose d'exceptionnel, une atmosphère amicale, une sorte de chaleur. On s'y sent bienvenu, merveilleusement à l'aise.

— Oui, c'est tout à fait ça. Une maison qui vous accueille. Moi aussi, j'y ai été très heureux.

Il se tut et fut soudain envahi par un profond sentiment de solitude.

Avant de savoir ce qui lui arrivait, il poursuivit :

— C'était un cadeau, vous savez. Quelqu'un que j'ai beaucoup aimé me l'a léguée. C'était une personne exquise, très spéciale.

Il se demanda comment il avait bien pu parler ainsi à une femme qu'il connaissait à peine, une étrangère pratiquement, qu'il n'avait rencontrée qu'une seule fois.

Jane Shaw parut hésiter avant de dire lentement :

— Oui, je la connaissais. Vous parlez de Mme Overton, n'est-ce pas ?

Il hocha la tête et ses yeux bleus s'illuminèrent.

— Vous connaissiez Lily ?

— En effet. Nous avons travaillé toutes les deux dans plusieurs associations charitables et nous sommes devenues amies.

Jane Shaw marqua une pause et lui jeta un regard plein de douceur et de compréhension avant d'ajouter de sa voix mélodieuse :

— Je suis désolée pour vous, monsieur Deravenel, c'était une grande perte. Une femme exceptionnelle, certainement une des plus remarquables qu'il m'ait été donné de rencontrer.

— C'est bien mon avis, soupira-t-il.

Puis, sans même s'en rendre compte, il enchaîna :

— Je me demande si vous accepteriez de prendre le petit déjeuner avec moi, madame Shaw ? J'étais justement en train de me rendre dans un café du voisinage. Mais vous êtes probablement trop occupée, j'imagine. Quand les femmes viennent à Paris, elles ont tant de jolies choses à acheter.

— Je ne suis nullement occupée, monsieur Deravenel, et rien ne me ferait plus plaisir que de partager votre petit déjeuner. Il se trouve que je meurs de faim.

— Parfait, dit-il en s'inclinant devant elle. Alors, allons-y ! Le café n'est pas très loin.

— Aucune importance, répondit-elle en lui emboîtant le pas. J'adore marcher, tout particulièrement à Paris. Quelle belle journée, n'est-ce pas ? Regardez ce ciel, aussi bleu qu'un bouquet de pervenches. J'adore Paris. C'est ma ville préférée.

— Où étais-tu passé ? lança Elizabeth quand il la retrouva dans leur suite quelques heures plus tard. Tu disparais sans prévenir pendant des heures ! Je t'attends depuis midi pour aller déjeuner et il est plus d'une heure et demie.

Debout au milieu du salon, l'air étonné, Edward la regarda, notant au passage la froideur de son regard clair et la rigidité de ses traits. Elle était en colère, cela ne faisait pas de doute.

— Je suis allé me promener, répondit-il calmement. Tu sais combien j'aime marcher dans Paris. Et j'ai pris mon petit déjeuner dans un café, comme d'habitude.

Elle traversa la pièce pour se planter en face de lui et le toiser avec fureur. Elle renifla, plissa le nez et s'écria :

— Tu étais avec une maîtresse ! Je sens encore son parfum sur toi. Qu'est-ce qui ne va pas chez toi ? Tu es incapable de te tenir à l'écart d'une femme ? Même dans la journée ?

Edward s'écarta d'elle, dégoûté par son comportement. Dès le premier jour de leur mariage, elle l'avait accusé d'infidélité, et ces reproches commençaient à lui porter sur les nerfs. Durant toute une année il avait supporté ces récriminations, mais, à présent, il n'en pouvait plus. Certes, il avait fait quelques écarts, mais pas récemment. De toute façon, les femmes avec lesquelles il avait couché ne comptaient pas. Il s'agissait de simples aventures occasionnelles sans conséquence.

Il savait que ses vêtements ne pouvaient être imprégnés du parfum de Jane Shaw car il ne l'avait réellement approchée qu'au moment où il l'avait prise dans ses bras pour l'empêcher de tomber. Le parfum n'existait que dans l'imagination d'Elizabeth.

— Ta jalousie est absolument sans fondement, finit-il par dire d'un ton calme. De toute façon, je ne vais pas rester là à écouter tes ridicules rengaines, Elizabeth. Je rentre à l'hôtel à peu près toujours à la même heure, c'est-à-dire maintenant. C'est ce que j'ai fait chaque jour depuis que nous sommes à Paris et il n'y a rien de différent aujourd'hui.

— Si, ce parfum que je sens sur toi ! cria-t-elle d'une voix stridente.

Fronçant les sourcils, il la regarda avec incrédulité et, comme ses yeux s'attardaient sur son visage, il constata soudain que, dans sa colère, elle pouvait être laide. Qu'une si belle femme puisse changer ainsi en si peu de temps lui causa un choc. Les traits d'Elizabeth étaient littéralement déformés par la rage.

— Tu vois, lança-t-elle sur un ton de plus en plus aigu, tu ne le nies plus à présent.

— Oh, cesse de te montrer aussi ridicule, petite sotte ! laissa-t-il tomber sèchement.

Puis, sans ajouter un mot, il tourna les talons et quitta la pièce.

Il descendit par l'ascenseur et traversait le hall quand un des concierges se précipita vers lui et lui présenta un plateau d'argent.

— Bonjour, monsieur Deravenel ! Pour vous.

Avec un sourire, Edward prit le télégramme sur le plateau et s'installa dans un coin pour l'ouvrir : « J'apprends à l'instant que nous sommes tombés sur du pétrole à 118 pieds le 26 mai à Masjid-I-Sulaiman. C'est fantastique ! Will Hasling. »

Sa mauvaise humeur s'envola d'un seul coup et un grand sourire illumina son visage. Il glissa le télégramme froissé dans la poche de sa veste et se dirigeait vers l'ascenseur quand, soudain, il se ravisa.

A quoi bon regagner sa suite et retrouver le courroux de sa femme et ses reproches infondés ? Faisant demi-tour, il gagna le comptoir de la réception et échangea quelques mots rapides avec Jacques. Quelques minutes plus tard, assis dans une cabine téléphonique, il s'entretenait avec Will.

— Est-ce que ce n'est pas magnifique ? cria Will au téléphone. Rentre vite pour que nous célébrions dignement cela !

— Bientôt, Will. Je serai à Londres demain soir et de retour au bureau le jour d'après. Tu as raison : c'est bien la meilleure nouvelle que j'ai entendue depuis longtemps !

Quittant le Ritz, Edward traversa la place Vendôme sans avoir de but particulier. Il brûlait d'envie de fêter l'extraordinaire événement – *la compagnie Deravenel vient de trouver de nouveaux gisements de pétrole !* Ses rêves devenaient réalité.

Oui, mais il n'avait personne à ses côtés avec qui partager ce grand moment. Certainement pas sa femme, toujours crachant et éructant de colère, toujours l'accusant des pires vilenies.

Il pencha la tête et renifla les revers de sa veste. Se pouvait-il vraiment qu'Elizabeth ait *senti* le parfum de Jane Shaw ? Après tout il avait tenu brièvement cette dernière dans ses bras pour l'empêcher de tomber. Pourtant, tout s'était passé si vite que cela paraissait des plus improbables. Comme toujours, Elizabeth inventait.

Jane Shaw... Une femme décidément des plus charmantes, avec laquelle il était fort agréable de converser. Elle s'intéressait à l'art, se montrait intarissable sur les diverses écoles de peinture, particulièrement celle des impressionnistes. Comment s'appelaient ces artistes, déjà, dont elle lui avait tant parlé ? Ah oui... Gauguin et

Van Gogh. Jane Shaw était une femme vraiment charmante et, de plus, une amie de sa chère Lily. D'ailleurs, elle lui ressemblait en bien des points.

Toujours sans réfléchir, il emprunta la rue de la Paix pour gagner le petit hôtel où il l'avait accompagnée après le petit déjeuner.

Il traversait le hall lorsqu'il la vit descendre l'escalier, habillée d'une robe de dentelle blanc et mauve et coiffée d'un chapeau d'organdi blanc décoré de violettes. Elle était si ravissante qu'il en demeura bouche bée, sans pouvoir détacher son regard de ce spectacle enchanteur. Il sentit son cœur se serrer ; on aurait dit que sa chère Lily venait de réapparaître pour marcher à sa rencontre.

— Monsieur Deravenel, est-ce que tout va bien ? demanda Jane d'une voix légèrement essoufflée. Vous avez une drôle d'expression.

Il secoua la tête.

— Je sais que cela va vous paraître un peu fou, mais, en vous voyant descendre l'escalier ainsi, vous m'avez terriblement rappelé Lily.

Elle posa une main gantée sur son bras et dit gentiment :

— Cela n'a rien d'insensé. D'ailleurs, on me l'a déjà dit. A vrai dire, on nous confondait souvent, car nous nous ressemblions beaucoup.

Edward hocha la tête et demeura immobile, savourant le bonheur de cette rencontre providentielle.

Le voyant silencieux, Jane Shaw demanda enfin :

— Etiez-vous à ma recherche, monsieur Deravenel ?

— En vérité, oui. Je viens d'apprendre une merveilleuse nouvelle et je souhaiterais la partager avec vous.

— Comme c'est gentil de votre part ; j'adore les bonnes nouvelles. De quoi s'agit-il ?

— Ma compagnie vient de trouver un tout nouveau gisement de pétrole en Perse.

— C'est là, en effet, un événement des plus extraordinaires, monsieur Deravenel. Félicitations !

— Avez-vous un projet pour le déjeuner ? Sinon, accepteriez-vous de partager votre repas avec moi ?

— Voilà une idée plaisante, monsieur Deravenel.

— Alors, c'est parfait, conclut-il, enchanté. Je me demandais... serait-il possible de rester ici, dans votre hôtel ? Qu'en pensez-vous ? Comment est la nourriture ?

— Délicieuse ! Et cela nous évitera de courir dans Paris à la recherche d'un restaurant par cette chaleur, n'est-ce pas ? Alors qu'il y en a un tout à fait correct ici.

Elle lui prit le bras pour le guider à travers le hall et ajouta :

— Je suis très flattée que vous ayez pensé à moi.

Quelques minutes plus tard, après qu'il eut commandé du champagne, ils portaient un toast à l'heureuse nouvelle. Après quoi Jane lui avoua timidement :

— Ne le prenez pas mal, monsieur Deravenel, si je vous dis qu'il m'arrive parfois de penser à vous quand je me trouve dans la maison de South Audley Street. Oui, votre image se présente souvent à moi.

Fronçant les sourcils, il lui jeta un regard interrogateur.

— *Moi* ?

Je n'aurais pas dû lui en parler, songea-t-elle en ajoutant vivement :

— C'est sans doute à cause de Lily. Car je pense souvent aussi à elle. Nous étions très liées.

— Vous a-t-elle parlé de moi ?

— Non, elle ne l'a pas fait. Lily était d'une extrême discrétion.

— Et vous, madame Shaw, êtes-vous discrète ?

— Certainement. La discrétion est indispensable, ne trouvez-vous pas ?

Elle avait baissé la tête en parlant et le regardait à travers ses cils.

Elle flirte avec moi, songea Edward. Cette idée ne lui déplaisait pas.

— Je suis heureux que vous vous sentiez bien à South Audley Street, dit-il. Cette maison me manque, parfois.

— Dans ce cas, vous n'avez qu'à venir prendre le thé chez moi quand nous serons de retour à Londres.

— Ce sera un plaisir, madame Shaw.

— Pour moi également.

Elle saisit sa flûte de champagne, but une gorgée et lui sourit. En reposant son verre, elle se lécha les lèvres du bout de la langue puis tapota sa bouche avec sa serviette. A ce geste, il comprit qu'il la désirait et se dit qu'il l'aurait, quel que soit le temps nécessaire. C'était le type de femme qu'il aimait, une jolie blonde avec un visage d'ange et manifestement plus âgée que lui, tout comme Lily. Les femmes comme cette charmante Jane Shaw l'avaient toujours attiré et apaisé.

Bien entendu, il alla prendre le thé chez elle. Il n'avait pas pu résister. Une semaine après son retour de Paris, il avait envoyé à Jane Shaw un petit mot lui demandant de lui téléphoner au sujet de la maison de South Audley Street. Quelques lignes anodines, pour le cas où elles tomberaient en d'autres mains.

Jane avait aussitôt appelé pour l'inviter à prendre le thé le lendemain après-midi.

A peine avait-il pénétré chez elle qu'il eut l'impression de se retrouver dans la maison de Lily. Bien sûr, cette dernière n'y avait jamais vraiment vécu, mais il n'en demeurait pas moins une sorte de lien. La pensée que Jane occupait à présent les lieux lui était agréable. Cela lui donnait l'impression de faire revivre un passé précieux.

Elle l'introduisit au salon et se mit à parler de choses et d'autres, mais Edward avait le plus grand mal à se concentrer, médusé par sa douce beauté blonde qui lui semblait plus attirante que jamais. Jane Shaw était absolument ravissante dans cette robe de soie bleu lavande qui moulait son corps mince.

Le plateau du thé, déjà préparé, était posé sur une table basse devant le canapé. Elle s'y assit de manière à pouvoir faire le service elle-même.

— Venez donc vous installer près de moi, monsieur Deravenel.

— Je le ferai à condition que vous cessiez de m'appeler ainsi. Mon nom est Edward, mais mes amis les plus proches m'ont baptisé Ned.

— C'est donc ainsi que je vous appellerai, moi aussi. Quant à vous, appelez-moi Jane.

Elle versa le thé, y ajouta une rondelle de citron, se souvenant de ses goûts quand ils avaient pris le thé ensemble à Paris, puis le servit. Le souvenir de la capitale française l'envahit soudain, éveillant en elle une brusque excitation. Elle se rappela comment il l'avait regardée sans pouvoir dissimuler son désir, le frémissement de sa peau quand il lui avait pris la main. Auprès de lui elle se sentait désirable et désirée, terriblement féminine, autant de petits bonheurs qui lui avaient cruellement manqué jusque-là. D'ailleurs, elle aussi le désirait. Comment une femme aurait-elle pu résister à un homme si exceptionnel, si chaleureux et séduisant ?

Prenant conscience du silence qui s'était installé entre eux, Edward déclara :

— J'ai été vraiment très heureux dans cette charmante petite maison. Et vous ?

Une expression inquiète traversa le visage de la jeune femme avant qu'elle ne réponde :
— Je l'adore. Elle est si confortable.
Il fronça les sourcils et reposa sa tasse.
— Mais vous n'y êtes pas heureuse ? risqua-t-il.
Après une pause, elle répondit :
— Non, pas très.
Edward saisit immédiatement ce qu'elle entendait par là.
— Je suis désolé.
Comme elle ne répondait pas, il précisa :
— Vous n'êtes pas heureuse avec votre mari, n'est-ce pas ?
Elle poussa un long soupir avant de confesser :
— C'est un homme très gentil, de caractère agréable, très bon avec moi. C'est seulement que nous ne sommes pas compatibles. Il me semble que c'est le mot qui convient. Et il y a aussi le fait que... il est très souvent absent.
Edward s'éclaircit la gorge avant de proposer doucement :
— Puis-je espérer que vous accepterez de déjeuner ou de dîner avec moi quand vous vous sentirez seule ? Ce sera, sans doute, le moment qui vous conviendra le mieux, n'est-ce pas ?
— C'est une merveilleuse idée, Ned.
Elle sourit en prononçant son nom.
— Que pensez-vous de demain ? Mon mari est reparti ce matin pour la Provence, mais...
Elle laissa la phrase en suspens.
— Mais quoi ? demanda-t-il en la fixant intensément.
— Où pourrions-nous aller déjeuner ? Nous sommes tous deux mariés ; il serait inconvenant d'être vus ensemble dans un lieu public.
— Vous avez peut-être raison, répondit-il, songeant brusquement à la jalousie d'Elizabeth et à ses colères volcaniques quand elle le soupçonnait d'infidélité.
— Pourtant je le désire vivement, répéta Jane avec un soupçon d'hésitation.
Elle le regarda, troublée par le bleu intense de ses yeux.
Il s'était emparé instinctivement de sa main et, après en avoir doucement déplié les doigts un à un, il embrassa délicatement sa paume. Il lui sourit.
— Pourquoi ne pas nous retrouver à l'hôtel Cavendish, dans Jermyn Street ?
— Oh, non ! Certainement pas. L'hôtel a une curieuse réputation.

— Ce n'est pas vraiment le cas, non. Certes, quelques vieux snobs s'y donnent rendez-vous, mais l'endroit est très discret. Rosa Lewis, la propriétaire, est une de mes amies. Je vais retenir une suite demain pour le déjeuner.

— Mais on me verra y entrer, observa-t-elle, soucieuse.

— Vous n'avez qu'à porter un chapeau, une voilette épaisse et des vêtements sombres. Personne ne vous reconnaîtra.

Après quelques instants d'hésitation, Jane finit par se rallier à cette idée.

— Très bien, dans ce cas, murmura-t-elle en le regardant.

Impulsivement, Edward se pencha vers elle et l'embrassa sur la bouche, laissant sa langue s'attarder. Jane lui répondit d'abord avec passion, puis soudain elle le repoussa.

— La domestique risque de nous surprendre.

Edward lui sourit.

— Dans ce cas, j'attendrai demain pour vous embrasser comme je le désire, dit-il.

Le lendemain matin, il arriva une heure à l'avance au Cavendish pour s'assurer que tout était parfait. Souriante, Rosa Lewis lui fit visiter la suite tout en bavardant avec lui.

— C'est la meilleure de la maison, monsieur Deravenel, dit-elle en jetant un coup d'œil à la ronde. J'ai ajouté des fleurs dans la chambre et au salon, comme vous le désiriez. Le champagne arrivera dans un moment, bien frappé. Mais vous ne m'avez pas dit à quelle heure vous souhaitez voir le déjeuner servi.

— A deux heures, je pense, madame Lewis. Ce serait parfait.

Edward regarda la pendule ancienne qui occupait un des angles du salon avant de préciser :

— Mon invitée arrive à midi. Cela nous laisse le temps de nous détendre en buvant un verre avant de manger.

— Très bien, monsieur Deravenel !

Avec un sourire, la propriétaire s'éclipsa dans un bruissement de jupes.

Edward se mit à aller et venir dans la suite avec satisfaction. L'appartement était décoré avec goût dans des tons de vert et de bleu pâle et doté d'un mobilier gracieux et léger. Quel soulagement de ne pas être confronté à ces massifs meubles victoriens et à ces couleurs sombres que l'on voyait partout !

Quelques instants plus tard, on frappa à la porte et un maître d'hôtel fit son apparition, portant un seau à champagne en argent garni d'une bouteille.

Il se retira aussitôt, lesté d'un généreux pourboire, puis Edward quitta la suite pour se rendre dans le hall d'entrée. Au moment où l'horloge sonnait midi, Jane franchit la porte.

— Bonjour.

Ned lui prit le bras et l'entraîna au premier étage. Quand ils furent dans le salon, Jane releva sa voilette et sourit à Edward.

Il lui sourit en retour et remplit une coupe de champagne, qu'il lui remit.

— Nous déjeunerons un peu plus tard. J'ai pensé qu'il serait agréable de bavarder d'abord un peu en buvant un verre.

Ils s'assirent sur le canapé et il poursuivit doucement :

— Nous savons tous deux pourquoi nous sommes ici, parce que nous avons besoin de nous soutenir, besoin d'être ensemble, d'être l'un à l'autre.

— Je crois que nous avons éprouvé la même attirance quand nous nous sommes rencontrés à Paris, renchérit Jane. Et je sais qu'il n'est pas seulement question de déjeuner. Mais je n'aurais jamais imaginé avoir une relation illicite avec un homme, jamais de ma vie !

— Je me réjouis d'être cet homme, chérie.

Il posa son verre sur une table voisine et elle fit de même. Puis il l'attira à lui pour la serrer dans ses bras et l'embrasser.

A son tour elle l'enlaça avec ardeur et ils échangèrent un long baiser passionné. Soudain, il s'écarta, se leva et lui tendit la main. Elle la saisit et se laissa entraîner vers la chambre contiguë.

— Je te désire tant, Jane, que c'en est presque intolérable, soupira-t-il.

— Et moi aussi, Ned, je te désire. Jamais je n'ai éprouvé une telle fièvre.

Il tira les rideaux et, sans même attendre d'avoir gagné le lit, ôta son chapeau et le jeta sur un siège. Puis il enlaça fébrilement la jeune femme, cherchant sa bouche, mêlant sa langue à la sienne. Après quoi, il s'écarta pour la regarder longuement.

— Tu es si belle, Jane. Viens, ce grand lit nous attend.

Ils restèrent un long moment allongés, étroitement serrés l'un contre l'autre, à s'embrasser, se toucher, se caresser.

— Je veux apprendre à te découvrir, à découvrir ton corps, dit-il dans un souffle.

— Et moi, le tien, répondit-elle.

C'est ce qu'ils firent dans un échange d'abord passionné, puis plein de tendresse. Le déjeuner fut oublié. Jane n'avait jamais atteint une telle extase. Quant à Edward, il était convaincu d'avoir trouvé une autre Lily. Cette découverte fit naître en lui une immense paix intérieure, gommant d'un seul coup toutes les souffrances passées.

Ainsi débuta leur histoire d'amour.

Elle dura des mois et des mois. Ils se retrouvaient aussi souvent qu'ils le pouvaient. Et, pendant tout ce temps, pas une seule fois elle ne lui causa la moindre peine.

Jusqu'au jour où elle le quitta. La crainte de voir cette liaison découverte mit fin à leur passion romantique. Edward en fut si profondément affligé que jamais il ne put l'oublier.

57

Londres, 1912

— J'aimerais te poser une question, Neville, et, surtout, réponds-moi franchement.

Edward dévisagea son cousin avec gravité.

— Promets-moi de me dire la vérité.

Neville esquissa un sourire.

— Quelque chose me dit que cela ne va pas être sans risque... D'après mon expérience, ceux qui vous demandent d'être sincère n'ont pas toujours envie d'entendre la vérité.

Edward se mit à rire.

— Allons, Neville, tu sais que ce n'est pas mon genre. J'apprécie la franchise, voilà tout, et j'accepterai sans broncher ta réponse.

— Très bien. Dans ce cas, vas-y.

Edward commanda au serveur deux coupes de champagne.

— Quelques bulles de cette rafraîchissante boisson seront les bienvenues, n'est-ce pas, Neville ?

— Allons, Edward, lance-toi. Pose-moi cette importante question afin que nous puissions nous détendre ensuite.

Edward se pencha légèrement en avant et, baissant la voix, demanda :

— Pourquoi tout le monde semble-t-il détester ma femme ?

Neville eut un imperceptible sursaut et regarda longuement son cousin.

— Hmm, fit-il. Voilà en effet une question des plus épineuses.

— Crains-tu donc de me faire connaître ta réponse ?

— Non, non. C'est juste que... eh bien, il existe sans doute plusieurs raisons à cet état de choses.

— Je vois. Pourrais-tu m'en faire connaître quelques-unes ? *S'il te plaît...*

— C'est que je n'aime pas trop parler à la place des autres.

— Dans ce cas, dis-moi ce que, *toi*, tu penses.

— Très bien. Pour commencer, laisse-moi déjà te dire ceci : si certains membres de notre famille ou de nos amis n'apprécient guère ton épouse, c'est parce qu'elle ne nous aime pas non plus et qu'elle ne s'en cache pas.

— Voilà qui est plutôt stupide de sa part, n'est-ce pas, Neville ?

— C'est toi qui le dis, pas moi. En ce qui concerne l'autre raison, j'ai bien peur de ne pas être concerné.

Edward se pencha encore pour ne pas perdre un mot de ce que son cousin lui dirait. Les turbulences de leur relation et la discorde qui les avait opposés plusieurs années auparavant n'avaient été que temporaires et les dommages causés par cette brouille étaient réparés. La splendide réception donnée par Neville pour le mariage d'Edward et d'Elizabeth servit de remède supplémentaire pour guérir les blessures du passé, s'il en subsistait encore, et la débâcle liée à l'affaire Louis Charpentier fut vite oubliée. Désormais, comme en 1904, les deux cousins se retrouvaient de nouveau associés. Ils s'étaient donné rendez-vous dans la grande galerie de l'hôtel Ritz de Piccadilly, inauguré en 1906 et réplique exacte du Ritz de la place Vendôme à Paris.

— Quelle sorte de problème as-tu personnellement rencontré avec Elizabeth ? insista Edward. Est-ce nouveau ou bien en a-t-il toujours été ainsi ?

— Pour te dire la vérité, j'ai l'impression qu'elle s'est toujours montrée très réservée à mon égard, sans doute parce qu'elle croit que j'exerce une trop grande influence sur toi. Certaines personnes pensent que tu es mon *protégé* et je crois qu'Elizabeth n'apprécie guère cet état de choses. Par ailleurs, sur le plan strictement personnel cette fois, je sais pertinemment qu'elle ne m'aime pas. On dirait qu'elle a peur de moi et j'ignore vraiment pourquoi.

— Elle manque de discernement, je l'ai toujours su, acquiesça Edward. Elizabeth n'est pas stupide, mais elle s'intéresse à si peu de choses qu'elle en paraît parfois stupide.

— Possible. Cependant elle sait aussi que je n'approuve guère que certains Wyland – des membres de sa famille – travaillent à la compagnie...

Neville s'interrompit, hocha la tête d'un air désolé.

— Fallait-il vraiment en engager autant, Ned ?

Ces dernières paroles avaient été prononcées avec une telle gravité qu'elles produisirent l'effet inverse. Edward éclata de rire.

— Ne te fais pas de souci pour Anthony Wyland, Neville. Et son père est un homme estimable. Quant à deux de ses frères, des incompétents, je les ai remerciés la semaine dernière. Cela commençait à faire trop de Wyland à la compagnie.

— Je suis heureux de l'apprendre. En ce qui concerne Anthony, je partage ton avis : c'est plutôt un brave type.

Revenant à leur conversation précédente, Edward demanda tout à coup :

— Pourquoi Nan n'aime-t-elle pas Elizabeth ?

Neville laissa échapper un long soupir.

— Principalement parce que c'est une femme hautaine et plutôt arrogante. Richard, ton petit écureuil, a eu le mot juste lorsqu'il a dit qu'elle avait des airs de douairière.

Edward se mit à rire.

— Richard sait manier l'ironie quand il le veut, admit-il. A la vérité, je trouve qu'il a extraordinairement mûri, ces derniers temps, n'est-ce pas ton avis ?

— Oh, certainement. Je suis très fier de lui. Et de George aussi.

— *George* ? Ma foi, en ce qui le concerne, je ne sais trop à quoi m'en tenir.

Les deux cousins entrechoquèrent leurs verres.

— A ta santé, Neville. Et merci de m'avoir répondu avec sincérité.

— Santé, fit Neville, avant d'avaler une longue gorgée de champagne. Quand dois-tu rencontrer tante Cecily ?

— Ma mère me rejoindra ici à sept heures trente. Pourquoi cette question ? Es-tu pressé de partir ?

— Non, non. Je me demandais seulement à quelle heure tu comptais dîner.

Edward hocha la tête.

— Pour en revenir à ma femme, je sais parfaitement combien Elizabeth est ambitieuse pour elle comme pour sa famille. Elle ne rêve que de pouvoir et de richesses. Cette insatiable cupidité est un obstacle considérable entre nous, mais nous nous efforçons cependant de sauver notre couple.

— Je comprends cela, Ned. Je suppose néanmoins que c'est *toi* qui te donnes le plus de mal pour que ce mariage ne s'effondre pas.

Pour toute réponse, Edward eut un sourire entendu avant de boire une nouvelle gorgée de champagne.

Sa haute taille et son allure séduisante et distinguée mises à part, Edward Deravenel était devenu désormais une personnalité reconnue du Tout-Londres. On lui réservait automatiquement la meilleure table au Ritz, dans un coin tranquille, à l'extrémité de la vaste salle de restaurant dont les fenêtres ouvraient sur Green Park.

— Comme il neige aujourd'hui, soupira Cecily en regardant le paysage de l'autre côté de la vitre. Ce mois de janvier est certainement le plus terrible qu'il m'ait été donné de vivre. Le trafic dans les rues de Londres est quasiment impossible.

— Heureusement que nous ne sommes pas à Ravenscar. Certes, la vie est plus tranquille là-bas, mais nous serions transformés en blocs de glace.

Cecily Deravenel se mit à rire et but une gorgée de pouilly-fuissé.

— Ce vin est délicieux, Ned, observa-t-elle. Ton père aussi l'appréciait, tout comme moi.

Edward hocha la tête. Comme sa mère était élégante, ce soir, avec sa robe de soie rouge foncé décorée de dentelle. Le collier de perles à triple rang qu'il lui avait offert à Noël ressortait magnifiquement sur le tissu pourpre. Ses cheveux relevés en un chignon à la française encadraient de leur masse brune un visage délicat et remarquablement lisse pour une femme de la cinquantaine.

— Tu me regardes comme si tu me voyais pour la première fois ! nota Cecily. Y a-t-il quelque chose qui détonne dans mon apparence ?

— Pardon, mère, je ne voulais nullement vous embarrasser, s'excusa Edward. Il n'y a rien de mal dans votre apparence, bien au contraire. En réalité, j'étais en train de vous admirer. Vous êtes absolument magnifique, ce soir, mère. Qui pourrait seulement deviner que vous êtes aussi grand-mère ?

— Merci, mon chéri. A présent, donne-moi plutôt des nouvelles des filles.

Les yeux bleus d'Edward scintillèrent.

— Les petites se portent à merveille, mère. Elles sont si vives, si gaies.

Cecily eut un tendre sourire.

— Je suis si fière d'elles, Ned. Je n'arrive pas encore à croire que Bess aura trois ans en février. Le temps passe si vite. J'ai l'impression que c'était hier qu'on l'a baptisée dans notre chapelle de Ravenscar.

Elle fit entendre un petit rire.

— Je n'ai jamais vu quelqu'un d'aussi embarrassé que Neville lorsqu'il a tenu Bess au-dessus des fonts baptismaux. J'ai même cru qu'il allait la laisser tomber !

— Oh, tout de même pas, mère, dit Edward en souriant.
— Et Elizabeth ? Comment va-t-elle ?
— Elle se porte très bien. Le bébé est prévu pour le mois de mars. Je crois qu'elle en sera soulagée, car elle commence à se sentir très lourde.
— J'ai ressenti la même chose lorsque j'ai porté mes enfants. Heureusement, il ne lui reste plus que deux mois.

Cecily observa une courte pause, hésitant à aborder un sujet plus personnel, à savoir le mariage de son fils. Mais il y avait eu plusieurs crises sérieuses au cours des dernières années et elle continuait de s'inquiéter.

— Et toi, Ned ? Comment vas-tu ? Est-ce que tout se passe bien entre vous ?

Edward ne fit aucune difficulté pour répondre.

— Oh, pour le mieux. Nous ressemblons à un vieux couple essayant péniblement de faire de son mieux. Je travaille beaucoup et Elizabeth donne naissance à nos enfants : Bess, Mary et le petit dernier, que nous attendons avec impatience.

— J'espère que ce sera un garçon. Toi aussi, n'est-ce pas, Ned ?

Edward eut un léger haussement d'épaules.

— Oh, ce serait très bien, évidemment, mais, si ce n'est pas le cas, ce n'est pas très grave. Les Wyland, tout comme les Deravenel, sont une famille fertile. Et je veux beaucoup d'enfants, mère. Alors, si ce n'est pas un garçon cette fois, la prochaine sera la bonne.

Le serveur s'approcha pour débarrasser et ils se turent un instant. Puis, lorsqu'ils furent seuls à nouveau, Edward se pencha légèrement vers sa mère et reprit :

— J'ai parlé d'Elizabeth à Neville un peu plus tôt, mère.

Cecily fronça les sourcils.

— Quelque chose ne va pas, Ned ?

— Pas vraiment. Mais je voulais qu'il me parle franchement. Lui, plus que tout autre, en était capable. Je tenais à comprendre *pourquoi* tout le monde, dans la famille, déteste ma femme.

— Mais pourquoi ne me l'as-tu pas demandé ? demanda Cecily, totalement stupéfaite. Après tout, je suis ta mère.

— J'avais besoin de recueillir un avis plus masculin, mère, expliqua gauchement Edward. Je sais que j'aurais dû vous en parler avant, vous avez raison. Pardonnez-moi. Eh bien, à votre tour de me répondre, pourquoi les gens la haïssent-ils tant ?

— Oh, Ned, je crois que le mot « haïr » est un peu exagéré. Notre famille ne la hait pas.

— Alors, qu'est-ce qu'ils ont contre elle ?

— C'est difficile à expliquer. Certains se sentent agressés par elle, d'autres intimidés.

Edward posa un regard aigu sur sa mère.

— Et vous ?

— Je n'ai pas d'animosité contre ta femme, Ned, et je m'entends d'ailleurs plutôt bien avec elle ces derniers temps. Pourtant, lorsque tu l'as épousée, cela m'a vivement contrariée. Il m'a semblé alors que tu ne contractais pas une union digne de toi.

— J'imagine que c'est encore votre avis ?

— Sur certains points, oui, sur d'autres, au contraire, répondit Cecily avec diplomatie, souhaitant ne pas jeter de l'huile sur le feu, surtout deux mois avant la naissance d'un troisième enfant.

Edward ne dit mot. Cecily prit une longue inspiration et poursuivit :

— Certes, c'est une femme superbe, qui a réussi à conserver tous ses attraits malgré ses grossesses. C'est aussi une parfaite maîtresse de maison, qui sait recevoir et gérer son personnel. Tu lui as appris comment se comporter en grande dame et faire tourner une maison, autant de qualités qui me semblent louables.

— Vous avez parlé de qualités. Et ses défauts ?

— Eh bien, cette arrogance qui ne la quitte pratiquement jamais. C'est à croire qu'elle se prend pour la reine Marie.

Edward sourit.

— Hum... Elizabeth est tout de même plus décorative, vous ne pensez pas ?

Cecily se mit à rire.

— Tu as raison. Mais le roi George est certainement persuadé que sa femme est la plus belle et la plus élégante.

Les minutes qui suivirent furent occupées par un ballet de serveurs venus leur apporter le plat de résistance, un rôti de bœuf Angus accompagné de sa sauce.

— Je meurs de faim, avoua Edward en s'emparant de sa fourchette. Je viens juste de me rappeler que je n'ai pas eu le temps de déjeuner aujourd'hui. Ne trouvez-vous pas cette viande délicieuse, mère ?

— Excellente, en vérité. Au fait, comptes-tu inviter Grace Rose à l'anniversaire de Bess ?

— Oui, mère.

— Et Elizabeth n'y voit pas d'inconvénient, n'est-ce pas ?

— Curieusement, non. Bien entendu, personne d'autre que nous ne sait que Grace Rose est ma fille. Mais je suis moi-même étonné de voir qu'Elizabeth se donne du mal pour accueillir chaleureusement l'enfant et la mettre à l'aise. Elle s'entend par ailleurs fort bien avec Vicky.

— Tu m'en vois ravie.

— Néanmoins, il y a autre chose dont j'aimerais vous entretenir, mère. Il s'agit de George. A Noël, il m'a vaguement dit qu'il ne souhaitait pas poursuivre ses études à Oxford et qu'il préférait entrer chez Deravenel pour travailler avec moi. Je lui ai répondu que je vous en parlerais. Qu'en pensez-vous ?

— Pour tout dire, cela ne me surprend guère, Ned. Il ne se montre guère brillant à Oxford. N'oublie pas qu'il aura dix-neuf ans cette année. Nous devrions peut-être essayer de le convaincre de rester, mais...

Elle secoua la tête.

— ... Rien ne nous dit qu'il acceptera.

— Je ne le pense pas non plus, soupira Edward. George n'a jamais eu qu'un seul maître, lui-même. Le problème, c'est qu'il est convaincu d'avoir toute légitimité pour rejoindre la compagnie à son âge parce que ce fut justement à dix-neuf ans que je pris le commandement de Deravenel. Ce qu'il oublie, c'est que les circonstances étaient fort différentes.

Cecily demeura silencieuse, luttant pour ne pas laisser ses souvenirs l'entraîner vers ce terrible mois de janvier au cours duquel, huit ans plus tôt, son mari, son fils, son frère et son neveu avaient trouvé la mort à Carrare.

— Le problème, c'est que Richard l'imite, poursuivit Edward. Lui aussi veut quitter Eton et entrer chez Deravenel. Il veut être mon secrétaire particulier.

Cecily eut un sourire attendri.

— Cela t'étonne ? Il t'a toujours vénéré. Tu es son seul dieu.

— Je sais. Et Richard est aussi le plus loyal des frères, acquiesça Edward. Je sais qu'il n'apprécie guère Elizabeth, mais, au moins, il s'efforce d'être poli, et même cordial. George, lui, ne s'embarrasse pas de telles délicatesses et se montre très rude. Je me demande vraiment pourquoi. Il ne la connaît même pas.

— Si seulement elle apprenait à se comporter avec moins de *froideur*. C'est, je crois, le mot qui la caractérise le mieux. Si seulement elle n'était pas toujours si hautaine, si fière.

— Je l'aime, dit Edward sans quitter sa mère des yeux. Et elle m'aime aussi. Nous avons des problèmes, évidemment, mais tous les couples en rencontrent, n'est-ce pas ?

— J'espère seulement que tu ne la laisses pas trop souvent seule le soir, commença Cecily.

Elle s'arrêta, redoutant de trop en dire. A ce stade de la conversation, elle avançait sur de la glace si fine qu'elle risquait un faux pas à chaque instant.

— Je n'ai pas de maîtresse, si c'est ce à quoi vous pensez, mère, reprit Edward. Et, non, je ne vagabonde pas de femme en femme comme vous semblez le croire. Je vous le promets.

Cecily se contenta de lui jeter un regard éloquent. Edward se retint de rire.

— Je sais que vous ne me croyez pas, mère, mais c'est la vérité. Croyez-moi, j'ai bien changé.

— Peut-être, mais pour combien de temps, mon fils ? demanda Cecily.

Edward lâcha un soupir.

— Ça, je l'ignore, concéda-t-il à regret.

Ce fut Mallet, son majordome, qui lui ouvrit lorsqu'il regagna sa maison de Berkeley Square.

— Bonsoir, Mallet, dit Edward en lui tendant son manteau. Mme Deravenel dort déjà, j'imagine ?

— En effet, sir.

— Parfait. Servez-moi un cognac, je vous prie, et apportez-le à la bibliothèque. Je dois encore travailler avant d'aller me coucher.

— Certainement, sir.

— Après cela, vous pourrez vous retirer, Mallet. Je n'ai plus besoin de rien.

— Merci, sir. Bonne nuit.

— Bonne nuit, Mallet.

Edward grimpa rapidement les marches et parcourut silencieusement le couloir menant à la chambre d'Elizabeth. Il ouvrit tout doucement la porte et, à sa grande surprise, la trouva assise dans le lit, occupée à lire l'*Illustrated London News*.

Levant les yeux, elle lui sourit.

— Eh bien, comment va ta mère ?

— Très bien. Elle t'adresse ses meilleures amitiés.

— Viendra-t-elle à la petite réception que nous organisons pour l'anniversaire de Bess ?

— Je l'ignore, mais elle y a fait allusion dans la conversation. Je suis certain qu'elle ne voudra pas rater le troisième anniversaire de sa chère petite-fille.

Elizabeth hocha la tête.

— J'espère seulement que, *moi*, j'y serai aussi. Je suis si énorme que j'ai bien peur d'être prête à accoucher demain et non en mars comme cela est prévu.

Edward se pencha pour déposer un léger baiser sur sa joue.

— Tout se passera bien, ma chérie, ne te fais donc pas tant de souci. Tu es en bonne santé et solide comme un roc.

Il traversa la pièce et se dirigea vers la porte menant à sa propre chambre à coucher. Quelques instants plus tard, il en ressortait vêtu d'une longue robe de chambre en soie passée par-dessus son pantalon et sa chemise.

— Je dois travailler encore ce soir. Dors bien, chérie, murmura-t-il avant de quitter la pièce.

Mais, au lieu de descendre directement à la bibliothèque, il regagna sa chambre. Sans faire de bruit pour ne pas réveiller Elizabeth, il sortit une feuille de papier de sa veste et la glissa dans la poche de son pantalon. Il ne fallait pas qu'Elizabeth la trouve. Sans doute ne comprendrait-elle pas ce que cela voulait dire, mais ce n'était pas le moment de jeter de l'huile sur le feu. Il fallait toujours craindre ses réactions.

Certes, ils étaient restés unis malgré les crises. Pourtant, certaines fois, Edward avait eu l'intention de quitter Elizabeth pour de bon. Elle avait un caractère insupportable, particulièrement lorsque quelqu'un la contrariait. Ainsi Richard avait-il fait les frais de sa colère, quelques mois plus tôt, à Ravenscar. Edward l'avait trouvée dans la bibliothèque en train de se déchaîner sur le jeune garçon.

« Bon sang, que se passe-t-il ici ? s'était-il inquiété.

— Il le sait, il le sait ! avait hurlé Elizabeth en pointant sur Richard un doigt vengeur.

— Cesse de crier, s'il te plaît », avait ordonné sèchement Edward.

Il s'était tourné vers son jeune frère.

« Dickie, explique-moi. »

Le jeune garçon avait secoué la tête.

« Je ne comprends pas très bien. Je voulais simplement prendre un ouvrage dans la bibliothèque, mais Elizabeth est devenue subitement très fâchée. Elle m'interdit d'y toucher, elle dit que ces livres appartiennent à ses enfants et plus à moi. »

Edward avait fusillé Elizabeth du regard.

« Es-tu devenue folle ? avait-il lâché, glacial. Mon frère peut prendre tout ce qui se trouve dans cette maison, *absolument tout*.

Suis-je assez clair ? Et ne t'avise pas de recommencer à lui hurler dessus ainsi. Seigneur, tu devrais te voir, une véritable harpie. Surveille tes manières, c'est moi qui te le dis. »

Elle l'avait toisé avec son air habituel de reine outragée.

« Je lui ai simplement expliqué qu'il ne devait pas le perdre, plaida-t-elle. C'est tout, Ned. Cet ouvrage appartient à une collection extrêmement précieuse des tragédies de Shakespeare. Il est relié dans un cuir magnifique et vaut une fortune.

— Je me fiche pas mal de ce qu'il vaut ! avait rétorqué Edward. Même s'il coûtait un million de livres, mon frère peut l'utiliser à sa guise. Je ne laisserai pas la sorcière que tu es exercer son humeur détestable sur les membres de ma famille, et surtout pas sur Richard. Tu te montres froide et même méchante avec eux et je ne le tolérerai pas plus longtemps. Tu m'as bien compris ? »

Elle avait hoché la tête en silence, puis tourné les talons. Lorsqu'elle avait quitté la bibliothèque, Edward était resté quelque temps avec son frère Richard pour le réconforter. Elizabeth en avait fait son souffre-douleur, sans doute parce qu'elle était jalouse de la relation privilégiée qui liait les deux frères.

Edward soupira et traversa la chambre pour se regarder dans le miroir posé sur la commode. Les contusions sur sa tempe avaient presque totalement disparu à présent. Dix jours plus tôt, elles étaient encore violacées et il avait été obligé d'expliquer à tout le monde qu'il s'était cogné dans une porte. En réalité, Elizabeth lui avait lancé un lourd presse-papiers en verre à la figure au cours d'une de ses crises. Il avait plongé pour l'éviter, mais l'objet avait tout de même sérieusement éraflé sa tempe.

Il s'était laissé tomber sur une chaise, la tête dans les mains. Elizabeth avait couru vers lui, affolée, des flots d'excuses s'échappant de ses lèvres. Mais il avait écarté avec rudesse la main qui se posait sur son bras et s'était levé pour aller s'examiner dans le miroir de la salle de bains.

Ses yeux s'arrêtèrent sur le lourd presse-papiers posé sur le petit bureau. Cela aurait pu le tuer. Ce jour-là, Elizabeth s'était rendue dans sa chambre pour fouiller les poches de ses costumes, à la recherche de Dieu sait quelle preuve d'infidélité. Quand il l'avait trouvée là, ils s'étaient à nouveau querellés, mais, cette fois, le ton avait dangereusement monté. Pour finir, à court d'arguments, elle lui avait envoyé le presse-papiers à la tête. S'il n'avait eu l'instinct de plonger, il serait probablement mort à cette heure.

Il secoua la tête avec agacement, puis, quittant la chambre, descendit au rez-de-chaussée pour se rendre à la bibliothèque.

Elizabeth pouvait être une véritable garce à ses heures. Et puis, sans crier gare, de tigresse elle devenait une amante sensuelle et passionnée et, après de fiévreux ébats au lit, elle faisait la paix avec lui. Jusqu'à ce que les crises recommencent, et ainsi de suite.

Il fallait voir les choses en face, elle ne changerait jamais. et il ne changerait pas non plus. S'il restait avec elle, c'était parce qu'il voulait fonder une famille. Elle s'était un peu calmée ces derniers temps, mais on ne savait jamais vraiment quand le volcan allait se rallumer.

Oh, et puis qu'importe, songea-t-il. C'était ainsi, voilà tout.

Comme convenu, Mallet avait déposé sur le bureau un petit plateau avec un verre ballon et la bouteille de cognac. Il avait aussi ranimé le feu, qui, à présent, crépitait joyeusement dans la cheminée.

Edward s'assit et se plongea dans ses papiers, relisant les notes qu'il avait rédigées au cours de la dernière semaine. Après des mois d'enquête, ils avaient découvert, avec l'aide précieuse d'Alfredo Oliveri, l'argent détourné par Aubrey Masters sur les revenus des mines de diamants. Pour être honnête, c'était surtout Amos Finnister qui avait excellé dans cette enquête, en faisant suivre Mildred Masters, la veuve d'Aubrey. Sans le savoir, elle les avait conduits tout droit vers les nombreuses banques de la banlieue de Londres où l'argent avait été disséminé. Qui aurait jamais pensé à chercher là ? Lorsqu'elle se sut découverte, Mildred consentit à retourner tous les fonds volés pour éviter des poursuites pénales.

Cela faisait six ans, à présent. Après avoir intelligemment investi ces sommes, Edward avait eu le plaisir de constater qu'elles avaient déjà rapporté le quadruple. Il glissa la note dans le dossier consacré au budget et referma la chemise.

Après cela, il s'intéressa à une autre pile de documents et, après un rapide examen, décida que sa secrétaire pourrait se charger de les trier. Avec un soupir, il se cala contre le dossier de son fauteuil et parcourut du regard la bibliothèque. Il aimait cette pièce, qu'il avait décorée avec soin avec l'aide de Johnny. Les murs étaient lambrissés de panneaux en bois de bouleau, des milliers d'ouvrages reliés de cuir rouge s'alignaient sur les étagères, du sol au plafond. Au sol s'étalaient des tapis d'Orient aux couleurs chaudes et, aux fenêtres, un lourd brocart imprimé de motifs rouges rappelait le velours bordeaux recouvrant les fauteuils et le canapé.

Au-dessus de la cheminée trônait un de ses tableaux préférés, une huile réalisée en 1872 par Alfred Sisley et intitulée *Le Givre* – un paysage hivernal avec ses arbres aux branches nues et ses coteaux recouverts de neige. Cela lui rappelait Ravenscar.

La décoration de la maison avait été achevée peu de temps avant son mariage avec Elizabeth. Par chance, et à son grand soulagement, elle n'avait jamais cherché à en changer, partageant le goût d'Edward pour l'opulence, pour les tissus et les meubles d'un luxe extravagant. Comme il était soulagé aujourd'hui de constater qu'Elizabeth avait une troisième grossesse relativement paisible. Mais il est vrai qu'il ne lui avait donné aucune raison de lui en vouloir. Cependant il n'avait pas totalement dit la vérité à sa mère ce soir-là en jurant ses grands dieux que son attitude envers les femmes avait définitivement changé. Tout comme il avait menti en prétendant n'avoir pas de maîtresse.

Edward se leva, son verre de cognac à la main, et alla se percher sur le bras d'un fauteuil, tout près de la cheminée. Après quelques gorgées de fine Napoléon, il posa son verre sur une table basse et sortit de sa poche la note qu'on lui avait remise au bureau dans l'après-midi.

Il lut et relut les mots inscrits sur la feuille – *A présent je suis libre* –, roula le papier en boule, le jeta dans les flammes et le regarda se recroqueviller avant de tomber en cendres.

Ce matin, dès réception du billet, il avait aussitôt quitté son bureau pour aller voir Jane à son domicile de South Audley Street. Elle l'attendait dans son salon après avoir congédié les domestiques. Il s'était assis à ses côtés dans cette pièce – sa préférée à l'époque où il était le propriétaire de la maison – en buvant une tasse de café pendant que Jane lui expliquait qu'elle venait de divorcer de Bryan Shaw.

« Je ne te demande rien, avait-elle conclu, sauf de nous retrouver comme au jour de notre première rencontre. Si, bien sûr, tu es d'accord. Je ne m'attends pas à ce que tu changes ta vie. Je souhaitais simplement t'informer de mon tout nouvel état de femme libre.

— Non, tu n'es pas libre, avait-il alors murmuré en se rapprochant d'elle. Tu es à moi, Jane, comme je suis à toi. Aussi longtemps que tu le voudras.

— Et aussi longtemps que *tu* le voudras, ajouta Jane en souriant. Je saurai me montrer discrète, tu le sais, et je n'exigerai jamais rien de toi. Marché conclu ?

— Oh, très certainement, s'était-il exclamé. Marché conclu ! »

Ils avaient scellé ce tout nouvel accord en montant dans la chambre du premier étage – autrefois, la chambre d'Edward et, désormais, celle de Jane – et en faisant l'amour avec passion, heureux d'être à nouveau réunis. Plus tard, ce soir-là, il leur avait été très pénible de se séparer.

Les yeux fermés, Edward se mit à songer à sa chère Lily. Lily, sa bien-aimée.

Elle aurait sûrement approuvé mon alliance avec Jane. Tout comme je sais qu'elle n'aurait guère apprécié Elizabeth, bien trop froide, bien trop avide et calculatrice pour une femme aussi généreuse que Lily. Je suis persuadé que Jane lui ressemble. A vrai dire, je l'ai su dès que mes yeux se sont posés sur elle à Paris en 1908. C'est une femme aimante et chaleureuse, aux manières délicates et courtoises. Elle n'exige rien des autres, et de moi en particulier. J'aime beaucoup Jane, mais il a fallu nous séparer parce qu'elle redoutait un scandale. Notre liaison s'est achevée en 1909, puis, un an plus tard, a connu une nouvelle et courte flambée avant que je n'y mette personnellement un terme, craignant de voir Jane tomber malade tant était grande sa crainte du scandale. Son union avec Bryan Shaw ne fut pas des plus heureuses, car totalement dépourvue de passion. Après avoir découvert qu'il la trompait, elle m'a demandé mon avis et je lui ai conseillé de divorcer. Se sachant porteur de tous les torts et lui-même désireux de mettre un terme à ce mariage, Shaw se montra plutôt généreux. Et, durant tout le temps de notre séparation, je suis demeuré fidèle à mon épouse.

Elizabeth est une femme difficile. Et, pourtant, à ma façon, je lui suis attaché. C'est probablement l'une des femmes les plus belles qu'il m'ait été donné de connaître et j'apprécie son sens de l'élégance, son style, sa sophistication. A travers moi, elle a appris à gérer une vaste maison après que j'ai fait l'acquisition, il y a de cela quelques années, d'un vieux manoir dans le Kent, dans les Romney Marshes.

Elle est la mère de mes filles et porte mon troisième enfant. Elle sera, un jour, la mère de mon héritier ; si ce n'est pas cette fois-ci, ce sera la prochaine. A cause de cela, il n'y aura pas de divorce, Jane le sait parfaitement bien. Elle sait que je dois avoir des fils. Et, d'ailleurs, elle ne peut avoir d'enfants. Ce fut notamment l'un des aspects problématiques de son mariage avec Shaw.

Ainsi que l'a dit ma mère ce soir pendant le dîner, Elizabeth sait se montrer excellente maîtresse de maison, gracieuse, amusante, attentive aux désirs de chacun.

Mais ma mère sait aussi que je ne suis pas heureux avec ma femme. Tout comme elle sait pertinemment que je suis obligé de faire d'énormes concessions, car Elizabeth et moi n'avons en réalité rien en commun, excepté nos enfants et la routine de notre vie de famille. Certes, nous nous entendons très bien au lit, car, entre les draps, Elizabeth est une partenaire des plus zélées. Pour le reste, nous n'avons rien à nous dire. C'est une personne plutôt ennuyeuse, même si elle a appris à mener une conversation distrayante lorsqu'elle reçoit ses amis, principalement des ragots et des rumeurs sur la bonne société de Londres.

Occasionnellement, elle aime m'accompagner au théâtre et au concert, même si elle ne connaît rien à la musique, car elle sait que j'apprécie énormément de m'y rendre.

Je peux déjà me réjouir d'avoir un travail. J'aime passionnément diriger la compagnie et, au cours des dernières années, j'ai développé avec succès ses activités dans le monde entier. Aujourd'hui, elle est plus puissante que jamais. J'apprécie chaque minute passée au bureau, même si, parfois, il faut bien que je me détende. A ces moments-là, j'éprouve le besoin de parler à quelqu'un de confiance, de partager mes joies et mes soucis. Jane et moi avons en commun le goût de la beauté et de l'art ; elle m'a tant appris ! C'est elle qui a trouvé pour moi cette huile de Sisley, comme elle a, il y a deux ans de cela, déniché le Renoir qui est à présent dans ma chambre. Elle a vraiment l'œil lorsqu'il s'agit de peinture. De plus, elle aime autant la littérature que moi.

Ainsi, j'ai de nouveau une maîtresse.

Je me suis engagé. Je dois tenir ma promesse.

Edward porta son verre de cognac à ses lèvres et en avala une longue gorgée. Puis, les yeux perdus dans les flammes, il se mit à penser à son cousin Neville.

Je n'ai plus confiance en lui. D'ailleurs, je sens qu'il est en train de manigancer quelque chose. Will est d'accord avec moi. En fait, plus rien, jamais, ne sera pareil entre Neville et moi depuis que j'ai épousé Elizabeth. Il m'en voudra toujours d'avoir agi de mon propre chef. Ce soir, j'ai cherché à le voir pour sentir d'où venait le vent. Les questions concernant son opinion sur ma femme n'étaient qu'un prétexte. Comme à son habitude, il a répondu avec finesse et prudence. Depuis que je l'ai trahi en épousant Elizabeth, il cherche à se venger. Ce n'est pas le genre d'homme à pardonner. Will m'a averti qu'il cherchait à se rapprocher de George. Certes, ils sont cousins autant que Neville et moi, mais je me méfie. Je sais combien George est travaillé par l'ambition et l'envie. Il l'a toujours été. Et puis il est jaloux de l'affection que je porte à Richard, mon petit écureuil. Meg a toujours pris le parti de George, car il a longtemps été son préféré. Mais les choses ont changé à présent qu'elle est partie.

Oui, je dois absolument tenir George à l'œil.

Quant à Neville, il continue à faire semblant d'être mon allié, mais je sais qu'un abîme nous sépare désormais. J'ai failli éclater de rire quand il a dit ce soir que les gens me considéraient comme son protégé. Plus personne n'a une telle pensée depuis des lustres, car tout le monde a compris que je ne suis pas un pantin et...

— Papa ! Papa !

Edward fit une brusque volte-face pour voir la réplique miniature de lui-même debout sur le seuil de la bibliothèque ; Bess, sa fille bien-aimée de trois ans, adorable dans sa petite chemise de nuit blanche, le regardait en souriant. Ses cheveux d'un beau roux flamboyant tombaient en cascade sur ses épaules et ses yeux étaient d'un bleu extraordinairement intense.

Il courut la prendre dans ses bras et l'installa à côté de lui devant le feu.

— Que fais-tu donc debout à cette heure, ma petite chérie ?

— Je me suis réveillée dans le noir et j'ai eu peur. Alors je suis partie te chercher, papa.

— Tu n'as donc plus de lumière sur ta table de nuit ?

— Non, elle ne marche plus.

Il déposa un tendre baiser sur sa joue rebondie.

— Ne t'inquiète pas. Je suis là. Je serai toujours à tes côtés, Bess, parce que je t'aime.

La fillette lui jeta un long regard.

— Est-ce que tu m'aimeras encore quand le petit garçon arrivera, ton héritier ? Maman ne cesse pas de dire qu'elle va mettre au monde un garçon, un petit héritier.

— Oh, ma chérie, comment pourrais-je jamais cesser de t'aimer ! Toi, ma première-née, ma petite Bess adorée, si chère à mon cœur.

Un sourire radieux illumina le visage de l'enfant et elle se jeta dans ses bras.

Agé de dix-neuf ans, George Deravenel était, certes, un beau garçon avec ses cheveux blonds et ses yeux d'une rare teinte bleuvert. S'il avait hérité de la prestance des Deravenel, il ne possédait ni l'élégance ni la finesse de traits de son aîné, et certainement pas son charisme ni sa présence.

Abusé par sa propre prétention, il se croyait néanmoins tout à fait capable de rivaliser avec Edward et, dans sa démarche et ses manières, affectait des airs suffisants de premier de la classe. Les femmes en raffolaient, mais une seule occupait le cœur de

George : Isabel Watkins. Il lui était attaché depuis sa plus tendre enfance et ne songeait qu'à l'épouser. Neville ne s'y opposait pas, mais Ned, lui, n'approuvait pas cette idée.

Après tout, qu'importe, pensa-t-il. Ned va bientôt se faire chasser par Neville de la compagnie. On verra bien, alors, qui aura le dernier mot.

Tout en attendant son cousin, il regardait par la fenêtre l'agitation de Haymarket. Pourquoi diable Neville l'avait-il mandé dans son bureau ce matin ? A ce qu'il paraissait, c'était urgent.

— Désolé de t'avoir fait attendre, lança Neville en pénétrant dans la salle de réunion. Comment vas-tu, George, mon garçon ?

— Fort bien, cousin, répondit le jeune homme en serrant la main de Neville.

— Asseyons-nous et bavardons un peu. Je suis sûr que tu es impatient de savoir ce que j'ai pour toi.

— Rien de plus vrai, cousin.

— Alors, allons droit au but. Serais-tu intéressé par le fait d'occuper les plus hautes fonctions à la compagnie ?

Abasourdi, George se redressa sur sa chaise. Les sourcils froncés, il digéra ce qu'il venait d'entendre.

— Mais c'est impossible ! Ned occupe ce poste.

— C'est moi qui l'ai placé là. Moi aussi qui peux l'en retirer.

George se pencha, intrigué. Un sourire commençait à relever les coins de sa bouche.

— Allons, Neville, jamais tu ne réussiras à le faire partir de là !

— Détrompe-toi. Je sais beaucoup de choses à son sujet qu'il détesterait me voir révéler.

— Si c'est à propos des femmes, ne te fais pas d'illusions. Elizabeth sait très bien que son mari a des maîtresses et fait de son mieux pour faire bonne figure. Elle veut conserver son rang et sa fortune, elle ne bougera pas.

— Sauf si elle apprend qu'il est sur le point d'acheter une maison à sa maîtresse actuelle et qu'il dépense des sommes extravagantes pour elle.

— Là, tu marques un point. Bon, très bien, tu exerces une pression sur lui et tu m'installes à sa place. Admettons. Mais pourquoi ?

— Parce que Ned n'est pas décidé à mener la compagnie à son plein régime, George. Il ne suit pas mes conseils et se trompe lourdement. Nous devons acheter les holdings de Louis Charpentier et, ainsi, faire de la compagnie Deravenel la plus puissante du monde.

— Je croyais que c'était déjà le cas.

— Sans doute, mais nous pouvons devenir *encore* plus puissants.

— Comment se fait-il que Charpentier veuille encore vendre ? Je croyais que tout cela était tombé à l'eau lorsque Ned a épousé Elizabeth.

— Pour un temps, en effet. Mais j'ai réussi à redresser la situation. A présent, évidemment, Deravenel devra acheter plus cher, puisque Blanche a choisi un autre parti. Ce marché n'en demeure pas moins des plus intéressants, crois-moi.

— Mais je ne sais pas si je pourrai diriger la compagnie, Neville, commença George.

Neville l'arrêta d'un geste de la main.

— Je serai là pour te guider. Je serai ton mentor, tout comme je l'ai été pour Ned.

George hocha la tête.

— Je vois.

— Et tu seras assisté de John Summers.

Le jeune garçon se raidit.

— Summers ! Mais il est notre ennemi !

— Non, pas nécessairement. Les Grant, vois-tu, possèdent une quantité considérable de parts dans la compagnie et il leur est donc nécessaire de se faire représenter légalement par quelqu'un. John sera parfait pour ce rôle. Et, ce qui n'est pas négligeable, il sait aussi comment diriger les affaires de l'intérieur. Il sera donc parfait pour t'assister.

On frappa à la porte et Neville alla ouvrir.

— Ah, John, sois le bienvenu. Nous t'attendions, justement.

George se leva et serra la main de Summers. Les trois hommes s'assirent autour de la table et commencèrent à parler affaires. Au bout d'une demi-heure, John Summers se leva.

— Merci d'avoir pris la peine de m'expliquer tout cela, Neville. Je vois plus clair à présent. J'attends avec impatience notre prochaine rencontre à Paris avec Louis Charpentier.

Il posa les yeux sur George et réussit à esquisser un sourire amical.

— Et je suis impatient de travailler avec vous à la compagnie.

— Je ne parviens toujours pas à comprendre les récents événements, déclara Margot Grant en jetant un regard interrogateur à John Summers. Cela dépasse l'entendement.

— Pas tant que cela. C'est plutôt simple, tout bien considéré. Remplacer Edward Deravenel par George. Ce dernier est d'une nature influençable, facile à manipuler et à contrôler. Je travaillerai à ses côtés.

— Mais *pourquoi* ? Pourquoi Neville Watkins devient-il à présent notre allié ?

— A mon avis, il a perdu le contrôle d'Edward Deravenel voilà déjà pas mal de temps. Il s'est également senti terriblement humilié lorsqu'il lui a fallu annoncer à Louis que le futur époux de Blanche était, en réalité, déjà marié. Et à une Wyland, pour couronner le tout. Neville s'est senti pieds et poings liés et il n'a pas pu encaisser que son cher protégé ait embrassé le camp ennemi. De plus, au fil des années, il a perdu son crédit auprès du jeune Deravenel. Oh, bien sûr, Neville s'efforce de faire bonne figure, mais, derrière cette façade, plus rien n'est pareil.

Incapable de toucher à son déjeuner tant son agitation était grande, Margot bondit sur ses pieds et commença à arpenter la salle à manger de sa maison d'Upper Grosvenor Street.

Vaguement inquiet, John Summers reposa sa fourchette.

— Bon sang, Margot, que se passe-t-il ?

— Je n'aime pas voir Neville Watkins se rallier à notre cause. Cela me met mal à l'aise.

— Tout se passera bien, j'y veillerai, la rassura Summers. Mais il me semble utile de mener une enquête sur tout ce petit monde. En attendant, je les rencontrerai à Paris comme convenu. Louis Charpentier est impatient de s'entretenir avec George. La rencontre est prévue dans quelques jours.

— Bon, murmura Margot, un peu apaisée, avant d'aller se rasseoir. Je te fais confiance, John. Tu le sais.

— Je ferai de mon mieux, ne t'inquiète pas, répondit Summers avec assurance.

Et, pourtant, tout au fond de lui, il était loin d'éprouver une telle confiance. S'il était dans le camp de Watkins et de Charpentier, c'était parce qu'il n'avait rien à y perdre. Il savait pourtant qu'Edward Deravenel avait la compagnie bien en main. C'était un homme qu'il ne fallait pas sous-estimer, un homme intelligent, ambitieux et impitoyable. Neville Watkins se leurrait s'il pensait réussir à déloger Edward de ses fonctions pour le remplacer par le jeune George. Ce dernier n'avait assurément pas la carrure de son aîné. C'était un sot doublé d'un prétentieux que l'on pouvait aisément manipuler. Cela ne présageait rien de bon.

Nous verrons bien, pensa Summers. Oui, nous verrons qui gagnera. Mais il n'était pas prêt à parier sur Watkins.

58

— Tout sur la tragédie ! Lisez les détails du drame ! s'époumonait le petit vendeur de journaux. Naufrage du *Titanic*, des centaines de morts !

Amos Finnister se hâta sur le Strand pour rejoindre le jeune garçon et, les yeux écarquillés, lut et relut le titre en gros caractères sur la première page de l'*Evening News* : « Naufrage du *Titanic*... Le navire sombre corps et biens... D'innombrables victimes... »

Amos jeta quelques pièces au petit vendeur et, dans sa hâte, lui arracha presque le journal des mains.

— Mauvaises nouvelles, mon prince, horribles nouvelles, même, y a pas à dire, lâcha le gamin.

Le détective hocha la tête en silence et s'éloigna pour aller s'appuyer contre le mur d'un des immeubles du Strand. Il ouvrit le journal et commença à le parcourir.

Ce qu'il lut alors lui glaça le sang. Le *Titanic*, le plus grand, le plus splendide des paquebots, celui que l'on surnommait l'Insubmersible, venait de sombrer corps et biens.

Seigneur, c'est incroyable, songea Amos en lisant avidement l'article.

L'homme de quart avait aperçu l'iceberg aux alentours de onze heures quarante du soir, en ce dimanche 14 avril. L'énorme masse de glace avait frappé la coque à tribord. A onze heures cinquante, près de dix minutes plus tard, l'eau avait envahi l'avant du navire sur plus d'un mètre de profondeur.

A minuit, le capitaine fut informé que le navire ne pourrait rester à flot que deux heures à peine. Il demanda aux opérateurs radio d'envoyer des signaux de détresse et ordonna de dételer les canots de sauvetage et de rassembler les passagers et l'équipage sur le pont, soit deux mille deux cent vingt-sept personnes.

Malheureusement, les canots, pas assez nombreux, ne pouvaient en transporter que la moitié.

— Seigneur Jésus ! murmura Amos, horrifié.

Poursuivant sa lecture, il apprit que le *Carpathia*, à cinquante-huit milles au sud-est de la position du *Titanic*, avait capté le signal de détresse et mis le cap à plein régime sur le navire pour lui venir en aide. Le premier canot de sauvetage fut mis à l'eau sans encombre et s'éloigna avec vingt-huit passagers au lieu des soixante-cinq qu'il pouvait contenir. Des signaux de détresse furent encore envoyés et le dernier canot de sauvetage quitta le navire à deux heures cinq du matin. Il restait mille cinq cents passagers à bord, essayant de se raccrocher à ce qu'ils trouvaient, tandis que le pont du *Titanic* se mettait à pencher de plus en plus.

Bouleversé, Amos ne put poursuivre sa lecture. Les mains tremblantes, il crut défaillir. Une seule pensée occupait son esprit : Charlie et Maisie venaient d'échapper de justesse à un sort affreux. En effet, le frère et la sœur devaient voyager sur le *Titanic* pour regagner New York après un séjour de trois mois à Londres, pendant lequel ils étaient allés de succès en succès en tant que vedettes populaires de la scène new-yorkaise. Malheureusement, Maisie avait attrapé une pneumonie et ils avaient dû annuler leur traversée, préférant séjourner chez des amis à Whitechapel jusqu'à ce que Maisie soit rétablie.

— Merci, mon Dieu, répéta Amos, glissant le journal sous son bras pour poursuivre son chemin sur le Strand en direction de la maison Deravenel.

Comme il était bien connu de tout le personnel, il entra directement, traversa le vaste hall et monta l'escalier en saluant au passage des visages familiers. Il avait rendez-vous avec Edward Deravenel. Un coup d'œil à l'horloge murale lui apprit qu'il était à l'heure, dix heures trente exactement.

— Comment allez-vous, Finnister ? demanda Edward quelques instants plus tard en faisant le tour de son bureau pour serrer la main d'Amos.

— Pas trop mal, sir. Je vois à votre mine que vous êtes également en forme, si vous me permettez cette remarque.

— Oui, je vais bien. Mais je ne suis pas tellement certain que ce soit votre cas, Finnister. Vous semblez troublé. Quelque chose ne va pas ?

— C'est que je viens d'apprendre le naufrage du *Titanic* juste avant de venir ici. Cela m'a fait un choc. Deux de mes amis devaient embarquer à son bord pour aller à New York. Ils ont dû annuler leur voyage au dernier moment.

— Une chance pour eux. Quelle tragédie, en effet ! Cette vilaine affaire devrait soulever pas mal d'interrogations, à mon sens. J'ai lu moi aussi l'article du *Times* et il me semble qu'un certain nombre d'erreurs ont été commises au cours des vingt-quatre heures précédant le départ du navire. Dieu sait pourquoi ils n'ont pas ralenti après avoir été alertés. Et pourquoi n'avaient-ils pas davantage de canots de sauvetage ?

— Cela semble curieux, en effet.

— Je vous en prie, asseyez-vous, Finnister. Vous avez dit au téléphone que vous aviez besoin de me voir d'urgence. De quoi s'agit-il ?

Amos plongea son regard dans celui d'Edward et se mit à parler à voix basse.

— Monsieur Deravenel, je vais accomplir une chose que je n'aurais jamais imaginé devoir faire de ma vie entière. Malheureusement, je crains de ne pas avoir le choix. Ma conscience m'y oblige.

Edward s'accouda à son bureau, juste en face d'Amos, et plissa légèrement les yeux.

— Qu'est-ce donc ? Allons, dites-moi tout.

— Je vais trahir un homme pour en protéger un autre, un homme pour lequel j'ai le plus grand respect. Celui que je dois protéger, c'est vous, monsieur Deravenel. Et celui que je trahis, c'est votre cousin, Neville Watkins.

Edward hocha lentement la tête.

— Et ce que vous allez me dire est tout à fait confidentiel, est-ce exact ?

— Certainement, sir.

— Entendu, Finnister, vous avez ma parole. Je ne répéterai à personne cette conversation.

— J'ai confiance en vous, sir. J'avais besoin de vous parler et, ce faisant, je trahis votre cousin. Au cours des années, j'ai acquis pour vous un immense respect. Je sais que vous êtes un homme honnête, loyal. Par ailleurs, vous vous êtes montré très bon pour Grace Rose. Vous avez veillé à ce qu'elle ne manque jamais de rien et ce fut pour moi un grand soulagement de la savoir en sécurité. Alors, vous voyez, je vous dois beaucoup.

— Merci, Amos. Je savais combien c'était important pour vous.

— A présent, voici ce que j'ai à vous dire : votre cousin, M. Neville Watkins, m'a demandé de vous suivre. Et je l'ai fait, monsieur Deravenel, je dois l'avouer, car tels étaient mes ordres. M. Watkins voulait tout savoir de vous et de votre vie privée. C'est donc ainsi que j'ai découvert vos fréquentes visites dans votre vieille maison de South Audley Street.

— Savez-vous qui l'occupe à présent ?

— Oui, sir. Mais en ce qui me concerne vous n'y êtes jamais retourné depuis que vous l'avez vendue. Tout est parfaitement clair. Je voulais seulement que vous soyez informé, monsieur Edward. A mes yeux, vous êtes sans reproche.

Bien que profondément troublé par les paroles d'Amos Finnister, Edward avait réussi à garder une expression indifférente et à se contrôler en apprenant ces incursions dans sa vie privée.

Un peu plus tard, ce lundi matin, alors qu'il était assis à son bureau, il se rendit compte que cela ne l'étonnait pas. Depuis janvier, depuis, en fait, qu'il avait bu un verre au Ritz avec Neville trois mois plus tôt, ses soupçons n'avaient cessé de grandir. En apparence, son cousin se montrait cordial, mais, derrière cette aimable façade, il devinait une sourde colère, bien que maîtrisée. Il savait au fond de lui que leur amitié ne s'était jamais remise du coup qu'il avait porté à Neville. L'orgueil de son cousin avait été profondément blessé par son mariage secret avec Elizabeth. Will avait eu raison. Neville ne l'avait jamais digéré.

Elizabeth, toujours hostile à Neville et à Johnny, n'avait pas contribué à arranger la situation. Les Wyland, père et frères, détestaient les deux cousins, sans doute parce qu'ils s'imaginaient qu'ils exerçaient une dangereuse influence sur lui. Neville y avait d'ailleurs fait allusion lors de leur rencontre en janvier.

Mais, la vérité, c'était que, depuis des années, Edward agissait en toute liberté. Prendre des décisions sans consulter Neville avait été le début de l'indépendance.

Voilà pourquoi l'abîme entre eux s'était encore creusé. Désormais, Neville agissait en ennemi. Ou, du moins, il essayait. Sinon pourquoi aurait-il chargé Finnister de fouiller sa vie privée à la recherche de quelque scandale ? Edward était reconnaissant à Amos d'avoir fait preuve d'une telle loyauté à son égard. Il savait que le vieil homme l'aimait et le respectait. Pas seulement à cause de Grace Rose.

Bon. Il était averti. Il devait à présent faire plus attention, se montrer moins insouciant dans sa relation avec Jane. Il n'avait nullement l'intention de l'abandonner. Ils étaient plus proches que jamais. C'était une véritable compagne, elle stimulait son intellect et satisfaisait ses sens. Intelligente, cultivée, elle était devenue sa véritable confidente dans bien des domaines de sa vie. Il avait besoin d'elle, de lui parler.

Dans un sens, il avait eu de la chance. Depuis la naissance de leur troisième fille en mars, Elizabeth consacrait beaucoup de temps à cette enfant et se montrait bien plus attentive qu'elle ne l'avait été avec Bess et Mary à leur naissance, sans doute déçue de n'avoir pas eu de garçon. La petite dernière avait été baptisée Cecily en l'honneur de sa grand-mère, Cecily Deravenel, très sensible à ce geste de sympathie de la part d'Elizabeth.

Le problème qui se posait à présent était de savoir comment rencontrer Jane discrètement. Edward se reprocha son laisser-aller, ses visites insouciantes à South Audley Street, beaucoup trop proche de Berkeley Square.

Il eut une brusque illumination. Il allait acheter une nouvelle maison pour Jane, soit près de Hyde Park, au nord de Park Lane, soit encore à Belgravia – deux quartiers assez éloignés de Mayfair pour offrir une relative sécurité, et cependant pas trop éloignés pour que l'on puisse s'y rendre facilement. Mais comment la voir sans se rendre chez elle ? Impossible.

Edward se leva, traversa son bureau et s'approcha de la fenêtre pour regarder au-dehors. Ses yeux tombèrent soudain sur la cour de l'hôtel Savoy, situé de l'autre côté du Strand, un peu plus haut. Le Savoy, bien sûr ! Comment imaginer un lieu plus idéal pour des rendez-vous ? Jane devait y prendre une suite. Immédiatement. Pour la semaine prochaine. Il louerait une chambre à la même période et pourrait ainsi lui rendre visite sans éveiller l'attention. Il lui expliquerait ce plan dès ce soir et il savait qu'elle l'approuverait.

Edward retourna à son bureau et à ses occupations. Pour l'instant, il s'intéressait surtout au pétrole. Après que ses hommes étaient tombés sur une nappe en mai 1908, le travail s'était poursuivi. Pendant un an, ils avaient pompé le gisement et gagné de l'argent, mais, en 1909, Edward avait pris la décision de vendre la concession Deravenel à l'Anglo-Persian Oil, une importante société. Bien que la compagnie ne possédât plus de puits en Perse, il espérait reprendre bientôt les forages. Oliveri et Aspen se trouvaient actuellement là-bas et négociaient avec le shah.

Jarvis Merson et sa nouvelle équipe, engagée récemment, foraient pour son compte au Texas. Il croisait les doigts dans l'espoir qu'ils tombent sur une poche.

Edward savait qu'il y avait un brillant avenir dans le pétrole, surtout pour la marine de guerre. Le premier cuirassé anglais, le *HMS Dreadnought,* avait été lancé six ans plus tôt, en 1906. Churchill, Premier lord de l'Amirauté, le politicien qui lui inspirait le plus confiance, se battait avec acharnement afin d'obtenir du Parlement des crédits suffisants pour en construire d'autres et doter la Navy de ces bâtiments modernes. Préoccupé par le développement de la marine de guerre allemande et soucieux des visées de ce pays, Churchill était en alerte. Edward partageait ce point de vue. Il fallait garder l'œil ouvert.

— J'ai quelque chose de très curieux à te signaler.

De l'autre côté de son vaste bureau moderne, Will Hasling gardait les yeux fixés sur Edward, son meilleur ami.

— Qu'est-ce qui se passe ? Tu as l'air tellement grave.

— Je n'ai pas cessé d'être préoccupé depuis mon retour de Paris par le ferry. Ned, j'ai l'impression qu'un terrible désastre nous menace.

Edward se renfrogna.

— Si quelque chose ne va pas avec le vignoble, nous n'en serons pas ruinés pour autant, tu sais. Un problème peut-être, mais pas un désastre. Nos finances ne vireraient pas au rouge.

— Je sais bien. D'ailleurs, cela n'a rien à voir avec le vignoble, ni avec ce qui me concerne ici. C'est en rapport avec... avec Neville.

Edward se redressa sur son siège, aussitôt en alerte, et demanda en baissant la voix :

— Raconte-moi ça, Will.

— Je l'ai vu à Paris ou, plus exactement, je l'ai aperçu. Au Grand Véfour, où je dînais avec Alphonse Arnaud. Nous étions en train de partir lorsque j'ai repéré ton cousin à une table dans un coin. J'ai filé immédiatement pour qu'il ne me reconnaisse pas.

— Ce qui signifie qu'il était en compagnie de quelqu'un avec qui il n'aurait pas dû être ? C'est bien cela ?

— Louis Charpentier, John Summers et, tiens-toi bien, George.

— George ? Mon frère George ? s'exclama Edward, une expression de stupeur écarquillant son regard bleu.

— Tu as bien entendu. Ton frère George. Un curieux quatuor, n'est-ce pas ?

— On peut le dire. Voyons, dit Edward, les yeux sur son agenda ouvert devant lui, nous sommes le jeudi 18 avril. Tu es parti samedi pour honorer tes rendez-vous des lundi et mardi matin. Quand, exactement, l'as-tu vu ?

— Mardi soir. Je suis reparti hier pour arriver de bonne heure chez moi. Mais j'ai jugé plus prudent de ne pas t'en parler au téléphone.

— Je comprends. D'ailleurs, je suppose qu'il n'y a pas vraiment urgence. Tout de même, il est intéressant de le savoir. Que peuvent-ils bien *comploter* ? Car c'est bien ce que *tu* penses, n'est-ce pas ?

Will hocha la tête.

— Il y a anguille sous roche, Ned. Sinon, pourquoi Neville se serait-il retrouvé soudain avec John Summers ? Notre *ennemi*, le bras droit de Margot Grant et, par conséquent, de Henry Grant.

— Neville et les Grant ! marmonna Edward. J'ai du mal à le croire. Pourquoi ?

— Demande-toi aussi pourquoi George Deravenel se trouvait avec eux.

— Il aurait dû être à Oxford, à ses études. Peut-être a-t-il eu envie de revoir sa sœur. Tu sais combien il est attaché à Meg.

— Possible. Mais il se trouvait tout de même à ce dîner éminemment suspect. Ecoute-moi, Ned. J'ai eu le temps de réfléchir à tout cela hier pendant le voyage de retour et j'ai échafaudé une théorie. La voici : si George te remplace à la tête de Deravenel, Neville pourra le contrôler aisément et, ainsi, reprendre l'entreprise en main à son propre profit. Il pourra alors faire exactement ce qu'il voudra et traiter avec qui il voudra.

A ces mots, Edward pâlit.

— Cherches-tu à me dire que George est prêt à prendre position pour se débarrasser de moi ?

— Exactement !

— Mais Blanche Charpentier est mariée à présent. Neville ne peut donc envisager de lui faire épouser George.

— Bien sûr que non, mais j'ai appris par le *Financial Times* que les affaires de Louis Charpentier se sont beaucoup étendues au cours des dernières années. Elles couvrent à présent le monde entier. Neville ne demande qu'à y trouver son compte, tu penses bien. Tu sais qu'il rêve d'avoir encore plus de pouvoir.

— Il pourrait cependant faire des affaires avec Louis au nom de sa propre société, observa Ned. N'oublie pas qu'il est notre principal actionnaire dans ce pays.

Pâle mais calme, Edward avait les yeux fixés sur Will.

— Louis n'est peut-être pas intéressé par les affaires que contrôle Neville. Sa véritable cible, c'est la compagnie Deravenel.

— Seigneur, lâcha Edward en secouant la tête, l'air soucieux. Tu dois avoir raison. Tu as certainement raison.

— George traitera avec eux, tu le sais bien, même si je ne t'avais rien dit.

— Oui, je le sais. Il a toujours été jaloux de moi. En fait, il veut *être* moi.

— Que pouvons-nous faire ? demanda Will doucement.

— Pour l'instant, rien. Mais, si Neville change de cap et négocie avec les Grant, cela s'appelle très précisément une trahison. Alors nous jouerons au plus fin avec lui, mon cher ami. Et je sais comment m'y prendre.

— Enchanté de vous voir, Finnister ! s'exclama Edward en serrant la main d'Amos. Je vois que vous avez fait plaisir à Grace Rose en venant à son goûter d'anniversaire pour ses douze ans.

— J'ai pensé qu'elle serait heureuse de me voir, c'est vrai. N'est-elle pas charmante, monsieur Edward ?

Les yeux fixés sur Grace Rose, les deux hommes se tenaient à l'une des extrémités du salon de Vicky Forth dans sa maison de Kensington. Grace Rose était une adorable fillette, plutôt grande pour son âge, avec de beaux cheveux roux doré tombant sur ses épaules et des yeux d'un bleu intense rappelant un bouquet de bleuets, comme ceux d'Edward. Aujourd'hui, ces yeux magnifiques étincelaient de joie. La petite portait une robe de soie bleue et un ruban assorti retenait ses cheveux.

Edward la considéra un long moment avant de répondre.

— Cette enfant est délicieuse, Amos. C'est même une beauté, elle est absolument ravissante.

— Votre portrait tout craché, sir, si vous me permettez l'expression.

— Je sais, dit Edward avec un petit rire, je sais, Finnister. Si nous allions rejoindre Hasling et Ledbetter ? J'apprécierais une tasse de thé.

Will, Mark, Stephen, Fenella et Vicky étaient réunis autour du buffet d'un côté de la pièce. Grace Rose, elle, siégeait à une table ronde en compagnie de Bess et Mary, les filles d'Edward, et de plusieurs autres amies. Les fillettes goûtaient joyeusement, partageant sandwiches et gâteaux, tout en riant et bavardant.

Edward avait déjà remarqué l'intérêt que Grace Rose portait à ses deux filles et s'en réjouissait intérieurement. Grace était une enfant affectueuse et cherchait à materner les plus petites. Il se demanda si elle se rendait compte de sa ressemblance avec lui. Mais il écarta aussitôt cette pensée en comprenant que Finnister venait de lui murmurer quelque chose à propos de Neville.

— Excusez-moi, Amos, je n'ai pas bien compris ce que vous avez dit.

— Simplement que je quitte M. Neville, monsieur Deravenel.

La nouvelle frappa Edward de plein fouet. Il dévisagea Amos, les sourcils froncés.

— J'espère qu'il n'y a pas de conflit entre vous ?

— Non, non, rien de ce genre. J'ai seulement informé M. Watkins que je désirais prendre ma retraite. Depuis la mort de ma pauvre Lydia voilà maintenant deux ans, je désire être un peu plus libre, travailler moins, pouvoir me consacrer à certaines choses qui me plaisent. J'ai expliqué tout cela à M. Watkins en précisant que je ne voulais plus d'un emploi à plein temps.

— Pourquoi pas un emploi à temps partiel ? suggéra aussitôt Edward, avant même d'avoir pris le temps d'y réfléchir. Avec moi...

Amos lui jeta un long regard inexpressif, se contentant de murmurer à voix basse :

— Pour faire quoi, sir ?

— Surveiller mes arrières, répondit Edward.

Amos Finnister sourit et tendit la main.

— A votre service, monsieur Deravenel.

Edward lui sourit en retour, enchanté de cette tournure inattendue des événements.

— Allons boire une tasse de thé, Finnister, et goûter quelques-uns de ces délicieux sandwiches, avant que Mme Forth ne coupe le gâteau d'anniversaire de Grace.

Depuis qu'elle s'était mariée l'année précédente, Edward n'avait pas revu sa sœur Meg. En ce jour torride de juillet, il la regardait et la trouvait ravissante avec sa jolie robe vert pâle et son charmant petit chapeau. Et, surtout, il pensait qu'elle avait l'air heureuse.

Elle était arrivée à Londres quelques jours plus tôt avant de se rendre à Ravenscar pour y passer un mois de vacances avec sa mère. Charles Feraud, son mari depuis maintenant un an, devait la rejoindre pour les deux dernières semaines.

— Il sera là pour le Glorious Twelfth, expliqua Meg, faisant allusion au jour d'ouverture de la chasse à la grouse sur les landes de Grande-Bretagne. C'est un bon fusil, Ned, un des meilleurs qui soient, et il adore ce sport.

— Ravi de l'apprendre. Nous arriverons là-bas début août, Meg chérie, de sorte que nous serons tous ensemble pendant quelques jours. Une belle réunion de famille en perspective.

Meg lui sourit, toujours aussi loyale et affectueuse, cette sœur aimante qui veillait sur lui depuis leur enfance.

— Quel beau bébé que ta Cecily, Ned, s'exclama-t-elle en riant. Encore une blonde ! Et solide avec ça !

Edward avait invité sa sœur à déjeuner au Ritz et, comme d'habitude, on lui avait donné sa table préférée, dans un angle. Il approcha sa tête de celle de sa sœur et lui demanda :

— Tu es heureuse, Meg ? Etant donné que c'est moi qui ai recommandé ce mariage, il m'est arrivé de me faire du souci à ce sujet.

— Tu n'as pas à t'en faire, Ned. Je n'aurais pas épousé Charles si je n'avais pas été moi-même d'accord. Comme toi, j'ai un caractère très indépendant et je déteste les mariages arrangés. Charles et moi sommes très bien assortis et nous nous aimons beaucoup. La réponse est donc oui, Ned. Je suis heureuse. Très heureuse.

— Voilà qui me soulage. Est-ce que tu te plais dans ta nouvelle demeure ?

— La Bourgogne est une très belle région et tu connais le château... un enchantement ! Depuis mon arrivée, j'ai été occupée du matin au soir. Charles est très pris avec le vignoble. C'est une affaire très exigeante.

— Je m'en doute. Bienvenue à la maison pour ces quelques jours, dit Edward en levant son verre de champagne. Puisse ton bonheur perdurer, Meg.

— Merci. Et le tien aussi, Ned, répondit-elle en heurtant sa flûte contre la sienne. Tu es l'homme le plus beau que je connaisse.

— C'est parce que tu es ma sœur que tu dis cela.

Meg hocha la tête et reprit d'une voix lente :

— Ned, j'ai quelque chose à te dire, quelque chose que l'on m'a demandé de te dire. J'espère que tu ne vas pas te fâcher.

Il releva la tête, abandonnant le menu qu'il était en train d'étudier, et lui jeta un regard rapide, les sourcils légèrement froncés, alarmé par le ton grave qu'elle avait adopté.

— Pourquoi risquerais-je de me fâcher ? Y aurait-il un problème ?

Meg garda le silence un instant, parcourant la salle des yeux, l'air sombre. Elle reporta finalement son regard sur lui et déclara :

— George a épousé Isabel Watkins hier.

— Quoi ? s'exclama Edward à haute voix. Mais pourquoi n'en ai-je pas été informé ?

Meg secoua ses cheveux blonds.

— Je l'ignore. En réalité, je ne comprends rien à cette affaire. Nan est venue me voir ce matin à Charles Street pour m'annoncer la nouvelle. Et pour me demander de te la communiquer.

— Où était donc son tout-puissant mari ? Il se cachait derrière ses jupes ?

— Elle n'a pas parlé de Neville. Sauf pour dire qu'ils n'ont rien su avant l'événement, ni l'un ni l'autre.

— Difficile à croire.

— George et Isabel se sont enfuis, Ned, à Gretna Green, il y a plusieurs jours.

Il fallut quelques minutes à Edward pour digérer la nouvelle. L'air pensif, il se mordit les lèvres, avant de déclarer calmement d'une voix lente, en marquant chaque mot :

— Neville et Nan *devaient* savoir, Meg. Car la loi en matière de mariage a changé en Ecosse depuis longtemps. Un des deux candidats au mariage, au moins, doit avoir passé vingt et un jours en Ecosse avant que la cérémonie puisse avoir lieu, même à Gretna Green. Etant donné que George s'est montré partout à Londres ces dernières semaines, c'est donc Isabel qui a dû résider là-bas le temps voulu. Pouvaient-ils ignorer où se trouvait leur fille, Meg ? Elle n'a pas vingt et un ans, loin s'en faut, plutôt dix-sept, même, si je ne me trompe.

— Es-tu certain à propos de cette loi, Ned ?

— Certain, et je vais te dire pourquoi. Quand j'étudiais à Oxford, j'ai rédigé un mémoire sur les lois du mariage et je me souviens de ce que j'ai alors appris. Gretna Green était célèbre depuis 1700 pour célébrer des unions sans formalités, mais la loi a changé au milieu des années 1800. Vingt et un jours de résidence en Ecosse sont à présent indispensables, au moins pour l'un des deux fiancés, ainsi que je te l'ai dit. Et le mariage entre *cousins* est admis.

— Seigneur, tu es une véritable mine d'informations, lâcha Meg. Je suis si heureuse que tu ne sois pas fâché.

— Oh, mais je le suis, affirma-t-il sèchement. Seulement, ce n'est pas le lieu pour le manifester. Nous sommes dans un endroit public. D'ailleurs, je ne suis pas vraiment *surpris*.

Meg se mit à rire, soulagée qu'il ait pris la chose ainsi.

— Quand ils étaient enfants, je me souviens qu'ils disaient toujours qu'ils se marieraient plus tard.

— C'est vrai. Nan t'a-t-elle dit où ils se trouvent à présent ?

— En voyage de noces.

— Et qui paie les factures ? Oh, je n'ai pas besoin de le savoir ! s'exclama-t-il en sentant sa colère revenir. Son père à elle, sans doute. Je suppose que tu es également chargée de le dire à mère, car personne n'a songé à l'informer, c'est bien cela ?

— J'ai promis à Nan de lui parler quand je serai à Ravenscar. Je pars pour là-bas demain.

— Où passeront-ils leur voyage de noces ?

— Nan n'en a rien dit, mais je parierais qu'ils sont à Thorpe Manor.

— Je vois. Bon. Veux-tu veiller à ce que George et Isabel aillent saluer maman, Meg ? Promets-le-moi.

— Je le ferai, Ned. Je le ferai.

Puis, d'une voix que Meg jugea un peu sèche, il reprit :

— A présent, commandons notre repas. J'ai beaucoup de choses à faire cet après-midi.

Un peu plus tard, de retour dans son bureau, Edward appela Will Hasling pour lui demander de le rejoindre. Une fois la porte refermée sur eux, Edward lui apprit les nouvelles et passa dix bonnes minutes à fulminer tout en allant et venant dans la pièce.

— Calme-toi, Ned, dit Will au bout d'un moment. Cela ne vaut pas la peine de te mettre dans cet état.

— Peut-être pas. Mais réfléchis un peu, Will. Neville et George ont monté l'affaire ensemble. Il y a déjà pas mal de temps qu'ils marchent main dans la main ! s'écria-t-il, le visage rouge de colère. Ces chacals sont tous de la même espèce, Will. George veut la fortune d'Isabel et Neville veut Deravenel. Ce n'est pas la société qui l'intéresse, mais le pouvoir qu'elle procure. Et il se sert de George pour y parvenir.

59
Ravenscar, 1914

Johnny Watkins pénétra dans la cour des écuries de Ravenscar, tira sur le frein de la Daimler et coupa le contact.

— Laisse-moi entrer tout seul et parler à Ned avant de revenir te chercher, proposa-t-il à son frère, en pivotant sur son siège.

Neville hocha la tête, et un tic nerveux secoua sa joue.

— Johnny, nous allons commettre une terrible erreur. Crois-moi !

— Je t'assure que non ! Nous devons tenter de mettre fin à cette ridicule querelle, soupira Johnny, implorant. N'oublions pas que nous appartenons à la même famille. Notre père est mort à Carrare en raison de son affection pour oncle Richard ; et notre frère a péri avec eux. La mère de Ned est une Watkins, membre de notre clan. Notre brouille ne peut se perpétuer !

— Nous avons eu, il y a deux ans, notre dernier affrontement majeur au sujet du mariage de George et d'Isabel. Ned m'accusait d'avoir cherché à l'évincer de Deravenel. Comment peux-tu imaginer qu'il a changé d'avis maintenant ?

— Je n'en ai aucune preuve, mais, si nous lui parlons et si nous lui tendons un rameau d'olivier, il acceptera peut-être de croire à notre sincérité absolue. Il faut tenter notre chance, Neville. Et ne penses-tu pas qu'il a fini par se lasser, lui aussi, de ces éternelles querelles entre nous ?

— Non, je pense que ce jeune chien s'en réjouit.

— Voyons, Neville ! Ton attitude est terriblement négative.

Neville laissa échapper un soupir, tandis que Johnny remarquait les traits tirés de son frère aîné, et de légères rides autour de ses yeux et de sa bouche. Bien qu'il fût encore un bel homme fringant, une profonde lassitude se lisait sur son visage.

— Reste assis et attends-moi, reprit Johnny. Profites-en pour te détendre un peu !

— Es-tu sûr de leur présence ? Comment sais-tu qu'ils sont venus passer ici les fêtes de Pâques ?

— Ned passe la plupart des vacances de longue durée à Ravenscar. En outre, Kathleen m'a dit que Will et elle séjourneraient ici avec Ned et sa famille.

— Notre sœur est ici ? Pourquoi ne vient-elle pas à Thorpe Manor avec nous, comme toi et ta famille ?

— Elle est mariée à Will, le meilleur ami de Ned, son partenaire en affaires, et son adversaire à la boxe. Ils ne se quittent guère. Ce n'est pas moi qui vais te l'apprendre.

Neville garda le silence.

Johnny sortit de la voiture et passa la tête à l'intérieur.

— Je n'en ai pas pour longtemps. Essaye de te délasser !

Neville hocha la tête sans un mot.

Johnny fit le tour de la maison en songeant qu'il serait plus correct de se présenter à la porte principale. Il craignait de prendre tout le monde en traître s'il arrivait par l'arrière ; et il devait éviter de commettre la moindre gaffe, car son frère et lui n'étaient sans doute pas les bienvenus en ce lieu.

Il sonna, et Jessup apparut au bout de quelques secondes.

— Oh, bonjour, monsieur Watkins, dit le maître d'hôtel après lui avoir ouvert grande la porte.

— Bonjour, Jessup, répondit-il en le saluant. M. Deravenel est chez lui ?

— Oui, M. Edward est ici. Toute la famille déjeune à Scarborough, les enfants compris ; mais M. Richard et M. Hasling sont restés eux aussi à la maison.

Rien d'étonnant à cela, pensa Johnny en suivant Jessup dans le grand vestibule. Will et Richard, les préférés de Ned, étaient restés pour lui tenir compagnie.

— Je vais aller chercher M. Edward, murmura Jessup avant de disparaître.

Johnny déambula dans le grand vestibule et aperçut une plaque imposante fixée à l'un des murs. Les armoiries des Deravenel : la rose blanche d'York, le mors et le soleil rayonnant, ainsi que l'inscription *Fidélité pour l'éternité*, la devise familiale. Il resta un moment immobile, à contempler la plaque et à se pénétrer de ces trois mots.

Par cette belle matinée, le soleil se déversait à travers les fenêtres plombées. Il se retourna finalement pour admirer la mer du Nord étincelante. De petits insectes volaient dans les longs rais de lumière qui filtraient dans le manoir.

Quelle sérénité ! Il se souvint des jours heureux de sa prime jeunesse où il jouait là avec son très cher cousin Ned.

Pour que sa famille vive à nouveau en paix, il allait mettre fin à toutes ces querelles, cette amertume et ce chagrin.

En entendant des pas, il se retourna : Edward approchait. A vingt-neuf ans, il avait acquis une plus grande maturité, et encore plus d'assurance. Malgré le temps écoulé, il était sans doute plus séduisant que jamais.

— Bonjour, Johnny, fit sereinement ce dernier en lui tendant la main, sans manifester sa surprise.

Johnny s'avança afin de le saluer. Une lueur chaleureuse brillait dans les yeux de son cousin et un vague sourire flottait sur ses lèvres.

Pour sa part, Edward ne trouvait pas Johnny changé, bien qu'il parût légèrement sur ses gardes.

— Allons dans la bibliothèque, proposa le maître des lieux, quand ils se furent serré la main. Veux-tu que Jessup te serve quelque chose à boire ?

— Non merci, fit Johnny.

Debout au milieu de la bibliothèque, les deux hommes se dévisagèrent ; puis Edward, toujours serein, prit la parole le premier.

— Comment te portes-tu, Johnny ?

— Je vais bien, et il me semble que tu es en grande forme toi aussi.

— Vis-tu dans le Yorkshire ou en ville ?

— Surtout dans le Nord.

— Voilà pourquoi je ne te rencontre jamais à Londres.

— Je vais te parler sans détour, Ned, déclara Johnny, après s'être éclairci la voix. Je viens ici pour te tendre un rameau d'olivier. Je ne supporte plus toutes ces querelles de famille et je souhaiterais que nous fassions la paix.

— Nous avons été si proches, toi et moi, remarqua Edward, avec un sourire contrit. J'aimerais moi aussi que nous nous mettions d'accord.

— Est-ce possible, à ton avis ? fit Johnny, moins tendu.

— Peut-être... S'agit-il de nous deux seulement ? Ou bien Neville participe-t-il à cette réconciliation ?

— J'aimerais que nous trouvions un accord à trois. Neville attend dehors, dans la voiture.

— Non, je suis ici ! annonça Neville, debout sur le pas de la porte.

Edward et Johnny, également surpris, firent volte-face.

— Cousin, murmura Edward, entre, je te prie !

Neville pénétra dans l'imposante bibliothèque en promenant un regard admiratif autour de lui. Puis il tendit une main à Edward, qui la serra, avant de se diriger vers la fenêtre pour contempler la mer.

— Eh bien, par où commencer ? fit Johnny, après avoir regardé tour à tour Edward et son frère.

Ils se dévisagèrent en silence pendant un moment, et Neville prit la parole.

— Je pense que nous devrions commencer par des excuses. La dernière fois que nous nous sommes vus, Edward, tu m'as accusé d'avoir comploté contre toi. C'était une erreur.

Edward bomba le torse et eut grand-peine à maîtriser sa colère.

— Mais non ! Tu voulais que George m'évince de Deravenel, et tu n'en démordais pas.

— Tu te montes la tête ! riposta Neville, écarlate. Il y a un an, tu m'as accusé une fois de plus. Tu prétendais que j'avais « arrangé » le mariage de George et d'Isabel, et planifié leur fugue à Gretna Green. Une autre calomnie.

— Voyons ! s'exclama Edward. Tu étais derrière cette fugue.

— Tu sais bien qu'ils désirent se marier depuis qu'ils sont enfants.

— Et cela te convenait, n'est-ce pas, Neville ? Une fois George devenu ton gendre, tu avais un autre Deravenel à ta disposition.

— Ne sois pas ridicule !

— En quoi suis-je ridicule ? Je connais mieux que quiconque les principes fondamentaux de notre compagnie, car je les ai étudiés avant d'accéder à mon poste. *Seul un Deravenel peut diriger Deravenel.*

— Ecoute-moi un instant ! Sans moi, tu ne serais jamais devenu directeur général de Deravenel. Si je n'avais pas mis toute mon énergie, ma fortune et mon expérience à ton service, tu n'en serais pas là aujourd'hui.

— J'admets que tu m'as aidé. Je t'en ai remercié et je t'ai donné maintes fois la preuve de ma reconnaissance. Mais j'ai accompli beaucoup de choses par mes propres moyens. Je me suis plongé dans les statuts de la compagnie, j'ai consulté les notes prises par mon père et gardé en mémoire des centaines de pages, j'ai étudié chaque département et son fonctionnement, avant d'affronter le conseil d'administration. Ensuite, j'ai défendu mon point de vue et c'est *moi* qui ai gagné !

— Je reconnais volontiers ton mérite. Pourquoi n'en fais-tu pas autant ?

— Je l'ai toujours fait. Il y a autre chose encore : c'est toi qui as introduit le loup dans la bergerie. *Louis Charpentier*. Il est à nos trousses depuis que tu as commencé tes tractations avec lui. J'ai passé des années à le combattre. Il nous fait du tort partout, il cherche à acheter les sociétés qui nous intéressent, il nous sabote. Et tout cela avec ton aide, cousin ! En plus, tu es de mèche avec les Grant. Tu m'as trahi.

— C'est faux ! s'écria Neville, fou de rage.

Sidéré par cette soudaine flambée de colère entre les deux hommes, Johnny était resté muet et incapable d'intervenir.

— Neville, dit-il soudain, une main apaisante sur l'épaule de son frère, calme-toi, je t'en prie ! Tu vas avoir une crise cardiaque si tu continues.

— Ça va, marmonna ce dernier.

La rancœur d'Edward couvait depuis des années, comprit Johnny, en regrettant qu'il la laisse éclater en cet instant.

— Si on recommençait ? suggéra-t-il.

— En ce qui me concerne, je n'en dirai pas plus ! s'écria Neville en tournant les talons. Je t'avais prévenu, Johnny, que ça ne marcherait pas.

Neville sortit en coup de vent de la bibliothèque, et heurta presque Richard au passage. Johnny jeta un regard attristé à son frère, avant de le suivre en courant.

Richard fit irruption dans la bibliothèque, escorté par Will. Tous deux étaient blêmes et paraissaient troublés.

— Que se passe-t-il ? demanda Richard, les yeux rivés sur Edward.

— Johnny aurait voulu nous réconcilier. Neville ne semblait pas du tout d'accord.

— Ned, s'il te plaît, rattrapons-les, bredouilla Richard. Il faut tirer cela au clair.

Edward ne broncha pas, puis il hocha la tête.

— Après tout, qu'avons-nous à perdre ? Essayons de les rattraper.

La Daimler était sortie de la cour des écuries et roulait dans l'allée en direction du portail de Ravenscar quand les trois hommes foncèrent hors du manoir.

Edward se mit à courir derrière la voiture en hurlant :

— Johnny ! Neville ! Attendez !

Will et Richard arrivèrent ensuite, et Will se rua en avant avec un sursaut d'énergie.

— Attendez-nous ! Ralentissez !

La Daimler franchit le portail et s'engagea sur la route de la falaise en accélérant.

Edward et Will la poursuivirent. Richard, qui s'était laissé distancer, ne tarda pas à les rejoindre, et ils coururent tous les trois à en perdre haleine.

Puis Edward s'arrêta net, essoufflé et le cœur battant à se rompre.

— A quoi bon ? dit-il en épongeant des ruisseaux de sueur sur son visage, avec son mouchoir. Impossible de les rattraper ! Ils ont une trop grande avance sur nous, et ils ne veulent pas s'arrêter. Neville, du moins, ne le veut pas.

— Allons prendre la voiture, suggéra Richard.

— Bonne idée, fit Will, en épongeant à son tour son visage. Allons à Thorpe Manor, Ned, et essayons de régler cette affaire une fois pour toutes.

Comme Edward ne répondait pas, Will le dévisagea en fronçant les sourcils. Puis, alarmé, il interrogea son ami, qui semblait saisi d'effroi.

— Qu'y a-t-il, Ned ?

— Johnny conduit trop vite. Je connais cette route par cœur. Il y a un tournant dangereux un peu plus loin.

Edward n'eut pas le temps de terminer sa phrase. Figé sur place, il vit la Daimler s'envoler dans les airs, basculer dans le vide, puis tourbillonner un moment, avant de disparaître.

— Mon Dieu, allons-y ! s'écria Edward, en dévalant la pente, suivi par son frère et Will.

Ils arrivèrent, à bout de souffle, au tournant de la route. Edward tendit la main pour les éloigner de l'à-pic.

— Il y a un dénivelé de près de deux cents mètres. Reculez ! leur ordonna-t-il prudemment.

Debout sur la bordure herbeuse de la route, il plongea son regard vers la falaise.

Tout en bas, la Daimler reposait sur le flanc. Le corps de Neville était à côté, mais il ne distingua nulle trace de Johnny.

Horrifié et secoué de tremblements, il recula d'un pas pour se rapprocher de Richard et de Will.

— Neville est sur la plage, mais je ne vois pas Johnny, annonça-t-il d'une voix rauque. Il est peut-être encore dans la voiture.

Sans attendre de réponse, Edward courut vers les marches qui traversaient le bas de la lande et permettaient d'atteindre la plage. Ses deux compagnons se ruèrent derrière lui.

En courant et trébuchant, Edward arriva sur les galets au bout de quelques minutes et découvrit immédiatement Johnny, allongé près de la voiture retournée. Neville gisait quelques mètres plus loin.

Croyant voir Neville bouger, Edward courut s'agenouiller auprès de lui ; puis il comprit que le souffle du vent avait simplement effleuré ses vêtements.

Il lui prit le pouls et constata qu'il était mort. Neville avait le visage ensanglanté et la tête de travers ; il s'était certainement brisé la nuque quand il avait été éjecté de la voiture. En contemplant son visage, Edward remarqua que ses yeux avaient gardé leur clarté de turquoise. Il ferma doucement les paupières de cet homme exceptionnel, avant de s'approcher de Johnny.

Will et Richard étaient accroupis auprès de lui.

— Je ne sens plus son pouls, murmura Will, en larmes. Il est mort.

Richard, qui sanglotait, tourna les yeux vers son frère.

— Je le croyais encore en vie, souffla-t-il entre deux sanglots. Quand j'ai ouvert son col, regarde ce que j'ai trouvé, Ned ! Il portait toujours ton médaillon.

— Amenons Johnny à côté de Neville, pour qu'il repose près de son frère, répondit Edward d'une voix rauque.

Quand les corps furent alignés, Edward s'agenouilla sur les galets, avec Will et son petit écureuil, et il pria. Il pleura pour Neville, dont il avait été si proche autrefois. Il pleura aussi pour Johnny, qu'il aimait.

Ils restèrent longtemps immobiles : aucun d'eux ne voulait quitter ces deux hommes qui avaient tant marqué leur existence. Un profond silence régnait tout autour, comme si la terre avait cessé de tourner. Par moments s'élevaient le grondement des vagues sur la plage et les cris des mouettes qui planaient très haut, dans le ciel nuageux du Yorkshire.

Bien plus tard dans la journée, quand une ambulance eut emmené les corps à la morgue de Scarborough, Richard trouva Edward seul dans le fort en ruine.

— Ned, souffla-t-il, puis-je entrer ?

Edward acquiesça, le visage ravagé par le chagrin.

Sans un mot, Richard tendit à son frère aîné le médaillon que Johnny portait encore au moment de l'accident.

La main d'Edward se referma sur le précieux objet, qu'il rangea dans sa poche. Et, quand vint la nuit, il enleva son ancien médaillon ; puis il accrocha autour de son cou celui de Johnny, qui ne le quitta plus jusqu'à la fin de ses jours.

60

Londres

Quatre mois plus tard, Edward dut mettre de côté son deuil personnel, car les canons du mois d'août commencèrent à tonner.

L'Europe sombrait dans la guerre après l'assassinat de l'archiduc François-Ferdinand, héritier de l'Empire austro-hongrois, et de sa femme, la duchesse de Hohenberg, à Sarajevo. En quelques jours, la plupart des pays européens se trouvèrent mêlés à ce terrible conflit, provoqué par un acte terroriste commis dans un petit Etat des Balkans.

Assis dans son bureau de Deravenel, Edward lisait le *Times*. Une interview de David Lloyd George, chancelier de l'Echiquier, attira son attention. « Je me sentais comme un homme debout sur une planète soudain détournée de son orbite par une main démoniaque, et tourbillonnant sauvagement vers l'inconnu », avait-il dit, pendant la nuit du 4 août, alors que la Grande-Bretagne déclarait la guerre à l'Allemagne.

Edward plongea dans un profond désarroi, car ils allaient s'engager dans un long combat, qui s'étendrait aux quatre coins de la planète. Il redoutait l'avenir et ne pouvait comprendre que les gens soient aussi excités à l'idée de partir en guerre, ni qu'une étrange jubilation se manifeste dans les rues de Londres, à la veille d'un conflit porteur de mort et de destruction.

Il prit le *Daily Mail*, l'un des journaux de Northcliffe, et parcourut le titre à la une : « La Grande-Bretagne déclare la guerre à l'Allemagne. » A l'intérieur, il lut des sous-titres en plus petits caractères : « La Belgique envahie. » « Deux nouveaux cuirassés pour notre marine. » « Un mouilleur de mines britannique coulé. » « Risque de guerre en mer. »

Grâce au ciel, Winston Churchill était Premier lord de l'Amirauté, se dit-il en se carrant dans son fauteuil, après avoir abandonné momentanément son journal. Seul Churchill et quelques autres hommes éclairés avaient vu la menace de guerre approcher et s'y étaient préparés de leur mieux.

On frappa à la porte et Will entra, le regard morne.

— J'ai l'impression que la guerre sera longue, et toi ? fit-il.

— C'est ce que m'a dit Churchill l'autre soir, acquiesça Edward. Je lui sais gré de s'être rendu compte de la menace que représente la puissance maritime grandissante de l'Allemagne depuis 1911. En ramenant la flotte anglaise de l'étranger pour la concentrer en mer du Nord, il a certainement accru notre force.

— Ainsi que notre sécurité !

— On m'a appris qu'il n'est pas question que je m'engage, chuchota Edward. Etant à la tête de cet empire tentaculaire, je suis prié de rester à ma place tant que durera la guerre, si longue soit-elle.

— J'ai lu quelque part que le chancelier allemand Bethmann-Hollweg a prédit l'autre jour, à Berlin, une guerre très brève... de trois ou quatre mois environ. A mon avis, elle durera au moins trois ans.

Will finit par s'asseoir et reprit :

— De toute façon, tu es censé demeurer ici, et tu ne dois même pas songer à partir, la baïonnette au canon. Alors que moi...

— Pas un mot de plus ! s'exclama Edward. Tu ne vas pas t'engager.

— Pourtant, Ned...

— Non, c'est impossible ! Le gouvernement ne recrute que les célibataires. Tu es un homme marié.

— George aussi, et pourtant il m'a annoncé, il y a à peine une demi-heure, son intention de s'engager.

— Il sera réformé pour raisons de santé, car il a une mauvaise vue. Je t'assure, Will.

— Cette note que tu m'as envoyée à propos des usines de Leeds... Dois-je comprendre que le gouvernement va les réquisitionner ? Que nous allons fabriquer des uniformes pour l'armée et la marine ?

— Oui, exactement, mais le gouvernement ne réquisitionne pas les usines de textile. On nous prie seulement de nous spécialiser dans les uniformes.

— Pas de problème ! En fait, j'étais venu te demander si tu étais libre aujourd'hui à l'heure du déjeuner.

— Je suis libre ! Pensant que tu viendrais chasser la grouse dans le Yorkshire, je n'avais pris aucun rendez-vous à midi. Mais la guerre va nous priver de ce genre de loisirs, et de beaucoup d'autres.

— Je viens justement d'annuler mon voyage à Paris. J'y emmenais Kathleen en septembre ! Nous pouvons dire adieu à la Belle Epoque, Ned. La France se prépare comme nous à entrer en guerre. Je m'inquiète un peu au sujet des vignobles, mais nous n'y pouvons rien.

— Il faut voir venir et ne pas perdre tout espoir, malgré tout, au sujet de nos vignobles français.

— Nous allons déjeuner au White's ?

— Parfait ! répondit Edward. Toutefois, je ne pourrai pas déjeuner avant une heure...

— Je viens te chercher à midi quarante-cinq.

Will s'éclipsa. Edward parcourut alors les lettres que sa secrétaire avait déposées sur son bureau, puis il se rassit, le visage soucieux. Si le monde entier se laissait happer dans ce conflit, qu'allaient-ils tous devenir ?

Il se leva pour observer la carte que son père avait accrochée là, bien des années auparavant. Il lui semblait maintenant qu'il n'y avait pas un seul pays au monde où ne s'étende l'empire de sa famille.

Après plus de huit siècles d'existence, que risquaient les Deravenel ? se demanda-t-il en riant sous cape. Néanmoins, l'humanité n'avait jamais connu une guerre semblable à celle qui s'annonçait.

— Prenons un verre avant le repas, fit Will en entrant au White's avec Edward, vers une heure dix. J'ai besoin de me remonter le moral !

Edward lui sourit.

— C'est exactement ce que j'allais te suggérer, mon vieux.

A peine assis, Will passa la commande et s'adressa posément à son ami.

— J'ai entendu dire hier soir, au cours d'un dîner, que la marine est le seul secteur solide. L'armée ne serait pas bien organisée, et nous avons des forces aériennes minimales, bien que Churchill ait cherché à les développer récemment.

Il tira une cigarette d'un étui en or, signé Cartier, et aspira une bouffée.

— Franchement, nous sommes dans un sacré pétrin, Ned ! reprit-il.

— Il nous faut un nouveau secrétaire d'Etat à la Guerre !

Will jeta un regard inquisiteur à Edward, qui en savait plus que lui, car il fréquentait des hommes politiques.

— Crois-tu qu'Asquith va en nommer un ?

— Il n'a pas le choix. Un Premier ministre ne peut diriger lui-même les opérations militaires. J'espère qu'il choisira lord Kitchener, un grand général, et un héros national.

— Oui, cela aurait un effet très positif sur nos concitoyens.

Les deux hommes gardèrent le silence. Tout en buvant leur sherry et en fumant, ils prêtèrent l'oreille aux conversations autour d'eux. Ce jour-là, le fumoir était bondé, et tout le monde parlait de la guerre.

— Nous n'avons pas de recrutement obligatoire, disait quelqu'un, à une table derrière eux.

Réponse du voisin :

— Je ne savais pas cela, Hartley.

— Il faudra pourtant enrôler une armée pour nous battre dans cette foutue guerre. Les célibataires d'abord !

— Asquith sait ce qu'il fait ; il a été un excellent Premier ministre, disait quelqu'un sur la droite.

— Churchill a adopté une saine attitude : battons-les avant qu'ils ne nous battent, fit une quatrième voix.

Will hocha la tête en murmurant :

— Et Meg ? Penses-tu qu'elle va rester en France ?

— Je n'en sais rien, soupira Edward. Hier, à Ravenscar, elle m'a dit que Charles parlait déjà de rentrer immédiatement à Paris, puis d'aller en Bourgogne. Je suppose que c'est nécessaire. Comment pourrait-il abandonner ses vignobles en de telles circonstances ? Ne t'inquiète pas pour les nôtres, Will ; ils sont entre d'excellentes mains, et nous pouvons faire confiance à nos dirigeants.

Edward hocha la tête, avant de conclure :

— Tout finira par s'arranger. Quant à Meg, telle que je la connais, je suppose qu'elle ira rejoindre son mari en France et qu'elle y restera jusqu'à la fin des hostilités.

Comme la guerre se prolongeait, en août, septembre, octobre, et jusqu'à la fin de 1914, Edward se rendit compte qu'il consacrait la majeure partie de son temps à Deravenel. Ses responsabilités étaient énormes et il faisait preuve d'une singulière détermination pour arriver quotidiennement au bout de ses peines. Mais, en de telles circonstances, chacun trimait jour et nuit afin de participer à l'effort collectif.

Les canons du mois d'août continuèrent à tonner en 1915 et 1916. Des centaines de milliers de jeunes gens tombaient sur les champs de bataille d'Europe, en se battant courageusement contre l'ennemi dans les tranchées. Le monde était horrifié devant ces pertes humaines colossales.

De nombreux employés de Deravenel s'étaient engagés et, un matin de mai, Edward constata avec inquiétude qu'un nombre important de célibataires devrait s'enrôler. En effet, une loi votée au début de l'année instituait le service militaire obligatoire. Bientôt, les hommes mariés iraient à leur tour rejoindre le front. Il ne s'inquiétait pas pour lui-même, mais pour Will, Oliveri et Christopher Green, des hommes mariés, jeunes et en bonne forme physique, qui seraient certainement déclarés aptes au service.

Un soir, il fut surpris de découvrir, à son retour chez lui, qu'Elizabeth, qui lisait rarement, avait remarqué un article de l'*Evening News*.

Comme il entrait dans le petit salon de sa demeure de Berkeley Square, elle agita le journal sous ses yeux.

— Ned, tu as lu le journal aujourd'hui ?

Sans attendre sa réponse, elle ajouta :

— Le Premier ministre a déposé une autre loi sur le service militaire. Si elle est votée aux Communes, les hommes mariés devront aller combattre les Boches.

Edward prit un siège auprès de son épouse.

— Pas moi, chérie ! En tant que patron d'une très grande compagnie, je suis exempté de service militaire.

Un sourire de soulagement éclaira le visage d'Elizabeth.

— Quelle bonne nouvelle ! Je ne supportais pas l'idée que tu ailles à la guerre.

Elle se rembrunit et ajouta, pensive :

— Mes frères devront partir.

— Je sais, chérie, mais ne parlons plus de la guerre ce soir. Je vais monter voir les enfants, puis je prendrai un verre de vin avant de me rendre au théâtre.

— Je monte avec toi : j'ai besoin de repos.

Elizabeth était à nouveau enceinte. Il la soutint tandis qu'ils gravissaient l'escalier ensemble. Quand elle fut entrée dans sa chambre, il monta à l'étage supérieur où était installée la nursery des jeunes Deravenel.

A son entrée, trois fillettes et un petit garçon, aux cheveux auburn et aux yeux arborant différentes teintes de bleu, se bousculèrent dans sa direction.

Accroupi, il leur ouvrit les bras ; ils s'y jetèrent en criant :

— Papa ! Papa !

Edward, son fils né en 1913, avait maintenant deux ans et demi. Enfant doux et docile, doué d'un heureux caractère, il ressemblait à un ange de Botticelli. Etant très beau et le plus jeune de la maisonnée, il était extrêmement gâté.

Edward père le souleva de terre en riant et le serra contre lui.

— Sais-tu ce que nous allons faire samedi ? lui demanda-t-il en l'embrassant sur sa joue rose et tiède.

— Non, papa.

— As-tu déjà oublié, mon chéri ?

L'enfant hocha la tête, perplexe, puis son visage s'éclaira.

— On va acheter un petit chien. Tu me l'as promis, papa.

— Tu as raison, je te l'ai promis, mais je pensais à autre chose. Je t'ai dit que, lorsque nous irions dans le Kent, ce week-end, je t'emmènerais barboter dans l'eau... et peut-être faire un tour en bateau. Sur un nouveau bateau.

— Oh, papa ! Le bateau, le bateau ! Tout de suite !

Edward, sentant un tiraillement sur sa veste, baissa les yeux.

— Je pourrai aller sur le bateau moi aussi ? lui demanda Bess.

Elle semblait si peinée qu'Edward posa son fils pour prendre sa fillette de sept ans par la main. Il la mena jusqu'à une chaise, s'assit et murmura tendrement :

— Bien sûr que tu viendras ! Ce bateau est pour nous tous. Et sais-tu comment il s'appelle ?

Bess fit non de la tête.

— J'ai appelé ce bateau *La Brave Bess* à cause de toi, parce que tu es brave et belle, ma petite chérie, souffla Edward.

— Alors, je suis toujours ta préférée ! L'héritier passe en premier, mais tu m'aimes plus, papa ?

— Oui, lui répondit-il. Personne ne doit le savoir ; c'est un secret entre nous.

Ce soir, selon son habitude, Elizabeth est montée se coucher dès notre retour. Je suis assis avec mon cognac dans la bibliothèque où ronronne le feu, grâce à mon fidèle Mallet, qui veille si bien sur moi. Je ne pourrais pas en dire autant de mon épouse ! Elle est revêche et difficile à vivre ces derniers temps, sans doute parce que ses nombreuses grossesses la fatiguent. Notre grande famille comprend maintenant une nouvelle petite fille, baptisée Anne. J'ai donc six enfants : Bess, Mary, Cecily, Edward, Richard, né en 1916, et la petite dernière.

Elizabeth ne manque pas, cependant, de qualités. Bien qu'elle ait très peu de choses à me dire et ne s'intéresse pratiquement à aucune de mes activités, elle est une partenaire active et de bonne volonté dans notre lit conjugal. Toujours passionnée et très jalouse, elle continue à être fort soupçonneuse et possessive à mon égard. Elle ne supporte pas que je m'éloigne trop longtemps ; mais je me débrouille pour aller voir fréquemment ma Jane, qui me permet de garder la raison et me donne beaucoup de bonheur. En réalité, je n'ai pas à me plaindre. Mes enfants sont beaux et intelligents ; ma petite Bess est extraordinaire. Elle m'apporte beaucoup de joie, de même que Jane.

Nous sommes le vendredi 13 novembre 1918. Un vendredi 13 est censé porter malheur, mais le monde n'est sûrement pas de cet avis ce soir ! Il y a deux jours, le 11 novembre, les délégués allemands ont signé, dans un wagon de chemin de fer de la forêt de Compiègne, en France, un armistice mettant fin à la guerre. Depuis, le monde est en liesse. J'ai vu, sur le Strand, des ouvriers fous de joie sauter sur des omnibus, en brandissant des drapeaux et des bannières. J'ai entendu dire que des hommes, des femmes et des enfants dansaient et chantaient dans les rues de Paris. D'après les journaux, un immense défilé de la victoire a eu lieu sur la Cinquième Avenue, à New York. Même à Berlin, des Allemands soulagés ont, apparemment, accueilli de bon cœur la fin de cette grotesque guerre mondiale.

On dit qu'il n'y aura plus de guerres ; espérons-le ! Une pareille conflagration ne doit plus jamais avoir lieu. Avec tous ces combats et ces pertes humaines, j'ai eu l'impression que le monde avait perdu la tête. Il y a eu aussi la révolution russe. Le tsar et la tsarine assassinés de sang-froid en 1917, avec toute leur famille ! Je tremble à cette idée, et plus encore si je pense à mes propres enfants.

J'ai pu sauvegarder Deravenel. Ma compagnie est plus florissante que jamais. La guerre stimule toujours les affaires ; il s'agit d'un fait navrant mais incontestable. Grâce au ciel, la plupart de mes proches sont sains et saufs. Comme je l'avais supposé, George n'a pas été jugé apte au service en raison de sa mauvaise vue. Richard, mon petit écureuil bien-aimé, est resté lui aussi à mes côtés. Il a été exempté à cause d'une épaule abîmée.

Will Hasling, mon très cher ami, a combattu pendant toute la bataille de la Somme et a survécu ; ainsi que mon fidèle Oliveri, qui a servi en Flandre. Rob Aspen et Christopher Green ne sont pas revenus, hélas ! J'ai perdu ces deux êtres de grande valeur, qui avaient fait preuve d'une absolue loyauté envers moi. Ils sont morts au combat, à Verdun, et reposent maintenant en terre étrangère. Je me souviendrai toujours de leur extraordinaire courage.

Ma chère sœur Meg est restée en France, où elle a soutenu son mari pendant toute la guerre.

Quant à mère, elle est en pleine forme et toujours aussi belle. Notre adorable Grace Rose, devenue grande, lui tient affectueusement compagnie. Elle sait maintenant que je suis son père. Avant que je ne lui dise la vérité, en 1916, Bess m'avait expliqué, un jour, que Grace Rose se doutait qu'elle était ma fille et qu'elle désirait connaître l'identité de sa mère. Persuadé par Bess (dont la détermination me rappelle la mienne), je leur ai parlé à toutes deux de Tabitha. Grace Rose m'a avoué qu'elle avait deviné qui j'étais la première fois qu'elle m'avait vu chez Vicky Forth, le jour des funérailles de Lily.

Sa mère lui aurait dit, quand elle était toute petite, que son père était aussi grand et fort qu'un arbre de la forêt, avec des cheveux de la couleur des feuilles d'automne et des yeux bleus comme les jacinthes des bois. En me voyant, elle m'a aussitôt reconnu, et c'est pour cela qu'elle m'a souri. J'ai constaté alors que l'on ne sait jamais ce que comprennent les enfants, et quels secrets ils gardent enfouis dans leur cœur.

J'ai peine à croire que cette guerre est réellement terminée. Quatre années qui ont eu la durée de quarante... Huit millions de combattants sont morts pour sauver leur patrie. La fleur de la jeunesse britannique est tombée sur les champs de bataille ensanglantés de Flandre, dans le nord de la France ; sans eux, notre pays ne sera plus jamais le même. Tout a été bouleversé et le restera désormais.

Ce soir, je porte un toast, ici, dans ma bibliothèque de Berkeley Square. De tout mon cœur, je bois à ceux que j'ai aimés et perdus, à ceux qui restent, à ceux qui naîtront un jour.

Je m'appelle Edward Deravenel. J'ai trente-trois ans, et j'ai encore la vie devant moi.

Note de l'auteur

Ceci est un roman d'aujourd'hui, écrit dans la langue d'aujourd'hui, et qui se passe au début du XXe siècle. Toutefois, dans une certaine mesure, j'ai élaboré le personnage d'Edward Deravenel en m'inspirant d'Edouard IV, qui fut roi d'Angleterre au Moyen Age. Né Edouard Plantagenêt, comte de March, il était le fils aîné du duc et de la duchesse d'York. Le duc d'York était prince de sang, chef de la Maison royale d'York et héritier légitime du trône d'Angleterre.

Le père d'Edouard fut tué à la bataille de Sandal Castle, dans le Yorkshire, en 1460, au cours de la guerre des Deux-Roses. Edouard, héritier du titre de son père, devint le nouveau duc d'York. Il poursuivit le combat de son père pour reprendre le trône d'Angleterre à son cousin Henri VI, duc de Lancaster. Un autre cousin, Richard Neville, l'aida dans sa lutte et passa dans l'histoire sous le nom de « Faiseur de Rois ».

Le trône d'Angleterre avait été usurpé soixante ans plus tôt par les Lancaster, alors qu'il était légitimement occupé par les York. Ce n'est qu'en 1461 qu'Edouard Plantagenêt défit Henri VI, lui reprit le trône et fut couronné roi.

Pour le personnage d'Edward Deravenel, j'ai « emprunté » à Edouard Plantagenêt sa beauté et sa taille, exceptionnelle pour l'époque, de un mètre quatre-vingt-dix, mais aussi certains traits de caractère. De la même façon, des événements marquants de la vie du roi ont été transposés sous une forme moderne pour construire, au moins en partie, l'histoire d'Edward Deravenel.

New York, 2006

*Achevé d'imprimer au Canada en mai 2007
sur les presses de Quebecor World Saint-Romuald*